诺贝尔文学奖得主
帕特里克·怀特作品

The
Tree
of
Man

Patrick White

人树

〔澳〕帕特里克·怀特 著
胡文仲 李尧 译

献给曼努雷

目 录

第一部

第一章 / 1

第二章 / 16

第三章 / 25

第四章 / 34

第五章 / 51

第六章 / 61

第七章 / 82

第二部

第八章 / 131

第九章 / 146

第十章 / 180

第十一章 / 193

第十二章 / 207

第十三章 / 242

第三部

第十四章 / 263

第十五章 / 268

第十六章 / 312

第十七章 / 369

第十八章 / 392

第十九章 / 445

第四部

第二十章 / 479

第二十一章 / 528

第二十二章 / 561

第二十三章 / 585

第二十四章 / 621

第二十五章 / 630

第二十六章 / 646

1973年诺贝尔文学奖授奖辞 / 649

第一部

第一章

一辆大车赶到两株高大的硬皮桉中间,停了下来。这片丛林里的大部分树都是硬皮桉。它们高踞于那些枝叶交错的灌木之上,简朴中透露着真正的壮美。大车就这样,擦着毛乎乎的树干,停了下来。那匹马像这株树一样,粗毛满身,呆头呆脑。它喷了个响鼻,便驻足不前了。

车上坐的那个男人跳了下来,他搓着手,因为天气已经转冷了。灰蒙蒙的天空中带着寒意的云块凝结在一起,西边天际现出紫铜般的颜色。空气中,嗅得出寒霜的味道。那人搓着一双手,冰冷的皮肤的摩擦声,越发显得空气凛洌,林地孤寂。枝头的小鸟向下张望着。动物的目光也被这里正在发生的事情吸引过来。男人从大车上提起一个包袱。一条狗抬起腿,踩在一个蚁冢上,那匹汗水淋漓的马下嘴唇耷拉了下来。

那人举起一把斧子,朝一株毛乎乎的树干砍去。他主要为了听听响声,并不是为了别的什么。声音响亮而清冷。男人砍着、砍着,直到几块白色的木片跌落下来。他看着树干上的伤痕,周围死一般的沉寂。在这一带丛林,还是第一次发生这样的事情。

仿佛故意从梦境中摆脱出来,他加快速度从马身上卸下挽具,露出挽具留下的一片黑色的汗渍。他在那匹矮脚小马结实的蹄踝上上了马绊,又在光秃秃的马头上挂了个草料袋。然后,用几条麻袋和几株小树的树干,搭了个小窝棚,生起一堆篝火。他终于舒了一口气,因为这个小火堆的点燃,在他内心深处激起了第一股令人欣慰的暖流。总算到了一个地方。火焰缭绕,把丛林的这一块地方变成他之所有。火舌舔着,吞噬着寂寥。

这时,那条红毛狗也走了过来,在篝火边蹲下,离那男人不远,但并不在他身边。他跟他养的狗和马都不亲昵。他不抚摸它们,也不跟它们絮叨着说话。让它们待在那儿,保持一定的距离就够了。那条狗就这么蹲着,它的脸因为注意力集中,也因为想吃东西,盯着车上那只还没拿下来的放食品的盒子,而变得机警。这条机警的狗就这么眼巴巴地瞅着。饥饿折磨着它,它的爪子灵巧地按着地,一双黄眼睛在吃到肉之前的那段时间里,贪馋地盯着那人。

这男人是个年轻人,生活还没有在他脸上留下什么印迹。他长得漂亮,心地似乎也善良。因为心中无鬼,无所遮掩,反倒显得抵消了他的一些优点。不过,这正是对于诚实的嘲弄。

四周,丛林正在消失。在暮色之中,苍茫的天空之下,黑魆魆的树枝和黑压压的一片灌木丛正在融为一体。只有篝火在继续燃烧。火光之中,那男人的脸上神情冷漠。他正在一双硬手的掌心里揉着烟叶。一张卷烟纸粘在下嘴唇上,瑟瑟抖动。

狗的尖鼻子哼哼着,嘴角的须在火光中闪烁。它眼巴巴地等待着这个没完没了的动作赶快结束。

主人还坐在那里,一股劲地抽烟。

那人站起身来。他拍了拍手上的烟末,开始从车上取那个放食品的盒子。

这时,狗激动得直打哆嗦。

林地里响起白铁餐具的叮咣声,往铁壶里倒茶叶的沙沙声,以及卸面粉袋子时沉闷的咚咚声。什么地方溪水潺潺。小鸟栖息在枝头唧啾不停。那匹小马额头的鬃毛亮光闪闪,那条饥饿的小狗蹲在那儿,都望着年轻人。目光和火光融为一体。

被火光镀上一层金的男人正从一块挺大的肉上切下一块。那条狗就像一匹发了疯的小红马一个劲儿撒欢。那人给狗扔肉。可是按照他的禀性,又故意装作不是在喂狗的样子。狗大口大口地吞咽着一块块肥肉,脖子上的颈圈不停地向前滑动,眼眶里两只眼球向外凸出。男人也吃了起来。他只身一人大口吞着,样子挺难看;大口吞着,咽下去,接着大口大口喝那壶有点铁锈味的热茶,一心想赶快吃完这顿饭。身上渐渐热乎起来了,现在他才觉得舒服了。马儿用力咀嚼,口水打湿了草料袋里的草料。他闻着那持续不断地、缓缓地飘过来的草料味儿,闻着绿树枝燃烧时的浓烟味儿。他把头枕在从马身上卸下来的潮乎乎的轭具上。火光所及的地方,在夜色中形成一座巨大的、迷宫似的洞穴,接纳了这个男人。他在篝火中,喷出火苗、燃烧、闪光、腾空而起,然后因为身心俱疲,在一团团烟气之中,突然熄灭了。

这人名叫斯坦①·帕克。

他还没出生的时候,母亲想管他叫埃比尼泽②。但是由于父亲——一个满嘴脏话,肚皮上长毛的人——听到这个名字笑了起来,就作罢了。母亲也没再想这桩事。她是个不善幽默、易受惊吓的女人。孩子生下之后,她给他取名斯坦利。这毕竟是个体面的名字。同时,她还想起了那位探险家③。她曾经看过关于他的报道。

这孩子的母亲读过许多书。她读书时,戴着一副纤巧的金边眼

---

① 斯坦:男子名,斯坦利的昵称。
② 埃比尼泽:古希伯来男子名。原意为撒母耳用来纪念上帝帮助犹太人战胜腓力斯人的一块石头。
③ 探险家:指亨利·斯坦利(Henry Stanley, 1841—1904),英国新闻记者及非洲探险家,殖民主义者。

镜。这副眼镜与其说是框住她那双水汪汪的蓝眼睛,倒不如说是使她的眼睛看起来越发没遮没挡了。开头,她把读书看作是一种借以逃避那些可怕的、令人不愉快的事物的手段。继续读下去,是因为除了故事情节之外,读文学作品还使她看来文质彬彬,而这是她所渴望的。后来,她成了一个教师。所有这些都是她结婚以前的事。这位妇人姓诺克斯。她记得自己的母亲在说起英国老家发生过的事情时,提到诺克斯家有个姑娘,嫁给了一位公爵爷的牧师。

这位妇人却没有嫁给牧师。由于某种错误,或者一见钟情,她嫁给了柳溪的铁匠艾德·帕克。此人经常喝得酩酊大醉。有一次他喝醉了酒,听布道时居然回答起牧师的问题。他还能把一根铁条拧成一个地道的"同心结"。这种举动当然算不上有教养,但是他那一身发达的肌肉,至少可以给她以保护。诺克斯小姐变成了帕克太太。在某种程度上变得比以前胆小了。

"斯坦,"有一次母亲说,"你必须保证热爱上帝,并且永远滴酒不沾。"

"好的。"小男孩说。因为他对这二者都毫无经验,只有阳光在他眼睛里闪烁。

在那令人昏昏欲睡的、他点燃的火的怀抱之中,年轻人想起了双亲和妈妈的上帝。这位上帝是淡蓝色的温柔的化身。他曾经试图真真切切地看一看这个上帝长得什么模样,但是没能如愿。"哦,主啊!"他大睁两眼躺在黑暗之中,曾经这样呼唤。有时候,他听见父亲在门的另一边咒骂、打嗝。

他的父亲并不否认上帝。正相反,他是个铁匠,一直盯着炉火。他敲打着铁砧,火星飞溅,金属的铿锵声使他耳朵失聪,马蹄被烫焦的臭味也不能使他畏缩。他自己的力量之火在燃烧,他对上帝毫不怀疑。有一次,他灌饱了朗姆酒,在回家的路上,跌进了一条排水沟。他甚至在沟底和上帝说过话。他伸手去抓一个大声抗议的天使的翅膀,然后才失去知觉。

在这孩子的心目中,父亲帕克的这个上帝从本质上说是个爱大发雷霆的上帝。他在酗酒的间隙出现,伸出一根长着老茧的手指骂人。他是先知的上帝。如果稍有区别的话,小男孩儿自己对这个上帝充满疑虑,深感畏惧,对于母亲那个温柔的上帝,则全然不是这样,至少起初是如此。在柳溪,上帝把大树压弯了腰,直到它们的枝条像胡须一样在狂风中飘拂。他把雨水倾泻在铁皮屋顶上,直到上了年纪的人们也都在冒着烟的油灯照耀之下,感到思虑重重,愈加渺小,愈加畏葸。他还割断了乔·斯基诺老头的喉管。人们并不了解这一点,但他根本就不应该受这种惩罚。他是个挺不错的老家伙,喜欢用面包屑喂鸟。

年轻人记得,有不少事情母亲不想对他解释,这就是其中的一件。"这种事情就那么发生了。"她说。

母亲看起来心烦意乱,转过身去。有许多事情她无法管。就是为了这个原因,她不大和别的女人来往。这些女人大都知道生活中大多数的事情。如果有什么事情她们不懂,那是因为那些事情不值得弄明白。因此,斯坦的母亲总是形只影单。她还像婚前那样读书。读一本带铜搭扣的丁尼生①诗集,书中夹着几朵紫罗兰;读一本污渍斑斑的被洪水浸泡过的《莎士比亚全集》;读书刊目录、年鉴、食谱和一本带地名附录的百科全书。这些书构成了她与众不同的、给她以保护的知识。她读书,还爱整洁,似乎这样就可以使一切井井有条。只是时间、蛀虫毁坏了她的努力,以及人们的灵魂。不过,这些灵魂不论封闭在什么样的匣子里,都要破匣而出。

比如她的儿子——这位如今头枕轭具、躺在那一小堆篝火旁边的年轻人,就已经冲开匣盖跳了出来。不过他倒还不讨人嫌,他是

---

① 丁尼生(Alfred Lord Tennyson,1809—1892):英国诗人。

可以称之为好小伙子的那种人。他孝顺他的母亲,如此等等。但他毕竟与众不同。啊,她曾经说,他将成为教师或者传道士,把诗人的语言和上帝的教诲教给人们。

尽管她对诗人的语言和上帝的教诲十分尊重,却朦朦胧胧地怀着一种虔诚,怀疑这些语言能否解释。但是对于儿子来说,当他白天伴着苍蝇的嗡嗡声,夜晚听着水洼结了冰的冰面的断裂声读书时——他从妈妈的《莎士比亚全集》里读过剧本《哈姆雷特》,从《圣经·旧约全书》里读过那些人物跃然纸上的章节——似乎不存在什么需要解释的问题,至少这时还不必要。

他不是一个善于解释事物的人。想到母亲要把他造就成教师或者传道士的打算,他在篝火旁边挪动了一下身子。他没什么了不起。他只是一个普通人。眼下,他已经填饱了肚皮;他并不关心那些神秘的事物,即使有些想法也很淡。当然,他见过大海,它的喧嚣确也使他心中充满惊奇与不满之情。于是,连黄昏时分飘荡在乡村小镇的尘埃中与木兰树枝叶间的歌词,也变得与他休戚相关了。有一次,有个女人,是个妓女,既不年轻又不漂亮,脸贴着玻璃窗往外瞧。斯坦·帕克记得她那张脸。他也脸紧靠着玻璃往里瞧。

在他脑海里掠过这种种让人心寒的念头时,他看见篝火快灭了。他打了个寒战,俯身向前,扒了扒剩下的红火炭。于是,火苗又重新向夜空窜去。他眼下的栖身之地够暖和的了。火光和夜色交融的地方,站着那匹小马。它曲着腿,头上还挂着草料袋。袋子已经空了,也被它忘却了。那条红毛狗一直躺在那儿,鼻子搁在爪子上。现在,它肚子贴地,朝前爬了爬,用鼻子碰了碰男人的手腕,还舔了舔。斯坦照例把它推开。狗被推得哼了一声,斯坦又一次意识到了自己的存在。

夜色在这个小小的、蚕茧似的光环上积聚着,威胁着要把它压碎。寒气如潮水上涨,在树枝间流荡,在矗立着的树干间奔涌,在溪谷里积聚上升,岩石因为寒冷而呻吟,岩石表面痘痕似的小坑里,水在结冰,发出爆裂声。

该死的冰窟窿!男人已经睡得迷迷糊糊,又醒过来抱怨着,把身上盖的袋子往紧裹了裹。

但是他也知道,没有别的办法。他知道,他的大车在哪儿停下,他就得在哪儿停下,没有别的办法。被困在这个樊笼里,他将尽量做到随遇而安。在这其中,究竟有几分是由于意志,几分是由于命运就很难说了。也许命运就是意志。不管怎么说,斯坦·帕克相当固执。

他既没当传道士,也没当教师。母亲却一直希望他能成为这样的人。几乎直到人们把她安放到柳溪拐角处枯草下面的时候,她还这样希望着。他曾经试着去干各种活计。他赶运过一群骨瘦如柴的羊,一群挤挤擦擦、油光水滑的牛;他在坚硬的石头地上凿过一口井,还盖过一幢房子,宰过一口猪。他在一家乡村小店里称过白糖,还补过鞋、磨过刀。可是哪样也没干长。因为他知道,他不是干这些活的料。

"瞧小斯坦。"人们撇着嘴,哼着鼻子说。因为他们觉得这是个可以嘲弄一番的人。

就因为他还是个小男孩的时候,他们从门廊看见他给父亲拉风箱,人们便觉得他会永远待在那儿。

事实上,永远待在某个地方,正是小伙子斯坦利·帕克自己所希望的。问题是在哪儿待,怎么个待法?城里大街上那大敞着的窗户、尘土飞扬的道路上那根深蒂固的树木,都使他心中充满惆怅,渴望永远待在一个固定的地方。但是时候未到,两种欲望还在搏斗。还是个小孩子的时候,他就已经体会到了这两种欲望所带来的不幸。那时,他替父亲夹叮当作响的马蹄铁,拉风箱,或者把削下来的灰色的马掌和一堆堆匀称的黄色的马粪扒到一起。太阳和寸步不离的苍蝇都说：啊，这儿就是永久安定之所在。所有这些形状各异的物体都是你所熟悉的，生活像演戏一样，一幕接着一幕，日月相接，循环不已。在持续的火光中很自然地会解释所有的火。除此而外，他对那位毛发很重、总爱打嗝的父亲，怀有一种钟爱之情。当这位铁匠终于因为贪杯滥饮、中风而死的时候，他相当真诚地哭了一场。

那时，正是旧的生活将要终结，新的生活将要开始的时候，对那个"永久安定之所在"的依恋和企求变动的邪念的斗争，在这孩子心中，比任何时候都来得激烈。

"至少你会成为母亲的安慰，斯坦。"帕克太太说。她的鼻子变得瘦削、粉红。这倒不是失去丈夫的悲哀造成的，而是因为想起在这个并不美好的世界里，曾经使她为之痛苦的许多事情。

这孩子惊恐地望着她，一点儿也不明白她话里的意思。不过有一点很明确：他不可能成为她所期望的那种人。

他们那所木头房子的墙壁似乎已经打开。木兰树枝叶钻进来，抚弄着他的枕头；大路上的尘土飞进来，落到他的脚上。一天清早，靴子外面的露水依旧冰冷，他便爬起来，走了。如果他明白的话，那是去寻找一个安身立命之地。就这样，他来去匆匆好几年，除了浑身结实的肌肉、两手累累的疤痕和脸上初现的皱纹之外，什么也没有得到。

有一次，在柳溪那所老房子里，他踩着吱吱嘎嘎直响的地板走进门廊，正碰上母亲在翻抽屉里的东西。她说："哎哟，斯坦，你都长成大人了！"

就好像这些年来，她第一次从梦中苏醒，惊讶地注意到这一点。

他也感到惊讶，因为他并没有觉察到成年之后和以前有什么不同。

有一阵子，两个人都有点尴尬。

斯坦·帕克从母亲的肩膀和颈上的椎骨看出,她将不久于人世。屋子里散发着一股旧日书信的气味。

她开始谈起银行里的存款。"还有你父亲那块地,在这后面的山里。我不知道那块地叫什么名字,我想大概从来就没有起过名字。人们提起它的时候,总是说,帕克家的地。总之,就是那块地。你父亲很少把它放在心上,地也就一直没有清理出来。他说那儿灌木丛生,不过有的地块土质很好。等到咱们这一带开发的时候,它也许能值点儿钱呢!铁路真是个了不起的发明。当然,帮了有地人的忙。所以,要保住这点财产,斯坦,"她说,"这保险。"

帕克太太声音里的激情已经荡然无存,显得平淡而单调。

年轻人的呼吸变得沉重起来,他的心激烈地跳荡着。他不知道这是因为要得到解放,还是因为会陷入囹圄。反正这块灌木丛生的无名的土地就要属于他了。他的生活开始有了点儿眉目。

"是的,妈妈。"他说。平常她讲到什么重要事情时,他总是这么回答。然后他转过身去,好掩饰心中刚确定了的事。

此后不久,她就死了。他摸了摸她冰凉的手,把她埋葬之后,就出走了。

有人说小斯坦·帕克没有感情。其实只不过是他没能够很好地理解母亲。

这位年轻人从阿尔贝·维奇那儿买了一辆大车和一匹满身粗毛、野马似的马儿,然后赶着大车,永远离开了这个地方。当时,谁也没有怎么注意他。当车轮碾过正在融化的车辙,尖叫着的鸡鸭给他让路的时候,只有一两个正在拍打脚垫子和正在揉面团的女人停下手里的活儿,注意到小斯坦上路了。很快,这地方的人就不再记得帕克一家了,因为人们总是更关心现实。

斯坦·帕克赶着车,穿过烂泥和乱石,向那座山峦前进。那里,有他的土地。车嘎啦嘎啦响着,他们颠簸了整整一天。那匹强壮的小马两胁被汗水打湿,变得油光水滑。车下,一条红毛狗耷拉着脑袋,懒洋洋地、一颠一颠地跑着。粉红色的舌头因为走长路而伸得老长,扫着了地皮。

就这样,他们到达了目的地,吃了,也睡了。在这个寒霜遍地的早晨,在一堆篝火的灰烬旁边,新生活的前景在他面前展开。要使生活充满意义,要与静寂、岩石和树木做一番抗争。在这个充满冰霜的世界,这似乎全无可能。

这个世界正像他的意念一样,依然被禁锢着,冰冷而阴郁。青草有时是马儿口中的美味,现在却像尖细的玻璃,一碰就碎。岩石,按照自然法则,本应冻得收缩,一夜之间,又充满敌意地膨胀起来。空气吸吮着鸟儿身体上的温暖,要在飞翔之中把它们吞掉。

可是,连一只鸟儿也没跌下来。

相反,它们的叫声不断地划破寂静。年轻人哼哼了好一阵子,在他盖的袋子下面翻了个身。袋子里面的干草末搔得他身上痒酥酥的。一两个跳蚤跟他做伴。然后,他便全力以赴,投入到早晨的活计之中。除此而外,没有别的选择。

只有把灰扒到一起,只有举起斧头,使出浑身力气去劈那些倒在地上的、灰色的木块。只有使劲跺脚,让血液流通起来。正在消融的大地也获得了新的生命。太阳重又升起,青草宛若长长的缎带,弯着腰轻轻摇曳。岩石沉浸在重新吸收阳光热力的安谧之中。什么地方又传来流水跳荡的潺潺声。那水一开始流得很慢。太阳不断地往高升。一缕青烟从那人生起的火堆向太阳袅袅飘去。

一只鸟翘着尾巴,扑动着一双翅膀,啄走男人脚边洒下的一片面包屑。

已经不太新鲜的面包片上留下那人嘴巴的轮廓。这张嘴巴匀称而有力,下巴周围是阳光照耀着的须茬儿,现出一片金色。

热茶像一条长带,蜿蜒流入体内。他觉得十分惬意。

天光渐渐大亮,斯坦·帕克走了出来。他四处溜达,只是为了看一看属于他的那一切。然后便动手开垦这片丛林。他放倒的第一株树在万籁俱寂中倒下,树叶似密集的弹雨,纷纷落下。这活儿干起来倒蛮利索。可是还有灌木丛里艰难的劈斩,荆棘无处不有,又十分诡诈,常常从背后袭来,划得他皮开肉绽,因为他脱得只剩下一条皱皱巴巴的黑短裤。在这块遮羞布的映衬之下,他那金色的上身扭曲着。不是因为疼痛,而是因为烦躁和愤怒。对于未来的憧憬麻醉了他,他既感觉不到树枝的鞭笞,也感觉不到伤痕累累的痛苦。他不停地干着,太阳晒干了他伤口上的血迹。

就这样,许多天过去了。这人清理着他的土地。那匹强壮有力的马,甩着额头那缕没有剪过的鬃毛,绷紧套绳和铁链,拉走了一根根圆木。这人砍着、烧着。有时候,决心像魔鬼一样迷住了他的心窍,连肋骨似乎都在皮肤下面涌动。有时候,他那平常总是湿润润的、若有所思的嘴巴变得僵硬了。因为口渴,唇上生出白色的鳞屑,但他还是烧着、砍着。夜晚,他躺在口袋和树叶铺成的床铺上,躺在现在已经变得松软、静谧的土地上,浑身的骨头好像散了架。他躺在那里,像一截木头,酣然大睡。

没等这片伤痕累累的丛林完全改变模样,这人就开始在这儿造一所房子,或者说一个小木棚。他搬来从圆木上锯下来的表皮板,慢慢地,像用火柴棍搭房子一样,垒着他的"火柴棍"。日子也这样一天天地积累着。在他开垦着的这块林中空地,季节交替更换,周而复始。如果说一个个单独的日子惹得他心中烦躁,那么一个个月份则抚慰着他。由此可见,流逝的时光在同一个人的心里,总是既形成着什么,又分解着什么。

不过,房子还是在树桩中间建起来了。树桩已经不再流树液了。这房子更确切地说,只是一个房屋的"符号"。那木板钉成的墙壁整整齐齐倒也聊御风寒。墙上开了几个窗户,让阳光射进这个长方形的小屋。房顶上有个铁皮烟囱,形状像个火柴盒。炊烟终于从那儿冒了出来。最后,他又接了一条走廊。太低了点儿,像是在皱眉头,但并不让人望而生畏。从林木间望去,这人盖的这所房子不怎么好看,但实实在在。

如果这儿有邻居,看见那个火柴盒子似的烟囱里有规律地升起炊烟,将是一种安慰。但是这里没有邻居。有时候,在更为寂静的日子里,如果你侧耳静听,听得见蓝色的天际,隐隐约约传来斧子劈砍的声音。就像你自己心脏的搏动。只是太远了。或者从更为遥远的地方,传来一声鸡啼。但那也许只是想象之中听见的。实在太远了。

有时候,男人赶着大车出远门。这块林中空地便充满了那条拴在廊柱上的红毛狗的吠叫和哀号,直到寂静终于又占了上风。它便大睁两只黄眼睛,看守这寂静。或者一只鹦鹉仓皇掠过蓝色的天空,或者一只老鼠在屋子里的泥地上闪过一道幽光。这条被留下的狗终于听凭寂静的吩咐了。尽管脖子上还挂着锁链,但它已经不再隶属于这个男人建造的这所简陋的房子了。

这个人总是用大车拉回一些东西。他拉回一张已经磨损了的桌子和几把椅子。桌椅上恰到好处地镶着红木,他还带回一张铁床,挺大,吱吱嘎嘎直响。床头的铁栏杆有点弯,是孩子们把脑袋钻进钻出玩弄的。他拉回所有的生活必需品:面粉、一瓶镇痛剂、腌肉、煤油、土豆种、一包针。还给那匹粗毛满身的马带回燕麦草料。还有茶叶和砂糖,簌簌地从口袋里漏出来,结果,他在那踩结实的泥地上走来走去的时候,脚下几乎总是发出嘎吱嘎吱的声音。

男人回来的时候,狗又跳又叫,脖子上的项圈几乎要把它的脑袋勒掉。每逢这时,这儿总是充满了欢乐、激动的气息,以及带回来的那些东西的气味。

后来有一次,这人又出去一阵子,也许比平常走的时间长了一点。他带回一个女人,她紧挨他坐在大车上,手抓着车底板和她那顶扁平的帽子。她从车上下来的时候,那条狗也已经放开了。但它对自己的自由似乎还没有把握,它伸长脖子,颤抖着爪子,默默地嗅着她的裙边。

第二章

沿海岸有一个叫尤罗加的镇子。斯坦·帕克曾经多次来这儿造访,看望他母亲的表兄克拉伦斯·伯特。还是个趿拉着一双大靴子的小男孩时,斯坦就知道这个镇子。事实上,他还在尤罗加附近的一家奶牛场做过几个月工。在以后的生活中,不管什么时候,一走近尤罗加,斯坦便想起早晨那令人倦怠的奶牛的气味,那等人冲洗的、热烘烘的奶桶的气味,以及触摸奶牛乳头时的感觉。那乳房开始的时候富于弹性,神气活现,后来便空荡荡地吊在那儿,像一只傻头傻脑的手套。

斯坦·帕克去拜访他母亲的表兄克拉利①时,已经是个年轻小伙子了。克拉利是个绸布商。他的肚子看起来就像白布围裙下面揣着一个小甜瓜,和这位小伙子的铁匠父亲那一起一伏的大肚皮截然不同。克拉利·伯特可不像他,他不是大腹便便。

不管怎样,这位绸布商还是生了三个嘻嘻哈哈的姑娘:艾丽丝、克莱拉和莉莉。等斯坦·帕克到了令人感兴趣的年岁,她们三个都已经把发髻绾得高高的,也都开始对小伙子们发生兴趣了。这几个姑娘不停地烘烤松软的蛋糕,给朋友们写散发着香水气味的信,绣

---

① 克拉伦斯的昵称。

小垫和细长的桌布,弹钢琴,还想些恶作剧开心。因此,这样一位表兄斯坦·帕克——现在已经是个膀大腰圆的小伙子了——自然而然就被吸引到这户人家这儿了。这倒不是因为伯特家的哪位姑娘愿意嫁给这位铁匠的儿子,嫁给这位只有一双硬手和深山老林里什么地方还有个破窝棚的小伙子。哦,可不是这样。只不过伯特家的姑娘们就是想把软绵绵的手指伸到一位年轻小伙子的嘴里,看他敢不敢咬上一口。她们急不可耐,等待人家来亲近,像果子露一样,发出咝咝咝的响声。艾丽丝、克莱拉和莉莉都怀着极大的兴趣,紧张地等待着拒绝她们的表兄斯坦的求婚。如果没有必要拒绝的话,也要伤害一下他的感情。她们等待着,她们的"果子露"咝咝咝地响着。

这位年轻的小伙子没有向他的表妹们求婚,甚至连吻一吻她们的念头都没有过。为什么没有,这很难说清。也许是他不主动,或是别的什么原因。她们的杨柳细腰、纤纤素手,叠桌上的餐巾和炉栅里的纸扇堪称一绝的本领,都应该把他搞得神魂颠倒,然而事实却并非如此,结果,一来二去,他变成伯特家一个抱怨的话题。特别是他差不多最后一次去做客,他把她们家最好一个房间的大理石盥洗盆打掉一个角。她们立刻断定,斯坦·帕克天生就是个爱出岔子的冒失鬼。除非脑子发昏,她们压根儿就不应当指望这个铁匠的儿子能干出什么好事来。

斯坦·帕克打破盥洗盆的那个晚上,客厅里正为筹集教堂的资金而举行舞会。在这样一个时候发生这样一件事情,本来应该使斯坦感到震惊,可他只是把那块大理石踢到一个墙角,就好像那是一块铁皮或者一块木头。他心平气和,居然还有心思欣赏他房间那扇窗户外面灿烂的星光。

整整一晚上,小提琴的琴弓拉来拉去,演奏着华尔兹舞曲,谨慎到不能再谨慎的地步。这位小伙子穿着很不协调的衣服坐在那儿,一张神情庄重的脸跟着四人舞的舞步转动。他并不感到惊讶。他们那金光灿烂的队形组合又散开。姑娘们嘻嘻哈哈,脸上绽开花一样美丽的笑容。年轻人深邃的目光保护他免受任何人的攻击。他毫无防备,但谁也不敢放肆。

就这样,过了一阵子,他似乎已经揣摩出那舞蹈的步伐了。他舒了一口气,跷起二郎腿,哔叽裤子热烘烘的。这时,牧师的妻子走了过来。她忙得汗流浃背,又是烤蛋糕,又是抄节目单,还得喂孩子,换尿布。整整一晚上,她不知道有多少次硬把人们拉到一起跳舞。现在,她气喘吁吁地走过来,头发梢都钻进了嘴里,又煞费苦心,做了一件极其重要的拉线搭桥的工作。

斯坦·帕克还没来得及把二郎腿放下,牧师的妻子就已经扬长而去,留下一个瘦小的姑娘。

他看见姑娘转过脸儿东张西望,就是不看他一眼。

"坐下。"他命令她。

边说边瞅着自己的一双脚在擦得锃亮的地板上蹭来蹭去。这动作不知是在表示敬意还是在自卫。

姑娘坐了下来。

她的胳膊非常细。

"这是我第一次参加舞会。"姑娘说。

她正摆弄着她那条蓝裙子。那双手比不上伯特家的艾丽丝、克莱拉和莉莉的手那样纤巧。身上那套衣服显然太大了,是牧师的妻子埃尔贝太太从一口箱子里拣出来借给她的。

斯坦·帕克心里想:她要是没来这儿才好呢!

"哦,这儿可真是太热了。"他说。

"外边挺冷。"她回答道,又摆弄了一下裙子,就像衣服出了什么毛病。

他说:"这么多人挤在一个屋子里呼吸,真憋闷。"

"你知道吗?"她说,"埃尔贝太太有一次给我讲一个潜水员的故事。她是从一本书上看到的。那人用光了潜水衣里的氧气。"

然后,在音乐的声浪之下,他们相互瞅着对方。皮肤黝黑的小伙子,脸色变黄了。即使连一丝风也没有,姑娘的满头青丝也会飘动起来。

"你不跳舞吗?"她问。

"不。"他说。

她正想对他倾吐一番,突然决定不说了。勇气使她变得狡黠。她的脸上现出一丝微笑。

她说:"光瞧着也挺快活。"

她并没有意识到此话言不由衷,可他已经看出她有点儿沮丧了。这太使她难堪了。

"你叫什么名字?"她问道。

"斯坦·帕克。"他说。

音乐和跳舞人的笑声把屋子搞得越来越嘈杂,连这样一个明摆着的问题都很难听清。但是她知道,他也问了同样一个问题。

"我的吗?"她的薄嘴唇现出一个笑容。

然后低下头,用一截铅笔在一张纸上飞快地写了几个字。这截铅笔是埃尔贝太太这天晚上给她的。她让她把那些邀请她跳舞的人记下来。可是这些想象中的舞伴并没有出现。

他看见她低下去的脸上,眼睑变黑,颧骨下面出现了阴影。

"给。"她笑了两声。

"艾米·维多利亚·菲宾斯?"他慢慢地念道,声音里面有一种明显的疑惑。

"啊,是的。"她说,"这就是我的名字。不管叫什么,你总得有个名字嘛!"

他目不转睛地凝视着她下垂的眼睑,目光早已离开那个名字,似乎那只是一个没有必要的标签。可是她并没注意到这一点。

现在,斯坦·帕克已经渐渐想起这个瘦小的姑娘来了。

"你是凯利角菲宾斯家的人吧?"

"是的,"她说,一张脸若有所思,"不过我并不真是那家的人。我的父母都死了,我是个孤儿,明白吗?我跟叔叔、婶婶一起过活。他们就是凯利角姓菲宾斯的那家。"

她忧虑重重,摆弄着蓝裙子和那根系得次数太多了的窄窄的腰带。

"讲下去,"斯坦·帕克说,"现在我想起来了。"

这下更糟了。

因为他记起了凯利角那个小棚屋,记起了那些冒着雨玩的小孩。菲宾斯家的孩子有一大群。他们出去的时候总是排成一长串。光脚丫踢起尘土或者溅着泥浆。他记起了这个姑娘,泥浆没过她光溜溜的小腿肚。他还记起有一次她穿着鞋,脚抬得那么高。那也许是她头一次穿鞋,后面跟着菲宾斯家那串孩子。

"你想起了什么?"她问道,想从他的脸上看出点什么。

但是她什么也看不出来。她能够看到的只是一张年轻男人的脸。她以前似乎还从来没有这样挨近过一个男人。

"你想起了什么?"她问道,嘴扁扁的。

"你呗。"他说,"除此而外,还有什么呢?"

这人这张面孔是不是不大诚实呢?她心里说,真想上去摸他一摸。

"就好像这还不够糟糕。"她笑着说,两手撑着椅子,稳稳当当地晃着身子。

"那时候,我在城外内拉旺那里,给沙姆·沃纳干活儿。有时候,星期六下午我会进城。"

姑娘说:"叔叔也给沃纳家干过一点活儿。"

"讲下去,"他说,"他干啥活儿?"

"噢,"她叹了口气,"我忘了。"

这是因为菲宾斯老头曾被雇去铲牛粪,然后再把铲起来的牛粪装进麻袋。他只干过一点点,因为凡是菲宾斯叔叔干的活儿总是只有那么一点点。他喜欢躺在大树下面的一张床上,远远地瞅着他的脚趾甲。

艾米·菲宾斯对她的叔叔婶婶都没有很深的感情。事实上,她还没有爱过任何人。除了对牧师的妻子埃尔贝太太怀有一种敬而远之的情感之外。十六岁那年,她就开始白天到埃尔贝太太家帮工。她在那儿的生活和在菲宾斯小棚屋里的生活没有什么区别。她给那一大串孩子擦鼻涕,大清早就搅着锅熬粥。不过她还能吃上点儿剩下的布丁,而且到底穿上了鞋子。

因此,她喜欢埃尔贝太太。不过艾米还没有被人爱过。除了母亲在临死前很短的一段时间内,怀着一种焦急和烦躁的心情给过她一点点爱。这个瘦小的姑娘期待着终究会发生些什么变化。因为变化总是要发生的。不过这只是些胆怯的、全然理性的期望。

她思索着,在音乐的声浪中沉默了。而这位年轻的小伙子被这种一问一答所振奋,觉得和她挨近了,心里很是高兴。

斯坦·帕克心里想,他还从来没有和任何一个姑娘这样亲近过,甚至对那个贴着窗玻璃、充满渴望的陌生女人的那张嘴巴,他也没觉得有什么可亲近的。他们在长久的静谧之中坐着。对于他,这位瘦小的姑娘变得更熟悉了。因为那颤动着的音乐以及那些对自己的美貌与聪明信心十足的跳舞人的说话声,都已像海潮一样退远。只留下姑娘那张脸,狡黠的神情已经全然消失,还是缺乏一种自信。斯坦·帕克了解这个姑娘,就像重新了解所有那些已经忘却的事物一样,怀着同样一种怀念往事的心情。比方说,一只铁杯子,放在你那张还残留着面包屑的桌子上。你再回想起它的时候,还不是充满一种依恋之情？再也不会有比这种朴素的情感更为理想的东西了。

"我得走了。"艾米·菲宾斯说。她站了起来,身上那件裙子越发显得不合体了。

"这个斯坦,不知谁把牛奶蛋糊泼到他胳膊上了,整整一晚上和菲宾斯家那个姑娘黏糊在一起干啥呢?"克莱拉问莉莉。

"天还不晚呀!"斯坦说。

"啊,是不早了。"姑娘叹了一口气说,"我在这儿可是待够了。"

他知道这是真话。他自己的面颊也在发痛,他只是等待着让别人告诉他这一点。

"不过,你可别为了我就提早离开这儿。"姑娘带着一种不知从哪儿学来的机智说道。

他跟在她身后走出那个房间,背影挡住了人们的视线,那些朝他们张望的人没看见她。

他们默默地走着,脚步声混杂在一起,穿过这座死一样寂静的小镇空空荡荡的大街。黑魆魆的小酒店悬垂着镂花的铁檐,夜空中弥漫着泼洒出来的啤酒的味道。梦呓破窗而出,猫儿放荡恣肆。

"真不知道,一千年以后这座小镇是不是还会在这儿。"艾米·菲宾斯打了个哈欠说。

他懒洋洋地思索着,没想出个所以然。他不明白她说这话的意思,但并不怀疑永恒之所在。

"即使它不再存在,我也不会担心着急的。"姑娘叹了口气说。

她的鞋挤得脚疼。小镇郊外的车辙比镇里更深。

"我倒是愿意活他一千年,"他突然说,"那样,就会看到许多事情发生。历史性的事件,能看到树木变成煤,还能记起那些化石四处走动的时候是个什么样子。"

他以前从来没有说过类似的话。

"也许要发生的事情太多了,"姑娘回答道,"也许会有那么一两个你根本就不想记起的化石。"

现在他们已经是在小镇的郊外了。他们踉踉跄跄地从一头头笨重的奶牛旁边走过,周围是一股绵羊的气味和一个正在蒸发变干的泥坑里水的气味。很快,菲宾斯家向外倾斜的黄色的门廊出现在眼前,还有从墙的缝隙射向黑暗的一束束枯黄的灯光。

"好了,"她说,"这儿就是我该脱掉鞋子的地方了。"

"看起来像是这样。"他说。

他纳闷,归根结底,这个姑娘是不是满腹心计。她虽然瘦削,但很机灵。

一个孩子从睡梦中惊醒,呜咽声破墙而出。

"艾——米?"

"是我,婶婶。"姑娘答道。

菲宾斯太太翻了个身,那张不大结实的床上又高高耸起她的身影。肚子里,她的第七个孩子在一阵阵地骚动。

"不管怎么说,"艾米·菲宾斯说,"我们聊了一次天,谈到许多事情。"

这话说得很对,他们几乎什么都谈到了,因为语言有时候能把人们带入一种境地,使他们倾吐出整个心灵的秘密。

正如在一棵覆满尘土的树下,黑暗会衬托出一张白皙的脸。

"或许,你还会到这儿来吧?"姑娘问。

"一周以后的星期六。"这个平常总是木木讷讷的小伙子说。

他又吃了一惊。

在那棵树冠清晰可见、树皮依稀可辨的阴沉沉的树下,在姑娘面容模糊不清而渴求的神情一望便知的脸旁,在奶牛呼吸和毛茸茸的羊儿反刍所构成的难以名状的景色之中,他的意图是明确的。

"嗯,"她说,"要是那样……"

"艾——米——"菲宾斯婶婶喊道。她的身影在那张破烂不堪的床上扭动着,"别在那儿闲聊了,快进来吧!"

"好的,婶婶。"姑娘说。

那个身影抱怨道:"我就是死在这儿,大概也只有苍蝇知道。自打喝过茶,我就一直在这儿干呕。"

这地方有些人说,菲宾斯太太粗俗得像条麻袋。

第三章

如果说做出决定需要前思后想的话,那么斯坦·帕克和这位菲宾斯家的姑娘结婚并没有这样的经历,他只知道他一定会这样做。由于婚礼没有必要推迟,很快就在尤罗加的小教堂里举行了。这座教堂看起来有点歪歪扭扭,因为工人们手艺不好,都是心有余而力不足,而且建在一个高低不平的地方。

克拉利·伯特也来教堂了。他的太太不大情愿,女儿们更是嗤之以鼻。他只好解释说,这小伙子的母亲毕竟是他死去的,或者说已故的表妹。菲宾斯叔叔也来了。他穿着靴子,带着家里那一大帮孩子。但婶婶没来,因为她的第七个孩子还没有断奶。只有埃尔贝太太为这次婚礼而激动。这位牧师的妻子参加婚礼总是快快活活,尤其当结婚的姑娘是她的熟人的时候。她送给艾米·菲宾斯一本《圣经》、一件差不多还是崭新的罩衫(只是腰部稍微熨焦了一点)和一个小小的肉豆蔻银擦子。这玩意儿是她结婚时人家送给她的,她一直不知道拿它干什么用。

艾米·帕克摩挲着这个肉豆蔻银擦子,也发现它没什么用处,可是她从来没见过这么可爱的玩意儿,还是真心实意地向埃尔贝太太道了谢。

这天虽然有点儿凉,但天气很好。艾米·帕克站在那座粗笨的教堂的台阶上,提着随身携带的东西,准备爬上丈夫的大车,离开尤罗加。她口袋里装着那个肉豆蔻银擦子,那件熨焦了的罩衫套在外套下面,手里拿着那本《圣经》和一双棉线手套。

"再见,艾米。"菲宾斯叔叔喃喃着。

风吹得他直流眼泪,眼圈红红的。

堂弟堂妹们跟她揪扯着,难舍难分。

"再见,叔叔!"艾米静静地说,"再见,你们这些小东西!"她一边顺手拍着一个小家伙的屁股蛋儿,一边这样说。

她相当冷静。

这当儿,那位绸布商——他送了几码白布——正在嘱咐新郎,要好好过日子。年轻人因为拿了这几码布,不得不认真听着,眯细一双眼睛点了点头,那神气,完全不像平常那副样子。他的脸似乎从早晨起就变得消瘦了。

"不管怎么说,相互尊重……"绸布商的胡须抖动着说,"相互尊重是最重要的。"

当绸布商挣扎着要展开智慧的翅膀飞翔起来的时候,年轻人站在那儿,就像一个小男孩似的点着头。

最后,孩子们扬了一把大米。埃尔贝太太踮着脚尖招手,擦了擦眼角的泪水,微笑着,从嘴里揪出几根头发梢,然后又招手。大车离开那座矮矮的教堂,从黑魆魆的、盘根错节的树下驶过,针一样的树叶揪扯着帽子。帕克夫妇——这是他们现在的称谓——明白一切已经过去,或者说一切已经开始。

大车走了,碾过小镇这头的车辙。快活的马儿甩着额上的鬃毛。薄薄的云朵在天空中飞翔。

"好了,我们上路了,"小伙子说,声音里面充满了一种热情,"要走好远呢,你可一定不能介意!"

"我就是介意,也没有办法呀!"姑娘抓着帽子,望着一路的景色,懒洋洋地笑着。

他们俩与先前已经不同了的身体随着大车颠簸。因为从在教堂表示愿意白头到老那一刹起,他们就已经变了,而那一刹真让人痛苦。现在他们虽则各具不同,却又浑然一体。他们已经可以毫不费力地去看对方的眼睛了。

当尤罗加从身旁闪过,留在身后的时候,艾米·帕克的眼睛只是眺望着郊外的风光。她刚才做过的事情,不管是事关重大,还是无足轻重,与别人都毫不相干。她不属于那座小镇里面的任何人。她的胖婶婶没有哭。她压根儿就没指望她能哭。她自个儿也从来没有为某一个人流过眼泪。可是现在,坐在那辆把人颠来倒去的大车上,极力保持身体平衡的时候,她开始感觉到一种悲哀。就好像那辘辘前进的大车和甩在身后的景物,正为得到她的爱而争斗着,正在强迫她承认迄今为止她仍然小心翼翼抑制着的柔情。

大车颠簸着,路揪着她的心。艾米·帕克完全陷入离愁别恨之中,她慢慢地割舍着打懂事以来一直居住着的这个地方。她看见万纳勃家那头早已死去的母牛彼蒂的残骸。这头短奶头奶牛是得产乳热死的。她甚至还记得死牛身上的蛆虫。啊,现在她确实体会到了这一切。一条溪谷向她飘逸而来。严冬剥蚀,野兔咬啮,溪谷里绒毛似的小草斑斑驳驳。那一片片东连西缀的土地,就是在她童年时代纯真的目光之下,也从未如此闪耀。而那曾经闪光的景色,依然闪光的景色,在大路拐弯儿的地方便将永远消失——繁花盛开的树下,矗立着色彩鲜明的房屋。大车上装满了农民们擦得锃亮的奶罐。孩子们瞪大眼睛张望,鸭子在水里嬉戏。早晨,蓝色的炊烟袅袅升起,羽毛光滑的喜鹊在枝头栖息。农民的妻子穿着紧身胸衣,脖子上围着红狐狸皮,气喘吁吁地驾着双轮单人马车进城赶集。

为了最后看一眼这景色,艾米·帕克在风里抓着帽子,转过脸。地上扔着一块铁皮。那是有一次刮大风从菲宾斯家的房顶上刮下来的。他们总说要把它钉到房上,可是一直也没有动手。啊,天哪!她再也忍受不住了,哭泣起来。

他吆喝着马儿,举起鞭轻轻地抽打着马屁股。

"这么说,你是不愿意离开了。"他说,顺着车底板把手伸过去,碰了碰艾米。

"尤罗加我没有什么可失去的东西,"她说,"在这儿我挨过耳光,而且总是被催着干活儿。"

但她还是擤开了鼻子。她想起她曾经在一座木桥下面吃一块圆形硬糖。车轮从桥上的木板碾过,燕子从空中掠过。在那个日长人静的下午,它们那镰刀似的翅膀裁剪着阳光。她忘不了童年的时光。她的手绢里慢悠悠地飘出一股薄荷糖令人伤感的气味。

他只能静静地待在她的身边。有一种悲哀是别人所无法分担的。但他知道她并不后悔。尽管他感觉得到她那为痛苦折磨着的身体正和大车的颠簸相抗争。这只是一种必须经过一番痛苦才能克服的感情。于是,他又心满意足了。

这条路可真长,没多久就变成丛林里那种似乎永远走不到头的沙土路了。车轮吱吱嘎嘎,他们东倒西歪。马儿喷着有力的鼻息,鼻翼间发出皮革弹响的声音,粉红色的鼻孔挑战似的迸发出一种力量。年轻人本想告诉他的妻子,这是到某某地方了,或者告诉她,离某某地方还有多少英里。但他不能,实在是太遥远了。

"好了,一旦哭过之后,如果需要,就可以这样坐一辈子。"她心里这样说。

姑娘坐在那儿,一双眼睛盯着那条路。她对周围的一切漠不关心,并不像丈夫有时候所担心的那样。因为她对现实生活一无所知,过去的生活又是一贫如洗。在这种情况下,除了必须这样忍受着,挺直腰板永无尽头地在车上坐着之外,她不知道还该做些什么。生活也许只不过是石头、烈日和大风所组成的一个历程,它的色彩像沙土一样单调。因为举行婚礼,她穿了那么多的衣服,又是在一个不熟悉也没特色的地方,她什么都可能相信。

可是有一次,他们经过一棵树桩,树桩上钉着一个罐头盒,盒子里面放着一块石头和一条死蜥蜴。

还有一次,车轮碾过褐色的泥水,飞溅起来的冰凉的水滴吸吮着她那热烘烘的皮肤。

"那儿就是佛隆湾。"他说。

她怀着一种郑重的感情,觉得她将记住丈夫告诉给她的这一切。

这以后,大车行驶得轻快一些了。风把马肩胛上的汗珠吹到他们的脸上。周围是一股湿皮子以及这一带丛林里面风从树木上揪扯下来的树叶的强烈的气味。在那铺展开来的景色之中,一切的一切都被卷到一起:树枝和树叶,男人和女人,马的鬃毛和缎带般的缰绳。但那首先是风的展现。风收回了它所给予的一切。

"这地方总是刮风吗?"她笑着问。

他的背动了动。这不是那种能够回答的问题。此外,他认识到也接受了这漫漫长路无限的威力。

但她并没有认识到这一点,也许永远也不会认识到。她已经开始恨这风,恨这遥远的距离,恨这漫漫的长路。因为这一切将使她本人的重要性趋于减小。

恰在这时,风纠缠住一根弯曲的树枝,把它刮断,扔向空中。那是一根黑黝黝的、曲里拐弯的干树枝。树皮划了一下姑娘的面颊,把马也吓了一跳,最后有气无力地跌落在他们走过的道路上。

"啊——"姑娘热辣辣地叫了一声,手摸着脸上的伤口,受的惊吓比受的伤还厉害。小伙子则绷紧浑身肌肉,使劲儿勒着马缰。

等他们都心平气和下来,小伙子望着妻子面颊上的伤痕。这是那个瘦小的姑娘的面颊。对于他,这张面孔在那个舞会之夜就开始变得熟悉起来了。这姑娘已经和他举行了婚礼,他为此感到欣慰。

"噢,天哪!"她不无感激地喘息着,感觉到他的身体是那样结实。

连他们的皮肤都充满了感激之情,而且有一种还不甚习惯的温存。

他们还没怎么亲吻过。

他望着她脸上的颧骨和心甘情愿地向他裸露着的颈上的锁骨。

她望着他的嘴。那相当丰满的、被风吹粗糙了的双唇半张着,洁白的牙齿上粘着她面颊上那个小伤口的血。

两个人的心感觉到结合在一起了。他们相互凝视着,分享着这第一个幸福的时刻。然后,静悄悄地重新坐好,赶着马车继续前进。

在这头一天里,再没有发生什么事情搅动他们平静的心绪,中断那逶迤连绵的道路,以及无边无际的灌木丛。直到傍晚,他们的面色开始变得灰暗起来的时候,才来到小伙子开垦的那块林中空地。那是他居住的地方。

现在,他那近乎寒碜的家当完全展现在面前了。狗的吠叫声在清冷与寂静中回响。那声音听起来既有些放肆又有些绝望。

"就是这地方。"小伙子说。就好像必须赶快不动声色地把这桩事应付过去。

"噢。"她微笑着,感情又有所收敛,"这就是你盖的房子?"

啊,天哪!比起菲宾斯家的小棚屋可强不了多少,她心里说。周围死一般地寂静。

"是啊,"他嘟哝着从车上跳了下来,"就像你看到的,这儿并不是世外桃源。"

她当然看得出来。不过她知道,她必须也说点儿什么。

"有一次我见过一所房子,"她用一种平静的、充满了灵感的梦幻似的声音说,"旁边长着一株白玫瑰。我经常说如果我有一所房子,一定也栽他一株白玫瑰。那位太太说,那是一种烟草香玫瑰。"

"那好呀,"他抬起头,笑着对她说,"现在你有房子了。"

"是的。"说着她也下了车。

说了这些话似乎还不够劲儿,于是她碰了碰他的手。那条狗走过来嗅她裙子的花边。她不无疑虑地低下头瞧。狗的肋间在颤动。

"它叫什么名字?"她问道。

他说这条狗没有名字。

"可是它应该有个名儿。"她说。

一种信念激励着她瘦骨嶙峋的身体。她马上开始从大车上往下搬东西,并且在房子里安顿起他们的行李什物,就好像这是理所当然的事情。她小心翼翼地这儿走走那儿走走,给人的印象就好像她对房子里原来摆着的那些东西并不想多加过问。而且事实上,她在丈夫的房子里几乎一直小心谨慎,目不斜视,以至于有许多东西她压根儿就没有瞧见。

她知道,反正那些东西都在那儿,以后会慢慢看到的。

"水来了!"他边说边走进来,把一桶水放到门廊里面。

她在这所正在变成她的房子里面走来走去。她听见他抡斧头砍木柴的声音。她把身子探出窗口,拿定主意,在这个窗户外面种白玫瑰。那一溜慢坡还残留着树木砍倒以后留下来的犬牙交错的树桩,显得乱七八糟。

"面粉在哪儿?"她喊道,"我还没找着盐呢!"

"我马上就来。"他一边说一边捡着劈好的木柴。

时已黄昏,霞光隐去,天空变得像散乱的木片一样苍白。那一片林中空地更显得空旷。这两个人,以及他们重要的活动暴露无遗。关于这种重要性是毫无疑义的。因为一个人已经变成了两个人。原先的一个人已经因此而得到了充实。他们的人生之路交叉、分开、相遇,又最终汇合到了一起。隔着一条条深渊,他们相互交谈。他们人生目的的奥秘已经为这儿寂静的奥秘找到了解答。

吃过她草草烤好的硬面包和剩下的一些已经变馊了的咸牛肉之后,隔着那张洒满面包屑的桌子,她微笑着说:"我会喜欢这儿的。"

他望着她。在他充满自信的内心深处,他从来就没有想过她或许会不喜欢这个地方。他从来都没有想过那些必须做到的事情也许会办不成。他们将要种植的玫瑰似乎已经在那所陋屋的窗户外面扎根,盛开着的花朵落在地板上,屋子里飘荡着一股揉碎了的、烟草的味道。

还是个小男孩儿的时候,他那张脸就已经是一张信心十足的脸了。有人说这张脸冷酷无情。即使他的心灵并非完全封闭,至少也难于开启。他有聪颖和充满诗情的气质,但埋藏得很深。这种气质的大部分永远都不会被人们挖掘出来。他有时候在睡梦中不安地辗转反侧。梦境烦扰着他那张脸。但他从来不描述梦中所见。

因此,他没有对她讲什么温柔的情话。不管怎么说,这不是他的方式。隔着他们那顿寒碜晚餐的残汤剩饭,他握住了她的手。他手上坚硬的骨头才是他的精神之所在。它们可以更好地表现禁锢在他心灵深处的诗情。除此而外,那诗情无法迸发出来。他的手熟知石头和钢铁,熟悉树木哪怕是最轻微的震颤。但是现在,它学习肌肤的语言时,却微微颤抖了。

那一夜变成了一首月光的诗。月亮远远不到满月的时候。它似乎有点粗糙,宛若从纸上剪下来的一个弯弯曲曲的月亮,把这座简陋的小屋照耀成一个永恒之所在。在那似乎是纸剪的月亮之下,它的形状坚不可摧。月亮本身也泰然自若。

于是那位瘦小的姑娘从月亮的榜样之中汲取了力量。她脱了衣服,把鞋子放到一起,把一直拿着没戴的手套揉成一个球。家具在月光下显得很大,它们被人们磨旧了,也熟悉了人们的习惯。因此,她只有一刹那的恐惧,然后便轻而易举地将那恐惧抛到九霄云外了。

月光照耀之下,人的肉体是英勇的。

男人搂着女人,教给她不要害怕。女人的嘴唇贴着男人的眼睑,从那充满慰藉的深渊向他诉说。男人把他有时令人畏惧的力量和以自我为中心的精神倾泻在女人身上。女人吞噬着男人无法自卫的甜果。她能够感觉到疑虑在他的双股颤动,如同她已经体验过他的爱情和力量。她无法全部表现出她能够给予的情爱。终于,够了,完美得如同睡眠或死灭。

后来,当夜晚渐渐变凉,那一弯纸剪的新月沉入林木之中,变成一团碎纸。女人钻到毯子下面,挨靠着那熟睡的男人的身体。他是她的丈夫。她伸出手紧握着脑袋上面床架子的铁栏杆,进入梦乡。

第四章

在帕克夫妇已经开始居住的那片林中空地,生活在继续着。这一片空地蚕食着越来越多的树木。树木砍倒之后留下的树桩已经开始在烟火与灰烬中消失。或者像衰老的牙齿,一点儿一点儿地烂掉。但是还有那么一两根圆木长满节瘤,巨大而笨重,拿它们没有办法。妇人有时就坐在那上面,一边晒太阳,一边剥一盘豌豆荚,或者晾干她那光滑的秀发。

有时候,那条红毛狗蹲在那儿,瞅着这位妇人,但不像对男主人那样亲切。要是她叫它,它的一双眼睛便变得茫然若失,目无所视。它属于那男人。就是为了这个原因,她虽然曾经应允要给它取个名字,但一直也没取。它还是"你那条狗"。它在树桩和草丛中间走动,动作僵硬,抬腿也不灵活。有一次,它踩死她在屋阴下种的一棵小小的倒挂金钟。盛怒之下,她朝它扔过一个硬邦邦的胡萝卜。但是没有打中。它继续对她不予理会,甚至在它高兴的时候。它伸着舌头,因为嘴里有种笑意,那舌头越发显长。不过,它并不是为妇人而高兴。它压根儿就不看她。它舔着它的阴部,或者顺着鼻尖儿,瞧着天空。

男人拿着斧子、镰刀或者锤子干活儿的时候,那条狗从来不离左右。他有时跪在地上把他在湿麻袋下面培育出来的菜秧栽到地里。早晨,那些没有被野兔吃掉的小白菜亭亭玉立。头几年,在天气晴朗的早晨,在这些白菜尚未晒蔫儿之前,它们在和煦的阳光下面的风姿,在这位妇人心中留下的印象,比任何东西都更加鲜明。

小白菜的叶子很快便长出纵横的叶脉。在寒霜融化的早晨,它们也变得软绵绵的。那浅蓝和淡紫的嫩叶在大地温馨的气息中,和水银似的露珠,和明媚的阳光融为一体。不过菜叶总是往紧里裹,晚些时候,在灼热的阳光照耀之下,小白菜已经变成叶肉肥厚的、有抵抗能力的菜球。直到终于长成个头挺大、恬静安谧的卷心菜。它们都有菜心以及柔软的、裙撑似的绿叶。每逢中午,菜地里散发出一股强烈的卷心菜的味道。

当寒霜融化,太阳升起,沸腾的血液在血管里安静下来的时候,如果妇人走过来站在男人身边,他就告诉她,他是怎样在一排排卷心菜中间锄草松土的。

"不是那样,"他说,"因为你把杂草给埋上了。应该这样。"

倒不是因为非得教给她不可,或者她真在听他唠叨,也并非他不明白这一点,而是为了让她待在身边。落霜之后,土地松软疲惫。在手指像爪子一样又挖又刨,直到冻麻木了之后,两个人能待在一起形影相伴,确实妙不可言,充满一种柔情。用不着特意听什么或者说什么。他感觉得到她的温馨。她戴一顶挺大的旧草帽。绷边断线的地方,草帽辫儿都磨破了。戴上这顶草帽,她的脸显得又小又白。不过她的身体丰满了一点。转身的时候,不再那么颤巍巍的了,或者叫人担心是否会折断腰肢。她的肌肤正在变得敏感,也变得讨人喜欢了。

"不是那样,是这样。"他说。

他已经不再是教她松土了,而是教她在一行行卷心菜中间走路的时候,身体应该如何动作。因为他堆起一个个圆土堆当苗床,她走起来很不方便。她的行动占据了他的全部视野。铲那融化了的泥土时,他并不经常抬起眼睛,但她的身影好像就在他的怀抱之中。

就这样,他又授教于她。她深深地印在他的脑海里。

有时候,咬一口面包之后,她便从盘子上面抬起头,嘴里塞得满满的就和他说话,声音时断时续。等只剩下他自己的时候,他仿佛又听见并且记住了这个声音——有点儿过分贪婪的声音。她的确很贪婪,对面包;一旦发现之后,对他的爱。

她的肌肤大口吞咽着爱的食粮。她憎恨生活的阴谋诡计,在她还没有满足之前,便把这食粮从她那儿抢走。她常常从窗口向黑暗中望去,听金属撞击和皮革抽打的声音。看星光之下,大车黑魆魆的变了形的黑影。车上装的卷心菜像座小山。

"我已经把水袋灌满了!"她这样喊道。

这当儿,男人揪扯着挽具僵硬的扣带。冰冷的皮条不听他那双手的使唤。他绕着那匹马和那辆大车转来转去,准备卖白菜的旅行。

"三明治下面有一块馅饼。"她说。

只是为了说点儿什么罢了。

清早他走了之后,躺在床上,她觉得肩膀头很冷。马蹄在石板上敲出最后几个音符,大车吱吱扭扭奏出最后一支乐曲。人去床空,她无论怎样暖被窝,却也暖不回他的身体。

有时候,如果还有事要办或者有东西要买,赶集之后,他还要在外面待整整一天一夜。

倘若那样,这位被留下来的妇人就又变成一个瘦小的姑娘。在这间空荡荡的屋子里,她结婚时那些举足轻重的家具似乎只是些微不足道的火柴棍。在丛林中的这片空地,她那贫乏的、孩子般的生活令人可怜。她走过来走过去,似乎在洒了砂糖的地上绘地图,或者蹲在渐渐收缩着的矮树丛里,和蚂蚁面面相觑。

有时候,她嘟哝着别人教给她的对上帝说的那些话。

她祈求神情悲哀、面色苍白的耶稣向她显一显圣灵。她把牧师的妻子送给她的那本《圣经》放在丈夫从拍卖商那儿买回来的那张桌面上划有道儿的红木桌上,虔诚地,一页一页地翻着。她说或念那里面的话。她等待着宗教恩赐的温暖、完美和平安。但是要得到这一切,她也许必须做一些事情。而这些事情,还没有人教过她。无事可干,她便突然站起身来在绝望之中忙碌着。好像是做一点例行的家务,或者仅只是来回走动一下,就能获得其中的奥妙。她想象着,也许会发现某种恩赐就像一只石膏做的鸽子一样,降临到她的手心里。

但是她并没有得到上帝的恩赐。尽管在教堂的彩色玻璃窗下,这种恩赐时常为人们所提及。当她一个人的时候,她就是一个人。要么,还有天上的闪电,提醒她生命的短暂。那位悲哀的耶稣是个留胡子的老头。他从丰满的面颊里吐出死亡。上帝的慈悲只是表现在集市结束,大车回来时辘辘的车轮声。上帝的爱便是印在她唇上深深的亲吻。她的心中充满了上帝的爱,并且以为这是理所当然。直到这爱再度离去,她才又记起先前的一切。她是那样的脆弱。

这位妇人艾米·菲宾斯专心一意于她嫁给的这个男人斯坦·帕克。而这个男人呢?这个男人吞噬了这个女人。这便是他们之间的区别。

斯坦·帕克穿着进城才穿的那套浆洗得挺硬的衣服,并没有想到由于那种类似吃人的行为,而使他的力气有所增加。当他一旦意识到这一点之后,他就当着别的男人的面,大口吞咽着,连他自己的躯体也忘得一干二净。他的言词也并不踌躇畏缩。尽管他还是那样木木讷讷,但这种木讷已经变成,而且将一直是一种美德。

那城镇是人们做生意,买面粉、砂糖,酗酒,吹牛,说大话的地方。他们还在酒店外面的阳台下呕吐。就在这儿,大伙儿渐渐认识斯坦·帕克了。他不喜欢抛头露面。但问到头上,也会发表自己的意见或者接受别人的意见。人们开始认出他那张脸了。他那双关节打满老茧的手,在接过找回来的零钱时,也得到了人们的尊敬。

有时候,他和别的男人们一起站在酒店里,被潮乎乎的空气和酒后怀旧的气氛包围着,听他们聊天。这种聊天真是没完没了。那些人,有的神情呆滞、蓄着唇髭,有的肥头大耳、嘴上无毛,有的眼睛碧蓝、满脸傻气。这些自命不凡的家伙在酒店里扯起来真是漫无边际,海阔天空。他们的奶牛乳房总是胀鼓鼓的。这么好的火腿、这么好的咸肉、这么好的猪肉,别人的猪可是无法相比。经过旱灾、水灾、火灾的考验,他们了不起的体力创建了不朽的业绩。他们抓过大鱼、杀过蟒蛇。他们把小公牛摔瘫。他们咬下过烈马的耳朵。他们比别人都能吃、能喝、能输、能赢。在小酒店昏暗、混乱、潮湿、七扯八拉的气氛里,他们那嘈杂的声音编造出各自光辉的业绩。那是一种杜撰事实的气氛,一种制造烟雾的气氛。大话像一缕青烟冒出来,游动着,弥漫开来。丝丝缕缕,踟蹰不前,终于归于泯灭。如果这烟是从火里冒出来的,半路什么地方,它也会在夸张卖弄的图案中全然消失。

斯坦·帕克有时候在酒店里听人们这样吹牛,但他并不觉得有必要把自己的生活也变成豪言壮语,说给人家听。他的生活就像现在过着的这个样子也就足够了。因此,当那两扇弹簧门在他背后关上的时候,人们都纳闷,他这张脸是否值得喜欢,他这个人说不定是那种阴郁的家伙。斯坦·帕克从那些饰有镂花廊檐的阳台下面走开,那条一直等着他的狗跟在身后。

班加雷——这座进行集市贸易的小镇里的生活并没有使斯坦信服,甚至像红色的法院、黄色的监狱这样一些确凿的证据,都不能将他折服。他赶着大车穿过笔直的大街。男人们在那儿怂恿他们自己去做某种事情。他从那些石头砌成的房屋边走过。姑娘们坐在木兰树下,一边啜着酸溜溜的木莓汤,一边谈着知心话。他不时擤鼻子,似乎是为了赶苍蝇。他的大车吱吱扭扭地响着,傲慢地穿过城郊。他直挺挺地坐在车上,似乎在说,他宁愿被人打倒,也不会承认他相信那座城镇。

他常为自己隐秘的存在而微笑,为这种存在中最有意义、最秘密的一个细节——他的妻子而微笑。

有一次,一位老太太闯进他内心深处这个隐秘的小天地。那老太太戴着一顶皱皱巴巴的帽子,跑到路当中问他:"孩子,请问迪兰尼家在哪儿住?不是斯密史大街就是布罗德大街。我忘了到底在哪条街上了。我记性不太好了。他是个大建筑承包商,是从格里博区搬到这儿住的。他的女儿嫁了我妹妹的儿子。"

年轻人与迪兰尼至少算点头之交,但他皱着眉头说:"老妈妈,我是外乡人。"似乎在脸上套上了面罩。他确实冷不防吓了一跳。他为自己刚才的邪念感到羞愧。

"啊,"她说,"我寻思你认识迪兰尼呢。他是个了不起的人物!"她那下巴上长着胡茬儿一样汗毛的脸现出怀疑的表情。

但是这位年轻人还是摇了摇头。不知怎的,他觉得羞愧。过后他很难过,也为那位老太太的命运而担心。但他守住了他的秘密,这一点毕竟也是他的力量之所在。

赶集之后,年轻人驱车回家,周围是一片让人感到安适的静谧。大树逢迎,暖烘烘的鞍鞯散发出皮革的气味。漫漫长路冲刷着他的灵魂。他打开心灵的闸门,想起许多简单而又叫人吃惊的事情:他的母亲拿着一把梳子梳头;士兵布满了爱尔西诺①的城垛;黎明时分,花奶牛喘着粗气;一张张嘴巴里叨念着那句总也叨念不完的祈

---

① 爱尔西诺:莎士比亚的悲剧《哈姆雷特》故事的发生地。

祷词。在这样的早晨,他重温所有这些丰富多彩的往事。

他是在一个笃信宗教的环境中长大的。但他还没有感觉到对上帝的需要。穿着这身浆洗得挺硬的衣服,他不承认祷告的潜在作用,他身体还很强壮。他爱留在屋子外边的那株光溜溜的大树。他爱。他爱他的妻子。这时,她正好提着一只水桶,从他们那所棚屋后面走过来,头上戴着那顶车轮似的大草帽,草帽下面露出一张瘦削的脸。他爱,而且爱得强烈。但那依然是一种产生于某种实体的力量,和对某种实体的爱。

"喂,"他隐藏着他的爱说道,"有什么事没有?有人来过吗?"

"啥事儿也没。"她说,头上戴着草帽,有几分羞怯,心里想,是否应该给他一点暗示。"你盼望什么呢?"她说,"一台蒸汽机车?"

她的声音过分鲁莽地打破清冷的寂静。她站在那儿,手里摇着水桶的提梁,发出吱吱吱的响声。空气对这声音倒不觉得有什么羞怯,而她为自己说话的声音惭愧不已。

她惭愧自己说不出应该说的那些话来。整整一天,她听乳牛脖子上的铃铛声,听一只小鸟的欢叫声,体味着她那所寂静的房屋的存在。她的思想原来是那样大声地喋喋不休,可现在却躲避了起来。

这位年轻人,她的丈夫,从大车上咚的一声跳了下来。他的上衣不太合身,后背被什么东西吊了起来。

"你的上衣太紧了。"她一边说一边给他抻了抻。

"那就只好紧一点儿了。"

他吻了吻她的唇。立刻,一切都清楚了,他要的就是这个。除此而外,所有别的什么:言语呀,挽具呀,灰色树桩间曲折穿行的大车,甚至他那件皱皱巴巴朝上卷着的上衣,只不过是复杂的俗套的一部分。

于是,嘴里带着他的气息,她从这个高潮之中走开。她去找那头黄奶牛。它已经忍耐好长时间了。它的肚子颇有耐性,颜色青紫的舌头把嘴塞得满满的。这位年轻妇人因为对牧师的妻子一直怀有一种钟爱之情,所以给这头老奶牛取了个名字叫朱丽亚。夕照之下,她这头温顺的奶牛越发显得温顺了。它转过头来,朝她走来的方向张望,甜甜地喘息着,表示欢迎。她喜爱这头沐浴着橘红色晚霞的古铜色奶牛。整个世界向她敞开了。牛奶带着一种安谧的恬静,落入她的奶桶。她那双手刚才漫不经心地触到了丈夫的脊背,现在又进一步做出这些爱抚的动作。她触摸过的一切都发生了一种变化。她低下头,靠在奶牛身上,倾听那宁静的声音。

有一次,大约就是这个时辰,来了一个陌生人。他俩好久都没有忘掉这人,因为他是头一个不速之客。他顺着那条小路,朝她正靠着给黄牛挤奶的那棵枯树走来。那渐渐走近的脚步声和唰唰的挤奶声混合在一起,直到妇人抬起头才瞧见这儿站着个男人。他长着一个长鼻子,背上背着一个口袋。

他说他要去乌龙雅,那地方离这儿还有好远一段路程,那儿有一条大河。"你到过乌龙雅吗?"男人问道。

"没有,"她说,"我从来没有到过那么远的地方。"

太远了,远得难以对它抱什么期望。她坐在那儿一动不动,奶桶放在膝盖中间,那条大河仿佛从她这里流走了。

"我只到过尤罗加和这儿,"她说,"噢,还到过班加雷一两次。"

"我差不多哪儿都去过。"那个男人说。

从他那件粘满头皮屑的上衣看不出他因此得到什么好处,但他那张脸一定见过不少世面。那个大鼻子正为自己见多识广而自得其乐。

"你看见过野人吗?"她问道。在这寂静的傍晚挤着牛奶。

"老天爷!"他笑着说,"见得太多了。在许多你压根儿就想不到会见着他们的地方,他们会朝你晃动头上的羽饰。"

听口气,他是个受过教育的人。

"我认识的一位太太告诉过我,"她不无尖刻地说道,"有些野人潜到海底,用牙齿咬着把东西捞上来。"

她的一双眼睛闪闪发光,对那些还没有得到,而且也许不可能得到的东西充满了渴望,或者似乎因为她还没有涉足于海底而生出企求。她坐在母牛身边,它的乳头在她发痛的手里变得越来越松弛。

"你对文学感兴趣吗?"男人问道。他的一双眼睛也在闪闪发光。

"什么?"她问道。

"我是说,你这个年轻妇女读书吗?"

"我读过四本书,"她说,"在尤罗加的时候,我还看报。"

"瞧,"那人一边说一边把胳膊伸到袋子里,"这儿有书。"

原来那个鼓鼓囊囊的袋子里装着不少装帧漂亮的《圣经》。

"这里面还有画儿呢,"他说,"瞧,二十七幅插图。这是参孙①推倒了神殿,这是约伯②正在查看他的脓疮。也许您的先生要给您买一本这种《圣经》当礼物。对于一位爱读书的年轻太太,这样一件礼物可是太有吸引力了。"

"我们有《圣经》。"她说。

"可是没有插图呀!"

"没有,"她说,"不过,我得削土豆皮、缝缝补补,还要侍弄奶牛。他不在家的时候,还得劈柴。下雨之后,要是野草实在太厉害了,我还得拿起锄头去锄地。哪有时间看画儿呢?哪怕是《圣经》里头的画。"

那个男人擦了擦鼻子。"你是个讲求实际的女人。"他说。

---

① 参孙:《圣经》中力大无双之勇士,见《圣经·旧约·士师记》第13~16章。
② 约伯:《圣经》中希伯来之族长,见《圣经·旧约·约伯记》第2章。

她把她刚才坐着挤牛奶的那只旧箱子推到后面。"我也不知道我是个什么样的人,"她说,"我没怎么念过书。"

"见过这玩意儿吗?"那人问道。

他从口袋里掏出一个胖墩墩的小瓶。标签上写着:名副其实的汤普森催眠药水。包治各种病痛,安全可靠,货真价实,童叟无欺。

"花钱买瓶这个也值得呢!"

"噢,"她说,"我丈夫来了。"

她穿过他们围起来的那块土地,洁白的牛奶跳荡着,拍打着桶沿儿。她很高兴离开这个人,因为她已经开始感觉到自己对生活缺乏经验。

"那家伙是谁?"丈夫问道。

"是个步行去乌龙雅的人。带着满满一口袋《圣经》,还有一个瓶子,里面装着些古怪的药水。"

"到乌龙雅还远着呢!"年轻人说。这当儿,那位陌生人一直在暮色中整理他那些书,重又把它们包在原来那几张皱皱巴巴的纸里。

在这块不久之前还是一片丛林的空地,阳光消失得很快。他们的房子显得那样脆弱,在他们自己的家园,他们竟也成了陌生人。直到上灯以前,这地方不像是他们的家。

"最好请他吃点什么吧。你能做点吗?"斯坦·帕克问道。

"噢,我想总会有点儿吃的吧。"

"他可以睡在外面,"她丈夫说,"或者在走廊里,铺几条麻袋。"

她说:"我还不知道该给他吃什么呢!"

她突然充满一种愤愤不平的、自命不凡的感情。兴奋撩拨着她的怒气。她容光焕发。在她张罗着准备接待他们的第一个客人的时候,这间洒满灯光的屋子里,到处是她咋咋呼呼的身影。

年轻妇人在炉灶上烤肉。那位卖《圣经》的陌生人嗅着肉香,搓着一双手。食欲开始消除他的谦恭,他渐渐自在起来了。她在一个铁丝烤架上烤着三块排骨和一个小腰子。排骨爆着油花,腰子鼓胀起来,细密的血珠闪着光。陌生人等待着,一双眼睛开始现出悲哀的神色。也许是出于耐心,也许是因为确信那几块愤怒的排骨终究会爆炸开来。

这位身带催眠药水的人已经整整一天没吃饭了。他叹了一口气,说:"是啊,食物能滋补人。还有酒,有些人否认酒的营养价值。可是你们一定已经从书本上读到——这一点我毫不怀疑,你们显然是有头脑的人——你们一定已经读到,酒也是一种食物。请注意,是纯粹的食物的一种形式。"

陌生人眯细一双眼睛,就像从一条缝隙里面往外瞅。这更突出了他那种雄辩的缜密和精巧。他是个秃顶,或者说还没有完全秃。几缕残存的头发挣扎着,爬过他那发青的头皮。不戴帽子的时候,他那张被阳光晒黑的脸与其说见多识广不如说饱经风霜。

"我有个叔叔就这么滋补。他现在还活着,而且还喝这玩意儿。"年轻妇女说。她砰的一声,把两只笨重的白茶杯放到桌上。

"那只是一种理论。"陌生人温和地说。

可是丈夫被一种莫可名状的喜悦触动了。他从那个东摇西晃的食品柜里拿出一瓶酒。这瓶酒他是留着等一个正式场合用的。那么,眼下这个场合为什么不能用呢?他们还从来没有接待过一个客人呢!而且现在,灯光更使人确信,这房子是属于他们的。薄暮时分那笼罩他们的不安和疑虑已经烟消云散。

"好了,"年轻人说,"不管它是不是食物,反正这儿有点好朗姆酒可喝呢!"

"好暖暖心,"陌生人说,就像你平常那样,在转而谈及一个重要议题之前,先不经意地说上这么一句,"这使我想起非洲黄金海岸①

---

① 黄金海岸:加纳旧称。

的一件事情。我在那儿曾经和那些土著人的部落酋长洽谈一宗很大的买卖。"

"这是你的茶。"年轻妇女说,就像要拿这句话堵上两只耳朵似的。

但她的丈夫想多听一点儿。他们已经开始吃那块肥腻腻的肉了。他半张着两片嘴唇,现出惊讶的神色。

"黄金海岸,是吗?"年轻人问。

似乎家具的永恒只是一个神话。似乎另外一些他已经在内心深处感觉到,但尚未发现的闪闪发光的幻象正骚动着,几乎浮到了表面。坐在松木椅子上如坐针毡,眼睛因为遐思在眼窝里深陷下去。他的妻子正在吹叉子上一块挺烫的肉。她真想站起来吻丈夫的眼眶。

那位陌生人嘴里塞得满满的,费了半天劲儿,终于腾出个空隙解释道:"那时候,我正有公务在身。可以说是公私兼顾。我是去调查从阿善提部落能不能贩卖红木。那些土著人可真难缠,要不是因为他们的一个酋长突然得了腰痛病,事情可就麻烦了。我让他喝了不少朗姆酒。"

"那阵子你还没卖那种水吗?"年轻女人问道。

"哪种水?"陌生人问。他正拿起瓶子往杯里倒酒,就像人家请他倒似的,但同时又极力把那个动作做得不怎么起眼。

她说:"就是你口袋里装的那玩意儿嘛!"

"啊,"他说,"那是另外一种行当。是的,带着呢。"

他已经不再说话了,吮着那块啃得光溜溜的排骨,直吮得嘴巴油光闪闪。

这当儿,斯坦·帕克的心被揪扯于黄金、乌檀的幻象以及他自己平静的现实生活之间。他倒没想要从钉子上面摘下帽子,说一声:好了,再见!我要去看看异国他乡了。他没有因为这种想法而腿窝里冒汗。他有一种更加微妙的渴望。就好像世界之美已经从睡梦中、从拥挤的小木屋里升起,已经唾手可得。那些从来没有用以表达思想感情的话,现在也许会突然冒出来。因为,如果能够发现的话,透过表面,在他的内心深处蕴藏着表达爱和美的绝妙的言词。

可是他说出来的还是那句话:"黄金海岸,是吗?"他伸手去拿酒瓶。

他所有的弱点和所有的力量融合在他的血液之中。

"小时候,"他说,"我读过莎士比亚的著作,只啃懂一点儿。我觉得不管什么东西,我也是只能啃明白一点儿。"

"文学,"陌生人说,"是人最大的安慰。噢,当然了,也许还有一两样可以和它相媲美的东西。"

"给。"年轻女人把盘子里啃过的骨头收拾走,扔给门口卧着的那条狗。

夜的悲凉以及这两个男人那似乎是出了窍的灵魂压抑着她。他们不再把只言片语像扔吃剩了的东西那样说给她听了。进入他们谈话的任何一点诗意都是属于他们个人的。陌生人不论谈到波斯湾还是埃塞俄比亚,鼻子都焕发着红光。她丈夫那种神情,她以前见过一两次,并且勉勉强强给予一点敬意。

"是的,"陌生人说,"即使它不是最大的安慰,也还是值得一提。读一本好书确实有许多益处,就像有的人必须唱一通赞美的诗,有的人必须从食品架上拿一瓶子酒一样。你会体会到这一点的,"他说,"我说的是实话。"

他把朗姆酒喝了个精光。

"当然,从另一方面讲,你们的情况也不尽相同。"

听了那男人这句话,少妇觉得自己又被带进谈话的中心。她在桌子那边紧挨丈夫坐着,手抚摸着他胳膊上的汗毛,她的存在又得到了承认。

"这话怎么讲?"她问。

"因为全能的上帝还没有向你们摊牌。你们还没有被打破脑袋,踢到楼下,唾沫吐到眼里。明白吗?"

斯坦·帕克觉得这老头子大概不只是喝醉了,而且还有点儿疯癫。但妻子靠着他的肩膀热乎乎的,使他自己完全避免了这两种情况。

"所有新婚的年轻夫妇都是属菜的,"陌生人说,"他们相互之间无须竞争。就像葫芦和南瓜,缠绕着、拥抱着,躺在床上。"

年轻女人说:"你可真适合去贩卖《圣经》。"

"什么东西都是种类繁多呀!"她的客人歪着嘴打了个哈欠,"说起《圣经》,我心里一直燃烧着怎样一团火焰呀!你也许不会相信,我被它照花了眼。啊,是的。只是那火不能持久。"

他那可怜的几绺头发耷拉着,丈夫和妻子相互倚靠着。对这一切,他们确实无动于衷。内心深处的满足在他们脸上焕发出柔和的、金色的光彩。

"现在,要是你们允许的话,我想在什么地方躺下来休息了。"客人边说边松了松裤带,"和那个陀螺躺在一块吧。那可是个漂亮的小玩意儿。"

他从远处指着壁炉台上放的那个银擦子。

她说:"那是我们举行婚礼时人家送的一个小肉豆蔻擦子,是银子做的。"

"啊,婚礼!我们是怎样试图给自己寻找保障啊!"

不过他还是被安排到外面的几条口袋上睡去了。他很快便进入了梦乡。

一弯明月从那永恒的树木之上歪歪斜斜地升起。月光下,那个长方形的棚屋在远处躺着。屋内,炉火已经变成红炭。那暗淡的红光已经不再使人的肉体感到惬意了。它似乎得出一个结论，人能想象出来的这种诗意实在是太蠢了。习惯又战胜了那两个脱掉衣服准备睡觉的人。他们背对背躺着。他们知道下一个行动。他们熟悉相互应和着的手。他们又听出那张床的叹息。

"艾米。"斯坦·帕克贴着妻子的面颊说。

那是一种含义复杂的寂静。

"嘘！"她说，"那个老头子还在外头躺着呢！"

但是他的身体紧搂着她，使得她最后只好依顺他。黑暗中，他们汇合在一起。那充满柔情蜜意的海岸敞开了，让他们的小船驶了进去。树木之下，睡神游过来迎接他们。

早晨终于降临。天光大亮，到处是小鸟的啁啾。红毛狗踏着露水，一边追一只野兔，一边狺狺地叫着。艾米·帕克又变成一个瘦小的年轻女人。她脸上残留着睡痕，坐起来，想起外面睡着的那个老头子。

"他大概等着吃早饭呢，斯坦。那块猪肉太咸，我应该早点儿泡上，可是忘了。"

"他醉得像摊烂泥，哪能注意到猪肉咸不咸。他要再赖着睡一会儿呢。"丈夫说。对于他，这桩事无所谓。他只留恋睡了一夜的热被窝和被窝里他们相互偎依的情景。

"别，斯坦，放开我！"她笑着说。

她一边伸着胳膊往身上套裙子，一边趿拉着拖鞋在地板上啪嗒啪嗒地走。

"咳！"她还在甩着头发梳理。"咳！"她在晨光之中大声说，"你说怪不怪，他已经走了！"

他确实走了，只有他在上面躺过的那几条麻袋扔在那儿，它们自然一无所知。由于良心的责备，他已经沿着那条林中小路向那条大河——他的目的地走去。

后来,当这位年轻女人打扫他睡过的那块地方时,她没有办法把他也从记忆中清扫出去。闯入她生活中的人太少了。她能记住他们脸上生的疣子,能记住他们眼睛的颜色。她愿意永久地保存她的旧梦,愿意把反射在记忆这面镜子里的映像统统清除。因此,在她拼命清扫那块让她追寻往事的走廊的地板时,她不得不跑回到屋子里,去清点一下她的东西。屋子里没有可以使她引以为骄傲的东西,也没有什么没有用处的东西,除了那个小小的肉豆蔻银擦子。

然后,艾米·帕克虽然皮肤冰凉,心里却好像要燃烧起来。

"斯坦!"她边跑边喊,裙子扫着一群母鸡。"斯坦!"她跑着,毛茸茸的夏至草丛被她踩倒。她虽然上气不接下气,但还是尽可能把话说得清楚一些:"你知道那个老头干了些什么吗?他把那个肉豆蔻银擦子给偷走了!"

丈夫手上粘着泥土。那土潮乎乎黑黝黝的,粘在手上很舒服。

他打了一声口哨。"让他偷走了?"他说,"这个老家伙!"

她望着他裸露着的喉咙。这些天,朝霞照耀之下,那带点蓝色的卷心菜闪着光。

"那玩意儿从来就没有什么用处。"他说。

"用处当然是没有的。"

但她的话是火辣辣的、慢吞吞的,忽忽悠悠一直飘回到他们那所房子。当然喽,那个擦子是没有什么用处,除了让人记起那个难忘的早晨。他们从尤罗加出来,马铃叮当。穿过平坦的田野,又从万纳勃家那头死牛旁边走了过去。再就是那个火花飞溅的夜晚,当卖《圣经》的人高谈阔论,大话连篇,要吹塌天的时候,这个擦子最后成了她贡献出来的一样财宝。那是她的"黄金海岸",只不过它是真实的——她的肉豆蔻银擦子。

斯坦·帕克从不企求获得什么终极真理,因此这次上当受骗对他并没有多少伤害。当他锄地里野草的时候,当他砍倒树木,把围在他那块土地上的铁丝网拉紧的时候,他的"黄金海岸"在朦胧的希望之中闪闪发光。到现在,他那块土地已经差不多都围起来了。但是他说不上除此之外,还有什么是属于他的。他那充满渴望的生活难道就要在这铁丝网后面度过?他的一双眼睛眺望着远方,目光显得辽远而空阔。于是他带着一种急躁,甚至是一种激情,去砍那些躺在地上的圆木。最后,怀着明显的厌恶,把斧子扔到了一边。究竟厌恶什么,树木当然无法披露。他还谛听他周围那沉闷的、无休止的沙沙声。他听见有一个主旋律威胁着,要从那声音之中爆发出来。这是唯一的旋律,而且继续威胁着。

与此同时,他变老了一点儿。他的身体越来越结实,就像肌肉发达的人体雕像。但是如果不做一番仔细的研究,似乎还没有明显的迹象表明,他的灵魂不会最终造就成理想的灵魂所应该具备的那种高洁、完美的模式。

第五章

其他的人也来这一带居住了。他们不时从这里经过,坐着装满桌子和床垫的运货马车和牛车。或者坐在一辆新上了黑油漆的轻便马车里炫耀一番。有时候,有的人会拿着水袋进来,从帕克家的贮水罐里灌水。但大多数人不乐意承认已经在这儿居住的人们。帕克夫妇对他们的斜睨则报之以长久而冷漠的凝视。

有一位年轻妇女因为头晕,走进来在门廊里坐了一会儿,用浸了水的手帕擦了擦脸。她说,简直寂寞得可怕。

艾米·帕克没有答话。她还没听说过寂寞为何物。她和赶集的日子没有缘分。然后,人们都走了,这人迹罕至的地方立刻又为寂静所占领。在这霞光灿烂的早晨,似乎有寂静的钟声在飘荡。她很快活。

现在,紧靠门廊长着一丛玫瑰,是一丛白玫瑰。她曾经为之心驰神往,唠唠叨叨。这花是他从城里带给她的,现在已经是枝繁叶茂、参差不齐的花丛了。上面开满了大朵大朵的、好看的玫瑰花,散发着烟草的清香。那色彩也许清冷了一点,但与房屋那边幽暗的绿光倒也相配。那儿是一片叫作牛癣草的挺高的杂草。玫瑰就屹立其中。以后,它的枝枝杈杈会变成黑色,蔓延开来。不过,艾米·帕克的玫瑰丛现在依然花枝嫩绿、生气蓬勃。月光下,玫瑰花像大理石一样坚实;正午,灼热的阳光下,白色的花朵反射出耀眼的光,或者像纸一样颤动着,飘落到黄绿色的牛癣草中。

"看得出,你是个养花能手。"一位妇女说。她的大车吱吱嘎嘎地响着,停了下来。尽管她并不完全想这样做。

"我种了一丛玫瑰。"艾米·帕克静静地说。

"俗艳的东西从来就没有什么用处,"女人坐在大车上说,"不过,我想有人欣赏这玫瑰丛就好。"

艾米·帕克不喜欢这个女人,其程度不亚于对菲宾斯婶婶的厌恶,尽管这女人还年轻。

"你总得养点什么。"艾米·帕克说。

"噢,"年轻女人哼着鼻子轻蔑地说——如果她是一匹拉车的母马一定会甩几下尾巴,"我们养猪,两口要下崽儿的母猪,一口小公猪。此外还有一群小母鸡。我们当家的也喜欢种东西。今年春天,我们想试着种种洋芋。尽管我们住的地方简直是个冰窟窿,如果真有这种冰窟窿的话。"

这个肥胖的年轻女人说着这番"车轱辘话",脑袋转来转去,黑色的发卷闪闪发光,面色红润,比什么时候都更像一匹拉车的母马。

"所以,你不能说除了玫瑰花就再没有别的事情可干了。"她说。

"我还是养我的玫瑰花。"艾米·帕克固执地说。

"你没生我的气吧,亲爱的?"年轻女人问道,"我只是谈谈我个人的看法。我们当家的总说我这是禀性难移。可是不管怎么说,女人也得喘气儿吧?如果有那么一两句话在我喘气儿的时候喘出来了——就像我刚才说的那样——那又有什么错呢?"

艾米·帕克开始激动起来,也想说点儿什么。

"这儿简直寂寞得可怕,"那女人叹了一口气,"我生在沼泽地,这倒是真的。可是不管怎么说,你总能去找找住在附近的基督徒。"

艾米·帕克倚在门上。她那从不寂寞的生活也许正在变成一片荒野。多少人曾经对此有所暗示。除了此刻,她的朋友——大车上这位胖墩墩的女人介入她的生活的这一刹。

"我们两口子住在这儿。"艾米·帕克说,似乎是给自己鼓劲儿。

"是啊,"女人说,"是这么回事儿。"

但她坐在那儿脸上毫无表情。她坐在那儿直盯盯地望着前方,扬扬自得的面孔变得无精打采,闪闪发光的、沉甸甸的发卷已经松散开来。

"是啊,"她费劲地说,似乎是在从一个要征服她的某种东西那里一个一个地把字扯出来一样艰难,"我要进城,去办几件事情。他不会露面,今天不会,明天也不会。我得说,他有个毛病,不过……这是他的……不是……这是……你知道,男人的消遣。过段时间他就得喝醉。像个老爷或者王八羔子似的。这是他不让人碰的特权。他把酒瓶子甩出去,好让他的妻子在一个风和日丽的好天气,踩在满院子乱滚的瓶子上头,折断她的踝骨。"

她把头发拢好,使劲收起缰绳。

"我只是跟你说说罢了,"她说,"既然我们已经相识。不过,尽管如此,他人还是不太坏的。"

她开始哑着有弹性的舌头吆喝,用整团的缰绳抽打,自己的屁股也在车底板上一欠一欠地催促。如果是一匹稍好一点儿的马,经过这番折腾,一定会开路的。

"这马生病了吗?"艾米·帕克问。

"原先那匹病过,"她的新朋友说,"这匹马没病,它就是把骨头插到地里头去了。"

不管骨头插没插到地里,它确实瘦得只剩一把骨头了,还有一两处马肚带磨出的伤口。那几处伤口和它的一双眼睛上叮满了苍蝇。

"它走起来挺好,"那女人上气不接下气地说,"就是一站下,就死活不想动了。驾！驾！是谁这么聋,这么没知觉?"

大车开始吱吱扭扭地响了起来。

"我刚才说过,现在我们已经像邻居那样,相互认识了。我们离这儿只有一两英里远。那匹栗色母马就死在拐弯的地方。你也许乐意来喝杯茶,聊聊天儿。要能那样,可没有比这再让我高兴的事儿了。我们那所房子很好找,现在还没完全盖好呢!你只要找那匹死掉的老马就行了。他把它当作一个标志留在那儿。"

她大声说着,那辆不情愿移动的大车向前行进,在石头上面颠簸。她俯下身来,因为大声说话累得汗水津津。你看得见她最好的衬衫领口露出的黑痣,还有毛线织的短上衣。那天,一滴蛋黄洒在了那衣服上面。这位女邻居的微笑很好看,用肥皂洗过的皮肤对人们充满了友爱。

"啊,"她喊道,"我忘了告诉你了,我的名字叫欧达乌德太太。"

现在既然不再姓菲宾斯了,艾米·帕克得鼓起勇气才能把自己的名字告诉她。她刚说完,女邻居就走远了。这里又只剩下一片树木。

少妇从门口走开,回到屋里,一直想着她的朋友。因为她是她的朋友,对这一点她很有把握。她以前还从来没有过一个朋友。这天上午,她擦桌子的时候,打扫脚垫子上的土的时候,搅锅里食物的时候,一直在心里琢磨女邻居的话。这屋里的东西在少妇新的眼光里,发生了令人吃惊的变化。比如那张床,寒碜的铁栏杆上,巨大的铜球映照着屋里的东西,闪闪发光。少妇就这样,在她的屋里走来走去,朝那条她从来没有喜欢过的狗笑着。那条狗一双惊讶而又无情的眼睛直愣愣地望着她,只是耸了耸它那红褐色的鼻尖。

"斯坦,"她对丈夫说,他跟在他那条狗的后头,"我们有个邻居从这儿路过,她的名字叫欧达乌德太太。她丈夫是个酒鬼。"

"爱尔兰人来了。"斯坦·帕克说。他摘下帽子,往脸盆里倒满水,洗手准备吃饭。

"那又怎么样呢?"她说,"这儿太寂寞了。"

"从现在起要寂寞了。"

"有个人聊聊天很好嘛!"

"那我呢?"

"噢,"她说,"你呀!"她把热气腾腾的、个头挺大的土豆堆在桌上。

他打不消她的热情和欢乐。

"那是两码事儿。"她说。

她给他端上饭,垂着眼帘向下瞅着。这样子惹他生气。

"留神你自己的东西吧。"他说,嘴里塞满了热土豆。

"怎么了? 从说话看,她是个诚实的女人。"她说。

"卖《圣经》那个家伙看上去也诚实。"丈夫说。热土豆烫得他连说话的声音也似乎更加愤怒了。

他坐在那儿,用手掰面包。那副样子使得腕骨看起来又大又不近情理。

她没有再说话。一只花母鸡溜了进来。那是她的宝贝儿。她有时候允许它在餐桌下面四处啄食。现在,寂静之中,只有母鸡的喙啄在坚硬的地板上面发出的声音。那声音声声入耳,固执地强调着刚才说过的那番话。

可是艾米·帕克既不能丢掉邻居对她的友谊,也不能丢掉她的丈夫。在这个让人昏昏欲睡的中午,这两种感情交织在一起。一种暖融融的、让人感到抑郁的感情袭击着她。而这种抑郁很容易让人沉湎其中。只是眼下还没有到如此严重的地步。它像一杯浓茶温馨馥郁,使得她的一双眼睛朦朦胧胧,怅然若失。

不一会儿,丈夫放下茶杯走了出去。什么问题也没有解决。他们的关系史上第一次出现了某种松动。这悲哀而又令人快慰的心境,延续到整个闷热的下午。

这有什么了不起的!她心里说。她愤愤不平地、十分激动地把针穿到拿出来织补的袜子上。没有什么大不了的。这天晚些时候,要有雷雨。她鼻尖上直冒汗。树叶在微风中摇曳,乌云在风雨常来的方向聚集。她的手指让针扎了一下,预兆着将要发生什么事情。她吮了吮手指,紧张不安地把袜子卷成一个球。这当儿,大团大团的阴云滚动、膨胀,相互拥挤着,奔涌而来。刚才还清爽的微风喧嚣着,变得潮湿,充满了恶意。风儿吹动了屋里的东西。妇人起身关住房门,企图保持自己那种安全感的幻觉——如果仅仅是幻觉的话。因为乌云正在她头顶爆裂开来。那撕裂开来的云朵像灰色的羊毛团,被风儿席卷着掠过天空,比她身体里血液的流动还要快。这一切开始在她心中引起恐惧。

狂风开始撞击这个小木头盒子。她就被关在这盒子里面。

"他在哪儿呀?"她问自己。她在"盒子"里面急得团团转。因为害怕,嘴大张着。

这当儿,那男人——她的丈夫——待在一座他正盖着的小棚屋旁边。他的榔头声开头还富于戏剧色彩,给人深刻的印象,现在却听不着了。在雷电面前,他的榔头是劣等的铁。但这男人放声大笑。在愈来愈猛烈的风暴中,他感觉到一种快乐。他仰面朝天,正对那奔涌的乌云,龇着牙,带着一种紧张的、把握不准的幽默,向着天空微笑。喉结在脖子上孤零零地突起,显得毫无意义。突然间,他自己也全然失去了意义,似乎只是软骨制成的东西。笑声在他的嗓子里渐渐消失了。裤腿自腰间垂下,在狂风中拍打着他那细木棍一样的两腿。

整个大地在运动,一种狂风和奔涌的林海的运动。他处于被卷走的危险之中。

还是个小男孩儿的时候,躺在硬邦邦的马鬃做成的沙发上,他读《旧约全书》时充满了兴奋和恐惧。现在,双膝跪在地上,或许就要五雷轰顶的时候,一道明亮的闪电点燃了他的记忆之火。上帝从云端刮风,人们将像树叶一样,四处飘散。再也没法儿说清楚谁在哪儿。或者说这事压根儿能说清楚吗?被这愤怒的、毫无生气的岩石以及奋力抗争着的树木包围着,他已经无法确定。在这种情形之下,他被一种痛苦折磨着。目前尚且还不是恐惧。他还是乐意抬起头,想从老天爷的脸上看到一点怜悯的表情。

但是天空变得愈发阴沉了,一股强劲的风猛烈地吹着,他开始害怕了。

过了一会儿,男人看见他的妻子在奔跑。她的四肢和风以及风撕扯着的衣服搏斗着。看见她被折磨成一副他不熟悉的模样以及她那毫无血色的古怪的面庞,他突然觉得,这不是尤罗加教堂里跟他结婚的那个姑娘,那个跟他相爱,也跟他吵架的女人。但他还是强迫自己跟跟跄跄地向她跑去,去抚摸她。

他们站在暴风雨里,相互搂抱着。

"我们该怎么办?"她叫喊着,嘴巴还是那样古怪地大张着。

"没有什么办法,"他大声说,"只有希望暴风雨快快过去。"

他们搂抱着,寻找对方消瘦的脸。相互间的触摸,又使灵魂归于他们的肉体。瞬息之间,他们又恢复常态了。他们的脚不太稳当地踩着大地。

"我害怕,斯坦。"她说。

他本来应当说点儿什么让她宽宽心,但因为自己也害怕,便没说什么。他抚摸着她,她觉得好一点儿了。

风还在刮。

那头黄牛在圆滚滚的肚子所允许的范围之内弯腰曲背,顶着狂风,四处乱跑。那条狗紧靠男人的腿卧着,风雨中似乎只剩下一把肋骨和两只胀鼓鼓的、幼犬似的眼睛。鸡在乱飞,或者说只是一团团鸡毛在乱飞。狂风掀起一块铁皮,把它扔向半空,像一张银箔,发出清脆的响声。

"啊——"女人靠着丈夫的脖子叫喊着。那脖子曾经十分强壮。

大树被狂风刮断。有两三株倒了下来,腾起灰色的烟尘,看起来就像火药爆炸。树突然折断,裂成碎片。黄牛跳起来,晃动着两只角,刚好躲过打下来的树杈。这一对男女像扔到半空的木块一样,干净利索、毫不费力地投入对方的怀抱。他们躺着,相互凝望着。凝望着对方的眼睛。狗节奏缓慢地舔着他们的手,就好像又发现了一种新的气味。

"我们还在这里。"男人面色苍白,大笑着。

雨水直往他嘴里灌。

"我们的母牛真可怜。"她喊道。

"它不是好好的嘛!"

"是好好的,"她大声说,"我知道。"

大雨滂沱。

冰冷的雨幕包裹着他们,直到他们觉得自己好像是赤身裸体,根本就没穿衣服,只有密集的雨丝雨线紧紧纠缠着他们。雨水从沟里奔泻而下,漫过原先是一片林木的锯齿状的树桩。然后大雨倾盆而下,就好像风已经停息,只有暴雨。

"我们坐在这儿干什么?"他大笑着,雨水中似乎裸露着全新的年轻身体。

他的头发紧贴颅骨,她看见他的头颅非常年轻。

"是啊,"她说,"我们一定发疯了。"

她以一种新的、惊奇的目光望着他,与此同时,希望能为任何过分的举动或者过分的情感,找到一个借口。像她现在这样,和这个仿佛是新认识的赤身裸体的年轻人一起坐在被暴风雨摧毁的树木旁边,她居然感到害怕,似乎是不合情理的。她心里想,如果有个儿子,可能就是这个模样:亮晶晶的牙齿,光滑的皮肤,洁净而漂亮的头颅。她真想吻吻他,只是在经历了他们经历过的这一切之后,这种行为会破坏眼下的纯净与贞洁。于是,她赶快站起身来,理好皱成一团的裙子。因为还有许多事情要做,没有理由去设想他们的生活单凭想象便会变得与先前不同。

"那所旧棚屋被掀了个底朝天,"她的丈夫说,"但暴风雨漏掉了这个新盖的小棚屋。所以,我们还有这间呢!"

"还有那头老母牛差一点给弄死。"她充满伤感地、无可奈何地说。

那条狗抖了抖浑身的水珠。现在它简直只剩下一副骨架了。

这一对男女在雨地里走着。他们相互偎依着,倒不是因为需要扶持——既然暴风雨已经过去——而是因为他们已经对此习惯了。此外,也乐意这样做。

至少我们还有这个,斯坦·帕克心里说。他又记起在马鬃做成的沙发上消磨的日子,记起从他童年的记忆中沉重而缓慢地走过去的那些经历了旱灾、饥荒和战争的人物,以及人类的功过,天意的不公。现在,他依然通过这些更切身的事件,去摸索他自己的道路。他无法解释曾经书写在他们生命史上的雷电之光。

"你去看看能不能找到一块干木头,亲爱的。"他的妻子站在他们那间未受损害的屋里,一边绞头发上的雨水一边说。

他去了。过了一会儿,炉灶里便升起一点令人惬意的火光。没多久,外面仿佛是凝滞了的灰色的云块之间,也露出橘红色的晚霞。霞光在远方燃烧着、闪耀着,充满了浓烈的、预言家的色彩。但是像那雷电的闪光一样,不可解释。

男人去做他晚上的活计,但并没有真正动手。他累了。橘红色的夕照之下,他也变得安适恬静。暴风雨搞得他精疲力竭。他还没有学会深谋远虑,但以往的经历使他得出这样一个结论:作为一个人,他禁锢于自己的心灵之中,是自然界奥秘的囚徒。只是有时候,纤纤细手的触摸、寂静的被打破、突然出现的树影,或者第一颗星星的升起,暗示最终的解脱。

但是现在不成。他并不企求得到这种解脱。

他迈着迟缓的脚步走进屋里,听见妻子站在炉火前面揉搓皮肤的声音,感到非常幸运。

第六章

　　很快,这里就再没有多少曾经电闪雷鸣过的迹象了。三只被压扁的小母鸡喂了狗,从被毁坏了的小棚屋上拆下来的木板又派上了用场。感情上的波澜起伏也平静下去了。甚至那被暴风雨摧毁了的树木的残骸,也被这位男人蚂蚁搬家似的、慢慢地砍掉、拉走、堆成整整齐齐的柴堆。女人也像蚂蚁似的辛勤劳作。她不时停下手里的活计望望丈夫,看见他在那高低不平的土地上蹒跚着,但前进着。毋庸置疑,他将最终完成他已经开始的工作,尽管道路是曲折的。他那曾经显然是无穷无尽的力量,现在看起来也还是有限的。

　　有时候,在灼热的下午,当人的信念最为淡薄,而蒸腾的水汽最为浓厚的时候,公鸡在荨麻地里咯咯叫,母鸡在飞扬的尘土中孵着小鸡,这一男一女在阳光照射下皱着眉头,远远地望着别人蚂蚁搬山似的劳作。他们那条小道,由于走的次数多了,正在慢慢地变成一条大路。顺着那条路望过去,目光所及的地方,桉树和木兰树下,另外一家人已经栖息下来。这是奎克莱依一家。这家有两个老人。一个是位面色枯黄、毛发丛生的老头。家里人把他放在一个褥垫上,他就一直在那儿待着。那位老太太则总是用一种迷惑的、惊讶的目光凝视着周围的景物。在她这样的年龄,并没有特别的原因非要搬到这里不可。她坐在丈夫身边,充满了疑惑。一双手一会儿伸开,一会儿握住,就好像在等待着捡起他们在别的地方失落的东西。与此同时,她丈夫被包成一捆,堆放在那一堆堆褥垫和一群群母鸡中间。她就坐在他旁边。她的女儿和儿子们在她的四周走来走去,想找到那些放错了位置的东西。

奎克莱依家的两个儿子胳膊挺长,肌肉发达,青筋凸起,裤子总是松松垮垮。他们正准备盖一所带檐板的房子,让父母住在里边。这两个心灵手巧的小伙子,能用一截铁丝、一块铁皮,或者一条袋子做出几乎任何东西。据说,他们将要回到班加雷。他们在那儿的一个筑路队工作。在他们来回走动着,挑挑拣拣,凑合着盖这间房子的时候,老母亲用她那种凝视万物的惊讶目光凝视着她那两个个子很高的儿子,就好像他们压根儿就不是她生的。生活已经离她远去,只把她留在那一堆大包小包中坐着。

"多尔,你爸爸今天瞧起来不怎么好。"妈妈对细高的女儿说。女儿正放出一群红母鸡。

一位高个子年轻女人走过来,弯下腰望着父亲。

"看起来,他没有什么不好。"她一边说,一边伸出那只细长的手驱赶着苍蝇。

她跟她的两个哥哥一样,生得长胳膊长腿,但她的上身很短。和哥哥们一样,她也像是由木头雕刻而成。只不过,那两个小伙子被雕成未加修饰的神像,她却被雕成一个没有完工的图腾。图腾的含义还不大清楚。

正如两个小伙子命中注定,不可能适应家庭这个圈子,这位"没有完工的"多尔,生来就要守在家里。她本身可能就是把别人圈起来的"圈子"。某种天生的端庄和她的棉布衣衫一起,紧紧地包裹着她。甚至当她光着脚丫的时候,人们就管她叫奎克莱依小姐。她的侄男外女还没有出生,就要把她当作一个尊敬的对象,坐着大车或者轻便马车,后来甚至是坐着福特牌小汽车来看她。很难说出多尔·奎克莱依多大年纪,而且她似乎总是这个年纪,上下差不了几岁。她是个干巴巴的、头发黄中带红的姑娘。这种人的皮肤特别不禁晒,直晒得连年纪也起不了多大作用。小时候,她从修女们那里学会一手工整的、有点拘谨的书法。家里人很为此而骄傲。他们拿来东西让她写。她在一张松木板做成的桌子前面坐下,旁边放着一盏灯。她勾着脖子,下巴抵着发痛的、盐饼子似的胸部,手很优雅地来回移动着,把纸铺平,先在空中拼出那几个字。全家人都带着惊讶、骄傲的神色注视着,等待她写。她比他们都强,尽管她并不愿意如此。有信要写,或者有什么申请要交的人,上门来找奎克莱依小姐,心甘情愿地把他们要说的话讲给她听。在他们看来她是一个可以信赖的守口如瓶的人。

最后,奎克莱依家还有个巴布。这个小伙子长着一张娃娃脸。他总爱躺在树底下,嘴里嚼着一根树枝。看起来是那种内在的单纯,把线条不甚清晰的五官聚合到了他那张长脸上面。他显然是个好人。一双目光迷离的蓝眼睛总是睁得老大。一只难以形容的鼻子流着鼻涕,倒不算多,也还不怎么惹人讨厌。除了偶尔路过的陌生人以外,谁也不会因为巴布·奎克莱依而不高兴,因为他像流水一样地无害,也像流水一样地驯顺,总让人端着泼来泼去,为别人所控制。一般来说,是被他的姐姐多尔的意志所操纵。

奎克莱依一家安顿下来,开始在他们选择的这个地方生活。那地方在木兰和桉树下面,在松树林旁边。他们的房子很像样。这是两个儿子精心设计的结果。他们出于本能知道怎样做好那许多事情。他们很幸运,还在那儿找到一股泉水。巴布·奎克莱依经常坐在泉水旁边、草丛之中的一块石头上,看泉水为何喷涌而出。别人则径自安排生活,并不管他。他仔细观察他们,如同观察水里的蝌蚪一样,所以从不为此而生气。只是在姐姐多尔扔下他不管的时候才不高兴。那时候,他就要甩开两条晒衣绳支架似的长腿东跑西颠,哭着喊着找姐姐。荒野里,他那副口水流得老长、不顾一切的样子很有几分可怕。

有时候,多尔·奎克莱依带着弟弟巴布,绕着帕克家的后门闲逛、聊天。如果他们确实没有持续不断地谈话,便一起享受这地方的宁静。那也是一种极好的调剂。艾米·帕克跟多尔和巴布交上了朋友,因为除此而外,没有别的选择。他们都是好人。如果她暗暗陷入一种对错综复杂的关系、无法估量的事件的渴求之中,她实在不知道那是因为什么。

"我经常想,什么时候能开个小铺子,"多尔·奎克莱依说,她坐在门前的台阶上,长下巴搁在瘦削的膝盖上面,"我可以卖小垫布、毛巾、草席和别的杂货。你知道就是我自己做的那些小玩意儿,还有肥皂什么的。喂,巴布,别吓唬小鸡。因为我从修女们那儿学会好多东西,比如抽丝法刺绣、画图案的底样等等。还有人学会了编篮子。不过我不喜欢那活计。"

"我喜欢编篮子,"巴布·奎克莱依说,"用红色和黄色的线绳。"

"可你的小铺怎么没开成呢,多尔?"艾米·帕克问。她有时候爱问人们一些不着边际的问题,特别是对奎克莱依家的人。

"就像这个样子是开不成的。"奎克莱依小姐说。她没再多费唇舌,但是就像真知道那其中的原委似的。

艾米·帕克说不清楚,对于她自己怎样才能做成些事情。迄今为止,她还没有想过这个问题。也许,这就是叫人心神不定的理由?一阵令人恐慌的感情突然向她袭来。在这幢房子里,她的生活没有着落,就像一个马上就要破裂的水泡。

"怎么啦,帕克太太?"奎克莱依小姐带着一种她可以"招之即来"的宽厚和仁爱站起身来问道。

"她生病了吗?"巴布问道。

"我只是觉得有点儿头晕。没关系,多尔。"艾米·帕克说。

她坐在一张靠背椅子上,一缕灼热的阳光照射着她。在这以前,她从未这样强烈地切身体验过生与死之间的区别。

"不要紧。"她说。

"瞧,"巴布·奎克莱依手上架着他用挑绳挑的"摇篮"说,"你会玩这个吗?"

"不会,"艾米·帕克说,"你真聪明,巴布。我可不会玩。"她望着他那双不会干事的手,架着那条错综复杂的、肮脏的挑绳,突然感到很难受。她瞅着他用那条绳子挑出一个新的花样来。

"也许是人们通常说的恶心吧。"多尔·奎克莱依说。

"我没事儿。"艾米·帕克说。

但是她的话撵不走奎克莱依姐弟俩。巴布用那条绳子又勾出一个新的花样。

"瞧见了吗?"他说,"这是个裤子。"

艾米·帕克跑到墙那边吐了起来。

"是恶心嘛!"多尔·奎克莱依说,她语气温柔得叫人听了难受。"人们说,把一片酸模草的叶子浸湿了,贴在脑门上……"

"一会儿就好了。"艾米·帕克极力抑制着心底的激动说道。

如果奎克莱依姐弟俩能快点走就好了。

他们终于要走了。瘦长的身影在小院慢慢地移动,从缓步而行的家禽中间走了过去。

这天晚上,斯坦·帕克从溪谷回来,问道:"出什么事了,艾米?"

"啊,奎克莱依家那些人怎么样呀?"她说。

她把胳膊肘撑在桌子上,这样一来,两只胳膊就不至于颤抖了。

"他们是挺好的人,"丈夫说,"来坐坐也没什么坏处。"

他慢慢地搅着稠乎乎的汤,把大块大块的面包泡了进去。他累得精疲力竭,现在妻子又守在跟前,他觉得心满意足。

艾米·帕克却怒气冲冲地撕着面包:"巴布·奎克莱依让我觉

着恶心。"

"他跟你有什么相干？他是个无所谓的人。"丈夫说。

"哼，随你去说吧！"她说道，"你怎么说都行，可我受不了。"

她的嘴里塞满了面团似的热面包。明灭不定的灯光把他的一双眼睛照得闪闪发光。那双眼睛正从他那张反应迟钝的、视而不见的脸上望过去，瞅着她。

他心里纳闷：在我们住着的这间奇妙的屋子里，究竟发生了什么事情？

"斯坦，"她说，"我瞧着那个瘦长的、呆头呆脑的傻小子，心里就不由得紧张起来。这方面的事我懂得不多。我不明白事情是怎么个发展法。比方说，奎克莱依家的老妈妈怎么就会生出这样一个傻子？我要有小孩了，斯坦。现在我可以断定了。他勾出一个'摇篮'给我看。我就开始觉得自己在往什么地方滑，好像我在这个世界上没有一样可以抓得住的东西。我就害怕了。"

说话这会儿，她不再害怕了。现在灯光变得柔和起来。这番话和他那张恢复了正常的脸，使她如释重负。他们的目光不时交融在一起。然后，他们的灵魂跨过空间的阻隔，相互缠绕在一起。

"没有必要害怕，"他没话找话地说，"你会像任何人一样，闯过这一关的。"

总想着生了白痴巴布的奎克莱依老妈妈，看来已经是不近情理了。

"是的。"她心平气静地说。

只要能让她得到慰藉，他说什么都乐意。

他说："我们得再接一间屋子，或者再盖一幢房子。三个人在这间小棚屋里转来转去可是太挤了。"

想象之中，那男孩儿——因为小宝宝会是个男孩儿的——正站在新房子的地板中间，手里拿着些小玩意儿叫人看：一个带斑点的喜鹊蛋,一块里面有个小泡泡的玻璃,或者一根当马骑的木棍。斯坦·帕克这种充满了自信心的梦幻,甚至把屋里家具的样式都想得一清二楚。而这一切,他的妻子以前从来不曾想到过。因此,她很为自己缺乏信心而羞愧。

"家里有娃娃一定很美。"她静静地说。她端上一盘葡萄干布丁。那布丁由于奎克莱依姐弟俩的缘故,做得很不成功。

"给你劈柴或者洗碟子,是吗?"

自从听到妻子告诉他这个新闻,他第一次笑了起来。不过不是那种张大嘴巴的开怀大笑。她只顾想自己的心事,没有注意到这一点,或者似乎没有注意到。如果斯坦·帕克的梦幻不似先前那样明晰,那是因为幻梦中有那么多与他有关的事物,他不知道该如何解释。在妻子的肚子里,正孕育着一个新的生命,一个充满神秘色彩的疑团。想起这些,他就浑身起鸡皮疙瘩。眼下,这位坐在那盏明灭不定的小油灯下面,自己也在灵魂限定的范围之内闪闪发光同时渐渐变得暗淡起来的男人,和那位使这个孩子得以孕育,又嚼着那盘没有烘透的布丁,做着平常所做的事情,并且给妻子以忠告和慰藉的丈夫相比,也许更了不起,但也许更不符合要求。

但是他的妻子心满意足了。

她常出去溜达。有一次她到了奎克莱依家。小伙子们正在盖的那所房子差不多完工了。多尔带她到屋后看一块山坡地。她说,他们要把那块地开出来,种上橘子树。这样一来,她就有家禽和橘子了。

"来到这个地方我很高兴,"多尔·奎克莱依说,"先前我并不想来。可是现在这儿变成我们的家啦。人在一个地方怎样扎下根来是挺有意思的。你会慢慢喜欢起周围的人们。"

她站在这块地上,两条胳膊交叉着,笨拙地放在心窝上,与一棵树倒很相似。那树的树皮似乎被什么东西经过的时候擦得粗糙了。

巴布·奎克莱依把他捉的蝌蚪拿给艾米·帕克看。这回没倒她的胃口。

这个季节,许多色彩艳丽的小鹦鹉来到这一带的山峦。它们在枝头栖息、林中嬉戏,在树桩间呆呆地走来走去,刺耳的叫声打破丛林中的寂静。这是一个繁忙的季节。在许多个傍晚,生活简单而又慷慨地给予着。金合欢树开满鲜花。太阳照耀着汩汩流出的树脂。现在它们那黑色的树干不再显得那样孤寂凄凉。艾米·帕克在金合欢树簇簇花团下走着,掰下一块块半透明的树脂。她瞧着树脂好看,便指望它能有什么好味道。其实那树脂实在算不了什么好玩意儿,既不甜也不特别苦,淡而无味。

但这毕竟是一个繁忙的、充满生活气息的季节。这个季节几乎容纳得下任何一样奔涌而出的物体。黄昏,她总是手提奶桶,去给等待着她的母牛挤奶。他们很快就开始盖新房子了。他们夜以继日地干,至少要在艾米·帕克生产之前,盖好一间屋子。傍晚,榔头声以及丈夫和来帮忙的奎克莱依家两兄弟的说话声清晰可闻。于是,妇人周围的一切,似乎都在建造之中。这使得她默不作声,一种举足轻重的感觉油然而生。

这些天的黄昏,风儿停息之后是那样地宁静,而唰唰的挤奶声使这寂静更加幽深。金合欢树一整天都在喧闹、骚动,此刻屹立在那里,屏声敛息,充满了悔恨。夕照中,它们那花的流云给愈来愈浓的暮色镀上一层金。那株乳树,死树干被母牛的脖子蹭得溜光,就像骨头雕出的树木一样惨白。

这头母牛,他们的朱丽亚,有一个乳房患乳腺炎。因为这个缘故,他们没花多少钱就买了它。现在它的肚里又怀了牛犊。它那快要分娩的大肚子因为那只还没出生的牛犊费力地颤动着。它咀嚼着、叹息着。很快他们就要给它挤奶了,但它还是继续咀嚼着、叹息着,站在那株乳树旁边张望着,期待着引起人们的注意,好开始这挤奶的"仪式"。

它是头老奶牛。

"趁着还能卖点儿价钱,最好把它卖了吧。"斯坦·帕克说。

"不,"艾米说,"它是我的奶牛,它是头好奶牛。"

斯坦·帕克没有跟她争论,因为他觉得没有多大的必要。那时候,这桩事还无关紧要。

于是,他的妻子越发喜欢这头奶牛了。特别是现在,她也怀了孩子。她把额头贴在母牛柔软的肚子上。牛的两胁不停地颤动着,散发出一股温馨的牛奶气味。这些天的傍晚,连空气都因为母牛呼吸的气味而变得柔和起来。就好像是那略呈蓝色的舌头造成这种变化的。那头老母牛十分聪颖地站在那里等待着。它的两只耳朵向后抽动着,好像很快活。一双棕黄色的眼睛似乎在向内心深处张望,花岗岩色的鼻子因为潮湿,上面生着些小斑点。

艾米·帕克与黄奶牛之间那种平和的关系甚至比这静悄悄的黄昏还要安谧。她们那软绵绵的、越来越粗的身子倒很谐调。"我要生个小姑娘。"艾米·帕克说。这种奢望引得她对着那头奶牛默默允诺的肚子微笑起来。想象之中,那孩子坐在一根光滑的树干上面,就像一个上了釉彩的瓷娃娃,白里透着粉红。她的头发从中间分开,早晨,用蘸了水的刷子梳得十分光滑,四周卷成一个个小铃铛似的发卷,像日渐衰退的金合欢树一样黄。是的,艾米·帕克心说,我愿意要个姑娘。但她又想起,这可不是丈夫的愿望。她低下头,望着桶里的牛奶。

等到老母牛停了奶,开始产前休息,妇人有点手足无措了。她常在寂静的傍晚,从小棚屋走到他们那所新房子的框架跟前,再沿着他们围起来的那块土地的四周散步。她穿着一件自己织的旧外套,外套左胳膊肘上补了块补丁。她搓着一双手,那手因为不大活动,突然变得干干巴巴,像纸一样,骨头也显得十分脆弱。没多久,她的身子变得笨重,肚子也挺了出来。从那丛枝叶蔓延的玫瑰旁边走过的时候,枝干上的刺儿常挂住她那件粗糙的蓝外套。一粒早生的花苞无力地挂在枝头,呈现出洁白的颜色。

"你脸色苍白。"他说道。他沿着那条小路温情脉脉地去迎接她。一双沉重的靴子在她那双比较秀气的女鞋的鞋尖前面猝然停下。

他握住她一双冰冷的手。他身上那股锯末的味道和他那双一直和木料打交道的手,使她得到慰藉。

"啊,"她望着他那双眼睛,笑了起来,"我并没觉得有什么异样。当然,你确实觉得和先前不一样了。我觉得挺好的,和原先一个样儿。不过没能去瞧瞧那头奶牛,可是有点滑稽。它站在那儿,盼望我呢,斯坦。"

她望着他的一双眼睛,希望他能给她一点帮助,但与此同时,心里明白,这是不可能的事情。

他觉得,甚至她那双手也常常是可望而不可即。甚至占有的秘密也是一件无法分享的、不可思议的事情。现在,当他们站在这条小路上,就要发现那半遮半掩的彼岸的奥秘的时候,这孩子似乎又不是他们的了。有些事情他将无法对这个陌生的孩子诉说,他为此已经深感困窘。

"用不着为那头老奶牛担心。"他十分亲切地说。

她转身,沿着小路继续向前走去,觉得不管怎么说,眼下在内心深处,她是太瘦弱、太枯燥了,无法接纳他的这一片厚意。

她真想说,我有个好丈夫。她说不上自己具体哪里配不上他,但她的确配不上他,在某些尚待发现之处。

"你说的对,没什么可着急的,"她说,"就是那头牛老了。"

她慢慢地朝前走着,非常注意自己的身子。那件十分醒目的蓝羊毛外套在傍晚花园斑斓的色彩以及地衣的颜色之中闪闪烁烁,仿佛预兆着什么。裙裾在她缓步穿行的时候,搅起一股过分浓郁的迷迭香和麝香草的香气。她走开之后,那香气依然飘荡着,久久不肯散去。

有时候,艾米·帕克坐在床沿上,对那个就要生下的孩子的爱以及因此而生出的欢乐,会莫名其妙地变成一种悲凉的、怅然若失的感觉。

"要能快点儿完事就好了。"她心里想。我几乎对什么都一窍不通。我对我身体的感觉、对几乎任何事情的含义都一无所知。我不能真正依赖于上帝。然后想起和她一起生活在这间屋子里的那个男人,心里不禁为之一惊。他的力量无法代替她的无知和软弱。他的情欲是吓人的。她坐在那儿,倾听树叶在木板墙上摇动的、蜘蛛结网般细微的声音。

"艾米,"斯坦·帕克终于说,"你那头老母牛生了个很漂亮的小牛犊。"

就好像这至少是一件他可以对一个小孩儿讲一讲的事情了。

"啊,"她热切地说,"是什么颜色?"

这当然是件一直影响她心绪安宁的事情。现在一切都会好起来。她立刻站起来,想赶快去看那头母牛。

他说:"是头黑白花牛,挺壮实的。"

果真有一头花斑牛犊蜷缩在一堆羊齿草里。牛妈妈站在那儿,鼻子向前撅着,看起来仍然显出一副惊讶的神色。尽管这已经是它下的第七个牛犊了。妇人开始轻轻地吆喝,表示她的爱抚。她想摸一摸这个上苍的奖赏。小牛犊爬起来,四条腿支撑着,肚子上吊着脐带。它站在那一堆卷曲的羊齿草里,闪着幽光,摇摇晃晃,舌头舔着嘴唇。

"嘀咿——嘀咿——"妇人吆喝着,"小东西真可爱,斯坦。哦,你这个小宝贝儿!"

母牛喷着鼻息,摇晃着脑袋,但神情呆滞,就好像它乐于忍受别人接替它的责任。它的肚子瘪瘪的,身上粘着血迹。

"可怜的朱丽亚,"艾米·帕克说,"我们就叫它朱厄尔①好吗,斯坦?朱厄尔!朱丽亚下的牛犊。"

在这个阳光灿烂的早晨,她大笑着,一切都已成为过去。她又是站在尤罗加洼地里的那个少女了,张开瘦削的双臂,面对奇迹般的生活。

整整一个上午,她都跑来跑去,东瞧瞧,西摸摸,跟那个刚下的小牛犊待在一起。她一直絮絮叨叨,想着法儿表示她的疼爱,抒发她的宽慰,直到这种宽慰充满她的内心。她全然不顾屹立在周围的树木,不顾跟那个笨头笨脑的小牛犊待在一起的母牛。是小牛犊使她如释重负,她仿佛变成了一缕轻烟。她自己就是这个淡蓝色的早晨。在这个早晨,发生了这一切。

这天晚些时候,当事情都安顿下来,她又被生活的旋涡所席卷。丈夫突然跑回来,取铁壶里的热水。

"怎么回事?"她问道。

他说母牛出毛病了。

"可它刚才还好好的。"为了保持自己平静的心境,她几乎是怒气冲冲地说。

"刚才是好好的,"他一边往一只旧铁盆里倒水,一边绷着脸说,"可是现在它倒下了。它出毛病了,看起来像是得了产褥热。"

那头母牛果真躺在一堆羊齿草里,不过它很安静,老老实实地待在那儿,线条柔和的双肩在羊齿草里高高耸起,活像一尊塑像。

"你怎么知道它病了?"妇人问道。

"它眼睛特亮,"他说,"它对什么也不感兴趣,也不站起来。

---

① 朱厄尔:原文为 jewel,意思是"珠宝"。

瞧!"他边说边踢牛屁股,还去揪它的尾巴,就好像拿它出气一样。那头牛还是不起来。

"牛犊呢?"她问道。

"我们总得先把母牛治好嘛,简直一团糟!"他说,"早把它卖了就好了,这就是养老牛的下场!"

"那就责怪我吧。"妇人说。

"我倒不是责怪你。"他边说边绞着一块浸过开水的布条。

"你这不是责怪是干啥?"她因为待在那儿插不上手,心里难过,便愤愤地说。

她瞧着他把那块热气腾腾的布条捂在母牛的乳房上。母牛动了动,喘着气,呻吟着。

妇人望着那男人,并没有感觉到他在生她的气。他正在一心一意地做自己手里做着的事情。他的思想早已从她的身上集中到手头正做的事情上了。连那双手似乎也已经忘却,尽管抚摸过她。她站在那儿,插不上手,心里充满了孤寂之感。在一阵揪心的眩晕之中,她开始为自己的孩子着急了。

"我们总得喂喂这头牛犊吧,斯坦。"她不由自主地说,"我想去欧达乌德家一趟。她跟我说过,他们有几头奶牛。所以,他们总该有牛奶。"

"好吧。"他说。此刻,他的整个身心都从一双手倾注到那头病牛的身上,别的事情都已经成了次要的。

她把目光从他那双手上移开。对于这双手她不享有什么权利。她一心想着刚刚想起的这个念头,出去套马了。

她坐在那匹马铃叮当的小马后头,驱车去欧达乌德家的路上,那种自艾自怜的情绪已经消失殆尽。她嘴里有一种苦涩的味道,冷风吹着面颊,脸上的肌肉觉得一阵阵发紧。她满怀信心地赶着马车。树木在她的面前向两旁闪开,就好像并没有那条林中小路,她正披荆斩棘,开拓前进。没多久,正如那位女邻居先前跟她讲的那样,眼前出现了那匹死马的遗骨。矮树丛中有一片模糊不清的东西,那一定是一所房子了。就这样,艾米·帕克来到了欧达乌德家。

"啊,这是帕克太太吧。"女邻居说。她正独自站在台阶上,俯瞰四周的一切,但又什么也没有看见。就好像她有什么事情应该去做,但又不能忍受这个想法。

欧达乌德家的这所房子似乎是在一系列的冲动之下完成的。在原先那间屋子的基础之上,又盖起了新的房子,显示出生活需要的复杂性,那是些用木板、铁皮以及树皮搭起来的类似棚屋的玩意儿。除了都是那种树皮般的铁锈色之外,没有一样东西是和谐的、协调的。不过,在苍茫的森林之中,巍峨的树木之下,这色彩倒与四周的景色十分相配。房屋周围,泥地上,一群母鸡整理着它们的羽毛。那头红毛母猪好奇地跑过来,似乎要对来人作一番探究。它的奶头晃来晃去,拍打着两胁。那窝小猪崽儿在一堆白菜帮子上吱哇乱叫。几头母牛站在一片稀泥里凝视着什么。那片稀泥正在变成草地。四周有一股鸭子的气味。

"我说这是帕克太太来了吧!"女邻居说。她走过来,或者说是她正在上面站着的那个台阶把她弹到了院子里。

"是啊。"艾米·帕克说。

一路上伴随她的风儿消失了。孤零零地站在这个院子里,她又变得可怜巴巴了。

"我是来求您帮忙的。"她说,"我们碰到为难事儿了,欧达乌德太太。"

"遇到什么麻烦事儿了,亲爱的?"这个又矮又胖的女人问道。她已经表现出一副慷慨大方的样子。

现在这个场合,她不像过节似的收拾得整整齐齐,虽然衣服有几处倒也确实用别针别了起来。她的两个乳房一颤一颤,依旧是那样热情。光溜溜的面颊红云涌动。

"今天早晨,我们家的母牛下了个小牛犊。"艾米·帕克说。

"你真走运了!哦,那些可爱的小牛犊!"

"可是那头母牛因为得产褥热病倒了。那是头老牛。"她说。

女邻居咂了咂嘴。

"这些老母牛真够呛。这些可怜的东西。它们都是一个样。"

"可是我们得养活这个牛犊,欧达乌德太太。"

"当然啰,你们得养活它。"

她也不由得为这桩事犯起愁来。

"喂!"她喊道,"你在哪儿呢?有位太太看我们来了。看在上帝的份儿上,露露面吧,让人家也知道,我还有你这么个宝贝呢!啊,真可怕,这些男人们。说到底,他们只知道发号施令,连鸡也不给喂。不过,如果你需要牛奶,多得是!我们简直是在这东西里头游泳呢!我们一直忙着挤那两头牛的奶。那头可爱的小母牛也快产奶了。帕克太太你尽管来拿,亲爱的。不管他说什么,最后总是我说了算。"

"你吵吵啥呢,我这不是正找靴子嘛!"她的丈夫嚷嚷着。

他过来了,就站在那儿。

"这就是他。"妻子说。

她朝后门点了一下头,一绺黑发滑了下来。这场合,她没有再把它拢上去。

欧达乌德膀大腰圆,鼻子似乎就是两个黑窟窿,你可以顺着窟窿往上瞧。他毛发很重,笑起来十分爽朗。

"母牛生病了,是吗?产褥热。"欧达乌德说。

"没必要再啰唆了。"他的妻子说。

这话一说出口,大家都吃了一惊,她自己也吓了一跳。

"煤油,"她的丈夫说,"治产褥热再没有比煤油更好的东西了。

治别的毛病也一样。"

他自己呼吸的味道就是证明。

"他就喜欢用煤油,"妻子说,"一有牲口病了,他就灌煤油,从哪头往里灌都不在乎。所以,我一不舒服就吓得要死。"

"再没有比煤油更好的东西了,"她丈夫说,"你拿一瓶啤酒,喝光了,然后再往里倒这么多煤油。到我手指头这儿,瞧见了吗?不要多,也不要少。照我说,也就是三分之二吧。再多就危险了。潘迪·坎诺知道。他太性急了,结果害得他那头漂亮的泽西种小奶牛在土里头乱滚。但是,倒这么多,你就用不着担心了。你把瓶子插进病牲口的嘴里,慢慢往里灌,直到都灌进去为止。当然啰,它不会老老实实任凭你往里灌的。它要挣扎起来,还挺不好办。但你会发现,产褥热就这样过去了,快得就像星期日早晨。"

"可是她现在要的不是煤油,"妻子一边用肘子捅他,一边说,"每个人有每个人自己的治法。她要的是牛奶!"

"她就是不要煤油,"丈夫说,"至少也可以听听这个偏方吧,又不花钱。"

"牛奶也一样不花钱。我们有头小奶牛,刚下牛犊。"

"对,牛奶不要钱。"

"那你还唠叨这半天干啥?"

"男子汉大丈夫总得说点什么嘛!"她的丈夫说。

站在这个乱哄哄的院子里,艾米·帕克简直有点儿脚跟不稳,头晕眼花了。但是鸭嘴啄着那个泥泞的水洼,泼溅起爱的水花。甚至那些四处躺着的酒瓶子现在看起来也顺眼多了。因为那是欧达乌德自己把它们从窗口扔出去的。他倒没有任何别的目的,只是不想让它们留在屋子里罢了。

"你有桶吗?"他问道。

他提着桶,向院子那头走去。因为自己慷慨的举动显得喜气洋洋。

"欧达乌德太太……"艾米·帕克说。

"你今天的难处,也许我们明天就会碰到。"她的朋友说。"啧啧!"她咂着嘴,缩回一双油腻腻的手,"我简直忙得连自己的名字也要忘记了。我们还有头山羊呢!它星期四夜里刚下了羔子,是头小公羊。我们把它打死了,那可怜的东西。不过,帕克太太,我们欢迎你来用这头母羊。它那奶布袋儿,装得满满的,一定会让你高兴。喂!"她喊道,"帕克太太借我们那头母羊用用。亲爱的,人们都说,许多小孩儿要不是靠了这些宝贝奶山羊,大概早饿死了。至于一头可爱的小牛犊么……"

有时候,好心的举动会以拳头那股劲头接二连三地降临。艾米·帕克希望她能抵挡住这种"打击"。

"你自己有孩子了吧?"欧达乌德太太问。

这当儿,天空仿佛在远去,现在是一片空白。

"没有。"面色苍白的年轻女人说。她只能在自己的丈夫面前毫不隐瞒地吐露真情。"没有,"她说,"我还没有。"

"噢,是吗?也许还没到时候。"欧达乌德太太说。

她嘴里哼着偶然想起来的什么曲子。那曲调很奇妙地在她的牙齿之间震颤着。

"我们也没孩子,"她说,"当然并不是因为我们没努力。"

她丈夫牵着山羊回来了。

就这样,艾米·帕克抓着欧达乌德家那只挺不老实的山羊开始喂她那头新生的牛犊。牛犊很快就吮起她浸在桶里的手指。它慌里慌张,光溜溜的牙床吸不上多少奶水。因此,当她感觉到她的小牛犊愈来愈有力气,愈来愈活蹦乱跳的时候,这女人渐渐地把那头生病的母牛忘到了脑后。母牛在羊齿草里卧了整整两天两夜,现在已经完全像是一尊青铜雕像了。

"不过它的病没再发展。"妇人说。她试图对自己的冷淡做某种解释。对那头母牛她确实很有感情。

"可也没好。"斯坦·帕克说。

男人依旧服侍着那头病牛。因为经常蹲在那儿,或者来来回回地拿东西,那地方已经踩得乱七八糟。他曾经把羽毛管插进母牛的乳房,排出里面的奶汁,还端来一盆盆热气腾腾的水。因为他要看看,自己的意志再加上浸透热水的毛巾,是否可以把这头病牛从麻痹与迟钝中唤醒。然而,他的意志还不够坚强。有一次,只剩他自己的时候,他盯着母牛那双温柔的、正在凝视他的眼睛看了半晌,便开始踢这牲口的屁股。

"起来!"他边喊边使出吃奶的力气踢牛,"看在上帝的分上,起来!起来!"

他精疲力竭了。

这时,艾米·帕克正好从树木中间走了过来。她简直认不出这就是自己的丈夫,也没听过他如此粗暴的、忽高忽低的声音。

"你先别管它了,"她边说边踢着一块泥土,就好像她刚刚看清的陌生生活的真面目就在这里,"我跟它待一会儿。晚饭烧上了。上床躺躺吧,斯坦。然后我们吃饭。"

按照她的吩咐,他去了。她竟有这么大的力量。在她的记忆中,她以前从没有感到过。

然而,在这个潮湿的牛棚里,和这头病牛待在一起,看到丈夫为了她而放弃了自己的力量和权威,她心里不禁有些悲凉。因为她现在本该是强有力的,而事实上偏偏不是。愈来愈浓重的夜色以及黑莓结成的罗网,把她纤弱的灵魂压缩到一个狭窄的所在。肚子里的孩子在抗议。也许在她的筋骨所构成的牢狱之中,孩子已经预感到将要遭受的挫折。

"可怜的朱丽亚。"她边说边走过去,把手放在没有什么反应的牛脖子上抚摸着。

现在,看起来这妇人没有一点点"妙手回春"的办法。她经历过的所有那些欢乐与相知的时刻似乎都已化为乌有。眼下,她是一无所有。

她从奶牛身边走开,穿过属于他们的那块土地上生长着的树木。一轮月亮模模糊糊地升起在轻轻摇动的树影之上,月光如水,清冷而苍白。周围有一种流动的感觉,有一种微风吹动树枝的感觉,云彩追赶月亮的感觉。她觉得,她正行走其间的这个昏暗的、潮乎乎的世界,也许要下雨。在这个世界上,他们的棚屋矗立着,窗口不合时宜地射出一缕希望的灯光。她从这个人工建造的小棚屋的窗口望进去,看见丈夫正躺在床上熟睡着,炉灶上放着锅。煮土豆溢出来的沫子正从黝黑的锅沿上流下来。她瞧着那个软弱的人壮实的身体。她的拖鞋底朝上扔在一张椅子下面。怀着一种平静的、惊讶的、隐隐作痛的超脱了的感情,她意识到她正在观察自己的生活。

要想打破这个梦境其实十分容易,只需敲敲窗户,喊一声:"瞧,我在这儿,斯坦!"

但是,看起来这是不可能的。

于是,她又被迫离开那所现实中的房子,走回到那个树木和云彩的世界。眼下,不管喜欢与否,这是她的世界。她的一双脚从羊齿草中走过去。她在心里说:我要生下的这个孩子,这个身体不由自主孕育着的孩子,这个还没有出生的孩子,甚至连性别也是别的什么人决定的。她自己简直无能为力。她的裙裾在粗糙的树皮上拖过。不管什么东西,凡是她能够触摸到的,几乎马上从她手中飘逸而去。但她必须习惯于接受这一切。

然后,她看见,在她离开牛棚的当儿,死神已经降临到母牛的头上。她一直希望,至少不要命中注定该她去发现这悲惨的景象。

母牛躺在地上。月光下,黑乎乎的,四条腿直挺挺地伸着,僵硬得像一张桌子。妇人用脚踢了踢。他们的朱丽亚已经死了。

于是,现在只剩下女人自己和月亮在一起了。

她跑了起来,像一头野兽,急促地喘息着。湿乎乎的树叶泼洒在她大理石一样冰冷的脸上;或者碰到树枝,鞭子似的抽打在她的脸上。她必须赶快回去,离开这头死牛,把这桩事告诉斯坦。必须快跑,只要两条腿允许,林中的树枝允许。她在舒缓的、凝重的月光中奔跑,可恶的树影揪扯着她的头发。她向心目中那满屋的灯光奔去,但是在这使人极感痛苦的树木之中,没法儿快跑。她奔跑着。奇怪的是她离扔在身后的那头死牛越远,离一切她未曾经历过的事情就似乎越近。因此,当她穿过一张布下来捕捉她的罗网时,她的皮肤变得冰凉。她紧张得脑子里一片空白,只想着赶快从她自己的恐惧之中逃脱。

就这样,在离他们家还有一段距离的地方,艾米·帕克撞在一堆黑魆魆的东西上面摔倒了。倘使是白天,会看得见那是一堆石头。有一阵子,她失去了知觉。

现在,只留下月亮了。

等到妇人恢复知觉,周围的世界被那无情的月光笼罩着。妇人从牙缝里挤出几句话来:"我一直往回跑,我跑得太快了。"疼痛向她袭来。她开始轻声哭泣。为那头乳牛而悲伤,为那皎洁的月光伤心,为她自己软绵绵的、已经失去控制的、散了架似的身体伤心。当她再踉踉跄跄十分虚弱地从湿乎乎的羊齿草中走过的时候,她确实是什么也控制不住了。

她回到家里,丈夫正在伸懒腰,他被一股煳味呛醒了。有的土豆差不多都烧煳了。他起来把土豆从炉子上面端开。他仍然睡眼蒙眬。责任感还没有和他那和蔼的本性发生矛盾。如果乐意,她本来可以很亲热地走到他的身边。但她现在不想看到他。

"怎么,"她说,"你把土豆给烧煳了?"她真想就这事儿吵上一架。

可他望着她的两只肩膀,说:"怎么了,艾米?是那头母牛……"

她身后,敞开着的房门外面,是充满了奥秘的、月光的宫殿。

"母牛死了。"她嘴唇颤抖着喊了一声。肚子一阵阵地疼,她不时咬着嘴唇。

丈夫待在这儿她简直无法忍受。她的身体似乎要从她的灵魂之中游离而去。如果允许,她心中潜藏的那股巨大的柔情也会飘逸而去。

"啊,"男人望着她说,"这事……唉,真糟!不过,艾米,别太难过了。我们还有那个小牛犊呢!那是头老母牛了,也没有什么特别好的地方。它有乳腺炎,还有别的一大堆毛病。"

坐在那张歪歪斜斜的床上,他把这桩事情想了一遍。这当儿,她似乎已经变得比事实上苍老了许多,正低头看着他头顶上面那个小小的头发旋儿。

他抬起头来望着她。她立刻发现,她是多么熟悉这张面孔。

"没有别的什么事情吧?"他迟疑着,瓮声瓮气地问。

她在那张高低不平的床上,拣最远的一个角落坐了下来,这样他便碰不着她了。

"我想让你辛苦一趟,去把欧达乌德太太找来,亲爱的斯坦。"她的声音颤抖着。"现在你别管我,你就去吧,斯坦。"她说,"我看我们恐怕不会有孩子了。快去找欧达乌德太太,也许她知道该怎么办。"

于是,他也尝到了那种无法表达自己心境的可怜巴巴的滋味儿了。他什么也说不出来,只能把冰凉的挽具在马身上系好,拖着长长的身影,走进那月光皎洁的夜晚。

第七章

那几年,艾米·帕克多次想生个孩子,可总是不成功。
"这段路寸草不生。"她笑着说。
因为奎克莱依家或者欧达乌德家亦无所出,帕克夫妇便采取了一种回避现实的态度,故意装得没有孩子也亲密。他们宽慰自己,这所整洁的、斯坦和奎克莱依家的小伙子们建造的房子,并非封闭他们生命的盒子。当然,他们仍很年轻,他们的弱点只偶尔暴露,还可以像做梦一样打发掉。即使环境已经迫使他们开始思索,也是纠缠不清。在这个过程中,他们清理那一团思想上的乱麻的工作进展不大。他们也祈祷。祈祷的多少要看他们信仰的强弱变化了。他们相爱,有时候激情满怀,偶尔也抱着一种怨恨。他们也许不像过去那样,总希望厮守在一起,而是更珍视静谧的时刻,甚至缅怀过去的忧伤。有时候他们相互安慰:

"就像现在这样,我们也可以过得挺好。"斯坦·帕克说,"要是有了孩子,他们到头来责怪你一辈子。"

确实如此。

艾米·帕克通常是个快活、勤快的年轻女人。她到门廊外头摔打掸帚,或者坐在一截树干上剥豆子。如果生命的浪潮在她内心深处涌动,那地方也没人觉察到这些。大家都尊敬她,也喜欢她,只是有时候,她眺望着周围的景色,一张脸上充满饥渴的神色,或者担心房顶被狂风掀掉,不过只是偶尔这样。就这样,帕克夫妇在这一带继续受人尊敬。要说挖个坑、砍棵树,或者紧要关头给马钉掌,谁都比不上斯坦·帕克。他只消用临时凑合的工具,就可以在比别人短的时间内干完。当然,他这是从他父亲那儿学来的。如果什么时候,有一首诗或者有一种对上帝的幻觉几乎在他脑袋里形成,谁也不会知道。因为人们并不谈论这种事情,或者说你不会注意到这儿的人有这种习惯。

到班加雷的半路上,盖起一座教堂,供周围的居民们做礼拜。有些人去,在那儿祈祷,唱音韵缭绕的赞美诗。与其管这叫做礼拜,还不如说只是一种比较文雅的活动,至少对大多数人是这样。由于受她的教养中比较文雅的那部分的影响,艾米·帕克也去做礼拜。她喜欢唱那种悲哀的圣歌。如果说她敢于有什么越轨的举动,那便是在心里琢磨丈夫的肩膀何以变得那样遥远。她心里纳闷,穿着节日的礼服,待在教堂里的时候,斯坦在想些什么?她从脸上撵走几只苍蝇,还有恼怒的阴影。她为他内心深处的那些感受而懊恼。那种感受比她自己被那悲哀的赞美诗所激起的渴求更加微妙。她的声音缠绵悱恻,多少有点春心荡漾。她有一瓶香水。到教堂做礼拜时,她把瓶子晃晃,往身上洒了一点儿,给热烘烘的马鬃和尘土也平添了一股香气。当她张着丰润的双唇唱歌的时候,她看起来纯明透亮。她的本质也毋庸置疑。可是对于斯坦,你就有点儿说不出个所以然了。

这男人自己也说不出个所以然。他脑子里头一片混乱,因为妻子正看着他,此外还得注意应付做礼拜说的那些话。他的身体——他在某种程度上为之羞愧——使他跪下时带着几分尴尬。他不认为这尴尬与谦卑有什么联系。但事实上他是愈发谦卑了。当他没能攀缘到那祈祷的顶峰时,他就上下打量自己,或者打量教堂靠背长椅的木纹,发现这二者都有瑕疵,而且没有多少希望可以加以纠正。尽管有时候,在篱笆外面马儿戴着嚼子咀嚼的时候,在听到某句突然给人以启迪的话的时候,在鸟儿衔着杂草在檐下筑巢的时候,在有人突然说了几句包含了那么多承诺的话的时候,静谧也确实降临。这静谧也许是上帝的恩赐。

帕克夫妇的日子过到这时,他们的邻居奎克莱依老爹死了。那是一个落霜的早晨,他在上厕所的路上,摔倒在酸模草丛中。他躺在那儿,等到大家发现,已经死了好长时间了。几位有经验的女人给他洗了身子,他被放在一辆大车上,一路颠簸送到墓地。墓地在一块白草萋萋的草地上,那是班加雷的公墓。死者留下的寡妇这时也只是勉强支撑着出席葬礼。她把一束金盏花插到一个广口瓶里,可是当天就被山羊给叼走了。这样一来,那逝去的老人连那束凋零的花的最后一点哀婉也没有得到。

当天晚上,送葬的人们回到他们各自居住的地方。大家都把奎克莱依老爹忘到了脑后,除了他那又老又疯癫的遗孀、又丑又温柔的女儿,以及斯坦和艾米·帕克。这桩事时常把他们搅得心神不定。黑暗中,他们相互搂抱着,一起抵御死亡的可能。他们息息相通,精神上壮大了许多。他们爱抚的手使对方的身体又暂时获得一种生命的活力。

除了这种死亡的暗示,他们的生命坚定不移地存在于世。现在他们已经有一小群奶牛了,还有两头牛犊,一头胖乎乎的小公牛。帕克夫妇转到以养母牛为主。金黄色的灯光是他们点燃的晨曦,银白色的雾气从他们的嘴里吐出来,在脸前飘逸。他们像身边嘎吱嘎吱的洋铁桶的把手一样僵硬,穿过落满寒霜的院子去挤牛奶。

日子艰难的时候,斯坦·帕克到班加雷筑路队干活,周末才回家。他越发沉默寡言,越发干瘦,也越发冷漠了。铺路用的石碴子的尘土扬在脸上的皱纹里,但是他们存起了一些钱。艾米挤牛奶,然后把牛奶送出去,送到班加雷以北的地方。那儿现在定居下来的人越来越多了。

斯坦一连几个月给阿姆斯特朗先生干活,赚了不少钱。阿姆斯特朗先生是个有钱的屠户。他在这儿盖了一座别墅。他飞黄腾达,已经到了绅士的份儿上,而且可以用那红砖别墅表示他的显要了。这座别墅建在离帕克家一英里远的地方,周围是花园。月桂树做成的围篱,树影婆娑,曲径通幽。有扇窗户镶着彩色玻璃。还有一座女人的石雕。那女人用一双手羞答答地遮掩着赤裸裸的身子。

斯坦·帕克在屠户的花园里干了一阵子,通常是在那周围干活。他砍木头,给宰了的鸡鸭煺毛,烧树叶,给那些椭圆形的玫瑰花花坛和长方形的美人蕉花坛锄草。这些花坛把花园装点得绚丽多彩,但没有什么特色,跟普通公园一个样。但屠户很满意,他觉得这已经很壮观了。他裹着皮革制成的护腿,俨然一副乡村绅士的派头。他跟仆人们说话时总是快快活活,随随便便,边说边揉搓着口袋里头的钱。这种态度使得斯坦·帕克不由得垂下眼睛。别的仆人却利用了主人的信任,不是变得贪心不足,就是变得目空一切。但是屠户觉得这是自己用钱买来的——被敲诈或者被伤害的特权。看到斯坦·帕克做出来的是另外一种反应时,阿姆斯特朗先生自己反倒觉得很窘。他不住气地干咳着,东瞅瞅,西瞧瞧。不过他很尊敬帕克。他本来已经够慷慨大方的了,如果斯坦敢再朝前迈出一步,他准会付给他更多的工钱。

当斯坦·帕克不再受雇于他,回自己的农场干活的时候,阿姆斯特朗先生有时候喜欢骑着马过来。他斜跨在他那匹挺壮实的马身上,告诉这位曾经是他的雇工的男人和这阵子在帕克家帮工的那位名叫弗利兹的德国老头,怎样割高粱,怎样堆放苜蓿。然后,阿姆斯特朗先生心满意足了。他那张刮得很干净的脸和他的皮护腿都闪闪发光。他拿一串树叶遮挡阳光,眺望着这块土地。他的态度表现出对一位家业永远不会增加,更不能和他相比的小户人家的屈尊和赞许。逢着这样的时候,他特别愿意对那位德国老头表现出一种带着优越感的关心。同时,冷嘲热讽,开开玩笑。一方面因为他是个外国人,另一方面因为屠户很难说清楚这老头在帕克家确切的地位和身份。

有一天晚上,弗利兹背着一卷行李来到这地方,得到允许之后,他在帕克夫妇原先住的那个小棚屋里一张简陋的床铺上睡了一夜。那阵儿,他正生病,肚子咕噜咕噜叫得挺凶,便在棚屋里面住了下来。他用一种麸子和糖浆的混合物治肚子——到底是什么毛病,一直没搞清楚。他不断通告病情,帕克夫妇常给他一两个先令和一块煮好的胸叉肉。他们喜欢他那双德国人才有的清澈的蓝眼睛,而且对他的态度的持久性立刻认可了。

"这儿有把椅子,弗利兹,你可以用,"艾米·帕克说,"有点摇晃。不过毫无疑问,可以派用场。"

弗利兹干许多活儿。他帮着挤牛奶,烫洗那些大罐子,还能出去送一趟牛奶。大多数早晨,他屋里那盏灯最早划破院子里的黑暗。傍晚,他把那张椅子搬到门口,坐在他种的那行盛开的向日葵中间。葵花籽晒干以后,他就嗑那里面的仁吃,把黑色的、尖尖的壳吐在地上。

"就像一只该死的鹦鹉。"人们常说。

他们对眼前发生的这个滑稽而简单的行为大加嘲笑,而且希望这种行为不发生才好。因为凡是他们经验之外的事情,都没有权利存在或者发生。

这个德国老头却说:"葵花籽的油对身体有好处。"

他不介意别人的态度,谁也驳斥不倒他的信念。于是人们都摇着脑袋,朝那些葵花籽壳生气地撇着嘴,转身走了。

弗利兹来了没多久,雨季就开始了,而且从来没有这样下过。

刚开始，倒很正常。像平常一样，阴云朵朵；像平常一样，时断时续。间隙当中，还可以晾晾被单。那些无法放牧的母牛，也可以饱餐冰凉的嫩草。

"这雨可要下个没完呢！"弗利兹说。

"是呀，是要下一阵子。"斯坦·帕克淡淡地说。因为眼下这雨和他还没有多大关系。

他踩着一摊摊的稀泥走了过去。德国老头却因为还要下的暴雨摇着脑袋。母牛迟钝地凝视着他那双明亮的眼睛。

等那细雨霏霏、水雾淡蓝的"蜜月"过去，雨开始正正经经地下起来了。在那可怕的、无休止的雨幕笼罩之下，人和动物的生命都显得那样短暂，那样无足轻重。尽管在暴雨来临的最初阶段，雨终究还只是雨。人们的皮肉把它当水来接纳，人们在心里嘟嘟哝哝地抱怨，但总觉得迟早要下完。

可是情形糟透了。房子简直不成其为房子了。似乎只留下一个雨水抽打着的尖尖的屋顶。人们一到夜晚便不再干活，他们侧着身子坐着，一张张脸又黄又瘦，倾听着那如注的雨声，怀疑着各自心里的动机。雨总在不停地下着。在他们的睡梦中下着，冲刷着他们的梦境，撩拨起他们的恐惧和愤怒，让他们在睡乡那灰蒙蒙的雨水中沉浮。

"听，艾米，"斯坦·帕克半夜里醒来说，"厨房又有地方漏雨了。"

一只铁桶传来滴水的声音。那是他们放在第一个漏雨处接雨水的。现在木柴上又传来滴水声。雨水开始光临他们的小屋了。起初只是一点点，但确已来临。

"我们还有一两个盆呢。"艾米笑着说。她正躺在他们那张没遮没拦的床上，挨靠着丈夫的身体。她或许可以拿他的身体来抵挡一阵子雨，不过也没有多大的信心。"把那个破铁盆放到那儿，斯坦，我先前还想把它扔掉呢,幸好没扔,它还能盛点水。把它放过去。"

于是她听见他的脚踩在地板上面的声音。只一两步。她心里觉得一阵宽慰。但这种宽慰没有维持多久。因为不一会儿,她就又听见那淅淅沥沥的雨水声。

连绵不断的大雨占据了他们的全部生活,连他们自身也被排除在外了。他们披着麻袋,从院子里跑过,去做一天里不得不做的活计。他们的手指在母牛的乳头间,习惯地滑动着,挤着牛奶。可是与那如注的、景色壮观的大雨相比,那实在是一条可怜的、白色的细流。

那天,斯坦·帕克从城里回来,那匹马疲惫、瘦弱,似乎掉光了毛的腿浸在水里,挽具的皮带也泡得胀鼓鼓的。他说:"乌龙雅河水上涨,人们都被困在中国坪①上了。"

"我们在山上。"他的妻子说。

她试图保持心中的温暖与自信,稳坐在她的山上。她把熨斗贴在面颊上。今天是她熨东西的日子,她不想听乌龙雅的洪水。

"是啊,"丈夫说,"我们是在山上。可是中国坪上那些可怜的人们该怎么办呢?"

"我也不希望中国坪有谁遭到不幸。"妇人说,一股热烘烘的被单的气味从她那个充满决心的熨斗下面升了起来,"我不过随便说说罢了。我们住在山上,我忘了阿姆斯特朗先生说过这山是多少英尺了。我总是记不住数字。"

她冲那冒着热气的被单用力地把熨斗推了过去——或者说是冲那绵延不绝的雨推了过去,反正是一回事。所有的行为,或者所有的事实,都突然归结为雨。雨仍在下,而且还要继续下。在他们

---

① 中国坪:十九世纪中叶淘金热时曾有大批华人去澳。后来有些华人转做菜农,这里的"中国坪"可能是华人聚居的一个地方。

头顶之上,雨水从屋脊分开,然后顺流而下。只因为得到了那块铁皮屋顶,他们才可以在雨的华盖下生活,并且相互斗嘴,不想接受对方的意见。

"我饿了,艾米。"男人说,"有东西吃吗?"

他站在那儿,向窗外望去,望着那密集的雨幕。

"有啊,亲爱的。"她说,"有一小块挺好吃的腌猪肉,还有块苹果馅饼。不过等我干完了这点活再给你拿。"

于是,在那令人惬意的被单的气味和厨房的温馨中,这妇人又一次控制了自己的丈夫。是啊,如果他们的孩子活下来,她也不会管得比这更严的。她心里很是高兴。

但是男人正朝屋子外面眺望,看那茫茫雨幕。妻子不知道,他的思想早已从她的身边溜走了。他仿佛正站在一块小小的高地之上,那下面便是乌龙雅先前那条河。这条河他以前没有见过,但听人说过。他想起那个腰里系着围裙的老太太,那两三个比较年轻的女人,那个细高的男孩,那群羊,那些奶牛,还有那些黄眼睛的母鸡,拥挤在最后一个小岛之上,脸上都是同样一副遭了灾的表情。这小岛便是他们先前的高地。牛在那已经看不到河道的黄乎乎的大水中游泳,闪闪发光的角在水中沉浮。除了那位老太太在用掉光了牙齿的牙床吞咽洪水前,对上帝大声抗议外,已经不能从牲畜哞哞、咩咩的哀叫声中分辨出人的叫喊声了。而人们被黄乎乎的洪水卷走时,高举着的胳膊就像牛的角一样地安详。

"怎么了?"艾米·帕克问,她已经把那盘喷香的腌猪肉端过来,放到厨房的桌子上面,"你不来吃吗?弗利兹和我喝过之后,茶已经放了一会儿了。不过,你喜欢喝浓茶。"

"是的。"他说。

男人在桌子旁边坐下,吃妻子端上来的饭。

她挨靠着他,让她身上的暖气和他那显而易见的寒气交融在一起。他抬起头望着她,一双眼睛在微笑。这正是她所希望的。

是这场雨把你搞得心烦意乱,她在心里说,我们俩总是有话可说,或者几乎总是,即使什么话题也没有。

她望着窗外的雨,暂且镇静下来。因为她已经把他们的行为全部归结到这个简单的原因上了。

雨继续下着。简直没有一个地方可以把脑袋藏起来喊一声:喂,我在这儿呢!

斯坦四处张罗着干活的时候,雨水顺着手腕流了下来。但是在斯坦看来,这场雨已经不再仅仅是和他个人有关系的事情了。已经下了这么多个星期,确已超出个人的范围了。因此,当德国老头跑来对他说,母牛不吃东西,因为草上有冲下来的淤泥,牛只是闻一闻草,可就是不吃时,他觉得这简直算不了什么问题。他甚至觉得这母牛已经不是他的了。这几个星期,他的责任感已经被雨水从他的心底冲走了。如果他要采取什么行动,那只能是为了别的什么人的利益。

后来,消息传来,乌龙雅镇请求人们自愿帮忙,给被洪水围困的人们运送物资,把妇女和儿童运走,帮助灾民渡过难关。于是,斯坦·帕克跟欧达乌德以及区里别的男人们,一起出发去那条大河。去运用他们的力量,去打听、传播些小道消息,甚至说不定会被淹死。总之,不管怎么说,那暴涨的洪水似乎是将他们从樊笼中释放出来了。这些男人们坐着皮博迪先生的马车,喝着欧达乌德带来的一瓶酒,唱着、笑着,向那条大河驶去。

斯坦·帕克却沉默无语,因为无话可说。淫雨之中,他紧裹着外套坐在那里,等待着见识那条壮丽的大河。

直到它终于出现在眼前。

"啊!"他们都在大车上惊呼,变得沉默不语了。

那浑黄的大水被灰蒙蒙的雨抽打着,泛起层层涟漪,横在他们眼前。这里先前是一块平原,现在是水的世界。洪水从窗户涌进房屋,在一个建筑物的尖顶下面旋卷着。死树枝头栖息着小鸟,就像风向标。

当大车到达乌龙雅镇的时候,镇长穿着油布雨衣,正忙着指挥救灾。一些太太身穿雨衣,在艺术学校给灾民们分粥和面包。自愿来救灾的人们被带到一艘平底船跟前,介绍过这地方的地形之后,就让他们朝红山方向划去。人们断定,那儿的两个农场被洪水围困了。

洪水的世界寂然无声。划船的人们也都缄口不语。因为有一种庄重的感情攫住他们的心,也因为他们的肌肉和筋骨还不适应眼下的工作。他们激动不安的呼吸声和雨丝雨线落在洪水上的唰唰声交织在一起,他们的心像桨叉那样单调而十分沉稳地咚咚咚地跳着。

"我们这是上哪儿去呢,迈克?"奥赛·皮博迪问道。

"没什么特别的去处。"欧达乌德说,他的呼吸声就像是在空气里浇了金属一般,沉甸甸的。

里斯·多克放了个屁,大家都笑了起来。

当他们划着船,穿过先前的伊拉瑞加牧场时,大家的心绪都好了一点。密匝匝的树枝划着他们绷得很紧的肋骨。相互冲撞的洪水和黄乎乎的旋涡戏弄着他们那条不大灵巧的小船。但人们还是那样默默无言地划着。让他们这样在洪水中漂浮现在看起来显得奇怪。除了斯坦·帕克,谁都开始觉得这很奇怪。到了这时候,斯坦·帕克心里明白,一个人是什么事情都能碰上的。他也明白,并不只是乌龙雅镇镇长指给他们这条平底船的方向,他们才到这儿来的。他划船的当儿,被洪水淹没了一半的世界,对于他已经变得如同自己的思想一样地熟悉。他接受了他们这种陌生而又无法避免的地位。然而,对于这种地位,他又不能做出什么解释。事实上,倘使见到那位灾情调查官,他大概只能冲他羞怯地笑笑。他记起了那些他从来没有说过,但也从来没有忘记的事情。他记起妈妈被埋葬之前的那张脸。当她的头颅展示了那双眼睛过去一直深藏着的东西时,他感到,对于她周围的那些事物是否坚不可摧,有点把握不准了。但是,在汹涌的洪水所造成的这个散乱的世界,在那水中飘摇的树木之下,显然,所谓坚不可摧是不存在的。划船的人使劲儿划船。他听着伙伴们的呼吸声,那声音好像是从很远的地方传来的。当他们在那流质一般的树下划船的时候,树叶窸窸窣窣的声音似乎潜入他湿淋淋的皮肤,离他更近了。

后来,奥塞·皮博迪喊了起来。右边,靠近一座蚁冢,有一个圆鼓鼓的东西在沉浮。他们向那个方向划去,发现原来是个男人软绵绵的尸体,身上的衣服被洪水浸泡得全都成了黑色。那人光溜溜的脸被鱼儿一点一点地咬啮着。这原本是预料之内的事情。

"哎哟!"划船的人惊呼着,把尸体打捞起来放在船底。

他们充满活力的皮肤不相信死亡。他们的鼻孔大张着,渐渐发白,软骨看得清清楚楚。就像那些动物在地底下发现死亡的迹象,但依然拒绝承认。

斯坦·帕克弯下腰,用一条麻袋盖住了那张泡得像橡皮球似的脸。然后,他们都干咳着清嗓子,有人往水里吐唾沫,别人便也学着他的样子吐了一口。他们继续向前划行。

当他们划船前进的时候,一幢幢房屋里面先前静谧、平安的生活的七零八碎,从身边流过。有一张空荡荡的椅子,一块咬过几口的奶酪,一叠变得像蜘蛛网似的信件,一块黑莓茎秆编成的跪垫,一顶羽毛浸在水里的帽子,一个婴儿用的便壶,一本在《以西结书》那一卷打开的《圣经》。所有这些东西漂过来又都漂走了。倒是他们那条船,是静止不动的。还有他们撞上去的那座房子几乎是静止的。

"喂!"欧达乌德把脑袋伸进一个窗口喊道,"屋里有人吗?是邮差来了,还有消防队,合二为一了。"

大伙儿都笑了起来。眼下,他们做什么都很一致。

在那静悄悄的屋子里,桌子已经摆开,似乎正准备吃饭。一只蜗牛在桌布上慢慢地爬着。椅子在一汪水里泡着。那水是从一扇敞开着的门涌进来的不速之客。洪水至少是团结一致的,只是人走了。因此,在这种情形之下,当他们手扶着外面的墙壁,绕着那幢房子划船的时候,欧达乌德觉得不妨把手伸进去,拿一瓶壁橱架上放着的酒,喝上几口,这也是为了血液循环嘛,最后干脆把它放到船里带走了。

有人说这是偷窃。

"不是,"欧达乌德嘴巴湿润润地说道,"谁都看得出,这道理像大白天一样地明白。把这瓶酒留在这儿毫无价值。把它留在架子上,可以说跟扔了一样。"

大家都不是滴酒不沾的人,便不再搭茬儿了。一个泥泞的小屋里,盥洗池边放着的一副紧闭的假牙。

然后,船划走了。"船员"们已经累得精疲力竭,似乎只留下肋骨和两条胳膊,而把整个躯体留在了身后。就像那些逃难的人们把他们的房屋留给洪水一样。他们只有打个手势,吁吁喘气的份儿了。

划到一个地方,斯坦·帕克看见一棵树杈上卡着一个长胡子老头的尸体。但他没有跟别人说这桩事。他只是划船。那条不大灵便的船儿,也接纳了所有这种"忽略"。很快,那个仰面朝天死在树上、没有面部表情的老人,便消失在颠簸的船儿和浓浓的雨雾中了。

有一所房子在一座高岗上,现在那里成了一个小岛。一个盘着挺重的发髻的瘦小但很机灵的女人向"岸边"跑来。

"我还以为你们永远不会来这儿呢!"她喊道,"我一直在这儿等啊,等啊。爸爸坐着孩子们去年夏天做的一条小破船走了。我对他说：'你疯了吗？你可千万不能坐那玩意儿走。'可他看见有头公羊卡在一棵树上。"

她站在岸边，脚下是洪水的泡沫和漂浮着的破柴烂草。她那大张着的嘴巴因为兴奋沾着一点白沫。

"你们有谁看见我爸爸了吗？"她问道，"一个白胡子老头。"

谁也没看见。

"现在好了，"她说，"我就说过嘛，他们总会从城里派人来帮我们的。我已经把东西都打成包了。"

她跑了起来。

"可是爸爸怎么样了呢？"她半道停下，踮着脚尖儿说。

他们说，也许她父亲已经在哪儿上了岸。

"是啊，"她说，"但愿如此吧。还有机器，你们知道吗？我得带上我的机器。"

"什么？"里斯·多克问。

"啊，"她说，"缝纫机。"

她从走廊里抱出缝纫机，小腿碰在踏板上，擦破一块皮。

"我只关心三样东西，"瘦小的女人说，"那两只山羊和这台缝纫机。山羊已经没了。"

"缝纫机也保不住了，太太。"欧达乌德说，"要不然，我们就得都沉到水底。"

"那好，我就待在这儿了。"那女人说。她的名字叫威尔逊太太。

她开始大声哭了起来，手指头抓着缝纫机的铁部件儿。

因此，大家只得硬把她拉到船上，就像拉她的那只柳条包。那里面塞满了她的东西，还拦腰捆着一根带子。

"你们不该这样，"她哭喊着，"我永远不会忘记这事。先是丢了山羊，现在又丢了缝纫机。"

"啊，"她摸着船底麻袋下面那堆鼓鼓囊囊的东西，很平静地问，

"这是什么？可别是具死尸。"

"正是，"他们说，"是从水里捞出来的一个可怜的年轻人。"

"我从来没见过死人，"她若有所思地说，"就连妈妈死的时候，我也不在跟前。我到莫斯维尔布鲁克去了，和亲戚们待在一起。这台机器就是他们送我的。"

她又哭了起来，泪水和雨水混在一起。

斯坦划船的时候，眼前坐着的这位妇女，又使他从对于死亡和洪水深沉的思索中回到他自己。他咬着嘴唇，看起来显然是因为划船费劲儿。但是实际上是因为他没敢把她父亲的死讯告诉她。他心里说：得告诉她，不过再等一会儿，现在不行。他继续划着，满怀着对于别的那些划船者的友谊和那位妇女的怜悯。她穿一件旧罩衫，上面是开着小紫花的枝形图案。斯坦·帕克想起烤面包的日子，仿佛看见面团在他们的大铁盆里发了起来。妻子揉面团的时候，脸颊发烧。整整一天，他光顾划船，还一直没想到过她。可是现在，划船的时候，能想起她来真叫他高兴。

这天晚上，皮博迪老先生回他们那个区，斯坦让他捎话，说还要在外头待一两天，看能帮点什么忙。

从山区来的自愿救灾队在一家马车行的马房里过夜。他们睡在散乱的马槽里。新垫的干草直往脖颈里钻。整整一夜，马厩里、睡梦中，他们又抓又挠，辗转反侧，嘟嘟哝哝地抱怨。欧达乌德在橡树酒店喝了点儿酒，就躺在雨地里睡了。他说他是为了吸点新鲜空气。但是大伙儿抓着他的腋窝、脚脖子，硬把他抬了回来。然后，大家又在暖烘烘的睡梦中辗转反侧起来。马儿待在黑天鹅绒般的夜色之中。人们都忘记了马厩里雨水的滴答声。

斯坦·帕克半夜醒来一次，想起他一直没跟人说过那位瘦小女人的父亲已经死亡，甚至当朋友们带着她和她那个柳条包离开洪水上岸的时候也没说。他没法讲出这件事来。有些事情你是没法说的。想到这里,他又心安理得地入睡了。在马厩那暖烘烘的饲草里,在那细雨连绵的夜晚,睡得更沉了。

天还下着雨。

欧达乌德太太说,这是一次全国性的灾难。农场都被冲垮了,许多可怜的人无家可归。总督的妻子向人们募捐。太太们公开出售一些小玩意儿和她们存得太多的东西,因为灾民和孤儿们没有面包填肚子,尽管那些政客们在视察的时候——当然是坐着船——讲起话来也都滔滔不绝,许愿要发放补助金,还有别的什么,最好是能给人们一块像样的面包和一条能保暖的裤子。

"因为,"欧达乌德太太说,"空气对肚子没半点好处,除了放出来是个屁。可是空话呢?连屁股也遮不住,甚至连刚落地的、狗娘养的小崽子的屁股也遮不住。"

然后她拢起滑落下来的头发,头发上也沾满了雨水。

艾米·帕克这三个夜晚独自躺在床上睡觉,在那张一边暖和、一边冰凉的床上辗转反侧,两只脚贴在一起揉搓着,听着从厨房顶棚落进脸盆和水桶里面的雨水声。她说:"这讨厌的雨简直把我腻烦死了。"

"听我说,亲爱的,"欧达乌德太太说——话里已经颇有点煽动的味道了,"我们去看洪水好吗?"

"跑这么远?"艾米·帕克说,"我可从来没有到过乌龙雅。"

"啊,那可是个好地方。"欧达乌德太太说,"那儿有四家酒店,一个面粉厂。有一次,我们还在一个大帐篷里看马戏团演出,不怎么远。我们可以随身带点儿干粮。亲爱的,那会是一次短途旅游呢!我们干吗要待在这儿?"

帕克家走廊前头的玫瑰看起来已经很茂盛了。这玫瑰是他们从先前那所旧棚屋前头移过来的。雨水冲刷着粗壮的枝干,又被黑色的刺分开。凋谢了的玫瑰花变成褐色,落了一层,在雨水中腐烂着。

"这儿的生活真够呛,"艾米·帕克说,"四周一片泥泞,等着雨停。"

"你手里切圆白菜的工夫,鞋就发霉了。"欧达乌德太太说。

"也许我们能在那儿见到他们。"艾米·帕克说。

"肯定能!"欧达乌德太太说,"他们那些自愿救灾的人全都是了不起的人物。我敢打赌,酒店老板请他们喝不花钱的啤酒呢!因为他们从水里打捞出那些可怜虫。"

欧达乌德太太直说得这位年轻女人为自己的丈夫激动起来。他的那张脸是最勇敢的。她仿佛又看见他坐在皮博迪的马车里,连头也不回地走了。他似乎不属于她,而是属于所有那些男人们。就这样,男人们一起坐着马车走了,好像他们为女人们感到羞愧。

"不过,如果到挤牛奶的时候赶不回来,我可不能去。"她抱着一线希望说道。

"我问你,如果赶不回来,又有什么关系?你们不是还有那个德国老头吗?他要是连奶头也不能扯一扯,连牛奶也不能送一送,要他干吗?就让他拼命往肚里塞东西吃,待在那个破屋子里头,把裤子都撑破吗?"

于是,再无话可说了。

她们坐着欧达乌德家那辆带弹簧的马车,在那条黄泥土路上颠簸着,朝乌龙雅进发,车轮溅起朵朵水花。那匹马甩着它那稀疏的鬃毛,践踏着泥泞的路面,就好像它乐意这样做似的。不管怎么说,开始的时候,连它的骨头都失去了往日的愤懑。甚至它喘气的声音都是欢乐的。

欧达乌德太太说:"在我跟你说过的那个马戏团里,有一位小姐在两匹白马的屁股上跳舞。从这匹跳到那匹,还穿过一个大铁圈。乐队奏得呱呱叫。哦,我真喜欢看马戏。能叫人消遣。他不喝酒的时候也喜欢看,就像那次。啊,就在我跟你说过的那个马戏团。我们花了三个便士才在一块草地上坐下——或者说,那是一团乱草,人们一直在那上面乱踩——我们坐在那儿吃我们带来的小馅饼。他越发变得不要脸皮了。你听我说,他喝了大概不超过一品脱。噢,也许是两品脱。你知道他那个样子。他是在'橡树酒店',或者是在'葡萄串酒店'喝的?这倒无关紧要。总之,他喝醉了,扯起裤子,要骑那匹总爱猛地弯腰跳起的小马,我挽着他的胳膊。'抓牢点儿,'我说,'你这个不安分的东西,你还没看够那些马戏,那些小丑,那些杂技演员吗?'我说:'如果他们摔断了胳膊或腿,那是因为他们赚的就是这份钱。我可不是花三便士来看我自己的丈夫摔断骨头的,欧达乌德。'啊,听我说,帕克太太,当时真是糟糕透了。我又是个对当众出丑最反感的女人。不管怎么说,为了转移人们的注意力,乐队演奏起来。他们用一根绳子吊起一个皮肤浅黑的西班牙姑娘。那姑娘拴着一个脚趾头从顶棚上吊下来,嘴里还叨着一个鸟笼子。'那儿,'我对我们家那位说,'瞧呀,我们花钱就是来看这个的。'可是,帕克太太,他已经醉得厉害了呢,注意不到顶棚下面的表演。他站都站不稳。这之后,他就摔了下来。我一边给他撵脸上的苍蝇,一边看马戏,我是花了钱的嘛。唉,那马戏真好看,我永远忘不了,也忘不了那天夜里,大象和猴子身上的那股味儿。"

欧达乌德太太赶着马车向乌龙雅驶去。她挥舞着鞭子,抽打着眼前的景色,统帅着她的过去和现在。

可是艾米·帕克,这位被统帅的妇人,被女邻居的夸夸其谈镇住了,一路上沉默不语。为了防雨,她披着麻袋,那样子简直毫无生气。她在湿乎乎的麻袋下面,握着自己那双热烘烘的手。鞭声脆响,马车颠簸。篱笆向后退去,篱笆上的铁丝挂着水珠。天空在头顶旋转,有一阵子,露出一片蓝色。但是飘飘忽忽,犹疑不定,从那蓝色的穹隆,鸟笼子一定会掉下来。

在令人炫目的阳光像一把把刀剑胡乱砍下来的时候,阴沉冷峻的山坡上风雨飒飒,仿佛是表示心中的懊悔。整个山坡上,浑黄的瀑流飞泻而下。透过被涂上一层光彩的树叶,太阳照耀着一串串绿中带黄的橘子,似乎在玩弄一种骗术,只一会儿便隐没了,又让位于蒙蒙细雨。

到乌龙雅的路上,树期待地飘摇着,似乎有什么野兽会闯进来。

"听,"帕克太太说,她的脖子蹭着湿淋淋的麻袋,"你听见什么声音了吗?欧达乌德太太。"

"有人也在这条路上走呢。"她的朋友回答道。

这时她们已经听见车轮滚动的声音,那声音很急促。

"他要把马眼睛都打瞎的,"女邻居说,"没错,这小子不是抢了银行,就是老婆要生产了。"

两个女人听着飞快旋转的车轮声很是紧张。她们直挺挺地坐在车上,脖颈显得又细又长。

直到车轮拐过最后一个弯儿,她们才看见那是一辆轻便马车,车上并排挤着三个俗里俗气的小伙子。轻便马车溅起泥水,他们从座位上转过身来。

"早晨好,太太们!"他们说,或者是挥舞着鞭子的那个人说。车慢了下来。"这是到发洪水那地方的路吗?"他问,"乌龙雅?"

"到处都是洪水,"欧达乌德太太凝视着前方说道,"路都成一条了。"

"嘀,挺滑稽,是吗?"拿鞭子的那个家伙说。

他是个块头很大的年轻人,镶着一颗金牙。

"我们是体面的女人,今儿个出来逛逛,"欧达乌德太太说,"我们一直很快活。或者说,在你们几个赶上来之前很快活。"

那个年轻人对着蒙蒙细雨,从牙齿的缝隙中间,挤出一口唾沫。另外一个小伙子笑了起来。

"说下去。"他说。

"我会的,"她说,"我还得添上一句,我们的车赶得不快不慢正好!"

"哼,"年轻人捅了捅伙伴的肋骨说,"这么说,你没听人说我姥姥怎么死的吗?他们没法儿把她救出来,给淹死了。"

"哼,"欧达乌德太太说,"你姥姥和什么张三李四!你们家完蛋的是你扔掉的那些空酒瓶子。"

女邻居的这种鲁莽使艾米·帕克既兴奋又吓得发抖。她转过一张微露喜色的脸,紧张地望着路边的铁丝网。铁丝网上滴着水珠。

"你说话太刻薄了。"小伙子说。

他穿着一件绿颜色的旧大衣,越发显得块头大了,尽管他的块头已经够大的了。他把他的同伴——那个黑不溜秋,满脸通红,眼睛血红但明亮、好奇的家伙挤得紧贴在那个坐在外侧的小伙子身上,那小伙子便只好挤着车围栏。不过对于他,好像关系还不大。他很瘦。他是那种不爱说话,但是在该笑的时候恰到好处地笑一笑的人:或者放声大笑,或者低声窃笑。他是个能煽动人心的人。

"太刻薄了?"欧达乌德太太一边摇晃着她那根细细的马鞭,一边说,"你还希望什么呢?也许是希望给你一束扎着缎带的紫罗兰?"

艾米·帕克希望她不要再说了,她的女邻居简直是在走钢丝,她可受不了。于是,她转过脸,不再去看他们。

那个大块头黑不溜秋的同伴,从绿大衣后头探过脑袋,只露出一张脸,下巴尖尖的,显得特别好奇。他说:"你,一言不发的那位。这场合你这么一声不吱可不大合适吧。我以前在哪儿见过你呢?是班加雷,还是在汀沃尔的广告里头?"

"我不去班加雷,很少去。"

她十分懊恼,尽管血直往上涌。她无法也去走那钢丝。她很笨拙,浑身发抖。

"我的朋友是一位夫人,"饱经世故的欧达乌德太太说,"她可是一直有人护着。她从来没和乱七八糟的人混过。"

"如果这么一对漂亮的娘儿们也算得上什么贵夫人,我可就没得说了。"大块头说。

这当儿,那两匹拉车的马儿相互之间不理不睬,它们浑身水淋淋的,松松垮垮、平平稳稳地走着。

"坏小子!"欧达乌德太太愤愤地说,"从来没见过这么厚脸皮的家伙。"

坐在马车外侧的小伙子笑了起来。

"听着,"穿大衣的家伙说,"我们座位底下有点儿货真价实的老酒。来找块干燥的地方聊聊天,你们看怎么样?如果愿意的话,还可以煮点儿什么,边煮边聊。"

"啊!"欧达乌德太太手里抖动着缰绳说,"到处都是雨水,没法儿聊天。"

"她对付得挺快。"那个瘦小的、眼睛通红的家伙说。

他已经开始露出饥渴的、还有点狡猾的神色。他用那根一边长了个疖子的长鼻子嗅了嗅。

"啊,亲爱的,这算不了什么。"胖墩墩的女人说,"等我丈夫来了对付你们,这就算不了什么了。"

"你丈夫又怎么样?"那个黑不溜秋、眼睛通红的小个子嚷嚷着。他越发饥渴难忍,比他的同伴还来劲儿。

欧达乌德太太说:"我要是有时间,会详细讲给你们听的。可惜没时间,就只好简单点了。他是个块头非常大的人。听我说,身上的肌肉像南瓜。见了你们这样的人,鼻子里头就要喷火。我丈夫最不喜欢的就是那种白天得意扬扬、黑夜偷偷溜走的,鬼鬼祟祟的短脚鸡！就这些了，上帝保佑！"

她很麻利地抽了一下她那匹马。马儿湿乎乎的耳朵耸了耸，在车辕上甩了一下尾巴，放了个屁，似乎表示抗议。

轻便马车上爆发出一阵乱哄哄的、愤怒的叫骂声。声浪之中，那三个家伙紧紧地挤在一起，讨论对策，对于是动手来硬的还是对骂，意见有分歧。

"揍她一顿！"有一个说。

"丈夫！"另外一个人说道，"她说的是哪个丈夫呢？"

坐在马车外侧的那个家伙哧哧哧地笑着，在座位上挪动了一下身子。

"如果你们想认识认识我丈夫，"欧达乌德太太说，"班加雷的哈勒兰警官会帮忙的。他刚好从山坡那面过来。他的连鬓胡子我一英里以外就认得出。"

果然，那个高个子年轻警察骑着他那匹懒洋洋的栗色马，慢吞吞地走了过来。他的连鬓胡子亮闪闪的，因为打过发蜡，连一滴雨水也没沾。他的背由于长期骑马隆起了一块。

轻便马车上那几个家伙脸色变得阴沉起来。车轮子先是跑了一阵，接着吱吱嘎嘎地走着，然后在你喘气的工夫，像先前那样，飞也似的跑开了。

"早上好，哈勒兰警官，"欧达乌德太太说，"我们今儿个到发洪水那儿逛逛，瞧瞧能看到点什么。比如可怜的人们，还有那些不说话的牲口。我们还希望碰到我们的丈夫，这两三天，他们一直在这儿帮忙呢。"

雨似乎变得有了一点暖意。在这蒙蒙细雨之中，和这位长着两条长腿、一口白牙、性格随和的年轻警官又快活地聊了一会儿，大车便载着两个女人，继续走那条泥泞的路。

马戏团的故事和她自己刚才经历的危险，打破了艾米·帕克沉闷的生活,使她变得昂奋。与这位警官的邂逅又使她感到宽慰、快活。现在她在马车上安顿下来,准备在这条陌生的道路上,完成这次旅行的最后一段路程,又觉得有几分凄凉。如果走到头,还只是树木,只是灰蒙蒙、湿淋淋的树木,她可真搞不清楚为什么要来这儿了。她试图去想象她将要高兴地看到的丈夫那张诚实的脸。她试图重新燃起对女邻居的友谊之火。她依然坐在她的身边,颠颠簸簸。她知道,她还是那样了不起,经常做些令人惊奇的事。但是像她自己一样,还得一直走下去,漫无止境。

"哦,亲爱的,"她说,在湿麻袋下面舒展了一下有点儿痉挛的四肢,"你说我们多会儿才能到呢?"

"总有一天会到的。"欧达乌德太太打了个哈欠。她也觉得索然无味。

路继续向前延伸着。

欧达乌德太太披着那条蟹壳似的、硬邦邦的麻袋,样子如此之怪,简直可以说马戏团都会因此而不存在了。

"有时候,"她说,"你自己都会奇怪自己能干些什么。我记得,那次他让那匹白星眼大黑马——我从来不喜欢那匹马,后来没多久,我们就把它卖了——踢到肚子上,差点儿踢死。我问他:'你要我找神父去吗?'他被马踢得青紫,不过比起后来的黄色,那就算不了什么了。他肚子上捂着个热盘子还有些热布片,整夜整夜地瞎转悠,把我都要折腾垮了。不过,我没垮下来。要知道,我紧张着呢!因此我就这么问他:'我去叫个神父好吗?''叫个神父?'他说。他正痉挛着呢。'经过这么多年,我都不知道该怎样和神父打交道了。给我拿个大号的羊皮酒囊,穿上紧身背心,再拿本书。我宁愿要这些东西。因为,它们还没学会伸手要钱呢!'你知道,这是因为欧达乌德手头很紧。紧得就像贴在屋子四周的糊墙纸。不是我说他们的坏话。那些神父们这事上要一先令,那事上要六便士。要待一夜,就得付他一镑。我知道他的弱点,便说:'好吧'。他说:'给我倒杯朗姆酒。神父和酒二者不可兼得,如果必须放弃神父,没办法也只好如此。'他难受得浑身冒汗,身上的汗毛连一根也竖不起来了。欧达乌德是个汗毛很重的人。"

现在这段路上的树木变得相当稠密了,乌云也比以前更加浓重了。它们仿佛经过一番密谋,笼罩着、包围着这辆小小的马车。马车爬上一道山坡,显得孤孤单单。

"可他还是没死,"欧达乌德太太说,"尽管说了那么多不尊重神父的话。我可不愿让他死。我不知道我应该做什么样的选择。因为,帕克太太,有的人选择一条这样的道路,有的人却选择另外一条。"

"这话是什么意思,欧达乌德太太?"艾米·帕克问道。她不能够,也不愿意帮助她的朋友。她手里的手帕攥成了一个球。

"我的意思是,我们是在上帝的面前结婚的,"欧达乌德太太说,"我的意思是说,没有神父在场。既然他对神父是那么个看法。我的看法呢? 我也从来不把宝押在神父身上。我总是这样说,有了上帝,也就有了神父。几个先令省下了。不过,谁能说得准呢? 亲爱的,谁能呢?"

"这么说,你和欧达乌德先生没正式结过婚吗?"帕克太太说。

"傻东西,"女邻居说,"我跟你讲了这么半天,这么委婉地讲,就好像有人听了会生气似的,不就是说的这个意思嘛!"

艾米·帕克一句话也说不出来。这些话真够叫她目瞪口呆的。

"哦,"她犹豫起来,因为欧达乌德太太在等她说下去,"我看你们这样结合,和别人也没有什么不同嘛!"她说,或者是在违心地说。

"噢,我没有什么可后悔的,"欧达乌德太太说,"如果我跟丈夫操起东西对打,或者斗斗嘴,那是因为我们都喜欢那么做。唯一遗憾的是,我没能穿上雪白的礼服,戴上大檐帽,排排场场地结婚。"

话到此也就结束了,但是结束不了。对于帕克太太永远不会完结。

她们路过一所小棚屋。棚屋是用木头和铁皮搭成的。棚屋外面有两个小孩,光着脚丫溅水花玩。

"那镇子也许就从这儿开始了。"艾米·帕克太太充满希望地说。

既然她的朋友和先前不同了,她就该坐在旁边,看着她。可是她不能,她觉得脸上发烧。

"到了城里,我就太高兴了,"她说,"简直腻透了。"

欧达乌德太太没有答话,只是吧嗒了几下湿润的嘴唇,好像她对于"没完没了"颇有经验。

年轻的帕克太太继续东张西望,寻找能够引起话题的东西。她愿意对她的朋友说些表示爱慕、叫她放心的话,可是总被一种什么力量阻止着。她们似乎被冲刷得距离更远了。雨水哗啦啦地溅在车轮的辐条上。这两个女人开始接受、承认这个距离了。车轮刷刷地响着从雨水中碾过。过一会儿我会补救的。艾米·帕克心里想。她是个热心肠的好人。过一会儿,她心里说,而不是现在。她仿佛已经被冲得太远了。她迎着强大的洪峰游泳,马戏团跳舞的人也在那激流中漂浮,还有欧达乌德赤裸裸的身子。

欧达乌德太太在唱歌,因为心里烦闷。

那条路似乎是在突然之间延伸到现在已经是一座孤岛的乌龙雅。公路的路面相当结实。车轮滚滚,马车从一群正横穿大路的羊群中间驶过。

现在,肯定有希望见到她们的丈夫了。

"你说他们好找吗?"艾米·帕克问道。她弯下腰,让手在羊儿油腻腻的脊背中间划过。

"这地方不大。"欧达乌德太太回答。

当她们从羊毛那暖烘烘的、给人以慰藉的气味中穿行的时候,共同的希望又把这两个女人联系在一起。她们好像是坐在不平的羊背上被驮过去的,她们听着羊粪蛋儿拉在地上的窸窸窣窣的声音和青蛙的叫声,满意地舒了一口气。

就这样,她们进了那座小城,经过面粉厂,经过那马戏团曾经在里面搭帐篷的围场,经过教堂白色的钟楼。钟楼上的大钟已经不走了。教堂下面,有人正被埋到那湿乎乎的、茂盛的茅草之下。

"啊,天哪,真可怕!"欧达乌德太太说。她支棱着脑袋,又想看,又想转过脸去。她浑身起鸡皮疙瘩。想起她自己参加过的那些葬礼,这眼前的葬礼似乎也和她有关系了。

可是艾米·帕克瞧着死者的亲属们撑着的纺锤形雨伞,似乎由于洪水的出现,在到乌龙雅的路上第一次睁开了眼睛。眼下,她还不至于死呢!

她们进了城。店铺里摆满了金属器具、手套、椰子冰糕、已经蔫了的甜菜根。可是人们,甚至老年人,也都跑到水边看洪水去了。

一位妇女手里倒提着一只马斯克维鸭①沿着小巷走了过来。"你们想象不出,"她说,"你们想象不出,那地方挤满了人。有遭灾的难民,有自愿来救灾的人。连总督也来了。他们正在橡树酒店那里晾被单,宰了满满一院子鸡鸭。"

"我们是来找我们的丈夫的,"欧达乌德太太说,"斯坦·帕克和迈克·欧达乌德。他们是来这儿做救灾工作的。您见过他们吗?"

那妇人没有见过。

"他们俩都是块头挺大的男子汉,"欧达乌德太太说,"我那口子还留着黑胡子。"

但那女人还是没有见过。她的眼睛里一片茫然若失的神情,仿

---

① 马斯克维鸭:南美洲产的一种鸭子,可饲养作食用。

佛正在那神情背后,寻觅她自己的生活片段。一旦拼凑起来,就要讲给这两位来他们这个城镇造访的女人听。

"星期五,我们差一点让大水给冲走。"那妇人开始讲了。

可是她手里倒提着的那只鸭子从街面上抬起它多瘤的脑袋,嘶嘶地出声。可欧达乌德太太不是个爱听别人讲故事的人。

"去看洪水该走哪条路?"她打断妇人的话问道。

那女人回转身,把整个手臂伸出来,给她们指点,她那披在肩上的湿头发甩动着。她是个绝妙的传信人。

"顺着这条巷子往前走!"她说道,她的门牙掉了,这话说出来就像从毒蛇的两枚毒牙中吐出来的信子,"第一个胡同别拐,第二个也别拐。看见那个阳台了吗?从那儿往右拐。洪水漫到那片公用地了。"

那巨大的、黄色的猛兽已经掠过那块草地。

"那块公用地已经淹了一半。"女人说,"已经到了特劳尼斯。洪水从窗户冲进去,把那套崭新的房子全毁了。"

欧达乌德太太咂咂舌头,不知道是不是出于同情。反正那匹顺从的马儿又继续朝那可怕的地方走去。

在乌龙雅,人们的一切全都围着洪水转。不是看洪水,就是在帮忙,要么从那条载着他们从一场梦幻走到另一场梦幻的船上走下来。有的人已经解脱了,现在正被抬了下来。围观的人们大都回避这场面,不是怕倒胃口,就是因为他们害怕面对这些裸露的面孔。只有巴布·奎克莱依——他是跟姐姐多尔·奎克莱依一块儿来的——能够忍受死者脸上的"微笑"。

"这老家伙挺好。"他边说边朝一个老头的脸乐呵呵地笑着。"瞧见了吗?"他说,"他挺好。你能看出,他挺好。"

他触摸着老头脸上的"笑纹"。这正是斯坦他们发现的那个头朝下卡在树杈上的老头。

许多人,包括那些可以啪啪地抽着响鞭、可以摔倒四岁公牛的男人们都厌恶地走开了。他们都说,这种行为是不能允许的。所以,多尔·奎克莱依只得喝住她的兄弟,拉回他的手。

他先前发现一块挺古怪的圆石头。这块石头是被无数次的洪水冲刷成现在的样子的。现在既然不能随便动手,他就站在那儿看他那块石头。他被围观的人们包围着。这小伙子个头挺高,可是没关系,他还可以低着头瞧自己的玩意儿。整个世界都集中在手心之上。

那些看洪水的人一直议论纷纷。围观的人们一堆一堆地聚集在一起,脸上尽是激动的表情。不过也有些人说起话来带着一种权威和关心公益事业的热情。他们脸上一副认为自己能解决某个问题的表情。有的人说,应当向北开一条泄洪的水渠;有的人说,显而易见,这样的水渠,只有向南开才行。有的人对洪水有些经验,他们考虑到现在的情况——水位明显地不再上涨,风的方向,云彩的形状,再加上某种本能,认为洪水一定会很快就退下去。

一伙随员陪着总督。总督问些问题,表示他的同情,也显示出他的老练。他站在那儿,一只脚朝洪水的方向稍稍跨出一点儿。他只是为了站得舒服一些,因为他曾经受过伤。可是有的人看了不禁在心里问自己:这个姿势是否有什么特殊的意义?他们看着他那只很秀气的英国靴子的靴尖,等待着发生什么异乎寻常的事情。总督穿着质地十分考究、领口镶着丝绒的大衣,继续显示着他的老练。他头发花白,吸着一支雪茄。一团团蓝灰色的妙不可言的烟雾似乎"误入歧途",和四周的烟气混合在一起。

"当然啰,会拨给你们专款,还要发放一部分衣物。"总督对市长说。脖颈在那剪裁得很合适的领口内转动着,一双显示着受过良好教育的眼睛所蕴含的朦朦胧胧的同情越发强烈了。"不过现在,"出于对周围情形的尊重,他压低嗓门问道,"人们有足够的粥喝吗?"

市长说，依他看，粥倒不缺，这得感谢一些地主和屠户们的慷慨。这件事由一些太太们照料，统由一位屠户的老婆掌管，有一位五金商店的老板借给几个炉子。市长站在总督身边，两腿叉开，膝盖有点打弯，两手下垂，十指分开，就像两串香蕉。

这当儿，那熙熙攘攘的人群被激动的情绪或者好奇心驱使着，这儿站站，那儿走走。他们之中许多人披着麻袋。当然啰，不是因为贫穷，而是为了实际的原因——它们能挡雨。人群就像一幢幢哥特式建筑，人们的手都搁在胸前，抓着披在肩上的湿麻袋。有时候，那姿势很显眼，给人们一种做祈祷的印象。有的人确实在默默地祈祷，嘟哝些他们从教堂里学会的很不完整的祈祷文，或者东一句西一句，用他们自己的话来祈祷。但大多数人只是为了抓肩上的湿麻袋。周围是一股麻袋味。有的人肩上和胸前都留下一层淡淡的麸皮和细糠凝成的糊一样的东西。

当他们来回走动着、闲聊着，或者站在那里的时候，他们敢于想象或者敢于回忆往事的话，你可以打开他们灵魂的"橱柜"，看一看那里面或者排列得整整齐齐，或者杂乱无章的东西。有的人感情过剩。比如说有一位杂货铺老板的妻子，没法克制对一位警察的渴念，整夜整夜地在被窝里辗转反侧，为了克制心中的欲念，连嘴唇都咬肿了。可是多尔·奎克莱依呢？她站在一片泥泞之中，除了制止兄弟去看一个中国人，几乎就没挪窝。多尔，这位一动不动站在那儿的多尔，灵魂的"橱柜"里拥有一缕灯光。当洪水涌动着拍岸而来，拍岸而去，她想起了父亲。她那淡淡的、要隐没了但又终于没有消失的微笑，停留在修女们的脸上。从她们那里，她学会了铜版雕刻。她的家人很为此骄傲。多尔·奎克莱依和几个修女坐在一起。她们正埋头干各种编织的活计。修女头戴圆锥形的帽子，脸上毫无个性特征。她们教育了多尔，使她拥有至今还在照耀着的那缕黄色的光。

可是人们皱着眉头说:"啊,瞧奎克莱依家这姐弟俩。"

巴布·奎克莱依挤过来挤过去,找那个中国人,要么干脆停下脚步,直盯盯地、极其坦率地瞅着人们的脸,那神情就好像他显然和他们的思想糅合到一起了。这当然越发糟糕。

"她应当管住他。"他们说。

多尔·奎克莱依不得不从往事的回忆中挣脱出来,说道:"嘘,巴布!人家不喜欢你这样。来这儿站着,看那船上又运来谁了。"

"雨很快就要停了。"他叹了口气说。

他那双没有神采的眼睛又充满了愚蠢。

"瞧,"他说,"要停了,雨下完了。"

尽管大家一直议论洪水要退,大雨要停,可这只能是一种理论上的空谈。谁也不相信这种事儿会发生。许多人在心底甚至不希望这样。有的人顺着巴布·奎克莱依的手指向天空望去。这一天,天空第二次出现蓝色。但是那一片晴空也还是叫人忧虑重重,一团团乌云在翻滚,一队黑色的鸟儿就像一支箭从云中掠过。虽然连一只鸽子也没有,但那一队鸟儿使人们想到它们也会冲上云天。总督居然说了句笑话,那些保护他免受拥挤的人们听了爆发出一阵大笑。

那一张张裸露着的面孔一旦不被已经习惯了的雨水遮盖,显得很有几分冒失。

"那几条船好像要在这儿靠岸了,"欧达乌德太太说,"也许能找着我们的男人。"

这两个女人,把车停在离人群稍远一点儿的地方,用链条把车锁好,在马鼻子前面挂了个草料袋——那里面的草料在离洪水很远的地方就开始往外漏了——然后,拖着僵硬的双腿,穿着沉甸甸的湿衣服,向洪水走去。艾米·帕克觉得,走了这么长、这么艰苦的路,走到头才能舒展一下她那笨重的身子,太有点儿滑稽可笑了。

她把湿麻袋围在肩上,看起来怒气冲冲,其实并没有恼怒。

"你看见斯坦了吗?"她问多尔·奎克莱依。

"没有,艾米,没见。有些地方我们没去。"

多尔·奎克莱依以为艾米在生气。因为生性谦卑,她也就听其自然,逆来顺受了。

渐渐地,一切都正常、自然了。在那羞羞答答地露出来的第一缕阳光的照耀之下,艾米·帕克和她的朋友们一起,站在人群之中。这掩饰了她的笨拙和困窘,阳光渐渐变得更富于金属的色彩,更加耀眼。树木孤零零地困在闪闪发光的、棕黄色的洪水之中,噼噼啪啪地响着,闪着绿幽幽的光。一架风车旋转着,划破还残留的、灰蒙蒙的云霭。一条船开始向岸边划过来。人们极力辨认着船上的人,开着玩笑,甚至打赌。

艾米·帕克突然被一种恐惧攫住了。这可能是丈夫坐的那条船。当着这么多人的面,她真不知道该对丈夫说些什么。周围那些陌生人那一张张面孔,不会比她丈夫的皮肤更使她感到陌生。而眼下,想到他的时候,唯一能够记起来的便是他的皮肤。

"那是欧尼!"有人捂着嘴冒出一句,"那是欧尼·奥凯斯,没错!"

"我们这些守活寡的,"欧达乌德太太说,"他们三天没刮胡子,又相距半英里,我们可认不出来。"

"没错,是欧尼·奥凯斯。"那个很自信的男人说。

然后,艾米·帕克带着一种淡淡的不在乎的神情,认出这正是那条船。她认出来了。风儿吹动着一绺头发,和她脸上的微笑搅在一起,那是一丝心领神会的微笑。因为充满了信心,丈夫的容颜又回到眼前,脸上的每一根线条,每一个毛孔,都那样清楚,就如她对自己的面孔那么熟悉。她把这张脸捧在手中,在心底吞噬着,入骨三分,一种渴求折磨着她,她赶紧朝四周瞥了一眼,看看有没有人发现她这种神情。

当然没人发现。

欧达乌德太太喊了起来:"看见了吗,我们的小伙子就在这条船上!你爱信不信。那不是我那个黑鬼吗,他划船那副德行,要把别人都挤到水里头去了。"

船儿在一片愉快的气氛中划了过来,欧达乌德太太在想象之中,给它升起了风帆。有的人说,这次救出来的是丁格利斯一家人和玛丽·亨特。抱那只花斑猫的就是玛丽·亨特。那位是丁格利斯家的老太太,都瞧得见她脖子上的甲状腺肿块了。船划了过来。经过好一番拖拉、转弯、敏捷的操作、气喘吁吁的互相忠告,才终于靠到人们站着的岸边。

斯坦·帕克很累,还在船上坐着。他抬起头,看见岸上的妻子。她穿着雨水淋湿的黑衣服,麻袋从肩上披下来,头发在风中渐渐吹干。他并不感到吃惊,也没有像别人那样,看见熟人或者亲戚的时候,招招手,开个玩笑。他只是那样深情地望着她,感觉到一种满足。

"你现在难道就没有话对丈夫说吗?"欧达乌德太太问她的朋友。

艾米·帕克把目光移开。她已经看过他了,看过他的那双眼睛。她想,她还从来没有看得这样深沉。没有多少话要说。

"别胡扯了,"艾米说,"别说傻话了。"她咬着风吹进嘴里的一绺头发,皱着眉头。

于是,斯坦·帕克想起走进他们那间小屋时的情景。她站在搪瓷盆前头,从脸上把乌黑的头发拢到脑后。两条大腿洁白的皮肤现出一种绿色。夏天的阳光下,白玫瑰在窗口映照出一片朦胧的绿光。

"喂!"奥塞·皮博迪探过身来说,"你的太太来了。"

"是的。"斯坦·帕克说。

于是,奥塞·皮博迪不再想进入他这位同伴的思想深处了。

坐皮博迪的马车从山里来的这伙人,决定当天晚上就回家。对于洪水的兴趣已经淡漠。有的人开始指指画画地说,水位已经下降。只下降了一点点,但一点点也是下了。站在黄乎乎的洪水旁边的泥泞之中很冷。人们开始慢吞吞地向街上走去。一个窗口后面亮起一盏灯。一位妇女在倒茶,她把茶壶提得高高的,那棕红色的茶水的细流好像凝固了一样。

帕克夫妇在渐渐浓重的暮色之中并肩走着。

"母牛怎样?"斯坦·帕克问,因为他觉得他该说点什么。

"有德国老头照看它们呢。"

在回去找皮博迪的大车时,当着朋友们的面,他俩谈话简直成了一种罪过。不过他们还是挨得挺近,衣服可以相触。他们答应给奥塞·皮博迪家的老太太带回一只猪腿。坐在车上等这只猪腿的时候,帕克夫妇似乎已经融为一体了。

"驾!驾!"欧达乌德太太已经吆喝着打她那匹马了。

她准备自己赶路,拉着丈夫和一两瓶酒。

"凯拉尼山那边见!"欧达乌德太太喊道。

在叮当的马铃声中,她驱车驶入那充满友爱的夜色之中。

这整个夜晚都会充满友爱的。他们坐在大车里,传递着不知是谁的一卷薄荷糖。等那只猪腿的当儿,硬的手在黑暗中摸索着。艾米·帕克不喜欢薄荷味。她拿了一块,咬了一点又吐出来。然后把咬过的黏糊糊的那半块送到应该是丈夫唇边的地方。他笑着,用牙齿咬住那块味道很强烈的糖。薄荷味儿流遍全身,直到眼窝。

"你是谁家的小孩?"有人问道。

黑暗中,有个小孩在哭。

"啊,是这么回事,"那家肉铺的老板娘说,她拿着用地方报纸的广告包的猪腿走了出来,"这孩子一直到处乱跑,哭了整整一天。我问他:'你是谁家的孩子?'他不回答,只是瞧着你哭。'那么,进屋吧,'我说,'我给你好吃的饼子。'可他还是哭,跑过来跑过去。我说,我要去警察局,把他作为丢失的儿童交给警察,这当然不是什么不好的事。可是,你们知道吗?人们似乎对这种事儿不能容忍。'你就不能为这孩子做点什么吗?'他们说。就好像这是我的儿子。他就这么哭啊哭啊,好像这是世界上最后一个圣诞节。喂,奥塞,这可是你们家老太太一辈子也没吃过的好猪腿!"

那孩子还在黑暗中哭着。

大车上的人们说,这孩子也许是洪水从哪儿冲来的。

"如果他还这么号,还要被冲得更远呢!"第二个人发表了很诚实的意见。

但是没有什么恶意。黑暗之中,只有容忍、友好和亲密。他们要回家了。

艾米·帕克一定要看看那孩子。"让我下去,让我看看他。"她说。

她得绕到大车那边。黑暗中,似乎正有某个打算在形成。她非得摸摸那孩子不可。

"你叫什么名字?"她问道,把他拉到一缕灯光下面。那光是从肉铺里射出来的。肉铺现在已经彻底关门了。

孩子沉着脸,一点表情也没有,嘴和眼紧紧地闭着。她伸开两只手,抱住那孩子,就像抓着一只鸟。

"难道人们不叫你什么吗?"她问道,同时察觉到大车上的人们正在等她。他们挪动着身子,咳嗽,摆弄着缰绳。

但是那孩子躲闪着,她只抓住他的鳞峋瘦骨。

"快走吧!"车上的人喊道,"天要亮了。"

"上车吧,艾米。"丈夫也喊道。

"那么,等把你带回家,我们给你取个名字。斯坦,"她喊道,"我们把这个孩子带走吧。"

那孩子长久地凝视着她,好像在怀疑有没有这种可能性。艾米自己也没有把握。

丈夫已经嘟嘟哝哝地抱怨开了。他们拿这个走丢了的孩子怎么办呢?

"好吧,先留他一两天,"他嘟哝着说,"等我们把他的情况弄明白再说。"

"好了,"她说,"我们很快就要快快活活的了。"

她那愉快的声音在一片寂静中萦绕,倾听她的也只有这寂静。尽管她自己也开始对此怀疑起来,她还是扶那孩子爬过笨重的车厢板,上了大车,孩子没有表示反对。大车驶上归途,开始了漫长的颠簸。坐在拥挤的车里,孩子也没有表示反对。

"我简直把星星是个啥样儿都忘了。"艾米·帕克说。

她有一种很微妙的幸福之感。大片的天空还是阴沉沉的,但是没有阴云的天空中刚刚出来的、珍珠一样的星星在闪耀。当大车从一块块石头上面滚过去的时候,你简直可以吞吐那清冷的星星了。那星星颤动着、闪烁着,渐渐变小,但仍然存在着。

"是的,雨是下完了。"一位叫特德·福斯迪克的人说。他是搭车回家。

可是奥塞·皮博迪啪的一声抽了一下皮鞭说,旱季到来之前,他才不信这雨会停呢!

人们开始用梦呓般的声音,回忆这场已经成为历史的洪水,并且清点他们弄到的那些东西。因为一场大水,使得许多物品各易其主。这并无卑鄙可言,这不是偷盗,只不过是所有权的改变。就这样,各种式样的锅碗瓢盆、一块奶酪、一条绳子、一本世界地名词典,甚至一个坐浴浴盆,堂而皇之地到了坐在皮博迪大车上的这伙乘客的手里。

"帕克家捞到一个崭新的娃娃,分文未花。"

大伙儿友好地笑着,笑声里带着朦胧的睡意,然后又把话题扯到别的方面。

但是艾米·帕克和天上的星星一起摇晃,斯坦·帕克望着那幽深的夜色,目光掠过簇簇树影,又陷入黑暗之中。那孩子坐在他俩中间,也许在听这些远离家乡的乘客们聊天。不过究竟他在想什么,谁也说不清。

"你不冷吧?"艾米十分友善地问他,听起来,好像在做一种试探。

孩子没有回答,他十分拘谨地坐在那儿。在大车上,他们三个人——男孩、丈夫和妻子自成体系,都很拘谨。他们挤在一起,相互谛听着对方的心声。过一会儿,等猜疑暂时停息,睡意把他们淹没,他们或许还会怀着钟爱之情,融合在一起。

艾米·帕克随着车轮颠簸。这一天经历过的事情,在她的脑海里时隐时现,不断翻腾。此刻,她被生活,被脑海里拥有的、她亲身经历过的这种种事件,激动得浑身发热。当她直挺挺地坐在车底板上,颠簸着,撞到大车坚硬的木栏杆上的时候,道路似乎漫无止境,但是在她的心底,很快就能走完这段路。甚至由于以往不成功的尝试而引起的郁闷,也因为她现在可能得到的这个孩子而烟消云散了。

他们走过一座木桥。脸颊触到了片片树叶。那位叫特德·福斯迪克的男人唱着一首关于一位少年鼓手的歌儿。

一路上,斯坦·帕克坐在车上,想着自己那令人尴尬的、难以言传的童年。他感觉得到紧靠在他身边的这个陌生孩子的愤怒。他不像妻子那样,想收养这个孩子。不过,他虽然不积极主动,但也不想拒绝。因此,大车平平静静地载着他,穿过茫茫夜色。他精疲力竭。他自己生活的浪潮顺着别的道路汹涌而来,忽涨忽落。或者,他推开一扇扇房门,走进他认识的那些人家。房子里,一张张熟悉的面孔朝他转过来,正期待着他能像他们想象的那样行事。但是,他尽管表面上看起来稳健、可靠,实际上正如生活的洪流一样,萦回流动,变化莫测。他又转身离去,把他们扔在那儿,话到嘴边未能出口,惊讶地咧着嘴,露出一排排牙齿。他本想让人们满意,但总是不能。他本想赞成他们待在那儿别走的主意,但是也办不到。他本想张开嘴宣布:"我来了!"那样,那些人就会窥视他们自己的内心,带着满意的微笑,发现这本是他们的初衷。他们会像五金商店摆着的一溜货物,直挺挺地站在那里。可是,他的星在闪烁,明灭不定;他的云在飘忽,满天飞霞。

沿路,皮博迪大车里要下车的乘客陆续从那些还睡着的人们中间爬起来,活动着僵硬的四肢,爬了下去。很快,车上只剩下奥塞·皮博迪、帕克夫妇和那个捡来的孩子,空荡荡的,越发冷了。他们紧紧地偎依在一起。

等到奥塞·皮博迪说"到了",把他们平平安安送到家门口,那孩子便毫无遮掩地暴露在星光之下,暴露在他的"站台"之上。他站在那里,好像是在等待他的恩人们对他的命运做出什么样的宣判。

这时,男人正从车上往下搬一样东西。夫妻俩因此发生了一点小小的争执。

"那是什么?"女人满腹狐疑地问道。

"是个澡盆。"丈夫说。他笨手笨脚,澡盆还没拉出来,呼的一声碰在车厢板上。

"这有什么用?"她问道。她的声音变得重浊起来,就好像这第二个问题分量太重了。

"坐在里头洗澡呗!"丈夫回答道。

"星期日上教堂的时候,把你洗得香喷喷的。"奥塞·皮博迪边说边朝黑暗处吐了一口唾沫。

妇人说:"我不知道这个澡盆是你拿回来的。你是怎么弄到这玩意儿的?"

"它在那儿扔着。"丈夫边说边用脚尖踢了一下那个空澡盆。他虽然不是故意踢的,但听起来像是故意。"它在那儿扔着,"他说,"看起来谁也不想要它。我就拿来了。它总会有点儿用处吧。"

"哦。"她有点儿疑惑地说。

那个捡来的孩子在他们说话的时候,蜷缩在那儿,似乎是为了躲避天上的星光。

"不管怎么说,"妇人说,"我们到家了。"听声音,她被这笔"不义之财"搞得精疲力竭了。

"把你的手递过来,"她对男孩说,声音重新变得昂扬起来,但也带着一种危险的命令式的口吻,"你自己就能跳下来,是吧?你该明白,你已经挺大了。"

"他当然能,"男人说,他正来回踱步,绕开澡盆,跺着脚,"他壮得很。"

于是男孩照吩咐,朝他们跳了过去。他们跟皮博迪道过晚安,匆匆忙忙穿过黑沉沉的夜幕,经过一株枝叶丛生的玫瑰,走进一幢房子。

走进那幢房子里面的一个房间以后,妇人放开孩子的手。那屋子因为一直门窗紧闭,非常憋气,伸手不见五指,一片跌跌撞撞的声音。这时,艾米只想着让自己重新熟悉这个"窝"。她在那温馨的黑暗中呼吸着,感到一种慰藉。哦,我要和他聊一聊,她在心里说,不过要等一会儿,抓着他的手,坐在床边,讲讲动物的故事。她已经知道了她将要捧在手里的那张小脸的模样,也许就是因为这个原因,不大害怕再失掉他了。眼下她只想着找东西。找火柴。

男人和女人都在屋里跌跌撞撞地摸索着。

"火柴在这儿,斯坦。"她说。

然后,他点着了灯。屋子里有一张桌子,几把椅子,还有一个黑乎乎的铁炉子,炉膛里是些死灰。

"这是厨房。"男人说。他半开玩笑地、痉挛地用胳膊肘往里面指了指。

说话的声调不像他。他只是觉得说说话向这孩子解释点什么是他的责任。

然后,他出去小便,把澡盆放在一间小棚屋里。它就静悄悄地搁在那儿。帕克夫妇总是为这个澡盆感到不安。

女人带着一种权威和宽慰,在她"失而复得"的屋子里来回走着,放着、挪动着一些东西。她开始和那孩子谈话,还没来得及带上她应该有的那种直率和温情,只是谈话。

"我们要在这儿给你铺张床,"她说,"他一会儿就给你拿一张折叠床,然后给你找床单。不过,我们先得吃点儿东西。还有点冷牛肉。你喜欢吃牛肉吗?"她问道。

"喜欢。"他说。

"有的人爱吃羊肉。"

"我吃过一次猪肉,"男孩说,"上面是一层烤得很好的脆皮。"

"也许是你爸爸养了口猪。"女人说。她很细心地用盘子和叉子摆出一个图案。

"是汤普森先生宰了口猪,给了我们一些猪肉。"

"啊,"她边说边留神听着,"汤普森先生给的猪肉,是吗?"

可是男孩又把自己封闭起来,显得十分谨慎。好像他已经下定决心,就从这个夜晚开始,从乌龙雅那家肉铺外面开始,重新创造一个自我。

很快他们便都坐下,保持着各自的静默,吃起东西。男人和女人咀嚼着食物。他们用一种满意的眼光瞅着屋子里的摆设。他们都不再去想那些让人兴奋得或者让人羞愧得难以承受的事情。在这个房间里,许多东西都是他们自己双手制作的、磨损的。这是些实实在在存在着的事物。

但是这些东西哪一样都不属于这个男孩。他狼吞虎咽地吃了他那份牛肉和一些在牛油里很快炸好的凉土豆。他坐在那儿,看起来很瘦弱。过了一小会儿,他从口袋里掏出一块玻璃,半遮半掩地拿在手里坐着。

"那是什么?"吃过东西,他们心满意足地问道。

"是块玻璃。"男孩说。

可怜的孩子,女人在心里说,我要跟他说话。不过,待一会儿再说。

她不得不排遣那些令人伤心的回忆。至少要排遣一点儿。

男人想起他的奶牛。但是在他心底,依然涌动着那浑黄的洪水,浮现着被洪水堵住了的房门,还有那架扔在"孤岛"上的缝纫机。

"啊,"他说,"再拖拖拉拉就要到挤奶的时候了。"

于是他们一起开始上床睡觉。小男孩按照他们的吩咐,在厨房里睡。他什么都按他们说的去办。

"晚安,斯坦。"女人说,"啊,这一天!"她把唇贴在他的唇上。她是他的妻子。她的唇湿润润的,那么熟悉。当他用胳膊肘撑着欠起身子,去吹蜡烛的时候,又想起他在船上坐着时,岸上居高临下站着的那个女人黑魆魆的身影;想起有一回,他急匆匆走进家门时,那片白中泛绿的影子,那白玫瑰落在妻子大腿上的阴影。他很快就丢开这些念头。他累了,很容易变得烦躁。

"是啊,"他打了个哈欠,"那些无家可归的可怜人。还有这个孩子。你看这孩子还可以吗?"

现在,无法排遣的悲哀淹没了这个刚刚亲吻了丈夫的嘴唇、向他道过晚安的女人,她闻着蜡烛熄灭之后灯芯散发出来的难闻的气味。

"我不知道。"她说。

她在床上躺着的姿势简直让人不能忍受。

"你非要把他带回来。"他责备道。

她感觉不到曾经爱过丈夫这个男人。她已经忘记站在河岸上的那个时刻——他们升腾而起,从眼睛钻入对方的心灵。她期望被一种永恒的爱所充实。

"是的,"她躺在黑暗中说,"是我的错,我把他带回来了。可是我不能不这样做啊!"

这话丈夫没有听见,因为他已经进入梦乡。

然后,她很敏捷地、轻手轻脚地爬起来,好像这个夜晚之前好久她就拿定主意要在这个时候开始行动。她穿过清冷的卧室,径直向厨房走去。

"你在干什么呢?"她温柔地问。

厨房里,炉子里还有火。男孩侧身躺着,透过他那块玻璃,看正在熄灭的炉火。他并没有抬起头来瞧她一眼,尽管对她的到来表示认可。

"你还玩这破玩意儿。"她说。她穿着睡衣在床边坐下,不由得打了个寒战。

"这是教堂上头的。"他说。

"这么说,你们家离教堂不远?"

"不是。这是后来的事儿。我和别人走散以后,在柳树林附近。我以为我要死了。"他说。

"你是和家里人待在一块的吗?"她问道。

"我不记得这些事了。"他有点儿圆滑地说,仍然拿着那片玻璃照着玩。她看见那块玻璃给他的面颊涂上一层颜色。他移动玻璃的时候,皮肤上就出现一块流动着的绯红的光斑。

"这没关系,如果你愿意这么说的话。"她说道,用手抚摸着他,但是不抱多少希望。

"你在这地方干什么?"孩子问道。

"哦,"她说,"我住在这儿呀。这是我的家。"

但是她觉得皮肤一阵阵发冷。她对她的这些家具什物又有点把握不住了。

孩子望着她的手。那只手毫无目的地搁在他的胳膊上。看来,她还得学习学习,才能知道该跟这孩子说些什么。

"你不想照照这个吗?"他问道,"这是我从一个窗户上砸下来的。"

"砸下来的?"

"别人谁也拿它没用嘛,"他说,"我想拿它照着玩儿。"

显然,这是他的玻璃了。

"一开始,它掉进水里了。可我硬把它捞了上来。你知道,教堂里头都是水。"

她拿过那块玻璃,放到眼前,整个房间立刻沉浸在一片绯红之中,还在燃烧的火炭成了一块散裂开的金子。

"我给你讲讲那座教堂,"他说,"那里面还有鸟呢!都是从窗户上的窟窿飞进来的。那天,我大部分时间在那儿睡觉,躺在长椅上,头底下枕着一块人们跪上去做祈祷的什么玩意儿,一种坐垫吧,不过那玩意儿挺扎人。鱼就在教堂里游。我还用手摸了摸一条鱼。书在水上漂着。你知道,水流动,漂在上面的东西跟着流动。"

"是啊,"她说,"是这样。"

现在,当她在想象之中跟那小孩一起蜷缩在教堂里的靠背长椅上的时候,透过那块玻璃片看见的紫红色的洪水把她抓住了。那洪水里有死去的人和牲畜。一株株柳树下面,甚至有人的脸漂浮着。

"你做祈祷了吗?"她问道,从眼前拿下那块玻璃。

"没有,"他说,"没有什么好说的祈祷词了,在那座教堂,再也不会有什么祈祷了。"

他们相互凝望着。拿开那块玻璃,他们的皮肤又变白了。

"听我说,"她说,她的声音又把他们平平安安地带回到现实中了,"你知道,你可以住在这儿。如果你愿意,这就是你的家。"

"不,不是。"他说。

她把那块玻璃放到床罩上。

"你最好睡吧。"她对他说。

她又变成一个有点笨拙的年轻女人,怀抱着一种从别人那儿学来的自信。她的声音本来应当充满热情,发自内心深处,但现在却刺耳,又显得浅薄。她不得不用这种声音表示她的意见。"明儿早晨见。你不冷吗?你知道,你得增加营养。你太瘦了。不过,食物会把你吹起来的。"

那男孩看起来不想再跟她说话了。他把脑袋枕在胳膊弯上,侧着身子蜷缩在床上。她不会赢得这孩子的信赖。于是她起身走开,从那束仍然缠绕着她的红光中走过去,从那座被水淹了的教堂里已经归于沉寂的祈祷中走过去。她回到她的房间,和睡神搏斗一番。

但是,她突然看见丈夫穿起了裤子。玻璃灯罩里的灯光很黄,平稳而柔和。

"现在是什么时辰了?"她问道。

"该起床了,"他说,声音像腰带抽打似的,没有一点柔情,"弗利兹已经从院子里走过去了。"

实际上,她也听得见水桶那熟悉的、吱扭吱扭的声音,还有公鸡吵人的、让人无法再睡的啼鸣声。

他们要去做那些必须做的事情。皮肤接触到早晨的空气和水都有一股凉意。他们都带着一种严肃的神情,在屋子里转过来转过去,各干各的事情:梳头、结辫儿、穿衣服。很明显,他们的生活从来没有什么有色彩的片段。他们轻手轻脚地快步穿过厨房,从那个在一张窄窄的床上熟睡的小男孩身旁走过。他们只是瞥了他一眼,好像生怕打搅了他似的,或者是为了别的什么原因。

院子对面的牲口棚里,一盏风灯的光亮之下,那几头母牛的屁股影影绰绰,还有瘦小的德国老头那张脸。他等着向他们报告事情,听从吩咐。母牛嚼着草料。唾涎的气味以及母牛的喘息,盖过早晨清冷的空气,升腾起来。女人和两个男人坐在木墩上面,膝盖中间夹着奶桶,准备开始他们例行的"仪式"。

"雨停了。"德国老头边说边挤着刚抓到手里的奶头。

"是呀,"斯坦·帕克说,"真停了。"

他用一块布擦了擦那头青灰色的母牛的乳房,然后把布挂在钉子上。

"我知道要停的。"老头说。

"你怎么知道的,弗利兹?"艾米·帕克问。

"噢,"他说,"我知道。我能感觉出来。"

然后,便是牛奶挤进奶桶时发出的音乐般的声音。

"洪水怎么样?"老头问。

"洪水太可怕了,"艾米·帕克说,"斯坦比我见的更多。我只看见一点儿。有的人失去了一切。"

老头咂了咂嘴,那声音盖过了柔和的挤奶声。

"我们带回个澡盆,弗利兹。"斯坦·帕克对他说。

"是斯坦捡的。"妻子说。

然后,他们坐在那儿,挤着一头头温驯的、个头挺大的奶牛那富有弹性的乳头,让牛奶射进桶里。

斯坦·帕克一双脚生了根似的踩着干净的砖块,等妻子给他讲那个捡来的孩子的事情,可是看起来她还没有讲这件事情的意思,或者还没到时候。

他们坐在那儿挤着牛奶,一层泡沫已经急不可耐地溢上艾米·帕克那只桶。这是个没完没了地挤奶的早晨。挤完之后,两个男人丁零当啷地装着奶罐。母牛三个一群,两个一伙,漫无目的地凑在一起,已经挤瘪了的乳房在大腿间晃荡。然后,她从牛棚的围栏里跑出来,穿过院子,三步并作两步,跑到他们那幢房子跟前。她气喘吁吁,在心里说:现在,他的一双眼睛该睁开了吧。她要对他说许多事情。在早晨明媚的阳光照耀之下,有可能完成夜里遭到拒绝的事情。她可以用爱的力量,强迫这孩子留在她的家里。

她放慢脚步,以免看起来太蠢。而且尽量使自己急促的呼吸平静下来,做出一个微笑。可是走进厨房,她一眼看见那张窄窄的床上床单摊在一旁,冷冰冰一动不动地扔在那儿。她也没有费神去喊那孩子。她看见那块红颜色的玻璃,已经在床板上压碎,成了好几块玻璃片。

不一会儿,丈夫回来了。他匆匆忙忙吃过早饭就去送牛奶。她已经把一切准备停当,放在他的面前。桌上放着煎得刚好有点焦的鸡蛋。他爱喝的红茶盛在一个蓝颜色的搪瓷壶里,等他享用。

他开始切鸡蛋,那用力的样子就好像那玩意儿比鸡蛋硬得多,要么就是因为心不在焉。

"朱厄尔再有两个月就要卖掉,"女人边说边从一家杂货铺送的月份牌上撕下两张已经过时的日历,"是该挤完它的奶的时候了。"

"那孩子上哪儿去了?"

再也没有比别人盘子里切得一塌糊涂的鸡蛋让人看了更觉得不舒服的东西了。

"他不在了,"她说,"跑了。"

"我们留不住他,"丈夫说道,"他不想在这儿住下来。这一点看得出来,他不属于我们。"

"是的。"她说。

尽管她不完全明白，也无法解释这是为什么。

她无法解释怎么会有这种时候，你自己一定要为生活中那些高深莫测的事情去出示一些确凿的证据。现在，她在厨房转来转去，皮肤在阳光下十分苍白，因为起得早，越发显得形容憔悴。一双手做些迟钝的动作，无法和她曾经经历过的那些辉煌的时刻联系起来。这使得她皱起了眉头，把家什放到合适的位置，捡起一个灰不溜秋的土豆削起皮来。那土豆是前些时从篮子里面掉出来的。

他吃完饭，把碟子推过去。"艾米，"他尽量使声音和场合相符，以便打动她，"这样也可以。"他说道。

"是的，"她回答道，"当然这样也可以。"

他们很亲密。他们的生命之树已经长在一起，而且将继续下去。因为他们不可能从那共同的枝干上再分离开来。

现在他们既已站在窗前，胳膊有意无意地相触，她便不否认他们共同生活的好处。经过这大清早疲惫的劳作——那也是一种收获——他也可以全身心地感觉到这一点。现在，母牛蹒跚着从树林中间走过。它们的尾巴摆动着，青紫色的鼻子嗅着淤泥里刚开始长出来的淡绿色的草，或者在金合欢树黑色的树皮上蹭着脖颈，他本来要说，你知道这个吗？还有这个，这个。这一切他亲眼目睹，亲身感受。但是因为不知道该如何表达这一切，他只能站在那儿，捏着她手上的皮肉。也许没有必要说出来，他从她手上的皮肉感觉到她已经领悟了这一切。她已经开始看见那簇簇树影，白色的树干。那些比较低矮的、枝儿粗糙的树木，在晨光下摇曳，向他们倾斜着。那因为重又变得晴朗而愈显湛蓝的天空似乎在游动，站在窗框旁的这一男一女好像也跟着天空游动了一会儿，他们的躯体在摇摆，他们的灵魂在游动，辨认着那些熟悉的国家。瞬息间，他们简直无所不能。

然后，男人穿上他那双硬邦邦的靴子，又记起那些他必须做的事情。女人取掉台布,叠了起来,就好像她很喜爱它一样。她觉得心里很满意。如果想起那个捡来的孩子,她能记起来的,也只是借着昨夜的火光,斜睨一眼所得到的印象。至于她自己由于膝下无子所引起的郁郁寡欢,现在可以更坚强地应付了。

"也许我们应该把这孩子的事情报告给警察局。"她说。

他说,如果下午有时间,他就骑马去一趟班加雷。

谁也没再听到帕克夫妇在乌龙雅发大水时捡到的那个孩子后来怎么样了。洪水很快就退了,只留下一片肮脏的黄泥滩和许多褐色的蛇。居民们清理出他们的家具和重新找到的他们自己的点点滴滴,渐渐地不再提这个话题了。

只是有时候,在杜瑞尔盖,人们回忆起那一车崇高的志愿救灾人,去救那些洪水中的难民的情形。谁也不知道帕克家居住的地方怎么样以及为什么得了这么个名儿,反正从发大水那个时候起,官方开始管这地方叫杜瑞尔盖。阿姆斯特朗先生的一位朋友——一个教授或别的什么——说这个地名的意思是"富饶"。但是这地方的居民不太喜欢用这个名字,至少在相当长的一段时间内不太习惯,只是写信或者寄东西的时候用。就好像有什么期待他们完成的事,他们不能够,或者不愿意完成。

艾米·帕克在写这个地名的时候,放慢了她那只总是鲁莽、粗心的手,若有所思地一边深呼吸一边念叨着这个词。当陌生人提到这个官方正式命名的地方时,她就收敛起脸上的表情。她依然用拥有这些土地的人们的名字来称呼他们这个地区。有时候,在这块被称之为"帕克家"的地方,她坐在开满白玫瑰的矮花丛前,一双胳膊因为无事可干而显得笨拙,两眼眺望着那条道路。

第二部

第八章

离帕克家大约一英里远,大路岔开的地方,盖起一座杂货铺,之后又添了个邮政局。这样一来,杜瑞尔盖才名副其实了。这两个建筑物便是证明。由于居民们对此增强了信心,他们便在通往他们村庄的那一条条笔直的、尘土飞扬的大路和那儿条弯弯曲曲的、铺着沙子的小道上来往穿梭。妇女们在那儿游游逛逛,说是买东西;男人们没有那么多的借口,只不过是消磨时间罢了。

夏天是一个尘土飞扬、黄沙漫漫的季节。在天空和铁皮屋顶的照耀之下,在晒干了的桉树和踩烂了的蚂蚁的气味中,男人们抱着肩膀,眯缝着眼睛,靠在杂货铺门廊的柱子上,或者干脆就坐在那儿。有的人在阴凉地裸露着他们那斑斑驳驳的脑门儿,宁肯让苍蝇叮着,也不愿意戴着潮乎乎的毡帽。杂货铺的门廊里面,有一股紧张工作之后的懒散的气息。人们海阔天空地闲扯,"听众"们并不对此加以指责,因为时间无穷无尽。而那些不聊天的人,那些比较缄默、性格内向的人则拿一根树枝或者鞭杆,在泥地上胡写乱画些只有他们自己才懂的符号。他们擦了写,写了擦,还不时抬起头,翻着黯然无光的眼睛。

在这初创阶段,杜瑞尔盖这家杂货铺简单的门脸还闪烁着棕色油漆的光彩。那简直是孩子们用木头和铁皮做成的玩意儿。橱窗里整整齐齐地摆着许多货真价实的东西：铁桶、灯芯、蜀黍做的扫帚、斧子柄，以及织补用的毛线。店老板陈列这些货物，颇费了一番苦心。他的原则是，橱窗里不能摆任何会腐烂的东西。陈列的商品看上去没有时间性，也确实取得了一种永久性的效果。其实，这些商品原本可以由那些还没学会用艺术的手法瞒天过海的蹩脚画家画在橱窗木板上面。

这家杂货铺，或者像人们称呼的那样，这店家，起初属于丹依尔先生——一个挺稀松，但挺善良的人。他做祈祷，为了逗乐还养矮脚鸡。丹依尔先生喜欢在他的家禽中间踱步，居高临下地俯视着它们，透过厚厚的镜片，瞧着它们那洁净的羽毛微笑。实际上，他成了这个铺子的一个组成部分，制作得很简单，甚至很粗糙，但经得住时间的考验。人们赶着马车从杜瑞尔盖到班加雷回头张望的时候，总看得见丹依尔先生待在柜台后面，或者站在铺子门廊里，始终是那几个简单的姿势。而这个画面又镶嵌在整个景物之中，镶嵌在那绿色的、平缓的，或者在这个季节晚些时候变得斑斑驳驳、沟沟汉汉的山峦之中。这家店铺门口，有一株丹依尔先生亲手栽下的柽柳。初夏，这株树土红色、软弱无力的树冠就像一面面旗帜在风中飘拂。夏末，粘满粉红色尘土的枝叶犹如一片片羽毛，在骄阳下低垂。等树干长粗之后，这株笔直的柽柳羽毛般的枝叶变成人们喜爱看的东西了。陌生人常问丹依尔先生这株树叫什么名儿，可他自己也不知道。他微笑着说，这株树是买来的，因为他想要一株树。他总得种点儿什么。那树苗后来就长成了这个样子。但是他那两块厚镜片后面的一双眼睛显然很快活。

在这个地区，事物的名称无关紧要。人们活着，几乎谁也不问生存的目的。从娘胎里出来，就该活着。那一群群拖着鼻涕、皮肤黝黑的爱尔兰小孩，和那些头发黄红、生着疥癣的苏格兰小孩，从未开垦的丛林里跑出来，走上蜿蜒而去汇合成条条大道的小路，很快就变成个子细长的姑娘和小伙。他们到处闲逛、互相回避着。可是总有相遇的时候,那时便很有吸引力地相互挽着手,在炎热的傍晚亲昵地在一起,在山旁谷边勾画出新的生活、新的牧场、牲口圈和果园。眼下还未实现,但会实现的。在炎热的绵绵夏日会逐渐实现的。

甚至杜瑞尔盖那家带来外界微弱的回声以及其他社会活动种种联想的邮局也静静地伫立在那里。这个邮局在丹依尔杂货铺对面,路标旁边——白蚁很快就钻到那里面去了。它不像那家杂货铺那么显眼,一点儿官方办事机构的派头也没有。邮局在一间吱嘎作响的小屋里。小屋墙上开着一个窗口。盖奇太太那张充满渴望的脸就出现在那个窗口,从那儿把信件递出去,然后,探出身子,对那些走开的背影再最后说些关于天气的闲话。除此而外就是一片寂静。她是个戴一顶扁平帽子的女人,像一株干透了的棕榈树,还戴着褐色的袖套。在这间也算是办公室的地方,你还看得见做女式服装的裁缝通常用的那种人体模型。女邮政局长(在有人给她活儿做的情况下)把缝好的棉布连衣裙套在模型上面。办公室里还放着一堆堆废报纸。一只已经蔫了的橘黄色的胡萝卜上粘着金刚砂似的泥土。大路上的尘土飞进来落在墨水池里,和盖邮戳用的印油凝结在一起,落在公文纸上。这些纸在有风的时候,一会儿被吹到别处,一会儿又落在一起。

盖奇太太总是出出进进,解开捆信的绳子,或者找什么东西。星期天,她赶着马车出去,脖子上围一条红狐狸皮围脖。那辆轻便双轮马车后头跟着一条青灰色的狗。她常常收住缰绳跟人说话,东拉西扯,无意之中露出满嘴大牙。

这位女邮政局长有个不怎么样的丈夫。究竟为什么不怎么样就很难说清楚了。不过,有一点是清楚的:他不会赚钱。有一次,他画了一幅油画,上面是一截破旧的木头篱笆,篱笆后面有两株枯树,让人看了迷惑不解。盖奇先生赚钱的方式各种各样,还带一种神秘色彩。他有时候在家待着,有时候四处云游,就像一个穿着背心的幽灵。

如果有谁跟他说话,那么,还没等听听人家说什么,他就抬起头说:"啊,好,好。我去找盖奇太太。"然后就赶紧鬼鬼祟祟地去叫盖奇太太,就好像他是人家出于善心留在这所房子里居住的房客,房子的主人是女邮政局长。

有一次,盖奇先生趴在地上,神情十分专注地看一只蚂蚁,一双眼睛瞪得老大。他似乎被那波动起伏的棕黄色气浪完全吞没了。两条胳膊呈一个似乎永远不会再变的角度撑在地上,胳膊上灰色的肌肉抖动着。等他恢复正常之后,灌木丛中飞起一只"大兵鸟"。帕克太太沿着那条大路走了过来。

"出什么事了?"她问道。

"没有,"他说,"我在看一只蚂蚁。"

"哦。"她疑惑地说,舔了舔她那热烘烘、干巴巴的嘴唇。

她没有再问他为什么要趴在地上看一只蚂蚁,这很使他吃惊。

也许她那会儿正心无所思,也许天太热,反正她没说什么。因为人们难得放弃打击别人的机会。她完全可以用脚把他那蚂蚁般的躯体里尚存的那种出神入迷的喜悦踩得粉碎。

他继续跪在那儿望着她。他穿着背心,显得瘦骨嶙峋。但是他那双专注的眼睛透过妇人那张尚且没有意识到什么的脸,直看到幽深的角落。就好像那里面也有他必须弄清楚的、如同蚂蚁灵魂一样的某种神秘的东西。

艾米·帕克又想停下来满足这位还跪在地上的男人那没有表露出来的需要,又想走上那段上坡路,这时变成一个完全成熟的年轻女人。她那张瓜子脸上隆起的颧骨,由于几乎完全满足了欲望而变得十分丰满。在这炎热的夏天,她的皮肤现出蜂蜜一样的颜色。

她那正在变粗的胳膊可以提起很重的东西——如果没有男人来干的话。不过,那手臂往上拢头发的时候更好看。那时候,她那健壮的、蜂蜜色的背脊和抬起来的双臂构成一个完整的花瓶。她充满了盛夏那浓重的、蜂蜜色的光彩。

"盖奇太太在家吗?"帕克太太问。

"在,在,"邮政局长的丈夫回答道,"她在办公室,要么就在后面的屋里。她在。可能正在分邮件。"

他捡起一片黄色的草叶。

"你还不起来?"帕克太太问,"跪在那儿不舒服吧。"

"好吧。"他说道。

他站了起来,向丛林深处走去,拖着那根黄色的草茎。

邮政局长的丈夫走了之后,帕克太太继续爬那道山坡。如果和别人一块儿走,她也许会对盖奇先生的这种行为提出什么疑问。独自一人在这大热天走路,他会显得像一个孩子,一个动物,甚至是一块石头。不管是哪一样,她都不会避开他们,把自己隐藏起来。她经历过的那些梦幻般的生活片段又浮现在眼前,和那强烈的阳光融合在一起。她抬起头望着太阳。丈夫的脸对她来说经常就是太阳。因为被阳光照花了眼,她没有发觉四周的丛林已经窥见她那赤裸裸的思想。

就这样,她摸着一座篱笆继续向前走。篱笆上面有一张窸窣作响的蛇皮,那是有人挂在那儿晾干的。这已经是邮政局的篱笆了,然后是狂风吹歪了的厕所,然后是那窗口。窗口里面露出邮政局长那张脸,她正朝外面张望。

"帕克太太,"盖奇太太喊道,"我说,帕克太太!天热得真厉害呀,没有刮一丝风的意思,也没有下雨的样子。大蓄水池快干了。因为我在尽最大的努力保我的西红柿呢。我真喜欢那些漂亮的西红柿。"

除了邮政局长，谁都不因为炎热的天气那么受罪。从她脸上看得出来，日子简直无法忍受。

"有我们家的信吗，盖奇太太?"帕克太太问道。

"没有,亲爱的，"邮政局长说，"我觉得好像没有，不敢说我能记得清。不过我再查查看。"

她头上那顶帽子从窗口缩回去，发出干棕榈叶子那种窸窸窣窣的声音。

"你永远也不会知道，"她说，"你什么都会漏掉。尤其是这种天气，真能把人热疯了。"

邮政局长十分熟练地解开那捆信上的绳子。她舔了一下黄黄的大拇指。这个动作与其说是办公时惯性的动作，还不如说是在举行某种仪式，慰藉那谦卑的乞求者。她站在那儿，抽着鼻子嗅那股从后面的圣殿袅袅飘起的熔化了的火漆的味道。这些信件像一摞圣饼一样，举到邮政局长眼睛的高度，似乎没有一封信可能真的属于某个人。那里面也确实有不少无主的信件。但是艾米·帕克继续参加这一仪式，因为它是在山顶上举行的。有时候会有一本目录册，那里面有图画。有一回，菲宾斯婶婶还来过一封信，是一位会写字的太太按照她的口授写的。信里谈了些让人不愉快的事情。

"没有，亲爱的，"盖奇太太说，"正如我预料的那样。这大热天人们是不会写信的。不过北边海岸倒是下了一场暴雨。有个年轻小伙子在马背上就让雷给劈了。是铁马镫招来的闪电。人们说他还有个小孩，才六个月。他是个伐木工。你听明白了吗?"

"我怎么能明白哪，盖奇太太!"帕克太太说。这会儿她显得很强硬。

她很体面地走开了。

但是那位皮肤黄黄的邮政局长又从那窗口探出头来，连帽子也碰歪了。她那张因为刚才谈到雷电以及正在向她逼近的寂寞而现出皱纹的脸,充满了渴望。

"但是,你得承认,下场雨对有些人还是件好事,"她喊道,"蓄水池已经快干了。人们说今天下午晚些时候,要刮一场猛烈的南风。不过没有雨。"

她在她自己这番话所扇起的"风"中抓着帽子。这个充满了渴望的女人是自作自受了。啊,让雷击我吧!她真想这样说。把我变成火,变成光。然而,雷电毕竟是一样可怕的东西。于是她又把脑袋缩回去,重新戴好帽子。帽子像她的棕色袖套一样沙沙地响着。

帕克太太走了,似乎那恶劣的天气与她无关。就为了这个原因,有些人不喜欢帕克夫妇。然而,雷电却是牵涉个人的事情。她想起他们自己那怀着一种柔情的雷电,想起他们怎样既没有被那电火触及,同时却又相互洞察了一切。

现在她加快了脚步。她想赶快回家。她想告诉丈夫各式各样简单的事情,即使他不听也还是要说。邮政局长的话早已抛到脑后。她已经走到这条路的这一段:每逢走到这儿,她总要体味一下那种生怕自己失去归属的焦虑。杂货铺门廊前面那一张张脸,看起来就好像先前什么时候贴在那儿似的,此刻正保持着他们永远不变的姿势,凝视着她,激她走过去。

杂货铺外面还停着一辆轻便马车。这辆车和周围的景色并不协调,它明晃晃的,油光锃亮,一尘不染。那匹马也几乎没有一点汗星儿,摇着脑袋,驱赶它那张黑脸上的苍蝇。它每摇晃一下,都要叮叮当当地响上一阵,闪闪发光,让人眼花缭乱,似乎还有点儿挑战的味道。总而言之,这马、这车都摆出一种目空一切的架势,使帕克太太自惭形秽。因此,当她走过去的时候,她下决心不去瞧它一眼。她觉得她那笨拙的、呆板的动作暴露在了尘土飞扬的旷野。

她开始意识到,这是阿姆斯特朗家的马车。小阿姆斯特朗有时候赶着它出门。现在,他不在车上。也许是到杂货铺买什么无关紧要的东西去了。因为重要的商品都是从悉尼直接运回到他们那所砖房子里面的。那匹马等待着,它那形状好看的蹄子刨着地,把车搞得吱吱嘎嘎直响。车里坐着两个年轻的妇人。

艾米·帕克羞怯地从那棵桎柳旁边走过。虽然没有看见但也知道,随着马车晃荡的那两个女人,正开心地笑着,吃着糖果,还把那层包糖的锡纸扔在大路上。她们似乎没有别的消遣了。因为再没有什么人能这么漫不经心的了。她们属于那辆马车。她们俩有一个打着阳伞,那伞懒懒地晃动着,把她们的皮肤映得斑斑驳驳。

当她从那株桎柳的浓荫下面走过去的时候,马车上传过来的任何话都不会被这位徒步行走的女人所领悟。她不能看一看她们的面孔,因为她对自己那张脸颇为不满。这张脸现在变成了灰砖的颜色,还有一层细汗毛。她戴着一顶曾经自以为漂亮的草帽,上面还插了一束鲜亮的樱桃花。但是现在,她把脑袋扭了过去,好把她那顶便宜的、皱巴巴的草帽上那束土里土气的樱桃花遮掩住。

这当儿,那辆马车的挽具一直残酷地叮叮当当地响着。就好像从遥远的地方传来的谈话声,尽管听不清楚,但似乎与个人有关。那两位年轻的小姐笑着,转动着她们那把伞,把包糖的锡纸扔到路上。

杂货铺门廊下有几个人赞扬着那辆富人的马车,同时表示一种愤懑。还对那两位姑娘做些不正经的评论。帕克太太走过来的时候,老皮博迪先生说了句什么,就好像他觉得非说点儿什么不可。但是在这种既让人兴奋,又让人感到忧伤的场合,她没听清楚他说的到底是什么。阳伞下面,一根蓝色的缎带在飘拂。小阿姆斯特朗跟她撞了个满怀。这位年轻人还是个手腕子挺长的男孩时,她就认识他。现在他已经是个嘴唇挺厚的男子汉了。

"站稳了。"他边说边抓住她的胳膊肘,让她站稳,从嗓子眼里沙哑地笑着。

他向后退了几步,打量着她。现在他总是这样看女人,瞅她们的胸脯。不过那是一种还说得过去的、有的人还会喜欢的目光。他还瞅着她那张发烫的脸。但是那脸并不为他所动。店铺里吹出一股穿堂风,把她的裙子吹得夹在两腿中间。她的腿很粗,甚至可以说很丑。

"帕克太太。"他说道,终于认出眼前这个女人。"对不起,"他笑着说,"可真玄呀。"

大概是因为想起他小时候那手腕子长长的样子,他的脸红了一下。他穿着一条很漂亮的裤子,走下台阶,向车上那两个姑娘跑去。她们是从悉尼找来让他挑选的。

"有的人总能不失时机。"丹依尔先生说。他的表链划破了淡淡的阴郁。

"啊,是的,我想是这样的。"帕克太太说。她伸出一双滚烫的手,匆匆忙忙地把几盒淀粉摞起来。

她开始想起自己是为什么来这儿的了,于是几乎是凶狠地说出她要买的那几样无关紧要的东西,就好像必须赋予它们更深刻的意义似的。但是大麦粒既无光泽,又尽是人工雕琢的痕迹,落到店老板的秤上。她拿起那几包普普通通但散发着清爽的气味的东西,付了钱,走了出来。

那辆马车当然已经走了,但是周围的气氛仍然骚动不安。有的男人摘掉了帽子,另外一些人戴上自己的帽子。有的人动来动去,在讲马的故事。大多数人仍然想着那两个年轻女人的脖子,若有所思地对她们那白嫩的皮肤所显示出来的傲慢和骄横表示认可。

艾米·帕克沿着那条荒凉的路回家的时候,对这一切也认可了。那条路单调的景色甚至是一种安慰。现在那辆马车所引起的激动,在她血管里已经只有一丝最微弱的震颤了。她的一双脚很平静地踩着那车轮曾经骚扰过的尘土。

在这重又恢复了的安谧和令人感到刺痛的寂寥之中,她觉得她和丈夫又那样亲密了,尽管他跟她说话仍带着这位阔少爷那种比较浓重的口音。他们的唇亲吻时,交流的是一种慵懒的情欲。她不由得笑了起来,不由得红了脸,把篮子在手里倒换了一下。因为,当然啰,生活并不就是这个样子。她的一张脸变得若有所思,变得消瘦了。许多让人心痛、让人懊悔却又充满柔情的事情,从那山脊之上向她涌动过来。她从那儿俯瞰,看见分散在大坝浑浊的水面之上的柳树,以及他们那座木头房子初现的轮廓。尽管他们这个区定居的人家渐渐多了起来,但这所房子看起来还是孤零零地伫立在那儿。她现在加快脚步迎过去的,正是这种隔绝与孤寂。而这一切对于她竟像身上的皮肤一样地贴切。

她这儿瞅瞅,那儿瞧瞧,觉得甚至篱笆外面那一丛丛瑟瑟抖动的青草也归她所有了。她既占有也被占有。冰凉的树叶泼洒在她的脸上,第一缕微风吹拂着她的肘子和脖颈。于是欢乐像浪潮,在他们围起来的那块土地上起伏。灰鹤昂首阔步,红嘴鸥步履蹒跚,小牛犊摇着尾巴笨头笨脑地嬉戏。她自己匆匆忙忙地迈过一块块石头,故意做出一副似跑非跑的样子。因为不管怎样,跑着回家看起来总是太蠢,除非是为了去抱一抱蹲在门口的那只小猫,让它那粗糙的舌头舔她发咸的皮肤。

反正她终于回到自己的领地了。在这儿不需要她去寻找什么答案。屋子里,一个水龙头在滴滴答答地滴水,树枝沙沙地擦着屋顶。那声音与周围的寂静如此协调,竟使她重新感到一种清新的感觉。她还没来得及上那儿,就看见他正站在水井旁边,踩着砂轮的踏板磨东西。那是早些时候,他从班加雷带回来的。是拿什么东西换的,她现在已经忘了。

"喂,"她向砂轮,也向那块湿乎乎的石头散发出来的气味走了过去,"我回来了。这天热死了。你真该看看,斯坦,杂货铺前头停着一辆马车,车上有两个小姐。是小阿姆斯特朗带回来的,都是上流社会的女人。她们打着一顶白色的阳伞。我琢磨是花边针织的。想想看,居然打着阳伞。"

可他连头也没抬,也没说什么。她本来也没指望他说什么。

他把亮闪闪的刀片压在那个凹凸不平的砂轮上,砂轮拍溅着下面一个水槽里棕黄色的水,吱吱地响着。

哦!她叹了一口气,在井边坐下,让皮肤去吸收那让人爽快的凉意。

她望着丈夫手里那把用力按在砂轮上的亮闪闪的刀。水井上面的那株树投下一片朦胧的、凉爽的树荫。她在那树荫下面扬起脖子,几乎是对着那把寒光闪闪的刀。如果需要的话,她可以迸发着爱的呼声引颈就戮。

然后,等磨完刀,他用大拇指试了试刀锋,终于抬起头看了她一眼。他在那株老树凉爽的、朦胧的树影下望着她,若有所思地咬着嘴唇。在这片凉爽的树荫之外,是他清理出来的那块土地,在夏天灼热的阳光下变成灰白的颜色。那座他拼凑起来,又扩大、改进了的房子终于带着尊严,在田野里找到了自己的位置,在葡萄树的藤蔓和盛开的玫瑰花的掩映下,甚至显得很有点气派。在这个炎热的下午,环绕在他周围的一切都以他为中心,放射着光彩。因此,斯坦·帕克很是高兴。

他也很为妻子那结实的脖颈而高兴。

看起来,一座根基牢靠的建筑物已经在帕克家高高耸起,他们的身体也显得壮实多了。尽管斯坦·帕克憔悴了一点;尽管他弯腰捡斧子准备接着磨的时候,脖颈后面出现了一条条皱纹;尽管他惊讶,但又不得不接受时,眼窝已经有点下陷,他还是可以抵御得了这种种劳损,而且还将继续抵御下去。

让所有这一切都来吧,他的身体这样说。他俯身在砂轮上面,弓着一双肩膀。当金属咬着石头,石头磨着金属,两者结合在一起,砂轮发出刺耳的咯咯声的时候,他的脚控制着踏板,几乎能达到这个地步的,便都是美好的。砂轮跳动着,被那条控制它的钢丝绳牵制着。他那双有力的手给金属以新的形状。在这样的时刻,把任何东西磨成任何合适的形状都是可能的。

但他还是意识到,她正烦躁不安地坐在水井那头,摇晃着一双脚。于是说道:"也许他要和那车上的姑娘结婚。"

"我看不是,"她冷冰冰地说,"车上有两个姑娘呢!"

她晃着脚,现在是为了蕴藏在他摆出那个姿势的身体和他那无法渗透的头颅里那些使她困惑不解的事情。但是她瞧着他的一双手,很为自己的丈夫是个穷人而高兴。

她站了起来,心里烦躁地想:啊,我怎样才可以证实他是个最好的人?她突然觉得那样焦急、那样空虚。

"我们去喝杯茶吧,"他边说边眯缝着眼睛瞅着刀刃,"然后就又该挤牛奶去了。"

后来,当他们提着奶桶,从房前树荫下面走出去,又走到灼热的阳光下面的时候,她又焦灼不安地想对自己证明某种尽善尽美的存在。下午,天气凉快了一些,篱笆柱子在地上投下长长的影子。母牛慢悠悠地向院子里面走来。几只小牛犊撒着欢儿跑着,但终究是那些老一点的、肚子胀鼓鼓的母牛那慢吞吞的、轻柔的步伐占着主导地位。在这个漫长的金黄色的傍晚,一切都是那样凝重,那样完美,充满了对明天的期望。母牛向后抽动着耳朵,牛犊张望着。

"要刮风了。"男人说,对自己这块牧场傍晚景色的巨大热爱占据了他的心。他真想对周围的事物指指画画,议论一番。

所以他很高兴有机会抬起胳膊,把空桶挂在手腕子上,说:"瞧,起风了吧!"

这时,树尖闪着银色的光在风中摇动。尘土挑逗着,旋卷起来。一头口轻的奶牛因为害怕,也许因为高兴,跳了起来,在空中撅着屁股,放了个屁。

这正是女邮政局长预言的那场猛烈的南风。它吹打着这一男一女,凉飕飕的,沁人肌肤,简直要把奶桶从他们手里吹走。

这时,德国老头微笑着走了出来。他一直给牛栏里的奶牛倒麸子,弄得浑身是白。他们大声笑着,开着玩笑,他们对特里克开了个常开的"老玩笑"。这头奶牛是艾米的。他们不能碰它——只要男人的手一碰它的肚子,它就尥蹶子,然后就躺倒在地上。

这天晚上,狂风之中,他们在牛棚里挤奶觉得十分有趣。风呼啸着,那并无恶意的喧嚣几乎淹没了牛奶挤进奶桶的唰唰声。奶桶里,牛奶以其特有的美上升着。奶牛走过来,奉献了它的乳汁,显得心满意足。那是一种又一次感到臻于完美的满足。直到男人的嘴角又现出一丝沉思。一两个小时以前,他在砂轮上面表现出来的那种足够坚韧的,甚至具有无上权威的精神力量已经开始减弱。那欢畅的风的巨流凉飕飕的,宛若一股流水,使得他从最后几个奶头里使劲儿把牛奶挤出来。他想赶快做完这桩事。

挤完牛奶,当他们一起站在他们建造的这个棚屋里,站在他们刚刚擦洗过的潮乎乎的地板上面的时候,她发问了:"怎么了?"

当然没有怎么。除了一种从来也没有满足过的欲望——用一种实实在在的东西,或者用语言来表达他自己。

夜晚,等到盛奶的罐子烫洗完毕,盛着稀薄的牛奶的大锅排成一溜,她把碟子立起来,让那上面的水流掉。他在一张纸上计算了一会儿,算出最后的答案,便坐在那儿,嘴里咬着一截铅笔头,等着填一个空白。这时,风已经停了。尽管它带来的凉气仍然旋转着、拍打着。在炎热的傍晚,他们这所房子似乎被压缩了,显得十分简陋。现在,它却敞开了。这所房子并没有被这个凉爽夜晚的广袤和深邃排除在外。屋顶似乎掀开了。炽热的星映在盛牛奶的锅里。许多别的事物的协调与和谐得到了证明——皮肤和羽毛,椅子和树枝,空气和针。

这男人的妻子已经织开了毛线,那冰冷的毛衣针一出一进地编织着。他望着她那只手,以及套在圆木球上的那只旧袜子。在这更深夜半之时,她坐在那儿,把毛线编结在一起。他望着她。他们确实是一个中心,只是还没有什么把握,而他希望能确凿无疑。为此,他咬着那个小铅笔头思索着。如果生活允许他用这种方式表现自己,毫无疑问,可以最终得出某种结论。然而事实并非如此。只除了有时候他在脑子里想出几句做祈祷的话来。

然后,女人放下那只袜子,因为这黑天鹅绒般的夜色是无法拒绝的。她走过去,抱住丈夫的头,贴着自己的身子,就好像现在她确实拥有着什么似的。她的双唇亲吻着他的眼睑,那眼窝深陷着。她让亲吻印遍他那张脸,直到感觉出他的肌肤已经作答。他们在这静夜里融为一体,被那只手神奇地、滑翔似的领进一个更加幽深的境地。在那里,床敞开温馨的怀抱接纳了他们。

在那个被解脱了的世界凉爽的气息之中,在那恍若梦境的家具什物之间,在那丛像一头成年雄畜一样闯进这房间、不露锋芒地和他们搏斗着的玫瑰花的内心深处,男人和女人热烈地亲吻着,祈求永远把握住这美好的一切。然而那深邃的夜浩渺无际。女人几乎是呼喊着,终于退却了。男人也缩回到他自己的血肉之躯。他躺在他们的床上,触摸着他的灵魂又已经开始接纳的那个几乎是一副骨架的身体。

然后,最终便是睡觉、干活,以及对于某种存在的热烈的信仰。以及睡觉。

但是妇人坐了起来,她正在恢复她的个性。这个女人——艾米·帕克走过去,倚在窗框上,窗户映出她的身影。在这静谧的夜晚,所有的形体、所有的声音,都那样融洽。夜不再浩渺无际了,而是十分熟悉。夜色和数年来一直栖息在同一个地方的几只老猫头鹰之间亲昵的感情一起流动着。风儿像她那只软绵绵的手,抚摸着她的肌肤。她撑着丰满的腰肢,在那儿站了一会儿。她被一种惊疑和满足缠绕着。她可以就这样一直站到深夜。她纳闷,会不会怀上了那个自己早已在心里熟知了的孩子。她把胳膊交叉着放在胸前,谛听心脏缓慢的搏动。

第九章

　　当艾米·帕克终于有了孩子,邻居们的面部表情恰如其分地表示了他们的祝贺和赞同。不过当然啰,生孩子是一桩普通而又普通的事情。许多"多产"的女人经常洗完衣服,或者烤完面包,或者在炎热的早晨到教堂做完祈祷之后,躺在那儿就生下孩子。可是艾米·帕克为自己生孩子一事私下里颇为得意。她在屋阴下来来回回地散步,现在她确实是整个宇宙的中心了。阳光聚集在她怀里抱着的白色褓褓之上。鸟儿叽叽喳喳地从他们头上飞过的时候,连飞翔的路线也给那褓褓中的孩子一种神秘的、举足轻重的感觉。微风吹过,花儿和树叶都向这位抱孩子的女人弯下腰来,用它们那长长的、乐善好施的嫩枝给他们以祝福。

　　"你有个孩子可真好,"女邮政局长说,黄黄的大拇指在一块干海绵上按了按,"就像有个伴儿。他乖吗?"

　　"当然乖了,"艾米·帕克说,"只是有时候肠胃不好。星期五他不舒服了,是因为天太热。你知道吗?是拉肚子。"

　　"啊,"女邮政局长头上端端正正地戴着一顶帽子,用一种事不关己的腔调说,"可以给他服点儿什么药嘛。"

　　"哦,"艾米·帕克说,"我知道该给他吃什么药。他现在已经好了。是的,盖奇太太,他是个很健康的男孩儿。"

他是他们身上掉下来的肉。她总爱打开襁褓,看他那健康的、赤裸裸的身子。她管他叫雷。她先前并没有想到这个名字,也不怎么听人叫这名儿。但是她叫着顺口,而且这个沐浴着早晨金色的阳光、躺在那张宽敞的床上的漂亮小男孩儿,与这个名字也很相配。阳光在他的小嘴和刚刚长出来的毛茸茸的汗毛上闪耀。

现在,这屋子里充满了婴儿那温馨、柔润的气息。孩子的爸爸进屋的时候,越发显得怯生生的。他简直像是参加一次盛典——嘴里哼着什么,在通往厨房的那条砖铺的甬道上跺着脚,把靴子上的泥块蹭掉,震得那些倒挂金钟直抖动。然后,他傲气十足,或者是看起来傲气十足地进了屋,径直向孩子躺着的地方走去。他躺在一个摇床里,要么就在妈妈的怀抱里。他直盯盯地望着他那张脸,就此完成这一盛典。婴儿对爸爸报以同样的凝视,但是并没有透过他那双清澈、浅薄的眼睛闪现出内心的隐秘。他那眼睛的闪耀和脸上的表情是留给妈妈的。连接他们的那根"脐带"还没有割断。他还不认识父亲,只是对他表示一种容忍。他也许意识到了在那男人壮实的身体和他自己软弱的但也是有力的身体之间闪烁着的那踌躇和胆怯。他以他自己所拥有的一种更有说服力的、神情庄重的自傲,望着父亲。

"看起来长得挺好。"这位父亲总爱这样说。

然后他便转过身去,很为从做父亲的责任中解脱出来而高兴。他在心里说,以后他会跟儿子谈话的,还要教他做事情。他们会带着斧子或者猎枪到丛林里去。在那儿,会有许多话题好说。他们会擦掉脸上的汗水,双手捧着凉水痛饮。晚上,带着儿子打死的狐狸一起回家。他是否能够把自己灵魂深处那忽隐忽现的、颤动着的思想传达给儿子,或者他是否就愿意把这一切传递给他,还不得而知。他可能会对这个结实的男孩那张严峻的、好奇的脸抱有怀疑。

"你从来连碰都不碰他一下,"当妈的说,"我觉得你根本就不喜欢他。"

她抱着那个她自己都爱不够的孩子。

"我能干个啥?"他摊着两只空空的大手问道,"能为这么个小不点儿做什么呢?"

对于他,婴儿还只是一种抽象的观念,一个概念。他还没来得及使自己的思想和习惯适应这种观念。

"你能做啥?"她说,"哦,你能把他吃了!"

她就能把他吃了!她对他真是爱不够,甚至那种长久的、要吞下去似的亲吻也不能发泄她心中的爱。有时候,她那双湿润润的眼睛几乎盼望他能再平平安安地回到她的肚子里。

"要我就把他放下来,"父亲说,"总这么抱着,对他的健康不会有好处。"

"你知道什么?"母亲说,"他跟我这么待着才平安无事。"

不过,"平安无事"只是一个乐观的字眼。哄他睡着之后,她的一双手总得从孩子身下抽出来。未来已经在这屋子里面滋长,跟眼前的现实纠缠成一团。她已经没有力量控制这一切了。

有时候,这一对年轻的父母望着熟睡的孩子,又重新结合到了一起。他一醒来,这种"结合"便不复存在。在从这个看起来是他们创造的、使人着迷的第三个生命的控制下解脱出来的时候,他们曾经经历过,并且理解了的生活,历历在目。慈爱比起那种狂热的爱更容易控制。然而,当熟睡的孩子动了动脑袋,父母亲又被一种朦胧的恐惧烦扰了。母亲生怕自己无法控制爱的"风暴",父亲生怕在儿子面前又成了一个陌生人。

厨房里,钟在滴答滴答地走着。这只钟样子很丑,镶在黑色大理石里。不过刚买回来的时候,他们都很为它骄傲。等到小男孩长大了,好像镀了一层金似的又结实又漂亮,他常常要他们把他抱到那只钟跟前,瞧它怎样走。他喜欢把鲜红的小嘴贴在玻璃上面,去吮吸那消逝着的分分秒秒,一时那只钟的丑陋似乎都被他吞咽下去了。小男孩红光闪闪的面颊比那暗淡的钟面亮得多。有一天,当男孩已经充满信心地跑来跑去,变成一个让人讨厌的小家伙时,那只钟永远停下不走了。也就在这时,艾米·帕克怀上了第二个孩子。

这回好像更困难了。我要是不能平平安安生下来该怎么办呢?她在心里说。她又想起先前失去的那几个孩子。看着自己那笨重的、行动不便的身子,不禁有几分畏缩。有些天,她浑身无力,变得面色焦黄,让人看了就心烦。她等待着这个孩子的出世。丈夫的唇贴在她的脖子后面,她感觉到从他嘴里传递过来的怜悯。

他说:"没有理由非出什么差错。你已经生过那个男孩了。"

这话他以前也说过。因此,她只是咧着嘴,不自然地笑了笑。她总是在膝盖上摆些她偏爱的、单调无味的针线活儿,或者把男孩的脸蛋贴在自己的面颊上,让暖流注入她的肌肤。她总是盼望丈夫从她眼前走开,因为那时候,他很不合她的胃口。她讨厌他那粗壮的胳膊上暴起的青筋。

因为妻子尽去想那些让她全神贯注的事了,斯坦·帕克和小男孩变得亲近起来。现在,他经常敢去抚摸他了。有一两次,还那样深深地望着孩子的一双眼睛,就好像在探究他尚能辨认出来的某一块天地。那孩子一张明朗的脸大笑着,摸着爸爸下巴上的胡茬儿,快活地尖叫着,扭动着。渐渐地,父亲对这孩子已经"司空见惯"了。甚至在他蹲在那儿玩罐头盒、石头子儿或者黑乎乎的牛粪饼的时候,他竟不觉得他就在身边。没有妈妈的照顾,孩子变得很脏。如果有人到他们的农场,爱评头论足的人也许会说,孩子这一副样子就像没人照顾。但他自己很满足,也很健壮。他玩累了就睡。有一次父亲在一个放草料的箱子里发现他,便把他抱了出来。就像抱一只热乎乎的、脑袋耷拉着的小猫。他还熟睡着,金黄色的草料纷纷扬扬地落下,就像一阵细雨。

这以后不久,厨房里那只丑陋的钟便停了。艾米·帕克也生下了她的第二个孩子。他们从班加雷请了一位医生。这次她病了。不过,到头来,她还是发现自己一切都很正常。起床下地之后,她便身穿怪里怪气的衣服,怀抱新生的孩子,在屋里走来走去。那是个相当不安分的小女孩儿,用她的邻居多尔·奎克莱依当年给小男孩织的一块围巾包着。

在孩子诞生的时候,人们又都来了,来喝茶,大惊小怪地说些祝贺的话,谈论他们自己的事情,然后又都扬长而去。只有多尔·奎克莱依和她的弟弟巴布常常来了就在那儿站着。他们高高的个子,呆头呆脑,就像屋里的家具,或者更像两根门柱。有时候,多尔伺候那孩子,那条包孩子的围巾从她的两条长胳膊上滑落下来,那胳膊就像木头刻出来的长木片折叠在一起。就好像她不是按照自己的本能,而是按照某个诚实的雕刻家的意图抱那孩子的。

那时候,艾米·帕克就要把她的孩子抱过去,大惊小怪地喊:"多尔,你真笨!"然后手脚麻利地,按照自己喜爱的方式,用围巾把孩子裹好。

"是的,我是笨,"多尔·奎克莱依说,"我生来就笨,妈妈总这样说。"她两手空空,在一起搓着,发出粗糙的、木头摩擦的声音。

看起来,奎克莱依姐弟俩跟这尽善尽美的爱,以及艾米·帕克现在已经感觉到的炎热的夏形成鲜明的对照。当她把小女孩抱在怀里,男孩的头贴着她的裙子的时候,觉得一切都那么圆满、那么温暖。她的生命终于可以这样延续下去了。她像一条河在奔流着。她那硕大的、丰满的乳房因为正在完成自己的使命而变得十分傲慢。她得做一番努力才能抬起一双眼睛,向多尔和巴布那门柱子一样的形体望过去。

但是多尔·奎克莱依心里充满了爱。如果有人向她索取这种爱,她会心甘情愿地去为他们受苦。可是没有人需要她。

于是,她拿起一把扫帚,从艾米·帕克脚下开始,一点一点地扫面包屑和尘土。艾米·帕克皱了皱眉,因为这举动未免有点儿太谦卑了。

"好了,多尔,"她说,"别扫了。我知道,我这儿有好多该做的事儿还都没做。不过,我们会收拾好的。"

她皱着眉头向门外那片木兰树的荫凉望去。巴布·奎克莱依和她的小男孩跑到那儿玩去了。现在巴布那种迟愚简直叫人无法忍受了。他那张透着青紫的脸上,连汗毛也没能好好地长出来。嘴唇抖抖索索,搜寻着要说的字眼儿。艾米·帕克没有看出自己逃脱了哪些事情,但是她知道,确实有一些。她很讨厌这一点。

"瞧,"巴布说,"这是一片树叶。懂吗?不过是一片只剩下叶脉的树叶。你能从这边看到那边。它就像一只羊的骨架,或者一头牛的骨架,只不过这是一片树叶。我姐姐说,它是用蕾丝做成的。想想看,一片蕾丝树叶,从一棵蕾丝树上落下来的。"

小男孩把那片树叶举到眼前,那小样儿真漂亮。

巴布·奎克莱依笑着看。

"我要。"小男孩说。

"不给,"巴布说,"这是我的树叶,是我最喜欢的东西。"

"雷!"母亲喊道,"把树叶给他。回来。"

"我要,"小男孩说,他已经开始跳着脚哭喊起来,"我要!我要嘛!"

他闹得挺凶。

"我们再去找一片树叶,巴布。"姐姐说。

她已经学会把一切看得很淡。

"可这是最好的一片树叶。"弟弟说。

那是一件最奇妙,也最神秘的"手工艺品"。他一直夹在爷爷的一本书里。那书谁也没有读过。他不能和这片树叶分开。神秘、美丽，以及委屈在他心里膨胀，扭歪了他那张脸。他开始呜呜咽咽地哭了起来。

"啊，天哪！"艾米·帕克喊道。

她跑过去打了儿子两下。倒不是为了惩罚他，而是出于对奎克莱依姐弟俩的厌恶。小男孩越发大闹起来，把那片树叶扔到地上。

"拿上，巴布。"多尔说。

"破了，"他呜呜咽咽地说，"都揉皱了。没用了，再也没用了。"

他拖着两条腿走了，就像被人踩扁了的一把雨伞。

多尔·奎克莱依微笑着。因为除此而外，她再无别的办法。

"对不起，多尔。"艾米·帕克悄声说，尽管在雷这样大吵大闹的时候，压低嗓门儿说话显得很蠢。她能说的只是这样几句话："他累了，脾气又怪。如果你不介意的话，我得给孩子喂奶了。"

她匆匆忙忙把奎克莱依姐弟俩从院子里打发出去的时候，心里明白，这一切很快就会成为过去。她能主宰这里的一切。

很快，就只剩下她和她的孩子们了，甚至丈夫也不能剥夺她这种神圣的主权。她把奶头塞到小女孩的嘴里，把丈夫忘到了九霄云外。他出去了，到什么地方去做那些非做不可的事情去了。当怀里的婴儿吮着她的奶头，小男孩躺在床上昏昏欲睡的时候，他的作用是那样地微不足道。如果这位父亲正好这时候回来——很幸运，他没回来——做母亲的一定会耸着肩膀把他撵走，保护这只有她自己才有权享受的恬静和亲密不受侵袭，保护在蜀葵上振翅啁啾的小鸟。当然，从来没有人承认过这些。母亲还是经常走过去，笑着把孩子们放到父亲的怀里，让他享受这种父亲的权利。而他对于这种权利总是踟蹰不前，缺乏自信。这是她能做出的姿态。因为在这种时候，她意识到自己是强有力的。尽管有时候，特别是晚上，当孩子们都睡着了，他们脱下来的衣裳挂在厨房里的绳子上面的时候，妻子从她作为一个母亲坐过的地方站起身来，在屋里转来转去，心里纳闷,这位做父亲的——她的丈夫,是不是还能认得出她。这时,轮到他笑话她的踟蹰不前了。对于她这种有点儿紧张不安的亲密,他常常不大理会,因为累了,或者因为那两个熟睡着的孩子。他们是他的收获。现在,把思想停留在这种想法上面,他便心满意足了。

但是,力量上的优势几乎总是在她那方面。那力量充满自信地从她的乳房流淌出来。婴儿那脆弱的身体从这一股充满力量的暖流中汲取了什么。在梦中呼唤她的小男孩,从那只轻轻拍打的手得到了安慰。

有一次,刚给孩子喂过奶,艾米·帕克正在扣罩衫上的纽扣,小男孩也才睡醒,在床上扭动着身子,揉着一双惺忪的睡眼,传来一辆大车吱吱嘎嘎的声音。有客人来了。不一会儿便弄清,是欧达乌德太太。

"啊,好啊,我明白了,你就守着你这个家。"女邻居有点儿拘谨地说。她甚至把脑袋转了过去,对着东面说话,而实际上艾米站在北面。

"我每天大部分时间都跟他们待在一起,为什么不呢?"艾米·帕克说。这时她已经扣好了罩衫纽扣。

"是呀,为什么不呢!"她的朋友说,"要是尽忙着喂养牲口,那可费时间呢!没错,这个我知道。瞧瞧那些小猪和小牛就明白这难处了。"

艾米·帕克把她的朋友领进屋。她已经有一阵子没见她了,什么原因,她也说不清。

"总是忙完一件事又忙另外一件,"欧达乌德太太说,她自己觉得内疚,急于解释,"他一直忙着呢。后来,房子又塌了。这几个月我们一直在盖房子,比先前倒是强了,最好的那间屋子还裱了糊墙纸。要不是我那个醉鬼,在那儿度蜜月也满可以。你会看到,糊墙纸上印着玫瑰花。哦,你可能注意到了,我把牙全拔了。有个走江湖的郎中来了，我就趁机把那些破牙给拔了。都拔了，就剩下一个。我真舍不得让他把那颗也拔掉，即使不拔掉就要没命也舍不得。当然，再多一个我也不要。亲爱的，你真该瞧瞧我流的那摊血。那个可怜的家伙靴子蹬着墙，就像一头牛，使劲地拔。啊，真可怕！"欧达乌德太太说，"这是那小男孩吧。他长得简直可以去打谷子了。这是小女孩吧。"

欧达乌德太太几乎是在那小男孩生下来身上还没干的时候就见过。现在，对小女孩她则倾向于保持沉默。这孩子可以说是从她眼前滑过去了，是什么原因，谁也无法解释，也许是牙齿的缘故。

"她比男孩出生时小，"她说，"也许姑娘就该小点儿。"

"她没什么毛病，长得挺结实。"母亲说，又仔细端详起孩子那张小脸。

"脸色不太好，也许是因为天气热。秋天一到，人们的脸色就都变好了。"

于是，艾米·帕克开始对这位朋友来她这儿感到懊恼了。她居然可以当着自己的面把孩子说得弱不禁风。

"你吃块点心好吗，欧达乌德太太，就着茶？"她依然很有礼貌地问道，"有点儿陈了。不过，我压根儿没想到你要来。这么长时间没见你，你给了我个措手不及。"

"我也要点心！"脸色红润的小男孩喊道。

"会给你一块的，"欧达乌德太太说，"阿姨还要给你一个吻。"

他那张嘴塞满了点心，不然的话做阿姨的本来是可以给他一阵亲吻的。他开始打量她，打量她头上缀着一个用闪闪发光的宝石拼成的蝴蝶的那顶帽子，还瞅着她那张各部位都朝着嘴巴皱缩起来的脸。

她不自在起来，甚至有几分伤感。

"男孩子总是不喜欢叫人亲。是这样的，"她说，"以后当然会喜欢的,不过也有个限度。真滑稽。"

他那双眼睛不再盯着看她的时候,她看见窗框上挂着一大束婚礼上用的玫瑰花。那是身着盛装的乡村新娘们常用的那种个头挺大的纸花。

她说:"姑娘们对亲吻才是如饥似渴呢!可她们又总是翘起手指,故意表示拒绝。"

小男孩依然嚼着点心看着她,直看得这位又矮又胖的女人觉得自己的身子都不那么结实牢靠了。

"你可以这么盯着我,一直盯到星期天,"她终于说,"你能看见什么呢,孩子?"

她不会回过头看曾经发生过的那些事情,在黑暗中也不,无论如何也不。她想起那次她从楼上一个窗户看见的葬礼,那时她正擦胳膊上的肥皂沫,一位叫比阿特丽丝的姑娘也在那儿擦肥皂沫;当奢华的玫瑰花慢慢落下的时候,她正了正帽子,开了一个关于死者的玩笑。

"嗯?"她问,"你瞧见什么了?"

"你把牙齿弄哪儿了?"小男孩问,满脸惊疑的表情和点心渣。

"当然啰,我把它们放到一个铁盒子里面,"她叹了一口气说,"保存起来了。哪天我得用一根银线把它们串起来,在特别重要的场合,戴在我最好的衣裳外头。"

听到这儿,小男孩把脸藏到妈妈身后,因为他已经搞不清人家会拿他派什么用场。

"快去吧,"妈妈说,"去做游戏吧。你用不着在这儿胡搅。外边多好。"

他走了,但是并不情愿,一双眼睛若有所思,还在想他刚刚听到的生活片段。

然后,艾米·帕克安定下来,陪伴她的朋友,把那壶茶喝干,把友情叙完。这位邻居一会儿使她满意,一会儿叫她着急。要么让她感到轻蔑、慈爱、高人一等、无知、完美、伪善,或者惹得她咯咯地笑、厌烦、气喘吁吁、充满占有欲,甚至残酷。但是所有这些侧面,都被她真实的自我人格化了。她热爱她们在车辙条条的大路上和枝叶蓬松的树林中共享的那种生活。两个女人坐在那儿,因为说话,或者因为喝茶,鼻尖儿周围直冒汗;在无所顾忌地谈开之后,那些先张开的汗毛孔便沁出了汗珠。到一定的时候,当然总会是这样的。要么永远不去理睬那些曾经目睹了你青年时代的人;要么就承认你青年时代赤裸裸的思想和感情,那时候,甚至令人脸红的事情也带着一种忧郁和甜蜜。于是,两个女人仿佛又冒着大雨,赶着马车向乌龙雅驶去。她们还想起胖女人欧达乌德太太在艾米第一个孩子流产时来伺候的情景,想起她们那头叫朱丽亚的老奶牛死去的那个夜晚。

"啧啧!"欧达乌德太太叹了一口气,说话时吸着她那仿佛是若有所思的牙床,"我可从来没想到,你终究还是生了孩子,帕克太太。"

"这是预料中的事情。"她喃喃地说。

因为不知道该说什么好,所以她的回答流露出一种非常直截了当的自信,这也许会伤害对方的感情,或许确实伤害了对方的感情。

"那么,如果是预料中的事情,是谁预料的呢?"欧达乌德太太说,"要算起来,你们没孩子也有年头了。可是后来,一下子来了两个。呵,好运气!上帝保佑他们,这些小家伙。"

就这样,表示完最后的祝福,她便站起身来,瓮声瓮气地说着什么,点心渣从罩衫上落了下来。

如果艾米·帕克继续在那儿坐着,那是因为那玫瑰花生了根,不受任何干扰。那大朵大朵的、乳白色的玫瑰花在窗框上点着头。她像那几朵旧时的玫瑰一样,把根牢牢扎在"过去"上。当她坐在那儿,动了动,又打瞌睡,但总不能超越命运半步的时候,这是她面对表达思想的语言救助自己的办法,尽管邻居还在那儿等着她。她已经从昔日的旧梦中脱颖而出,长得丰满而又温顺了,甚至她的小女儿也一定在等那玫瑰花。当她点着头,摇晃着,她的思想又缠绕在一起,穿过月光明亮的夜晚缠绕着,在梦呓中追寻那玫瑰。

"我不否认你挺走运,"她的朋友说,"只是这个小姑娘挺让我担心,如果她是我的孩子的话。当然,她不是。"

"这孩子什么毛病也没有,"艾米·帕克说,她从椅子上站起来,"没毛病,我先前就说过。"

"是没毛病,"欧达乌德太太说,"不过她脸色不大好。"

"你懂啥呀,欧达乌德太太!"艾米·帕克说。

她觉得嗓子眼儿堵得慌。

"是呀,我当然不懂啥。不过有时候正是那些啥也不懂的人才懂得点儿啥呢!"

她们向门口走去,眨眼之间便踏上那条许多年来熟知了她们之间的友谊的小路。周围是一股迷迭香在她们擦身而过时散发出来的味道,以及被踩倒了的野草那股猫的骚昧。她们觉得胸口堵得慌。

"你是个聊天的好伴儿。"艾米·帕克说。

"我净说些没用的话。"

"像是没用的话,可实际上才不是呢!"

"你那个小男孩挺好。不过,男孩子们总是不愿意受人管束。你把他们养大了,他们一扭头,走了,把你扔下不管了。"

艾米·帕克撇了撇嘴。她的家里充满了她生的那些孩子们的笑声。可是她的朋友,这个她有时候很喜欢的胖女人则是一个滑稽可笑的、还没生养过的人。

"男孩子们,"欧达乌德太太一边开那扇小门一边说,"男孩子会长成男子汉。对他们唯一有利的论点就是他们是不可缺少的。"

她推开那扇很不灵活的门。

"最近哪天,我要去拜访你一次,"帕克太太说,她现在可以表现得友好一点了,"虽然你说了那么多不中听的话。"

"好吧,亲爱的,"邻居说,"我们好好聊聊。"

她打开锁车的链条。

"没有比跟朋友谈论些有趣的话题更叫我高兴的事情了。"她说。

没有谁再发现帕克家的孩子身体有什么不健康的地方。即使他们发现了,出于礼貌,也没把心里的想法说出来。母亲拉扯孩子的时候,一开始战战兢兢,靠"百科全书"帮忙,以后随着经验逐步丰富,则怀着一种颇有点傲气的自信,很快就谁的话也听不进去了。确实,她变得充满了哲理和预言,灵机一动就能给别人以忠告。对于这种忠告,那些年纪更轻的、胆子更小的,不胜感激。可是那些年长的女人则投以冷淡的、轻蔑的一笑。

艾米·帕克既已儿女双全成家立业,便什么也吓不倒她了。

如果说帕克家的第二个孩子没有及时施洗礼,那是因为不管她的母亲怎样否认,这孩子刚生下那几个月确实有些体弱。可是渐渐地,父母亲习惯了他们心中的恐惧,便和珀布莱克先生一起为洗礼做了些安排。他们赶着一辆轻便马车——这辆车是斯坦从班加雷一个丈夫是面包师的寡妇那儿买的——带着这个又黄又瘦的小女孩去那座简陋的、棕黄色的教堂。这一家人相互挨靠着,坐在那辆还很像样的马车里。他们穿着最好的衣裳。不过因为天气热,那衣服的颜色显得太深了一点儿。妈妈围着最漂亮的披肩,紧紧地、热切地抱着女儿,不停地用手套赶苍蝇。父亲坚硬的大手轻轻地、很内行地握着缰绳,把这差事当作一件乐事。他撅起被太阳晒爆了皮的嘴唇,吹着口哨,就好像这一天他是在玩一条巨大的、顽皮的鱼。

小男孩鼓着紫胀的腮帮,嘴里不停地发出让人讨厌的声音,直到妈妈不得不制止他。

"你真让我心烦。"她说。

"为什么?"他问道,声音沙哑,要哭似的。

"因为……"她不耐烦地回答道,又低下头仔细察看那蜡人似的女孩熟睡着的脸。那张脸在苍蝇的翅膀下面一动一动。

"瞧,"父亲用一种温和的、充满男子气概的、息事宁人的腔调说,"那是皮博迪家那两头双生的牛犊。我们很快就到了。不知道老珀布莱克是不是'打扫'过他的嗓子了。"

"怎么个打扫法?"小男孩问。

"你爸爸又犯傻呢,"母亲说,"他的意思是,珀布莱克先生不是总能把话说得很清楚。这是怎么了?"她突然问道,"你怎么把膝盖割破了,雷?"

"我没割。"他说。

"这不是吗?明明摆在这儿嘛!请你别跟我撒谎,也不要玩刀子。"

"他给了我一把。"

"他是谁?"她低声问。

"爸爸。"

"在你还不该玩刀子的时候!"

她把包孩子的围巾裹裹紧,似乎出于生存的需要保护她似的。

"一个男孩迟早要开始玩刀子的。"父亲说。

今天他懒得替自己辩解,懒得表示抗拒,或者表示反对。他在阳光下半闭着一双眼睛,心里明白这匹马、这辆车,甚至坐在他身边的这个女人和这两个孩子都归他所有。就跟你可以拥有任何东西一样。电闪雷鸣的时刻往往是相隔许久的。

"到教堂了。"他说。

鸽子在教堂的屋顶咕咕地叫着,使眼下这个场合越发安谧、恬静。母亲既快乐又悲哀。教堂总让她产生这样一种感觉。

"我希望她能好好的。"她眼泪汪汪地喃喃着。

然后,她对那位年老的教区牧师以及教父教母们现出一副笑脸。牧师在准备等一会儿要说的圣词时,满脸皱纹舒展开又收拢起来。那几位教父和教母站在一起,心里纳闷,眼下和以后,甚至一生之中,人家都希望他们做些什么。难道他们要永远永远给那个他们尚一无所知的孩子以忠告,或者更糟糕的是,钱财吗?也许,如果当心一点,他们会被悄悄地忘掉?孩子的父母则搞不清楚,为什么偏偏选中了这几个人。不过总得有人来充当这个角色。于是就来了奥塞·皮博迪——他戴的那顶帽子被他揉搓得不成样子——盖奇太太和一位叫佛斯的太太,她是那种谁也说不出二话来的善良女人。

教堂散发着一股封闭着的木盒子和鸟粪的味道。不过做洗礼时说的话不可思议地简短,飘落在一块块跪垫中间,在一两扇令人窒息的窗户射进来的紫水晶和红宝石般的光柱之间缭绕。彩色玻璃窗是有钱人捐的。窗上的人像所要说明的故事,表现得十分率直,简直近乎粗鲁。

那几个人站在一扇这样的窗户下面,给孩子做洗礼。她取名为塞尔玛。这个名字最初是母亲在报纸上看见的,是一个牧场主女继承人的名字。开始父亲对这个名字还有点儿犹豫不决,但是妻子的沉默最终战胜了他。不管怎么说,他认为叫什么名字都无关紧要。就这样,那个女孩子成了塞尔玛。母亲独自玩味着这个名字,嘴里就像含着一块光亮柔滑的蜜饯。不过她还品味出这个字眼还包含着一种比较丰富、比较稀少,也不大容易得到的东西。

当那位年老的牧师用一种凉水般清冷的声音说出塞尔玛·帕克这个名字的时候,那个小男孩,她的哥哥,因为从那些杂乱无章的话语中分辨出什么而微笑起来。这个名字已经失去了神秘色彩,到时候总会变得那么普通而简单,可以刻在树上。

婴儿被裹在那条羊毛披巾里,当然哭了起来。妈妈既感到骄傲,又有点焦躁不安。

父亲斯坦·帕克试图重新获得他在来教堂的路上体味到的那种对这孩子拥有所有权的感觉。可是现在,当女儿像贴标签一样贴上他的姓,他反倒觉得没有多大的把握了。当他听着从老头胡须里面接二连三吐出来的那些他不熟悉的仪式的用语时,他甚至对自己脚下那双靴子也没什么把握了。斯坦·帕克感觉到了他周围的紧张。在内心深处,他已经挤出正在参加洗礼的人群,很快就相当坦然地从那座简陋的教堂的禁锢中飘然而出,并不为突然降临到他身上的一种赤裸感而羞愧。在这种令人愉快的赤裸感从他心头升起的同时,做洗礼滔滔不绝的圣词、他与女儿的血缘关系,在一道智慧之光面前都变成第二位的了。他扬起脸,接受那他并不知道为何物的馈赠。

后来,圣水像一阵叮咚作响的细雨落下来,不但落在婴儿的脸上,还落在父亲的皮肤上,他觉得羞愧。要付给牧师做这场仪式的钱时,他开始为费用着急了。他咳嗽着,很是尴尬。他个头太大了,因为从事体力劳动,手上粘着泥土,自己就觉得几分寒碜。

"什么?"他带着一种内疚轻声问。

因为妻子正在说什么。

"她简直太乖了!"她十分满意地说,就好像受洗礼的是她,而不是那女孩。她边说边理了理那条包孩子的围巾。

老牧师那双手的触摸是那种冰凉的、像纸一样的、无可指责的皮肤的触摸,他说出来的话也无可指责。他给他们以忠告,还试图开开玩笑,可是不太成功,因为他不是那种生性诙谐的牧师,尽管他觉得自己应该具有这种禀赋。

"她很快就是个结实丰满的大姑娘了,回答教义时尽出错儿。是不是?"珀布莱克先生说。

不过,连他自己也不知道会不会这样。他最大的乐事是在他的花园里,在一片静谧之中观察鸟儿。

那个小男孩打从仪式结束,一直在过道里跑来跑去,趁长辈们谈话的当儿站在跪垫上,倒着看祈祷书,现在哭了起来。

"到底怎么了,雷?"和善的佛斯太太问道,向他伸过一只手。

可是小男孩继续号叫着。

"啊,你要是不告诉我们,可就没法儿帮助你了。"

小男孩哭着,拖着两条擦破了的腿很不灵活地走着。那是他刚才摔倒碰伤的。

除了老牧师,那一伙人很快就都离开了教堂。他站在台阶上,与其说是对正在离去的教区居民们微笑,还不如说是对又降临到他身边的寂寥表示欢迎。分手的时刻,在夏日金色的阳光照耀之下,人们似乎都变矮了。每一个人,甚至那和和睦睦的一家人都有点形单影孤。那些还没有完全长成的、参差不齐的松树,敢于面对芸芸众生而维护自己的存在。教堂墓地那几座新添的坟堆还没能给周围的景色增加什么色彩。它们距离命归黄泉的那一刻显然仍为时未远。这从那尚未愈合的黄土的伤痕便可见一斑。但那一家人是走了,从插着已经枯萎了的花儿的广口瓶旁边走过,从缠绕着的黄色的牛蒡和苍耳中走过。很快,所有那些敬畏、兴奋、沉闷,以至自命不凡的感情都烟消云散,代之以轻便马车那让人感到舒适的、质朴的吱吱咯咯的声音。

回家的路上,以及后来,孩子们在家里一直居支配地位。他们的童年是通常那种漫长的童年。当做父母的拖着沉重的脚步爬上灼热的山峦,或者在悠长的傍晚坐着听隔壁房间孩子们酣睡的声音时,这种漫长有时候也会给他们留下深刻的印象。这一切,从总体上来说,使那几个年头平静而安宁,尽管孩子们在明显地长大。他们对孩子们的未来做了种种设想。虽然没有多少信心,但符合人们惯常的心理。

"我希望雷在政府机关谋个职位,或者当个有名的外科医生,或者成为什么人物。穿着黑色的礼服,我们能从报上读到他的消息。"母亲用一种梦呓般的声音说。

父亲大笑,想起自己的母亲也曾想把他培养成什么人物,但最终还是失败了。他笑着说:"那些奶牛怎么办呢?"

"我们可以把奶牛卖了,"小男孩说,他已经很爱听大人们谈话了,"我讨厌臭烘烘不新鲜的牛奶。我想有钱,像阿姆斯特朗一样,有马,有别的东西,还有一双黄颜色的靴子。"

然后,他向院子那头跑去,结束了自己这番畅想。他对这种畅想是否会实现,还是没有把握。他被明媚的阳光,被暖烘烘、硬邦邦的石头,以及土里卧着的毛茸茸的、温柔的红母鸡包围着。他似乎就是为他看见的和所做的这一切而生活着。他从口袋里掏出一把小弹弓——那是一个比他年纪大点儿的男孩子做的——四处搜寻着目标正要开弓,听见父亲喊:"雷,我要是再看见你打那些母鸡,小心我揍你!"

于是,他又在一棵树上胡刻乱画起来,刻他的名字,通过他的一双手,把自己的意志强加到什么上面。他已经长得很壮了。比妹妹壮多了。他喜欢欺侮妹妹。他妹妹面色苍白,让人烦躁不安,似乎和力量这东西全然无缘。

"滚开,别惹我!"她已经学会用那张圆圆的小嘴说话了,"男孩子真讨厌!"

她喜欢拿手绢当床单,跟玩具娃娃做那种干干净净的游戏。她用小手湿润润的手心给她的娃娃铺平"床单",把娃娃放在一个盒子里面,然后就趴在盒子上面。稀疏的、颜色很淡的头发垂了下来。

她的头发不像妈妈曾经希望的那样鬈曲。淡淡的金光直射出去,愈显柔和。可是塞尔玛的头发并没有给人带来多少欢乐。她很容易疲劳,还常常咳嗽,真是妈妈的一块心病。后来,诊断为哮喘病。

"你不能欺侮妹妹,她身子弱。"母亲说。

"为什么?"

对此他无法理解。他一个人到处游逛,朝远处扔石子,把一张小脸浸在山石间流淌的溪水之中,观察动物。但是对周围任何事物他都不能做到专心一意,全神贯注。他玩起来就没个够。

有时候,为了对他无法理解的那一切报复,他就打妹妹。这个"替罪羊"边走边哭。

"我要告诉妈妈!"她号叫着。

但是有时候,特别是晚上,玩了一天累得精疲力竭,灯光也显得更为柔和的时候,他们会偎依在一块儿,或者偎依在妈妈身上,充满了爱和柔情,讲些从他们的想象力中迸发出来的故事,直到最后困得打起盹来。每逢这种时候,母亲就感到极大的满足。孩子们的这种亲密把别的一切都排除在外了。

到了这个年纪,艾米·帕克对于爱变得十分贪婪。她还没能把丈夫成功地"吞噬"了。尽管在完全沉溺于这种欲望时,她经常向自己担保,将来哪天,一定要获得成功。但她尚未如愿以偿。他又一次从她手心里逃脱了。通过许多关爱的举动,她对他熟悉得连每一个毛孔都知道得一清二楚。但是,也许正是这种关爱挫败了她。所以,吞掉他还只能是将来的事情。她边想边在厨房里懒洋洋地微笑着。哪天,一定把丈夫爱个够。她把那些沙沙作响的洋葱皮扫到一起的时候心里这样想。

由于年龄的缘故,艾米·帕克开始胖了起来。几乎已经到了人们常说的有点"发福"的地步了。她的手和脊背都挺厚实,胖乎乎的。她总是呼吸很重,这在别的体形的人们看来,是一种心满意足的表现,特别是对于孩子们。他们喜欢偎依在她身边,听她说话,抚摸她。她的皮肤特别让人感到愉快。肌肉纹理清晰,呈棕黄色,给人以安慰。有时候她说话尖刻,甚至会发脾气。就好像那个瘦弱的、叫人担忧的小姑娘还怀在肚子里似的,她可以抱怨,可以责备别人。逢着这样的时候,她那满头黑发梳成辫子,垂在肩上,因为她懒得把它们盘到头上;丈夫走路时连脚步都要放轻,要么就躲在房子那边做事。那些日子,他的脸看起来很长,也很严肃。

"过来,雷,"她说,"你爱我吗?"

就好像他会停止踢脚下的泥地来回答她这个问题似的。

"那么,是塞尔玛爱妈妈了?"她边说边把胳膊上闪闪发光的水珠甩了甩,用一块粗糙的毛巾擦干。

可是小女孩好像压根儿就没听见妈妈的话,继续和她的洋娃娃细声细气地絮叨着什么。

母亲不能强迫他们按照她的意志做事。在那些个夜晚——她把儿女们揽在她那现在变得温柔的胳膊里,把他们谁也无法从中将自己分离出来的爱拥抱在怀里——孩子们也还顺从。但有时她也弄不清他们在想些什么。他们的脸常常变得像小木板一样,似乎永远没有神采,捉摸不透。

这时,她就走出去,站在生了锈的铁丝网旁边,顺着大路,顺着那飞扬的尘土张望。

"怎么了,艾米?"有一次她正这样张望,丈夫小心翼翼地问道。

"没怎么,"她说,"哦,没怎么。"

她皱着眉头,眺望着那条大路上洒满了的耀眼的阳光。

"你的脸色不大好看,"他边说边试探性地笑着,"我寻思你心里一定挺烦。"

这话立刻使她的不幸看起来那么滑稽可笑,不值一提。

"我说了,没怎么。"

她咬着嘴唇没有笑出声来，说话的语气还带着几分愠怒。

"啊，亲爱的，真傻，"她叹了一口气，"是吗？布卢①。"

那条母狗正侧着身子向她走了过来。

"可怜的东西。"她说道，把心里那种自艾自怜发泄到这条母狗身上，又带着被分享了的怜悯的感情，抚摸着狗。

母狗的奶头有点肿，长短不齐，被小狗的爪子抓得尽是伤痕。不过它尽管被它的小崽子们那样贪婪地吞食着，自己却仍然如饥似渴地爱着它们。它那热乎乎的舌头来回地舔着，那张嘴简直能把你吞下去。

"它们不让你自己待着，是吗？"妇人说。她在门廊里坐下，用手抚摸着那些被抓破的奶头。

母狗伸了个懒腰，摇晃着尾巴向她讨好。妇人的情绪平静下来。

"你是我的狗，对吧？"她说，"好布卢，有时候，用不着盼望人家回答是一件多么好的事情啊！"

这条青灰色的狗代替了那条红毛狗，红毛狗已经死了好几年了。

"这条狗是我的，"刚抱回这条青灰色的小母狗，艾米·帕克就说，"这条狗得起个名儿，不能像那个红毛丑家伙。它从来都没有喜欢过我。"

他们一直没给那条红毛狗取名字，尽管她曾经有过这个意思。他还是管它叫"狗"。但是她没假思索，就把这条灰毛母狗叫作布卢了。

而这条母狗一直能够招人喜欢，惹人注意，尽管它是那么笨拙。它抓挠着一双爪子叫人看，用尾巴打翻什么东西，在地上打滚，再爬

---

① 狗的名字。

起来,抖掉身上的尘土,口水从那张乐呵呵的嘴巴流了出来。它很有规律地下小崽儿,躺卧在地上,任凭它们吮吸。直到它自己精疲力竭,瘦骨嶙峋。可它还是要跑来跑去,到别的什么地方,如饥似渴地寻求爱恋。当妇人抚弄着这条狗的皮毛时,她的一双眼睛也充满了慰藉和满足。

"它真丑!"雷说。

"不,它不丑。"妈妈说,一只手在狗的皮毛上懒洋洋地滑动,"有的人看了觉得丑的东西,另外一些人却觉得漂亮。你爸爸曾经有一条红毛老狗,那可是个从来没见过的丑东西,而且一点儿也不喜欢我。可是在你爸爸看来,却蛮不错的。我记得我来这儿的那个晚上。那时候,我们住在那间小棚屋里。"

但是男孩已经脱离开妈妈对往事的回忆,他的一双眼睛只看眼前。

"它的奶头又老又丑。"他说。

妇人没听见儿子的话。她已经完全沉湎于她那温暖的回忆。

所以,她不由得要爱那条笨拙的、总在下崽的狗。她喜欢在手里抱着那些暖烘烘的、呆头呆脑的小狗崽,让它们轮流地吮完一个奶头再吮一个奶头,而且要亲眼看见最小的那个狗崽子吃饱。她经常去那儿,在谷仓的一片朦胧之中,跪在它们跟前。就这样,单独和那条狗待在一起,她似乎又变得年轻了。谁也没看见她待在这儿,她也特别不愿意让别人看见。她拥有的是一种隐秘的、只属于她自己的感情,暖烘烘的,就像把一只小狗贴在面颊上一样。她脖颈后面的头发乱蓬蓬的。

有一次,吃晚饭的时候,她急急忙忙跑进厨房,说:"斯坦,布卢有三个小崽子不见了。"

家里人都站在那儿。她的嘴唇因为恐惧颤动着。

"一定是那些耗子干的。"丈夫说。

"耗子吃了,总得剩下点什么,"德国老头弗利兹说,他刚好端着盘子和杯子进来,"有没有吃剩的东西?"

"没有留下任何痕迹。"她说。

她觉得一阵心寒。她还记得她那条狗下的那些暖烘烘的小崽。眼下,她不愿意和家里的人们待在一起,他们正在议论到底发生了什么事情。

"也许它吃了几个小崽子。"雷说。他开始用叉子乱搅那碗炖肉。

"这么大的狗不吃崽子。"父亲说。

塞尔玛哭了起来。她并不特别喜欢小狗,可是别人喜欢,别人会哭,所以她觉得她哭也是理所当然的。

"小狗死了。"她哭着说。

"也许是步行路过我们这儿的人因为喜欢它们,就从窝里给掏走了。"男孩说。

他用土豆堆了一个"小岛",还造了一条很不结实的"海峡",正把他今天不想吃的棕黄色的肉汤从那条"海峡"引过去。

"吃你的饭吧!"妈妈说。她用力打开一块餐巾。

"不管怎么说,它下的崽子太多了,"男孩说,"现在它还有五个。八个小崽子太多了,是吧,爸爸?"

"你妈刚才说了,快吃你的饭吧!"父亲说。

"我不!我不想吃!"男孩叫喊着。

他跳了起来。他恨他的父母,恨那张餐桌。那个陶罐似乎也在跟他作对,还有那盘被他搅得一塌糊涂的棕色的炖肉。

"破炖肉!"他喊道。

然后一溜烟跑了。

父亲开始嘟哝起来,这当儿他不知道该做什么才好。对于母亲,眼下显然无计可施。属于她个人的那种可怜巴巴的感情占据着她的心灵。厨房里不同意志的交锋,那张乱糟糟的餐桌,以及那厚实的白盘子,都和她的这种感情牵连不上。她是为自己而悲伤的。小狗的命运已经变成她自己生活中属于她个人的一部分。当她想到那几只小狗的脖子大概早已被人拧断了的时候,她痛苦地、猛地转过脑袋。

"得了,我们总这么谈来谈去,也得不出什么结论。"过了一会儿,斯坦·帕克推开面前的盘子说道。

他在心里琢磨他的儿子。他对他了解得多么少呀!他想,用不了多长时间,他们父子俩就不得不承认这一点了。现在他还是个小男孩,他们亲吻的时候,即使没能将心灵沟通,也依然装得那么亲热。男孩试图告诉他什么事情,但是没能做到。他只是站在那儿,仰起头瞧着他,话到嘴边又咽进肚子里。有一回他用一根几乎和他一样高的铁条打碎一块窗玻璃。他站在碎玻璃片上,气喘吁吁,浑身颤抖。

"吃布丁吧,亲爱的。"妻子说。

可是斯坦·帕克今天不想吃布丁。他觉得男孩和那几只失踪的小狗肯定有关。

妻子的一双眼睛表露出她已经明白这一点了。在白昼的炎热之中,他们分享着存在于他们之间的这种冷漠,看来是依旧这样分开为好。

只有到了夜晚,黑暗和四壁强迫他们待在一起。他们聊些索然无味的、经过斟酌的事和话。或者他把报纸凑在油灯下,读那上面的新闻。要么他们就听青蛙的叫声。这使得他们想象,房子四周碧波粼粼。而实际上这儿是一片旱地。

有一次,小男孩在睡梦中喊妈妈。她走到他的床边。

"怎么了,雷?"她向他俯下身去问道。

灯光下,她那棕黄色的皮肤呈现出一片金色。她的身材已经十分匀称了,既健壮又充满了慈爱。

"怎么了?"她问。

"我梦见那些小狗崽了。"

"梦点儿别的东西吧。"她劝告着。

就好像她已经掌握了这桩事情的所有秘密,而且能够对那些行为和狡猾的手段继续保持一种超然的态度。

于是他翻了个身又睡着了。

如果我能确实搞清楚这件事,她在心里说,一双眼睛热辣辣地看着儿子那睡乡中的脑袋,我该怎么办呢?尽管这事现在看起来似乎挺重要的,可以后还会是一件重要的事情吗?

小狗的插曲就这样烟消云散了。在帕克家,如果不是人人都忘到脑后,至少大多数人都忘光了。

有一两次塞尔玛说起这件事:"我们一直也不知道那几条可怜的小狗到底怎么样了,是吧?"

"你干吗又提起这件事呢,塞尔莉[1]?"妈妈问。

她皱了皱眉头。她不像喜欢儿子一样地喜欢这个女儿,尽管她曾经试图倒一倒,而且也确实煞费苦心、竭尽全力拉扯这个小姑娘。可是塞尔玛还是那么瘦弱。她的精神就是瘦弱的。

有一次,母亲和她的小女儿在夏日耀眼的阳光下,站在大门口。树木被太阳晒得毫无生气,被尘土盖得苍凉满目。这时候,有一个人骑着马走了过来。门前伫立的人手搭凉棚眺望着。那匹马以那种养着专供取乐的动物的悠闲和懒散走着,头来回晃着,从眼前轻轻甩开那绺流苏般的鬃毛,张开看起来几乎完全裸露着的鼻翼喷着响鼻。那样子既不让人觉得它是出于胆怯,又不显得目空一切,而是挺招人喜爱。这是匹可爱的马。乌黑发亮的皮毛浸着汗水,闪闪

---

[1] 塞尔玛的爱称。

发光。它继续走着,马背上骑手的面目渐渐显露出来,变成一个身着骑装的女人,其华丽程度丝毫不亚于她的那匹坐骑。她坐在马背上,一条腿跷起来,搭在马鞍的鞍头,像那匹马一样悠闲地晃荡着,晃荡着,沉思默想着。

就这样,那个身影黑魆魆的女人骑在那匹黑马上面,在阳光映成白色的树木下面行进着。大路上面的尘土从马蹄下面飞扬起来,但还不及那女人的靴刺高。她坐得那么高,宛若飘浮在尘土的海洋里,神圣而缥缈。

"这位小姐很可爱,是吧,妈妈?"小姑娘那张嘴一本正经地、装腔作势地说。

她希望她说的是妈妈想说的话。她常常近乎谦卑地期望自己所做的事情是正确的。

但是艾米·帕克什么话也没说。她依然手搭凉棚站在那儿,就好像正默默地敞开心扉迎接那位骑手和她的坐骑,并且跟他们融为一体。就好像她也渴望自己的生命置于那同样舒缓、庄严的运动之中,在尘土之上自由地浮游。所以,她屏住呼吸。她那结实的喉咙因为这种努力而觉得堵得慌。她似乎是感觉到而不是看到骑手和她的坐骑走了过去。他们身上佩戴的金属玩意儿叮叮当当,在她的心底回荡。

那位奶油女郎就这样走了过去。她在为自己的某种处境而微笑;毫无疑问,她是这环境中的中心人物。这很使她高兴,因为她当然在那儿尝到了成功的滋味。当她这样飘然而过的时候,微笑依然在她那奶油般娇嫩的脸上荡漾。那生了锈的铁丝网做成的篱笆不断地向前延伸,延伸。枝叶蓬松的树干一晃而过。

小姑娘暗自思忖这个漂亮的陌生女郎会不会跟她们说话,妈妈却并不想这种事情。女郎的微笑从这个微不足道的女孩的头顶掠过,继续在她的唇边荡漾,连一眼都没瞥那位母亲,尽管她生了根似的站在那儿的样子也让人觉得有一种庄严感。那女郎就这样走过去了。她显然不愿意和别人建立没必要的,哪怕是瞬息即逝的关系。她飘然而过,举起象牙柄马鞭挥动着,在空中做出一个芭蕾的舞姿。那纤细得简直要断了似的腰肢随之而去。满头秀发放射出的青铜色的光泽已经融成一片模模糊糊的光。

"哦,她已经走了,妈妈。我们还站在这儿干啥?"小女孩抱怨道,"不知道她叫什么名字。"

后来,她们知道了她的名字。那是欧达乌德太太搞清楚的。

欧达乌德太太说,她还是个姑娘,或者更接近于少妇。不管怎么说,她已经不是个没见过世面的小闺女了。如果你愿意,那就算她是个少妇吧。她的名字叫马德琳。至于姓什么,就说不上了。不过这无关紧要,欧达乌德太太说,因为即使知道她的姓,你跟我也得不到什么好处。不管怎么说,这位马德琳像书上说的那样,是个出名的美人儿。她云游四方,参加各种赛马,那种轻松自在的比赛。看起来,请她的人有的是,特别是那种自在轻松的比赛。这位马德琳回过英国老家,也去过许多别的国家,到处兜售她的美貌。她本来应当嫁一位勋爵,倒不是没有做过努力,而是她不走运。人们都这么说。不过,她还没有死心。现在,按照弗里斯巴依太太的说法——弗里斯巴依太太是阿姆斯特朗家的厨娘,她的丈夫先前是个海员,一直出海未归——这也是主要的一点,现在似乎是小阿姆斯特朗在追求这位马德琳。他正竭尽全力想把她弄到手,送她礼物还有马匹。她呢,时冷时热,不过大多数时候是冷,因为她才不是傻瓜呢!看起来想娶这位马德琳的有钱人多得是。她只需说句话,其实大概早就说过了,装在黑丝绒盒子里面的钻石、刻着名字的象牙刷子就会送到她面前。不过这似乎只是她捎带着办的事情。她做事是经过深思熟虑的。对于大多数人,只有结婚戒指和法律才是最顶事儿的东西,这位马德琳怎么能例外呢?

说完这番话,这位女邻居像平常从帕克家门前经过那样,抖了抖缰绳走了。艾米·帕克依旧待在她的老地方。

这以后,她干什么都无精打采。她时常想起马德琳。她抹掉沾在手上的肥皂沫,连身体也变得懒洋洋的了。

直到孩子们要她准许他们干什么事儿时,不耐烦地大声喊:"行吗?妈妈!嗯,妈——妈!"

她的一双眼睛因为思想自由驰骋而显得漠然。她回答道:"行啊,当然行。为什么不行呢?"

他们很为她这种冷漠的殷勤而惊讶,轻手轻脚地、若有所思地走了出去,不再急着去做妈妈允许做的事情。而妈妈呢,一双眼睛像钻石一样闪闪发光,继续凝视着她内心深处的那个自我。

有一天,刚下过雨,她说他们应该到农场散散步,这是一种调节。至于跟什么调节,她自己也回答不上来。她戴了一顶旧帽子。那是顶棕黄色的帽子,相当难看。孩子们跟着她,为这次不合时宜的散步老大不高兴。他们跟着她,从湿淋淋的枯草中间走过去。农场里,所到之处都飘着一股雨水浇湿的青草和松脂的味道。微风轻轻地吹,把树叶吹得翻转过来,银光闪闪,更充满欢乐的气氛,这和煦之中蕴藏着一种焦躁不安和变化无常。这只是夏日更扎扎实实的灼热短暂的间歇。那湿润的轻风和碰到身上的冰冷的绿叶,勾起回忆,令人遐想,直到艾米·帕克好像已经飘然而起。孩子们意识到她的这种"升腾",变得热切而又有几分伤感。

"妈妈,"男孩说,"我能去爬树吗?"

他喜欢爬高,喜欢从一个树杈攀上另一个树杈,直到他自己就是那弯曲的树顶。现在,这种欲望非常迫切。去触摸那粗壮的树干,与之奋斗,直到终于征服它。

"你真的认为这对你会有什么好处吗?"母亲很吃力地问,就好像她一直在爬一座高山,尽管他们脚下这道山坡的坡度还很小,"上回你扯烂了裤子。你的两个膝盖上还都是伤疤呢!"

"啊,求求你,当然有好处,"他叹了一口气,紧紧地拉着她的手,就像一个什么动物贴在她的身上,"让我去吧。"

"我就不喜欢爬那些破树!"小姑娘说。

她摇晃着她那平直的、淡黄色的头发。

"你爬不了,"他说,"你软得像面条。你是个女孩。"

"我不是!"她喊着,扭歪了那张薄薄的小嘴。

"那你是啥?"他说,"也许是个小牛犊?"

"我要是个小牛犊,你就是头小公牛,"她叫道,"人们养小牛犊,可是宰小公牛。"

"不是都宰,"他说,"不宰最好的。"

"得了,去吧,去爬吧。"母亲说。

她慢悠悠地走着。一片金合欢树丛的边缘有一根圆木,她在那上面坐了下来,脊背靠着金合欢树黑魆魆的树干,手里摆弄着枯草的草梗。小姑娘朝野兔的洞穴张望着,她采了一大把花,又扔到地上,捡起一块很有趣的石头。她不耐烦了,想回家。

"我们为啥非要待在这个破地方呢?"她问。

艾米·帕克自己也不知道为什么。除了在这儿她可以变得心平气静,可以使自己的想象力自由驰骋,不像待在家里遐想时总有一种负疚之感。

"还不走吗?"塞尔玛说。

"马上就走。"妈妈说。

她在心里想,如果有一位勋爵骑马上前,她是否就能拒绝他的求爱。想象中,她穿着一件她从来没有过的紫红色的礼服。她会说些什么话,心里还没谱,但是她已经感觉到、已经明白该说些什么了。至于那位勋爵,靴子擦得锃亮,走到那块草地上,咧着厚嘴唇朝她微笑。那天,当她走上杂货铺的台阶时,她曾经感受到这张嘴里吐出来的热气。勋爵也许会赐给她几个孩子,还会赐给她宝石。勋爵的相貌永远无可抗拒地和小阿姆斯特朗相似。她打了一个寒战,认出勋爵手腕上长着和他手上一样的黑毛。不过他那双眼睛有一种与情欲无关的柔情,一种关爱。这种关爱与柔情又像是她丈夫眼睛里的那种表情。

于是,她靠着结实的树干,挺直了腰。

"怎么还不走呢?"塞尔玛问。

她走过来,站在那儿。这才是他们的孩子。

"好了,这就走,"艾米·帕克说,"雷呢?去告诉他,该走了。"

这周围因为有那幢房子、房子周围的树木、后来又盖起的一间间棚屋,以及他们的脚踩出来的条条小路,便给人一种真实和永恒的感觉。在这个现实的中心是她的丈夫,当她沿着从他们那幢房子"辐射"出来的条条小路中的某一条走过来的时候,她的丈夫甚至连眼皮都不抬。因为他知道她总要回来的。她是他的妻子。或者有时候,他也会抬起头瞥上一眼,但她却总也说不出,他到底看见了什么。他不会让她瞒过他的一双眼睛就闯入他的心扉,甚至在他表现出最大的关爱和亲密的时候,甚至当她把他抱在怀里、让他贴在她身上的时候。

"雷!"塞尔玛在树木间焦急地边跑边喊,"我们要走了!雷!你在哪儿呢?"

这时,他已经牢牢地抓着树枝,爬得很高了。任何一点皮肉之苦都驱使他向上猛爬。他轻蔑地朝一个废弃了的鸟巢望去。如果那里面有蛋、有鸟,他一定会劫掠一空。但是因为空空如也,他便从树杈上把它弄下来,扔到树下。他继续爬着,上下攀缘。他冷眼瞅着一只油光水滑的小喜鹊。如果有办法,他总会把它弄死的。他已经爬到了树顶。凉爽的风吹拂着,血都涌到了脸上。他觉得腿窝里直冒汗。他正随着树枝摇晃。他这样得意扬扬地悬在半空中的时候,是个挺漂亮的小男孩。置身于天地之间,他平添了几分天真和无邪。他神情恍惚地眺望着,目光掠过树海起伏翻滚的波涛,暂时感到一种满足。

"雷!"塞尔玛喊道。她已经发现扔在地上的那个用发了霉的枯草和令人作呕的、乱七八糟的羽毛筑成的鸟巢,抬起头,看见了哥哥。"我要去告诉妈妈。你不能爬那么高。快下来,我们要回去了!"

但是雷继续眺望着,也许听见了她的声音,也许压根儿就没听见。他们住的那所房子现在看起来更像一个玩具小屋。从理论上讲,那一条条大路比起脚下的尘土和石头,更合乎人们的口味。那节奏缓慢的、容易让人忘却的生活情景随处可见。奶牛在小溪边漫步,那条紧靠他们这块土地迤逦而来的小路上,有一个黑魆魆的骑马人。

"我们等你呢!"塞尔玛在一阵骤起的狂风中叫喊着。

"好了,"他喃喃着,"我这就下来。"

仅仅是因为看够了,他才说这话。

"你都看见什么了,雷?"妈妈等他们走到她跟前时,这样问。

"什么都看见了。"他说。

他的声音由于他刚才的成就而变得重浊起来。

"家、牧场、奶牛,"他说,"还有沿着这条小路过来的一个骑马人。"

"我想知道,"母亲说,"是谁呢? 也许是皮博迪先生。"

她说出来的话像那枯黄的草毫无生气。

"不是,"男孩说。"是个小姐。"

"啊,"母亲说,"你能肯定吗?"

"能呀,我能看出来。可以看见她身上穿的裙子。"

听到这里,艾米·帕克心里便明白,她得从原路岔开一点儿,穿过这片金合欢树,来到那条沿着他们这块土地的小路。于是,她带着孩子们加快了脚步。她不知道该说什么,该做什么,只是站在篱笆旁边,让心灵禁锢在有点邋遢的外表之内,看那个黑魆魆的骑马人渐渐走过来。因为别无选择。现在艾米明白,她是为了马德琳才来这儿的。

"也许是我们上次见过的那位小姐。"塞尔玛说。

"快走几步吧,亲爱的。"艾米·帕克说。

塞尔玛开始抱怨起来,因为她觉得妈妈太不公平了。

不过这时候他们已经走到那条从金合欢树中间穿过的小路。路两边的树木稠密、挺拔、黑压压的。因此,不管什么东西在这段路上一出现,立刻就那么引人注目。马德琳骑着那匹油光水滑的马正从这里经过。

"看见了吗?"雷说,"我跟你们说过,我能看出她穿着裙子嘛!"

除此而外,他对什么都不感兴趣,那只不过是一个骑马的女人罢了。

这天,马德琳那匹马不那么趾高气扬了。这样一来,它反倒更像匹马了。也许他们已经走了挺远的路,它的腿甚至有点儿瘸,走过来的时候,步子不稳,不大好看。它在路面上的一个坑洼绊了一下,蹄踝的关节看起来没劲儿。但它还是一匹好马,艾米·帕克在心里坚持这么认为。那匹马慢慢地走了过来,甩了甩额上的鬃毛,露出一双眼睛的眼白。她看得见它那汗津津的肩胛上的血管以及骨骼在肌肉里面的运动。她离那匹马那么近,以至于可以准确地体味到摸上去会是一种什么样的感觉。

但她还必须看看那位骑手,现在不,等一会儿,一小会儿。在马儿失蹄的时候,她一定要看一看。她的心折磨着她。

艾米·帕克抬起头看那位骑手。在内心深处,她已经跟她很熟悉了,但是在她面前,她还是无法掩盖自己的羞怯,甚至她那种滑稽可笑。在那令人窒息的瞬息之间,她瞥了马德琳一眼。今天这位骑手脸上没有笑容。她看起来很疲惫,或者有点头痛,或者陷入了什么人事关系的纠纷。那张奶油般娇嫩的脸上,嘴唇比先前薄了,好像正咬着什么东西。她的一双眼睛压根儿就没有注意到这段细长的小路。大概只皱了皱眉头瞥了那么一眼,同时扯了扯缰绳。她骑着马继续向前走着。那位壮实的女人跟她的两个孩子依旧站在树木之中。他们之间没有任何交流,也没有理由为什么非要交流。

"她为什么骑着马这样到处转悠呢?"塞尔玛问。他们正从那块长满青草的土地上走过去。

"我也不知道,我想总是有什么事干吧。"艾米·帕克说。

"她就不能做点儿别的事情吗?她不能去逛商店,买东西吗?"

"她养没养条狗呢?"雷说,"我要是她,就养几只雪貂。"

"她是一位小姐,"塞尔玛嘘嘘地说,"一位小姐要雪貂干吗?"

"当小姐有什么好呢?"雷说。

他开始用他揪下来的一根金合欢树的树枝抽妹妹的小腿肚子。

"啊,你敢再打!"她哭喊着,"妈妈,你不管他?"

"你们俩都是没事找事。雷!"母亲说,"让我们安静一会儿。不要问三问四。我不认识这位小姐,所以,我也回答不了你们的问题。"

她希望这样便可以结束这一切。

可是当她直挺挺地躺在床上的时候,又想起了马德琳。她们仿佛一起骑着马,穿过黑色的风,朦胧的睡意从她们的帽檐下面涌流出来。她们交谈埋藏在心底的秘密。"我从来没有什么秘密,"艾米·帕克喃喃着,"没有什么了不起的秘密事儿,也没有和任何人有过什么隐私。""这儿,"马德琳说,"就有一样秘密。"艾米·帕克张开一只手,手心里有一块玻璃,或者说是一块挺大的钻石。从她喉咙里面飘逸而出的乱七八糟的鸟的叫声淹没了她的话。马德琳大笑。

她们并辔而行,马镫与马镫铁环相扣,甚至连叮当声也不再发出。

"怎么了?"斯坦·帕克问道。

"我做了一个梦,"妻子叹了一口气说,"真可笑,梦见一匹马。"

他清了清喉咙又睡着了。

她静静地躺着,心里希望,如果慢慢进入梦乡,兴许能接着做这个恬静而美好的梦。可是马儿早已奔驰而去。早晨醒来之后,她觉得这个梦即使算不上荒唐,也够可笑的了。她把发针插进头发里面,做成一个亮光闪闪的小面包状的发卷。这些天来,她一直在梦中和那个穿黑衣裳的骑手相见,却无法言传她是多么希望为她分担某种危险。如果她们真诚相见,大概可以表达这种心情的。但她们是不可能相见的。她们的生活有天壤之别。她放下手里的刷子——刷子上的毛已经磨得挺短了——走出去提那几个水桶。

第十章

大约这个时候,艾米·帕克收到她的邻居欧达乌德太太捎来的一个字条。这个条子是一个名叫珀尔·布莱特的小姑娘送来的。她的爸爸在公路上工作。

欧达乌德太太在一张纸上写道:

亲爱的帕克太太:

我碰到点麻烦事儿,如能见到一位朋友,将万分高兴。

你的真诚的朋友

K·欧达乌德(太太)

星期二早晨

"谢谢你,珀尔。"帕克太太对那个小姑娘说。她还站在那儿,一边用手指挖鼻孔,一边在尘土中跺她那双结实的脚,驱赶落在她脚踝上的苍蝇。"我马上就去。"

然后珀尔跑走了。她走的时候揪下一朵雏菊,撕扯着花瓣玩儿。

艾米·帕克又稍微收拾了一下,戴上帽子就准备出发了。她捉住那匹正在一棵柳树下面甩着尾巴的母马,拉出那辆二手轻便马车——到这个时候,那车已经挺破旧了,不过还看得出它也有过"黄金时代"。然后,她想去找丈夫,可是又没这样做。我什么也不说,她心里说,免得惹他生气。现在她确实准备好了。

不少人家已经沿着这条曾经一度为他们所专有的大路定居下来。因此,欧达乌德家实际上不再是他们的邻居了。只不过在历史上和感情上还保留着这样一个概念罢了。帕克太太一路颠簸、驱车而过的时候,有的人向她点头致意,但是有的人认为她想打探他们的什么事情,便皱起了眉头。实际上,她在想她的邻居和朋友,想大路两边的丛林地还未开垦时她们在这条路上度过的时光。但是人们并不知道这一点。一道道篱笆使土地归他们所有,他们不喜欢陌生的面孔闯入他们的生活。因为这时有些人还不认识帕克太太。她继续赶着马车,穿过那些她已经不再享有所有权的风光和景物。

丛林已经敞开胸怀。有个男人正在耕耘橘子树之间赭色的土地。一座灰颜色的棚屋外面,一个老头坐在他的蜀葵旁边。孩子们从那仿佛要胀破了似的农家院落的门洞里蜂拥而出。晾晒的衣物在风中飘舞。这个早晨,在去欧达乌德家的这两英里的路上,充满了艾米·帕克以前并没有看到过的欢乐。色彩斑斓的鸟儿从天空倏地飞下来,然后又直冲云霄。那些过去只有斧子在寂静中砍伐木头的声音的地方,现在可以听到阵阵人声,那时候你的心会因为砍木头的声音陪伴而跳动得更快。总而言之,人已经来到这里,如果不是爱尔兰人,就是别的民族。铁丝网穿过丛林,围起一块块土地。麻袋和马口铁器皿都派上了用场。夜晚,人们围坐在一起,男人们敞开衬衫的领口,露出胸脯上的汗毛;女人们穿着肥大舒适的罩衫。作为一种安慰,他们喝着弄到手的任何饮料。倘若有时候那是煤油,哦,大概也会一饮而尽。孩子们越来越多,铁床也得随之增加。

帕克太太赶着的那匹老母马,沿着这条叫人快活的路缓步前进。但是在轻轻松松走完最后那截路，下欧达乌德家门前那道坡的时候，它的蹄子开始变得吃力了。帕克太太上了车闸，车轮在铺路石上磨得吱吱直响。艾米·帕克想起今天早晨，是因为碰到一件麻烦事才把她带到欧达乌德太太这儿来的。她舔了舔红润润的嘴唇，心里想：她是遇到什么麻烦了呢？她真想继续在这条路上走下去，现在却"急转直下"，突然结束了。

还没到欧达乌德家的地之前，那一大片土地都很贫瘠。而他们的地也并不肥沃。不过一开始就在这儿安营扎寨，现在已经习惯了。他们被这块土地控制着，这土地是他们的。现在，赶着车走这段下坡路的时候，帕克太太觉得这周围的村野一片荒凉。这地方所有的树木都长出一副拼命挣扎的样子，有的明显地扭曲了，有的布满了黑色的、毛乎乎的节瘤，或者长着阴沉沉的、灰色的球果。这一带丛林里传出昆虫因为天热而发出的单调的叫声。谁也不需要这块土地。人们往这儿倒垃圾。破罐头盒闪着微光，死牲畜的肋骨也扔在这儿。

帕克太太的情绪因此而变得低落了。尽管她是个相当年轻、相当结实的女人，而且还有些经验，但她开始觉得在内心深处是那样虚弱。她还从来没有临近过死亡，不清楚自己是否能应付得了——假如欧达乌德家的死神对她招手的话。尽管没有理由做这种设想。于是她打消这种种念头，开始去想她那两个正在成长的孩子，想她健壮的丈夫，并且劝告自己要相信自己的力量。渐渐地，这种自我安慰还确实起了作用。她赶着车，拐了个弯，从先前曾经是大门的地方进去。她那年轻健壮的肩膀和马车一起晃荡着，甩掉了所有那些疑虑。有时候她也能表现得气宇轩昂，眼下就是这样。阳光下，她那浓重的黑眉毛也闪着乌亮的光。

就这样，艾米·帕克把车赶到欧达乌德家门口。如果说这儿没有死了人的迹象，至少也没有多少活气儿。有两只尾巴上生着花斑的褐色的鸭子在稀泥塘里摇摇晃晃地走着,还不时把脑袋伸进去浸一浸。一口红毛母猪在地上躺着,露出它那仿佛是皮革做成的乳头。木兰树下,一根铁丝上面挂着一个存放肉的铁纱罩。那纱罩慢悠悠地晃荡着,转着圈。屋子里和先前一样,七倒八歪,侧面窗户上的那个窟窿还塞着一只麻袋。

艾米·帕克用链条锁好车,四处张望着找人,终于门缝里露出朋友那张脸,看起来似乎必须马上对一切做一番解释。

"请原谅。"欧达乌德太太说。她熟练地运用着她那湿润润的假牙床,好把字尽可能清楚地吐出来。她推着那扇不听调动的门,让她的朋友帕克太太挤了进去。"你一定要原谅我,"她说,"我写纸条请你来,亲爱的,是为了显得正式一些。那阵子我倒确实想到这一点了。可是那小家伙虽然四肢发达,记忆力可是太差了。我怕她记不住我的话,就只好用笔在纸上写字了。现在你来了,我真高兴。"

她手里拿着一块擦碟子擦碗的布。那块布黑乎乎的,散发出一股它一直泡在里头的刷碗水,也许是黑乎乎的泔水的味道。

"是的,我来了。"艾米·帕克说。她觉得简直有点儿透不过气来。

也许是那屋子太令人窒息了。

她们站在一间乱七八糟的厨房,或者杂物间,或者牛奶房,或者储藏室里。看起来,欧达乌德家大部分东西都堆在这里面。早晨挤牛奶用过的桶还没有刷洗。早晨挤的牛奶里漂着几只死苍蝇。绳子上面挂着几件褪了色的旧衬衫和女式无袖衬衫——也许已经是破布条了。那衣服干燥而僵硬,在头顶上晃来晃去,就像拉锯一样,不时拉住人们的头发。在这间黑洞洞的小屋里,你的脖子在欧达乌德还没来得及扔出去的酒瓶子中间冲来撞去。一张松木桌上放着个打老鼠的夹子,夹子上面作为"钓饵",挂着一块黄色的奶酪。旁边一个挺大的白盘子上面放着一块干羊肉。这里面堆着的每一样东西看起来都是随手放在能找得到的空地方的。与"整洁"当然挂不上钩。

"你看,这儿不怎么干净。可是你有啥法子呢?"欧达乌德太太说。她斜睨着帕克太太,用手里的抹布打一只苍蝇,又从那块干羊肉上撕下一小片来。

"这么说,你没生什么毛病?"帕克太太问她的朋友。

"我为什么要生病呢?从来都不是我的身体给我带来麻烦,帕克太太。这事要复杂得多。"

她从牙床中间吸着空气,就好像那儿还长着牙齿,瞅着那个几乎被蜘蛛网封住了的小窗。

帕克太太就这么等待着,等着她的朋友告诉她这件令人感兴趣的事,或者是叫人害怕的事,或者是令人悲哀的事。

"是他,"她终于说,"是那个杂种。他又喝上了。"

"他什么时候断过酒?"帕克太太问,她已经开始耗时间了。

"确实没断过。不过有时候,他会醉得一塌糊涂。这回就是,而且是闹得最凶的一次。"欧达乌德太太说。

"我能帮你什么忙呢?"帕克太太问。

"啊,跟他讲道理,亲爱的。以一个女人、一个母亲、一个邻居、一个老朋友的身份哄一哄他。"

"你都哄不住,我怎么能哄得了他呢?"

帕克太太可不喜欢干这种差事。待在这间小屋里,她精神饱满,脸涨得通红。

"我不明白。"帕克太太说。

"啊,"欧达乌德太太说,"我只是他的妻子,其实也不完全是。朋友就不同了。因为他总不至于因为你苦口婆心地劝他,就给你脸上来一拳,或者踢你的肚子。跟他讲道理就行了。你是这么好的一个人,眨眼之间就能把他劝得哭哭啼啼,后悔得泪流满面呢!然后就完事了。你会看到的,我说的不错。"

"他在哪儿呢?"帕克太太问。

"在后边的走廊里呢!坐在那儿抱着他的猎枪和一瓶科隆白兰地。酒,我们就剩那点儿了;枪,他只是从我这儿拿去摆样子呢。帕克太太,我敢保证,我知道他那个德行。"

"我想,"帕克太太说,她可一点儿也不想参与这桩事情,"我想,最好让他把那瓶科隆白兰地喝完算了。你不是说这是最后一瓶了吗?喝完他就睡觉去了。依我看,这样解决更自然些。"

"哈哈!"欧达乌德太太大笑着说,"在这家伙身上没有什么自然不自然的。如果由着他的性子来,只要有一口气,他就会进城买着喝的。不,帕克太太,我们必须呼吁的是他的良心。你是不会抛弃一位老朋友的。"

这当儿,屋子里一片寂静。你简直不会想到这里面会有什么情况,而且是个很棘手的情况。小屋的四壁全是用圆木的表皮板钉成的。他们在上面糊了一层报纸。看不见报纸的地方便是苍蝇。艾米·帕克先前一直没有特别注意到那上面印着什么可读的东西,现在开始慢慢地认出那上面的字了:一位牧场主的一生,他被一头公牛撞了之后死了。

然后,那双脚开始动弹起来了。木头地板上传来靴子拖拖拉拉的声音。她想起欧达乌德长着一双大脚。

"嘘!"他的妻子把嘴藏在手后面说,为了应付外人,那手上戴着一个挺宽的结婚戒指。"是他!他下来了。是好是坏,咱们还得走着瞧。不过有时候我想,他坐在那儿要更好一点。"

那双脚毫无目的地移动着,走了过来,在木头地板上蹒跚着,地板踩得吱吱咯咯响。房子在呻吟。一个大块头男人的身躯,跌跌撞撞,穿过那几个房间。

"我想,我们也得挪动挪动了。"欧达乌德太太说,"来,亲爱的,从这儿走。"

艾米·帕克感觉得出朋友手上肌肉的纹理。

"如果他要制造什么危机,"欧达乌德太太说,"我们最好选择一条逃路。这条路我是前一回发现的。从那以后再也没有忘记。"

于是她们曲里拐弯地穿过厨房,厨房里散发着凉了的肥肉和炉灰散发出来的味道。她们跑进一个窄小的过道。这个过道当然很不结实,不过有好几个出口。周围一片寂静,只有她们在那里屏声敛息地静听。欧达乌德太太站在那儿,一只手指支着右耳的耳垂。

突然,他从一扇显然是硬纸板做成的门"破门而入"。那整座房子就好像都是硬纸板做的。那扇门来回拍打着。欧达乌德的样子很可怕。他的嘴湿乎乎的,鼻孔里的毛黑森森的。

"啊,"他叫喊着,"两个!"

"我真奇怪,"他的妻子说,"你怎么就没多瞧见几个。"

"为什么?"欧达乌德吼叫着,"两个轻薄女人还不够吗?"

他站在那儿,十分专横,手里拿着一支式样古怪的枪。艾米·帕克希望那枪千万别走火。

"欧达乌德先生,"她说,"你认不出我吗?"

"是呀,"他的妻子说,"这是我们的老朋友帕克太太。为了以往的情谊,她看我们来了。"

"狗屁!"欧达乌德说,"好一对轻薄货,就要死人了。"

"跟一位太太这么说话,可真是太有教养了!"欧达乌德太太不满地说。

"我是没教养。"她的丈夫直截了当地说。

面对这个事实,他皱起了眉头,就好像他不能看得太长久,也不能看得太仔细。那是一块需要仔细观察的、漂亮的鹅卵石。

然后,他举起枪放了一枪。

"上帝救救我们!"他的妻子尖声叫喊着,揪扯着已经一绺一绺披散在耳朵四周的头发。"我们的日子过到了这般田地,在自己家里放枪!还是基督教徒呢!"

"打着你了吗?"艾米·帕克问。她感觉到了气流的冲击。

"我不能保证一点儿都没打着,"欧达乌德太太哭喊着,"可我吓了一大跳。这个黑心肝的家伙!你这个魔鬼!你要杀了我们吗?"

"你以为我这么仔细瞄准是干啥?该死的女人!"

他又举起了手中的枪。

"快!"欧达乌德太太说,"帕克太太,我们必须赶快逃命了。"

这个窄小、昏暗的过道里,弥漫着刺鼻的火药和烧热了的枪油的味道。两个女人慌作一团,跑过来跑过去,撞着墙壁,选择一个可以逃命的出口。在这场混乱中,艾米·帕克和她的朋友失散了。她发现自己钻进了那个最好的房间,怀着一种希望,用插销把门销上。她不知道朋友逃到哪儿去了,只知道她在这同一场走马灯式的奔跑和裙子的旋转中逃走了。

"这事要没个结果,让我天打五雷轰!"欧达乌德又咆哮起来。

他大概一直在门那边砸他的枪。他拍打着衣服口袋,像着了火似的。

"打光了,"他怒吼着,"我要拧住她那讨厌的脖颈把她揪出来。"

一扇门被砸烂了,房子摇晃了一下,又安定下来。他们似乎进入了这场混战的新阶段。那是激战前的宁静,或者是被颠倒了的疯狂。艾米·帕克占据的那个房间是欧达乌德家最好的一间屋子,因此还一直没有人住过。此刻,这屋子里面甚至连鬼魂也以为这场混乱不会再起波澜了。印着玫瑰花的糊墙纸很巧妙地把每一个可能透风漏气的缝隙都严严实实地糊住了。结果生命好像在这里停滞了。窗台上落满了昆虫的翅膀、躯壳,以及变白了的蜘蛛腿。这位贸然闯进来的"入侵者"已经吓呆了,又被置于这幅由更大的木乃伊组成的景物之中:沙发扶手里面填的鬃毛乱蓬蓬地扎了出来,壁炉台上还放着一只挺长的猫——那是欧达乌德给妻子填起来的,她一直很喜欢这个玩意儿。

艾米·帕克费了好大气力才把目光从那只悲悲戚戚的猫上移开,透过窗玻璃上的尘土,看见她的邻居像一只猫,把身子紧贴在一间棚屋的拐角站着,两只耳朵像压平了似的朝后竖着,一双呆滞的眼睛里充满了一种在危急之中自我保护的希望。艾米·帕克想告诉她的朋友,用不着再怕那支枪了,但是推不开那扇窗户。在这死一样寂静的小屋里,在玻璃窗上敲会发出可怕的响声。所有可能吸引欧达乌德太太注意力的企图最终都归于失败。因此欧达乌德太太只好继续伸长脖子趴在那儿,就好像死神随时都会从她想象不出来的哪个方向到来,尽管她绞尽了脑汁。

当艾米·帕克设法从给她以保护的这间小屋可怕的禁锢中挣脱出来的时候,欧达乌德已经绕到这幢房子的一个拐角,手里拿着一把屠夫用的那种切肉刀,就像拿着一面小旗。

这一回,帕克太太脸贴着窗玻璃,可真的喊不出声儿了。

她看见欧达乌德太太越发使劲儿把身子贴在棚屋的墙上,喉咙上面的软骨蠕动着。她还没绕过那个墙角,欧达乌德已经挥舞着他那面"小旗"跑了过去。

艾米·帕克自由了。她冲出去,跑着。倒不是因为勇敢,而是因为她的生命之线已经拴在使得欧达乌德夫妇绕着这所房子旋转的那同一个线轴上了。因此,艾米·帕克也跑了起来。她跑下摇摇晃晃的台阶,撞在那株倒挂金钟上。倒挂金钟在她跑过去的时候,小铃铛似的花儿摇动着。她就这么绕着那座房子跑着。那房子已经变成他们继续生存下去的中枢了。没有这个中枢,他们就都完了。

他们跑呀跑呀,磕磕绊绊,东倒西歪。那是因为喝多了酒,或者因为踩在房子那边滑溜溜的松针上面,要么就是被房子这边的石头和坑洼绊了一下,或者仅仅是谁脚上的鸡眼猛然刺痛了一下,额外增加了一层麻烦。但他们还是跑着。这可真是一桩豁出命的差事。屋里杂七杂八的东西,透过窗户和门,在他们眼前一闪而过。他们就在那小盒子似的房间里过简直是发了霉的日子。哦,那儿扔着一块面包,那是女人早晨歪歪扭扭切下来的。男人那条裤子脱下来就不管了,就让它黑乎乎地揉成一团扔在那儿。简直叫人眼花缭乱。那只没有光泽的猫在上了亮光漆的座子上,摆在壁炉台上。艾米·帕克虽然跑得上气不接下气,却记起这只猫名叫蒂博。

我们这要跑个什么结果呢?她在心里问自己。到这时,死神似乎已经很难再追上她们了。欧达乌德摇摇晃晃,脊背一起一伏。她不止一次感到纳闷,如果她跑得再快一点,追上欧达乌德该怎么办呢?不过欧达乌德的脊背在拐下一个墙角的时候又出现了,而且总是这样。

有几回,紧张的气氛中,她跟自己赌咒发誓,分明听见男人用刀砍掉了妻子的脑袋。她听过那种砰然落地的声音。以前在什么地方,她好像也见过这种场面。白色的气管在尘土中气喘吁吁地说出几句表示原谅的话。她在心里说:警察到来之前,我们得把这尸首处理一下。

但是这当儿,她还在那群鸡鸭的簇拥下奔跑着。这些鸡鸭被这乱砍乱杀的情景打扰了,瘦长的脖子向前伸着。在这场全体出动的比赛中,它们竭尽全力了。一口猪也在拼命奔跑。那口红毛母猪也参加了这场比赛。它的奶头撞击着肋骨,一边哼哼唧唧地奔跑,一边放屁。那样子好像高兴,又好像害怕。总之,很难说清到底怎么回事儿。后来,那些家禽沿着一条"切线"飞了出去。可是那口母猪继续奔跑,像是忠于主人似的。

人就是像这样绕着圈子跑啊,跑啊,直到什么时候他跑到离这儿挺远的山野之中,在那儿受上一番煎熬:有时候骨碌碌地翻着眼珠,有时候从他那双目光呆滞的眼睛深处,悲哀地瞥一眼他已经失掉的那个安谧、恬静的世界。艾米·帕克奔跑着,几乎累趴下,仿佛看见丈夫和两个孩子正坐在厨房的餐桌旁边,喝着白茶杯里面的茶,吃着星期二做的糕饼,黄色的渣从他们的嘴角落下来。她真想大哭一场。事实上,她已经开始哭了。她哭着,不再是为她的朋友,而是为她自己。

"帕克太太。"欧达乌德太太上气不接下气地说。

帕克太太回转头,看见是欧达乌德太太。她已经尽了最大的努力,总算设法追了上来。她那张脸除了一张嘴、两只眼,沾满了灰尘。

"现在我们该怎么办?"帕克太太气喘吁吁地问。

因为她们还在绕着房子跑啊跑啊,有时跑在前头,要么就是跟在欧达乌德后面。

"向上帝祈祷吧。"欧达乌德太太嘶嘶地说。

这两个女人真的祈祷起来了,尽管祈祷得马马虎虎。她们希望重新跟某位没能把友谊维系下去的熟人言归于好,甚至暗示,她们是被遗忘了、被疏忽了。她们就这样边跑边祈祷。

在靠近大贮水罐的那个墙角,她们非常突然地和欧达乌德撞上了。他朝反方向跑,这可真是个绝妙的主意。他浑身冒汗,满脸阴郁,手里拿着那把刀。

"啊——"他的妻子哭喊着,"你终于要下毒手了!我准备好了,你想怎么处置就怎么处置吧。我可是从来都顺着你的。我在这儿等着呢!"

她一动不动地站在那儿,头发乱成一团,累得只剩下一口气。她在胸脯外面、罩衫上头,挂着几块用以防身的、神圣的金属徽章,相互碰撞着。

"上帝救救我吧,"她说,"我这个人不坏,当然也不怎么好。快砍吧,让我们见个分晓。"

欧达乌德比以往任何时候都显得高大,酒精更以无法遏止的火焰烧得他满脸通红。现在却开始颤抖起来,他那面"小旗"——手里拿着的那把刀——也上下抖动着。

"啊,"他哭喊着,"是魔鬼钻到我脑子里头了。还有科隆白兰地。"

他哭喊着,表示着心中的愤懑,直到因为日晒和奔跑而变薄了的嘴唇又重新变得丰满起来。

"是我的性格把我搞成这个德行,"他哭着,"发了疯似的上蹿下跳,并不是我真有什么坏的地方——即使我没什么好。我是个中不溜儿的人。只是一喝了酒,就有点不是我自己了。不过,不管怎么说,我也不会做出什么坏事来。这一点我还是相当有把握的。"

"那么,现在我们明白了。"他的妻子说。她已经在刚才站着的地方坐了下来。坐在一堆枯草、落叶和泥土上面。"没费多少周折,事情就全清楚了。我们总算没死,还好好地活着。这是最主要的。谢谢你了,亲爱的,总算把这桩事做了一番解释。"

"是的,"他说,擦了擦鼻子,鼻涕流得到处都是,"现在一切都过去了。如果你不介意的话,帕克太太,我得去打个盹儿。这对我会有点儿好处。刚才,我简直不是我自己了。"

欧达乌德太太坐在那儿,揪扯着枯黄的草。她的朋友在她身边站着,仿佛变成了一座塑像。欧达乌德小心翼翼地从院子里面走过去。他踏着步子,以免再搅动那已经归于沉寂的感情的大波。他手里还拿着那把刀,就像拿着面旗。现在这"旗"既然已经不再有用处了,他便把它"卷"起来,放到了什么地方。然后,他走进那间屋子,在门楣上碰了一下脑门儿。他喊出声来,因为他觉得他不该挨这么一下。

欧达乌德太太开始哼一支什么曲子。她揪扯着那枯草,发出窸窸窣窣的声音。一绺头发耷拉下来。

"你会离开他吗?"帕克太太问。

欧达乌德太太继续哼哼着。

"要我可受不了这个。谁这么胡闹也不行,丈夫也不行。"帕克太太说,动了动她那像石头一样僵硬的四肢。

"可是我喜欢他。"欧达乌德太太说,把枯草扔在一边。"我们俩挺相配的。"她说。

她开始摆弄她那两条压在身下的腿。这两条腿仿佛是用熔化了的铁水浇铸的,已经开始凝固成永远不变的形状了。

"哦,"她说,"尽管这样,如果是我的手里攥着那把斧子,大概会把他杀了。其实呢,我们不过是绕着那房子跑着玩呢。"

这时,艾米·帕克已经去打开她那辆轻便马车车轮上的锁链了。车辕里,那匹老马站在那儿张望着。她的朋友已经转身回屋,在生活可以变化而成的长久的恍惚中,绾起头发。

"噢,帕克太太,"她从一扇窗户探出脑袋说,"我忘了,你要一块好奶酪吗?是我亲手做的。做得很到火候,棒极了。"

艾米·帕克摇了摇头。那匹老马拉起车来。她们走着,穿过那些树木和所有那些没发生过的事情的一片恍惚。

第十一章

斯坦·帕克有时候简直认不出他的妻子了。他觉得他仿佛是第一次看见她。他瞧着她,在心里思忖,这是另外一个艾米,就好像有几个艾米似的。她确实是几个艾米,只不过取决于从哪一场梦幻浮现出来罢了。有时候,她是美丽的。

或者他们又在某种静默中相互凝视着。此时她心里感到纳闷,不明白她都给予了些什么。但是正如她从来就不尊重也从来就不接受他的那种莫测高深一样,他却一直尊重并且接受她的神秘和奥妙。由于这样胡思乱想,她就要生气,就要嗓门很大。她使劲儿把那块擦碗布拧干,没好气地挂在钩子上面,把水从手上甩掉。逢着这样的时候,他也会觉得是跟她初次见面,暗自惊讶她居然那么爱生气,那么丑,而且由于辛劳,她那张皮肤粗糙的脸显得十分憔悴。是的,她丑,还爱发脾气,他在心里说,似乎不曾触摸过她那叫人不快的皮肤。

但是等到傍晚,喂完了孩子,烫洗了奶桶,在架子上面摆好碟子之后,到花园散步的时候,她似乎又恢复了本来面目。每逢这时,他喜欢沿着那条小路,跟她"偶然"相遇,和她一起徘徊,或者笨手笨脚地挽起她的胳膊,在她身边溜达。一开始也很有点不自在,直到那脉脉温情以及她的默许使他们融为一体。

于是，夜幕降落之前，他们就在夏日花草相当繁茂的花园里游荡。花园中的各种植物从尘雾中抬起头来，蝉放开嗓门鸣叫着。

"啊，"她会惊呼，"是那老东西！"

她随即从他的臂弯中抽出身来，弯腰拔起一株他们叫作"流浪的犹太人"的植物或杂草。她并不相信这样的举动有什么用处，那似乎只是她非做不可的一个习惯性动作。然后，她直起腰，把刚拔起的那根淡绿色的小草随手扔掉，好像她已经把它全然忘掉了。

他们就这样在暮色笼罩的花园里溜达着。

有一次他说："皮博迪明天来看南希的犊子。我想他准备买它。"

"什么？买那个可怜的牛犊！"她说道，"我不想卖南希的犊子。"

"我们的牛太多了。"他说。

"可怜的莫尔，"她说，"它会烦躁不安的。"

她从一株夹竹桃旁边走过，伸手摘下一片细长的叶子。她只是为了说点儿什么才说话的。因为她心里明白，要发生的事都是非发生不可的。她又顺手扔掉那片细长的叶子。

"它会烦躁不安的，"她说，"今天晚上塞尔玛一直在哭。她手指甲下面扎了一根刺。我给她挑出来了，可她还是闹。"

她想着她那个面色苍白的孩子。现在，在愈来愈浓的夜色中，她已经进入梦乡。对于她，艾米似乎除了挑挑刺，再也不能做什么了。

"她要是永远不出比扎根刺更糟的事儿就好了。"他说。

因为他也是为了说点儿什么才说这话的。他们待在一起就足够了，可是有种负疚之情使得他们用这种密码式的语言掩盖心灵深处的富足。她那张脸呈现出奶油般的颜色，张开每一个毛孔汲取渐渐消失的太阳的余晖。他那张长条脸则像一把斧头，砍击着茫茫夜色。现在他们面对面相互凝望着，沉浸在这个时刻的神秘之中。但是他们非说点儿什么不可。他们谈论他们那个弱不禁风的女儿塞尔玛。现在她的毛病已经发展成哮喘了。后来他又开始谈奶牛。他说南希的犊子使他想起有一头母牛曾经生下一头有两个脑袋的小公牛。

她嘟哝着表示反对。花儿和丈夫一起融进柔和的夜色之中。她不愿意让此刻这令人昏昏欲睡的宁静被破坏。

"你光知道奶牛,"她说,"你就不能想想你的孩子们吗?"

"我能为他们做什么呢?"他笑着说。

不过,他那张脸很快便镇静下来。他又陷入一种疑虑——正是她,在他们共同创造了这两个孩子之后,又把他们弄到他可望而不可即的地步。不过,现在,在渐渐消失在夜色中的花园里散步的时候,孩子们已经进入梦乡的时候,这似乎无关紧要了。

她开始往他跟前凑,从他身上感觉到了她无法赞同的某种思想。黑暗和他们一起移动,灌木丛柔和的树影跟他们擦肩而过,一朵朵鲜花抚弄着他们的腿和面颊。在这柔美的夜色中,他本应该被她的力量所制服,可是今夜却没有。他们倒好像是在大白天散步。

因此,她用一种不无责备的声调说:"我进屋了,斯坦。我们总不能像精神病人那样整夜在这儿闲逛。还有活儿要做呢。"

他没有挽留她。

她回屋绕起了毛线,准备织过冬的毛衣。她把一绞毛线套在两张椅子的椅背上。因为她不喜欢让别人把毛线架在手上帮她绕,这对于她似乎是一种不必要的奢侈。她绕毛线的时候,无意之中想起那天在桑树林里的情形。她一直在那儿采桑葚,身上被桑葚弄得斑斑点点。她干活的时候,大片大片闪光的树叶在叶柄上波浪般起伏。风摇树影,枝叶不停地分开又闭合。天空和树叶,阳光和树梢相互嬉戏。结果就像被桑葚的汁液弄得污渍点点一样,她被阳光下的树影也映得斑斑驳驳。后来,丈夫来了。他们站在一起,在那棵闪着亮光的树的覆盖之下,绵绵细语,无端大笑,采集着果实。她突然在他那张惊讶的嘴上热烈地吻了一下。她还记得他们牙齿的相撞,弄破了软软的、熟透了的桑葚。他大笑着,看起来几乎吓了一跳。他不喜欢大白天接吻。于是她又静悄悄地收那树上的果实,很为自己旺盛的情欲和那双被桑葚染成紫色的手而羞愧。

女人在厨房颇为熟练地绕着毛线——如果不是近乎狂热的话——不时回头张望着,等丈夫回来。但是他还没回来。后来,那些桑树叶就变得死气沉沉、平淡无奇了。有的桑葚上面似乎还有蛆虫似的东西。不过下锅煮的时候它们就会自动漂起来。丈夫又跟她一起拣了一会儿。他像一条正在干涸的河谷。那是多年来在太阳下面辛勤劳动的结果。他们拣桑葚的时候,她感觉到他那张脸就在她旁边。他的皮肤近乎是沙色的,但实际上他并非沙色。他的头发也没有什么特别的颜色。他那因为劳动而十分发达的肌肉,已经变得太触目了,有时候甚至有点滑稽可笑。他们就这样一起采集着树上的果实。过了一会儿,他便走了。

这位绕毛线的妇人把所有这一切都埋藏起来,没有在脸上表露出来。那张脸已经开始有点凹陷。当然,天已经晚了——对于他们过的这种生活是晚了。妇人那双皮肤粗糙的手上有着裂口,有时候,毛线便会在裂口上面挂住。现在她已经没有什么奥妙可言了。为了舒服,她脱了鞋,光着那双扁平的脚丫子,绕着那两张椅背上缠着毛线的椅子转。她的乳房在那件朴素的平纹布罩衫下面高高隆起。那种自怜和精疲力竭的感觉弄得她疑心丈夫是在故意躲她。其实呢,他也许只是在等待一场暴风雨。这场暴风雨很快就会到来,将他们从他们的躯体中解放出来。可是妇人并没有想到这一点。她心里只想到这闷热的夜晚和瓷灯盘子上面爬满了的飞虫,以及丈夫那双眼睛。这双眼睛在他心情好的时候是和善的,坏的时候却是冷漠的。不过不管怎样,对她总是锁着的。如果她能把他的脑袋捧在一双手里,看到那头颅里他生命最为隐秘的东西,不管是什么,她觉得她也会得到一种慰藉。但是这种可能性实在是太虚无缥缈了。她使劲一揪,毛线扯断了。

她在心里说:我该上床睡觉了。

她睡之前喝了一杯温开水。似乎是因为心里不痛快,一股肠胃之气直往上顶,但她控制着,没让这个嗝打出来。她没有脱脚上那双长袜,那点毛线也扔下不管了;灰颜色的毛线还架在那两张椅子上,只绕了一半。在她的生活中,有的是整天整天绕毛线的时间。

丈夫在外面黑暗中坐着,惬意、轻松,似乎完全沉溺其中了。但是,他能觉察得到屋里正在发生的一切。他等待着这场暴风雨。只要能够电闪雷鸣,一些非常重大的事件就会发生。但是山顶周围闪烁着的那细碎而柔和的电火似乎还没有能够联合起来,获得巨大的力量。在这温暖的夜色之中,有一种徘徊的感觉。男人等待这场暴风雨的时候,一双手懒洋洋地抚摸着自己那松弛的身体。这身上的气力没有创造出什么有意义的东西。于是他变得烦躁不安,如坐针毡了。他还没有足够的力量把身上的气力都汇聚到一起。因此,他虽然有力气,但又是无力的。他像山顶上细碎的电火一样,闪闪烁烁,明灭不定。在这种隐隐约约感觉到的烦躁不安之中,倘能去妻子那里,搂着她进入梦乡,会很安逸的。可是他没有去。

黑暗中,甚至妻子也在他心中很神秘地闪烁着,摇曳着。他想起有一天早晨,在那株桑树下面,他看见妻子采集桑葚。她那姣好而又熟悉的面容使他那样快活,他甚至忘了为什么到这儿来了,也待在她旁边,跟她采了一会儿那树上的果实。他们的手在树叶间滑动着,有时候并非出于偶然碰在一起,带着一种真诚相爱的朴实和单纯,那样的美好。树叶分开,又覆盖在一起。直到他们离得那么近,他惊讶地望着她那种被爱烤灼着的美丽。她把唇紧紧地贴在他的唇上。他们突然拥抱在一起。但是那种要和这位陌生而又是他的妻子的女人云雨一番的欲望很快就消失了。光天化日之下,她的重要性变小了。他们的皮肤相互触摸,就像纸与纸摩擦。因为她也感觉到了这一点。她继续采摘桑葚。他为了做得更自然一些,又摘了几把,便转身踏上那条小路,心里充满了惊疑。

但是当这个男人——斯坦·帕克,坐在不时闪起电火的黑暗中,等待这场暴风雨来临的时候,妻子的倩影又渐渐消失,变得毫无意义。一道巨大的、叉子一样的蓝色闪电划破死沉沉的夜空。他侧耳静听雷的轰鸣。那第一阵滚过的雷声震撼着夜的寂静。那平静的、不流通的空气开始流动了。

男人大口大口地吸着湿润的空气,就好像他从来没有这样自由自在地呼吸过。他的心突突突地跳着,跟花园里的树叶和他脸靠着的房屋的木头墙壁一起颤抖着。暴风雨来了。花园为它的淫威所折服。大滴大滴的雨点敲打着树叶和坚硬的土地。很快,借着闪电劈开黑暗的光亮,看得见大地已是一片水光。这种黑暗的折磨,像鞭子一样抽打着的雨水的折磨,扭曲了一株株大树,变化为完成了某件大事的狂喜。

观看这场暴风雨的男人,似乎坐在风暴的正中。一开始,他感到无限的喜悦。就像他那块干旱的土地一样,他的皮肤也贪婪地吮吸着雨水。他把湿淋淋的双臂交叉着放在胸前,这姿势越发平添了几分自满和得意。他坚定而强壮。他是丈夫、父亲,也是那些牲畜的主人。他坐在那儿,摩挲着肌肉结实的胳膊。因为在刚才的闷热中,他脱了上衣,只穿着一件背心。但是当暴风雨越刮越猛的时候,他身上的血肉开始产生一种疑虑了。他也开始体会到自己的卑微了。那可以劈开玄武岩的闪电似乎具有劈开人们灵魂的力量。在这黄色的雷电之中,显然,这样的事情已经发生。皮肉仿佛已经从他的骨头上面脱落下来,一道闪电在他那空空洞洞的脑壳里闪过。

雨水抽打着,顺着坐在门廊边上的这个男人的四肢流了下来。在他这种新的卑微之中,软弱和屈从变成了德行。现在,他退缩了,回到门廊下避雨,手谦卑地扶着那根木头柱子。这根柱子是他好几年前立在这儿的。在这个夜晚的这个时分,他对这根朴实无华的木头的存在,充满了感激之情。雨水冲刷着他的土地,叉子一样的闪电直刺他那些树木的树冠。黑暗中充满了奇妙的景象。他有点温顺地站在那儿。如果他能穿过这根木柱,穿过这流动着的夜色,他会爱上什么东西,爱上什么人。但是他不能。混乱之中,他向上帝祈祷。倒没有什么特殊的请求,几乎一言未发。只是为了有什么作作陪伴而已。直到他看清了黑暗中的每一个角落,就好像在白天一样。他爱上了这个奔腾起伏的世界,直到湿漉漉小草的每一片叶子。

不一会儿,一种新的温柔潜入这雨水之中。因为风暴已经过去。各种声音已经能够相互区别开了。落在铁皮屋顶上的雨点声也清晰可闻。最后一股冷风从林中吹过,树叶哗哗作响。

斯坦·帕克还站在那儿,扶着门廊下面的柱子。他已经被暴风雨打得焦头烂额:头发贴在脑壳上,精疲力竭。但是他热爱这个世界的公正和正义。他为自己敢于得出这样一个结论而微笑。他开始向房子里面那缠绕着朦胧睡意的黑暗走去。他在家具间摸索着,走进这所别人也在其中生活着的房子。在这个飘荡着叹息声和挂钟滴答声的朦胧世界,他显得那样不同凡响。他唇边仍然挂着微笑。脱掉衣服,睡神一口便把他吞没了。

第二天早晨,他们都急急忙忙从被窝里钻出来,就好像生活正等待着他们。夏日的阳光给大地披上新装。这也是奥塞·皮博迪来买南希的犊子那个早晨。

"可怜的东西,"过了一会儿,把用来擦干母牛乳头的抹布晾出去以后,艾米·帕克又这样说,"斯坦,人们都说这个奥塞·皮博迪老奸巨猾,你要当心点儿。"

"奥塞得按我们定的价钱买,"他说,"否则我们就不卖了。"

"要能这样就好了,"妻子说,"不过,你这人太软。咱们走着瞧吧。"

斯坦没有答话,因为这无关紧要,他自我感觉良好就行了。他紧了紧腰间的皮带走了出去。

柔和的风轻轻地吹拂着树木,使它们成为一朵朵轻柔的绿云。家禽在院子里转悠,有的油光水滑,有的色彩斑斓。那条青灰色的母狗侧身而来,紫红色的鼻子在早晨的阳光下显得潮乎乎的。

"啊——雷,我要告你!"塞尔玛哭喊着。

他用一块红泥巴抹在她的脸上,把她弄得很脏。今天这天气,塞尔玛那张瘦瘦的小脸可有点受不了。她从明媚的阳光下缩了回去。雷还不肯罢休,又朝她扔过去一个用红泥巴做的小球。小球打在她的围裙上,成了扁扁的一团。

塞尔玛尖叫起来。

"你敢再打!"斯坦·帕克从牙缝里迸出这句话来。

他不得不出面制止,尽父亲的职责了。他朝怒发冲冠的男孩头上扇了一巴掌。这个早晨,他本来可以给孩子们讲讲道理。可是男孩见爸爸打他,面带愧色,撒腿就跑,又去掏蚂蚁窝了。

"好了,塞尔①,"父亲说。他嘟哝着,两片嘴唇露出满意的神色,"衣服上的脏能洗掉。"

"我恨他!"她尖叫着,"要是能,我非在他的肚子上踢一脚不可。可他总是一溜烟就跑了。"

然后她回到洗脸间,洗过脸以后,照着镜子。她舔湿嘴唇,朝上撅着,直到被镜子里的自己搞得神情恍惚,宛若做梦一般。

---

① 塞尔:塞尔玛的爱称。

斯坦·帕克向牛棚走去。他要在那儿和他的朋友也是邻居碰面,做这笔小小的交易。为了开心,他兜着圈子,穿过一块麦茬地。他和德国老头已经从这块地上收割了燕麦。一阵风吹来,嬉弄着树。树摇晃着,弯下树身。男人在风的吹拂下也变得精神抖擞。他模糊地记起还是孩子的时候他打着口哨吹的那个小调。那时候,他骑着一匹马,跟在一群牲口后面,身子伏在马鞍上。他想,如果现在他还是那个吹口哨的小伙子,会是个什么样子呢?这并不是一个在无情的风中让人心里发热的想法,不过也许是可能的。他继续向前走着。一个地势比较低的牧场积着一泓碧水,一只鹤站起来随后慢慢地飞翔,掠过早晨湛蓝的天空。

恰在此时,斯坦·帕克看见他的邻居奥塞·皮博迪打开旁门,在那匹他几乎总骑着的栗色骟马上弯下腰来。这位邻居漫不经心地推开那扇似乎需要颇费一番心思才能打开的门,同时一双眼睛搜索着院子里可能引起他嫉妒的东西。许多年来,奥塞·皮博迪一直怀着一种隐隐的刺痛,偷偷嫉妒着斯坦·帕克。现在,他看见斯坦从他那块土地上走了过来。两个男人都把目光移开,向旁边望去。他们相互认识这么久了,都觉得一眼认出对方是理所当然的。最后,他们总得一块儿谈谈,或者在哼哼唧唧、缄口不语、东张西望,以及对过去几年发生在他们之间种种事情的回忆之中,说出想说的话来。

奥塞·皮博迪鼻子挺长,可能和斯坦年龄相仿,不过比他瘦一些,身上似乎总有几处伤疤。自从他赶着马车把自愿抗洪的人们送到乌龙雅,他天生的那副好脾气就变坏了。他似乎把心灵都封闭起来了。在家里,他仍然和妈妈、爸爸,以及那位年轻的、他不怎么喜欢的妻子生活在一起。她生孩子,那就是她的全部任务。奥塞·皮博迪不喜欢他那几个孩子。他不大喜欢孩子,却很尊重父母。他喜欢好奶牛。内心深处,他蕴藏着对邻居斯坦·帕克的一种热情。但是又混杂着许多嫉妒的、酸溜溜的成分。因为他禁不住想和斯坦谈话,所以总是躲避着他。他用靴刺踢着他那匹长满粗毛但很有耐心的马,踏上另外一条路,怀着越来越浓的醋意,觉得谁也不会惦记他。

现在,这两个男人在帕克家的牛栏里碰面了。他们的交易将在这里进行。他垂着头,装模作样地走了过来。

他们说:"哈啰,斯坦。""哈啰,奥塞。"

几乎带着几分惊讶。

然后奥塞翻身下马。他闷闷不乐地站在地上,腿上裹着破旧的护腿。两脚分开,意识到他的个子比斯坦低。

"你那头爱撒欢儿的三条腿牛犊在哪儿呢?"奥塞·皮博迪问。

斯坦·帕克微微一笑,但是不露声色,就好像看准时机才把手里的鸽子放出去。

"哦,过得怎么样,奥塞?"斯坦·帕克问。

但是奥塞·皮博迪抽了抽鼻子,就好像那上面有什么东西似的。他那根鼻子那么长,被夏日的阳光晒得红红的。

"燕麦长得不错吧,斯坦?"他问道。

"还行。"斯坦·帕克说。

他心情很好,甚至跟他的邻居——这个阴阳怪气的男人待在一起也觉得挺快活。这些年,他发现他越发干瘦了,鼻子也显得更长了。他经常想起一些想告诉奥塞的事,可是奥塞不在跟前,过后也就忘了。

"雨水不错。"他说。

邻居回答道:"到现在为止还可以。不管怎么说,天气挺好。"

他看着斯坦,心里琢磨,他是不是在耍什么花招。因为奥塞·皮博迪现在急于要看看那头小牛犊。对于它的健美,他还只限于猜测。它是斯坦的财产,而现在他要拥有它。因此,奥塞·皮博迪望着他的邻居,琢磨着,恼怒着,心里想,也许正是斯坦的聪明使他成为一个古怪的家伙。他总能千方百计获得某种成功。想到这儿,奥塞吐了一口唾沫。

其实,此刻斯坦·帕克只是心绪不错罢了。

"想看看牛犊,是吗?好吧,奥塞。"斯坦·帕克说。

他伸了个懒腰,就好像刚睡醒似的,关节撑得咯咯直响。邻居听了特别反感,举起手里那根挺长的黑皮鞭,轻轻抽打着地上的尘土。奥塞·皮博迪心情紧张。可是好天气使斯坦·帕克陷入一种安全感。这种感觉犹如仙鹤的翅膀,平稳而柔软。有一两次,他又想起那场暴风雨。风雨之中,他曾经坦白地承认自己的软弱。现在他似乎应该否认这种软弱了。不过,他没有这样做,因为实际上并无这种必要。

突然,他从他们站着的那个院子里走出去,穿过另外一个较小的院落,推开一扇灰色的门,院子里,一株木兰树垂着枝叶。这场"盛典"进行到这里,奥塞·皮博迪不知道他该怎样看待斯坦·帕克,看待他那自信的脚步,以及修整得很好的院落。奥塞咬着嘴唇,他穿着一件挺长的绿色旧大衣。这是怕天气变化才穿的。他那古铜色的皮肤隐隐泛着铜锈绿。

那头小牛犊就在这儿。它那亮闪闪的鼻子好像对生活表示怀疑。它在三条小腿的支撑之下蹒跚,温柔的大眼睛骨碌碌地转着,嫩芽似的犄角在一无所有的空间顶撞。斯坦·帕克发出各种各样抚慰它声音。他像撑开两把扇子似的张开一双大手,跟在它的后头走着。牛犊蹒跚着,树叶戏弄着它。它很不乐意接受这种抚慰,它的头战栗着。

"一头不错的母牛,斯坦。"奥塞·皮博迪说。他的声音清晰洪亮,听不出他的心思。

牛犊跑进最里面那个小院。它要不是因为不高兴,一定会撒着欢儿嬉戏一番。它很快就跑开了,带着惊恐,喷着粗气。

"骨架真好,我想摸摸它。"奥塞·皮博迪说。

他捋起袖子,急切地催促,迫不及待地想摸摸这头小母牛的皮肉。

斯坦·帕克轻手轻脚绕过来。在他摸到它毛光闪闪的脖子上面拴着的绳子之前,空气的流动变得滞重而迟缓,明亮的早晨颤动着,一时间等待着。

"它还挺老实。"奥塞·皮博迪说。他打量着那头奶牛。

他开始这儿捅捅,那儿捏捏。他怀着一种愤恨的兴奋抚摸它,就好像这是使他那平静的生活激起涟漪的唯一的乐趣。

斯坦·帕克搂着那个小牛犊。羽毛斑驳的喜鹊叽叽喳喳地叫着,嬉戏着,从天空中落下来。空气里弥漫着一股新鲜牛粪和刚下过雨的味道。他没有力量抗拒所有这一切,以及可能发生的任何事情。他站在那儿,对奥塞·皮博迪说的不管什么话,都报之以傻乎乎的微笑。

"是啊,奥塞,"他说,"它可长出一副产奶多的好奶牛的骨架,好奶牛的屁股。"

他站在那儿微笑着。他是个块头大、身板直的男人。现在他满脸朴实、仁慈。他感觉到这是至高无上的德行。是呀,要不然木兰树的叶就不会这样垂下来了。他垂下眼帘,瞅着靴子上的泥土,为自己的幸福感到一点羞愧。

"有一个奶头可能太短。"奥塞·皮博迪说。

"牛犊子会把它揪下来的。"

"那当然。可它要是不下犊子呢?"

"那就卖牛肉去。"

"啊,不,不,斯坦。我可不想白搭上时间。"他开始讲为什么不想白搭时间的理由。

不过那些理由经不住推敲,不能和院子里那几根笔直的柱子相比。这些柱子是斯坦·帕克伐倒、砍光溜了、栽起来之后又用泥土夯实的。这座院落地势挺高,绿树成荫,天空从枝叶的缝隙显现出来。现在,阳光闪耀。斯坦·帕克闭上一双眼睛,听邻居那蠢笨的解释,仿佛化作层层跳荡着的智慧与满足的涟漪。他对善良的理解不可动摇。

奥塞·皮博迪生气地望着斯坦·帕克,心想:你确实是个古怪的家伙,是头脑简单,还是大智若愚?

"这头牲口你要多少钱?"他突然很快地低声问。

"六镑。"斯坦说。

"天哪,这么个小牲口要六镑!没听说过,斯坦。你到别处去卖吧。我是个穷光蛋,有一大家子人要养活。孩子们的教育、穿的衣裳、生病,还有医生的账单。老婆也是个没用的病鬼。从生了最小那个孩子起,她就没好过。皮林格医生说她是得了子宫脱垂。唉,这就是我的运气。他们告诉我,非得送她到悉尼,找一位专家还是什么玩意儿才行。当然啰,我不懂得这些。斯坦,我也没有那么多的现钱买奶牛。"

然后,他站在那儿察言观色,看见斯坦·帕克在手里揉搓着小牛犊脖子上面耷拉下来的那条绳子。

斯坦·帕克一言不发。他真希望能一个人待在这儿,因为他无法容纳这一天这美妙的一切。所以,他就这么揉搓着那截绳子。

"我要是戒掉一两样嗜好,"奥塞·皮博迪边说边察言观色,"也许能掏得起三镑。但是人总是人,斯坦。你总得抽一两支烟,买点彩票什么的。不过,你要是愿意,我可以出三镑。"

喜鹊发出一阵清脆、冰冷、悠长的叫声,浩渺的天空越发显得空阔、辽远。于是,斯坦·帕克松开他那双抓缰绳的手。这个奥塞·皮博迪属于那种可怜巴巴的人。

"好吧，奥塞。"他说，"如果你愿意，就出三镑把它拉走吧。你可是得了头好奶牛。"

"噢，这一点我不怀疑，斯坦。你家的奶牛是良种嘛。这是钱，我带来了。咱们点一点。"

他们点了起来，一张一张地点。

斯坦·帕克接过那几张皱巴巴的票子，装进口袋。对于这次交易以及大多数活动的重要性他都持怀疑的态度。不了解他的人或许以为他对自己没有什么把握。可是如果他以前对自己没有把握的话，这天早晨，他是有把握的。他那么有把握，帽子斜拉在眼前，隐藏起他的智慧。当然，到了这个时辰，阳光也是让人炫目的。

然后，那个神情猥琐的奥塞·皮博迪爬上他那匹皮毛粗糙的马，牵着那头小牛犊，向旁门走去。他把身体朝马脖颈俯过去，扇动着一双肘子，就好像生怕失掉它似的。

他走了之后，斯坦·帕克向他那所房子走回去。妻子正甩打着掸帚，向窗外张望着。

"喂，"她说，"他给钱了吗？"

"噢，"他说，"按我要的给了。"

那声音是从他的帽檐下面传过来的。

"按你要的？"她说，"这我可没有料到！"

她紧紧地抿着嘴，克制着心里的柔情。

"可那个奥塞·皮博迪挺可怜，"他说，"他说他的妻子得了子宫脱垂。"

"哦，"她说，掸帚在半空中停了下来，"这倒有可能。"

然后，她抽身回屋。她本来可以在窗台前头多待一会儿，瞧瞧沐浴着阳光的丈夫。

第十二章

　　盛夏统治了整个原野,大地干枯了。树叶像卷在一起的砂纸。一阵风从枯黄的草地吹过,草叶在已经枯死的黄色的茎上沙沙作响。灰蒙蒙的土地上聚着晒干了的种子的皮屑。牛聚集在水坑和河湾旁边,嗅着绿色的浮垢,那儿已经是一个个干涸的土坑了。极目远望,田野里有许多死去的东西。灰色的树的躯干,一头陷在烂泥中再也没爬起来的又老又弱的奶牛,肚子朝天的死蜥蜴。这个夏季,有时候看起来好像什么东西都要死掉。但是当人们手搭凉棚,遮着昏花的眼睛,或者擦抹着油腻腻的皮肤时,对这一切并不在乎。不过说他们不在乎,那只是最初,当他们处于防守阶段时的情形。可是后来,等荒火烧起来,而且无法控制,沿着溪谷蔓延开来,烧到家禽的围栏,钻进窗户,柔软的窗帘变成一团团邪恶的火,人们才终于惊醒过来,意识到他们并不想死。那些被野火烧着了的人们,喉咙里迸发出声声惨叫。他们想起自己的童年,自己的罪恶。如果真有第二次机会,他们总能洗心革面,人人都变成圣贤。有的人确实得到了这种机会,但只是短时间的超脱,然后变得比以前更坏。

　　荒火烧起之前,阿姆斯特朗派人来买四只煺好的鸭子。收拾干净以后,艾米·帕克在一天傍晚送了过去。这阵子,阿姆斯特朗家里有客人,欧达乌德太太说,是城里来的几位太太和先生。这些人如果没有别的,至少有钱。弗里斯巴依太太说,她想是为了马德琳姑娘,别墅里才大宴宾客,而且要鸭子。因为这位马德琳再也摆脱不了小阿姆斯特朗的纠缠,终于要答应嫁他了。

这天傍晚,艾米·帕克胳膊上挎着一个浅浅的篮子,篮子里面放着阿姆斯特朗要的那几只已经煺好的鸭子,穿过干燥的田野动身了。她穿着干净的罩衫,蛮利索的。两条胳膊因为往下洗鸭子血,擦得红红的。她有点儿气喘吁吁地走着,心里已经琢磨她将看到些什么,该说些什么,以及能否见到马德琳。很可能见不着。于是,爬上那一溜斜坡之后,她放慢了脚步。她满脸通红。因为现在她即使算不上肥胖,也发福了。她变得笨手笨脚,身上散发着一股很浓的、最好的肥皂的气味。

就这样,她走进阿姆斯特朗家的大门。光这个大门就花了好多钱,所用的大量的铁和砖就显示出了这一点。每根红砖柱子上面都用白色的燧石镶嵌着别墅的名字。阿姆斯特朗家的这份家业被命名为格兰斯顿伯里。因为一位受过教育的绅士在酒过三巡之后,说这地方和英国格兰斯顿伯里很像。尽管在英国老家,谁也不曾听到过这么个地方。阿姆斯特朗先生听了很高兴。他轻轻地对自己叨念着这个名字,还在一本书里查了查。于是,他这地方就成了格兰斯顿伯里。

这时,阿姆斯特朗先生是个相当悠闲、安逸的人,尽管他的皮肤从来也没有失去过结实的筋肉所显现的纹理。不过从他解下围裙,已经过了那么长的时间,人们早已忘记了他屠户的生涯。不过有时候,有些人也会嘴里嚼着他家的肉,心里却翻腾起一种恶意。那时,他们便会抬起一双眼睛,觉得自己比赐给他们这盘肉的人高贵一些。然后,带上他给他们的什么东西,走了出去。

但是大多数人只管吃喝,或者在他的草坪上溜达,谈论欧洲的事情。他们奉承他的儿子,那小子浑身散发着古龙水的气味儿;也对他的女儿们谄媚,她们身上有股扑鼻的栀子花的香味。事实上,有位英国勋爵正在追求他的一位女儿。这是欧达乌德太太说的。因此阿姆斯特朗先生很是高兴。他现在也有自己家族的徽号了,还有一个俱乐部和许多食客。他们使他有幸把钱花掉。

甚至在格兰斯顿伯里的车道,这个家族的繁荣兴旺也是显而易见的。这种兴旺闪烁在月桂树镜子般的树叶上,潜藏在随风摇曳的灌木丛和草地上,隐匿在一个个小小的凉亭里。那凉亭里有一把牌扔在香气腻人的玫瑰花下。在走进专供工匠和仆人们出入的车道之前,艾米·帕克带着几分羞涩,注意到正门附近那个裸体女人的雕像。大部分人被这座雕像镇得先是闭口无言,渐渐敬慕之情油然而生。他们不敢正眼瞅它,或者只是偶然偷偷摸摸地瞟上一眼,对那双长着肉窝的手所引起的联想玩味一番之后,才认可它是作为一个可尊敬的财富的象征放在这儿的。

但是当艾米·帕克转身沿着那所房子的墙根走到她进的那个门洞的时候,她觉得浑身燥热,真希望那个雕像不在那儿才好呢。他们在这边种了一小片栀子树。暮色中,那匀称的树叶、温柔的花朵本来不会引起她的注意,可是当她从那幢房子的一扇窗户望进去的时候,便觉得有一种力量在驱使着她。于是她在那里踯躅徘徊,毫无负罪之感,便从栀子树的树叶间探过头去,瞧那窗户里面的情景。而一开始,她只是朝那扇窗户瞥了一眼。

她望进去的那个房间在暮色中闪闪发光。因为他们点了一盏很大的、乳白色的灯。还有一个枝形银烛台,蜡烛的火苗在微风中轻轻摇曳。闷热之中,他们想通通风,便将窗帘和房门都打开了。那扇门通到房子后部,通向别的奥秘和别的灯光之所在。艾米·帕克看见屋子里聚着几个人。那是些身穿黑礼服、上了年纪的、可尊敬的男人,还有一位爱夸耀、卖弄的年轻人。不过他们都笼罩在一片阴影之中,除了白衬衫的前襟和一张张神情专注地听人讲话的脸。原来他们都是听众。是马德琳使他们目瞪口呆,形同泥塑。她站在那儿,甚至使灯光黯然失色。

于是,艾米·帕克又走近一点儿。在那令人陶醉的夜色中,花气袭人,茉莉花从房屋那边伸出双臂,微微颤动着,拥抱这张挤过来的脸。从这儿,她瞧得见里面的情形,像一只不为人知的蛾子。不过听不见里头的说话声。她也不想听。她会害怕的。除此而外,她自己那震耳欲聋的心跳声就够她听的了。

此刻,马德琳抬起一条胳膊,男人们的眼睛都顺着这条胳膊望过去,就好像那并非血肉之躯,而是什么更加奢华的东西。他们被这条胳膊指挥着,正如他们因她那张小嘴的形状所给的启示而大笑一样。那些老头子们大笑着,就好像被什么击中了似的,呆头呆脑地摇晃着。可是那位年轻人——现在看清楚是小阿姆斯特朗了——为了他所希望的、马德琳自己最大的满意而大笑着,就好像他们俩一直单独待在这屋子里,而且正拥抱着她。他的笑声力图对她有所触动。可是马德琳并没有特别注意跟她一起待在屋子里的这些人。她是在自我欣赏地讲话。要么她就摆弄她那条项链上的珍珠,或者瞥一眼她那裸露着的双肩,瞅一瞅乳峰间的曲线。那曲线,她用一朵玫瑰花隐蔽着。马德琳神态冷峻,玉洁冰清。她那薄冰似的衣裙仿佛从那美妙的身体长出之外,再无别的可能。这时,艾米·帕克全然忘记她曾经在别的场合见过她,或者在她穿着别的衣服时见过她。

这时,阿姆斯特朗先生站了起来。他一直坐在窗户旁边,在傍晚的凉爽之中,趁着天光未暗读着什么。那显然是几封信。看起来,阿姆斯特朗先生根本不把屋里这些人放在眼里。他们能在这儿待着,是因为他花了钱。他有足够的钱财使自己对他们视而不见。因此,他旁若无人,手里拿着那几封一闪一闪扇动着的、打开了的信,从他的房间走过去,给自己倒了一杯他们大伙儿一直喝的那种酒,一饮而尽,用酒精刺激他的思想。但是他使马德琳的一番讲演笼罩了一层阴郁。男人们的大笑已经渐渐变成地地道道的微笑,尽管稍微有点苦涩。他们交杯换盏,一饮而尽。马德琳望着她的杯子,望着她并不想喝的杯中物,直到阿姆斯特朗先生走过来,没等她要他帮忙,便把她的杯子拿过来放到桌上。她真想把它砸个粉碎。

那屋子里的人看起来都是毫无目的地站着或者坐着。他们永远不会融为一体。因为他们的本性就难以融合在一起。他们将仍然宛若一截截脆弱的金属丝,不费吹灰之力就能拧得弯弯曲曲。艾米觉得自己在那儿站得太久了。一阵微风吹动墙上的挂毯。这块挂毯是屠户花大价钱从欧洲买回来的。那上面是骑着银光闪闪的骏马的老爷太太。微风中,挂毯上的森林似乎被风吹动了,骏马也瑟瑟抖动。整个房间似乎也变得不牢固了,就像那轻轻抖动的挂毯。烛光如丝如发,涌流出来,酒瓶子上面的金箔在通明的灯光下显得十分脆弱。马德琳已经飘然而去,在一张椅子上面坐了下来。传说中要跟她结婚的那位小阿姆斯特朗用力扶着那把椅子,好让它稳稳当当扎在地上。她坐在那把雕花椅上,轻摇羽扇,极力克制着心中的烦闷,并没有意识到他加诸椅背上的力量和献给她的殷勤。主人走过来时,那些早就学会如何保持笑容的老头子们,克服了心头陡然升起的厌烦,都自顾自地站在那儿咧嘴笑着,等待这个"转折点"的到来。

艾米·帕克已经开始感觉到她胳膊上挎着的那只盛鸭子的篮子的分量,感觉到屋里发生的许多事情她都不明白。于是她叹了一口气,从一直瞧着的那一幕走开。不管怎么说,那一幕已经结束,或者已经又拉开新的一幕。她穿过黑魆魆的树丛,向女仆们出入的那扇门走去。树丛中散发着一股枯枝败叶的气味,盖过了夜晚袭人的花香。

门打开了,烤牛肉的香味,闹哄哄的笑声,以及佣人们的抱怨扑面而来。她羞答答地走进来,灯光倾泻在她的身上。踩在干净的地板上,甚至她那双最好的长筒袜也让她羞愧。

"我把明天用的鸭子送来了。"她说。如果她的孩子们听见她在这儿说话的声音,一定会抬起头惊讶地望着她。

"来得正好。"弗里斯巴依太太说,态度很和蔼。

她砰的一声关上炉门。

"真该死!"她说。"该死的烤炉!他们和他们的炉子都见鬼去吧!"她说,"我简直烦透了。下星期让他们再找别的姑娘来吧。我要到海滨玩玩去了。"

"靠他们的善心活命?"韦妮说。她正在捏帽子上面的那几个角角,好把它们弄得更尖一些。

"啊,亲爱的,不,"弗里斯巴依太太说,"有位夫人给我提供吃住。只是为了有我跟她做伴快活一点儿。如果我不怕把面包渣掉在床上,就是躺在被窝里吃早点也成!"

大伙儿哄笑起来。直到弗里斯巴依太太出面干涉,才止住笑声。有个名叫卡西的年轻姑娘笑得特别厉害。她刚从爱尔兰来,那张脸一望而知,还没有经过什么训练。她正在搅鸡蛋。

"瞧,我们把帕克太太给忘了。"弗里斯巴依太太说,"请坐,亲爱的。听我们给你讲个秘密。"

她从橱柜里面拿出一瓶酒。这瓶酒跟屠户和他的客人们喝的那瓶一样,瓶子上面的金箔也窸窸窣窣地响着。她眨巴着眼睛,使个眼色,一根手指弯曲着,很优雅地倒了一杯酒。

"气跑光了,"她说,"因为已经打开一会儿了。不过还能让你喝得心满意足。"

"我可从来没喝过酒。"艾米·帕克说。

只见韦妮那张脸拉长了。她从围裙口袋里掏出一把小锉刀,磨起指甲来。

"在我以前干活的那个地方,"她说,"我们那些姑娘们大喝特喝。那时候宴会真多,每隔一天就是一次午宴。他才是个真正的阔老爷呢!不像这位,不过是个暴发户。"

"啧啧,"弗里斯巴依太太咂着嘴说,"可他工钱给得多。他不是个黑心肝的人。"酒、厨房里的蒸汽,还有因为想起她那位一去不归的海员而生出的悲哀,使她变得温和了。她打了个嗝。"对不起,"她边说边瞅着一只平底锅,"我又被一件往事搞得心烦意乱了。这也正是酒的功能。"

那位年轻的爱尔兰姑娘俯身在那盆她不停地搅动着的鸡蛋上面,笑得浑身颤动。

"当心点儿,姑娘!小心把鸡蛋打过头了。"

这时,厨房里面暖烘烘的,似乎闪烁着明亮的火花。艾米·帕克啜着杯中的酒。她很有风度地端着酒杯,就像捏着一朵花儿。她一边瞅那杯中之物,一边侧耳静听她们间或谈起的这府邸另外一部分人过着的生活。葡萄酒在她的血管里流动,在她的脑海里激起朵朵思想的浪花。她简直要站起身来,摸索着跨过那道挂着羊毛毯的门,来到马德琳的面前。

"她真漂亮。"她说。

"谁?"弗里斯巴依太太问,"这位从科克郡①来的胖闺女?"

卡西一边咯咯地笑,一边搅盆里的鸡蛋,就好像她只会干这两样儿。

"当然是马德琳。"艾米·帕克冷静地说。说这个从来不敢说出声的名字时,她的嘴唇那样温柔地弯曲着,画出一条曲线。

---

① 爱尔兰西南部的一个郡。

寂静中，韦妮把她那把小锉刀又放回到口袋里，把围裙扯得紧紧裹着扁平的胸脯。

"是马德琳漂亮。"艾米·帕克又说。现在她已经敢于直呼其名了。

"啊，"弗里斯巴依太太把勺子扔进汤锅里说，"我们还没见过她在床上的时候是啥模样呢！"

"这可是别人的事喽！"韦妮大笑着说。

卡西一边把鸡蛋哗哗地倒进锅里，一边嗤嗤地笑着。

弗里斯巴依太太掀开锅盖，大团大团的水汽蒸腾而起。她那张预言家的脸在蒸汽中显露出来。汤瀑布般地倾泻到汤盘里面，金黄色的汤中漂浮着切成小块的胡萝卜。

"别人的事。如果能把她弄到手的话。可是谁会是这个别人呢？"

她倒着汤，蒸汽中那张阴郁的脸变得有几分惨然。

"这破汤不够清淡，"她阴沉沉地说，"不过他们照样喝。我才不管呢！太腻了点儿。不管怎么说，这盘子可是法国货。"

在艾米·帕克看来，那汤蛮不错。

"我真想坐在她旁边，"她说，"就像她那样，坐在那间漂亮的客厅里，坐在墙上挂着的那玩意儿下面。那上头绣着马。坐在她旁边，我要把我的那些梦讲给她听——如果我能记得起来的话。要谈的事我总是说不出来。我们结婚的时候种了一株玫瑰。可从来没有谈论过它。那是最漂亮的东西中的一样。你瞧，我也知道好多事情呢！可就是表达不出来。弗里斯巴依太太，这话只能对你讲。邮政局长的丈夫也是这个毛病。可实际上，他知道不少事情呢！"

"语出惊人啊，帕克太太，"弗里斯巴依太太说，"你该回家了。"

"这才一杯下肚。"韦妮冷冰冰地说，就好像突然生出一股醋意。她正在放汤盆，把手里的托盘端平稳。

"好的。"艾米·帕克说。

"这是你这几只鸭子的钱,"弗里斯巴依太太边说边扔过几枚硬币,"要是不嫩,我倒不会介意。没胃口,我讨厌吃鸭子。先前我有个朋友死了,人们把他的肚子剖开以后……你们相信吗?他肚子里头塞满了鸭子,是被鸭子撑死的。"

艾米·帕克差点儿信以为真。

"鸭子!"弗里斯巴依太太尖叫着,"哈哈哈!"

它一定是从门口进来的,韦妮刚从那儿出去。那块挂在门上的羊毛毯抖动了几下,又恢复了原状。

"我永远都不会跟她说上话。"艾米·帕克边收拾篮子边说。

"那你可一点损失也没有,"弗里斯巴依太太说,"她那个人不合群。马德琳想的就是让人注意她。"

但艾米·帕克拤着空篮子站在那儿。

弗里斯巴依太太意识到了这一点。

"给你。"她边说边包了几块剩下来的挺好的凉腌牛肉。

她希望这会是对艾米心灵的一种慰藉。可是想起她那杳无音信的海员丈夫,又对此发生了怀疑。

艾米·帕克从那间厨房走了出来,从那所房子走了出来,从那喧闹声中走了出来。夜色中飞翔的鸟儿越发使她陷入困窘。它们的叫声盖过了汤盘上飘荡着的柔和的谈笑声。因为那些富人们已经走进餐厅,在紧紧拉住的窗帘后面坐了下来。他们先前喝酒的那个没拉窗帘的房间空荡荡的,只留下墙上那块挂毯。

于是,艾米·帕克快步走过花园,满眼尽是夜间飞翔的鸟儿的翅膀。有一回,她听见——她想她是听见了——在这同一条沙石铺成的小路上传来一阵脚步声。为了避免碰面,她走到旁边落满针松的小路上。她很紧张,心里满怀着希望。可假如那真的是马德琳借口头痛,从餐厅逃了出来,那么当她走到黑魆魆的树木之下,只会看到一个什么话也说不出来的粗壮的女人。于是艾米·帕克跑了起来,憎恨着自己的喘气声。她把那包腌牛肉扔到前门旁边的树丛里。

回家之后,丈夫问:"出什么事了吗?"

"什么事也没出。"她回答道。

"有什么好讲的新闻吗?"

"没有,"她说,"净说些蠢话。她们给我喝了一杯酒。我觉得脑袋发热。"

"你喝醉了?"他问道。

"不知道是不是喝醉了,"她边洗脸边说,"我以前从来没喝醉过。"

她又把额头浸到水里,很为自己可能在厨房说出的话而后怕。她一直在想刚才把自己的思想赤裸裸地暴露在别人面前这件事。但是凉水又遮住她的灵魂,在丈夫面前,她又变得那样洁净,那样亲切。在黑暗的花园里,在那扇窗户前面她所看到的、在弗里斯巴依太太蒸汽弥漫的厨房里她所体验到的那种诗情,没有稍许的表露。

她好像一根小草,被炎热的夏天的阳光晒干了。风儿裹挟着夏季的热气,吹拂着早就晒干了的玉蜀黍。有许多昆虫艾米·帕克是第一次观察到。还有枯叶的纹理也是初次引起她的注意。这期间,丈夫忙忙碌碌地工作着,或者治一头生病的母牛,或者修围草场的铁丝网。她的小儿子拿着一个绿颜色的瓶子玩土,装满了又倒掉,就好像这是唯一重要的一件事情。她从他们的头顶上面望过去,等待着发生什么事情。这事情终于发生了。就在她保持着这样一种姿势,怀着这样一种心情的时候,她看见烟雾首先从那个叫作"群岛"的村庄升了起来。那村庄在曾经发洪水的乌龙雅的方向。

"失火了。"她说,不知道自己是不是应该害怕。

烟向天空升去,还只是一小缕,似乎是一株小树,但是正在生长壮大。

她去告诉丈夫。

"是啊,"他说,"是起火了。"

他抬起头张望着,手里拿着一把老虎钳,正在拧铁丝。他当然已经看见起火了,只是没有说出来,暗暗希望那火焰会化作一股青烟。

周围,人们都在相互议论。女人们消息灵通。比较迟钝的男人们不愿意接受眼前的事实。有的男人一听人家给他讲这事就骂街。有个人甚至用手里的铁桶打老婆,打得她倒在地上,头破血流。

可是经历了最初的犹豫和希望对那荒火可以视而不见之后,男人们开始聚集到一起。他们找出斧子,拿出麻袋,灌满水袋,还要带点干粮,以备外出时应付万一。然后他们跨上马背或者爬上马车,朝"群岛"进发。火势就是从那儿蔓延开的。

这时,烟火已经开始发怒。暴躁的烟柱在丛林之上腾空而起。在这不成形状的团团黑烟中,好像有什么东西正被强迫着注入空间。杜瑞尔盖的男人们沿着丛林小路逶迤而去,有的三五成群,谈论着过去发生过的火灾,有的一个人走着,低着脑袋瞅脚下的土地,很为他们看到的砂粒、石头、树木的细枝末节而惊讶。他们发现大地具有一种粗犷的美。一种充满伤感的爱油然而生。可是这种感情已经产生得太晚了。这场火不可避免地会使这些孤独、寂寞的人们产生这种种感情。当他们在黑魆魆的树木间骑着马儿奔驰的时候,心里觉得,留在身后的生活,才是他们心甘情愿想过的。黄色的光减弱了。树林中的动物开始向他们迎面跑来,而不是见人就逃。甚至那些刚才还在夸口见过比这火更大的爱开玩笑的人,现在也开始感觉到这场无法忍受的大火已经近在眼前。他们试图用些粗俗的脏话掩盖这种心情,但是没有成功,便在马背上吐了一口唾沫,猛地一抖缰绳,纵马疾驰起来。

杜瑞尔盖的"志愿军"走了几英里之后，碰见一个名叫特德·多伊尔的人。他骑着一匹大汗淋漓的马，向他们迎面走来。

特德·多伊尔把帽子和勇气都丢到那火里了。他朝起火的方向挥动着胳膊，说"群岛"几乎烧光了。这位报信人断言，这是有史以来最大的一场荒火。他那匹瘦腿支撑着的马浸透了汗水，直打转儿。弗拉纳根和斯兰特瑞的农庄全烧光了。他亲眼看见墙壁塌下来，压住了那个老人。格拉森家有个女人被火烧着了。是格拉森太太的一个妹妹。她跑到那条小河——因为天旱，河里一滴水也没有——躺了下来，在早已龟裂的泥巴上抽搐着。尽管大家都用手掌、破上衣，或者别的什么打她身上的火，但她还是死了。那个区被大火洗劫一空了。报信的人摊开手，把这个事实摆在人们面前。天黄澄澄的，他那双手颤抖着。有的人家被火烧得连一块好褥垫也没有剩下，只剩一摊摊臭鸡毛。人们打开院门放那些鸡呀鸭呀往外飞。它们身上烧着火飞了出去，或者大张着嘴巴吸气，然后眼睛一翻，排排场场地死了，垂肉烧得焦黑。报信人的眼睛被烟呛得深陷在眼窝里，好像只剩下白眼球望着他们说话，喉结在瘦长的脖颈上蠕动。"风卷着火刮过来的时候，"那人说道，还伸出一只胳膊，很庄重地移动着，就好像那是一道火网，"火还没到，热气就把树叶烤焦了，手上的汗毛也燎得精光。"他们都去瞧他那只手，手上的汗毛果真都被烧焦了。头上的头发有一层烧煳了的头发梢。似乎为了证实这一切，他们使劲儿吸了吸鼻子，从他身上嗅出一股煳味儿。"动物也被火烧着了，"他说，"那些野兽。特别是蛇。火把它们烧得都变了形。它们抽打着滚烫的土地，又盘结在一起，然后皱缩成一团。"他亲眼看见一条蛇死以前咬着自己的身子，好像要让谁负责似的。

男人们听了这番描述之后，立刻决定返回家乡，寻找一块保卫杜瑞尔盖的阵地。皮博迪老先生——现在确实已经很老了——和他儿子一起坐在一辆马车里,像个先知。他建议再往回走一英里就设一道防线。因为那地方有一道石头山坡,荒草正好在那儿自然地断开。人们倾听着他那皮肉与筋骨间奇迹般生发出的苍老的声音,决定采纳他的忠告。他们顺从地拨转马头,跟在皮博迪的马车后面。有的人满怀内疚,想起他们的父亲。大家几乎都对这位老人那种并不牢靠的权威怀着感激之情。

如果火随风势而来,他们就只好准备迎战这场大火了。这地方实在是穷乡僻壤、野兔出没之地。尽是岩石和枯死的蓟草。他们沿山脚把矮树丛铲掉,开出一条较宽的防火带,希望荒火永远不要从那儿跳过去。整整一个白天,直到夜晚,这个僻静的地方人声不绝。小树倒下去,砰然有声。马儿嘶叫着,向家乡转过头,充满了惊疑。

这天,火还没有蔓延过来,但是已经闻得见烟火的气味,看得见滚滚的浓烟了。到夜晚,风停了,男人们又开始开玩笑了。夜晚没有风,火不会烧多远。他们决定先回家,第二天一早再来。有些人悄悄地希望没有再回来的必要。他们希望第二天醒来会是一个晴朗的早晨,他们自己那恐惧的火焰会因此而熄灭。

荒火蔓延的这些日子,女人们还在做她们手头的活计,就好像男人们并没有走。她们实在不知道除此而外还能干什么,只是偶然抬起头,看一眼烟雾缭绕的天空,从黄澄澄的阳光下面走过去的时候,脚步显得更沉重了一些。和往日一样,孩子们的哭声打破宁静;和往日一样,她们大汗淋漓。

妇女们拿这场大火开玩笑。有的人说,大火烧过来的时候,她们就拿着卖菜、卖猪挣的那点儿现钱,跳到储水池里。

"我就祈祷。"多尔·奎克莱依说。

也许会因为祈祷而得救。不过并不是谁都有多尔·奎克莱依这种能耐。她毕竟从那些修女那儿学了点东西。不过她们还是挺不好意思地、很生硬地念几句祈祷词。望着天空,等待着。

在格兰斯顿伯里,人们也等待着。随着危机日渐加深,天空混沌一片,他们愈感孤独。阿姆斯特朗先生朝起火的方向走了一趟。回来之后,掐灭烟蒂,到果园转了一圈,又返了回来。他得了个轻微的抽搐病,以前可是一点儿也看不出来。

"看在上帝分上,坐会儿吧,爸爸。或者干点儿什么。"他的两个女儿说。她们正向车道走去。

屠户的女儿站在砾石路上,未经劳作的手交叉着放在胸前,浑身散发着科隆香水的味道。多拉小姐头上戴着帽子,似乎已经拿定主意到悉尼去。她哥哥在那儿操持父业。可是妹妹梅珀尔总是拿不定主意,因为她迟早要跟那位勋爵结婚。她和蔼可亲,长得也漂亮,一双眼睛那么真挚,谁看了都觉得她在倾听他的谈话。

"你怎么办,马德琳?"多拉·阿姆斯特朗问。

马德琳刚出来,向阳台走过去。她也戴着一顶帽子。那帽子她戴上十分合适,所以当她迈着懒洋洋的步子走路的时候,宽大的帽檐便跟着她步子的节奏,也懒洋洋地扇动着。她穿一件白色的、看起来很凉快也很华贵的连衣裙。这个早晨,尽管灾情严重,她的衣着依然引起人们的注意。

"哦,"她说,"我也许读本书,然后把刚才看见餐厅餐具柜上放着的那个桃子吃了。"

马德琳跟大伙儿不一样,她吃过桃子也还是那么干净。多拉嫉妒她这么利索,因为她干什么都手忙脚乱。此刻,她皱着眉头,说:"你怎么还有心思在这可怕的大火面前说桃子呢?"

"我想,会有人把它扑灭的。"马德琳说。

要么,她就要被大火烧死。她尽管看起来很冷静,掌心却觉得发烧。她坐在石头栏杆上,百无聊赖,晃荡着脚脖子。

"群岛"方向,荒火古铜色的手臂冲破团团乌云似的浓烟,突然向天空升起。看起来就像什么东西终于让步了。大火蔓延着,那野蛮凶残的破坏已经看得清清楚楚。阿姆斯特朗一家不得不承认,它是不会在格兰斯顿伯里驻足不前的。他们第一次感觉到自己不堪一击。他们就是花钱也挡不住这大火的。

马德琳也意识到了这一点。她想着她的爱人,现在正坐在他那张油光锃亮的写字台前。有一次她去看望他,他就坐在那儿。她吻了吻他那梳得光溜溜的脑袋。因为那是属于她的。那是个虔诚的脑袋。这种可赞美的品德正是她认为她曾希望得到的。她坐在栏杆上,晃荡着脚脖子。但此后就开始怀疑了。她的脸上并未现出疑虑的阴影。不管怎么说,在一般的旁观者看来是这样。不过,每逢夜间,树下的阴影中总可以发现这种疑虑的表露。她常常哭得哑然失声,或者还没弄清怎么一回事情,便从模糊不清的梦境中惊醒过来。

但是她心里清楚,她终究要将自己的疑虑连同汤姆·阿姆斯特朗的钱财一起,装进自己的口袋,大体上过那种她一直向往的生活:宴会、珠宝、红木家具、明亮的烛光。只是这天早晨,这场显然可以毁灭所有这些意愿的大火使她心里烦躁不安。什么东西都会化为灰烬。因此,她等待着,让灼热的阳光毫无遮挡地照在脸上,而正常情况下,她是绝对不会这样。而且在石头栏杆上弄断了一个手指甲。

与此同时,阿姆斯特朗小姐已经放弃了说服别人跟她一起去悉尼的念头,让人套车去了。她要乘车到班加雷坐火车。她希望赶快离开此地,不要再去想这场大火。可是她的妹妹尽管害怕,还是希望待在这儿,看看会发生什么事情。此刻,她愈发易动感情,也愈发温柔了。有一次,她给一位用斧子砍伤手的男人包扎伤口,仓促之间,竟然爱上了那个男人。她总是堕入情网而又不知所措。只得留待时间的流逝,或者父母出面解决问题了。

阳台上这两个女人除了正式场合做做样子以外,平常并不喜欢对方。可是眼下，由于优柔寡断，也由于受到震慑而接受了目前的局势，她们站在了同一条战线。她们不由得靠近了一点。如果不是觉得太蠢，几乎会把手紧紧地握在一起。

"这可真够瞧的。"当树木倒下火焰腾起的时候梅珀尔·阿姆斯特朗说。

"啊，可怜的人们，还有那些小孩儿！"屠户的妻子哭喊着。她正站在楼上一个窗口前面，怀里抱着她的珠宝盒。

她是个软心肠、没主意的女人，跟她小女儿一个类型。阿姆斯特朗太太对自己的富有往往怀着一种负疚之感。她愿意慷慨解囊，积德行善，但并没有意识到，正是她自己使得这种慈善事业成为必要。她性子太慢了，说话也是慢吞吞的，声音做作。听她说话，你会觉得是在等一只鸡蛋从那张嘴里掉出来。经过几年坚持不懈的努力，她终于认得了几个法文字，当然是指阅读。她挺高兴，结果就松懈下来，不再学习了。她喜欢抬起脚丫子，让人们看她拇指的囊肿。人们都为之惊讶。似乎没人治得了她这毛病。

这时，大火还在远处燃烧，还没有烧掉她那件用和蔼与慵懒编织的外衣，还没有将她的思想与灵魂完全暴露在光天化日之下。这天早晨，她在自己的房子里转了一圈，到处摆满了别人的瓷杯和玻璃器皿。她意识到仆人们多少年来一直在笑她。她把一个价格昂贵的波希米亚高脚杯一会儿放到这儿，一会儿又放到那儿，结果掉下去打碎了。不过这已经无所谓了。屠户的妻子彻底垮下来了，连颤抖怕也不会了。

他们就这样等待着这场大火。这场一生中已经等了好多年的大火。还有那些夜晚。夜晚，云朵和浓烟一起沿着地平线燃烧。钟表的滴答声，蟋蟀的鸣叫声，简直叫人无法忍受。心似乎包裹在潮湿的被单里。

第二天早晨，杜瑞尔盖下面那些村落里的男人们已经准备好了防火带,等待大火的到来。看起来,它是非来不可了。在两股热风迸发的间隙,那仿佛是用细树枝编结而成的丛林在一片静默中吱吱咯咯地响着。后来,大约十一点钟,有一两个"观察哨"正在稀疏的树荫下打盹,另外那几个漫不经心地聊天,似乎也已经忘了他们为什么在这儿待着。突然,空气浓重得像熔化了的玻璃。

"来了。"他们说。

那些正坐着或者正躺着的人们连忙站了起来。没穿衬衫的人们卖弄般地抽动着身上的肌肉,摩挲着胸膛上的汗毛,好集聚起身上的力气。可是几乎所有的人都朝地上吐了口唾沫,表现出他们心里头的困窘不安。那灰颜色的热土马上就把他们的唾沫吞没了,连一点点痕迹也没有留下。

这一段时间,皮博迪老先生一直坐在一块石头上,尽管天气很热,还是严严实实地裹着一件从前似乎被当作马被里子的上衣。看起来,发生什么事情他都不在乎。大概这是年纪大了的缘故。他确实很老了。皮肤附着在还剩下的那点肌肉上面,皱皱巴巴,好像半透明的鳞片。一双手伸展开来,像火柴棍,放在树节似的膝盖上。在面临一场灾难的时候,他大概毫无用处,甚至是个负担。可是现在,大伙儿都愿意他留在这儿。他可以给他们一种安慰,因为他是经历灾难活了下来的。

现在,他像一只蜥蜴,舌头在两片干裂的嘴唇中间移动着,开始说出一个预言。

人们正准备迎战大火。他们移动着脚步,拖着砍下来的树枝,打算用它们打火,或者用铁丝在比较粗的树枝上捆绑着麻袋。就在他们这样准备的时候,皮博迪老先生说话了。

"正在发生一种变化呢!"他说,伸出舌头在干燥的空气中做着某种试探。

"变化?"有人说,"火舔着屁股,瞧我们发生变化吧。我们要变成蹦高的猴子,一直蹦到山上,再翻过去,屁股还冒着烟。"

"啊,不。风会使火转向的。变化正在到来。"皮博迪老先生用微弱的声音说。他向后缩了一下,就好像有人从他的坟头上走过去,或者他预言的那股凉风真的吹进他的皱纹里面。

在这个仿佛是被熔化了的早晨,除了皮博迪老先生之外,人人大汗淋漓。丛林开始飘起袅袅青烟。那烟在枝叶间缭绕,好像是树枝、树叶释放出来的。守护家园的人们开始在四处弥漫的烟气中呼吸,而且眼巴巴地看着第一股火焰滚滚而来。谁都意识到企图和这场大火决一死战简直毫无意义。

一只狐狸惊叫着,从一片矮树丛中跑出。它身上的火比它本身还凶猛。

大火确实来临了。

几团黄烟就像装在一个袋子里似的,猛然间喷涌而出。丛林里浓烟滚滚,烈火熊熊,枝叶哔剥作响,断裂开来,倾倒下去。大火先烧着下层丛林,然后向空中蹿去,把整个森林都包围了。树液咝咝地响着,一只鸟从半空中跌落下来,除了鸟嘴全身冒火,掉进在烈火中痛苦挣扎的树枝之中。丛林之上的苍穹,在滚滚翻腾的烟火中,显得毫无同情之心,依旧那样辽远、湛蓝。火苗在最高的树枝上飞舞,显示出它的胜利是必然的。

但是等大火烧到荒山这边山坡上天然的屏障以及人们为了应急而开掘的这条防火带,皮博迪老先生的预言真的变成了现实。那些挥舞着树枝和绑在树枝上的麻袋冲出去迎战大火的人们,那些拍打着蹿上这块荒坡的条条火舌,也打着那些逃出来的活物的人们——因为他们总得做点儿什么,不管多么荒唐可笑——开始感觉到了那种变化。一开始,肩胛上似乎有凉飕飕的东西轻轻地吹。起初他们几乎没有注意到,那风太轻也太小了。可是就在人们打火,就在他们的胳膊、胸脯开始被火灼伤的时候,风儿凝聚起力量,直到那大火的边缘也感觉到这股从南而来的寒意。风和火一起在滚烫的岩石间摇曳。人们开始感觉到他们正在赢得胜利。他们能笑出声了。

"我对你们说过嘛。"皮博迪老先生说。现在没人听他说话了,因为这已经是他们亲身经历过的事情了。

每个人都在吹着火势的风中畅快地呼吸着。他所经历的这个奇迹使他兴奋,力量和英雄气概重又回到他的身上。因为这场大火即使不是由于他的努力而被控制,至少是在他的眼皮底下发生的。因此,以后他可以永远对别人夸耀这件事情。

到下午晚些时候,荒火看起来已经精疲力竭。它转向那条石头溪谷,跟风僵持了一会儿,又被迫退回来,回到它刚才烧过的那一片旷野,在它大获全胜的地方死灭了。风掠过那焦黑的、青烟缭绕的原野,反过来又想扇起那已经是星星点点的、最后的几片残火。但是火已经再没有什么可以赖以燃烧的东西了。一旦它的"狂热"消失,就很难设想,在这块烟雾弥漫的、方圆多少英里的土地上,不久前才发生的一切究竟是为了什么;也很难断定是否有某种更重要的品质会从那一片死灰中产生。

不管怎么说,这些救火者在获得了烟就从他们中间穿过去的了不起的经验之后,又聚到了一起。现在,他们擦掉脸上的汗水,大笑着相互说,这火根本算不了什么。只有正在穿衬衫的斯坦·帕克不做这种兴高采烈的评论,而是尽可能长时间地把脑袋藏在衣服里头,免得让人指名道姓地叫他说自己的意见。因为年纪太大,也因为他的预言千真万确,皮博迪老先生又缩作一团,心里明白,现在已经没人再需要他了。

打火的人们正在周围转悠,或者说正在受用他们刚刚得到的宽慰和友谊,看见有三四个孩子沿着山脊朝他们跑来,好像是来找他们的。这几个孩子直奔这伙男人而来,显然是怀着一种目的。他们的速度一直没有减慢,头发飘拂着,被风吹直了。他们跑啊跑啊,直到非常近了,近得你可以看见他们脸上的雀斑、膝盖上的痂,才停了下来。

孩子们的肋骨在衣裳底下急促地起伏着,但他们还是设法喘过气来,你一言我一语,把他们带来的消息断断续续地讲给了大人们。他们说格兰斯顿伯里西边失火了。是早晨着起来的。比利·斯克利维诺看见有一个地方着了火,然后第二个。现在好几个地方烧起的大火连成一片,燃烧着。人们都怕这场风——方向正好助了火势。杜瑞尔盖和班加雷之间好几个农庄已经被大火烧光了。

孩子们讲完了。他们气喘吁吁看着大人们,希望他们能做点什么。

他们当然要做点什么,只是一时间又变得脸色苍白,不愿意承认这场大火的存在。但是在这焦黑的山坡上,出现在孩子们眼前的——他们的眼睛显然总是习惯于看事物的真面目——是每个人都想起他的家园。迄今为止,他们一直认为他们的房子不论是砖头的、木头的、铁皮的,还是表皮板的,都很结实。他们想起了自己一点一滴积累起来的财产。而没有这一切,也就不成其为他们自己。因此,在掌心揉过一撮烟末之后,或者咬一小块嚼烟,准备在路上嚼之后,他们便给汗渍斑斑的马备好鞍子,或者把马套进车辕里,立刻向家里奔去。

杜瑞尔盖以西的村野一片火海。那条大路从班加雷开始一直上坡,就从这一带穿过。任性的风助着火势,没有一点儿迹象表明它会在夜间停息。火似乎沉闷了一点,少了一些热情,一阵一阵地爆发。但比起劫掠了"群岛"的那场大火更加坚定,信心十足。这些男人们骑着马向他们的家园、向这场新烧起的大火奔驰而去的时候,开始感觉到四肢疼痛,眼睛也如针扎般地刺痛。因此,当女人们迎到门口,向他们诉说他们已经知道的事情时,他们很是气恼。从马背上跳下来,迈开两条似乎有点儿罗圈的腿徒步走时,又被那无可推卸的责任搞得心情沉重。牲口被火和来来往往的人们刺激得兴奋异常,炻着蹶子跑过来,瞅着男人们。留在家里的那几条老狗哑着嗓子汪汪地叫着,从篱笆下面爬过来,朝他们龇牙。那几个孩子夸耀着他们叫回大人的功劳。期待和欢迎包围着男人们,把他们搞得很紧张。他们真想爬到什么地方,在睡梦中求得解脱。

胡乱吃过妻子们端到他们面前的肉,不小心烫了嘴,打了几次饱嗝之后,男人们开始争论下一步该怎么办。因为看起来皮博迪老先生的灵感已经耗尽,要不就是生气了,反正他是没影儿了。有几个人又跨上马背,向杜瑞尔盖跑去,那儿至少是个中心。实际上那里只不过有个十字路口的路标、邮政局和杂货铺。邮政局那位女局长倒挺高兴。夕照中,她的皮肤显得更黄了。她走出来,站在烟尘之中,两条戴棕色套袖的胳膊交叉着放在胸前,把她从南来北往的人们那儿听到的种种消息告诉人们。她很有点举足轻重呢!

"保卫者"们聚集在一起,踯躅徘徊。那些住得比较远的人焦急地四处张望,希望找到一位邻居,好使自己空虚怅惘的感情有一个可以依附的对象。在这渐渐浓重的暮色之中,看不出该往哪里去。死灰飘荡着,落在枯草上面。

然后,大火自己开辟了一条道路。它显然正向通往格兰斯顿伯里的那几道山坡蔓延而去。风助着火势,溪谷里那扬扬自得的火舌从一张张黑洞洞的大嘴里吐出来,四处乱舔。暮色愈浓,黑魆魆的下层丛林里出现了一个个金色的、火的图案,一轮苍白的月亮升起,颇有歉意地斜挂在树木惨白的枝头。

现在来打火或者看热闹的人们,甚至孩子们,开始聚集到格兰斯顿伯里。就好像这儿在施放烟火。因为天气闷热,有的女人为了舒服,穿着拖鞋跑来了。可是男人们眼窝深陷,表情严肃。这一天,他们已经对火的高深莫测做了一番探究,天晓得他们都看到些什么。尽管距离不远,他们大多数人还是骑着马。因为这样,他们就能离开大地了。这个傍晚,到处是马嚼子的哐啷声,马镫的叮当声,人们说话以及喘息的声音。阿姆斯特朗先生很高兴地看到,所有这些人穿过牧场,踏上大路,向他这儿拥来。他已经开始着急,如果他们扑灭这场大火,他该怎样报答他们。

那所大房子里面有几盏灯亮了起来。因为谁也无法相信,灾难真的就在眼前。大概总会有人想出办法。不过尽管怀着这种希望,那楼里住着的人大部分还是出来了。飞蛾和女仆们的帽子在树木间摇曳。咯咯的笑声不时从什么人丰满的胸膛里发出。那是那位厨娘的灵魂在搏斗。它要极力从她那身制服下面挣脱出来,到黑暗中迎接它的命运。这位厨娘除了一口铁皮箱子之外,没有什么可以失掉的,因此,她简直就要迎上那场大火了。她第一次伸出那双粗糙的大手,抚摸大树的树干,特别是那些渗出树液的树干。她很快就消失了。黑暗中,只留下她撞了别人时发出的一串长长的、咯咯的沉闷笑声。她不小心,一头栽进一片怪扎人的树丛,在树叶间大口大口地喘着粗气,抓住一根树干,心里怀着恐惧,紧紧地抱着。

那河谷在风平浪静的日子里,从格兰斯顿伯里望去是一片好景色。现在人们已经沿着它去打火,或者像一条细流,慢慢移动,希望在到达谷底之前,能想出个战胜荒火的好计划。可是黑暗已经把大多数人思维的能力甚至行动的力量都劫夺走了。人们还没有到昏了头相信奇迹会发生的地步。他们被毫不留情地引到这场大火跟前。火焰沿着树木呼啸而上,然后从树干上面滚落下来。那同样变化多端的火焰形成一个个火球,在枯死的欧洲蕨中滚动着,火花飞溅,火球时而分开,时而聚合。但是不管它们怎样运动,怎样变幻,总是在燃烧。面对这样一场所向披靡的大火,打火的斗士们简直没有胜利的希望。他们那一张张皮革似的坚韧面庞倦怠已极,充满敬畏。火焰逼近的时候,看得清清楚楚。有的人已经开始用他们折下的树枝打火。可是就像一群对如何使用自己僵硬的四肢不得要领的人一样,乱打一阵。他们缺乏信心,而这一点和他们的行动是相互矛盾的。

可是楼上那些人们都得到一种安慰——人们都到河谷里打火去了,而且他们之中许多人身强力壮。梅珀尔·阿姆斯特朗这天晚上毁了她的日记,现在又想起那次航行时她爱上的那位高级船员。楼前的草坪上聚集着一群粗俗的、浑身散发着臭气的人。当她从这群看热闹的人们中间走过去,和他们逗乐的时候,她对这天晚上这种无政府状态,又是喜欢,又是怕得发抖。没有人对此怀有特别的感激之情。眼前这一幕,是给这所别墅的主人看的,也是给他们看的。有些女人已经心安理得地在椅子上坐了下来,孩子们横七竖八地躺在碧绿的草坪上睡着了。没睡着的就直盯盯地瞅着那所房子,就好像能掰下一块,嚼着吃了似的。梅珀尔·阿姆斯特朗那一双浅浅的蓝眼睛在黑暗中变得深沉了。她开始为一幅挂毯而感到羞愧。那挂毯上的猎人们没完没了地吹着号角,小姐太太们站在那儿,手拿扇子、香袋,或者别的赏心悦目却又说不出为什么要拿着的小玩意儿。梅珀尔·阿姆斯特朗转过身,背对着那扇灯光明亮的窗户,可供选择的景物却只有漫天大火。现在那烈火似乎在呼啸,那些与大火抗争的、黑魆魆的人影,手里挥舞着烧焦了的树枝,看起来简直滑稽可笑。这时,人群中只有梅珀尔·阿姆斯特朗一个人孤零零地站着。她真想亲吻,真想抱着爱人的脑袋,把他尽情地吮吸。但是这阵子她没有恋爱,尽管和目前并不在场的英国贵族称号几乎要订婚了。

火烧得离这儿到底有多远,从那黑魆魆的人影的大小就看出来了。火光中他们已经变大,也变清楚了。现在他们那庄严的举动已经清晰可见了。人们对于经常出现的寂静感到惊愕。

事实是,灭火的人们不但精疲力竭,而且简直被大火搞得神魂颠倒。他们直盯盯地望着它,望着那张开大口、洞穿了丛林的金色的火的洞穴。有的人此刻已经变得那样冷漠,那样空虚,简直可以钻进火的洞穴,赔上一副骨头。很少有人不被这火的魔力所屈服。不是火被他们制服,而是他们被火控制住。

因此,他们总是后退。看起来就好像正张开双臂欢迎火的到来。就在这时,正在左翼打火的斯坦·帕克顺着赤裸裸的肩膀瞥了一眼,喊道:"嘿,火从琵琶湾上来了!"

那些身影如蜘蛛的人们听到他的叫喊,都回过头朝左边张望,那里果然火焰熊熊。那火是间接引起的。一定是风把它吹过来的。火蔓延开来。人们看得出,他们将被装进格兰斯顿伯里下面的一个"口袋"里,被火包围起来。已经魂飞魄散的躯壳将被烈火烤灼。

于是,每个人都自然而然地开始后撤,直到他们都站在花园的草坪上,陷入他们身上带回来的烟气和人们提出的问题之中。谁也回答不出那些问题,谁也并不真想让他们回答那些问题。向他们问这问那,只是为了使他们自己心里踏实些。烟火滚滚而来,许多看热闹的人站在路旁,随时准备回家,抢救出自己那些坛坛罐罐。

有几个自愿来灭火的人把一个卷着水龙带的卷盘拖到砾石铺成的车道上。水龙带固定在一个压力很小的龙头上,先是发出一阵不怎么好听的声音,跳出一只青蛙,然后慢悠悠地流出一股水来。不过,这毕竟是一种安慰。山坡下面的大火从一株树窜到另一株树,直到把它们完全吞没。而从琵琶湾烧起的大火也像一支后续部队,烟火熊熊,沿着溪谷一节一节地爬了上来。

到这时,这幢大房子黑魆魆的,愈显阴沉。屠户和他的妻子还在绕着它徘徊。阿姆斯特朗太太把她的珠宝盒丢到什么地方去了,但是想起她对上帝还有几笔没还清的旧账,也就把这桩事给忘了。她用一双戴着钻石戒指的手,撩拨着烟雾,对那不成形状的浓烟呜咽起来。

"太太,也许风向会变,"一位年轻妇女站在她身边,平静地说,"或者会来一场暴风雨。天气这么闷热,而且好像总要打雷。"

"永远不会了,"阿姆斯特朗太太叹了一口气说,"不会发生的,现在我清楚了。"

她显然已经心中有数了。那位年轻妇女透过浓烟弥漫的夜色仔细地观察她。

"我只是想拿出我坐的一把舒服的椅子,"屠户的妻子说,"路易这个路易那个都挺好。可一把舒服的椅子不是拿钱能买来的。楼上有把椅子我可以整天坐在里面,它简直成了我身体的一部分了。可是……"她突然打断话头,从往事的回忆中挣脱出来。"马德琳在哪儿?我一晚上都没见她。"

"马德琳?"艾米·帕克问。她就是站在那儿的那个年轻女人。

"是呀,"阿姆斯特朗太太说,"她是我儿子的未婚妻,她已经跟我们一块儿住了好几个星期了。"

就好像别人不知道似的。

"马德琳——"阿姆斯特朗太太喊道,移动肿胀的脚踝蹒跚着,四处询问。

但是谁也不知道。

"没看见,"梅珀尔·阿姆斯特朗说,"我不记得最后一次是在哪儿看见她的。她头痛,说要到花园里走走。我想她是想出来透透气。可我看见她站在她的房间里读些信。不过,也许是这之前,或者是之后?我说不准了。"梅珀尔说。

她觉得内疚,尽管没有理由为此内疚。大火逼近,浓烟灌满鼻子,呛得都肿了。有许多种感觉,许多种冲动,即使她愿意,也无法解释,无法控制。她的连衫裙不知道在哪儿划了个口子。男人们抱着水管向那幢房子浇水的时候,射到她身上,胸前湿透了,衣裙贴在胸口,就像没穿衣服似的。现在没有什么必要为马德琳遗憾了,不管她是死是活,或者正从楼梯上走下来——人们经常看见她的这种举止——一直走到楼下才开口说话。

可是艾米·帕克——她在梦里见过马德琳,而且经常在梦乡最富于灵感的时候跟她说话——知道她还在楼上。她正闭着双眼躺在床上,或者犹豫不决,从窗口望着大火,长长的头发披散下来。

"啊!"人们叫喊着,"你们看见了吗?没法儿阻止大火烧到这幢房子跟前了。那些老松树最容易着火。"

那些松树一直等待着,奉献给这场大火。火从溪谷蹿上来,在组成几个复杂的队形之后,便扑向挤作一团的松树。于是,火的"拥抱"燃起那样一支激情澎湃的火炬,照亮了每一张脸,照亮那脸上最为隐秘的、梦幻般的表情。梅珀尔·阿姆斯特朗用胳膊捂住了胸脯。

阿姆斯特朗太太在松脂燃烧的臭气中大口大口地喘着粗气,滔滔不绝地讲着什么。这时候,她开始大声疾呼,要找一个牺牲者了。

"我一定要找到那个姑娘,"她说,"汤姆永远都不会相信。他上星期三才买回那个订婚戒指。"

艾米·帕克看见那戒指是钻石的,四周都是火。

"斯坦。"她碰了碰丈夫,说。他是在松树起火的时候到她这儿的,为了在混乱中待在她身边。"斯坦,"她说,"你去楼上,把那个小姐弄出来吧。你知道吗,就是骑马从我们那条路上走过的那位。红头发。"

眼下,斯坦·帕克可没打算对妻子唯命是从。他知道,在这明亮的大火面前,他是一个处于守势的迟钝人。他在等待,不是要给予,而是要得到什么。他在惊疑之中,生了根似的站在那儿,血管里面流动着的似乎是松脂。妻子不得不又碰了他一下。她颇有权威地碰了碰他;她对他的全身是那样地熟悉。但是如果这个敬仰烈火的人不是被火所触动,他还会站在那儿一动不动。是不是烧掉更好呢?他晃了晃像铅铸成的双脚。这双脚没有把他带到过很远的地方。窗帘被铁环揪扯着,朝外面飘拂。有几个窗口透出更加柔和的灯光,在肆无忌惮熊熊燃烧的大火的映照之下闪烁,充满怀旧之感。他从未做过的事情,从未见过的东西,看起来都包容在这幢房子里面,而且那房子向他敞开了大门。他的脑袋被它想象中的烈火般的壮丽景象搅得一阵眩晕。他准备接受它的邀请,沿着那房子的走廊,或者说火的曲径,去闯一闯了。

"我去试一试。"他边说边穿过瑟瑟抖动的草丛。阿姆斯特朗太太叫喊着告诉他该干些什么,但他听也不听。

艾米·帕克觉得她正在失去对丈夫的控制,觉得她也许做了一件蠢事。而他在这桩事情上表现出来的勇敢,将是唯一的安慰。

大家都为斯坦·帕克站出来采取某种积极的行动而感到高兴。心上的一块石头落下了地。现在他们可以心安理得地观赏这一切了。于是他们舒了一口气,安定下来,甚至那些就像为另外一次洗礼揭开序幕、抱着力量不大的水龙带往楼房上浇水的人,也都把目光集中在正向里面走去的斯坦·帕克的身上。水越发漫无目的地喷了出去。

屋子里面一片寂静,大火和易燃的松树搏斗着,劫难暂且还未光临。那是一种让人不舒服的寂静,尽管寂静中不时有轻微的响动。一只猫从一张用花毯装饰的椅子上拽下一个毛线团,在静悄悄的小屋里玩,拉出长长的灰颜色的毛线,把自己缠了进去。空气污浊,灰蒙蒙的烟已经飘然而来,一缕一缕地在枝形吊灯上缭绕。有一股烟像根长长的毛线,从门下飘散开来,吸引了那只铁灰色的猫。它猛扑过去,从烟尘中穿了过去。

一进这座房子,斯坦·帕克便毫不怀疑,他是应该来的。有一盏还亮着的灯,放在一本书旁。灯光映照下,他似乎比平常更魁梧了。他走动的时候,身影和蛰伏在那里的那盏枝形吊灯纠缠在一起。吊灯发出轻微的丁零声。他发现自己走进一个发出音乐般响声的洞穴，便在一片昏暗中微笑着，想起曾经从他那位当过教师的母亲的一本书里读过的剧本《哈姆雷特》。那一切他都忘了，直到从这充满诗意的屋子里穿过。这屋子他只需轻轻触一下门，便向他敞开了。

他走出这个房间，从一块挂毯旁边擦肩而过。挂毯在他的肩头颤动着，轻轻飘拂了几下，又归于永久的沉寂。如果你能忘掉这场大火，这楼里的一切在这个夜晚便都处于一种永恒的状态。走廊里，特别是走廊尽头，时间仿佛凝固了。在那昏暗与幽深之中，立着几把扫帚，挂着几件冬天穿的外套和皮革做的污渍斑斑的旧大衣。有一匹木马一碰就摇动，马肚子里什么东西在咯咯地响。一顶粗糙的女式草帽挂在一个钩子上，还散发着玫瑰和阳光的气息。烟气尚未驾到，黑暗把这幢房子保护得这样严实，此刻还用不着害怕。你等着听墙那边的人声，那尚且活着的人们的声音。

因此，他不得不从宁静的走廊挣脱出来，重新回到眼下危急的局面之中。他打开一扇门，走进一间很长的屋子。那里面摆着镜子和一张张毫无生气的椅子，镜子一闪一闪地颤动着。他那双笨头笨脑的靴子在这儿显得十分寒碜。现在这当然已经无关紧要了。如果时间在那令人窒息的、摆着橱柜的走廊里凝固了的话，在这里又开始流动了。这个房间的一扇窗户外面，有一株雪松。现在，连树干上最小的节瘤和缝隙都看得一清二楚。火光划破黑暗，紫红色的烟云在树枝间流动、盘桓，钻到房子里面。于是这个男人像那株树一样，也在烟火中飘动起来。他那笨手笨脚的身影似乎在竭力记起来这儿的使命。他当然是来这儿找什么人的。现在她正坐在这楼里的哪个房间，裹着绸缎，戴着珠宝。如果她不想听他说话，他就像挟一捆燕麦一样，把她拦腰一挟，赶快带到楼下。可是，她或许要听他做一番自我介绍，这就让他为难了。还有，要接触她的身体。他已经为她那柔软的肌肤而感到紧张了。

外面,大火已经占据了一个新的立足点。不知道什么东西,咔嚓一声压断一根树枝,甚至是整个一株树。一张四散开来的火光的大网,撒进这个房间。事实上,男人只是在瞬息之间坠入幻梦,现在又变得充满活力、专心一意了。他向后踉跄了几步,撞在一架从未有人弹过的竖琴上面。竖琴发出震人心魄的、悲怆的响声,立刻推动着他,跑出这个房间去寻找马德琳。

现在这幢房子里面,黑暗已经不那么浓重了。斯坦·帕克在一片昏暗中奔跑着,找到楼梯,跌跌撞撞向楼上爬去。他的手像着了火,摸着楼梯扶手向上爬。他肩负着某种神秘的使命,向上攀登的时候,觉得急速飘动的衬衫拍打着肋骨。上面房间里的空气还不算污浊。但是明亮的火光也已经破窗而入。高大的家具赫然耸立,甚至在这样的光线之下,桃花心木也格外触目。那张屠户选来躺在上面苦心修炼的普通铁床,镀上了一层耀眼的、让人觉得很了不起的金光。

在接近这最紧张的一幕时,这位救星或者说牺牲者——这一点尚未搞清楚——呼吸变得更急促了。他穿着那双笨重的靴子,跌跌撞撞,在身后摔开一扇扇房门,甚至踢着家具。这些房间有的也是一望而知的仓皇和混乱。主人们都跑了,拉出来的抽屉悬在桌子上,橱柜门敞开着,隐秘暴露无遗。漂亮的东西都凋谢了。花瓶里的花儿枯死了,梳妆台前美丽的倩影消失了。不知道是谁把假发丢在地毯上。它躺在那儿,因为露出真相而失去了往日的光泽。它似乎正在等待大火烧进这个房子,在火舌把它吞掉时发出一声尖叫。

火还没烧进来,斯坦·帕克一阵风似的冲进这幢房子的心脏地带,看见她正背朝他站着。因为外面的大火是第一位重要的。

马德琳穿着一件肥大的长袍。那袍子在火光下闪出许多种光彩。她那满头秀发垂下来,披在肩头。因为下午天热,她把头发都解开了。因此,当她回转身面向他的时候——因为她不可能对他的到来充耳不闻——他觉得,他从来没见过有谁能像这个穿着闪闪发光的长袍的女人这样光彩夺目,飘飘欲仙。他站在那儿,感觉到他可能说出来的那番话像一团什么东西堵在嗓子眼里。他几乎希望发生一场灾难,把他们俩都毁了。如果天花板能塌下来……

马德琳却说:"我在看火,已经烧到下面的教室了。教室里有一个制型纸做的旧地球仪,小姑娘们经常用它记各个国家的首都。现在似乎一下子就化为灰烬,太可怕了。"

但是,情形也完全可能不是这样。这番话或者是因为憎恶,或者是因为喜悦,像朵朵细浪慢慢地从她嘴里涌出来。在她说出之前,便在喉咙里泛着层层涟漪。也许是那火光使她变得柔弱、驯服了。她的嘴唇很薄,说完这番话仍然半张着。马德琳不喜欢自己这张嘴巴,她希望嘴唇更丰满一些。尽管谁也不认为这算什么缺点。她的容貌整体上是如此美丽,些许瑕疵也无法影响她的美貌。

斯坦·帕克没有听她说些什么。因为这没有必要。火星飞溅,和大团大团紫色的烟雾一起,从窗前掠过。这对于他是一种安慰,因为他用不着再看马德琳了。他可以说:"他们派我来把你救出去,我们不能再浪费时间了。如果我们不赶快走,火就烧到楼梯上了。快跟我走。我把你送下去。"

"啊,"她说,"他们派你来的。"

她向他走了过来,脚下踩着一些旧信。她一直在读这些信,读完就把它们随手扔在地板上。她走了过来,但还不那么顺从。

"我待在这儿当然很可笑了。可我自己也不怎么明白为啥要待在这儿。你一定以为我疯了。"

他可是最怕她这么唠唠叨叨。可她没有走得很近。他只得在地上蹭着一双脚,希望有什么办法,不接触她的身体就把她带下去。

"谁都会有发疯的时候。"她说。

她走到他的身边。他看见她的眼圈刚干。这就让他更加缺乏信心了，因为交给他的是一个不幸的人儿。

马德琳说："我希望这一切过后，我不会成为别人的负担。"

她准备跟他走了，但又怀疑他是不是真的能救她出去。他可能采取的所有可以奏效的、诚实的行为，她都只能怀着一种讥嘲去接受。这使她情不自禁地感到悲哀。

他心里想，他是否能从他自己完全不同的经验当中为她提供点暗示。但是这种可能性像一个影子，从门口溜走了。

"如果我们从这儿走，"他对她温和地说，"我想，我们一定能找到一条从楼后面出去的路。"

"我应该给你领路，"她说，"你是第一次进这幢房子。"不管他是不是第一次，她的那种傲慢已经对此"拍板定案"了。"如果我们从那扇挂羊毛毯的门出去，就能走到后面的楼梯。"她的口气和缓了，没有把它称为"仆人走的楼梯"。

她说了这话之后，人也变得更柔和了，亲手打开那扇将不同等级区分开的沉闷的门。

可是那儿也已经着火了。火烧着仆人们走的那道用普通木头做成的楼梯，发出阵阵爆裂声。火焰盘桓而上，要寻找新的猎物。女人和她的"救星"站在那儿朝下望着。他们的眼睛瞪得老大，眼球好像镀了一层金。大火新的势头似乎多少改变了他们先前的模样。为了寻求力量和勇气，他们相互间靠拢得更近了。

"看来非得再找一条路不可了。"斯坦·帕克说。

因为这儿已经无路可走，他们回转身，从女仆们住的那些小匣子似的房间跑过去。那些房间是她们换帽子、洗身子、做做茶叶占卜结果的美梦的地方。她们贴在墙上的皇室和圣人们的画片已经失去了威严。只剩下一张张的纸留在那儿，先前的神秘已经荡然无存，斑斑点点，落满了苍蝇屎。

马德琳快步走着,她已经握住他的一只手,给他看这看那。

"我还是个孩子的时候,非常小,我想还是让人抱着的时候,碰到一场大火。"她说,声音由于周围的火已经变得很高。她愿意把心里想到的每一件事都讲给他听。"我刚刚想起来,是映在一堵堵高高的白墙上的火光勾起我对往事的回忆。我能记起一只鸟笼子,可是那只鸟笼子怎么样了,就想不起来了。暂且还想不起来。我想那场面一定太可怕了。现在我又经历了第二场大火。"她笑着,把火光映红的头发,猛地朝肩膀后面甩去,恰似一团燃烧的火。"我好像注定要被火烧死,可你……"她停了下来。

他们已经来到前面的楼梯口,滚滚浓烟让人看不清火的走向。

"我一点儿也不了解你。你一直没能对我讲什么,现在就更不会讲了。"

"没什么可讲的。"斯坦·帕克说。

他离她很近,看见她已经变得面色灰黄,几乎很丑。这使他心里舒服一些。她那非常漂亮也显得非常脆弱的鼻子旁边,有一个小点儿,像颗麻子。他突然希望自己的脸能陷入她的肌肤之中,去闻那温馨;希望能分开她的两个乳房,把脸贴在乳峰中间。

她看出了这一点。他们一起在浓烟滚滚的楼梯口燃烧。现在,她不得不承认,而且是毫无反感地承认,他身上的汗水使她沉醉。如果可能,她会从他的一双眼睛钻进去,不再回来。

实际上,他们已经开始了一次旅程的最后阶段。他们摸索着走下似乎变软了的楼梯,在灰黄色的浓烟中挪动着脚步,慌乱中把对方的手错当成楼梯扶手,又把扶手错当成手。有一回,他们的目光相遇,可是还没来得及接受对方的目光,便又收回去了。因为这个烟火与幢幢人影混杂的世界,一切都更柔和了。

他们走到楼梯中间的平台,感到火舌已经舔了过来。他们屏住呼吸。现在,马德琳的美貌已经不复存在,斯坦·帕克可能有过的任何情欲也都烟消云散了。他在自己的躯体之内变得渺小而孤独,拉着那个面色灰黄的女人。

"不,"她说,"我不能。"

她情愿滚下去,烧死在大火之中,因为这更容易忍受一些。

他把她抱了起来。现在他们已经不再是肌肤相触,而是筋骨相连。然后,他们挣扎着穿过大火。他们似乎不再生存。他们已经进入一种痛苦的状态,部分地失去了知觉。他抱着她,两条腿仿佛身外之物,继续摸索着前进。她的牙齿紧紧咬住他的面颊,表现出他们同样的痛苦。

"瞧,他在那儿!"人们叫喊着,"他们在那儿,他把她救出来了。"

聚拢在这所燃烧着的房子四周的人们看着火势,情绪已经达到顶峰。他们看见斯坦·帕克抱着那个年轻女人跟跟跄跄冲出来,便开始喊些充满感情的、鼓励的话来,或者只是尖声叫喊。他们已经被烟火熏黑,但烧到什么程度还说不清楚。

斯坦·帕克就这样出来了。他把那个女人抱在怀里,她的身体僵硬而弯曲。他继续往前走。凉爽的空气使他恢复了理性。而与这种理性同来的是为发生过的这一切而产生的不安和胆怯。

"她莫非死了?"人们压低嗓门,相互询问着。

她没有死。她把脸藏在他的脖子下面,她还不愿意伸出头来看外头的情形。她差不多苏醒过来了,咳嗽着,哭泣着,开始在他的脖子上面蹭她的脸蛋。

然后,小汤姆·阿姆斯特朗,她的爱人——他是听说这场大火之后,从悉尼赶回来的——跑上前把她接了过来。他看起来既英俊又干净,袖口洁白,身上散发着古龙水的香味。

"马德琳!"他喊道。

可她还在哭着,咳嗽着。他把她放下。她说:"别管我,我没事,只是吓了一大跳。"

然后,她双膝跪下,干呕起来。她抱着脑袋,甚至趴到了地上。大多数人出于惊讶和怜悯沉默着。可是有一两个人却爆发出一阵大笑。

"马德琳,亲爱的。"小汤姆·阿姆斯特朗抑制着自己的厌恶,在大伙儿面前向她伸出手来。

"求求你,"她说,"别碰我,现在别。"

她爬起来,蹒跚着向黑暗中走去。她的头发被火烧光了。

难道这就是马德琳?艾米·帕克暗暗问自己,心中并无遗憾。她的"传奇小说"就此结束。

这当口,要不是事态有了新的发展,格兰斯顿伯里这场大火甚至会把围观的人们烧个精光。但是,在那滚滚浓烟以及人们激动的情绪之上,一种巨大的变化一直酝酿着。另外几团浓云飘荡在这幢熔炉似的房屋之上,开始洒下沉重的雨滴。一个小孩伸出手去接这天上落下的珠玉。大滴大滴的雨水落在手上,他开怀大笑起来。当闪电劈斩熊熊烈火的时候,人们还心怀疑虑。可是一声惊雷炸裂开来,连他们置身其中的灰蒙蒙的废墟与灰烬也为之震动时,人们都惊恐地叫喊起来。

雷雨总算下来了。人们大笑着,吮吸着雨水,在声声炸雷面前,努力使自己镇定下来。

大雨倾盆而下,证实了其实烈火也没有什么了不起。人们在雨水中游逛,仿佛他们自己就是条条小溪。雨水在女人们的乳房间流淌,灌满了男人们的口袋。他们得救了。闻着灰烬的气味,他们清楚地知道这一点。班加雷这边不大可能再有一条火舌残留下来,另外一边——远至乌龙雅也同样不可能。

于是,人们又开始钻回到他们熟知的那个世界。他们是被那滚滚浓烟从那个世界的各个出口逼出去的。

艾米·帕克把手搭在丈夫身上,她本可以问他许多事情。

"我们走吧,斯坦。"她说,"烧得厉害吗?我们必须把伤口包扎好。告诉我,"她说,"觉得很糟糕吗?"

"不,"他说,"伤得不厉害。"

他觉得雨水打在肩膀和胳膊的伤口上面一阵刺痛,不由得向后缩了一下。但这只是肉体表面上的创伤。如果他正在颤抖,那是因为他从大火里面钻出来的时候,已经虚弱得像个小孩子。而且在闪电的照耀之下,他看见了自己刚出来时的神态和表情。他没有再去看那个曾经和他一起站在楼梯口的女人。他把这件事情扔到脑后,不再去想它了。

可是,当他们在雨水中穿行的时候,妻子还在想着这桩事。

"她吓坏了,可怜的人儿。"她说,透过黑暗望着他,"那么可怕的一次经历!"

究竟是怎样的经历,她也想见识一番,可惜不能。这很让她烦恼。斯坦在那座燃烧着的房子里面找到马德琳的时候,他会跟她说些什么呢?她渴望在灯光诚实的照耀之下,重新获得她的丈夫,双手捧起那张脸,看清楚他的思想。

大雨如注,他们跌跌撞撞地走着。闪电照亮她的脸,种种想法在她脸上显现着,但是从他的脸上却什么也看不出来。

于是,她只能为丈夫从大火中救出那个女人的勇敢行为感到满足。

第十三章

扑灭格兰斯顿伯里这场大火的暴雨,事实上是夏末连续降雨的头一场。因此,田野不再是赤裸裸的了。那烧成焦土的山岭和溪谷一片片黑色的"伤疤",在人们没来得及出去看看还残留些什么的时候,便又涂上了绿色。有的人,当然,没有勇气再回到被荒火烧剩的房屋框架,便奔走他乡谋生去了;在那儿,他们认为大火的热情永远不会高涨起来。然而,那些回到被大火洗劫了的农庄的人,总的来说是高兴的。雨后的新绿一直在扩展,先是一条条一块块,然后泼洒开来,使他们觉得年轻、充满希望。当他们挥动斧头,拉起大锯,或者把牲口圈在用小树粗粗编就的篱笆里面,解开一串串腿拴在一起的家禽,他们充满了决心。因为他们已经见识了那场大火,已经看到了应该看到的一切。他们能够重新安排自己的生活。或者说他们觉得自己能够做到这一点。

巴布·奎克莱依却没有重新安排他的生活。巴布的生活太简单了。他从床上爬起来,揉掉眼中的睡意,嚼着大块大块的面包,嘴角流着口水,眼睛瞅着装在一只罐子里的蝌蚪。他从大地的表面和大树的顶部去了解这一片原野。他既是一只鸟,也是一只蚂蚁。因此,他超脱了男孩子长于思索的心灵,完全出于本能继续着他的生活。也正因为这样,他比任何别人都更早地感觉到那青草和树叶的新绿在扩展。他觉得手心发痒,他在肩膀上蹭着脸蛋儿。他坐卧不安,便出去长时间地大步跑着,而别人,甚至孩子也不会想到这么做。

巴布去"群岛"周游比谁都早。他扯下山核桃吐出的新叶,放进嘴里。他用欧洲蕨弯曲的叶子上面褐色的绒毛摩挲自己的鼻子,而且大笑着。有时候,为了变换一下方式,他就一直跑到山脚。那时候,他的四肢几乎要从身上甩出去,两只大脚像两块木板一样叩击着大地。但他依然大笑着,还时常扑通一声在地上跪下,朝一个兔子窝里瞅。那洞里,一条蛇的尾巴已经蜿蜒而去。他那双孩子般的眼睛在一张已经年长的脸上闪闪发光,寻觅着什么。

巴布到所有那些已经被烧毁并且被遗弃了的住宅造访,看能找到些什么。但是找不到多少东西,不过是些铁壶铁碗,破床架子。在某片废墟,他躺在一副破床架子上,透过房顶,凝望着早已升起在那里的一弯清冷的月牙儿。直到与那月亮的距离让他感到害怕。他扔下那只装了几个甲虫的罐头盒,蹒跚着跑过烧焦了的地板,回到自由的空间。

在阿姆斯特朗家的那片废墟,就比较活跃了。那儿也是巴布常去的地方。他待在那儿看工人们用泥刀敲砖,看他们喝红茶。因为阿姆斯特朗先生已经下令再造一座新房子。花多少钱都无所谓,只是要和那所老房子完全一样。他很为那所房子骄傲。于是,这桩事在人们不坐在太阳下面谈论马儿的时候,渐渐地干起来了。有个男人在开粗俗的玩笑。他把他的帽子塞在那个裸体女人的雕像上面,做了些下流的舞蹈动作,既表示了对它的占有,又表示对它的厌恶。巴布·奎克莱依看了拍手大笑。什么样的胡闹他都爱看,尽管要他自己去做就忸忸怩怩。所有这种玩笑和胡闹:男孩子们在烂泥里嘎吱嘎吱地踩着走,相互往屁股上一把一把地扔泥巴,小伙子们戴上女朋友戴了都要害羞的帽子,特别是那种插着羽毛的帽子,以及拥抱这个石头女人的古怪家伙,都闯入他的梦境。巴布·奎克莱依湿乎乎的嘴唇颤抖着,发出一串笑声,笑得眼睛里充满了泪水。

人们都去格兰斯顿伯里看那所新造的房子,阿姆斯特朗一家却从来不去。把它交给建筑师和工人们就够了。他们有的是钱,尽可以不管那房子是怎样建起来的。但是这场大火也许还是使他们在感情上受到了创伤。在他们先前那所房子还是一片废墟的时候,他们很怕再看到那里的惨象。他们继续住在悉尼,或者只是到乡村那些和他们门当户对的人家造访。

尽管他们没有在杜瑞尔盖露面,但阿姆斯特朗先生确曾给斯坦·帕克写过一封信,而且为他勇敢的行为附上一笔相当可观的报酬,还转达了那位即将成为他的儿媳妇的年轻小姐的感谢。屠户在信中说,至少他敢肯定,这位年轻小姐会在他的感谢之上再加上她的一份感激之情。只是眼下为了健康的缘故,她正在另外一个州旅行。

斯坦·帕克完全可以对这张支票嗤之以鼻。可是他的妻子并未由于那场大火得到升华,只想着他们能用这张支票买的那许多东西。渐渐地,在她的感召下,他也分享了她这种卑微的快乐。他们甚至把这张支票保存了一阵子,自己瞅着玩,还拿给别人看。

这当儿,欧达乌德太太来看望帕克太太。她因为腰上和别的地方长满了像六便士硬币那么大的带状疱疹,没能去看那场大火。她坐在那儿拿着那张光滑的支票,就好像那张纸有一种内在的力量,只要摸一摸就会给她带来什么好处。

"听我说,"她说,手里拿着那张纸,很优雅地画了一个圈,好把那上面的字看得更清楚一些,"健康归健康,财富归财富。不过我真想弄清楚,这两样东西哪样更值得拥有,可是看起来有我那么个冤家,我是永远也不会弄清楚了。帕克太太,我真为你高兴。你走运了,男人好,银行里又增加了存款。不过,这事儿摊在你头上我才高兴。这倒不是狐狸吃不着葡萄就说葡萄是酸的。就是这么回事儿。我宁愿是斯坦,而不是我们欧达乌德,从大火里往外救太太小姐。她们穿着睡衣或者穿着听人们说她们晚上穿的那种玩意儿。"

"你这是什么意思,欧达乌德太太?"帕克太太问。

"我不再多说了,"欧达乌德太太说,"因为我当时不在场,别人的眼睛又从来不会看得那么清。我只是说,亲爱的,我很高兴,不是我们家的欧达乌德,脖子上吊着一位小姐,从火里游荡出来。"

"我向你担保,那时候可谈不上什么游荡不游荡,"帕克太太不高兴地说,"正烧着大火,明白吗?至于欧达乌德嘛,他只会躲在厨房里,向他的酒瓶子献殷勤,决不会去救任何人。"

"从朋友嘴里说出这种话来可真让人恶心。"欧达乌德太太说。"不过我可不愿意咱们这么不友好地分手。特别是不能为了那个狂妄自大的家伙。她骑着马从大路上走过,就好像你是脚底下的尘土,连招呼也不打,甚至连天气怎么样也不说一声。不过,人们说,"她说道,这大概才是她为什么要来这儿的真正原因,"人们说,整个事儿都告吹了。一位很有权威的太太给我写来了信。如果你一定想知道是谁的话,就是那位弗里斯巴依太太。她在阿姆斯特朗家帮过一阵子忙。她丈夫在海上航海,是个可怜的人。她本来不打算在那儿干了,可是又没走。我忘了是为了什么,不过她还可能辞去她的差事,因为那个阿姆斯特朗太太是个地地道道的心地恶毒的女人。哦,弗里斯巴依太太在她的信里对我说,小阿姆斯特朗——总的来说,他不是个坏小伙子——自从那个马德琳溜走之后,简直要发疯了。你注意,还没有正式宣布什么,但该知道的人都知道了。现在事情有点搞不清了。马德琳出去旅游,没有按时回来,不是因为她的头发被火烧掉了,而是因为她没有感情,弗里斯巴依太太说,她有的那点感情在起火的那天晚上也都烧光了。所以,小汤姆也就只好勉强吞下去了。"

说完这番话,欧达乌德太太把下巴往回收了收,又把嘴唇在齿龈上面放好,便扬长而去了。艾米·帕克很高兴。她打心眼里不想再见这位朋友。尽管事实上在那个星期四,因为她们决定要分一扇猪肉,还得见面。

帕克太太并没有恧恵欧达乌德太太详尽阐述她带来的那些消息。这些消息艾米·帕克听了也就搁到脑后了。她只是有时怀着一种冷静的喜悦,从中挑拣出一星半点,玩味一番。因为自从马德琳可怜巴巴地被火烧了,趴在死灰和草丛中呕吐之后,她已经把她从自己的心灵中驱除掉了。她不再在梦幻中看见她骑着马冷冰冰地走过。那是属于一个非常愚蠢的时代的事情了。现在她可以居高临下地看燃烧的房屋前面那个马德琳了,也可以施行几分残酷了。如果不是因为她的丈夫和这场大火,这是永远不可能的。丈夫的沉默永远地把她推进那熊熊燃烧的火焰,不论她是在睡觉,还是站在厨房的洗涤槽前洗锅刷碗,直到她自己也在那火焰中旋转、舞蹈,保护着头发,同时寻找着被浓烟熏黑的某个标记。

斯坦·帕克的烧伤很快就愈合了,只留下几个小疤。有一天,他拿着那张支票去班加雷的一家银行。斯坦以前从来没喜欢过这个镇子,那里面到处是金属器具,还有黄色围墙的监狱。可是到这时,他觉得那是属于他的镇子。他看见的人,大多数他都知道他们的教名。他熟悉他们的背影和习惯,知道在哪个酒店能找到谁,还知道他是跟谁待在一起。

这天,斯坦·帕克去找一个叫莫瑞阿蒂的人。几个星期前,他向他借过几个先令。按照常规,在铁路大旅店总能找着他。于是斯坦向那家旅店走去,走进一个酸臭的、洞穴似的房间。不知道因为什么,这一天那屋子里笼罩着一种严肃的气氛。泼洒着啤酒,弥漫着烟雾,面影幢幢。他们正在议论一个重要新闻。这个新闻刚刚传到这个华而不实的小镇,暂时威胁着它,连监狱黄颜色的高墙和店铺廊檐的铁皮花边都少了几分浮华。

这个新闻只言片语传到斯坦·帕克的耳朵里,在他向酒吧间里面挤过去的时候,他已经渐渐感到浑身麻木了。等他终于看见莫瑞阿蒂,便问:"发生什么事了?"

"怎么?你还不知道?"莫瑞阿蒂说。他才先听到几分钟,便要小看那些对这件事还一无所知的人。"嘿,"他说,"爆发战争了,在大洋那边。"

"是啊,"鲍勃·福勒说,"我们都要应征去打德国人了。"

"怕个毬,"有人说,"离我们这儿还远着呢!"

他们把杯子里的啤酒一饮而尽,又赶快添上,渐渐觉得好一点儿了。

"你怎么办,斯坦?"有人问。

"还不知道。"他说。

这是真话,他反应迟钝。

尽管有时他感受到某种真知,这种真知使他的身心为某种信念而活跃起来;这种真知告诉了他上帝的存在,在他已经忘却了妻子的容貌时,又照亮了她那张脸;这种真知使颤抖着的树叶与他越来越近,直到叶脉和无穷大以及所有的事物都联系起来,从灼热的太阳直到他烧伤的手;尽管所有这一切,斯坦·帕克遇到和人打交道时,依然很迟钝。他想和人们交流,但这只能是尚未实现的雄心壮志。到目前为止,他还没能做到这一点。

现在,他说:"我不知道。"

他确实还不知道,虽然他也许很快就会知道。就像昼夜相接那样,问题总会自行解决。

"这也算解决问题的一个办法。"莫瑞阿蒂一边搔着他那短短的、汗津津的头发,一边说。

他是个以栽篱笆为业的人。一个挺好的家伙,但是没有任何特殊之处可以给人留下印象。他独自住在一间用表皮板搭成的小棚屋里,在灌木丛上晾晒他洗的小零碎。几年前,他妻子跟一个剪羊毛的承包商跑了,再也没有回来。

"可不是嘛!"鲍勃·福勒笑道。他像喝醉了酒似的笑着。实际上他也真醉了。

那个正在洗杯子的姑娘——她那白皙的、有光泽的、很少风吹日晒的皮肤,散发着一股肥皂味。她说:"帕克先生,您要是穿一身军装,一定很漂亮。我就喜欢块头大的男人。这种人脾气好。两三年前,我在柯巴尔跟一个矮子相好,简直像跟带刺的铁丝网一起似的别扭。临了,我说:'瞧,这事……'"

她说的话没有什么实质性的意义。

在班加雷铁路大旅店的酒吧间,尽管许多人都在说话,但他们除了听自己说话外,很少有人听别人讲。他们非得把他们知道的所有东西都讲出来,把他们做过的所有事情都讲出来,生怕一旦沉默下来,他们的一无所知和一事无成就会被发现。因此他们说呀说呀,有的人甚至打起架来,显示他们是勇敢的。有一位压不住胃里的痛苦,酒气涌上来,呕吐起来,还昏了过去。消息传来的这一天,铁路大旅店就是这样充满一种暂时兴奋和醉醺醺的气氛。外面,火车站上一辆火车噗噗地喷着水汽,弥漫着那股火车特有的气味,这使得人们觉得他们要到什么地方去,觉得他们一生都在等待这一天的到来。至于那是可怕的、即将来临的末日,还是由"铜管乐队"演奏的令人振奋的雄壮插曲,就由每个人自身的气质决定了。

过了一会儿,斯坦·帕克就溜出去,赶着马车回家去了。当他走下最后一座山包,看见堤坝旁边柳树的枝条,以及他的一双脚在房屋周围踩出来的条条小路的时候,这汉子想,他是要打仗去了。他甚至在心里琢磨,他将杀死什么人,会不会抱着一个必须具备的信念去干这种事情。他仿佛看见生命正从一张脸上消失,从某一个泰德·莫瑞阿蒂的脸上,或者是从他自己的脸上消失?他赶着车继续向前走着,脖子上汗津津的。但是现在,他自己生命的短促,与周围景物的永恒之存在以及嗡嗡嘤嘤的蜜蜂和随风起伏的小草的永恒之存在,形成了鲜明的对照。

不过,在血肉之躯的限度之内,他还是有一点英雄气的。到家之后,他从车上跳下来,迅速收拾好挽具,觉得在吃布丁的时候,如果家里人夸他,他一定会高兴的。不过要表现出来就不一定得体了。

妻子艾米·帕克听说打仗的事情之后,却继续切她的面包。

"你什么时候走,爸爸?"雷问道。现在他已经是个大孩子了,渴望知道天下大事。因此,听到这个消息之后,兴奋得连饭也吃不下去了。"你能从战场上给我们带回点儿东西吗?"他问。

他想要一把剑,还想要一枚从德国兵身上取下来的子弹。

"吃你的饭吧。"妈妈对他说,然后又对丈夫说,"我们怎么能知道这不是他们故意编出来在酒店里瞎说的呢?"

但是艾米·帕克心里明白,这可不是瞎说。因此,她比平常更用力地把盘子扔到一块儿,把面包屑也使劲扫成一堆,唤来鸡鸭,把这些可恨的渣子扔给它们。然后,她抬起头来,看见周围的景物已经经历了最初那可怕的震颤,又恢复了大自然的宁静与明亮。只有她仍然战栗着,傻呵呵的,而且不得不从孩子们面前躲开,坐在雷出生不久她用钩针编织的那条被子上,坐在她和丈夫合用的那张床上。屋外,下午那种种响声和平常并没有什么不同,但是她听了却觉得那样难受。

斯坦被部队招募之后,现在是到营房去的时候了。他们都在等一辆来接他们的大车。因为欧达乌德也要去。一个男孩子赶车送他们到村子里,他们在那儿和其他应征入伍的人会合。

帕克一家在门廊等待着。他们都那么神情呆板,就好像是在星期日的正餐之后。

"你在营房里有毯子吗,爸爸?"塞尔玛问。

爸爸入伍对她并没有什么触动,但是有时候,她也会产生一种朦朦胧胧的兴趣。她是个干净孩子,总爱洗手。她不会太想念父亲,尽管分手时她会哭的。

正在这时,雷喊着说他看见那辆大车了。车上坐着那些人,欧达乌德太太也在上头。她哭得两眼红肿,寻找安慰来了。

然后是紧张地赶快收拾那几件东西的时候了。每个人的四肢都显得僵硬、羞怯,只有欧达乌德例外。他已经带来旅途上用的东西,正唱着一支有点爱国主义味道的歌。

"听听这人,"他的妻子扬着一张满面泪痕的肥胖的大脸说,她已经无法掩饰脸上的泪痕,也就不再做这种努力了,"应该唱歌的是我们女人,可我们唱不出来。上车吧,你们这些没用的家伙!至少让我们放声大哭一场。这样也就算了。快到挤牛奶的时候了。"

大车似乎要听从她的劝告了。斯坦·帕克吻了吻他的妻子。她穿一件白罩衫,显得那么僵硬、死板。有人说她是个壮实的女人。她不胖,但是结实。现在,她一动不动地站在那儿,等待着从这个大事件中解脱出来。这一点,当然能做到,只要她等足够长的时间。男人们的背影在大车里面消失了。和前几次去救火、抗洪时的别离没有多大的不同,只是眼前的别离更正式一些。她站在那儿,深深地吸了一口气。

他们都在那儿站着,孩子们没有穿鞋。他们只是到教堂或者上学的时候才穿。欧达乌德太太已经不痛哭流涕了。老弗利兹也站在那儿。他已经很老了,但仍在松松垮垮地做事;傍晚,坐在小棚屋前补衬衫。他们站在那儿,甚至在大车里的人们已经不再理会他们之后,仍然招着手。他们这样招手,是因为还想不出,接下去该做什么。手臂那轻柔的、给人以慰藉的起落,填充了他们心中的空虚。

斯坦·帕克去海外服役前回来休过一次假。那时他已经变样了。头发剪得特别短,甚至在穿着便衣转来转去做那些活计时,身上也散发着一股卡其布的气味。有时候,他坐在那儿打他的裹腿,就好像很喜欢这种举行仪式似的活动。他裹呀,绑呀,直到紧绷绷地包扎起来。那时,他就比什么时候都更显得"不外露"了。

"你一定喜欢这种当兵的生活,"妻子抱怨着,"真说不清男人们究竟喜欢什么,甚至你最了解的人。"

"我还能怎么办呢?"斯坦·帕克说,"莫非要我在墙上撞死不成?"

"他们给你的饭够吃吗,斯坦?"她问道。

食物毕竟是你能够接触,并且加以讨论的东西。就是一位教授或者一位有钱人来了,你也可以给他烤一块牛腿肉,而不会觉得不安全。

"你挨过饿吗?"她问道,"他们给你吃些啥?"

"炖肉、烩菜。"他答道。

他瞧着刚刚擦亮的一块铜片。铜片在灯光下闪闪发光,就好像是一件很值钱的玩意儿。

因为这是他在家的最后一个夜晚了,也因为从他穿上军装之后便沉湎其中的那种对现实的逃遁,以及自我毁灭的神秘终于使她感到那样地孤单寂寞,她问:"你和很多个相识的人住在帐篷里面,就从来没有感到孤单吗?"

"怎么能感到孤单呢?"他恶狠狠地说,"大家挤在一起,你的思想和紧挨你的那个家伙的思想那么接近,总能谈得起来。甚至上厕所的时候,也是这样。"

然后他站起来向外面走去。那是一个清冷的、星光灿烂的夜晚。他爬上房子后面的一座小山包。两株桉树挺立在那山包之上,星光在枝叶间颤动。他也觉得冷,而且在颤抖,身上的肉在噗噗地动。他靠在一株树上,但它也给不了他多少支持。他本来想做祈祷,但怕眼下得不到回答,不管你祈祷的是什么。

于是他又回到妻子那里。他拥有的、唯一可以把握住的便是她。她满怀信心地接纳了他。他们紧紧地拥抱着,就好像在黑暗之中往下沉,至少要一起沉没下去。等他们陷入深渊,便什么都不在乎了。

斯坦跟别的那些应征入伍的男人们一起,在眼泪和喝彩声中,在盖奇太太在邮政局上空升起的一面小小的旗帜之下,坐着公共马车到班加雷去了。艾米·帕克过了好一阵子才意识到这一切已经发生了。她没有哭,她还有孩子和奶牛需要照顾。她立刻去做那些必须接着去做的事情。好多天,她继续这样按部就班地去做事,直到她那宽脊背上的筋肉累得咯咯响;直到有一天夜里,她在镜子里惊讶地看见自己那张显得那么冷漠的脸。

欧达乌德太太自从男人们走了之后,就好像天塌了似的。她说,是妇女们承担责任的时候了。她对邻居们充满了友善,至少刚开始的时候是这样。要收土豆的时候,她来帮忙;配种的时候,她为公牛抓着母牛。人们还都去奎克莱侬家临时帮忙,收收橘子。多尔站在大伙儿帮着钉起来的那些木头箱子中间,微笑着,清点数目,露出那没有神采的微笑。甚至巴布也学着做点儿简单的活计了。但是战争开的这场大玩笑太使他着迷了。他学枪炮声,像马嘶一样地笑着。有一回,他宣布他死了,而且那滋味并不怎么坏。

不管怎么说,杜瑞尔盖的妇女和儿童们这样相处着。开始的时候,由于环境的变化,他们在自己身上发现的那种种美德闪烁着光彩。

雷已经开始挤奶了。在那令人昏昏欲睡的黑暗中,他揪扯着僵硬的奶头,脑袋不时撞在一头母牛胀鼓鼓的肚子上面。

"啊,我累,妈妈。"夜里雷说。

她深情地吻了吻他整张嘴。甚至当她望着塞尔玛枕在袜子上面的那张一本正经的脸时,心中没有多少失望,而是充满了柔情,然后拿起袜子缝补起来。艾米·帕克在这个时期做了许多这类事,可以说都是以一种强者的姿态。因为她的弱点还没有暴露,她还很强壮。

大约就在这时,人们开始注意老弗利兹了。这些年,他一直跟他们待在一起。累了,出去走上一阵子,但总是再回来。劈木柴,煺鸡鸭,烫洗牛奶罐,从向日葵周围连根拔掉每一棵杂草。可是现在,人们好像第一次开始注意到这位弗利兹。从战争爆发,他就好像矮了一截,好像生了病,或者怎么了。他总是劈完木柴就走,回他自己屋里去。他不再在外面坐着,总是待在他的小棚屋里,而且不在窗户跟前,是在屋子靠墙那边。他只是坐着,只剩下一把骨头,和最后那一身饱经沧桑的老肉。

也许弗利兹要死了。艾米·帕克开始为最初的预感而恐惧。

但是弗利兹在受够折磨之前,不会轻易死去的。他那双低垂着的眼睛知道这一点。

人们到这院子里,想看上一眼帕克家的弗利兹。如果他们再做一些努力,或许会把他那张脸撬开,掏出他的思想。但是他们没做这种努力,只是看一看,装作一无所知,或者只是坦率地、慢慢地瞅上他一眼,皱皱眉头。

后来有一天,艾米·帕克在到奥维尔黄油工厂——他们已经开始把自家的奶油往那儿送了——回来的路上,碰见奥塞·皮博迪骑着他那匹毛儿蓬乱的马。因为说说天气总是合乎礼仪的行为,奥塞便停了下来。他是个精明人,"常有理"。他没有应征入伍,当然是因为他的父母亲都老了,身体又不好。他的妻子自从那次得病以后,也总是一副病态。如果有人问他为什么没去打仗,他张口就告诉你这些理由和一大堆别的理由。不过谁也没有问他,因为人们早把奥塞·皮博迪给忘了。他不是那种让人难以忘怀的人。从他们赶着马车到乌龙雅抗洪的那些爽朗而明快的日子开始,他那双眼睛便像蒙上了一层阴郁的霜。

"艾米,你们家那个德国老头,"谈到这个话题时,奥塞·皮博迪说,"真奇怪,这时候你还养着他,一个德国佬。我只是对你说说,因为人们都感到惊讶,而且斯坦又不在家。"

艾米·帕克很为这种想法吃惊。她的一双眼睛显得那样单纯,奥塞·皮博迪看了很是高兴。他把别人搅得心神不定了。

"如果我有个父亲,我是不会把他打发走的。"艾米·帕克说,"我不懂这种事情,可是弗利兹是个好人。"

"当然啰,这事由不得我来做决定。"奥塞·皮博迪微笑着说。

"我们谁也无权决定,"艾米·帕克说着赶了赶马,"这得由弗利兹决定。"

可是现在,她似乎对自己的生活把握不住了。

"女人,"欧达乌德太太说,她在兴奋的时候,特别是喝过一杯茶之后,总爱发表一番宏论,"女人如果没有男人只是一半。是男人,甚至是我们有些人找的那种男人,才使我们凑成个'整数'。他们知道我们自认为正确的那些东西中到底有多少是正确的。如果你不会加减,并且得出正确答案,仅仅知道某件事情对不对是不够的。亲爱的帕克太太,你明白我的意思吗?"

帕克太太还是不得要领。

"我是说,那个老头子应该滚蛋,艾米。我们的小伙子肚子上捅着刺刀,无辜的小孩子们也死在这些肮脏的德国人手里。我真想朝他们脸上吐唾沫。每天都吐,星期天也不例外。"

"不!"艾米·帕克大声说。

然而,这事情已经非如此不可了。

那是一个下雨天。这个老头——他那张和善的脸现在已经很憔悴了——到院子里去劈几根木头。因为多少干点儿这种活计,就会减轻一点他那种麻木的感觉。孩子们站在蒙蒙细雨之中,叫喊着,推搡着,说着什么秘密消磨时间。无聊和雨水使这些孩子们变得凶残起来。他们真想打碎点儿什么东西。但是他们还没有胆大到砸玻璃,或者拿把斧子去劈房子的地步。因此,他们开始模仿他们的父母亲,碰着胳膊肘子,相互议论起帕克家这个德国人。他们一会儿哈哈大笑,一会儿窃窃私语。

雷和塞尔玛躲开那群孩子,在周围溜达。他们用脚趾踢着泥巴,很觉羞愧。他是个好老头。他们知道,他们曾经爱过他。但是他们憎恶他加诸他们头上的这种侮辱。在这种让人面红耳赤的羞愧之中,他们变得比恨谁都恨他。

那些男孩子们又喊又唱:

德国佬弗利兹,
弗利兹德国佬,
咱们等着把他瞧,
瞧他怎样把命逃……

然后他们哄堂大笑。

有人开始朝他身上扔一小块一小块的红泥巴,泥巴粘在老头打着补丁的脊背上。

不让他站下歇歇脚,

杰克·霍洛维唱道,他特别善于编这种顺口溜。

提着裤子往前跑。

尾巴底下拴鞭炮，
正好炸他进监牢。

那些穿套头衫的小女孩和膝盖上结着痂、落着疤的男孩子们高兴地尖声大叫。后来，艾琳·布莱特笑得直打嗝。她弯下腰，抓起一大把泥，尖叫着朝老头扔去。老头正在放劈柴的小屋里堆放引火用的木头棒子，泥巴正好打在他转过去的脊背正中。

他转过身，脸色像纸一样的苍白。他没有表示反抗，他的身体已经太虚弱了。他蹒跚着朝他那间小棚屋走去，踉踉跄跄的样子现在看起来是那样可笑而又可恨。

有的孩子有点儿忐忑不安了。或者因为和他面对面，有点儿害怕，不吱声了。可是还有几个继续尖叫、有节拍地唱。

总之，这场面真可恨。雷·帕克气喘吁吁，嘴巴因为兴奋或者厌恶大张着。他希望这一切不曾发生，要么就更糟糕一些。汗水和兴奋使他浑身放光。他捡起一块石头，把弗利兹的嘴唇打破了。他们听见石头打在他牙齿上的声音，然后血涌出来，顺着他那干干净净的下巴流了下来。雷害怕了，但同时也使自己得到了解脱。现在他可以去恨这个他曾经爱过的德国老头了。他可以毫无疑虑地站到别的孩子们的中间了。

那老头继续走着，穿过院子，走进他的棚屋。孩子们消失在一片沉寂和蒙蒙细雨之中，不知道他们是否应该忘记刚才发生过的这件事情。他们在对那个德国老人那张脸的尊敬和对雷的行动——他们也都参加了这种行动——的激动人心的爱国主义的实质之间，徘徊犹豫，无所适从。

等艾米·帕克出来看孩子们为什么吵嚷的时候，屋外已经只有细雨和静默了。她发现德国老头正坐在铺在床上的草袋子上。

"怎么了，弗利兹？"她问，"这到底是怎么回事？你被打伤了？"

"没有。"他说。"我已经不疼了,但我必须离开这儿,"他说,"再待在这儿,对我们谁都不好。"

"不,"她说,"你决不能走。"

她站在那儿束手无策,只是来回转着手指上面的戒指,就像一个戴着结婚戒指的小姑娘,摸着它,似乎就能唤来那还没有到达的成熟。

"不,"他叹了一口气说,"我一定得走。"

她不知道该说些什么来安慰他。但是有一点她明白,那座木房子里已经没有什么能留住他了。

于是,第二天,艾米·帕克赶着车送德国老头弗利兹到班加雷。他穿了身黑西服,这是他比较好的一套衣服,只是薄了一些。他随身带着一口箱子,箱子拦腰捆着一根带子,还有一条粘着细糠的口袋,里面杂七杂八塞着些软乎乎的或者笨重的东西。女人赶着车。但是这次旅行,路成了起主导作用的东西。他们真希望一直走在那条路上,直到路的尽头。而那路确实也因为它的单调和漫长暂时使他们心中依依惜别的痛楚变得麻木起来。

可是,当他们接近城郊,看见到处扔着的罐头盒和拴着吃草的奶山羊的时候,女人觉得受不了了。因为现在很清楚,一切都到头了。

"你想让我把你送到哪儿,弗利兹?"她紧张不安地扭着手里的鞭子问。

"哪儿都行。"老头说,"我现在就可以下。反正都一样。"

"可是总得去个地方呀。"她说,极力控制着她那绝望的声音。

老头没有回答。他坐在车上,用手指抚摸着挂在一根早已失去光泽的表链上的金属牌子,摸着那上面早已辨认不出的字迹。他脸上的表情进入一种热切的、返璞归真的境界,也几乎难以言传。

"这儿就行了。"老头手扶车上的围栏说道。

这时，他们已经进入小镇的中心地带，卷入了熙熙攘攘的人流。他们已经靠近贸易市场了。那些小里小气的黄皮肤的女人们手里提着鸭子。牛犊无可奈何地喘着粗气。一辆大车东倒西歪地向前行驶着，车上装的圆白菜堆得像个没尖儿的金字塔。

"谢谢你了。"老头对女人说。她简直不敢开口说话。

她眼巴巴地看着他带着他那点行李下了车，站在地上，不由得走过去抓住他的手。

"啊，弗利兹。"她哭着说。那绝望的声音从她嘴里迸出来，就好像一只脖子上正架着一把刀的鸟的叫声。

"再见了，斯坦太太。"弗利兹老头说。他抽出那只手，因为除此而外，他还能干什么呢！

然后，他走进一条她不熟悉的小巷，就再也看不见了。

她站在那儿，为那个失去了的世界哭泣。既然她生活的结构已经被动摇，一种巨大的悲哀便向她袭来。这种悲哀就是她和丈夫吻别的时候也不曾体验过。尽管她爱他，丈夫给她精神上的温存、肉体上的满足，她爱他，将永远爱他。可是她因为天一亮就开始的那种满足而爱这个德国老头。清晨，不听使唤的铁桶叮叮咣咣地碰撞着；中午，在那令人昏昏欲睡的时刻，树叶挂在树枝上，母鸡在尘土中打瞌睡；傍晚，他那张憔悴的脸就像枯萎了的向日葵。现在这一切都没有了。

她就这样待在那儿哭，斜倚在马车的车座上，样子十分可笑。头发披散下来，小绿头苍蝇几乎一直爬在她那黑魆魆的背上。从她身边走过的人们瞧着她心里纳闷，这女人怎么这样激动。光天化日，大庭广众之下，这样健壮的一个女人涕泪满面简直让人讨厌。

一个小伙子提着马笼头，迈着稳健的步子走了过来。他偷偷地笑着，问道："怎么了，太太？"

但她还是不停地哭。他有点害怕了，意识到，这女人可不是患了什么牙疼病,而是另外一种他不曾经历过的痛苦折磨着她。于是他继续走自己的路,连头也没回。

女人终于控制住了自己的感情。她绾起头发,擤了擤鼻子,回转马头。因为她必须重新把家里这副担子挑起来。

通往杜瑞尔盖的大路上乱扔着石头,让人看了心里难受。

她在路上碰见巴布·奎克莱依,便把他拉上了。他非常高兴。

"唉,现在就剩我自己了,巴布。"艾米·帕克说。

"啊!"他带着几分惊讶望着她,就好像并没有预料到会发生别的什么事情。

但是他并没有看见她那张脸。她把脑袋转过去,眺望着远方的田野,或者是在窥视她自己的内心世界。

"弗利兹走了。"她弓着腰说。

"那谁来给你劈木柴?"巴布问。

"噢,那就得我们自己劈了。"她说。

"我不喜欢劈木柴,"巴布说,"我情愿让姐姐干。那我就自由了。"

艾米·帕克意识到,这个永远也长不大的男人实际上享有一种异乎寻常的自由。这是上帝对他的恩赐。有一会儿,女人想她应当做祈祷,可是她已经失去自己的信仰了,或者已经把她的信仰寄托到丈夫的力量和德行上了。

"瞧,"巴布四处乱指着,"现在又都绿了。大火烧过之后,从来都没有这么绿。溪谷里长着蕨,有时候我就在蕨草丛中躺下,睡上一小会儿。我姐姐因为我不回家生气。可过一阵子我当然还是要回家的。人不能总在那儿待着,会觉得肚子饿的。"

这倒是真话,她觉得自己正饿得慌。

"我还知道那儿有几只小狐狸,"巴布说,"在一个小树洞里。我还知道一窝猫头鹰。"

她敞开胸襟,那真是虚怀若谷。他便用山峦、沟壑以及鸟的羽毛、蕨的芳香塞满她。

　　过了一会儿,他说:"让我下车吧,我要到狐狸那儿去了。就是这里。"

　　她让他下车之后,他就顺着山坡跑了下去。两个大脚丫啪嗒啪嗒踩着地,张开双臂保持着身体的平衡。

　　艾米·帕克继续走自己的路,体味着她自己的孤独和悲哀所造成的那种新鲜而又单纯的感觉。在这条路的尽头,她的孩子们正等着她,期待她把力量赋予他们。奶牛对她的即将光顾毫不怀疑。鸡鸭则拍打着翅膀向她跑过来,总觉得她那只手会从高处扔下些食物。

　　看起来,她的生活都已经安排得很周到了。她为此而高兴。她为她这所被枝叶蓬乱的玫瑰和夹竹桃——她不大喜欢夹竹桃,它们太拘谨、太呆板——所环绕的房子而高兴,即使在下午西斜的阳光之下它显得脆弱了一点。

第三部

第十四章

那充满泥泞与炮火的岁月过去之后,斯坦·帕克很少再谈论往事。他不像有些人那样,打完仗就爱夸夸其谈。他不会被人用好话哄得讲那些男孩子们爱听的没完没了的"历险记",因为混乱对他来说并不是机遇。战争最紧张的时候,甚至连季节的变化都会完全忘记,种种官能也似乎都从身上消失了。他最喜欢眺望天空,希望看到自然界变化的征兆;最喜欢倾听燕麦穗落下来的声音,最喜欢抱起一只刚从娘胎里掉出来的湿漉漉的小牛犊,让它知道它的四条腿能走能跑。

东西生产出来是为了能够有用。可是与此相反的破坏的过程一旦得以完成,就有更大得多的说服力。当绿色的信号弹划过夜空,他那个头颅感受到的就是这些。那漂亮的烟火照亮刚刚落在他脚边的一只手。那手扔在那儿,手指弯曲着,呈现出它最后那个动作。它躺在那儿,就像从葡萄树上扯下来的一个卷须。这个卷须在采摘的目的——如果真有这样的目的——被遗忘的时候,又被丢在那儿。这位新兵还活着的头颅就这样看着那只向他恳求的手。他在黑暗中等待着命令。命令还没有下达。但是总会下达——他这样希望着。他在那儿站着,仿佛是尘世上最后一个人。那只手已经开始向他打招呼了。然后,穿过那幽绿的、流动着的黑暗,命令下达了。汗水又流了下来。他把那只软绵绵的手踢到一边。除此以外，他还能做什么呢？

那以后，在泥泞与精疲力竭造成的静谧之中，或者当炮弹炸开皮肉，或者将神经纠缠成灰乎乎的一团暴露出来的时候，他就常常想起那只手。想它拿东西的时候是个什么样子，想它喝完酒，或者抚摸女人时，是否颤抖，想它给家里人写信的时候，收信人是谁。有一次，在一个村子里，他看见一个老神父伸出一只患关节炎的手，做祝福的手势。他怀着一种渴望，瞧着那只手。因为这只手看起来也无可挽回地要丢掉了。在那些到处是断垣残壁的村子里，要是可能，他很乐意和谁说说话。可是没有这种机会。他躺在一条沟渠里，握着一个因为天黑还没看见长得啥模样的女人一双热乎乎的手。在这种性爱不顾一切的痉挛中，他们将渴望交给对方。然后，整理好衣裳，从嘴唇上抹掉他们的海誓山盟，各走各的路了。路上，男人怀着一种有增无减的渴求，想起了上帝。想象之中，这位上帝在倏忽间降临，又蓦地腾空而起，飘然而去。但他现在不能祈祷。无论脑子里面"库存"的那些祈祷词，还是即兴"创作"的话，都不再适合眼下的环境了。

他也给家里写信。斯坦·帕克一边想着所有这些他知道，但绝不会落在纸上的事情，一边吮着衔在嘴里的钢笔杆，直到两颊陷了下去。他写道：

亲爱的艾米：

……如果能写，我会告诉你一两件事情的。可是无论如何，我们从来都不是能说会道的人。至少我拙嘴笨舌。你能说。你一直是我们俩的"喉舌"。我多么希望你这个"喉舌"给我讲讲，从午饭以后都发生了些什么——哪怕灾难性的事情，比如房顶被风刮跑了。而我们总能再把它盖上去。我的两只手差不多什么事情都干得了。而这正是所有这一切当中最可怕的部分。我能干的事都被从手中夺走了。我是那么软弱,艾米……

我最亲爱的艾米:

你没告诉我,彻丽下犊子了没有,只是说道卡斯和阿莉下了牛犊。有这么两个犊子可太好了。你说它们挺棒。等彻丽下次再发情的时候,我想拿雷根家的公牛跟它交配。就是从贝加弄来的那头,你不是说它特别好嘛。这样一来,等我推开家门的时候,我们也许就会有一头撒欢儿顶架的小牛犊了。我们就给它起名叫"和平",好吗?

从知道将要经历所有这一切以来,我还没有觉得这么糟糕过。我想,我还没跟你讲过这事儿。那是在通往地下隐蔽部的入口处。那天夜里,情况特别糟,我闻得见青草的气味,就好像是在暴风雨后,还闻得见湿乎乎的紫苜蓿的味道。我可以赌咒发誓,上面是明媚的阳光,但是,这里确实是夜晚,是冬天。我是那么快活,那么有把握,我快活得脚步踉跄。我决不会被泥沼吞没,我一定能平安回家。后来,他们问我待在那儿干啥。我看起来就像喝醉了酒,实际上并没有什么可喝的东西。我说觉得不舒服,便走进去躺了下来。我做了一个梦,梦见你在一株楹梓树旁边看报纸。我看得见个头挺大、灰颜色的楹梓还没有熟,上面还长着绒毛。你也抬起头望着。

告诉塞尔,我收到袜子了。没有织错的结,谢谢她。还有那张扎小辫子的照片,她看起来那么干净。还有雷,我已经给他搞到钢盔和手榴弹了。

你用那块旧蓝布做了衣裳,艾米,我真高兴,我高兴你把这些事情都讲给我听。因为,这样一来,我似乎就看见你了。看见你坐在屋子里,看见你从那条小路上走过来,看见一丛丛迷迭香。我们一定不能失望,艾米,战争很快就过去了……

他的脑袋朝一边偏着,一旦写开了便慢慢地、一笔一画地写下去。他字迹工整,那是从母亲那儿学来的,她曾经当过教师。写这封信的时候,他为自己感到一点兴奋,那信中的字在他的眼里却变了形状,那是青草,是慢吞吞的奶牛,是各式各样的工具:斧子、榔头、铁丝以及别的东西。这些东西在周围乱扔着,他却总愿记着它们。那信中直率的语言变成了死亡的经历、兴奋,以及爱情。

斯坦·帕克写道:

我的亲爱的艾米:

我已经想过了,过了夏天,那块河湾地最好先别种了,除非秋天真的雨水多。最好把牲口放在"莎莉篱笆"和"广场"围地的两边养。我想这样做最好。如果可能的话,就找人帮忙,把燕麦收割回来。那个瘸腿老骗子也许会从乌龙雅来,假如你给的报酬还可以的话。

如果雷用那把好斧子砍钉子、砍石头砍钝了,一定得让他学会把它再磨快。要是那把斧子出了毛病,我简直不知道该怎么办。

汤姆·阿切尔死了,还有杰克·萨利文。他们都是好人。这阵子,汤姆好像知道死神就要来临似的,变了样子。杰克·萨利文是个傻呵呵的、爱玩爱闹的家伙,谁都喜欢他。他能用一个便士变魔术。他真是手疾眼快,你根本看不出是怎么回事儿。他还能用鸡蛋变另外一种魔术。要是真有个鸡蛋,总能博得满场喝彩。唉,他们现在都死了。

上星期,我在这儿一个村子里的教堂坐了一会儿。其实已经算不上教堂了,只剩下教堂的残骸,全露着天。只有窗框子,玻璃早没了。可是人们还要来这儿。有个神父摸摸索索地走着,就好像屋顶还在似的。一阵风刮了进来,还下着雨,狗跑了进来。我可以什么也不干,一直在那儿坐下去。可以听,可以看,还可以想家。天哪,艾米,离开家已经好久了。不过,有许多人在部队待的时间更久。教堂里有个老太太,瘦得皮包骨。她祈祷着,就好像刚刚开始祈祷似的。她本来可以给我讲点什么。但是我们语言不通,只能互相看看。

有的人算计着说,仗很快就能打完。他们似乎听到点什么消息了。迈克·欧达乌德却说,他只能听见炮声,而且相信,等他因为寂静而变成聋子以后,也还是只能听见炮声。告诉他的太太,迈克很好,等什么时候把他那副懒骨头的劲儿鼓起来,就给她写信……

后来,迈克·欧达乌德倒是真的写了一封信:

亲爱的老伴:

我挺好的。你该看看这儿的小妞(哈哈!)你该尝尝这儿的啤酒,像猫尿。

但愿你接到这封信时,会感觉到我仍然是永远爱你的丈夫。

迈克·欧达乌德

第十五章

战争没有给杜瑞尔盖带来什么损失。当然,有的人家女人们为她们的丈夫而痛苦。有的女人耐不住寂寞,或者想找点花样出去和别的男人相好,怀着不同程度的负罪感和情欲,跟他们睡觉。有的女人听到丈夫被打死的消息之后,就像空蛋壳似的垮了下来。有的吃着她们自己种的土豆。要不是有这些东西和从长着角的老母牛身上挤出的奶水,她们准得挨饿。不过总的来说,杜瑞尔盖没受到什么破坏。因为这儿离前线太远。除此而外,在这些地区,支配人的是土地。草仍然生长着,在风的吹拂下弯着腰。热风仍然从西边吹来,冷风从南边吹来。潮湿的微风从东面、从海洋上懒洋洋地吹来。有时候,在暴风雨天气,海鸥从很远的地方飞来,在黑魆魆的金合欢树上盘旋着,猛地俯冲下来,发出阴冷的、饥饿的叫声。

有一次,雷·帕克打死一只海鸥,赶快捡起来藏好,因为母亲看见会生气的。他把那只海鸥开膛剖肚,看过之后,埋进一条溪沟。他爱做些难忘的、有英雄气的事儿,但又想不出什么了不起的、力所能及的大事,这天下午他开枪打了海鸥。那以后好些日子,他手上有一股鸟的腥味,心里很有几分得意。

"爸爸回家以后,我能出去工作吗?"男孩问。

"我想可以吧,"母亲说,"你不能总这么晃来晃去。你想干啥活儿?"

"我不知道。"他闷闷不乐地说。

他用他的刀子在空中乱砍着,因为不知道自己到底想干啥。他在牧场东游西逛,把自己的名字刻在绿色的树干上,在河边打水漂,把手伸进好像是深不可测的鸟窝里,偷那些宝石似的鸟蛋。

他并不怎么稀罕这些。他稀罕父亲要给他带回来的从德国兵尸体上弄来的纪念品。他想戴着钢盔,在暮色中冲锋,向陌生人进攻。

"雷,"母亲喊道,因为到她维护母亲权威的时候了,她站在那儿,在围裙上擦着双手,"你就不能别这么胡闹,做点有用的事儿,劈点木柴吗?"

他一声不吭,劈柴去了。

等他脸上毫无表情,给她抱来一捆木柴的时候,使她想起了丈夫。他的信她都用一截绳子捆着,塞在一个放茶叶的罐子后面。有时候,她竭力想在这样一些细小的事情上想起丈夫,似乎这样就能使他站在眼前。但是事实上她无法做到这一点。除了她对他真实的、渗透了每一个细胞的爱,到这时他已经变得那样模糊。她最常记起来的,是他们去打仗的时候,他抬起一条腿,从大车的一侧迈过去,爬进马车,背朝她坐在欧达乌德身旁。

"过来。"她说。男孩已经把木柴扔进炉子旁边那个盒子里。

"干啥?"他有点疑惑地问。

"亲亲我。"她笑着说,就好像那是一只红苹果。

"哦,为啥?"这矮胖的男孩嘀嘀咕咕地说。

他把自己凉凉的面颊从她脸上挪开,咬着嘴唇,看起来浑身燥热。

"这有什么好。"他说。

"是呀,"她说,"我想是没有多少好处。"

她开始整理她洗过的衣服，用水喷过之后，又一包一包地卷好。

她也到牧场去。那是在傍晚，做完一天的工作之后。常有这样的情形，就在她要体味这种安宁的时候，一种突发的负罪感会使她从那安宁中惊醒，强迫自己进入一种新的不安，并且用这种方式表示对离家在外的丈夫的崇敬。她最终获得了既有农场又有孩子的自我满足的安宁，他却不在身边了。但是在她那踩着青草穿行的焦躁不安的脚步声中，在草浪间滚动的充满忧虑的风声之中，在海鸥悲凉的叫声中，在寸步不让的黑色铁丝网上，他却总是存在的。她折磨折磨自己这也无可非议。尽管有时候，甚至这种折磨也是为了她自己的快乐。痛苦的岁月会带来一种痛苦的情欲。

大约中午，孩子们都在学校上学的时候，她常到路边去，站在初秋灼热但并非不堪忍受的阳光下面，等着瞧谁会从这儿走过。过来的人们就跟路旁站着的这个女人说说话，把他们的亲戚朋友的情形、他们的病痛、饲养的牲畜，甚至家里的丧事都告诉她。他们会把这个女人当作知心人，因为她脸上的表情就要求他们这样做。有时候，他们甚至把脑子里刚刚闪过的念头告诉她，告诉这个他们再也不会见到的女人，而这些念头大概对家里人也不会说起。女人想着人家告诉她的那些事情。这些事情填充了她本来会是一片空白的心。晚些时候在花园里散步，掐掉花儿已经死去的花柱头时，她闯入那些陌生人的生活。她闯入他们的生活，构成一种充溢着同情，甚至是情欲的关系。然而无论什么时候，都不会有人出其不意地使她承认这种关系。就这样，丈夫的远去逐渐变成一种隐隐的沉闷的不快。这种不快确实存在。但是有时候，她并不停下来想出个究竟。她周围的景物、阳光、斑斑驳驳的树皮，她与那些早已离去的、陌生人们的关系，都太生动了，确确实实比那些陌生人或者自然景物本身都要生动得多。

有一天，她站在路边，盼望着发生什么事情，或者看见什么人的面孔。她手搭凉棚,好让他们进入视线。这时,一个年轻士兵歪戴着帽子走了过来。他走过来的时候先是低着头。他是个厚脸皮,不过皮还没厚到太过分的地步,因为周围的环境对于他还很生疏。他就这样走了过来,看见有人盯着他,就往地上吐了一口唾沫,然后把脸扭过去,朝对面的牧场张望着。他尽管浑身是劲,脸皮挺厚,在眼前的情况下看起来却像个姑娘。

正在凝望又似乎不是在凝望他的这个女人看出,他也许不屑于跟她谈话就会扬长而去。她满脸通红,由于内心的软弱差点儿哭出声来。因为她完全可能趴在篱笆上对他说:我在等你跟我说点儿什么,谈谈战争、死亡和爱情。

可是小伙子径自走了过去。他瞅着他那双红靴子。路上的尘土已经把靴子变白了。他的一双眼睛无视她的存在。后来,他突然朝她转过脸来,就好像只是这时才想起这样做。他歪戴着帽子,趾高气扬地转过头来,但并不看她,或者只是翻了翻他那好像是半透明的眼皮儿,稍微瞥了她一眼,说道:"日子过得怎么样?你知不知道这条路上住着个叫霍诺的人?"

"霍诺?"她重复了一句,吓了一跳,就好像刚看见这个陌生的年轻人。现在她既然已经把他"尽收眼底",便看见他把帽子上的皮带扣在下嘴唇上。

"啊,不知道,"她说,镇定了一下,把一绺散乱的头发拢到左耳朵后面,"我没听说过有个叫霍诺的人。反正这条路上没有。不过这条路长着呢!你要去的那头,人们住得又很分散。"

"哦,"他说,"这事儿听起来可不怎么妙。"

他向她走过来,走到路边。她正站在她家的篱笆旁边。花园里长满参差不齐的荒草。地太硬太旱,除了草什么也不长。

"他们是我妈的亲戚,"他一边抛着一枚硬币,一边说,"杰克有几亩地。他得了肺病。妈妈让我来这儿瞧瞧他们,这就是我来这儿的原因。我不大喜欢霍诺家。杰克总是坐在那儿吐痰。这种病人你瞧着都恶心。他们在厨房里面给他放了个铁桶,专门供他吐痰。人们说他一叶肺已经烂光了。他是个剪羊毛的,是从布巴拉过来的。"

"哦。"她说。

逢着这样的场合,从语言的角度看,她不是给予,而是一味地接纳。可是人们看起来仍然很喜欢她。他们信任这个沉静的女人那双眼睛,信任她那棕黄色的皮肤。因此,这位年轻士兵打算在她这种静默的"庇荫"之下诉说一番了。他自己明朗的思想没有什么不可以暴露的东西。

"我几个星期前才从前方回来。"他说。"他们从我的腿上炸掉一块肉,那些该死的王八蛋!瞧,"他边说边卷起一条裤腿,"那是在迪克布什附近。医生给我植了一块皮。"

"一定很痛吧,"她说。她看那伤口的时候,既不觉得讨厌,也没有那种油然而生的同情,几乎像是察看一只罕见的昆虫被弄断或者被揪下来的腿。

然而,她并非真的冷淡,这一点当兵的心里也清楚。她的这种距离不过是他们站在大路旁边萋萋白草中共享的那场阳光与尘土交织而成的梦的一部分。

"天哪,痛是自然的。"年轻的士兵说,"要是他们允许,我还要回去,再跟那些婊子养的拼杀一番。或者等到下一场战争。我喜欢痛痛快快地打他一仗。"他说。

"我的丈夫也在前方。"她用她那超然的、同时又是温暖的、犹豫不决的声音对他说。

"他在什么部队?"年轻人问。

她告诉了他部队的番号,这使她的谈话无形中增加了几分严肃和神秘的色彩。

"他也受过一次伤。医生从他身上取出些弹片或者别的什么。他把那些东西放在一个盒子里,给我们留着呢。他得了一枚勋章。"她说。

"哦,"当兵的自言自语地说,"勋章也有各式各样的呢!"

他对尚未遭到损害的自我,以及他那健壮的身体、结实的肌肉更感兴趣。

"各式各样呢。"他说。

"但是我敢肯定,他得的这枚是那种很不错的。"得了勋章的男人的妻子脸红脖子粗地说。

"事情有时候很滑稽,"士兵说,他解开衣领上的扣子倚靠在篱笆上,于是她无法避免地看见了他那绷紧了的脖子上的喉结,"我在那边差点儿跟一位姑娘订了婚。她是比利时人,长得还算不错。当然,他们长得跟我们多少有点儿不一样。她父亲做生意,开了一家肉铺,卖些小玩意儿。明白吗?腊肠和各种熟肉。"

明媚的阳光照耀着,他身体的重量压弯了篱笆。他靠在铁丝上,慢慢地晃荡着,倾吐心里的话。她一双眼睛直盯盯地望着他,等他说话。她望着他骨头凸出的两鬓,意识到自己比他年长。

"你没待下去跟那家肉铺的姑娘订婚?"她问道。

"没有。"他说。

"为什么?"

"我也不知道。这事儿好像我也管不了啦。"他简单地说。

他不再晃荡了。霎时间,这个男人和这个女人都强烈地感觉到某种同样的恐惧。现在那女人站在那儿,也面临着什么也管不了的可能。

"我还会再被派回去的。"士兵说,更像是自言自语。"住院的时候,我本来打算这么给她写,信纸都拿出来了,可又没写。现在就更不能写了,"他说,"我写不下去。"

女人搓着胳膊上的皮肤。

"我这儿有她一张照片,我给你瞧瞧,"他说,"这就是她。照得不太好。不过,当然,你还是看得出她的模样。法国人和比利时人长得不大一样。你看得出来,她是个正经姑娘。"

女人现在站在一个很有景深的苍白的世界里,毫不留情地暴露在人生经验的光芒之下,打量着那位肉铺娇娘的面庞。那张脸充满了希望,满怀着对爱情的信心,渴望把爱可能拥有的任何深度都表露出来。那脸还没尝过拳头的滋味呢!

"她叫什么名字?"艾米·帕克问。

"瓦旺妮,"士兵爽快地说,"别的我就没记住了。"

艾米·帕克很镇静,尽管一看见被踩死的,或者肢体不全的鸟她就浑身发抖。她继续凝视士兵打满老茧的手指间捏着的那张棕黄色照片,凝视这个男人长满古铜色汗毛的粗壮的手腕。

"他们在那个铺子一边,"士兵说,"摆了两张大理石做的小桌子。人们可以坐在那儿喝上一杯。我常去那儿。他们有各种酒,各种颜色的。还有那么多的幽默和笑话。她就站在那儿。小伙子们在桌子上胡写乱画,可她就像什么也没注意似的。过一会儿,就走过来坐下。她常跟我一块儿坐,渐渐地成了理所当然的事。我得说,这不完全是我的错。"

但是他的一双眼睛却不像他那张嘴那么坚决。艾米·帕克凝视着那位肉铺的娇娘,或者这男人的手腕,给不了他什么帮助。她自己正需要别人帮助。她认为理所当然的那些事情好像都在她眼前颤动。她那可怜的身体等待着给她以自信的抚摸。

"你这地方真好。"他边说边把照片装进口袋,把扣子扣好。因为眼前的事情总是更重要些。

"也没什么太好的,"她说,往大丽花的阴凉儿下退了退,"我们开垦了这块土地。我大半辈子都是在这儿度过的。"

她看见这个并不惹人讨厌的年轻人一双清澈的、动物的眼睛毫不掩饰地盯着她看了一会儿,企图看到她不愿意向他敞开的生活的内幕。

"说下去。"他说道,越发重重地倚在篱笆上面,望着她脸上那神秘的绿色的肉。那大朵大朵的沉甸甸的洋红色大丽花在她身边摇曳着,把她挤进它们那蒙蒙绿雾之中。

在那肉的绿色所形成的可怕的窒息中,她喘不过气,只得走到阳光下,向大路张望着,嘴里念叨着她的孩子们。

"你还有孩子?"他翕动着双唇,沉思默想。

等树荫从她脸上挪开的时候,他才又意识到,她不过是大街上跟他擦肩而过的那种陌生女人,或者是有轨电车上拿着包袱坐在他对面的同路人。这样的女人,他连想都不愿意多想。她们的年龄已到了不再变化的阶段。

"我有两个孩子,"她轻声说,"他们一天比一天大。有时候很顶用。"

她意识到这个年轻人马上就要走了。当她系着浆洗得挺硬的围裙时,她是一副强者的样子;只是当她以一个陌生人解除一个陌生人更进一步倾吐衷肠的义务的那种超脱的目光看着他的时候,她看见了儿子眼睛里那种冷漠,看见了他那丰润的嘴唇上某种经常惹得她抱住狂吻的、难以言传的东西,在这种时候她就变得软弱了。

"我得走了,"士兵说,"去找我母亲的那些亲戚。"

"祝你走运。"她用清脆的声音说。不过,她显然不习惯使用这种辞令。

他走了以后,她回到房间,屋里摆着丈夫那张对人家给他照相不无讥诮的照片。他很不自然地对她笑着。她没脱那条浆硬了的围裙便在床上躺下。两条胳膊在钩针编织的被子上面来回蹭着,脖颈枕在枕头上,一种巨大的悲哀压迫着这间木屋。苍蝇在屋里嗡嗡营营,一只个头挺大的、灰颜色的飞蛾一动不动地趴在墙上,就像死了一样。直到她放声哭了起来。不知道是为那位肉铺的娇娘,为她的丈夫,还是为这个让人感到痛苦的下午。反正这一哭,她觉得松快多了。

孩子们回来之后,在屋子里来来回回地走着,问她这是怎么回事。她坐起来,衣服弄得皱巴巴,说她头痛。他们信了她的话。她看见儿子的眼睛里并没有她曾经疑惑会有的那种冷漠。那简直是丈夫的一双眼睛。于是,一种新的柔情和希望又充溢了她的心。

斯坦·帕克终于按时回来了。因为邮件耽搁,家里人事先不知道。他背着背包和给男孩带回来的钢盔,沿着那条大路走回来。差不多在年轻士兵路过这里的那个时间——刚过晌午,进了家门,说:"啊,我回来了,艾米,终于回来了。"

因为没想到他会回来,妻子正干着一两样脱不开手、还挺重要的事情。她只是轻轻吻了他一下。这和她先前想象的,甚至"排演"过的情形可大不相同。而且还差不多立刻就告诉他,门上有个铰链松了,她费了好大力气也没拧紧,弄得好不心烦。

"好吧,"他说,"我们瞧瞧。不过一会儿再说,现在有的是时间,干啥都可以。"

这天下午,看起来时间确实有的是。房门大敞着,金色的阳光像一块大地毯铺在地板上。蜜蜂从窗口飞进来,又从这所安谧恬静的房子另外一边飞出去。屋里,男人和女人面对面坐着,相互凝视着。

他坐在那儿,喝她给他泡的茶,因为茶水挺烫,喝的时候弄出嘘嘘的声音。"你得把那儿的事情都告诉我。"她羞羞答答地说。

他的嘴朝下撇着,不想马上回答。"有机会再谈。"他说。

她也并不是非让他讲那些事情。

事实上,她压根儿就不感兴趣。她只相信他们一起过的生活;

只相信等她习惯了她的丈夫——一个和从前不同的人之后,又要开始的生活。她又要细瞅他脸上新添的皱纹,还经常摸一摸,好使自己确信,他就是自己的男人。不过,这个时候,他的一双眼睛似乎把他们俩隔开了。

"我写的那些信,"他说,"都应该扔掉。纯粹是浪费时间。不过不写信又干什么呢?"

"那些信我保存着呢!"她边说边用指尖拉着桌布,"我喜欢它们。"

"保存旧信没有用处,"他说,"那是一种病态。总是读那些过去了的事情,忘记你已经又前进了。我母亲特别爱干这事儿。她有满满一抽屉旧信,纸的颜色都变了。"

由于向他的妻子——这位皮肤黝黑、反应迟钝的女人倾吐了一点点心中的隐秘,就好像在夜色中袒露了心怀,他现在觉得很不自在。由于他剖白了自己,便觉得她简直是个陌生人。她把她的智慧都封锁在高墙内,独自坐在桌布旁边微笑。你没法说出她在想什么。她的头发颜色不那么深了,可她那张脸还在闪闪发光。那脸是漂亮还是让人觉得不舒服,眼下他还很难说清楚。

他又搅了搅他的茶。一种满足开始从那红褐色的、圆圆的涡流扩散开来。她坐在他的对面,身上散发着一股烤饼的味道,让人觉得悠长而安谧。把她熟记心间的机会随时都存在。

"孩子们怎么样?"他问道,只是为了打破沉默。

"他们都挺好,"她说,"都长得又细又高。塞尔玛有时候把头发盘在头顶上玩,那模样看起来可真的长大了。但她总是自怨自艾。她得了哮喘病。哦,我想总会好的。她迟早得离开这地方。还有雷。他俩都得走。雷已经是个壮小伙子了。有时候挺暴躁。他有点儿坏脾气。雷这孩子,只要愿意,啥事儿都敢干。发起脾气,他甚至可以放火把房子烧了。他不喜欢受人指使,连碰都不让人碰一下。

要是他愿意让我爱,我当然能爱他,斯坦。我能把他培养成个样子,可是他总觉得温顺使他难堪。"

　　这位父亲已经不再相信人为的干预能起什么作用。但他没有表露出这一点。相反,他带着一种预感,听妻子讲还没跟他见面的孩子们的情况。茶水烫了一下嘴。他望着对面的妻子,被她对孩子们的爱唤起一种激情。他意识到,由于她对他们的了解,她比自己更有力。他期望她能做点什么事情。她将沟通他和他们的感情。于是他觉得心情好了一点儿。

　　下午就这样过去了,孩子们就要回来了。还有那群列队而归的奶牛。男人和女人互相凝视着,少了几分紧张,多了几分感情。现在,既然已经打开心灵深处的秘密"橱柜",把里面的东西都让人看了,他感到很高兴。女人抚摸丈夫那只这阵子她一直就想抚摸的手时,不再感到羞怯了。现在,她把那只手拿过来,放在掌心里看,用自己滚烫的手摩挲着,又用她那硬硬的手指紧握着,贴在胸口。于是,他们终于重新融合在一起了。他们的嘴巴和他们的灵魂都向对方张开,他们紧紧拥抱着,紧到不能再紧的地步。他们紧闭着眼睛承认,没有肉体上的任何障碍可以阻止这种全身心的结合。

　　这天晚上,在经历了最初的羞涩和生疏之后,他们都在灯光明亮的厨房里欢笑着。也没有什么特别的原因,只是为了他们的幸福和欢乐。笑声从这所房子飘逸而出,在那个月光和雕塑般的景物组成的世界里飘荡,这个世界由一轮巨大的月亮固定在这里的白马、枝叶浓密的树、贮水罐,以及看不见脑袋的鸟所组成。孩子们和父亲渐渐熟了起来。他们因为一些傻事大笑着。有时候也仅仅是为了欢乐的笑声而大笑。到这时,他们已经真的精疲力竭了。可是兴奋还支撑着他们不去睡觉。那个壮实的小男孩的脑袋几乎全部扣在德国兵的钢盔下面。他心里思忖着,还能不能再胡闹一会儿而不受母亲的指责。那个瘦削的小姑娘站在那儿,不时把两条碍事的辫子甩到身后,同时转动着一个赛璐珞臂环。这个臂环是她拿一枚狗头胸针和一个小姑娘换来的。

斯坦·帕克差点儿开口就问孩子们的岁数,后来意识到,他原本不应该忘记他们多大年纪。小姑娘有时候看起来很庄重,显得已经成熟了。

"塞尔大概没等我们明白过来就会交上男朋友了。"他说,像是自言自语。

"你还有什么话要说呢?"母亲说,"他们连学还没上完呢!"

"我恨男孩子,"小姑娘扭着细脖子说,"我永远都不会结婚。"

"永远都不会,"男孩一板一眼地说,他两腿分开,坐在椅子上,这样便可以把脑袋放在椅背上休息,看起来还不太显眼,"我就不结婚。我想干点事情。我想去赛马,或者徒步横跨澳大利亚。你们知道吗?有的树根部有水。如果你知道哪些树有,就可以把树根拔起来,吸那里面的水。黑人就这么干。也许我还能当个探险家,或者拳击家。我可以用拳头去打。有个叫汤姆·库德林的男孩就让我揍了一顿。因为不给我那个玻璃球。他说过,要是我赢了,就给我。而我赢了。所以就把玻璃球夺了过来。是一个绿颜色的石头蛋子。"

"又说傻话了,"母亲说,"该上床睡觉了。"

"啊,为什么?"男孩一边嘟哝一边摩挲了几下伏在椅背上的睡意蒙胧的脑袋。

"我说过为什么了。"

"男孩子都是些傻瓜蛋!"小姑娘说。

她站在一个墙角,一只胳膊肘放在背后,苍白的皮肤现出菜色。她形容憔悴,内心却可能刻薄狠毒。她喜欢秘密,也喜欢跟别的女孩儿说悄悄话。她甚至把这些悄悄话记在一个本子上,把本子锁进一个装小玩意儿的匣子里,再把钥匙藏起来。她希望有架钢琴,好练习从女邮政局长那儿学来的曲子。可是家里没琴,她从邮政局带回来的那些重浊、刺耳的"主旋律"便只好留在脑子里萦回了。有时候,她会带着淡淡的、高傲而又有几分神秘的神色,对自己哼这些曲子。

"男孩子都是些糊涂虫。"她边说边左右摇晃着身子。她说这番话的时候,就好像非得在父亲面前再次挑明这个观点,好让它永远"有案可查"。

"瞧我踢你!"男孩怒目而视,加强语气,一字一顿地说。

他们怎样才能恨够? 由于这一点还不明显,他们被仇恨所困惑,除开在无所谓或者睡觉的时候。

"行了,这事儿说够了吧。"父亲说。他非得做点什么了。他们是他的孩子,他怀着疑虑又一次这样告诉自己。"这是和平的一天,不是吗?"

他们满腹狐疑地望着他,望着这位是他们父亲的陌生人,做出一副孝顺的样子,不声不响地睡觉去了。事实上,夜的静谧已经开始潜入这所房子。那静谧愈来愈浓,比父亲的话更使他们困顿。男孩努起嘴朝母亲靠过去。她那么心安理得地接受了他的吻,连自己都开始纳闷,这样做是不是有点儿不知羞耻了。吻完妈妈,他就走出去,关好门。小姑娘向窗外眺望了一会儿,并没有注意夜色的美丽。因为她被自己的问题困扰着。她拿出爸爸带给她的一小瓶法国香水,闻了几次。只是这时,安谧与美才充溢了她的心。当她修长的手像一朵含苞欲放的花,放在胸前祈祷时,她那像花一样的脸在镜子里面闪烁着光彩。她照别人教给她的办法祈祷着,把一切关系都归纳到爱的范畴。做完这些事情之后,她就上床睡觉,梦见自己在焦躁不安的音乐和睡乡的长廊漫步。

在杜瑞尔盖,战后的日子就这样缓慢而又令人激动地开始了。斯坦·帕克又开始忙自己的活儿。许多人还不知道他已经回来了。

有的人觉得他回不回无所谓,有的人则已经忘记这人是谁了。有几个人头一回见他,很为他"侵入"他们新近得到的土地而气恼。但他对所有这些都置之不理。只是干自己的事儿。他有时候垂着脑袋,就好像和平的日子太沉重了。他当然已经变老、开始发福,成了个笨重的人,肌肉也很快就要变得疙疙瘩瘩。不过他还处于壮年时期,他还可以轻而易举地把一口袋饲料甩到肩上,让口袋蹭着灼热的脖颈上灰色的头发茬儿扛走。

他现在已经是个有相当年纪的人了,充满了力量,也充满了巨大的柔情,一双眼睛闪烁着希望的光芒。他观察过蚂蚁的辛劳,鹰隼的翱翔,看见过母腹中骚动的牛犊,以及计算着钱财又想象着死亡的人们。他极其精确地观察这些事物的每一个细节,但又是从一个睡觉人的梦境观察的。他在那梦境中慢慢地蠕动,也许哪天就会望出去,看到生活的真谛。他就这样忙忙碌碌,四处走动着,眼前竟有点不知所措。清晨,露水打湿的裤脚裹着他的两条腿。雾霭笼罩着原野,比较高的草上结着的蜘蛛网就像竖满整个牧场的靶子,把视线搞得模糊不清。这时,现实和前景,梦幻和客观事物,都溶化在同一个洪荒的世界。就是在太阳升起之后——一开始还显得有点儿粗糙,但是通红,然后冲破雾霭织成的网,把阳光尽情地泼洒在大地上,树木在耀眼的阳光下屹立着——让斯坦·帕克看起来完全信心十足,也还是困难的。在这和平、安宁的日子里,他仍然没有足够的信心去相信任何实实在在的、千真万确的,或者被称之为永恒不变的事物。许多事情还需要得到证明。只有他才能去证明。

他回来不久,多尔·奎克莱依就来了。除了那些在她还是个骨瘦如柴的小姑娘时就认识她的人,大伙儿现在都叫她奎克莱依小姐。她为了舒服,光着脚丫没有穿鞋。多尔没怎么变。她生来就是小孩长了一副老相。或者说,长大以后是大人长了一副小孩相。她的举止就像身上那件灰裙子一样朴实无华。那是一件挺括的长裙子,至于是什么质地,或者有什么装饰,谁也不曾注意。大家只知道,衣裙包裹着她,而且是一件还算体面的衣服。她也戴着一枚胸针,也许是珐琅的,那个小图案永远不会惹人细看。她把它别在长脖子下面。那黄中带红的皮肤已经显得甲状腺肥大了。不过即使这样,除了那些被她迷住的孩子们,谁也不会注意到这点,大家要看的只是多尔那张脸。

"我带来一些这个。"她说,抬起一只瘦长的、黄中带红的大手遮着太阳。

盒子里装着些黄颜色的、表面粗硬的糕点。

"换换口味。"她说,或许心里希望这样。

砂糖粒在多尔那些制作粗糙的糕点上闪闪烁烁。她用另外一只细长的手把糕点送过来。手上粘着的面粉已经干了。这只手少了一个手指,是让切草机切掉的。

"谢谢,多尔。做得挺好。"他边说边接过那盒让人尴尬的黄颜色的糕点。

这个男人和这个女人站在阳光下面交接这盒糕点,并且互致问候的时候,都显得很不自在。她的一只手依然举在眼前,遮挡着阳光。她那慢吞吞、干巴巴的话语在时间的长河上掠过,仿佛把他带到乌龙雅的河岸旁边。年轻时许多平静的、不可思议的、相当完美的事件,又从他眼前闪过。这就是多尔·奎克莱依送糕点来的这个早晨放入他手中的东西。她放入了完满。

"哦,"过了一会儿他说,"我们在这儿站着干吗,你不进来坐坐?"

"不了,"她说,"再没有什么要说的话了。"

她不像别人那样,问他受伤和得勋章的事。

"不了,"她说,"鸡鸭正下蛋呢。我现在养火鸡呢,你知道吗?挺好的小火鸡。"

她微笑着,她有一双还分辨不出善恶的十分清澈的淡蓝色的眼睛。

"好,"她说,"我高兴你回来了,斯坦。我知道你会回来的,我为此祈祷过。"

他纳闷他可能和这个女人共享的秘密会是什么呢?他们的灵魂和生命几乎融合在一起。

但是糕点就堆在他的手里,堆在她把它们放进去的那个挺不结实的盒子里。因此,他又不自在起来。他谢过她为他做的祈祷,就再也没有什么好说的了。

这时,艾米·帕克快快活活地从屋里走了出来。这天早晨,她看起来特别漂亮。他本来应该夸夸她才对,可是眼下,他心里很乱,似乎有某种东西,他非得出来保护不可。

多尔·奎克莱依很快道别,回到她的弟弟、她的火鸡、她的鸡鸭那儿去了。

"这是什么?"艾米·帕克盯着糕点问道。

"她送来的。"他说,被迫展示这些奉献给他的糕点。

"哦,我可从来不吃多尔做的那种破石头似的糕点,"妻子说,"我敢打赌,那简直是一团发起来的细糠做的。"

她看见那糕点了,却没看见他受到的伤害。要是看见,她可能会高兴的。他像站在后门台阶上的一个小男孩,等待下面将要发生的事情。

艾米·帕克接过糕点——这当然是她分内的事——他听见她倒进一个铁盒里,倒得又快又重。

"可怜的老多尔,"妻子说,"她是个好人。居然想起给你烤点心。她不敢对我说这事儿。我看她是爱上你了,斯坦,就像追求某个男人的那些老处女一样。"

他听见她搓着一双手,把沾在手上的粗砂糖弄掉。

斯坦·帕克还在想着多尔·奎克莱依。她那副平静的、纯洁无瑕的样子，并没有因为艰难的、充满泥泞的岁月的流逝而变化。这也许是因为愚昧无知的缘故。否则，上帝该怎样对这些老女人、修女以及白痴说清楚自己创造他们的目的呢？有时候，斯坦·帕克在自己那团大惑不解的迷雾之中显得相当呆笨。可是他也有茅塞顿开的时候。譬如，多尔·奎克莱依瞥他一眼，他就会突然大彻大悟。然后，他就开始看自己那双正在做事的手，或者想起在一座破烂不堪的教堂见过的一张老太太的脸。要么就想起一株被摧毁的大树，又生出尖尖的新叶。

斯坦·帕克回来之后，阿姆斯特朗一家来过杜瑞尔盖一两次。他们显然心绪十分烦乱。他们坐着汽车来，高高在上，不和碰见的人们打招呼。倒不是因为骄傲，而是因为他们在哪儿都不愿意多待。自从小汤姆·阿姆斯特朗战死——他是个中尉，新闻电讯稿上曾经提到过，而且被授过勋。那时候，各地的报纸尽登这种事情——老头子中了一次风，因此半个脸往下抽着。谁看了都会为老阿姆斯特朗感到难过。他坐在他那辆绿车里头，车身上盘着一条吓人的铜蛇。他戴一顶平顶帽子，穿着很高级的英格兰花呢外套，目不斜视地坐在那儿，望着前方。只是在妻子用胳膊肘轻轻碰他，叫他看还能认出来的某个地方或者某个人的时候，才抬起胳膊，在空中朝愿意接受他的问候的任何人轻轻地招招手。老阿姆斯特朗自己已经对什么都无所谓了。他那只瘫了的手，手指的皮肤皱在一起，冷冰冰的。

不过，他的妻子还有点儿活气，宛若摇晃着的玉蜀黍。她的头发垂下来，就像玉蜀黍的须，和她那干巴巴但很得体的姿态相比，显得潮乎乎的，呆板而单调。她做出他早已熟知的微笑，也许想在石竹和葡萄树的环绕下谈论那种短暂的、让人高兴的小毛病或者小手术。

阿姆斯特朗一家到杜瑞尔盖的时候,总要开着车到格兰斯顿伯里看看。他们再也没能在那儿居住,因为那所房子压根儿就没能盖完。小汤姆的死讯传来,他们就把工人都撤走了。因此,楼梯至今还是露天的,灰泥在原先搅拌的地方凝固得像石头一样坚硬。没砌上去的砖在黑夜被人偷得精光。老阿姆斯特朗夫妇总去已经荒芜的花园里转一转。他们把衣服紧紧地裹在身上,好像这样就能把自己伪装起来。阿姆斯特朗太太还在寻找那场可怕的大火留下的痕迹。她站在从前是花坛、现在却长满蕨草和牛癣草的地方,怀着负疚从花丛中大把大把地采玫瑰。可是她不能摘得太多、太快,就好像她想摘,可那不是她家的花。这之后,阿姆斯特朗老夫妇俩就回到汽车里。因为在格兰斯顿伯里的山坡上,下午的风吹起来也挺厉害。他们坐下之后,裹着苏格兰方格呢的腿感到很不舒服。玫瑰花在老太太的膝盖上枯萎了。有时候,她把它们扔到路边,自己也不明白干吗要摘这些耷拉着脑袋的玫瑰花。

有一次,斯坦·帕克去追那只头挺大的马斯克维鸭,一直追到格兰斯顿伯里。那只鸭子是因为他们没有及时剪掉它的翅膀,从围栏里飞走的。尽管他们经常说要剪。鸭子直奔格兰斯顿伯里,大摇大摆地跑着,藏进荒草之中,为了保护它幻想中的自由,任凭你千呼万唤,威吓"利诱",就是不出来。斯坦·帕克一直追到山坡上,分开长得很高的野草寻找。草籽簌簌落下,暮色宛若细软的羽绒在空中飘浮。有棵白菜长得乱蓬蓬的,脚踩上去,升起一股难闻的臭气。那种爱尔兰苜蓿的茎秆抽出让人讨厌的枝条,一直攀缘到先前是栀子树林的地方。那些栀子树现在还在,只是一副生病的样子,很难辨认出先前的模样。灰白的树叶和花苞纠缠在一起,腐烂成一团团纸张似的东西。斯坦·帕克弯腰从苜蓿中间捡起一捆旧信。这捆信早已发霉,也是苍白的颜色。这些信看起来是某个男人把他的钢笔蘸上墨水,写下了他想说的话,因此它们所携带的秘密就更秘密了。

斯坦·帕克多么希望能在这令人窒息的小树林里读一读这些潮乎乎的、发了霉的信，发现一些他不曾知道的事情。因为常常对来自不知姓名者的忠告怀有一种负罪的渴望，他不禁双手发抖。要不是想起汤姆·阿姆斯特朗——不管这些信是不是出自他的手笔——斯坦·帕克已经准备好要投身罪与智慧之中了。他扔掉那捆信，走进那所盖了一半的房子。那房子谁也不曾想到要关门闭窗，因为已经没有这种必要了。

愚蠢、荒唐充溢了这片与被烧掉的房子"孪生兄弟"似的废墟。有某位徒步旅行的人曾经在那间与挂壁毯的房子完全一样的屋子里露宿，在与先前一样的壁炉里生火，把他的粪便涂抹在空心的墙上。有人用显示了肉体急迫要求的词汇写下他的爱。斯坦·帕克走进那个多年前"烟火"齐放的夜晚——因为他后来才明白，那并非真正的大火，只是大火之前的小烟火——他的脚后跟碰了竖琴的那个房间。他在房间里面走动着，浮现在眼前的还是小汤姆·阿姆斯特朗那张很有理智的脸。汤姆·阿姆斯特朗穿着硬领衬衫，亮光薄呢外套，收拾得干净利索，充满了有钱人的自信。只有当马德琳跪在那座正燃烧的房子外面，或者他的脸最后被炸掉的时候，才不再是那样。

斯坦·帕克穿过那所房子。事实上，这所房子已经不属于阿姆斯特朗家了。建造了一半的楼梯爬满了藤蔓，很难说清它们是从什么样的缝隙钻进来，在那曾浓烟缭绕的地方蔓延开，又缠绕在一起。这男人爬上他能上去的最高处，站在那儿，踩着藤蔓，向远处眺望，想起了汤姆·阿姆斯特朗的未婚妻。人们一直没有再听到她的消息。不知道她是结婚了，还是仍在跳舞。马德琳消失了。如果没有楼梯口那一幕，就好像从来没有存在过似的。

斯坦·帕克把头靠在尚未完成的砖墙上，相当清楚地想象着如果那天真有机会,他会怎样结束那场对妻子的不忠。现在,平静的黄昏不允许他生出负罪之感。辽阔的天空下面,夜色愈来愈浓。站在这座被遗弃、被亵渎了的房子的房顶上,藤蔓宛若滑润的肌肤在他手里扭动着,散发出一股柔和的肉体的麝香味儿。遗憾的是他能想起来的太有限了。他尽管努力,却想不起她皮肤上面的毛孔,眼球上细微的血管,以及她紧贴他脖颈的呼吸。他头脑里贮藏的每一个不同的细节似乎都消失了。就像楼上这些房间和这幢楼房最有意义的那些部分。他曾经在这所房子里面迎着那场熊熊大火奔跑。他找到了她,头脑十分清醒。由于年轻、羞怯,未曾预料到事情会是这样。

现在,这个中年男子站在这座丑陋的房子的顶部,扭弯了手中的藤蔓,脸上现出使人不快的皱纹,这是些几乎达到了很高境界的皱纹。不过,当然啦,没有人看得见,因为这儿完全是荒凉之所在。除了那只鸭子。它正在灌木丛中吃力地蹒跚着,露出一双黄黄的眼睛。哦,他揉搓着手里那根热烘烘的藤蔓,似乎这才意识到他是来这儿找那只鸭子的,而且很为有个理由而高兴。

他咒骂那只鸭子。"我一定要抓到这个杂种!"他说。

鸭子继续蹒跚着。男人跑下去,跑到房子后面。当他从往事的回忆中挣脱出来,他那魁梧的身躯变得十分可笑。然后,他镇定下来,也喘过气来。他看见地上扔着一根风刮下来的长树枝,便捡起来,朝那只懊恼的、拼命挣扎的鸭子冲过去,用那根树枝前面的一个树杈使劲儿按住鸭子,就好像要把它在泥土地里压碎压死,而不是生擒活捉。

"抓住这个杂种了!"他大声说。

鸭子呱呱地叫着,拍打着一双翅膀,扭动着挺壮的长脖子。它那副丑陋的、执拗的样子和那张扁嘴根部的突起变得让人可怜。可是眼下,这男人对它还是恨不够。

直到他猛然朝树枝那头扑过去,手没有松开,弯下腰从树杈下面抓住那只鸭子。鸭子呱呱地叫了几声,沉甸甸地倒提在他的手里。

男人转过身,开始向山下走去。谁也没看见这一幕。他踩着刚才留下的足迹,穿过倒伏了的野草走着。谁也不知道这个傍晚,他心中那种欲望的冲动。这种欲望已经冷却。现在是秋天了。

斯坦·帕克提着那只抓回来的鸭子向家里走去。他觉得一丝凉意开始钻进衣服下面汗津津的脊背,一个肩膀由用劲过猛也怪不舒服。倘若把某件事情看作是有失检点,那么它的一点点好处也会被认为是不可弥补的过失。因此,他又变得闷闷不乐。他怀着一种渴望,想起他的妻子,想起他们在那间小窝棚里刚住下时她烤得未透的面包。他爱她。他还想起多尔·奎克莱依,想起她那纯洁的禀性。这种禀性他已经意会,但尚不能言传。他拖着沉重的靴子,从酸模草和锦葵中间走过。那靴子因为潮湿,粘着泥土而愈嫌沉重。他总是习惯于把想起来的只言片语用祈祷词的形式堆砌到一起。这样一来,通常至少能够引导他朝安全的方向爬去。然而,在这个欲念已经冷却的黄昏,这样的机会却是减少了。

回家之后,他从妻子的针线盒里拿出一把剪刀,把那只鸭子一个翅膀上光滑但又粗糙的羽毛大剪一番。

"这下它就跑不了了。"她说,从那副眼镜上面平静地抬起头来——做细活时,她已经戴眼镜了。

他只是哼了一声,便走向蒙蒙夜色,把鸭子扔到围栏里面。

艾米·帕克很灵巧地继续织补袜子。这是在这个傍晚她加诸自己头上的一种责任。她看见丈夫朝格兰斯顿伯里的方向走了,去抓那只鸭子。走之前,他特意告诉了她这件事,还望着她的一双眼睛。她想起自己那次去格兰斯顿伯里的差事。很早以前那个傍晚,也是为了鸭子。她心里纳闷,他会在那儿发现些什么。可是斯坦不同。他并没有变得疑虑重重,或者烦躁不安。他把篱笆绷紧,把木头刨平,在许多事情上给人们以决定性的意见。就这样,艾米·帕克把那块整齐干净、四四方方的补丁织到男人厚厚的袜子上。斯坦·帕克也一定能很快找到那只鸭子,哪怕它钻进灌木丛里。这灌木丛她最近还去看过,完全是为了满足对那片人们大讲特讲的废墟的好奇心。她织补完把线剪断。她有自己一套巧妙、精确的方法。她织出来的活儿很耐磨。现在她已经是个稳健、和蔼的妇人了。人们都喜欢她,喜欢瞧她那叫人感到愉快的皮肤,喜欢在果酱不结冻或者母鸡拉白痢时跟她讨主意。

后来,斯坦就回来了,正如她心里希望的那样,他很快就能回来,还剪掉了那只鸭子翅膀上的羽毛。

她总爱评头品足。并不是因为这种评论能产生什么实际效果,而是因为他们已经结为夫妻,这些并无实际意义的话能把他们联结得更紧密,相互之间更加信任。这种老生常谈的丝线编织着、连接着他们之间的感情。或者只是一种缝缝补补?

艾米·帕克剪断这天夜里她用来织补的最后一根毛线。在眼下这个场合,她并不想干多少事,也不想对任何事情深究。可是,如果她能放下那只袜子,提上一盏防风灯,走到漆黑的院子里,挑灯看丈夫那张脸的话,她倒真要细细地探究一番。她愿意消除疑虑,使自己放下心来。

现在,情形不同了。斯坦·帕克在和平之后回到家里时,他们这样说。情形不同了。他们嘴上这样说,心里想的却是,还和以前一样。可惜,什么事都不会永远一个样。她不能常盯着他那张脸去捉摸到底在发生些什么变化。她总是找借口盯着他看,叫他换一个垫圈,或者提一件重物。她甚至要找理由抚摸他。看看他的皮肤是不是太粗糙了,或者脸上是不是抹了脏东西。然后,她就笑一笑,表示道歉。有时候,他会皱皱眉头。但是在他们一起发生的那些必要的行为以及说的那些话所织成的网络之下,所有这一切对于他思想深处的变化并不能提供什么线索。不管是因为他对她提防了,还是因为她已经落后了。

于是,这位妇人开始纳闷,是不是他们俩的生活对于他太舒服了,或者是不是他已经在心中熟记了她习惯于表达的所有那些思想和看法。当然,有些思想她也是隐藏着的。这是很自然的。有的想法她觉得只是一种不安,或者甚至只是一种恐惧。

"斯坦,"有一次她说,"哪天我们一定要带孩子们出去野餐或者玩点别的什么。"

"好吧,"他说,"只要你愿意。"

因为他是个脾气挺好的丈夫。

"这是个好主意,"她说,"会使我们的生活有点儿变化。而这一点是很重要的,不是吗?我真想再去看看大海。"

"好吧,"他说,"什么时候你觉得想去,就去看看。"

他这种完全赞同的态度几乎使她大失所望。她说她会考虑一下的,就好像这主意是他出的,这样,她想看大海的愿望仍然只是一种想法。站在松树中间,她被那仿佛是透明的、滚动着的林涛吓住了,几乎压扁了。那将是令人振奋的,她说,就好像这所有的巨流都是一块绿玻璃后面的奇观。

日复一日,时光就这样流逝了。她那个野餐的主意变成一个愚蠢的幻想,随后,又变成她生气的原因。生气自己没有力量实现这个想法,或者实现任何别的计划。怒火就这样燃烧起来了。

战争结束不久,斯坦·帕克买回一辆汽车。他们觉得他们是在经历了一段漫长的路程之后,才有了这样一辆车。斯坦怀着一种骄傲——如果不是怀着一种自在的话——学着开他那辆车。他过分死板地坐在车里,脖子和胳膊都很僵硬,就好像几个重要关节都用螺钉拧紧了。这是辆"福特"牌汽车,一个松松垮垮的玩意儿——不过装配得还好。这辆"福特"可是没有什么干不了的差事。帕克一家坐车出去的时候,艾米·帕克戴着帽子,显得比平常更拘谨。脸上还要搽一点粉,拿一只小提包,里面装着些润喉片和别的玩意儿。有些邻居站在门廊望着他们,朝他们微笑。有的人却生气地转过脸去,装作什么也没看见。可是帕克夫妇继续驱车疾驰。只有那条路使他们着迷。

有时候,斯坦钻进汽车,没等妻子问他上哪儿,便飞驰而去。他甚至能够感觉到,她从屋里跑出来,身上系着干净的围裙站在那儿,望着渐渐消失的汽车。但是他并不回头瞧一眼,招招手,或者大声解释一下。因为他自己也不知道要上哪儿去。他沿着沙土小道奔驰。在这种路上,车身简直要颠簸成碎片。沿着这种路行驶,除了这条路确实存在这样一个事实,简直看不出有什么理由人类非得把足迹留在这儿。这一带丛林太乏味,或者说太"纯正"了。人们很难想象出开发它会有什么好处,毁坏了前景又会如何。沙土地上,落着黑魆魆的树枝,灌木丛坚硬的、黑色的针叶相互争斗着。高一点的树,表皮像一片片白纸似的脱落。这儿也有许多蚁冢;那覆盖在大地之上的、红颜色的圆丘好像完全陷入了沉思。

斯坦·帕克总是在这一带停下车,卷上一支烟。他喜欢在这儿待着。他总是坐在车里,手搁在一动不动的方向盘上,直到那干缩了的皮肤在沙土地和灰色的树叶的光亮中解体。于是,他的身体不再为这寂静的奥妙而惊讶了。因为他自己就是那寂静的一部分。如果他的妻子还继续在那儿站着——在他的想象之中——系着干净的围裙,站在那所房子旁边,脸上是一副焦急的、不同意的表情,那么眼下这情形对她可没有什么用。而对她的尖锐问题他既讲不出很有说服力的话,也做不出诚实的动作。

因此,他暂且忘记了她,知道他总会再回到她那儿去,去跟她分享他们已经成为习惯的生活。不可能不是这样。哪怕他的灵魂冒险冲出安全的界限，为了发现、怀疑、崇拜而不顾一切地盲目地探索。

他终于在那辆不大结实的汽车吱吱嘎嘎直响的车座上伸了个懒腰，直到他身上的骨头也咯咯作响。他渴望用某种合乎规范的、人所公认的行为表达自己的思想，渴望将他的智慧付诸某种形态，或者用简洁的、明白易懂的话语向人们表达出他的单纯和朴实。当然，他是无法做到这一点的。

斯坦·帕克的行为举止，以及他作为一个丈夫和父亲的种种表现，惹得有些人说战争中的经历把他变得古怪了。现在有些人开始躲避他了。他从来就不善辞令，只能就事论事发表一点意见。他的忠告一向都是对的。但是他们宁愿带着这些麻烦事儿到别处解决，也不愿意让他那双眼睛发现他们的行为举止有任何毛病。斯坦·帕克是个怪人。

有一次，他把儿子叫上汽车说他们要开车出去兜风。上哪儿？哦，只是到他已经迷恋上的那些地方。具体哪个地方，他自己也说不清楚。男孩自然觉得有几分窘，要么坐在那儿瞅着那只很准确的车速表，要么闷闷不乐地望着车窗外面的道路。不管怎么说，他不愿意和父亲待在一起。

可是斯坦充满了希望。现在，他觉得必须和这个孩子谈谈。把他所知道的东西传给他。他心里想：如果我们这样谈，会更容易些。看到那沙质的丛林地——那儿只有树、灌木丛，一堆堆仿佛是专心一意的蚁冢，以及落在地上的黑魆魆的、伸向四面八方的树枝——他的信心越足了。

"这儿真是穷乡僻壤，"父亲说，"荒凉。可是我有点儿喜欢这地方。它能把你抓住。"

"我不明白我们来这儿干吗。"男孩说，闷闷不乐地、十分反感地看着这片丛林地。

他尽管从来没见过城市,可他渴望城市生活。他的不快主要是他还没有见过城里人这样一个事实造成的。

"我们来难道不干点什么吗?"男孩问。

"我只是想开着车出来兜兜,"父亲说,"聊一聊。"

他的心已经开始凉了。

"聊什么?"男孩问。他满腹狐疑,寻思父亲或许要给他解释性方面的事。

"没什么特殊的事。"父亲说。

他很高兴有这个方向盘把握方向,并且可以因此而使自己发挥一些作用。

"我们相互之间不大了解,是吗,雷?"

男孩很不高兴。男人也一样。

"我想,我们相互之间还算了解吧,"雷以攻为守,"再说,有什么可了解的呢?"

父亲没法儿回答这个问题。

"我从回来就没怎么见你。"他说。

"我能怎么样?"男孩抱怨道,"就让我一天到晚在家待着吗?"

他现在确实不喜欢他的父亲了。他甚至不喜欢他身上那股气味,那是当兵的身上的味儿,是到了这个年纪更加沉稳了一些的男人那匀称的、可以依靠的身体散发的那股烟草和干活的味儿。父亲刚回来的时候,穿着领口敞开的粗卡其布紧身上衣,曾经一度使他兴奋。不过,是他带回来的那些野蛮的外国东西,那枚擦得锃亮的小手榴弹,以及他父亲说是从德国鬼子头上摘下来的那个阴沉沉的钢盔更让他兴奋。

但这是以前的事了。雷已经是个大小伙子了。手腕长得粗粗壮壮,钢盔让他弄得净是凹痕,手榴弹也丢了。事实上,他已经几乎忘了这几样可以避免平庸、苟安、善心的法宝,而他的父亲还存在于他的生活之中。

在那株他们停下车的树下——那是一株多节的、很难弄的本地树,粗糙的树叶竖立着——男人和男孩为他们之间的这种距离而相互憎恨着。

父亲意识到他自己的失败,不无悲哀地说:"我想抽支烟。你要是愿意逛逛,就去吧。"

男孩再没有别的选择,只能继续坐在父亲身边,而这当然是难以忍受的。于是他跳下车,砰的一声关上那扇小小的车门。

男人看见乱石中间有一只蜥蜴,他怀着绝望者的希望将注意力集中于这只小动物。似乎天赐良机,他能够以奇迹般的纯明和智慧向他的儿子解释清楚这只粗糙的蜥蜴在他身上唤起的爱和惊奇。天还可以变得晴朗而明快,尽管眼下还是一片灰暗。

"看,雷。"男人边说边顺着自己的手指望过去。那根手指并没有因为这个大胆的做法而颤动。

"什么?"男孩说,"噢,不过是只破蜥蜴。这玩意儿有的是。"他差点儿捡起一块石头瞄准了打过去,只是因为那玩意儿太小,不值一打才没有这么做。

"是的,"父亲说,"可我喜欢看,我喜欢观察这种东西。"

那只蜥蜴躲在乱石中间闭上一双眼睛。男人现在确实孤单了。他开始卷烟,用干巴巴的舌头舔了一下那张薄薄的卷烟纸。这一带丛林太枯燥无味了,人们无法理解周围的种种标志。

男孩在灌木丛中神情冷漠地游逛着。对于他,青春好像也变成同样单调的丛林地一样。他总在丛林里游逛,乱劈乱砍,东擦擦西刮刮,找鸟儿或者别的什么往死里弄。他已经失去了童稚之美,还不具备青年人的英俊。他的皮肤粗糙黯淡,充满了青春期的骚动不安。

啊,要是能逃走就好了,他在心里说。他把一株小树压弯,直到折断才罢休。可是出去干啥呢？他想,也许能当个警察。他想起年轻警察墨菲那两条令人赞叹的、充满男子气概的腿。人们说,他曾经在去乌龙雅的路上,向一个人开枪,并且打死了那人。那家伙是谋杀一个打兔子的人的凶手。年轻警察没有时间和男孩们说话,因为他正忙着在警察分局写报告,一双蓝眼睛透露出举足轻重的、拒人于千里之外的神情。

雷·帕克举起一根棍子瞄准。即使少几分正义,他也能像墨菲一样,把那个亡命徒干净利索地干掉。他的眼睛不是蓝色,而是深褐色。这双眼睛还不清楚该把目标定到哪里。也许还只是瞧着他自己的内心世界,看他自己各种姿势的图像：绑裹腿的、不绑裹腿的,或者一丝不挂的——那是一种笼罩着肉感的、既迷人又可怕的赤裸。他转过头向身后望去,看见那辆汽车的前部。他必须回到那辆汽车旁边,回到父亲那里。

他们费了好大力气,换了许多次排挡,在车辙上很敏捷地闪过来闪过去,最后才回了家。回家之后,两个人都觉得很内疚。那是一种相同的,或者互不相关的负疚之感。母亲立刻就察觉到这一点。她怀着一种带苦味的快乐,偷偷地观察刚回来的父子俩,而且下定决心,无论出现什么紧急情况,她都绝不出来帮忙。因为这是孩子的父亲自找的。儿子的问题第一次不需要由她来解决了。因此,她带着几分嘲弄继续喝她那杯浓茶。她总是在每天的这个时候——大家都去挤奶之前——喝这杯茶的。她站在窗户旁边,把茶托举得高高的。那杯仿佛陷入沉思的茶冒起的水汽,或者因为感觉到她所钟爱并且尊敬的丈夫受到伤害而产生的古怪的快乐,使得她的鼻孔在那张圆圆的、到这时几乎变粗糙了的脸上比平时好看了一点。

然后,她很快走到一边,咳嗽着,把茶杯和茶托放到桌上,等这两个男子汉走进来时,装出一副忙忙碌碌的样子。

她倒也问了问他们开车出去玩得是否愉快。但是把话说得让人听起来完全是他们自己的事情。她对着镜子把头发往后拢了拢，戴上挤奶时总戴的那顶布丁似的毡帽。这顶帽子是怎么弄来的已经忘了，反正先前一定是为好看才买的。

然后，等妇人又漫不经心地收拾了一会儿，把铁桶和干净布片归拢起来，等男人们慢慢喝完茶，把厨房里的杯子弄得发出沉闷的叮咚声——他们才向牛栏走去。树木沐浴着秋天仿佛能弥合一切的金红色的阳光。那嬉戏着的光和风在宛若流水般的树叶上掀起层层涟漪。几年前，他们在院子旁边种的那株白杨树像流水发出欢快的哗啦声。于是男孩又从他的自身中"脱颖"而出，开始鬼头鬼脑地唱起歌来。嗓音沙哑，但确实在唱。他很快就在奶牛中间跑了起来，把它们分开，领进或者赶进各自的栅栏。牛粪吧嗒吧嗒地落下。他按住它们的头，用绳子绊住它们的腿，把尾巴盘在跗关节上。很快，奶牛心满意足地吃起草料。那神态感染了他。因为父亲已经在饲料槽里添了精细的草料，这些牲畜正把软软的鼻子伸进去，把鲜嫩的草料弄到一起，大口大口地嚼着，草料末从嘴角撒落下来。

"哎呀，爸爸，南希肯定没多久就要生了！"雷说，出于本能的快乐又使他停下话头。

斯坦·帕克走过来，两个人一起看这头大腹便便的小母牛。

他们走到一起，然后又分开，沿着牛栏的铁丝走过去，坐下来，开始挤奶。有一回，父亲撞了一下男孩。男孩正甩开两条年轻人瘦长而结实的胳膊，沉甸甸地提着两桶牛奶从他身边走过。斯坦·帕克连忙伸出手托住男孩的屁股，把他稳住。男孩笑了起来。他并不介意。这种情况之下，你该相信什么？斯坦·帕克被这天下午的事情搞得一肚子讥讽感，想不出个所以然。此外，现在正是挤牛奶的时候，洁白的乳汁在挤奶人熟练的手下缓缓升起。桶里的牛奶仿佛是一轮明月那么完美。也许,谁都意识到了这一点,都低下头,专心致志地挤着奶。

但是艾米·帕克会从对于牛奶的专注之中抬起头来。她是他们之中最有耐力的挤奶人。她可以一口气挤下去,既不闲聊,也不停下来舒展一下发痛的手。她坐在那儿,奶桶夹在两条壮实的腿中间,屁股坐在那截锯下来的木头上面。这截木头,她一直用来当挤奶的小凳。使她免于滑稽可笑的是,她那相当壮实的身板与那头跟她待在一起的拘谨刻板的奶牛十分和谐。不过,尽管如此,看见这位农民的妻子,还会有许多人嘲笑一番。她穿着一双胶靴,戴着一顶破旧的帽子,肿胀的手指头挤着牛奶。人家会笑她那两个小腿肚子,或者心里纳闷,因为她的目光总是扫过来扫过去。

现在,她抬起头。在傍晚昏暗的光线之下,在幽暗的牛棚里,她的一双眼睛变得高深莫测。儿子出出进进,赶走一头已经挤完的奶牛,铲掉留下的粪迹,赶进那头挺瘦的、奶头长短不齐的小母牛——他们以后会把它卖掉。这当儿,她真想跟这男孩说点儿什么,让他因为她的智慧而尊重她,或者更进一步,因为发现他能分享母亲的这种智慧而尊重他自己。但是她对付不了眼下这种情况。他从她身边走过去。很难说清,他依然是个男孩,还是已经长成个陌生的男人。一缕光线从门口射进来,将他脸上的捉摸不定、喜怒无常一扫而光,在他的喉咙上面勾勒出一种力量——哪怕是暂时的。于是妇人只好在母牛身影的笼罩下,继续蜷缩在那个挤奶用的小木墩子上面。她是否能够博得儿子——从她身上掉下来开始,就已经确定了他在这个家的主导地位——的好感,已经成了一个疑问。

大约这个时候,帕克家雇了一个年轻的希腊人来帮工。很难弄清楚,他怎么离开那些店铺,跑到这一带来找工作。因为这个叫柯的希腊人语言不通,没法表达思想。不过看得出,他在忍饥挨饿,急着找活儿干。他们没有多考虑就收留了他。艾米·帕克给他端来一大盘煮得太烂了的肉,大块大块的南瓜和好多土豆。他把嘴塞得满满的,闭也闭不上。当然,土豆也太烫了。吃过饭,她领他到老弗利兹住过的那个小棚屋。他愁眉苦脸走了进去,就像人们走进那种糟糕但又不得不进去的地方一样。不过他还是笑了笑,点了点头。他握着一双手站在那儿,暗红色的皮肤上起了一层鸡皮疙瘩。他就这么待下来了。他们给他的工钱很少。

　　人们当然要笑了,因为帕克家又雇了个外国人。他们都还记得那个德国佬。而这个一言不发的希腊人更糟。他只会打手势,或者笑一笑,或者为了表示乐意,径直去做某事。雇主和雇工之间会不会有谁要从此受苦呢?人们想会的,尽管这苦怎么个受法,谁也说不准。可是等到帕克家看起来人人都相处得很好的时候,他们的希望落空了,就不理睬这事了。

　　帕克一家一旦和这个希腊人混熟了,就对他寄予很大的希望。暗地里,他们甚至希望他能回答他们的各种疑问。可他还是个谜,或者只是一个微笑。他那双眼睛表面上看很坦率,但是在那清澈与深邃的背后,潜藏着某种秘密。他那黄绿色的皮肤依旧惹人反感。然而,他终究还是依靠学来的那些短语,开始表达自己的思想了。开头很笨,如果不留意,就会把意思弄错。

　　他个头不大,肌肉发达,汗毛很重,总爱穿背心,为了活动方便,也因为他的皮肤看起来渴望得到阳光的照射。那皮肤之所以一开始呈绿色,或者黄色,是因为他精神紧张,或者因为他是个外国人,他们对他有点反感。现在,他们怀着某种兴趣和惊奇,注意到那皮肤开始变成金色。他劈木柴或者俯身在铁洗脸盆上洗脖子和肩膀头的时候,一种光彩闪闪烁烁,从这个金色的希腊人身上迸射出来。他总是嘻嘻地笑,而且就这么笑着跟他们说话。他们瞧着他那张努力做出各种口型的嘴,希望它能讲给他们更多的事情。他们常常想到他。

"斯坦,你说这个年轻人真的快活吗?"艾米·帕克问。

"我想是的,为什么不呢?"她的丈夫说,"不一定非得听懂人家说话才觉得快活。不过,到时候他会学会的。那时候,如果他还不告诉你,你就可以问问他感觉如何了。"

"他快活不快活不关我的事,"她说,"我只是好奇罢了。"

对这个因语言不通而大受限制的希腊人的怜悯之情,在她心中愈来愈浓。她开始琢磨能对他帮点什么忙,也许可以帮他补补袜子。或者在下雨时让他在头上有个挡雨的东西。她对他像对儿子一样,因为他是个年轻人,尽管没年轻到那份上。

有一次,她给了他一个大红苹果,看着他咬下去。他的牙齿把苹果咬开,发出刺耳的、动物咬东西的声音,嘴唇粘着白色的果汁,闪闪发光。

"这是一个苹果。"她在安谧宁静的院子里,一边用一种十分平板的声音说,一边瞅着他。"苹果。"她重复了一遍,点了点头,又有几分踌躇。

"平锅?"他问道,或者是在笑,嘴巴湿润润的。

他试着说这两个字,简直就像是把它们,或者是把已经咬碎的苹果再还给她。这件事情所表现出来的亲密让她羞红了脸。

"哦,"她大声笑着说,"到时候你就学会了。"

她不知道接下去该说什么,便转过脸去,嘴里流出口水,像是噙了苹果汁。

塞尔玛跑了过来。"柯!"她喊道,"我一直在找你。"她拉住他的手。

"是吗?"他笑着,被她满头发卷搞得很不自在,"啊,你找我,好的。"

"我想跟你待在一起。"她说,搓着他的手。

"好的,我在这儿,"他说,"现在我干活儿。"

"你干你的活儿,我陪着你。"她带着满足和决心说。

这个小姑娘开始在笔记本上写东西,并且已经有了秘密,在树洞里或石头下面藏东西。她望着这个年轻人在家禽棚里耙粪。他在那个肮脏的粪堆上屹立着。他又回到过去的生活。语言的障碍和他的无表情的脸将他们分开。他眼睛朝下瞅着,但并没有谦恭的样子,只是好像没有看见她。

啊,她爱这个希腊人,而且颇有点不顾一切的劲头。她站在那儿,转动着过生日时收到的那只手镯。这只手镯套在她瘦长的胳膊腕子上,晃晃荡荡,干活很碍事。

"你结婚了吗,柯?"她问道,朝四周看了看,生怕有人过来听见。

可他还是傻呵呵地笑着,继续耙粪,因为他不知道她说的是啥。

"你有女朋友吗?"她问道,呼吸变得急促,胸口透不过气来。

"女朋友?"他说,脸上那种恬静的美消失了,肌肉、骨骼、尖尖的牙齿都在震颤。"是啊!啊,是!女朋友。"他继续笑着。

他们在家禽棚里站着。她不喜欢他那副样子。此外,焦急和鸭毛让她感到窒息。她的呼吸变得急促起来。在这黑魆魆的棚顶的压迫之下,羞愧之情涌上心头。直到她再走回到阳光下面,低头走开。

是音乐的柔情最能表达她对这个希腊人的感情。现在,她可以在女邮政局长的钢琴上,以突然爆发的激情和对钢琴踏板的猛踩,弹奏些复杂的曲子。触摸着金黄色的、微微翘起的琴键,她弹奏出许多爱的场面。

"塞尔玛,"女邮政局长——也是她的教练——坚持说,"你现在弹得离谱了。"

就好像那调子先前一直符合乐谱似的。

有一次,在一个节日——是生日或者别的什么场合——家里人给他一瓶啤酒之后,她亲了他一下。可是这个插曲那样简短,而且是在大庭广众之下,立刻就被别人更加闹哄哄的玩笑淹没了,甚至谁都不觉得滑稽可笑。他的皮肤稍稍有点滑腻,而且神秘。

后来,雷发现了她的日记,把她那赤裸裸的思想整页整页地披露出来。他边读边哈哈大笑,不加咀嚼就把那些话念了出来。

"'我爱柯,'"他念道,"'我情愿让他切开我的血管。'"

他笑得前俯后仰,而她的心在流血。

"这挺好。"他叹息道。

她把镜子朝他扔过去。等他们面对着镜子碎片——他们仇恨的残骸时,他说:"你知道,我可以把这些都拿给妈妈看。"

"还给我,我给你什么都行。"她说。

"我什么都不要,把这个给人看大概更叫人快活。"

"别胡说了,"她说,"我给你什么都行。"

然后,他把笔记本扔回到那面镜子躺着的地方,心想,既然她已经把灵魂暴露无遗,它大概就没有什么价值了。不过是某一天她从丹依尔先生那儿花六便士买的一个云纹边笔记本罢了。她在这个笔记本里随便记些什么东西,后来这些东西被人看见了。她捏着便宜的胶粘封面,捡起那个本子,不得不想想该藏到哪儿好。

塞尔玛傻乎乎的,因为她不可能不傻。可是雷是个男孩。他去那个希腊人那儿,钻进他住的那间小棚屋。因为他是他的朋友,他们在一起很吃力地交谈:什么钉子、锯子、刀子的,如果不认真计算,他们的年纪似乎没有多大的差别。性别的局限把他们紧紧地联系在一起。他们甚至可以什么也不说,就那么互相看着。或者连看也不用看,在一块儿待着就行。

"咱们瞧瞧那个盒子里的东西。"雷说。

那是希腊人柯行李里头的一个小盒子,里面放着些不让别人看的、珍贵的、有趣的小玩意儿,也有些他已经忘了为啥要保存的东西。他生命的精华都装在这里。雷喜欢看那盒子里面的东西。他垂涎三尺,没有别的目的,只是想得到。那枝枝杈杈的珊瑚、闪闪发光的圣像,他都不太明白是怎么回事儿。它们甚至有点让人瞧着害怕。他很看不起那些旧照片上的面孔。年老的女人和又黑又瘦的姑娘们从一片昏暗和指纹印子下面显现出来。他把这些照片扔回到一堆扣子和一根已经干枯了的迷迭香小枝上。

"这根破树枝是啥玩意儿?"他常问,并没有多大兴趣。

"好玩意儿,"希腊人说,"屈兰屈罗利伐诺。闻闻看。"

"已经没什么味儿了。"男孩说。

希腊人懒得回答,心里明白,这话不确实。

然后,男孩拿起那把刀子。这是柯的盒子里最好的一样东西,有一股干净的、上了油的金属的味道。男孩把刀子拿在手里,怀着一种冷静的迷恋,想象着如果他攥住拳头,只攥紧一点儿,攥住了,会发生什么事。他的皮肤已经有点刺痛了。

"这把刀子太快了。"希腊人说。他把刀子拿过去,放进盒子里,又把盒子收起来。

他已经对这孩子厌烦了。

轻蔑和悲哀快要把男孩吞没了。希腊人这个盒子虽然是个不起眼的玩意儿,可是他得不到。他也不能拥有这个希腊人——他正坐在床边,吮吸着牙齿,他有他自己的思想。

男孩被轻蔑和挫折燃起的怒火震撼了。他抓住希腊人的手腕子喊道:"不管怎么说,我敢打赌,我比你有劲儿!"

他握住希腊人的手,用尽平生力气把它压下去。希腊人也来劲儿了。一开始冷冷的,有点躲躲闪闪。他还没有决定该采取什么态度。他抓着这个拼命挣扎的细长的男孩,两个人的呼吸交织在一起。他们在那张不宽的小床上搏斗着,是闹着玩,或者不是,从这尊

《拉奥孔父子像》①上并看不出来。然后,希腊人爆发出一阵大笑,笑声震得浑身的肌肉都在颤动。他两条肌肉发达的胳膊按住男孩,两个人扁平的、喘不过气的胸脯紧贴在一起。因此,这个时候很难将那两颗难解难分的心分开。男孩听着心搏动的声音、喘息的声音,因为不能战胜这个无法容忍的希腊人而愤怒地叫喊。他真想把他杀死,掐断那充血的脖子。但是他没有力气。过了一小会儿,就不再反抗了。他想从这种软弱的窘境中逃脱,从这种因为先前和这个希腊人亲近而愈感窘迫的境地逃脱。

"放开手,柯,"他哄骗着,"来呀,现在算暂停。"

但是希腊人拒绝了。于是,正在床上扭动着的男孩开始害怕比缺乏力气更大的弱点会被揭露出来。他们都气喘吁吁。希腊人笑着。

"我恨你!"感到十分憋闷的男孩叫喊着,"我恨该死的希腊人。"

这时,母亲走了进来,手里拿着她给希腊人补好的什么东西。她没想到会在这儿碰上儿子。

"雷,"她顺口说道,"你该出去干活了。我们得跟你父亲谈这件事,而且做出决定。"

男孩从床上爬起来,傻乎乎地穿过院子,母亲跟在后头,她呆呆地想,如果儿子不在那儿,她本来打算和希腊人说什么来着。但是心烦意乱,什么也没想起来。

与此同时,她把他们必须对儿子的未来做出决定的事也忘了。秋意正浓,她漫步着。一年的这个时候,风不刮了,小鸟懒洋洋地飞起来,又悠闲地落下来。榅桲从树上掉下,过一阵子就腐烂了。她坐在门廊的台阶上,懒得把它们捡起来。所有形状的物体:树、篱

---

① 拉奥孔是特洛伊的祭师,因警告特洛伊人勿中木马计而触怒天神,和两个儿子同被巨蟒缠死。表现父子三人临死一幕的著名古希腊雕塑现藏于罗马梵蒂冈美术馆。

笆,或者摇摇欲坠的棚屋轮廓都十分鲜明,最后镶嵌在一动不动的秋天的景色之中。只有人还可以突然变化为某种新的形态或者自行解体。她看见丈夫从收割完的土地上走了过来。他已经开始皱缩了,脖颈显得苍老。如果发现丈夫栽倒在草地上,脸上是她不曾知晓的表情,她该怎么办呢?当然,没有理由这样担心。他走路从来没有磕磕绊绊过。一双眼睛让人觉得他永远年轻。她觉得身上一阵冷。她居然已经想到这种事。更糟糕的是,这种事能发生。

于是,为了暖和,她搓了搓旧羊毛衫里自己那两条壮实的胳膊。那个希腊人抱着玉米秆和干枯的、颤动着的玉米叶走动着。他正在他们那块土地上,一小堆一小堆地烧已经剥过玉米粒的、枯死了的玉米心子。灰色的烟的飘带袅袅升起,一股烧东西的味道飘荡着。她想着这个希腊人和她心里一直存在着的对他的关心。如何表示这种关心至今还没有个明确的方向。除了用笨拙的手势比比画画,替他补补衣服以外,她还没法向他表示心中的怜悯。倘是孩子,你可以把他们揽到怀里。但是对他可不行。只有一次,黑暗中,睡觉前,摆脱了道德的束缚,她把他的脑袋抱在怀里,贴着她的胸口,期望体味到头发触在胸口上的那种粗糙的感觉。那是一种狗皮的粗糙。这正是那种感觉。她对狗很和善。它们走过来,懒洋洋的,很友好。但是并不是带着一种激情依恋于她。它们从来都没有变成她的。而这也就对了。她和这个年轻的希腊人的关系,就是狗与女主人的关系,和睦友好。她心里说,她很高兴他们的关系是这个样子。她高兴,他在那一堆堆冒着青烟的玉米秆中间远远地走着。这样,他们用不着交流思想,也用不着笨嘴笨舌地找话说。

艾米·帕克在台阶上动了动。

"我们应该鼓励这个年轻人到周围多走走,"丈夫走过来时,她说,"他总是个人嘛。"

"我又没拦着他,"斯坦·帕克说,他懒得去想这个希腊人——

一个不错的小伙子,但并不是事事都听他的,"他可以在假日休息休息,可他不,我也不能硬逼他。"

她又一次为内心深处那种热忱而感到快活。她喜欢想这种热忱确确实实存在。

不过,有时候他还是出去走走。她望着他穿着那身绷得紧紧的、最好的衣服走上公路,坐上公共汽车。衣服和他的身体似乎永远不会协调一致。他简直就不该穿什么衣服。他一出去就是一整天。有时候直到天已大亮,公鸡的啼声打破黎明的寂静,呆头呆脑的马活动着腿的时候,他才回来。她太累,早就睡了,听不见他回来的声音。

这希腊人柯到城里去,开始在那儿结识许多朋友。亲戚们也来了。还有从同一个岛上来的人们,以及亲戚们的朋友。他默默无语地干活,或者轻轻地哼着歌,但总在沉思默想。于是,艾米·帕克心里明白,他总归要走,不过是个时间问题罢了。那一天迟早要来的,她心里说。她很高兴,自己缺乏勇气,或者没有力量安排这个年轻人的命运。现在可以自然而然地从她的手中解脱了。在她的生活中,他将仍然是她从来没有与之讲过话的许多人中的一个。

他从城里带回礼物,带回装在胶粘的小袋子里的亮闪闪的娃娃糖。两个孩子为这点糖争来抢去。等他攒够钱,就买了一个吉他。从那以后,每到傍晚,厨房里就飘荡起刺耳的音乐。她尽管直皱眉头,也无法将那声音排除。他给她讲他唱的那些歌,还讲他们那个岛。他说,那儿的男人们一年里大部分时间都在外头潜水采集海绵。回家以后就喝得酩酊大醉,打老婆,生下更多的孩子,然后又扬长而去。渐渐地,她似乎了解那个光秃秃的小岛了。那岛上的女人就像柯那个盒子里面放着的那些照片上的女人们那副模样:脸很瘦削、黑不溜秋。但是,想象之中,当她们从那些岛上的房屋向这儿眺望的时候,都是用她的声音说话。他那肌肉发达的手拧紧琴弦,再弹奏什么乐曲的时候,她心里奇怪地想,和这个希腊人不知会生出什么样的孩子。但是,她没有足够的勇气让自己顺着这条思路想得太远。

"这些女人们过的日子可真不赖。"她客观地、不带感情地大声说。

"可不是嘛!"他说,嘴唇噘得像个喇叭,一首已经等得不耐烦了的新鲜的歌就要脱口而出,"她们不知道还有什么更好的生活。这样就挺好。"

"谁都知道有更好的生活。"她说。

他不理解这一点,要么就是不想听。

"这是一首情歌。"他说。

"情歌!"她带着一丝嘲讽,对刚回来的丈夫轻声说。好像她非得惩罚什么人,或者惩罚她自己。

"啊,天哪!"她叹了口气,笑着叠起那块桌布。

希腊人唱完歌,笨手笨脚地摆出一副正式发表公告的架势,说道:"帕克先生,我很快就得离开这儿了。我要和一个寡妇结婚了。她在邦代有家铺子。这是个好机会。对我很合适。"

"如果你愿意,柯,对我们也很合适。"斯坦·帕克说。

他感到一阵宽慰。有些东西,特别是斧头和钢锯,他简直不能容忍别人碰一下。

"一个寡妇,"艾米·帕克说,"啊柯,这倒挺有意思。"

"她有五个孩子,"柯说,"多了点儿。但是人手多,对铺子有好处。"

"当然是啥都给你准备好了。"艾米·帕克说。

"是的。"

这桩事有什么可以让人心神不安的呢?这个年轻人——她给他补过一阵袜子——要离开他们家,是自然而然的。但是哪天,她或许应该告诉他一些关于她自己的事情,一些她不曾跟任何人讲过的事情。这些事,她或许会讲给他们在发洪水时捡到的那个孩子听。他犹如一张白纸,需要用这种爱的自白来填充。但是,还在她摸摸索索,不知道怎么表达这种思想的时候,他就跑了。她认识到,这个坐在厨房里拨拉着吉他,对于眼前将要展开的生活前景沾沾自喜的年轻的希腊人,就是那个不理会他们,逃之夭夭的小男孩。有时候,年轻的希腊人肌肉硬邦邦的面颊会松弛下来,化入孩提时代的天真烂漫。比方说,唱一首歌之前,或者唱完之后,他在琴弦上弹拨着曲调的时候。她怀着一种柔情断定,就是那个孩子,至少非常可能是那个孩子。

"我希望你能幸福,柯。"她说。

她的丈夫正准备睡觉,被烟叶呛得直咳嗽。他忍不住说:"这又不是送葬,艾米。"

"我会挺好的。"希腊人说。他的手指在琴身上滑动着,准备弹那首情歌的最后几段。

"她人不错吧,柯?"她问道。

"挺胖,"他说,抬起头,"饭烧得好。"

他爽朗地笑着,迸射着天真烂漫或者自鸣得意的光彩。究竟是哪一种就很难说清了。当他那颇为自得的皮肉被纯朴的欢乐所映照,这个希腊人脸上便现出一种表情,吸引人深入到他的灵魂。因此,艾米·帕克走了,说她很累。她咬着嘴唇。因为已经是上床睡觉的时间了,便解开发髻,让头发披散下来,梳了起来。这天晚上她不能梳得太久,她会把镜子里面长长的影子梳掉。她的头发比以前短了,还没有变得灰白,但是已经到了看起来没有什么光泽的程度。现在,她的容貌似乎也变得模糊不清了。但是在自己的心目中,她觉得不管长得什么样子,总还是清清楚楚的。她不漂亮,这是显而易见的。她把头发梳到脑后,松松散散地披下来,仿佛在一本正经地做着梳头练习。

"你不上床睡觉,艾米?"丈夫问道。看起来是出于一种责任感,而不是因为感到她不在身边。

"就来,"她说,"我正梳头呢。"

但是她无法回避时光的流逝。现在她已经是个相当胖的女人了。她跨过玫瑰花图案的地毯上了床。黑暗中,极力去想她的孩子、丈夫,想一锅果酱、一块燕麦地。实际上,是想着她美满的生活。直到她从这生活中浮游过去。尽管那有力的梳头动作和刷子的鬃毛不时提醒自己的存在,她还是进入了梦乡。

丈夫推了推她,她醒过来,说:"哦,我就像掉进水里,要被淹死一样。"

她躺在那儿,怀着一种难以驱除的恐惧,想着这桩事。

希腊人走的那天天气晴朗。早晨落了一层霜,把村野衬托得格外鲜明、醒目。晴朗与宁静之中,听得见院子那边的小棚屋里准备告别收拾行李的声音。然后,柯从小棚屋里钻了出来。他提着个新箱子,箱子上面拦腰捆着一根黄颜色的带子。还有些东西塞在一个装糖的袋子里头。他身上穿着那套紧身的衣服。

"再见了,柯。"帕克夫妇说。他们好奇地打量着他,就好像他跟他们从来没有过什么关系。

他们身上穿着便服。这就使他们产生了一种愿望:要让自己感到比穿着节日礼服的柯、比这种明显地脱离开日常生活情况的任何人都高出一头。而雷,事实上已经摆出一副傲慢无礼的样子,巴不得要伤害一下谁心里才舒服。

"这是一件小小的礼物。"艾米·帕克边说边递给希腊人一条她用蓝毛线织的围巾。围巾用一块不知道从哪儿弄来的手纸包着,外面用电线缠着。

她把手放在儿子的肩膀上面。这个赠送礼物的场面,使她充满伤感,也充满安全感。她是个善良的女人。她的母性之爱向她的儿子,也向这个年轻小伙子涌流而去。可是儿子不需要她的爱,小伙子也要离开他们这个家。这件意料之外的礼物使他惊讶得浑身发抖。

"啊,谢谢,谢谢,帕克太太。"他说道。发自内心的感激之情使他的眼睛湿润了。

她几乎是漫不经心地最后瞥了一眼他的美。在这阳光灿烂的亲切的气氛中,穿着缀了绒球的舒服的拖鞋,身边站着可以信赖的丈夫和性格鲁莽的儿子,生活的轨迹显而易见,任何背离这种轨迹的行为都是荒谬可笑的。

"我会带我的太太来。"希腊人说。

"好的,好的。"帕克太太说。

但是她并不指望他带她来,她也不想让她来。

"塞尔玛上哪儿去了?"希腊人问。

"星期六早上,她有音乐课。"母亲说。因为她已经习惯于弥补孩子们的疏漏,便又说道:"她让我代她向你道别。"

"真遗憾。"他说。

然后,因为再没有什么可说的,希腊人便出发了。

他上路了。雷说他要跟他在这条路上逛一会儿。这天早晨,他显得很阴郁,腿也不利索。在这个男孩自己看来,在人生之路上,他将永远一事无成,只能是个瘦长的孩子。他恨这个男人——他的朋友。他的前途已经定型了。男人提着那口沉重的、普普通通的箱子和那个鼓鼓囊囊的小砂糖口袋,迈着有力的步子,不慌不忙地走着。他想说说话,便用僵硬的、刚学会的英语,结结巴巴地描绘他们经过的景物,直到男孩不能再忍受。

"我就到这儿了,"他说,他脚蹬一双橡皮底帆布鞋,在树丛边的土埂上掌握着身体的平衡,"我不想再走了。"

"为什么?"希腊人惊讶地问,"你不到公共汽车站了?"

"不了,"男孩轻蔑地说,"没有必要。"

"那我们只好告别了。"柯放下手里的东西说。

他走过来,因为提沉重的袋子,衣袖仍然是卷起的。显然,他想跟他也正儿八经地告别一番。于是,男孩的勇气消失了。他没法朝朋友的脸上打去以阻止他举行这场正规的、让人痛苦的路旁话别。他的脸失去血色,直到像纸一样苍白。他说:"为什么人们不能悄悄地走掉呢?"

希腊人愣住了。他看起来粗壮而可笑。怀着一种被伤害了的纯朴,他开始纳闷做了什么对不住这孩子的事,想到自己一定拥有一种力量而自己却不知道,他感到害怕。但是这一点永远得不到解释。男孩的脸也没有提供什么线索。静静的树枝上面悬挂着淡绿色的树叶,排除了一切加以解释的可能性。

"那么,好吧。"他说着转身走了。

雷·帕克钻进树林。林子里树木稀疏,灰蒙蒙的,可是有一种同情。他用不着非得想那些事情。他自己也变得稀薄起来,就像树叶或者树皮蒸发出来的气体一样与丛林合为一体。他那两只晃来晃去的手不再闲着没事了,不过他也没做什么。待在这灰蒙蒙的、参差不齐的树木中间,本身就足够了。于是,他从一块石头跳到另外一块石头,沿着边走。他弯下腰,察看那些拖着什么东西的蚂蚁,或者他仅仅是做着察看的动作,因为实际上什么也没有看见。

他又想起那个已经走了的男人。他几乎颤抖着承认,自己希望他能留下,尽管,留下来干什么他说不清楚。因为,如果他不爱这个希腊人——很明显,他不能爱他——就只能是恨。也许把他拴在一条铁链子上面,像一条狗,偷偷地踢打。太阳已经高挂在头顶。那是一轮平淡无奇、不动感情的秋天的太阳。他穿过树林,剥着树皮,寻找什么答案,体味着这种肆虐所造成的膨胀了的痛苦,而且不得不继续寻觅他对那人的记忆。似乎这样就能变得更有力。尽管他确实怀疑自己的力量到底有多大。他仍然被那个金色的希腊人两条胳膊紧紧地搂着。

过了一会儿,他停下脚步。他站在一株树下。那是一株高大、古老、四季常青的树。树上挂满已经枯死的花。树干和树枝扭曲成让人讨厌的形状,满眼灰尘和丑陋,所有的美和善都从这地方被驱除掉了。天空也被暂时淹没了。男孩拿出那把刀子,浑身哆嗦。这正是希腊人盒子里面的那把刀子。他想起他吃力地给他讲这把刀子,讲他那个盒子里别的那些漂亮、有趣的小玩意儿,讲他的家庭、他的母亲——一位戴着某种帽子的老太太——的时候他那张热切的脸。男孩握着那把刀。他拿出那个黑不溜秋的扁脸老太太的照片,为自己预想之中的行为激动得发抖。当他站在那儿,试图把她那让人不感兴趣的面貌留在记忆之中的时候,他那双拿着那位希腊人的东西的手——那些东西他因为想要就拿了过来——变得着了魔似的想干点儿什么。那手似乎已经不是他的了。那手握着那把刀子。然后刺穿那张已经发黄的照片,划成"之"字形,来回锯、砍。做完这一切之后,已经再没有办法把刀子更深地刺进他朋友的心里了。于是,男孩扔了刀子和碎纸片。至于扔到哪儿,他连看也没看。

他已经从树林里面钻出来,登上一块块石头。这种石头在这贫瘠的山坡上到处都有。他把面颊贴在尖尖的沙子上面,为他自己亲手扼杀而失去的那种单纯绝望地干号。哭喊声扭曲了他男孩子的躯体。他身上着了魔的那股劲儿好像永远不会衰竭,但还是及时衰竭了——这天早晨晚些时候,他甚至睡了一会儿,再醒来的时候,又变得生气勃勃。

第十六章

斯坦·帕克最后决定,让儿子到班加雷鞍具匠老贾漫那儿去学徒。看看会怎么样,他说,尽管能看出个什么结果,他并无把握。他这着棋不过是对自己心里头的疑惑的一个蹩脚的回答。斯坦的母亲有个堂兄是个鞍具匠。是个正正经经的人。皮革是诚实的,所以就让他跟皮革打交道吧。

"啊,为什么?爸爸!"男孩充满厌恶,拼命反对,"谁想当破鞍具匠,我不!"

"那你想干什么?"父亲问。

"反正不干这个。"男孩儿说。因为他不知道怎样做出一个更具体的回答。

他把头转过去,不想和父亲单独待在一起。他现在已经长成一个壮小伙子了,有时候显得很漂亮,脸红润润的,显得有点漫不经心。许多人会看在他那副生气勃勃的样子的分上,原谅他那些讨人厌的行为。他那令人赞赏的、母亲忍不住想要抚摸的头发已经变成深棕色,他健壮的体魄隐匿了任何毛病的踪迹。只有神经过敏的人才会对他的嘴角表示焦虑,或者在他相当大胆的眼神里,看出他们自己的痛苦的映像。

"不管怎么说,试一试吧。"父亲说,"不管城市有多大,鞍具匠总能有碗饭吃。"

男孩不吱声了。

他很快就到贾漫的铺子里去了,跟几只猫和一条不合群的老狗待在一起。腰里系着白布围裙,踩着地板上总是洒满了的强烈的阳光,把碎皮子扫到一起。雷也学手艺。不太忙的时候,贾漫先生就让他坐在他旁边的一条凳子上面,切图案比较简单的皮子,还学着用蜡线缝皮子。铺子里一股蜡和新皮子的气味,每逢下午,闷得连气都喘不过来。雷·帕克觉得无法忍受他所发现的这种代替了勃勃生气的绝顶的单调,便经常到厕所,逃避这安安静静的场面。那儿,在刷白的木板墙和葡萄叶的隐蔽之下,单调的气氛是愈浓了,但那已经完全变成他个人的事情,因此也就可以使他获得新的力量。时间一点一点地磨蹭过去了。男孩摸着光溜溜的肚皮,瞧着自己。他很自信。如果机会到来,他什么都能得到。可是这样的机会会来吗?

有时候,他想起父亲和母亲,便怀疑这机会未必会到来。

父亲经常到铺子里来。可是谁也不会说他是来看儿子的。他倒更像是来和别人聊天的。铺子里的人手都很粗糙。他们那么慢吞吞的——至少眼下是这样——连落在身上的苍蝇也不飞。他们讲起故事来很快就乱了套。等到结了一个又一个解不开的死结,他们就充满希望地再返回到先前的话头,以为还会找到这话题是从哪儿开始的。可是如果没聊出个结果,谁也不会再去找那话头。他们喜欢的是在阳光下聊聊当地的事情,交流交流感情。

瞧着鞍具匠那双手的人,很少有谁能意识到贾漫的徒弟是帕克的儿子。或者,如果意识到了他们也不说。由于某种羞涩,父亲不愿意把自己的儿子展示到众人面前,就好像不敢想象这个直溜溜的鼻子怎么会是从自己身上掉下来的肉。有一回,在他要离开铺子的时候,他倒是确实当着别人的面和男孩说了句话,但是眼睛望着前方。

他说:"那个贝拉一胎生了两个牛犊,雷。"

说完就走出铺子。男孩脸涨得通红,看起来十分生气。他觉得高兴,父亲总算走了。

现在,雷很少回家,只是有时候星期天回来一下。他发现这所房子歪歪扭扭。尽管他在这儿度过了他的童年、少年,但仍然不乏陌生之感。他这儿走走,那儿串串,觉得耳朵四周的空气都是凉的。似乎连院子里的鸡鸭给他让路时也跑得更快了。母亲喊他过来做些零七八碎的小事,其实那是借口。她只是想让他待在自己身边,指挥他,望着他那双眼睛,细瞅他皮肤上的毛孔,以及通过那些人们天生的、仿佛聋哑人似的比比画画,打开他那紧锁着的心灵。这时,她便以一种利落的友爱对待他,似乎这样就可以否认他曾经从她身边走开的事实。与此同时,又竭尽全力建立一种不可改变的关系,一种别人能够相信的关系。但是当他坐在厨房里,盯着什么东西——碟子里一块黄色的肥皂,或者匆匆忙忙插进花瓶里的一束刚采来的鲜花——无法帮助她完成这个计划时,他感觉到了她的失望。

尽管他那么不喜欢班加雷,家里对他来说更糟。他常常赶快穿着长衣裤从家里逃出来,踏上公路,和别的年轻人站在某个角落,或者经常待在那个十字路口的路标下面,消磨时间,或者等着瞧能发生点什么事情。

他们给他在班加雷的一所房子里租了个房间。那房子是一位姓诺斯科特的老太太的。她的丈夫先前是铁路上的高级职员,现在已经死了。那所房子不大,但很体面,涂着一层厚厚的棕色油漆。房子一边有一个接骨木树丛,散发着一股污水坑的味道。雷·帕克的房间就在这面,窗户正对下一幢房子光溜溜的墙壁和接骨木的树叶摇曳着的光。这房间很僻静,对于他倒很合适。因为这个时候,他还很有几分羞怯。如果对面的墙上有窗户,他也不会朝里头瞥上一眼。眼前这堵光溜溜的墙似乎是一块屏幕,展示了他梦中的生活,但同时也隐蔽了他那不加掩饰的行为。有时候,他倚在窗口,抽着自己卷得挺松的纸烟,对着那堵光溜溜的,但是却以某种方式做出反应的墙壁,心想是否有某一个姑娘——最好门第比他高些——可能并不具备他所期望但又害怕的那种冷漠、直率以及经验。他就那么站着,全神贯注地望着那多孔的墙面,眯起一双眼睛瞅着向上飘去的烟,就像他见过的抽烟人那样,从一个嘴角贪婪地、颇不雅观地吸着烟。

诺斯科特太太家的生活被一种棕色笼罩着。这是由家具的质地、墙以及诺斯科特老妈妈那张脸构成的——她一直就是那种皮肤呈棕色的女人。可是这男孩有一次确实从一个极其美丽、温柔的梦境中醒来。他极力想把这个梦境记下来,但是一开始只能模模糊糊地感觉到一点什么。他似乎一直坐在一张桌子前头——至少他相信是这样——那是一张简单的、白松木做成的桌子。许多脸孔向着他,尽管他分辨不出都是谁的面孔。有一只钟面,像所有那些东西一样,他可以接受,并且加以信任。他醒来以后,躺在那儿,瞅着那个瓷底座挺复杂的结实的盥洗盆,不知道该不该谴责这个梦境中的美妙以及让人深信不疑的朴素。

最后,他愤愤然,从让他赖在里头不起来的被窝里面钻出来,丢开那场他一直沉湎其中的美好的梦幻。他穿着衣裳,对已经看到的父母亲的优点谴责了一番。他一定要最终在感情上挫伤他的双亲。因此,梳那头硬发的时候,他很生他们的气。他想起母亲从窗口望过来,寻求解决某个问题的办法,父亲则沉思着斟词酌句,就好像这些词句是纠缠在一起的一张大网。他扔下梳子。他还是太小,看不出父母亲的缺点毛病。他没有什么可以原谅的。

他走进厨房外头一间黑乎乎的、棕黄色的屋子——或者说是早饭间。诺斯科特大妈已经给他准备了早饭：一块热好了的深棕色的排骨和一些蔬菜。

"哦，大妈，"他边说边像一匹小马似的甩动着胳膊腿儿，似乎是为了确信自己的独立自主，"睡得好吗？"

"不好，亲爱的。"她说。"我的胆结石病又犯了。折腾了整整一夜，睡得糟透了。我起来，把几个盘子弄热了，捂在肚子上。"

"您需要一只热水袋。"他说。

她没有答话，她还要想一阵子。

诺斯科特大妈患胆结石，她常常为此叹息不止。她是个相当孤独，甚至有点吝啬的老太太。为了在丈夫——那位已故的高级职员生前那点儿积蓄的基础上再增加点收入，她揽点洗洗涮涮的活儿，还留了一个搭伙的房客。但是她的手患关节炎，不允许她干多少活儿。

她渐渐喜欢这个小伙子了。他也容纳了这种情感。因为，这种感情联系比要求双方必须有爱的那种关系容易保持。如果允许，妈妈也许会爱得把他吃了。但是，在这位老太太的有生之年，胆结石和关节痛将成为她生活中的主要矛盾。

"你应该注意一点儿自己的身体，"他说，"别干太多的活儿，吃完饭躺一躺。"

没人听从这种劝告，说一说当然不费吹灰之力。他坐在那儿剔牙缝里塞着的肉，甚至开始相信，他对诺斯科特大妈健康的关心是出于真心了。他那副铁石心肠似乎变软了一点儿。他感到，一种对于他想摧毁的东西的留恋爬上心头。有时候，他的确几乎为自己在心里摧毁父母亲而哭出声来。如果他很有钱，他会出去给他们买些东西。可惜没有，便只能用手掌拍着这个老太太的脊背，做出一个充满柔情的微笑。这个微笑还只是处于它在进化过程中的试验阶段。

诺斯科特大妈叹了口气,嘟哝了几句。她很喜欢年轻人的这种抚摸。他可以当她的儿子,事实上却不是。

"躺下歇歇当然好,"她抱怨道,脸上的汗毛重得让人吃惊——要没这些汗毛,她那张脸本来平平常常,"可是屋里的尘土得打扫。总是落满灰尘,还有那些细毛毛。我也不知道屋子里这些细毛毛是从哪儿来的。"

他不愿意对这种现象刨根问底。事实上,他并不关心别人的事情。幸运的是,还没有谁把什么问题强加到他的头上。但这天早晨,他还是慷慨大方。他不知道能做点儿什么,便拿起一块毛巾,把老太太从水里捞出来的碟子擦干。

他不知道还能做点什么把自己这种有时候仅仅留于理论上的宽宏大量再显示一番。后来,他想起诺斯科特大妈抽屉里有一本烹调方面的书。他曾经看见,那本书里夹着一张显然是已经忘了的钞票。不一会儿,老太太因为便秘到后面的厕所去了。雷·帕克翻了一下,看见那张钞票还在书里夹着。这张钞票就像所有那些扔在那儿好长时间、没和人的身体接触的钱一样,冷冰冰的,不像是钱。他抽出那张票子,装进自己的口袋,体温又恢复了它的作用,那钱成他的了。

这天傍晚,雷·帕克给诺斯科特大妈买回一个套着粉红色法兰绒套子的热水袋。

"给您买来了,大妈,"他说,"捂在'胆结石'上会有好处。不过水不要灌得太满。"

诺斯科特大妈正和来看她的一位朋友潘德尔伯里太太坐着。她感动得连连点头,那张棕黄色的、皱巴巴的脸上现出一副傻呵呵的表情。

潘德尔伯里太太说,这当然是做儿子的才会有的举动。

然后,雷回到他自己的屋里,沉溺于对这个简单举动的思索之中。这行为本就不该受到什么了不起的责难,而且还带来了乐趣。他把找回来的钱放好,过一会儿,穿上最好的衣服去看电影。他原先慷慨的美德只不过因此而稍有贬损。不过,任何德行究其实质不过犹如一座冰山。其他部分隐藏在水下。

于是,他依旧道貌岸然,走上街头。大街上,灯火在炫目的光彩装扮之下,掩盖了生活的不足。他吮着一块硬糖,转了一会儿,便和别人一起走进电影院。电影使他们得到一种解脱。马蹄敲打着心中的厌烦,好像皮子一样的嘴唇把他们吞了下去。雷·帕克坐在那张舒服的椅子上,做出各种忘情的姿势。可是等他从电影院里走出来,寂寞以及想把自己的个性变换成某种看得见摸得着的东西的欲望又袭上心头。

这天夜里挺晚的时候,在几株木兰树下,一间马房后面,他抚摸了一个第一次穿高跟鞋的姑娘的无袖罩衫。她的作风像个妓女——事实上就是个雏妓。她呼吸急促,浑身抖得厉害,但还是愿意在夜色的庇护之下,做完大多数事情。做完之后,她跑了,为自己失去的那些东西而哭泣。他也因此而颤抖着。一刹那,他似乎又退缩成一个小男孩,踩着软乎乎的马粪拔腿就走。

他回来之后,已经又变了,既得意扬扬,又忐忑不安。老太太从睡梦中醒来,喊道:"是你吗,雷?"

"是的,大妈。"他在过道里一个竹制的帽架前面答道,很有几分趾高气扬。帽架上面还挂着已故高级职员的帽子。

"乖孩子,"她说,"把盛牛奶的铁罐放到外头去。"

她的声音拖长着,重又被慰藉和睡意淹没。她对他的善良的信心因为他在她身边而更坚定了。

他把铁桶挂到外面的钩子上,听得见它吊在星光下面叮当作响的声音。回到房间之后,他对自己那张年轻的脸不满起来。这张脸没有显示出他对这天的举动有什么自信,反而变得软弱,变得脆弱。

他在床边坐下,开始紧张不安地用他那把小刀在床头小几的腿上乱刻起来。他心里纳闷还能不能甩掉深深扎根于记忆之中的属于他的自我的那部分:从木板缝隙射进来的阳光,烂在茂盛的青草里的榅桲,从装草料的箱子里面站起来,在金色的"阵雨"中用拳头揉掉眼里的睡意。在这样的时候,似乎最好的事情已经发生,他不能再退回到母亲的怀抱之中。他卷入越来越深的罪孽之中。

为了隐藏某些罪孽,他赶快把那个床头小几掉了个个儿。这样,外面那条刻坏了的腿朝墙壁了。然后他上了床。平常他总是立刻进入梦乡。这所房子里住的人都挺满意他这一点。可是这天夜晚一直有股新鲜的马粪味不停地飘进来。马刨着蹄子嘶叫着,扬起闪着幽光的长脖子挣扎着。

这个星期天,雷·帕克想回家看看家里人。因此,他早早地就坐上了公共汽车。他在杜瑞尔盖邮政局下车,从那儿步行回家。通往帕克家——那幢极其普通又十分真实的房屋——的景色尽收眼底,充满了欢乐和希望。

他的妹妹正站在窗口梳头,抬起头瞧着他,那神情显然是不再相信他还存在这世界之上。

"让你吃了一惊吧。"他说,以显得没有被她镇住。

"我希望这是让人高兴的一惊。"她说,把正梳着的颜色浅浅的头发甩到脑后。那头发飘动着,很快便融入灿烂的阳光之中。

塞尔玛·帕克现在已经是个大姑娘了。她已经可以把自己生活中的秘密转移到不被人发觉的角落里。因此,哥哥这种打扰更让她恼怒,而不仅仅是叫她心烦意乱了。现在她戴着一个戒指。这个戒指太不显眼了,甚至都无法夸它便宜。她还经常洗澡、搽粉、熨她那件最好的罩衫。直到这种整洁、干净变得让人难以忍受,甚至成了一种亵渎。但是她垂着眼帘,对于她这种打扮可能在别人心目中造成的印象一概不知,她也并不想知道这些。她太冷冰冰了,除了热衷于自己心中的奥秘——那时,她也充满温情。她的父母已经拿定主意,从下学期起,送塞尔玛到城里女子商业职业学校读书。他们被她的举止所触动,并非因为喜欢她。他们仍旧做着手头碰到的任何事情,可是一只眼睛总留神着塞尔玛,被她那种冷漠、孤寂、一尘不染吓坏了。

"雷回来了。"塞尔玛说,手里拿着一块毛巾从厨房走过。

她没有用比一个花瓣更多的东西来表达心中的厌恶。她宛若一朵美丽的山茶花,还没到色彩浓艳、迎风怒放的地步。不过是一个包得紧紧的、白中泛绿的小花苞,不是让人采摘的。

全家人都有点吃惊,没想到今天会发生什么意外的事情。母亲早已把星期日早晨的规矩扔到一边去了,正穿着她的毡拖鞋懒洋洋地散步。父亲正在看星期六的报纸,马上就要去焊一只洋铁罐。这活儿他是留在星期日做的。他喜欢看熔化了的闪闪发光的金属在烙铁下流动。

但是他们还是说:"哦,雷回来了。"

他们当然爱自己的儿子,只是没提防他会来个"突然袭击"。母亲的喉咙甚至一下子被她对儿子的爱堵住了。那种倏忽间产生的激情的力量那样凶猛,简直让她吃惊。她拿定主意,这一次要把她的这种爱向他表露出来。

父亲清了清嗓子,把报纸翻得哗哗直响。他急切地看了一栏又一栏,希望一下子就能找见几句说明生活真谛的话。事实上,他早就错过了把这些话告诉儿子的机会。

这时候,小伙子已经抬腿迈上窗台,穿过一株白玫瑰繁茂的枝叶钻了进来。这株玫瑰是他的父母先前栽下的,现在已经遮挡了这所房子。纸屑一样的花瓣纷纷落下,他从那花雨之下抽身出来,一个破旧的鸟窝跌了下来。然后他出现了,脸红红的,但是一副明白事理的样子。

"进家可没这种进法,雷。"父亲说。

"可这是最快的进法。"儿子很有逻辑性地说。

如果需要,出于愚顽,男孩会逻辑严密地说出自己的理由。

"我们大家要是都这样进家,可就太棒了!"那位一尘不染的姑娘——他的妹妹大声说。她已经愤愤然钻进浴室,正刷洗她那干干净净的指甲。

母亲却从地上捡起那个鸟窝,舒展了眉头说:"不管怎么说,你回来了。"

她以宽容的态度公开表现出她的爱,目的就是让人一望而知,她是他的母亲。他应当对这种爱给以回报,以仁爱之心待她。

然而,他心里想的却是,她在他身上打什么主意?

整整一天,他都处于守势。尽管早晨,当他在风儿的吹拂下,踏上回家的道路时,一切还都那么明朗。然而,那是清早靠不住的晨光造成的。后来,沿路的景物开始发生变化,也并不是因为他心里的变化。他本来是真心实意回来看看家里人,并且想体味一下自己也是这个家庭一员的感觉。可是下午暗淡的阳光和青草灰暗的色彩占了上风,树木也变得黑魆魆的。傍晚,起风了。一团棕黄色的草被一阵阵的大风漫无目地地刮着,在散着酸臭味的后院那群羽毛刮得乱蓬蓬的母鸡中旋转着。

他在他们家那块地里闲逛了一会儿。从上次离家,蓟草已经长得老高,有的地方他得小心翼翼才能过去。可是即使这样,他发现,就在他眼巴巴地看着下一秒钟要发生什么事情的时候,他的一只手已经碰到一株无法躲开的蓟草上面了。他把那令人忧伤的刺痛当作他的肌肤最终必须经受的痛苦忍受了。

回到家,他又看见了妹妹。早晨,她站在窗前,一边梳头一边遐想,那美貌和颜色浅浅的头发给人的好印象似乎永远都不会被摧毁;但现在却已经变得憔悴,丑陋。她还坐在那同一个窗口前面,清理着自己的"财产"——女孩子们的玩意儿。她照女邮政局长的样子,衣服袖子上用别针别着一圈纸。男孩心里想,这种活儿我可干不了。这纸做的套袖就足以告诉他这一点了。因此,他继续绕着那幢房子磕磕绊绊地溜达。塞尔玛皱着眉头,没看见他。

"瞧,雷,"母亲说——她出乎意料,跟他撞了个满怀,这搞得她连气也喘不过来,因为她还没准备好此刻就见到他,"那天,我找到了这个小笔记本。我想这还是好多年以前一位牧师的妻子送我的。我一直没拿它记什么。因为我记东西可不轻松。你一直记日记吗?有的人记。我想,你或许愿意试试。那样,到年底你就可以把它拿给我看看,我也就能知道你都干了些什么。"

这可是个愚蠢的主意,也不怎么公平合理。不过是她一时冲动想出来的,想以此接近儿子。现在,站在一丛懒懒散散的忍冬草旁边,她后悔了。小伙子看起来像是要吐似的。

"哼,"他说,"我才不想记日记呢!我该记什么?早晨吃了点什么?"

他继续绕着那幢房子转,她颇有耐心地跟在后面。

"我只是这么想想罢了。"她说。

她越是干了傻事,就越想拼命挽回眼前的局面。在她看来,在孩子们面前,她只能这样说傻话、干傻事。她想起年轻时候她曾经怎样窥视他们的内心世界,并且看见他们的愿望。他们也总是不加掩饰地把自己心里的想法端给她。

"你觉得快活吗,雷?"等他们跌跌绊绊走进厨房以后,她问道。因为,看起来,他们已经无处可去了。他们相互之间,也已经没有可以从对方手里逃脱的办法了。除了最后小伙子真的远走高飞。而且她害怕这完全是出于他的天性。"你快活吗?"她问道。

他太年轻也太缺乏经验了,意识不到这是妈妈告诉他她不快活的一种方法。

"你说什么？快活?"他问,样子叫人讨厌。

他不喜欢这种盘问。很不着边际,就好像打开门,发现地板没了。

她说:"我总愿意让你生活得美满。这太自然了,因为你是我的儿子,我一直感到很快活。"

她实际上是充满信心地对自己说这番话的。

"我只想别人不要来管我。"他说。

这当儿,黑魆魆的树影一直变化着。风把树的枝叶梳理成缕缕长发。也许很快就要下雨。

"可是,雷……"她靠着桌子说。

塞尔玛走进来,把那扇门随手关上,显得轻松自在。此刻她做得到这一点。因为她刚才一直在读小时候记在一个本子里的那些滑稽可笑的事情。和所有那些幼稚可笑的往事相比,她现在显然成熟了许多。她为此十分激动。

"我们不打算吃茶点了吗?"她大声问道。

她朝镜子里面望着自己说话的那副样子,很为看到的情景高兴。至少眼下是这样。

"是呀,茶点,"母亲说,就好像心里纳闷,她怎么就没有想到这个"台阶","我们烤点饼好吗?"

"我们?"塞尔玛问,她皱起一张脸,那样子既漂亮又好笑,"我烤的饼总是很难吃。"

母亲去拿面粉的当儿,她取来一些更让人高兴的吃食,特别是糕饼。这糕饼上面的糖霜是她亲手拿粉红颜色的砂糖裹出来的,还装饰了一朵精心制作的、软而黏的白花。

"你听说过职业学校的情况吗,雷?"她问道,开始摆上他们星期天才用的那些比较贵重的器皿。

"没听说过。"他说,声音有点沙哑,"哦,听过一些情况。"

他得从这个地方离开到另一个地方——诺斯科特大妈那儿。他早晚也会再离开那个地方。夜晚,大街上飘荡着人们离别时,脚步声发出的绝望的回响。

"下学期,"她说,"我要到兰德维克念书,在鲍凯家寄宿搭伙。鲍凯太太是爸爸的一个亲戚。他们曾经争吵过,或者怎么着。不过现在和好了。"

"不是吵过架,"母亲说,"人们经常慢慢地就疏远了。要叫你猜测其中的原因,总能找出许多。"

"不管怎么说,"塞尔玛说,"我要进城了。我有点害怕,雷。我要买上月票,每天都从兰德维克乘电车出去。盖奇太太也认识些人。他们会邀请我的。这家人卖小百货,很富裕。盖奇太太正帮着做一件连衣裙,是米色的。上衣打着小褶,下面是条百褶裙,缀着红扣子,每个袖子上三枚,背上还有一排。"

火炉里的木柴动了一下,塞尔玛被炉火映得亮光闪闪。她毕竟挺漂亮,或者说很兴奋。坐在那儿用端端正正的手指把糕饼屑弄到一起的时候,脖颈抬得高高的。这脖颈显然太细了点。

母亲吃着让人感到惬意的糕饼,听着这些还很遥远的事情,似乎觉得很舒服。孩子们也许该接班了吧?

雷向窗外望去,努力遏制着内心感受到的不公平,糕饼噎在嗓子眼里。用心险恶的雨的长鞭开始抽打一丛丛醋栗。醋栗在这一带一直长不好,尽管人们不间断地试着种植。

"那么,你穿上这件米色裙子要干什么呢?"他问道,还没有拿定主意采取什么方式对她笑骂一番,或者说进行自卫。

"嘿,"她红着脸说,"我要通过必要的考试,打字呀,速记呀,然后到一个证券经纪人,或者律师,或者诸如此类的什么人那儿找个工作。我要拥有成功的人生。"她伶牙俐齿地补充着,然后抽出她的手绢。这条手绢她还一直没有用过,把它整整齐齐叠成长方形,掖在腰带上。

"然后要跟一个什么人结婚。"他说。

"我还没想过这种事呢!"

"然后你弹弹钢琴,"他大笑起来,"他给你往回拿钱。"

他那圆润的、洪钟般的笑声——他是在突然之间发现如何发出这种笑声的——把身子震得直颤。他很喜欢这种浑身震颤的感觉。他脖颈很有力,而且总垂着一双眼睑。他坐在那儿,望着窗外灰蒙蒙的、密集的雨丝雨线。那雨水横扫着一块块围起来的土地。黑魆魆的树木被树根牵制着,要不然总会拔地而起。

"她做什么了,值得你这样笑她?"母亲问。

"什么也没做。"他说,不再那样大笑了,"不过是无聊罢了。"

"因为你无聊,我就得做牺牲品?"姑娘说。

一种自艾自怜使她生出新的柔情,变得矫揉造作起来。这也许是出于本能。要么就是她听哪个陌生人说了学会的。她的皮肤有一种大概是正直的人才会有的滑腻腻的感觉。

"也许我应该记日记,是吗?塞尔玛?把生活中的事都记下来。不知道那个希腊人现在怎么样了?"

"怎么又说起那个希腊人了?"母亲问,想起她已经忘记的那些事情。

"我随便想起来了呗!"小伙子说,"作为一个南欧人,他还是个不错的家伙。"

现在大雨滂沱,灰蒙蒙地笼罩着树木和房屋,雨水交织在一起又洒落下来。如果听不见雨水声,这雨看起来宛若一块坚固、密集的雨帘。可是雨声、风声,以及喷吐着的火焰,驱散了这种固态的雨的幻觉,甚至驱散了所有可以称之为坚固的东西的幻觉。

母亲想起发洪水的时候,家具都漂了起来。她忘记她站在河岸上的那种快乐。浑浊的洪水在脚边打旋,壮实的丈夫站在那条小船上。她忘记这些,因为她想起世上大多数事情以及她自己生活中的大多数事情都是那么短暂。就像那个壮实的希腊青年,在田野里行走着,把干枯的谷草变成缕缕青烟。

"他是个好小伙子。"她说,瞧着自己那双厚实的、仍然不乏肉感的大手,手上戴着黄色的结婚戒指。"是个好小伙子。"她说。就好像这样一重复,别人就不会谴责她将自己的思想隐匿起来。

没有谁责备她,因为每个人都有自己的世界,或者思想的世界。

小伙子开始害怕这种与世隔绝的孤独了。最终,一切都将归结于此。他希望用一种运动代替他的恐惧,于是站起身来,从厨房走出去,在大雨中跑着,经过他曾经和希腊人扭打的那间棚屋,跑进草料棚。从前,父亲经常从盛饲草的箱子旁边把熟睡着的他抱起来,把他的睡意摇晃掉,就好像那是沾在他身上的草料末。睡眼蒙眬之中,他看见父亲,还有阳光,站在眼前。然后,他们就在一起谈些有趣的话题。

父亲现在又在那儿,等他看见已经太迟,躲避不及了。父亲正俯身在一只铁桶上,搅拌着谷糠煮成的饲料。墙上挂着些盛润滑油和药膏的瓶瓶罐罐,有时候会被老鼠打翻。父亲抬起头,也立刻看出他被儿子堵在这里了。他肩上搭着雨地里一直披着的那条口袋。这条口袋看起来起不到什么防雨的作用,不过是精神上给人一种慰藉罢了。

他抬起头,把手上沾着的湿乎乎的谷糠甩回到铁桶里。"风向正对。"父亲说。他端出这几句嘴边的话,似乎这样就更安全些。"如果不下三天,就得下三个星期。储水池里的水位已经很低了,"他说,"这雨对玉米有好处。"

对于这小伙子,天气跟水果、蔬菜一样,都无关紧要,甚至可恨。但是他带着几分勉强安慰自己,父亲现在选择这样的话题,他是高兴的。他们俩都不想对小伙子突然闯进这间棚屋做一番解释。

在那块围起来的、灰蒙蒙的田地里,风继续刮着屈从于它的意志的雨。在风雨的喧嚣声中,一株黑魆魆的树倒了下来。不过离得很远,没有听见它倒下去的声音。

现在既然事物因为它们自身的存在而开始受苦,对造成那些行为的原因似乎就比任何时候都更需要加以解释了。只要处于同样脆弱的境地,人们的灵魂就会在暴力面前团结起来。

窗户上结满了蜘蛛网。小伙子把脸贴在一块窗玻璃上,那呆滞的、珍珠似的光从那儿照进这间昏暗的棚屋。

"也许还会发我们这儿曾发过的那种大洪水呢!"他说,"就是你和妈妈讲过的那场。我真想看看。"他说。他的声音在窗玻璃上变得空空洞洞。"东西在水上漂着,房屋被洪水冲跑。我想看看树被连根拔掉,或者被雷劈了。人们说闻得见被雷击了的树木发出的那股味儿,是火药味。"

父亲觉得一阵剧痛,停下手里的活儿。因为在正常情况下,他可以在自己的活计中,在那暖烘烘、潮乎乎的麸皮中,找到一个避难所。

"发洪水能对你有什么好处?"他问道。

"开开眼嘛!"小伙子说。

在建起他的家园之前,那些可怕的事情也曾使斯坦·帕克十分高兴。可是那以后,这种事便让他惶恐不安了。他觉得他被骗了。然后,等他接受了这种惶恐,又过了一些年之后——晚多了,不过也许还没到现在——和这个心绪烦乱、充满敌意的男孩,也就是他的儿子,一起待在这个棚屋里面的时候,这些可怕的事情就开始照亮上帝那许多张面孔中好的和安详的那一张。

如果他能径直走到儿子跟前,告诉他这些事情,他现在就会这样做。可他是个慢吞吞的、总爱陷入窘境的人,手上还粘着麸子,也就罢了。

小伙子向四周瞧了瞧,觉得父亲离他太近了。他不愿意让人碰他。这间棚屋寒碜的、熟悉的轮廓在他的周围隐隐呈现出来。他真想把墙壁踢倒,连同他的父亲——这个谦恭的男人那张脸。倘若不对他心生厌恶,他本来也会爱父亲的。

"我们得把你从班加雷那个鬼地方弄出来,"父亲变换了话题,"我也许不该把你安置到那儿。"

"我可没让你把我弄出来,"小伙子粗声粗气地说,"我在哪儿都能适应。"

这是不是真话还得进一步证实。

雨停了,风徐徐地吹,不再奔腾呼啸。主要的是,所有的声音都不再那样搅得人心神不安了。雷·帕克又离开那曾经是他家的地方。他低着头,手插在口袋里,踏上那条公路。整整一下午,那纠缠不清的种种激情和冲动都平复下来——至少暂时缠在一起、放在一旁了。

他的父母认为,像这种事情总得发生。而且很高兴它们没有更令人困惑不解。直到后来,先是诺斯科特太太,后是那位做鞍具的老师傅贾漫先生都来信询问他们的儿子上哪儿去了、打算干什么。

看起来雷出走了。

没过多久,他从布里斯班①写回一封信,信上说:

亲爱的妈妈:

我一时冲动跑到这里。我认为,我来这儿是做对了。不管挪动得是否好,反正我得动动地方——正如父亲说的那样。只不过往哪儿挪动得由我自己决定。

我在这边海岸的一艘轮船上工作。我在厨房干活儿,

---

① 澳洲东海岸的一个城市,为昆士兰州首府。

厨师是个中国人,但很干净。他送给我一个珍珠贝,上面刻着些玩意儿。我给您保存着,这正是您喜欢的东西。

啊,妈妈,高兴点儿。没有什么一成不变的事情。尽管这种沿海岸航行的生活也够丰富的了。夜里我醒来,看见起重机在装载货物,要不就是看见马给赶上跑道。如果愿意,我可以跟一位先生到北方领地去。他愿意雇我到一个农场当工人。但是我想,我不会去的。我愿意到处看看。我哪儿都想去去。昨天夜里,我梦见向那些海岛游去。好像是含磷的油海。我一丝不挂地游啊,游啊。水里亮光闪闪。可惜还没游到那儿,就醒了……

父亲接过这封信读的时候,说:"这很自然,艾米。"

他把信交给妻子保管。因为除了账单和商品目录册,他们还不习惯收到邮件。他想起青年时代,他是怎样轻而易举地把衣服套在身上,让自己忘掉赤身裸体的样子。那时候,无论他走的哪步路,几乎都不是自己决定的。可是这并不是妻子此刻想听的话。

她发现,他像平常危急时刻那样,让人失望。

她说:"你可真行,什么事都不会让你心烦。"她的声音因为这种责备的不公正而陡然提高。因为她也是突然陷入这样一种心境的。

他走了,从她身边溜走了,就像一粒豆子从豆荚里蹦出来,消失在茂盛的青草里一样,那样轻而易举,那样自然而然。如果在她意识到这一点的刹那之间感到一阵剧痛,以后的许多天里,又时常为重新袭来的痛苦折磨,那或许是因为心里空虚所致。尽管她确实还记得那个穿短裤的毛头小小子,记得那个满脸平静、充满信心、偎依在她怀里大口大口吃奶的婴儿。因此,她时常站在窗口哭泣。大多数时候是在黄昏。周围的景物变得模糊起来,她自己也渐渐解体被吸引向前。年华像风中飘拂的裙子或者头发,在她的身后流走。那时候,情形有点可怕。她那张脸失去了人们痛苦时的那种苍白,变成一块陷入沉思的头颅骨,或者只剩下一张面皮。

我对雷注意得太多了,对塞尔玛却注意得不够。艾米·帕克说——从沉思中唤醒自己。说到底,女孩比男孩更靠得住,而且姑娘家更需要母亲的关照。

塞尔玛离家到悉尼上女子商业学校的时候,母亲给女儿收拾箱子。她把特意为这次别离做的一个香袋放到箱子里面。怕女儿夜里肚子饿,还放了几包巧克力。她寻思女儿会怀着感激之情吃这些巧克力,手窸窸窣窣地抚摸着包糖的银箔,思念她的母亲。

临行前那天夜里,艾米·帕克走进女儿的房间,把嘴贴在她那颜色浅浅的长发上,抱着她说道:"谁能想得到,塞尔,你会孤身一人待在城里。不过,你一定不要着急。"

"我会好好的,妈妈,"这个总是冷冰冰的姑娘说——妈妈这副样子让她吃了一惊,她急于从她的怀抱里解脱出来,"再说还有鲍凯太太呢!爸爸说她是个好人。尽管从前为了什么事情他们之间有过误会。"

"啊,是的,有鲍凯太太。"艾米·帕克说,"可是这跟在家总还是不一样。"

隔着一层睡衣,她抚摸着女儿瘦弱的、有几分神秘的身体,心里奇怪莫非这就是她身上掉下来的肉?焦灼不安传到姑娘的身上。这个夜晚,她咳嗽得很厉害,不得不烧了一点点她为了防备这种发作而准备的药粉。天亮之后,她从床上爬起来,在药粉带有苦味的烟气中摸索着。早晨,刺骨的凉意像刀子一样,深深地切割着这个充满激情的姑娘。她赤裸着身子准备洗漱的时候,颤抖着畏缩不前。但是她很高兴。要想获得最终的、完美的形象,所有这些不快和痛苦都是必须的。

塞尔玛在班加雷搭上火车。她穿着一套灰颜色的制服,头戴一顶很干净的帽子。大庭广众之下,她从来不显得紧张。父母亲用那辆福特牌小汽车把她送到城里。他们站在车厢窗口旁边,不知如何是好。父亲没有做什么努力,因为眼下的局面他已经没有能力控制了。有好长时间,母亲摆出一副权威的架势,喋喋不休地叮咛女儿。可是终于到了她在那顶挺大的黑帽子下面低下头的时候了。她不得不强迫自己承认,孩子们都已经长大成人了。她怀着一种感激,甚至是谦卑,接受了女儿在她唇上留下的最后一个吻,心里想:这是否意味着爱?她很愿意相信就是这么回事。

姑娘最后望了一眼母亲挥动着的手帕,感觉到一阵告别少年时代的痛苦。那一闪而过的枯燥无味的村野的景色越发使这种痛苦难以忍受。最后,她静下心来,希望从别人脸上看到自己的映像。而试图在这样的"镜子"里解开它的奥秘,则又是一种新的非分之想了。

就这样,塞尔玛·帕克到了城里,进了女子商业学校,而且是一个功课很不错的学生。她和打字机上那个每打完一行就响一下的铃一样可靠。她总是看着屋子那头压根儿就不存在的东西,把滚筒往后一甩。不是愤愤然,而是充满了轻蔑。她打出来的文件,总是连一个污点也没有。她确实非常干净。她那修长的、略呈椭圆形的指甲是粉红色的。她身上散发着一股薰衣草香水的味道。她把香水放在书桌抽屉里,十分仔细地洒在那双干净的手上。她那细细的、白皙的手腕上戴着一只小小的金表,不算贵,但很雅致。她的皮肤非常白,白得几乎像是有病,而且对别人那种老于世故总是很敏感。因此,当她的朋友吉纳维芙·约翰斯顿跟她开玩笑,弄得她满脸绯红的时候,很难说清楚是因为高兴还是出于羞怯。

塞尔玛·帕克第一次见到吉纳维芙·约翰斯顿是在商业学校。她住在邦代,塞尔玛则住在兰德维克鲍凯家。有时候两个姑娘一起乘电车出去玩。因为乘电车既便宜又可以消磨时间。这种旅行对于塞尔玛来说至关重要,因为这愈发突出了她的自由。松松垮垮的电车叮叮哐哐,摇摇晃晃。在这样的夜晚,人们常常突然爆发出一阵笑声。两个姑娘坐在一起,觉得她们的头发在那有股咸味的空气中变得潮乎乎的。她们是朋友,但相互之间又不是特别喜欢对方。她们在车里摇晃着,为自己的摇晃而发笑。坐在她们对面,或者从她们身边走过的男人们的膝盖骨蹭着她们的膝盖。吉纳维芙·约翰斯顿喜欢瞅着男人们。她是个皮肤黝黑,有点儿邋遢,胸脯挺得老高的姑娘。她急于慷慨大方地奉献给某个男人。塞尔玛却总是把头扭过去,用突然变热的手抓着她的手提包。很难说塞尔玛就不具备这种慷慨大方。要么她把自己看得太高,要么是心里害怕。

最后,这种性格和气质上的不同使得塞尔玛和吉纳维芙之间的友谊冷淡下来。塞尔玛怕跟这个黑不溜秋、邋里邋遢、胸脯丰满、嘻嘻哈哈的姑娘待在一起。男人们的眼睛总爱往她身上瞟,往她那潮乎乎的、有盐味的头发和在电车里晃荡的乳房上瞟。跟她待在一起,夜色简直太强大了。因此,塞尔玛找了些根本站不住脚的理由,跟她分道扬镳了。她一个人继续坐着电车兜风。不过总是把眼睛从别人身上移开,望着灯光闪烁的夜空。这样,她依然可以享受她的自由。她说,她喜欢这座城市。她把这个花花绿绿的世界都变幻成为她自己所拥有的诗。难道那沥青铺成的路、钢铁做成的车,不就是她自己进步的一个标志?就这样,她在夜晚去乘电车,从她那个分隔间望着窗口那面人们的生活,看见他们坐在桌子旁边争论着什么,或者正宽衣解带,或者剔着牙齿。即使她对自己的生活还没有一个明确的计划,她也相当自信,认为自己不管做出什么样的选择,都会成功,而不会惶惶然,手足无措。

当她关住一扇门的时候,如果听见一阵笑声,这种自信心就会动摇。特别是男人的笑声。为了这个原因,她恨鲍凯家的那些马夫。

霍瑞·鲍凯——就是跟斯坦·帕克的亲戚结婚的那个人,塞尔玛就寄住在他家——是个驯马人,专门训练比赛用的马。他是个老实人,因此没有取得应有的成功。不过即使这样,他也曾赢过几次,给他的妻子买了金刚钻,还有一张狐皮。这张狐皮的"脑袋"在几年前的一次复活节集会时,夹在出租汽车车门里弄坏了。霍瑞·鲍凯从不打扮自己,尽管他很赞同他的妻子打扮,也赞同那些有钱人——他的顾主们打扮。他情愿穿便鞋。他总是戴硬领,不系领带。只是用一枚铜领扣把微微发黄的、浆得挺硬的领子扣到一起。他就这样在马厩里转来转去,对那些小伙子们和一两个年纪大点的人发号施令。这几位长者在养马的事情上很有经验,乃至有点目空一切。不过对霍瑞,他们还是乐于从命。因为他人很不错。

这就是塞尔玛·帕克从鲍凯那所砖房子、从她那扇窗户看见的情景。因为她的房间屈尊位于马厩这边。马厩里,是那些穿着背心的小伙子,他们手里提着水桶,装满亮光闪闪的水,晃来晃去,还有那几个两腿向外弯曲着的、年纪大一点的人,以及那些油光水滑、膘肥体壮、直打哆嗦的马。

霍瑞·鲍凯要塞尔玛一定不要客气。他在她来这儿的第二天,就给了她一盒巧克力,上面用粉红色的缎带系了一个很大的蝴蝶结。他还说,她可以专门挑一块特别软的给他。他是这样一种男人:喜欢煞费苦心地对姑娘们大献殷勤。他喜欢下午一边嘴里嚼着巧克力,一边看头上扎着蝴蝶结、手腕上戴着手镯的年轻姑娘,喜欢跟她们开玩笑,惹得她们咯咯地笑。但是他和这些姑娘们的关系没有半点见不得人的地方。她们咯咯的笑声和对他馈赠的那些小礼物的接受,使他那种近乎幼稚的虚荣心得到了满足。他似乎属于这样一派人,认为女人是一个不同的"品种"。而这种观点很适合一部分女人的口味。

塞尔玛·帕克很快就意识到霍瑞·鲍凯和蔼可亲,但无足轻重。她学会了坦诚地、毫不戒备地接受他献上的殷勤,对他开的玩笑哈哈大笑。

"可怜的老爷子,"鲍凯太太说,"他这人太好了。"

就好像他正受着病痛的折磨。

鲍凯太太是伯特家的人。她就是莉莉——那三个姑娘中的一个;斯坦·帕克没向她们求过婚。为了这个原因,她养成一种习惯,总爱怀着很可笑的容忍,眯细眼睛看塞尔玛,似乎是为了看得更清楚一点。不过,你不能说莉莉·鲍凯是个坏人。她涂些胭脂,但这算不了什么。她喜欢傍晚有几位朋友来做客,喝一杯什么,最好是烈性黑啤酒。她取下手上的戒指,坐在一架竖式钢琴前面,边弹边唱些老歌。

你喜欢鲍凯太太吗?你一直没提这事。塞尔玛的妈妈在信中这样写道。

鲍凯太太挺好,她很善良。塞尔玛在信中对妈妈说。

鲍凯太太一边把她的粉往塞尔玛脸上搽,一边对她说,必须叫她莉莉姑妈。可是塞尔玛拿定主意,不用教名称呼她。她认为她并不需要永远和鲍凯家保持亲密的关系。她已经觉得自己陷入了某种更高形式的不安之中。

因此,她未置可否,回自己的房间,擦抹她的指甲去了。

塞尔玛从商业学校毕业之后,很快就找到了工作,是在一家海运商行里当初级打字员。这并不是她理想的工作,但眼下也还凑合。很快就明显地看出,她的工作干得非常出色。于是,一些特别费事的工作就交给她来做。结果招来别人的嫉恨,而那些人其实并不想做这些工作。但是她并没有被他们吓倒。这时,她剪短了头发。当她拿着一页刚打出来的蜡纸,从两行办公桌中间走过去的时候,或者手里拿着她的毛巾和肥皂从盥洗间出来的时候,她那直挺挺的脖颈是无懈可击的。

她有时候也确实想家，比如在那半小时的午饭时间，吃着凤尾鱼三明治的时候。对家乡的思念所引起的不安使她苦恼，但又无法避免她母亲的形象一直在心头出现。她确实应该得到女儿的爱怜，尽管她的衣服难看，做起事来总是笨手笨脚，不是碰翻桶就是打碎罐，要么切白菜时割破自己的手，而且一张脸经常傻呵呵地追寻着那些稍纵即逝的念头。塞尔玛觉得自己不能从这当中解脱出来，尽管对她来说是至关重要的。塞尔玛·帕克经常因为对母亲那种羞涩的、令人烦躁不安的爱而变得浑身燥热。父亲是个男人，除了经济上的事情，别的用不着多考虑，父亲那张脸显示出，他完全沉湎于某种遐想，而且在那思想交锋中，他被击败了。因此，就可以对他轻视。此外，她也不明白父亲需要什么。对于那些她所不了解的东西，她既轻蔑又害怕。后来，她想起父亲皱巴巴的脖颈，便又被父女之情揪扯回来。他那手上的裂缝扯住了她的衣裙，于是，她不能逃脱了。倒不是想从她的双亲的低下的社会地位逃脱开，而是想逃脱开他们的谦卑。这最终大概还不至于过分残忍。

她总是把她那个淡而无味的三明治掉下来的渣归拢到一块儿。这个三明治已经足够她吃的了。她还总把三明治可怜巴巴的皮包进一个小纸包里。因为她不爱吃面包皮。

塞尔玛根本不想她的哥哥，早把他从自己的生活中排除掉了。而且告诫自己，他是不愿意花时间来她这儿的。

有几个挺不错的人已经发现塞尔玛·帕克是个好姑娘。其中就有高夫两口子——杜瑞尔盖女邮政局长的朋友，或者更确切地说，只是熟人。他们虽然只经营小百货，生意还算兴隆。他们不用再穿着大褂站柜台了。压根儿不干这种活。高夫夫妇住在郊区一个比较富裕的区域，虽然不是最好的。他们有许多油光锃亮的家具，包括一个附设酒柜的放烟具的桌子。你得趴在地上才能从那柜子里面取出一瓶香蕉鸡尾酒。洗手之后，塞尔玛·帕克用手指拨弄着他们的手巾。手巾上绣着"客人"的字样。字是螺旋形的,宛若三色紫罗兰,相当艺术。高夫夫妇喜欢晚上找朋友来聚会。不是什么正式的晚宴,只是打打桥牌,穿着也随便,不必穿晚礼服。塞尔玛很快就明白自己应该做什么了。她很有点"眼观六路"并且根据这种观察采取正确态度的天才。就好像一到这场合,她的四肢就成了蜡做的,可以随心所欲。她也很善于辞令,那些俏皮话就像是从她自己嗓子眼里冒出来似的,而不是从别人那儿学来的。她做这一切的时候,为那么多的新发现、那么多的可能性,以及那么多令人惊讶的事情而激动。

星期天,鲍凯家来了个年纪挺大、举足轻重的牧场主。他摸了一阵子他那匹马的肢关节,并且跟驯马人谈论了一会儿这匹马在赛马场上的前景之后,对塞尔玛·帕克的相貌赞美了一番。这当然挺蠢。但是他的靴子锃亮,衣服尽管随随便便穿在身上,料子却很贵重,给她留下深深的印象。她记得他的名字叫莱特奥诺,尽管后来再也没有见过他。

坐在鲍凯家的窗口修指甲的时候,塞尔玛有许多事情要想,许多东西可看。马儿被拉过来拉过去,或者傍晚,踢着马厩的门,在飞扬的尘土中喷着鼻息。傍晚,有些小伙子转来转去消磨时间,或者玩纸牌,掷硬币。院里那些小伙子们胳膊抱着脑袋顶脑门儿,做着互相折磨的游戏。他们用沙哑的声音大笑,抽烟,说笑话,做些下流动作,尽管窗口站着个姑娘。或者正是为让她看见才这样做。她对这些都不以为意。谁也不跟霍瑞·鲍凯家这位高傲的亲戚讲话,除非不得已。那时,便称她为小姐。他们从来不敢放肆,最多远远地吐着舌头发出"噗——"的怪声。这当然是 joie de vivre① 的一种表情。

---

① 法语:生活之乐。

当然,还有个柯莱。

她的生活方式已经开始让她破费了——办公室给她提了工资,她买了一件染色兔毛短大衣——也就是这时,柯莱第一次跟她讲话。事实上,他很有点目空一切。他从鲍凯先生亲自修整的那块草坪走了过来。他穿一双橡皮底帆布鞋,踩着杂乱的草,走得很快,腰板挺直。她注意到他屁股一扭一扭,摆动着两条肌肉发达的、无意之中显示出傲慢的年轻男人的胳膊。他把下巴颏抵在窗台上,说:"今儿晚上能和咱们会会面吗,塞尔?"

她望着他,嘴张着,嘴唇不显得那么薄,好像被什么叮了一下。她既感到震惊,又引起了兴趣,同时还有点儿害怕。

她望着他。他年纪比她小,这就更糟。但是他那张脸五官端正,白里透红。他也许会犯罪,但那大概也不会是故意干坏事。

"说呀。"他献殷勤地劝说道。

"不行,"她说,希望自己能转过脸去,"对于你这种厚脸皮的男孩子,不行。"

她想打垮他,一本正经地板着面孔,望着他放在窗台上的两条胳膊。

"啊,"他说,"我可不是一堆马粪。抓抓我,瞧瞧咱们的本色。我允许你用把叉子。"

"我要告诉鲍凯先生。"她说。

他笑了起来。她看得见他那一嘴大牙。

"不开玩笑了,"他笑着说,"我给你带来个口信,你该怎样报答我呢?"

"什么样的口信?"

她锉着指甲,小心翼翼地不把目光落在可能引起她注意的任何东西上面。脑袋像滴答滴答的钟摆,不由自主地晃动着。这已经开始成为一种她简直要喜欢的游戏了。那股浓烈的涂抹剂和干草的气味熏得她烦躁不安,小雌马的嘶叫声在驯马场木栅栏后面的沙土地上回荡着。

年轻小伙子开始抠窗框缝隙里的油灰。

"什么口信?"她问道。

倚着热烘烘的墙,他挪动了一下身子,摆出一副满不在乎的、懒洋洋的、很沉着的架势。

"你哥哥捎来的。"他说。

"我哥哥捎来的?你怎么认识我哥哥?"

"啊,"他说,"星期六,我在沃里克的农场见过他。"

"不会是我哥哥。我哥哥在北边。"

"可是他最近回南方来了,明白吗?"

"我简直无法相信你认识我哥哥。"

"你难道不是雷·帕克的妹妹吗?"

"是的,"她说,"可是……"

"雷说:'告诉塞尔,最近哪天,我要去做一次社交性的拜访。'"

她坐在那儿思索着,又成了镶嵌在窗框里的一个瘦小姑娘。她的心被搅乱了。有什么事要从这窗台闯进她那间小屋,打破她幽静的独处。

"哦,"小伙子说,"我还以为见到哥哥,你会高兴呢!"

"嗯,"她说,"我会高兴的。"

但她把她那张椅子往后推了推。小伙子挪动着脚步要走了,他意识到她年纪比他大。在大多数情况下他只不过是个孩子。他个头儿挺大,喜欢摆出一副与他的块头相适应的架势。可是此刻,他不知道该怎样继续谈下去了。于是一双胶底帆布鞋踏着松软的草坪,扬长而去了。

塞尔玛·帕克被搅得心神不定。她走进起居室,在她的这位远房姑妈莉莉·鲍凯那张热那亚天鹅绒小沙发上坐下,翻着一本杂志,瞧那里面新娘和家具的照片。那种她所无法达到的奢华,使她连气都喘不过来。而可能失去立足之地的忧虑又引起一阵最初袭来的痉挛。她咳嗽着,杂志哗啦啦地翻动着,许多色彩明亮的画页打开又合上。渐渐变暗的光线带来椰子冰激凌和童年时代甜甜的忧伤。她站起来,变换了一下姿势,好让呼吸更畅快一些。然后,在莉莉·鲍凯那架钢琴前面坐下。钢琴的胡桃木饰面上流着蜡泪,那是上次开歌咏会时留下的。塞尔玛触摸着琴键,一首首乐曲带着感情,甚至带着一点天赋又从女邮政局长的办公室回到她这儿。她也许本来可以成为一个音乐家。只剩下一个人的时候,弹得相当出色的乐曲会从她的手指间流出。她应该有,或者将要有一架大钢琴。钢琴上面摆着一个插满各色花朵的花瓶,和一张她穿着晚礼服的照片。某个男人——她的丈夫,长得什么样子现在还很难说清——走进来,一双干燥的手小心翼翼地抚摸着她的肩膀,向她表示他的赞誉。

"在你这样的年纪,应该出去玩玩,塞尔。"莉莉·鲍凯说。

鲍凯太太吃了一片阿司匹林之后就一直躺着。她刚搽过胭脂,为了健康的缘故,还一仰脖儿喝了几口白兰地。所以看起来容光焕发。她在什么地方听过或者看过,不同年纪的人应该有各不相同的活动这样一种说法,便"照本宣科"地做。她忍着偏头痛,在一片昏暗中望着塞尔玛。如果仁爱之心允许,她会把她看作一个可怜的小东西。莉莉喜欢那种爱热闹的姑娘,喜欢她们不断地驰骋在情场上寻欢作乐。如果不是怕跟丈夫不和,以及她的道德规范——这规范使别的男人们泄气——她自己也会卷进去显显身手。于是她就请人来,用钢琴伴奏着正正经经地唱起来。

莉莉·鲍凯说:"我们的父亲在尤罗加开铺子的时候,交往真多。我们三个姑娘从来就没感到过不知所措。那是个小镇子,可是那里挺活跃。总有奶牛场的农民们,有我们父亲做生意的合伙人经过我们那里。你的父亲也从他那个地方来。对了,我还记得他打坏盥洗盆的那个晚上。是的。"

"不过,我能这样就心满意足了。"塞尔玛说。她坐在那张硬硬的长凳上,那里面似乎包藏着那些民歌、小调。

她不再弹什么了,除了最后流水似的弹了一会儿音阶练习。因为她自我欣赏的音乐已经被人打扰了。

"如果你觉得心满意足,那就是心满意足。"鲍凯太太边说边把一个灯罩里面的水珠甩出去,那是在一次晚会上弄脏的,"不过你要注意,不对别的事情也做一番尝试,你就不会知道那是什么滋味。"

然后,她出去烧晚饭了。这天傍晚,她吃到一块非常好的牛排,上面有薄薄的一层肥肉,正好使得这块漂亮的肉显得油津津的。很明显,人必须吃点儿肉。

这天晚上,塞尔玛·帕克只吃了一点儿东西。好几天,她一直不想吃饭。她想是否应该写封信,告诉妈妈雷现在就在城里。不过她没写,吃不准该说点儿什么。后来,雷就来了。

"我是雷·帕克。"他在台阶上说。

"啊,好哇!"鲍凯太太说,"你长得像你父亲,或者像你母亲?我就搞不清楚了。你妹妹会高兴的,她刚回来。毫无疑问,她会请你留下来吃点儿什么的。你瞧,我正要出去。"

事实上,她正往她那双相当小的手上套一双小山羊皮手套。她很为自己那双小巧的手而骄傲。

"如果不方便的话——"他说。

他是个膀宽腰圆的、坦率的小伙子,皮肤光洁,越发容易博得别人的信任。他抬起头望着,满脸信任——对那些关系不密切的人,他总是做出这样一副表情。

"如果不方便的话,"他说,"我可以下次再来。您是莉莉姑妈吧?"他问道,脸上现出一丝勉强的微笑。这个微笑有一种粗俗但又显得颇有经验的魅力。

"算个姑妈吧。"鲍凯太太承认了。

"爸爸经常说起您。"他说。

"哦,"她笑着说,这话她信,因为以前别人就告诉过她,"谈谈往事挺好嘛。"

他本来可以继续博得她的欢心,可是她又胖又丑。

塞尔玛在起居室接待了她的哥哥。他们坐在鲍凯家的沙发上,沉默时,感觉到它所承受的压力。沙发里的马鬃在膨胀,热那亚天鹅绒小沙发上的图案窸窸窣窣地响着。塞尔玛希望他快走,希望她所有的亲戚都不要来打搅她,让她在自命清高中沉思默想。但是雷还得向她介绍一下他自己的情形。看起来他要在悉尼待下去。他已经在一个卖赛马彩票的人那儿找到了工作——当办事员。钱不算少,可他还在找别的工作。

塞尔玛研究着起居室里小沙发的花饰边儿。

"你一直恨我,塞尔。"他说,颇为优雅地点燃一支香烟。

因为她从来没有看见过他这样点烟,觉得十分气恼,就好像他是从什么人那儿偷来这个姿势的。

她生气地动了动,曲起膝盖,把一双干净的脚并到一起,说:"我不恨你。"

"也许是因为日记的事。"他长长地吐了一口烟。

"呸!"她说,"我早把那码事忘了。不过是个孩子的时候,在日记里写了几句傻话。"

但是透过依稀的青烟与记忆,她还记得自己对那个希腊人的钟爱之情,这也真是件怪事。

"有些人不喜欢你太了解他们。"他说。

"你都了解我些什么?什么都不了解,不了解!我们可能根本算不上亲戚,可事实上却是兄妹。"

当他们坐在只有着一种让人不安的共谋气氛的起居室,或者说"等候室"里,这样互相斜睨着的时候,是否了解对方某些事情,既是可能的,又是可疑的。或者他们是否就了解自己身上穿着的衣服下面的那个自我呢?他们会走上一条什么样的道路,或者漂向何方?疑问使得这位年轻小伙子烦躁不安起来。他站起来,四处走动着,摸摸小摆设,朝盒子里头瞧瞧。姑娘一双手紧紧握在一起,放在膝盖上面,捏着手绢团成的那个热烘烘的球。

"你觉得你能一直在这儿待下去吗?"哥哥问道,对她的回答并不怎么感兴趣。

"当然能。"她说。

如果他是在暗示她完成不了她一直想要完成的事情,她还是会觉得义愤的。

哥哥却要谈论他们以前共同居住过的那个地方。

"你还记得奎克莱依家那些人吗?"他问。

"我没想过他们,"她冷冰冰地说,"不过也没忘记他们。"

她不愿意被他拉回到往事的回忆中去。

"她真是个丑陋的老妖婆,"他说,"患甲状腺瘤的那个。"

他感到厌恶,但也感到几分伤感。

"可是干净,"他说,"你能看出她是怎样擦洗那张桌子的,几乎把桌子的一半都擦掉了。我记得他们家壁炉炉台上的花瓶里插着一根琴鸟的尾羽。我对他们那个傻兄弟说,要是他给我那根琴鸟尾羽,我就给他六只喜鹊蛋。他同意了。可我没把蛋给他。他哭得简直要疯了。"

"你为什么要骗他?"姑娘无精打采地问。

"我也不知道,"他说,"我想要那根尾羽,可又没喜鹊蛋。"

在这样的光线之下,这话用他那好听的声音说出来似乎很合乎逻辑。因此,姑娘又把头转了过去。她不想看见多尔·奎克莱依那张朴素无华的桌子。因为在这张毫无装饰的桌子面前,她也变得可疑了。以往不诚实的行为,以及她仍将做出的不诚实的事情,在心里翻腾。

"我想,这儿没有足够的吃喝,来人就管饭。"她说,想支走他。

可是这个年轻人现在既然已经把自己少年时代的"罪恶"讲给妹妹听了,就很希望能跟她待在一起。他意识到某种真实的东西已经终于在他们之间建立起来了。因此,他不想放弃这一切,说道:"好吧,我不是来吃饭的。"

全然忘记他就是来吃饭的。

不一会儿,霍瑞·鲍凯进来了,只得见见这个年轻人——他的亲戚。

"真是个好小伙子,"霍瑞说着把戴着一个有弹性的金属臂章的胳膊随随便便地搭在年轻人的肩膀上,"好小伙子!是个你爸爸可以因你而骄傲的男子汉。"

这个霍瑞一表示对什么事情深信不疑,说话的时候嘴角就渗出一滴唾沫,顺着一条皱纹流了下来。这个老头在某些地方让人讨厌,但人还不坏。他的马要是扭伤了,他总要哭。而且嘴里喷着唾沫星子,向马夫们发号施令,最后抓过那瓶涂抹油亲自查看受伤的腿。手颤抖着抚摸马的韧带或者关节,承受着巨大的痛苦。

现在,作为一种感激的标志,他想揭示自己最温柔、最脆弱的那一部分。他想跟雷·帕克谈谈马的事情。他站在那儿,仍然把胳膊搭在小伙子的肩膀上,要不然就得采取一种非常拘谨的姿势,这是疝气病作怪。等他再多了解雷一点点,就要跟他谈他的疝气了。霍瑞很想有几个孩子。现在他就是按照想象中对自己孩子的那副样子对待雷的。怀着略带伤感的亲密坦诚相见,没完没了地说些心里话。这自然使这位并非他儿子的年轻人陷入困窘。被迫接受这种窘境,他倒也想像个儿子似的行事,可又办不到。这使他倏忽间现出厌恶的神色。这神色应该有,但是正常情况下他并不显露。这位驯马人却因为太高兴了,除了他愿意看到的,什么也没看到。

"啊,上帝!"塞尔玛在心里说。

因为霍瑞姑父已经开始给雷讲一次赛马了。

"等唐安东尼奥①跑了几弗隆②之后,"他说,"也许没跑这么远,一匹叫哈考特的马追了上来,还有一匹叫坎塔卢普的……啊,不是。是'女巫'……乔治·艾博特干了件滑稽的事情。那时我没有多说什么,可我看得一清二楚,在心里盘算着,瞧着。我看见乔治转过头朝肩膀后面望着……好像是这样……左胳膊肘耷拉了下来。我说,这事挺滑稽嘛!我对赛克·多科说——赛克也站在那儿。可怜的老家伙,第二年长了个瘤子死了——我记得我对赛克说:'我看到的你都瞧见了吗?赛克。''啊,霍瑞,'他说,'这就要看你看见什么了。'因为赛克是个非常细致的人。他正是你称之为大好人的那种人。就这样,哈考特越追越近,坎塔卢普……哦,不,是'女巫'……"

这时,莉莉·鲍凯走了进来。她已经摘掉她的狐皮围脖,在卧室飞快地搽了点粉。她说,要开两瓶烈性黑啤酒,对斯坦的儿子到来表示小小的祝贺。而塞尔玛应当想到的是,她打开冰箱门立刻就能看见最底层有一块牛腿肉和半只鸡。

鲍凯夫妇非常喜欢雷。他们贪婪地望着他从那只冷鸡上撕下骨头,嚼着棕黄色的鸡皮,对他的青春活力充满了饥渴。他们找理由想让雷讲点奇闻轶事。

雷很尴尬。他带着几分羞涩,眼瞅着他那个盛满了的酒杯,给他们讲了一两件事。很明显,他最喜欢的话题已经成了跟这个老头

---

① 马的名字。
② 英国长度单位,等于八分之一英里,或201.167米。

谈赛马了。他问霍瑞,埃戈卡帕①得金奖杯的可能性大不大。老头刚吃了一叉子焦黄的肥肉,嘴唇油腻腻的,就了一片红红的牛肉,又被半只盐渍的洋葱辣得嘴里发出怪声音。他看着那片他正切割着准备吃下去的面包,承认埃戈卡帕得金奖杯的可能性很大。

雷走了之后,鲍凯老两口盼望他再来。他确实来了,而且经常来。他们三个抱成一团,建立了一种新型的、相互刺激的、几乎是充满了激情的关系。

"你哥哥一点儿也不像我们想的那样,"莉莉·鲍凯对塞尔玛说,"你父亲一直很木讷。哦,我们都喜欢斯坦。可他太木讷了。我们都说,是你妈招赘了他。"

"雷到底是个什么样子,很难说清楚,"塞尔玛说,"我觉得心里明白,可就是说不出来。我想,也许因为我是他的妹妹,对他有偏见。"

"你真是个古怪的姑娘,塞尔玛。"莉莉说。

这当儿,塞尔玛仍然受雇于那家航运公司办公室。在那儿,人家对她敬而远之。她的铅笔一直是削得最尖的。如果哈勒兰小姐手里正有活儿——她的活儿总是完不了——老板就把帕克小姐叫进去,向她口授一封信。她很快打好,从打字机上扯下来,没等富尔布拉特先生打完电话,公文格里便放好了那张超然、冷漠的纸。不过她不跟人开玩笑。

后来,正在进展顺利的时候,塞尔玛·帕克突然离开那家航运公司,在一个初级律师那儿找了个职位,工资比先前还低。她自己也说不清楚为什么要这样做,只能说不得已而为之。也许是因为她觉得这个差事比较自由,也没有时间限制。许多女委托人都穿着裘皮大衣,戴着珍珠项链。丈夫领她们出去的时候,用干燥的手搀扶

---

① 马的名字。

着,做出一副社交场合小心谨慎、亲亲密密的样子。

在这种环境中工作,她在鲍凯家的生活就变得越来越索然无味了。牲口棚里散发出的尿臊味和她洒在修长的手上的薰衣草香水的味道相互冲撞。戴头罩的马被汗毛很重的老马夫拉着,或者被年轻小伙子们骑着,迈开机械的步子侧身而出。它们弯腰曲背,一副任重道远、目空一切的架势。所有这一切,没有一样和塞尔玛·帕克有关系,或者被她所关心。但是,事情就摆在这儿。那些男人们样子粗野,从黄牙齿的豁口吐唾沫。还有那些打打闹闹的小伙子,像柯莱——那天充当"信使",跟她说过几句话的那个小家伙。

雷有时候来看柯莱。他似乎是他的朋友。到了马厩,为了舒服,雷就取掉领带。他趴在柯莱的肩膀上,研究星期日报纸副刊上登的赛马表。他们俩分享着心里的秘密,话题有时是严肃的,但有时候,从他们身体的动作和手势看,是下流的。有时候,在星期天漫长的下午,砖烤得灼热,猫熟睡着,雷就在鞍具室里一张铺着麻袋布的破担架上和柯莱摔跤。就像当年他跟那个希腊人一样。只不过现在轮到他这个年轻人控制这个小家伙了。柯莱挣扎着,终于叫喊起来,企图从自己的软弱所造成的屈辱中逃脱。姑娘已经养成一种颇有点神秘的习惯。她总坐在窗前,在这种场面开始之前,便放下了百叶窗。她的愤怒和优越感使得她宁愿把自己闷在这种牛皮纸似的昏暗中。一只绿头苍蝇也无法从这昏暗中逃脱。

有时候,塞尔玛独自去听音乐会。她的音乐由于她那种冷漠的天性,也由于对学下去的后果感到害怕,一直没有长进。这对于她是件悲伤的事。不过她还是喜欢沉湎其间,让音乐的声浪在她心中激起一种优雅的悲伤和自艾自怜。她沉醉于小提琴的琴声之中。

有一天晚上,她在大街上碰到她的朋友吉纳维芙·约翰斯顿。她不如以前那么体面了,不过见到塞尔玛她很高兴,甚至有点儿感激。她至少让她吃了一惊。吉纳维芙边吃棕色的炖肉和煮南瓜,边告诉塞尔玛她小产了,是跟她在温特渥斯瀑布认识的一个结过婚的男人有的。塞尔玛叉子蘸着肉汁,吃得干净利索,就好像压根儿没听见她说了些什么。可是吉纳维芙一直喋喋不休地讲着。

然后,塞尔玛让自己那种优越感从这场"突然发生的灾祸"中解脱出来,说:"我正要去看交响乐团的演出,吉纳维芙。你干吗不跟我一块儿去呢?听听音乐对你总有好处。"

"古典音乐不合我的胃口,"吉纳维芙有点犹豫地说,"不过要是门票不贵的话,我想这倒是消磨这个夜晚的办法。"

于是,两个姑娘就听音乐去了。或者说,吉纳维芙在那儿干坐着,塞尔玛在音乐的声浪中翱翔。她就可以在朋友一脸冷漠的时候,让自己的思想飞得很高很高。她自己的发展与演化似乎就依赖于小提琴那一段辉煌的齐奏。因此,她以一种让人头痛、眩晕的专注,倾听那段音乐。她心中那条漫无止境的、让人欣喜欲狂的小路通向漫漫远方。她自己的生活——在电车上和办公室,修着指甲,靠一杯杯茶占卜未来——依然如此不可避免。在那黑色的深渊前面,只有小小的像珍珠一样闪光的音符洒满那条道路。那是雷,她承认,我绝不能想雷。她沿着用曲里拐弯的薄木板搭成的桥,小心翼翼地走着。在那片布满了锯齿状的树桩和丛生的欧洲蕨的荒凉田野,母亲和父亲又变得引人注目了。他们是多么普通,多么令人厌烦。尤其是父亲,在他解释铁丝网的作用和母牛的疾病的时候。

这一部分我必须全神贯注地听,塞尔玛·帕克心里说,两条腿交叉着放在一起,略略俯身向前。她有时候被音乐中的难点吓住,但她正是靠着全神贯注使自己受到人们的赏识,也靠着更优秀的男人们。现在已经没有什么打击乐器的喧嚣可以使她畏缩不前了。她这位邋里邋遢的朋友——她一张嘴巴在听得出曲调的地方,不无感激地跟着哼哼——的成就也无法阻止她前进。铜号对那些心甘情愿的女人们发出了命令。她自己虽然有点忸怩,但也喜欢铜管乐器那种专横傲慢的风采,喜欢某些男人那种专横傲慢的态度,如果他们手脚老实,有所节制。她端来一杯奶茶,悄悄放下,让双簧管来吸吮。

即使这首大型乐曲的创作意图可以被摧毁,它的结构也是不会被摧毁的。塞尔玛·帕克穿着她最好的鞋,在音乐的穹隆之下漫游。她说,在什么地方拥有一间小屋,拥有自己方方正正的墙壁。也许还带厨房,反正自己铙钹的撞击声破坏不了她的独处。于是她继续向上攀登,现在步履更坚定了。道路尽管错综复杂,甚至是重重叠叠的螺旋形,她还是跟得上那九曲十八弯的。那盘桓曲折的路上放着一面面映照出过去的小镜子,玫瑰花、家禽的粪迹尽收其中。甚至那面打碎的镜子也在那儿,把她那张银光闪闪的脸分成许多个碎片。但是很快,这一切便被木管乐掀起的平静的声浪推到后面。啊,她从牙齿的缝隙吸气,把一缕缕热烘烘的头发拢到耳朵后面。然后,一切尽收眼底。在一座格局整齐的舞台后部,稍远一点,再稍高一点,颤巍巍晃动着的是那胜利的铜钟。她举起双臂,举得那么高,丰满的胸脯似乎消失了,双手献上一个花环。

"完了吗?"吉纳维芙问道。对于她来说,演出结束是观众鼓掌的唯一原因。

"是的。"塞尔玛说,又恢复成一个有血有肉的人。

她们从剧院挤出去,走上潮湿的大街。吉纳维芙问道:"这当儿你都想了些什么?在这种音乐演奏的整个过程中,在你侧耳静听的时候——假如你是在听的话——你想了些什么?"

"确切地说,你并不是在想什么,"塞尔玛慢悠悠地说,"而是和它活在一起。"

"我可不是这么个活法儿,一点儿也不,"吉纳维芙说,"啊,你太深沉了。"

塞尔玛很高兴,但也很尴尬,乃至答不上话来。她对于朋友间表达相互谅解的办法没有经验。其实,几句话或者一个动作就会打破僵局。因为吉纳维芙已经挽起她的胳膊。

"你也许注意到了,"吉纳维芙说,"有个拉提琴的家伙,就是头发从中间分开的那个,我想,我在一艘渡船上见过他。他是从曼莱上船的。嘿,那天天气很不好。这小伙子很热心——如果就是我说的那个人的话。可是你能怎么样呢?在波涛汹涌的大海之上,那还真是件难事儿呢!他只能提着一个漂亮的提琴匣子一走了之。"

夜晚,在潮湿的大街上,紫色的雾霭中,似乎什么可能性都存在。

"你的老板好吗,塞尔玛?"吉纳维芙问,"他年龄大吗?我从来没听说过哪个律师年纪不大。尽管他们也一定有过年轻的时候。"

"他们挺好,"塞尔玛说,"有一个年纪大了。腰痛的时候就不来上班了。另外一个年岁小一点,但是也不年轻了。福斯迪克先生。他有点儿秃顶,但人不错。"

现在,电车的嘈杂打断了她们的聊天。

"说下去。"吉纳维芙说。

"嗨,"塞尔玛说,"真的,吉纳维芙,没有什么好说的。"

"我要是跟一堆律师一块儿工作,一定会紧张得要命。他们谈起话来都怪里怪气。"

塞尔玛笑了起来。"他有个把肚子收回去的办法。"塞尔玛说,"谈话的时候就提气收腹。谈完了再让它松弛下来。"

塞尔玛大笑起来。

"这么说,他是个大肚皮了?"吉纳维芙笑着问。

"啊,是的,"塞尔玛笑着说,"不过不算太大。我的意思是,他只是把现有的那部分收回来。哦,天啊!"

"这个大肚皮律师!"吉纳维芙尖笑着说。

两个姑娘在电车站笑得浑身抖动,连腰也直不起来。她们在淡紫色的灯光下相互碰撞着。有一两个男人停下脚步，手插在口袋里看了看，吐了口唾沫，然后继续走他们的路。两个姑娘依然大笑着。

这也许就是生活？在嘻嘻哈哈与相互触摸的影响之下，塞尔玛这样问自己。可是她立刻又觉得一阵烦恼，从笑得前俯后仰的吉纳维芙的双臂中抽出身，不再笑了。

"我打算在那儿找间房子，"她很有点粗暴地说，"或者找一套公寓，要么找个别的什么地方。我不能再在现在住的那儿住下去了。"

"我可不喜欢一个人住一个房间，"吉纳维芙说，"你完全可能被哪个男人揍了，甚至杀了。"

"如果你非得和那个男人来往的话。"塞尔玛说。

"可是你总得有个男人。"

"我有一间屋、一扇门就很满意了。"塞尔玛说。

她知道，自己并不总是这样冷静，但就算是假话她也会这么说的，因为这是必要的。

"我要坐的电车来了。"她说。

心里很高兴。

"最好把你自己拴到那个律师身上！"吉纳维芙尖声尖气地说，"用公文。是那个总把大肚皮收回去的律师。"

这时，塞尔玛已经挤上高高的电车。她可以神情冷漠地从车上望吉纳维芙那张被灯光映成淡紫色的脸。在塞尔玛乘着电车向前行驶的时候，紫色的波浪慢慢地吞没了她。塞尔玛对她的朋友没有怜悯。她心里纳闷，自己为什么想得到友谊呢？她递给电车售票员几枚冷冰冰的硬币。她也许一直在买自由。像大多数人一样，在对它的性质还不甚明了的时候，最先渴望得到的就是自由。她很想问问什么人。可是问谁呢？不会是她的父母亲。这种事你不去问父母。雷也许买到了这种自由，花了多少代价她就不知道了。

有一次，他给她买了一双丝袜。他推开门，扔到地毯这边。袜子歪歪扭扭地躺在那儿,这跟她对雷的感情是分不开的。

"给你的,"他说,从半开的门望进去,"送你的礼物。"

他等了一会儿,看她收不收。他走的时候,她还没有表示出要收的意思。但是他脸上的神情表明,他相信,她肯定会收下。她确实收下了,怀着负疚的心情从地毯上捡起那双袜子,放在手掌上叠了起来。她把袜子放进抽屉,后来终于穿上了。她想忘掉这是一位兄长送的礼物。后来也就真的忘掉了。

雷送这双袜子的意图还不清楚。当然,欠债积累起来,将来人家总会还的。他的大多数礼物就是依照这个宗旨送出去的。但是送妹妹这双袜子是不是也有爱的冲动,他就说不清了。他愿意和什么人建立起一种无可非难的关系。他愿意坐下来和什么人谈论些平淡无奇的事情,谈论些像一张白纸一样无可非议的事情。而那些话题又是有必要谈论的。跟父母亲谈论这些事情的可能性并不比跟一个开塞钻谈论来得大一些。母亲会挤进来,希望能听出点什么来。跟鲍凯夫妇也不行。他们是生活中的老小孩。跟他那些朋友或者做买卖的合伙人也没法谈。他们总认为你的一言一行都是事先想好了的。那么,还有塞尔玛。如果能再坚持一会儿,那两条载着他们航行的河流就会汇合在一起,建立起一种他觉得需要的、消极的关系。

这个时期,雷仍然和那个名叫伯尼·亚伯拉罕姆斯的卖赛马彩票的人合伙。这人谁也没见过。因为鲍凯家的人从来不跟卖彩票的人来往。而雷那些狐朋狗友也没有和鲍凯家接近的门路。莉莉划了界限。她还怕她那些珠宝被不三不四的人偷走。在她那些人造宝石当中,确实有几块真正的钻石。不过有个柯莱,大家都知道,他是雷的好朋友,是从布达贝格来的。对他的了解也仅此而已。雷住在一家水果店上头。听他说,那儿住着些意大利人,还有两个意大利姑娘,似乎是姐妹俩。雷给鲍凯夫妇带来装在纸袋里面的浅绿色的大苹果,或者紫红色的、多汁的苹果。有时纸袋上面还有一个菠萝。

霍瑞很高兴,像个孩子。可是莉莉就稍稍差一点儿了。她用了一段时间,从她的爱当中恢复了常态。

"这孩子对我们好得过分了,"莉莉眯细一双眼睛说,"一个男孩为什么要这么好呢?"

"啊,这有什么错?"霍瑞边削苹果边说,"这孩子出门在外,想他的爹妈呗!"

塞尔玛进屋找什么东西,然后又像平常在这所房子里行动那样,谨慎地、轻手轻脚地走了出去。她不过是他们生活中的一个过客。

"你说得对,霍瑞,"莉莉说,"我们不该这样谈论这个孩子。而且是在他妹妹跟前。斯坦会说什么呢?"

塞尔玛没有做任何评论。

所有这一切都是别人生活中令人遗憾的思想的记录。她一定要找到一所房子,要带厨房的。在那之前,对这一切仍将不屑一顾。

那些马继续从棚圈里溜达出去。清早梳头的时候,星期天她在屋里坐着的时候,它们活像修道院里的修女,马蹄嘚嘚地敲打着地面,走过那条柏油路,穿过一扇扇木栅栏门。男人和小伙子们都谈论着即将举行的一次盛大的赛马会。这些马正为参加这次盛会做着准备。他们的谈话很深奥。马的体重呀,骨架呀,相互的差异呀,步法呀。姑娘不听他们的谈话,只是只言片语传过来,被她无意中听见。那匹叫玛拉巴的马已经退出了比赛。他们说,霍瑞·鲍凯最有把握的是埃戈卡帕。它赢的希望最大。她梳头的时候,心里想,这些话题跟她自己感兴趣的事情有多么大的距离啊!

早饭时,吃着煎得很嫩的鸡蛋,老驯马人谈起这次比赛的重要性,激动得发抖。有一阵子姑娘与其说看到男人脆弱的生命中那种让人怜悯的因素,倒不如说看到她自己在类似的孤独和无足轻重中的可怜。老头的脑袋脆弱得像个鸡蛋壳,等着重击之下被打得粉碎。不是现在,但总有一天,什么人会付诸行动。而她自己的罩衫也保护不了她的双肩。她高高地提着茶壶倒水的时候,被那苦涩的红茶烫了一下。她咬了咬嘴唇,问道:"什么时候比赛?"

"什么?"他简直不敢相信自己的耳朵,"这场赛马?哎呀,星期六嘛!"

他发现在某些人的心目中,他也许压根儿就不存在。这使他大为震动。一张嘴巴翕动着,把木莓果酱刮到了一起。

"你哥哥在哪儿呢?"他问姑娘。现在,他开始考虑她了,考虑她关在自己的房间里,过的是一种什么样的生活——当然是在这同一座房子里。"我不记得上次是什么时候见的他,反正从那以后,他就一直没露面。"

"我不知道雷在哪儿,"她说,"他的事从来不怎么跟我讲。"

她这才想起,她也有好长时间没见他了。甚至没在院子里看见他和柯莱一起待着。这使她满意,但也有几分疑惑。柯莱还在这儿,不过她现在不怎么注意他了。他走路的时候总是轻手轻脚,有时候还挺严肃。他在某些方面已经显得与众不同,虽然还只是这儿的一个普通小伙子。他吹口哨,但更经常的是默默地待在那儿。实在说,如果不是雷一度给他的肌体注入生命的活力,她是不会注意到这个柯莱的。

她正纳闷为什么雷没有来,星期六到了。这是赛马的日子,霍瑞·鲍凯似乎就是为这一天而活着。

那天,塞尔玛没去看赛马。她从来不去。因为当这所房子陷入一片死寂之后,她反倒活了。她总是脱掉外衣,坐在那架胡桃木钢琴前面即兴演奏。或者沏上几杯茶记日记。这天,她跑到起居室,坐在小沙发上,摆出一副奢华与放纵的架势。这跟她严谨的性格很不相宜。但是现在,当她实践这种是非分明、隐居独处的生活时,这又完全是出于本能。她以后将要过这样的生活。既是出于选择,但她深信,也是出于必然。

正在这时,鲍凯太太回来了。

莉莉·鲍凯几乎没有气力把钥匙插进门锁,也没有拔出钥匙的力气。她成了她那件紧身胸衣或者已经发生了的什么事情的牺牲品。

"我要告诉你的,塞尔玛,"她说,"可我先得躺下歇歇。"

塞尔玛只好等着。这时,她已经穿上了一件长裙,心里充满了疑惑。

她总是避免卷入所有那些让人大动感情的事情。眼下,一定是碰到了这种事。因为莉莉·鲍凯一张脸气成紫色。她那条扔在椅子上的狐狸皮围脖儿,正瞪着一双眼睛看着她。

"这真是残酷的一天,"莉莉·鲍凯终于说,她穿着一件内衣和长筒袜,仰面朝天地躺着,"塞尔玛,我要告诉你发生了什么事。"

塞尔玛听着,晚上她把这件事情从头到尾想了一遍之后,给母亲写了一封信。

亲爱的妈妈:

我写这封信告诉你这儿发生了一些什么事情。报上都登了,因此你迟早会知道。但听我讲总比听某个好心的朋友讲更好些。妈妈,是关于雷。他被卷进一件赛马的丑闻。他被卷了进去,或者没有,还没法儿肯定。因为人家不能完全确定是他。但是从大家的言谈话语看,已经非常明显了。你知道雷是怎样一个人。你只能觉着是他,但并不总是有证据的。

不管怎么说,你们大概已经听说今天举行的这次大奖赛——金杯赛了。人们都以为鲍凯先生那匹马——埃戈卡帕会赢,可是没有。看起来有人在这匹马的身上做了文章。人们甚至说是给它服了药。现在正在调查。一个在马厩里干活的大个子——一个粗俗小伙子——是雷的朋友(我经常看见他们俩待在一块儿。人们现在分析,那时候他们就策划了什么阴谋)。他或多或少承认给那匹马吃了什么东西,而且是受雷指使干的。这个小伙子处境很不好,但也不再多提供情况了。看起来,这次比赛的优胜者——一匹叫墨嘉特拉伊德爵士的冷门马,雷在它身上压了许多钱……

两天之后,一系列事情和对自己是受害者的疑心使塞尔玛这样写道:

　　……从这些事情发生,我们一直没见到雷。倒不是因为鲍凯先生不允许他再踏进家门。鲍凯太太一直生病,我一直给她陪床,夜里看护她,白天上班,可真不容易。她头也不梳,心绪是那样烦乱。至于鲍凯先生,这桩事把他折磨成一个地地道道的老头子。他对雷一直充满友爱。现在他整天谈的就是这一桩事。

　　不用说,这一切使我陷入困境。作为他的妹妹,我不得不承受极大的压力。我觉得爸爸应该来看看他能做点儿什么,或者跟雷谈谈。尽管我很为这些人难过,而且跟他们多少沾点儿亲,可我并不喜欢他们。我觉得这种关系纯属偶然。

　　以后,等到了紧要关头我会告诉你我对自己的未来所做的计划。我在事务所干得挺好。我想另外那个姑娘要走了。我可以相当有把握地说,这对我是有利的。这是从两个开业人之一的福斯迪克先生说的某些话判断的……

写到这里,塞尔玛·帕克真想伏在这浅浅的紫红色的信笺上大哭一场。这信笺她是留着在更重要的通信来往时使用的,比如为一次晚宴而写信给高夫太太致谢的时候。由于突如其来的置身世外的感情,她想起门前黑魆魆的台阶上卧着晒太阳的猫。她弯下腰,抚摸着那几只偎在一起睡觉的猫。嚼碎了的薄荷糖的气味使她在这间小砖屋里感到不知如何是好。不管展望未来还是回首往事,她那样渴望得到的自由总是没有把握,而疑虑却叫她极为不安。她结束那封信的时候,不再那么腰板儿挺直了。在她停笔遐想的时候,她甚至感到一种类似触摸熟睡了的猫的皮毛的柔情。

……我希望能回家过圣诞节。我喜欢什么也不干,早晨睁开眼就看见朵朵玫瑰花——那株白玫瑰。我买了一个花盆,种了一株观赏用的辣椒,也有人叫它"爱情苹果"。大概怎样叫都对。它长得不怎么好,恐怕应当种到地里才对。

我希望你一切都好,亲爱的妈妈。你自己多保重。我的哮喘病一直没怎么犯,除非碰到浓雾弥漫的早晨,或者过度劳累。你知道,我干起活来确是很卖力气的。我有时候头痛,我想应该去配副眼镜,不过要那种没框子的。关于我自己,我还是不想多谈什么!

你在上封信中说房子漏雨。这可太糟了。看起来,几乎家家的房子都漏雨。要么就是墙壁上东一块西一块地打着"补丁"……

她一直不知道该怎样结束一封信，甚至总是为信的结尾而局促不安。不过后来她还是很快写了这样几个字：

你的永远爱你的塞尔玛

她又把信读了一遍，看看话说得是太少了还是太多了。

她虽然建议父亲应该来一趟，实际上压根儿就没指望他能来，没指望在这里见到他那张诚实的面孔。这面孔总让她无话可说。她写信的时候，想得更多的是她的母亲。她尽管也老老实实，但跟她一样，是个女人。她那比较灵活的信条，可以适应于不同的环境。

可是斯坦·帕克来了。

他没法不来。当初，作为一个小伙子，清理那块土地的时候，他尽管心里没谱，还是劈斩着树木，并且把它们砍倒了。他甚至手都磨破了，尽管这手到时候也就变得硬实了。还有些卧牛巨石要搬走，他用马来拉，直到人和马绵软的肚子都变得像石头一样坚硬，磐石一样的意志终于战胜了岩石。作为父亲的斯坦·帕克现在就是怀着这样一种心绪撞进了城。他心里没谱。他对他听到的这些事情迷惑不解。不过，如果给他一个机会，他还是要运用自己的意志，应付眼前的局面，凭着力气和决心搬掉困难的巨石。他是这样想的，最终他还是能在一片乱石窝中弄出个眉目来。他能用木头和铁这样一些老实巴交的东西做出各种工具。他做出来的东西即使样子粗糙一点儿，也还是一直保留到今天。在整个过程中，靠的只是他的质朴与单纯。

就这样，他来了，在鲍凯家那座砖房门口等待着，直到门向他敞开。他看见塞尔玛站在面前。

"哦，您好，爸爸！"她说，"我知道您会来的，可是以为您事先能跟我们打个招呼。"

他对此没有做出任何清楚的回答,因为这不过是礼节性的寒暄,就像流于形式的装饰品。沉默也许比夸夸其谈教会他更多语言的用途。

"不管怎么样,"她说,"快进来吧。"

他胸口挂着一条表链。她以为他的东西她都知道,这条链子记忆中却不曾见过。他别扭地穿着一身哗叽衣服,越发显得笨重了。她看见这个男人——她的父亲,被莉莉·鲍凯的起居室里那些各式各样的流苏、蓬边、丝带包围着,在人造革沙发上坐下,局促不安而又恭恭敬敬。很快他就决定了搁帽子的地方——他身边的地板。她怀着一种淡淡的轻蔑和惊讶,注意到他手背上的汗毛和鼻孔里灰色的毛。啊,她在心里绝望地说,这就是我的父亲。对他我好像还一无所知。她开始跟他谈坐火车的旅行和车上的饭菜。她甚至给他讲了一幅油画的历史。那幅画画着一座山,是鲍凯先生在利奇蒙德的姑妈还是个姑娘时画的。她自己心里都感到奇怪,竟可以这样流畅地跟父亲谈话。这当然是对他那种陌生的感觉使这一切成为可能。她是跟一个穿哗叽衣服的、不大文明但挺好的人谈话,而不是跟她的父亲。

"雷到底是怎么一回事?"他问。

"大致就是我说的那些情况,"塞尔玛说,"鲍凯先生来了之后,会把详细情况告诉你的。因为我对赛马从来就不感兴趣,以后也永远不会。不过事情还没有搞得水落石出。那个小伙子又推翻了一些先前交代的事情。他一开始说雷和这件事有关是不是想报私仇,我就说不清楚了。不过不管怎么说,他们不能给雷加上什么罪名,只是感觉到他有罪。"

"这么说,他是没罪的。"父亲说。

"我一直记着那几只小狗的事,"她慢吞吞地说,"那几只突然不见的小狗。那是怎么回事呢?它们待在放犁的那间棚屋里。我记不太清了。"

"我不知道。"他说。

她在强迫他陷入不诚实的习俗之中,而这并非他的本性。这时候,他很高兴自己对女儿不甚了解。他想头脑清晰地把儿子的事情想一想,然后像人们常说的那样,做出一个决定。但是这屋子里的家具和女儿的一双眼睛,压迫得他身体僵硬,心灵麻木。

"我也愿意把他想得好一点,"她说,"因为他也可以有副好心肠。"

她意识到这是父亲所期望的,便开始改变自己的看法。她确实希望能够相信这一点。因为德行善举当然是让人称心如意的。

"有一阵子他常来这儿,"她说,"谈起奎克莱依一家和家乡的人们。有一次他还送给我一件礼物,是一双长筒袜。我也不知道他为什么要这样做。那是双价钱很贵的长筒丝袜。"

就这样,怀着一缕忧伤,她想象她的哥哥——那个漂亮的年轻小伙子,穿着那件城里人穿的夹克站在窗口,阳光从半开的百叶窗照进来,洒在他金色的皮肤上。

但是父亲并不需要这些。

"雷在哪儿?"他问道。

这时,霍瑞·鲍凯走了进来,领子里塞着一条手帕。他坐下以后说道:"如果我不相信这孩子,那就等于不相信我自己。"

他是个胖老头,脸上的毛细血管因为加诸他头上的不公平而越发充血。恐怕哪一天,如果不是马上,甚至也许是明天,他就会中风的。因此,他为这个儿子——不是他的,但本来也可以是他的——为这位他们的礼物的领受者,同时也是礼物的给予者抛洒了一阵眼泪。和这眼泪相伴的,是对这个健壮的年轻人的恨——他那露在背心外面的肌肉给人留下深刻的印象;他在一群光彩夺目的马儿的映衬之下,笑着站在粪堆旁边,毫无同情心地用中风威胁着他。雷仿佛正从他躺在院子里面的、肥胖的躯体上大踏步地走过去。

"究竟是给它服了药,还是因为骑马时太耍小聪明了,现在很难说清。反正这些年轻人都给牵连进去了。职业骑手汤姆·斯米德——他是墨嘉特拉伊德爵士的骑手——也有份儿。他们告诉我,在突乌木巴也曾发生过一次事故。虽然只是人家告诉我的。哦,这么说,你是今天才来这儿的,斯坦?"霍瑞·鲍凯说。

"是的。"父亲说。

他挪动一下两条大腿,想说几句应该说的话,可是说不出来。语言和墙纸战胜了他。

"莉莉看见你一定很高兴,"霍瑞·鲍凯说,"我要退出赛马这个行当。这是有钱人闲时的癖好,傻瓜垮台的台阶。想想看,靠马起家。如今是可怜的乞丐,他们连自己的腿都靠不住了。"

斯坦·帕克从清早起就没有小便。这个意念不知道丢哪儿去了。看见他的儿子,一切就都清楚了。

"我想见见雷。"他说。他的声音越来越大,越来越大,充塞着这个房间,直到全部占据了它。

"是的,是的,"霍瑞说,"当然。莉莉,这是斯坦。我的妻子因为头痛一直躺着。跟别人一样,这桩事对她的打击也够厉害的了。"

"斯坦!"莉莉·鲍凯说,"哎哟,你知道吗?我经常想起你在尤罗加打破那个盥洗盆的事。我母亲很生气。如果那是一套当中的一件就坏了,幸好那块石板也蛮结实的。现在,又是这样一件糟透了的事。你变了,斯坦。"

她脸上的表情告诉他,他的生活已经发生了很大的变化。而她不相信,她自己的生活也可能发生这样大的变化。莉莉很想坐在那儿,用一种讥讽和悔恨交织的目光端详他那张脸。同时就像参加葬礼的人一样,不时想起必须表现出悲哀。

"真糟糕,"她叹了一口气说,"霍瑞的嫌疑被解除了。他的诚实是毫无疑问的,但是我们俩都受苦了。对于我们身体受到的损害又没法弥补。一点办法也没有,斯坦。"

她是需要钱吗?她需要幻梦。

这个涂抹着脂粉的莉莉因为吃了阿司匹林,满脸阴郁。年轻时候她满脑子讲吃讲穿的花花点子,不过人并不坏。她从来没拿定过主意,能不能接受那些不曾向她求婚的男人。她总是不断地搓着手,向镜子里面斜睨着,在吃完烤肉后问些教人猜不透的难题。现在,当年的少女已经徐娘半老,但还是没个准主意。她养成了看手表的习惯,心里总想着是不是到吃点儿什么的时候了。

"你得留在这儿吃茶点,斯坦。那时候,艾米很瘦,"她说,"看得见她那盐瓶子似的胸椎骨和胳膊肘。我们总说,菲宾斯那家人是靠吃鹦鹉和脱脂牛奶长大的。这当然是一种夸张的说法。我们姐妹三个总爱说笑话。可怜的克莱拉挺倒霉。你不知道吧?她丈夫死了,日子比原先艰难多了。艾丽丝得不治之症也死了。是啊,我们那时候多爱跳舞啊!一直跳到小伙子们回家挤牛奶的时候。"

往事的回忆,那种韵律,那种绚丽的光彩在某种意义上讲,使莉莉陶醉。如果她的客人们愿意,尽管屋子里灯影幢幢,摆满了热那亚天鹅绒沙发,她也还会快活地旋转起来。

但是他站起来,说:"我是来看雷的。他在哪儿?"

"哦,"他们说,"是为这个。"

这话对于他们自己那个世界的震动又引起一系列球体的碰撞。

霍瑞·鲍凯摸摸索索地找他的疝气。"我们不知道他在哪儿,斯坦。"

"他失踪了。"塞尔玛说。她抚摸着裙子上的线缝。

斯坦·帕克孤零零地站在那儿。除了对木头或者钢铁可以把握,对别人的动机与目的却是没办法抓住的。

他们说,他可以去问问,但未必能问出什么来。伯尼·亚伯拉罕姆斯——雇用雷的那个卖赛马彩票的人——被这桩事搞得很不愉快,不愿多说什么。此外,还有那个小伙子柯莱。他曾回来取他留下的一双胶鞋,但也不知道,或者不想知道关于雷的任何事情。雷曾经在某条街的一家铺子上面住过。他们在一张纸上记下了地址,纸条放在抽屉里。

"这儿,"莉莉拿起那张纸条念道,"是色莉西尔区的海柯利尔街。"

"那是一家意大利人开的铺子,"她说,"他说起过两个姑娘。有一个还是个孩子。她们的名字叫罗斯和琼。"

"那么,我去问问。"斯坦·帕克说。

屋子里的人都同意他应该这样做。

"早就有人给雷报信了。"霍瑞·鲍凯说。

这是他事后考虑的结果。因为雷已经扬长而去,只有他霍瑞的健康和名誉留在这儿任人践踏。

"对他的母亲这可太糟糕了,"莉莉叹了一口气说,"她怎么看这件事,斯坦?"

他嗫嚅着,因为他并不知道她怎样看。因为当妻子读那信中的话时,他是用自己的实践去体会它们的含义的。

塞尔玛返回去取来他忘在地毯上的帽子,把他送了出去。

"很抱歉,爸爸,"她说,好像这件事情是他一个人的,"要是我认为有用,我会陪你去的。"

然后她吻了他一下,这个吻所产生的短暂的新奇感使她为自己是一个充满深情的女儿而沾沾自喜。她心里想,他的皮肤对于她是多么陌生。

斯坦·帕克接受了她的吻便走了。现在,他就要找到雷了。他对自己的两条腿以及耐力十分依赖。他按照人们的指点坐了电车,又走过几条大街。有的人以蚂蚁般的忠诚与精确,十分详细地指给他方向。就好像他们充满信心欢迎他到他们那个"蚂蚁国"。也有的人朝他皱皱眉头,急急忙忙走过柏油路,摆脱他的询问。他还告诉一个男人,他是来找他的儿子的。他住在海柯利尔街一家水果店上头。那人纳闷,这个陌生男人是不是疯了,怎么站在十字路口,毫不掩饰地向别人吐露心中的秘密。

于是,斯坦·帕克踏着柏油路面,继续走他的路。有一次,他似乎看见雷正从一个窗口望着他。不过,他显然是看错了。一位正往胸口别什么的年轻妇女放下了百叶窗。在一条街上,两辆汽车撞到一起,坐车的人都被压坏了。他继续走着,怀着一种悲伤想,自己连跑过去帮助他们的冲动竟也从心里消失了。要是在乡村的一条黄土小路上,那情形大概就不同了。现在,他不再看路上的行人了,而是一路找着钉在街角的街道的名字。他继续走着,从覆盖了一层烂菜叶、旧报纸和避孕用具的路上走过去。

在看起来似乎是他在当时或者以后可能走进去的最后一条街上,有个男人正躺在一条街沟呕吐。他认出这就是海柯利尔大街。他开始四处张望,找见了那家水果店。店门关着。

这家铺子的一个橱窗刷成绿色,另外一个窗子用木板堵着。因此,要不是冒出来的那股很不新鲜的水果的气味——那是一种褐色水果甜丝丝的、浓烈的腐烂气味——很难说清楚这是个啥地方。门上锁着一把挂锁。不一会儿,一位姑娘从楼上的一个窗口探出头张望着。然后一个跟她长得很像,只是还要年轻一点的姑娘也探出头来。她们俩都穿着大概是自己织的花毛衣。这两个姑娘向楼下望着。她们是姐妹俩。她们的皮肤都有点发青,鼻子姣好。

"哈啰!"那个年纪大一点的,一定是叫罗斯的姑娘问道,"你找谁?"

"我找雷·帕克。"找到这所房子的男人说道。

她们瞅着他那身浆得挺硬的衣服——由于进城的需要,才穿上这身衣服的。这两个肤色青绿的姑娘大张着鼻孔,生怕这是一种看起来特别诚实的植物。

罗斯姑娘用沙哑的声音咕哝着。琼张望着。她那双眼睛从她随时可被召唤而去的那种生活的角度,不停地望着这一幕。不过还不到时候。眼下这还是属于她姐姐的生活。

"我是他的父亲。"男人说。

他仰起那张皮革似的面孔望着她们,似乎那便是对于姑娘们的一种保证。

"啊。"罗斯说。

她的妹妹琼扭动着身子挤过来,把一绺飘动着的头发拢到耳朵后面,摆出一副听一天也乐意的架势。

"雷不在这儿。"罗斯绷着脸说。

"可我是专程来看他的,"男人说,"我是乘早车从杜瑞尔盖来的。也许今天晚上就能赶回去。倒不是为了回去挤奶,而是我能赶回去。"

罗斯听着这些令人难以置信的话,什么也没说,手指沿着这座似乎是生了病的房子窗台上的木纹滑动着。

"告诉他一声。"男人仰面朝天说道。

"我没法告诉,"她生气地说,"雷早走了。"

"上哪儿去了?"男人脸色陡变。

然后,那个一直听他们说话的小姑娘神情不那么专注了。她傻笑起来。偷偷地笑,放声地笑。她笑着,把脸藏起来,埋在姐姐腰肢的肌肤里。

直到罗斯也笑起来。那是从她那短短的牙齿里迸发而出的一种深沉的、粗俗的、一阵阵的笑。

"说下去呀。"男人乞求着。

他也笑了起来。但那是一种慢吞吞的、犹豫不决的笑,就好像他对这个玩笑还不得要领。阳光在他的一双眼睛里闪烁。

"上哪儿去了?"他有气无力地问。

"到北方去了。"罗斯尖叫着,朝什么地方挥了挥手。

琼探出身子启齿开口,在一阵冲动中说道:"别听她的,先生!雷往西面去了。真的。"

她只能说实话。她还相当年轻,而且正在激动之中。她抽身回到那幢堆着烂水果的房子里时,由于卷入这桩事情而浑身冒汗。

斯坦·帕克跟他的缺点和疏漏一起站在大街上。现在才明白,他是见不着雷了,便不再觉得那么强壮了。他的脸由于为锁在楼房里的那姐妹俩做出一副年轻和满不在乎的表情而感到疼痛。

回去的路上,走过几条街之后,大约在他来的那个方向,一位老太太让他看她买的一袋李子。

"瞧,"她说,"我买的时候,那李子还又大又新鲜。不管怎么样还是挺不错的。可现在,瞧见这些又小又蔫儿的破玩意儿了吗?"

愤慨使得她跟在这位陌生人身边走着。

"这不对头,"她说,动了动嘴里的假牙,"人总是受骗。"

他表示同意,因为他只能这样做。

这个妇人跟他一起走着,开始给他讲她儿子的事。他是个矿工。

"他好吗?"他问道,傻乎乎地微笑着。

"挺好的,"她说,把目光移开,"也许有的人对事情的真相有不同的看法。就这么回事儿。"

然后她径自走开,就好像不再需要了解这个陌生人了。他看见她把那一纸袋又小又不熟的李子扔进一条街沟。

他意识到老太太的出现把他搞得迷路了。他继续走,摸索着穿过那无法言喻、徒劳无益的心境。他的生命已经在这心境中结束了。他虽然养成习惯,说些简单的、祈祷的话,而且确实真诚地信仰着上帝,但对自己还是没有足够的自信心去相信祈祷的功效或者信仰的程度。他因为单纯,还没有得到能使他承认信仰的巨大力量的那种最终清楚的认识和力量。

因此,他没有祈祷而是走进一家小饭馆,要了一盘子饭。

那是一家中国人开的小饭馆。炒杂碎端上来之后,他坐在那儿瞅着那碟菜,或者更确切地说,瞅着他那暂且闲下来没用的手指肥大的关节。

"你不舒服了。"那个年轻的中国人说。他走过来,把刀子、叉子摆出一个不同的花样。

"没有。"斯坦说。

"是谁死了。"中国人用一种第二代移民的高昂的时髦的声音这么说,这话更像是声明而不是提出问题。

然后他走开算账去了。他在一张纸上一遍又一遍地加着。那张中国人的脸线条清晰,十分诚实,尽管说话声尖细、造作。

斯坦·帕克在那儿坐着,心里明白必须回家去了。待在城里已经没有什么可干的了。

几天之后,他走了。他的女儿塞尔玛跟他一起到了车站。天色尚早,她穿着上班穿的一套灰色衣服,白罩衫。她晃动着袖口,瞧着干净的指甲,把她的自命不凡很勉强地藏在心里,她那副满面春风的样子,越发使他显得死气沉沉。但是跟她在一起,他还是很骄傲。他在她旁边走着,手里提着的那个旧旅行包晃晃荡荡。这个旅行包在他母亲去世时就在她的房子里。但那是谁的,他就无法得知了。他从来没见谁用过它。这个包又硬又笨,尽管离家之前,他曾经用洗皮革的肥皂涂抹了一番。

"这个古怪的破包,"塞尔玛笑着说,并故意笑得怪模怪样,否则这场面就尴尬了,"你能不把衣服团成个球就塞进去吗?"

"能装东西就行了。"他说。

她开始觉得应该和他谈些更温柔、更亲切的话题。但是对这种话题的恐惧太强烈了,因此,她只得用一种坚决的口气说:"看起来我们来得太早了。"

他把她领进一家铺子,在她还没来得及对他取笑或者表示反对时,就给她买了一角冰激凌。

"我非得把它吃掉吗?"她问道。

"为什么不呢?"他说,"你过去很喜欢吃嘛!"

我过去很喜欢。当她舔着耸立在糯米卷上孩子爱吃的玩意儿时,记忆里发出这样的共鸣。她并不想哭,但是她被逼迫着哭泣。那是在她的喉咙里,滚烫之上的一种冰凉。在那灰蒙蒙的早晨,她常常醒来,听灯花坠落,以及让人难以忍受的、公鸡的啼叫声。这叫声以一种对过去的悲凉的自信预示着未来。

"小时候,"他说,"你喜欢吃冰激凌。"

"你又唠叨这些事情!"她说,"听我说,爸爸,我看得出,雷的事儿对你的打击太大了。不过,他确实不怎么样。"

"现在说谁好谁坏还为时过早。"他说。

这样看来,她还没有将哥哥从心里驱除掉。

"我没法解释。"她说。

她怀疑这种单纯,并且愿意全然避开它。因此,当他们走到火车跟前时,她很高兴。是吻别的时候了。

"再见,塞尔!"他说,为他吻着的这个年轻女人而脸红。她既是他的女儿,又不是。

他的孩子们已经获得了自由。蒸汽刮进车站,就像灰色的种子。那些令人难以置信的事已经显得更加自然了。这也许是因为踏上归途的缘故。

塞尔玛·帕克瞧着父亲走了。她又恢复了先前的生活。这是残酷的,但又是必须的。她沿着站台走,一直走下台阶。她已经在一位医生遗孀的房子里找到一个房间,很快就要搬到那儿住了。事实上,就是下个星期。她们已经说好可以共用厨房和卫生间。塞尔玛·帕克坐上了电车。如果说她的生活已经开始成形,现在还没有必要去谈论它。那是她自己的事情。在那位医生遗孀的浴室里,在白檀与紫丁香的香气中,在一个很好的郊区,她昏昏欲睡。

斯坦·帕克继续着回家的旅行。那出现在眼前的熟悉的地形使他感到一阵充满负疚之感的轻松。他对于这一带景物的轮廓比对人们的面孔,特别是他的孩子们的面孔还要觉得亲切。他说,研究孩子们是当妈的事儿。他就喜欢事情是这个样子。但是,火车上的旅行表明,他的不幸还不甚突出。他在班加雷换乘公共汽车。汽车翻山越岭,开到杜瑞尔盖。他在那儿下车,走过一块块围起来的牧场。有时候,他喜欢独自一人向家走去,从枯黄的草和黑魆魆的树木间慢慢地走过去,四处张望着,就像一个陌生人。看着那一卷卷跌落下来的树皮。这树皮永远是一个奥秘。这时,男人的无知便转换成知识,阳光下,他那粗糙的皮肤仿佛也是透明的。

第十七章

　　艾米·帕克只得对儿子不在这个事实认可了。随着时间的流逝,他不在家和他在家实际上也没有多大的不同。每一次想起他,她总是把他想成个婴儿,或者是个跑不远的小男孩,要么是在跟她玩捉迷藏的游戏。然后,她总是把他吻得晕头转向,还要啃一气他脖颈那条弯弯的曲线。他只能挣扎着,抵抗她的爱。这种思念的方式使得过去的事情比现在还要具体。

　　不过有一次,雷确实从奥尔班尼寄回过一张明信片。他的笔迹她已经忘了——如果先前还一直记着的话。那似乎是出自一个陌生人之手。她怀着敬意戴上老花镜看。就好像那是一瞬间出现的明亮的闪电。他说,他在做买卖。她很骄傲,总算收到这么张明信片,尽管她不爱这个"陌生人"。她爱那个挣扎着的小男孩。夏日,她把自己丰满的脸紧紧地贴在他的身上。她擦干一双手,把那张卡片拿给别人看,拿给那些来她家的人们看,不无骄傲地接受他们的祝贺,而且怀着一种自然而然的钟爱之情,谈起她那出门在外的儿子。但她并不爱这个"陌生人"。

　　她本来也想爱他。想到她还从来没有把儿子当作一个成人去爱,一种恐惧便袭上心头。有时候,她把一双手绞在一起,那是一双柔软的、相当丰满的手。手掌很宽,并不干巴。但是,这样绞在一起的时候，就显得干巴巴，像纸一样薄。然后，她便强迫自己没事找事做，或者对她那位好丈夫温情脉脉地说些什么，给他拿东西吃，料理他的衣服。她爱她的丈夫，甚至在经历了那爱情的劳碌生活之后，仍然爱他。可是有时候，她侧卧着对自己说：我还没爱够他呢！还没呢！他还没看到爱的证据呢！如果她能转过脸，把他们的儿子指给他看，那事情就简单多了。可她不能。

她经常觉得好像没有孩子似的。因为除了断断续续地做出些爱的表示外，她还没学会爱她的女儿。那时，她就常想起乌龙雅发大水时，他们捡的那个小孩儿，那个用皮博迪家的大车拉回来，又很快跑了的小孩儿。她觉得，如果她制服了他，这个男孩本来可以成为她的儿子。这很可能。发洪水的时候，他们生活中所有那些没能发生的事情，如今在她开始变干瘪了的时候，怀着一种思念之情，她觉得什么都可能了。

在我们这个岁数，有什么不可能的呢！女邮政局长说。她的一张脸从一开头就皱巴巴的了。但是她看起来对此并不介意。

艾米·帕克挺讨厌这个女邮政局长。但是因为他们已经养成友好往来的习惯，她去镇上的时候，常停下来跟她聊一会儿。再说，在山坡总得歇歇脚。

她总是说："在家吗？盖奇太太。没有我们的信吧？"

盖奇太太便会冲出来。

"我还没看呢，亲爱的。"她总是这样说，"是电话。真能把你忙死。倒不是对人没有好处，可我得整天待在这儿听电话。今天早晨，就有里斯沟来的电话，你会感到吃惊。可我，当然，是政府官员，不是普通老百姓。"

盖奇太太就是这样，用她那双枯黄的手，操纵着人们的生活。因此，除了难以理解而又印象深刻之外，帕克太太加倍地讨厌她。

但是终于有一天，盖奇太太不能操纵那些电话线了，或者有一根给切断了。她陷入一片混乱,气喘吁吁地跑出来,一双眼睛瞪得像两个玻璃球。

"帕克太太!"她喊道,"我在等你呢!天哪,太可怕了,我可是做梦也没有想到,是盖奇先生!"

艾米·帕克踌躇不前了。跟大多数人一样,她早把邮政局长的丈夫忘到了脑后。但是局长用她那只滚烫的手一把抓住她,另一只干燥的、结实的手指指画画,领着她就走。

"他自杀了,亲爱的。"她宣布道,因为她的处境,语气令人哀怜,"在院子里的一棵树上。用两条带子。有一条带子很旧,我以前没见过,一定是他从哪儿捡的。他就吊在那儿。天哪,那情景真可怕!他慢悠悠地晃来晃去。不过那张脸还很平静。"

艾米·帕克并没有准备去看死人,可是就这样被牵着鼻子走,那副样子看起来既滑稽可笑,又显得焦躁不安。

"是亚当斯太太帮我处理尸体的,"女邮政局长说,"还挺体面。看一看没关系。这几位太太刚看过,还跟我坐了一会儿,表了表同情。"

事实上,只有霍布森太太、玛尔万尼太太和一位戴面纱的女人在那儿。

"至少,你已经有伴了。"艾米·帕克说。这时候,她可一点儿也不想看死人。

玛尔万尼太太咂了咂嘴。

"这可是丢下个寡妇的好法子。"霍布森太太说。

"是啊!"盖奇太太尖叫着,"是啊!"

大伙儿都吓了一跳。因为直到那时,她一直显得轻松自在,听天由命。

盖奇太太被她生活中那些漫无边际的事情噎得说不出话来。突然间,她又非得把这一切都说出来。她是一位学校舍监的女儿,在靠海岸的一座城里安家。他们居住在一座几乎被绣球花覆盖着的别墅里。她的父亲很为那些花儿骄傲,但那些花儿把他们这家人映衬得苍白无力。因为他们简直是在那些植物下面生活。要透过很大的叶子,看外面的情景,呼吸着潮湿的、似乎变绿了的空气。她是在她的丈夫坐在一道防波堤上手执鱼竿垂钓的时候跟他认识的。她看见鱼被他钓上来的时候闪闪发光。他虽然胳膊很细,钓鱼的动作却十分熟练。那是条很可爱的鱼。他们俩一块儿看着,她很怕自己说出什么让他扫兴的话来。因为那条鱼简直把他给迷住了。当他由于一阵令人惊骇的冲动,违背自己的意愿要把那条鱼给她的时候,她简直不敢接受。回家后,他们用白酱油把那条鱼清炖着吃了。邀请这位年轻人去分享时,他拒绝了,声称他对已经煮熟的鱼不感兴趣。这以后不久,他就跟这位鱼的领受者结婚了。没有什么特别的原因,只是那令人敬畏的、不可避免的命运使然。以后,他们开始互相了解了。他们从一个地方搬到另一个地方。谁都知道,盖奇先生身体很弱。他下巴很短,一双眼睛如果还算文雅的话,眼神却不济,也不怎么看人。他们从一个地方搬到另一个地方。在闷热的、黑魆魆的城市里住过,在散发着腐烂气味的农舍里住过,在帐篷里,甚至在树皮搭成的窝棚里住过。丈夫干一样差事丢一样差事。他是修理工,一双手却没劲儿。他干木工活很有几分天才,偏偏锯末影响他的呼吸。有时候,他会一连好几天坐在那儿一言不发。而这简直是对一个女人的侮辱。他常常坐在那儿瞅着一个空盘子,就好像那是个多么了不起的玩意儿。要么,穿件背心,坐在木兰树下那个破铁床架子上面。这一点大家都知道。他就那么干坐着。当然,从这位妇人干邮政工作,已经过去许多年了。那是由于生活所迫。也因为她的勇敢。她已经在杜瑞尔盖待了好多年了。那以前是在另外一个小镇。她还想给她们讲讲她跟这位已经死去的人共同生活的许多别的细节,甚至夫妻生活的细节。以后大概还会讲的。

"只是叫你们看看,"她说,"一个女人都能忍受些什么。"

她的头发已经乱得拢不起来了。

艾米·帕克想起女邮政局长的丈夫双膝跪在蛛网似的丛林旁边的样子。她希望他不要被别人这样毫不留情地说长说短。

"现在他已经死了,盖奇太太。"她说。

"可是我呢?"邮政局长尖叫着,"我还活着,或者说还算活着。"

她发出一阵干巴巴的响声,就像一株棕榈树。

"我从来没有被什么击中,或者劈开,但是我渐渐懂得,我并不理解我自己,"她说,"也不理解任何别的东西。"

玛尔万尼太太又咂了咂嘴。

"来,"邮政局长说,把她那缕不听话的头发拢到额头上面,那头发已经在那儿浸得湿漉漉的了,"我要请你们诸位太太看几样东西。这些东西会把我的意思解释清楚的。从这儿走,请!"她说着动了动她那件黑衬衫的腰带,又笑道:"会说明问题的。"

大家都有点儿害怕,可还得在后头跟着。玛尔万尼太太、霍布森太太、帕克太太,以及那个戴面纱的女人。

面对着一个人的灵魂也许关在一个盒子里或者附着在一张纸上的可能性,大家都忘记有个死人正躺在这幢房子里。邮政局长推开一扇门,女人们都急促地呼吸着。在那间谁都知道会是一副什么样子的小屋里,乱七八糟地摆着几件家具,一只呆笨的钟,钟摆晃动出时间的韵律。那屋子还散发出一股也许是一个男人关在里头沉思默想的气味。这股气味在这个男人出去甚至死了之后,依然顽固地盘踞着。

"瞧,"邮政局长用一种更加不带感情的甚至是官气十足的腔调说,"这些玩意儿!我当然从来没有对任何人泄露过。在我们家竟有这种事!但是,现在他既然已经死了。"她怀着一种敬意说,因为不管死去的是怎样一条可怜虫,死亡本身还是必须尊敬的。"看在我们大家都是朋友的分上,我第一次,而且但愿是最后一次,公开这个秘密。"

"那是些啥玩意儿?"霍布森太太问。

"是油画。"邮政局长用同样平静的官腔说道。

她用脚趾指了指靠家具竖着的那些画。它们或者堆在一起,或者单个儿摆着。然后,她像个小姑娘似的,十分轻捷地冲过去,开始怒气冲冲地、不无羞愧地排列那些画。她要把她生活中最隐秘的东西,暴露给她带进来的这些女人看。因为就要把这一切完全彻底地公之于世,她显出一种病态的兴奋。

"瞧,"她说,双膝跪在地上,转身望着她的朋友们,一张黄黄的脸正对大伙儿,等着挨石头砸或是受到饶恕——到这时,她已经全然不管了,反正她自己那种渴求的心理已经得到了满足,"这就是我们的生活的故事。"

玛尔万尼太太咂了咂嘴。

"他疯了吗?"霍布森太太说。她根本就不懂这是干什么。

"我不知道。"邮政局长用一种很庄重的口气说。好像完全是直抒胸臆。而且与其说是跟她的听众们说,还不如说是对她自己说。

戴面纱的女人走上前,更加自在地看那些画。她用舌尖润嘴唇的时候,触到了面纱,便干脆把它撩了起来。这块面纱要么是旧式样,要么是放的时间太长,又变得时兴起来。

她说:"很有趣。不过,当然,美术作品并不能真正证明什么。它们的价值必须由其自身决定。"

霍布森太太和玛尔万尼太太怀着一种仇恨,看着这个陌生人,琢磨着这几句她们根本不懂的话。说这话的人面皮挺黑,更糟糕的是,她也许是个外国人。

"对于你,当然无所谓,斯瑞伯太太。"邮政局长说。她跪在那儿,膝盖很不舒服,便站起身来。"处于你的地位,当然可以对那些你不曾为之受苦的东西做一番判断。可是我为这每一笔都洒过血呀!"她叫喊着,"为这些破玩意儿!"

她朝一幅画踢了过去。

玛尔万尼太太和霍布森太太被她这种蛮横无理的行为惊得连气也喘不过来,不由得倒退了几步。因为她正好踢在已故的丈夫画的那个渎神的耶稣的身上。这画显然画在一个茶叶箱子的侧面。这时,那木板已经有点儿弯曲变形了。那画上画的是贫穷的、骨瘦如柴的修理工耶稣——一个仿佛煺光了毛的鸡似的男人。他好像没有吃尽被侮辱、被损害的苦,还乐于忍受更多的苦难。直到用所有武器中最低劣的东西——破玻璃瓶子割破肌肤,躺在铁路旁边,在一堆褐色的苍蝇下面化脓。

"啊——"玛尔万尼太太和霍布森太太惊叹着,"太可怕了!"

她们被震惊了,也很害怕,想转身从这间仿佛是疯人院似的房子里跑出去,再也不要想起它。

这当儿,艾米·帕克一直沉默不语。因为她正在从中体味一种巨大的柔情和美。对于邮政局长的丈夫画在耶稣手上的血珠,她也没有丝毫的怀疑。然后,他的肌肤开始感动她了。那畏畏缩缩的、铜锈般的皮肉,冒汗的蜡黄的脸,她都曾相识,就好像梦境告诉过她似的。重要的真理在清醒时只能了解一半。

她看着这张耶稣画像,并且理解了它。她没怎么挪动,又看了摆在四周的、邮政局长的丈夫留下来的另外那些画。他似乎画了许多许多树,各式各样的姿势。它们的枝干在睡乡或者沉思中交叉着压在一起,或者痛苦地摇动着。还有死树。它们白色的躯干不像牧场上扔着的骨头,看起来一点儿也不干巴巴、高深莫测。如此说来,一支画笔也可以表达爱。以前,她还从来没见过能够充分表现美的画笔。这引诱得她爱她的邻居。

后来,那些看画的女人们都笑了起来。

"这画的是什么?"玛尔万尼太太笑着问。

"哦,哎哟!这是什么?"霍布森太太用那根戴结婚戒指的手指捂着嘴笑着说。

女人们开始尖叫起来,在她们结实的胸衣里扭动着,挣扎着,连胳肢窝的颜色都变深了。

"是啊,"邮政局长极力忍耐着,说,"这张最让人讨厌!"

她情愿背上挨一棍子,在那令人痛苦的笑声的边缘跟跟跄跄。在艾米·帕克看来,这个矫揉造作的女人几乎就是用颜料涂抹出来的。

画上画的那个女人刚刚睡醒。她那杏仁似的眼睛里,小小的瞳仁闪着聪慧。瞳仁变幻着,似乎很快就要铺满绿茵。要不是那卷须似的毛以一种天真无邪的诗情保护了身体的那几个部位,这个刚睡醒的女人就一丝不挂了。她朴素得如同静寂与石头。两只乳房亦如两块石头。她抬起那双有点笨拙但又十分动人的手,伸向太阳。这轮太阳要不是带着近乎野蛮的炽热,熠熠闪光,其自身也就是一块石头了。

这当儿,玛尔万尼太太和霍布森太太一直笑得浑身颤动,大肆嘲弄。"还能再画什么呢?"她们喊着,眼泪顺着皮革似的面颊流了下来。

她们这种欢笑制造出来的气氛让人难以忍受。

艾米·帕克一直伫立在哄笑声中。这时,她注意到在那幅画的拐角,女人的脚边,邮政局长的丈夫用什么尖利的东西蘸着油彩,涂抹了一个看起来像是一只蚂蚁的躯壳似的东西。从这个躯壳里冒出一股摇曳着的火。那火用明亮的油彩涂抹而成,堪与那女人所追求的太阳争辉。

啊,艾米·帕克在心里喃喃着,想起了山坡上的往事,脸红了。

"现在你们该明白了。"女邮政局长向大伙儿转过身来。"我已经没什么可隐藏的了。我总得让什么人看看,"她说,"不过,有时候,我们也很快活。我给他做他喜欢吃的东西。他非常爱吃腰子。傍晚,我们一起坐在外面乘凉。他知道天上那些星星的名字。"

她用手扫了扫窗台。几只死苍蝇和一点尘土落了下来。

这时,已经没有谁特别注意听她说话了。她们要么看够了,不想再看;要么急于爬回到自己思想的空间。总之,她们开始从这间小屋退了出来。

"感谢你的好意,斯瑞伯太太。"盖奇太太用一种带着哭腔的声音说。这种声音经常是为有钱和有权的人装出来的。

而斯瑞伯太太——她是个外国人——也很有钱。她在这一带买下一份产业,有时候也做牛油,为的是体验一下手搅牛油的感受。

"很有意思,"斯瑞伯太太用她那沙哑的、阴郁的声音说,又拉下她的黑面纱,"要是我的话,就把它忘掉一段时间,盖奇太太。然后再想起来的时候就大不相同了。"

"可是它不会离开我的。"邮政局长大声说。戴面纱的女人思想已经溜号了。

别人都在往外走。

"帕克太太,亲爱的!"邮政局长喊道,裙子急促地摆动着,发出窸窸窣窣的响声。"我再也不和别人说起这些画了,"她请求着,"不要和任何人讲。"

艾米·帕克垂下脑袋,答应不讲。

回家之后,丈夫问道:"你上哪儿去了,艾米?这么长时间。"

"在邮政局长那儿,"她说,"盖奇先生自杀了。在院子里的一棵树上吊死的。"

斯坦·帕克像别人一样不认识这位邮政局长的丈夫,可是感到惊奇,死神居然会把他只知道名字的某个人给吞噬了。

"说下去。"他说。

他还没有意识到就已经脱口而出，问他为什么要自杀。

艾米·帕克拿来杯子和盘子。

"盖奇太太让我们看了些他画的画。"她终于说。

"什么样的画？"丈夫问道。

"油画，"她说，"不过，她不让我们提这事儿。"

她把茶壶茶杯放上来。她开始为自己这幢房子里的那种陌生感而颤抖。她的一双手像陌生的鸟儿，在茶杯之间碰撞，慌乱地扑动。

斯坦·帕克心里纳闷，为什么他从来没想到过自杀。产生这种必要性的关键在哪儿？他切着面包，思索着。早晨，清新的空气在屋里流动，抚摸着糊了纸的墙壁，触动着它们。坚固的东西在什么情况下便可以被软化？这还是个悬而未决的问题。

尸体埋到公墓旁边的矮树丛之后，斯坦·帕克便把这事忘了。但是他的妻子仍然想着这桩事情。倒不是总想着死亡本身，而是想她与那位故人之间所谓的关系。她总想起那天他跪在乱石之上时那张灰暗的脸。那张脸一直注视着她，脸上的表情她很可能没有注意到，或者有些细节她大概忘记了？她在心底狂热地搜寻着，但还是不得要领。直到她终于意识到，事实上那个向往太阳的、体态丰满的女人很有点儿像她自己。那女人的身体便是照她画的。

这样一来，她坐卧不安了。她想套上一匹马，手里握着缰绳，赶着马车出去。湛蓝的天空，只有一丝丝螺纹状的云彩不耐烦地飘动。一大块玉米地带着要人猜测的秘密喧闹着追逐她。然后，她会生起气来，吓唬她那匹文静的马。在这种情形下，她便用皮鞭抽打着马背，心里说：我总得去看欧达乌德夫妇，我知道我会这样做的。她赶着马车继续向前，一双手变得更有力量了。现在，既然这个坚定的目标已经具体化了，她便高兴起来。不能把自己心烦意乱的精神状态带到欧达乌德夫妇面前。于是，她赶着她现在所拥有的一辆很灵巧的双轮轻便小马车和一匹挺结实的褐色小马,一路叮当奔驰着。树木向身后甩去。她说,我不再想我不能理解的东西了。

当艾米·帕克把车赶上通向欧达乌德家那条小路上的时候,她挺直厚实的腰板,又充满了信心。没有主人的影子。那幢房子在那儿,还有猪。一头生了寄生虫或者因为别的原因一直生病的小黄猪正心不在焉地用鼻子拱一个白菜帮子。艾米·帕克已经有好长时间没见她的朋友和邻居欧达乌德太太了。不是因为吵过架,而是因为她们没有什么特殊的困难需要相互帮忙。她向四周张望着,看着这幢陌生的房子。这房子她先前是熟悉的,可后来又忘了。它伫立在那儿,似乎被某种特别的重心维持着。房子的木头墙壁显得支离破碎。有的木条已经被揪扯下来。那是为了方便、舒服,在下雨的时候生了火。省了那个人到棚屋里拿斧子劈柴的麻烦。

现在,事实上院子中间就有一堆火,或者说是一堆阴沉沉、黑魆魆的死灰。一股肮脏的烟在上面缭绕、盘桓,冒着一股恶臭。那臭气散发开来,直呛鼻子。没错,那烟是从一个暴露在光天化日之下,无端受苦的头颅骨上的两个眼眶骨里冒出来的。

艾米·帕克摸摸索索从这臭气中走过,把她那匹直喘粗气的小马拴起来。

女邻居探出头向外面望了望,戴上放在厨房碗架子上的假牙,走出来站在台阶上抻了抻罩衫。艾米·帕克说话的样子就像昨天刚见她的朋友似的。不过,她还能怎么样呢?她已经这么久没见她了。她说:"你烧什么呢?欧达乌德太太。"

"啊,"女邻居捂着嘴说,"点了一小堆火。"

"是一小堆火,可这味儿太臭了。"她的朋友帕克太太说。

"哦,"欧达乌德太太在捂在嘴上的手后面说道,"我是在烧破橡皮。"

"什么橡皮?"

"是我们先前捡便宜买的旧轮胎。"

"这么说,你们自己有汽车了?"帕克太太问。

"他是不开任何靠酒精之类的东西发动的车的。"欧达乌德太太捂着嘴说。"一会儿就叫他喝光了,"她说,"不是,这个旧轮胎是他买来搞投机倒把的。后来又看它不顺眼,我们就把它烧了。"

"这倒也是个处理的办法。"帕克太太说。

"脏玩意儿。"欧达乌德太太边说边把那堆火踢了一脚。

她的假牙一下子从手掌后面掉了下来,被罩衫V字形的领口"仁慈"地接住了。

"这是副新的,"她用牙床说,"是我写信邮购的。这没用的玩意儿就爱往外掉。"

她又把那像闪闪发光的鞋扣似的假牙塞到嘴巴里。

"这鬼东西,"她又捂着嘴说,"要是掉下来打烂,可就白花钱了。你一定奇怪,我为啥总把手放在脸前头,原因就在这儿。"

"要我,就把它拿出来。"她的朋友说。

"为什么呢?"欧达乌德太太说,"这算什么主意!我不是为了什么好看才戴它。仅仅因为这是花钱买的,你明白吗?"

然后,她把那副假牙放进口袋,两个人都笑了起来。见面以后,她们很高兴能看到对方。她们俩都因为对方的出现而感到自己的存在。她发现,先前一直忍受着孤独的痛苦。

就这样,她们一起很和谐地笑着,颇有些忘乎所以,直到那股烟飘到她们面前。

"黑心肠的破玩意儿,"欧达乌德太太咳嗽着,"不过这怨不着我们,都怪那些警察。"

"这跟警察有什么关系?"帕克太太连声咳嗽着,大概是被那黑烟呛着了。

"我把你看作多年的朋友才告诉你,"欧达乌德太太说着挽起她的一只手,"还要领你去看看。可是,帕克太太,你能永远不对别人说吗?"

艾米·帕克满口应承,因为她急着想听。她们一块儿走进那座摇摇晃晃的房子。

"因为他们不愿意让体面的、爱自由的人们清清静静地生活。警察和他们那帮家伙,"欧达乌德太太说,"总是干涉别人的事情。'喂,'他对我说,'让他们多管闲事好了。我们给他们点好东西闻闻。'于是,我们很方便地拿旧轮胎点了这堆火。"

这时,穿过一道为了什么原因用几条麻袋拉起来的帘子,她们走进一间贮藏食物的小屋。这个小屋以前也许有,也许没有。那里面一片昏暗,各种气味混杂着,越发污浊不堪了。艾米·帕克摸索着向前走,脚碰到一大块鼓似的羊油上。这块羊油放在这儿是为擦靴子或者这一类东西用的。老鼠一直在那上头咬着吃。

"他说,这火能骗骗他们,"女邻居说道,"会冒出第一流的臭味,尽管不如那个气味大。"

当她们这样跌跌撞撞地向这幢屋子的厨房走去的时候,"那个气味"确实开始占了优势。那味儿透过上下颤动的地板到处弥漫,有几块地板简直能把你陷进去。

"啊!"欧达乌德太太说,"把你的脚抽回来。这儿有白蚁。真是些可怕的东西。等他有时间的时候,我们要好好收拾收拾它们。"

她们就这样走着,一直走进厨房。"第一流的臭味"直冲她们的鼻子。欧达乌德太太微笑着。

"那么,是啤酒了?"艾米·帕克问。她被这股酒气呛得连气都喘不过来。

"我们从来不提它的尊姓大名。"欧达乌德太太说,脸上露出一丝可爱的微笑。

她搅了搅锅,一缕蒸汽懒洋洋地笼罩住她那张脸,涂上一抹暖洋洋的色彩。这种色彩在她的脸上是不常有的。她的脸色更接近于树皮、皮革,或者干透了的棕黄色东西的颜色,因为在太阳下晒了这么多年。

"我们是被逼得没办法才喝这玩意儿的,"她解释道,"因为人家警告他不能再喝烈性酒了。再说,开销也是需要考虑的。因此,到了晚上,我们就坐下喝两杯。下午也喝,喝两瓶没害处。不过好像下午喝得更快。"

"这么说,你也喝上酒了?"艾米·帕克问道。

"你这是什么意思?喝上酒了!"欧达乌德太太顿了顿,"如果一个可怜的人喝上了瘾,作为妻子至少也得陪陪他呀。我不喝酒,帕克太太。我只是用给他一点儿同情的办法减轻丈夫的痛苦。"

这时,传来那样响的打嗝儿声,房子被那样剧烈地震动着,门铃那样急促地响着。她连手里的勺子也掉了下来。

"是那个家伙来了,"她说,"他是来领中午那一份的。"

铜制的门铃急促地撞击着,心都提到嗓子眼儿了。

"老婆子!老婆子!"欧达乌德喊道,那声音阴郁而富于韧性。

"他这是开玩笑呢,"她解释道,从先前酿造好的啤酒里拿出一瓶,拔掉塞子,把那给人以抚慰的液体,倒进正好放在手跟前的一个容器里,"他装了个门铃,你已经听到了,还会看到,相当巧妙。"

即使艾米·帕克不想看,周围环境的力量也强迫她去看。她的朋友和邻居手里端着一个铁盘子,被这股力量带进一个过道,然后走进去,最后又出来。就这样,她们很快便到了这幢房子的那边。欧达乌德坐在走廊里,在一丛倒挂金钟旁边。

"别拉你那个铃了,"他的妻子说,"这儿有位太太看望我们来了。"

"什么太太?"他问道。他不拉那个铃了,不过还用拴在脚趾上面的一根绳子控制着,继续跳动着叮叮当当响了一会儿。

"我从来不特别喜欢女客人。"欧达乌德说。"不过既然来了,就来吧。帕克太太,"他说,"跟我们喝一杯。一切后果由我负责。只要烧不坏你的肠子肚子,就能给你提提神。"

"谢谢,我不需要这玩意儿。"艾米·帕克说。

这时,她已经后悔不该一时冲动,来看望欧达乌德夫妇。她因为头脑清醒了,显得一本正经。

"她不屑于喝酒。"欧达乌德太太说,她自己的鼻子倒挺愿意伸到杯子里头嗅一嗅。

"我不会喝,这你是知道的。"艾米·帕克分辩道。

"她是个头戴礼帽的了不起的太太。"欧达乌德太太穷追不舍,从她的杯子上赶走一两只苍蝇。

"我根本不是你说的那种人。不过是不喝酒,而且愿意一直保持这样子。"

"一个人的生活如果这样,那可太可怕了。"欧达乌德打了个寒战,"一直保持一种冷冰冰的状态。我这人如果不喝酒喝得热乎起来,就不能照镜子。"

艾米·帕克看着那一簇倒挂金钟,心里生气自己干吗要到这儿来。

"众口难调,"欧达乌德太太说,"不过,跟朋友聊聊天还是很好的,她既然来了嘛。"

她把手里的杯子晃来晃去,脚脖子也很自在地晃动着,还把脑袋偏向一边,像个贵妇人的样子。

她说:"帕克太太,你们那个男孩,小雷子,我想还好吧?已经有好长时间没听到他的消息了。"

艾米·帕克看见她在观察她。

"雷,"这位母亲用轻松而又清晰的声音说,"他到西部地区去了。他写过信回来,做买卖呢!"

"做买卖？太好了。什么买卖？是百货，还是五金？"

"他没说，"母亲用和刚才一样清晰、肯定的声音说，"很难用几句话解释清楚一种买卖，一种重要的买卖。"

"这倒是真的。"欧达乌德太太说。

但她还在观察着。她的一双眼睛眯得很细。她在找一个缝隙，好在那个下午没事可干，可以伸进一把刀子搅和一番。

"哦，做买卖，"欧达乌德闷闷不乐地说，"要不是被我认识的一个从福勃斯来的家伙骗过，我大概也做买卖去了。那是为了几年前我想出来的一项发明——用机器拔小公鸡的毛。这个新玩意儿是这样的。"他边说边半蹲下来，分开五指，表演机器错综复杂的动作。

"你要先这样抓住鸡脖子，拧它一下，懂吗？揪它的毛，直到除了脱落下来，再没有别的希望。你能听明白吗？就是这个最简单的设计，帕克太太，让那个家伙偷跑了。而且，人们跟我说，从那天起，他就没再露过面。"

"什么破机器！"欧达乌德太太说，"你的塞尔玛呢？帕克太太。听说她混得不赖。"

母亲清了清嗓子。"是的，"她直截了当地说，"塞尔玛已经订婚了。"

"哦，"欧达乌德太太说，"是真的吗？塞尔玛订婚了？"

"跟一个律师，"母亲说，"一位叫福斯迪克的先生。她先前是他的机要秘书。订了婚也还是。"

"我真想把那家伙的脖子拧断，"欧达乌德说，"就好像他就是一只小公鸡。我忘了他叫什么名字了。"

"真想不到，这个小塞尔玛，"欧达乌德太太说，"那么一个脸色苍白的孩子，就是死了，我也不会惊讶。"

"可她没死。"母亲说。

她们在这条充满危险的友谊之船上颠簸着。

艾米·帕克心里实在奇怪她为什么要来这儿。或者原本清楚,现在又忘了。也许习惯是大多数行为的原动力。不管怎么说,他们都在下午柔和的阳光下坐着。小鸟也在阳光下飞出飞进,在那丛倒挂金钟间飞来飞去。三个人或多或少地任凭相互间那个天平摆布。

"要是有孩子,而且做买卖,我们就是坐着也蛮好。"欧达乌德说。他从牙缝里吐了一口唾沫。那牙齿倒是他自己的。

"那得指望你赐福了,"他的妻子一边说,一边把杯子里剩下的那点儿褐色的啤酒喝干,"赐福也好,不赐福也好,再过一个星期四,你还是老样子,长得也还是那个屁股蛋儿。上帝保佑。"

她放下手中的杯子。

"你简直是头母牛,"他说,"喜欢拿真理当武器用。照着你看见的第一个可怜的家伙那颗与人们的描绘相符合的脑袋上猛击。你真是头该死的老母牛!"

他从牙缝里吐出第二口唾沫之后,又在他的座位上往下缩了缩。艾米·帕克看见他的牙齿还很白。她想起,欧达乌德能用这口牙咬碎核桃,而且把壳吐得很远。

现在他却情绪低落。

他的妻子开始哼什么曲子。她抬起胳膊——这胳膊还蛮粗壮的——把头上戴的那个仿龟背骨的梳子别了别紧,嘴里哼着那支从少女时代起便毫不悔恨、一直唱着的曲子。

他们就这样神情呆滞地坐着,还不完全像几尊雕像。欧达乌德似乎直往下陷。他坐在那儿,下巴颏抵着胸脯,两眼瞅着艾米·帕克,就好像她和他的思想几乎要沟通了。她看见他是个汗毛很重的男人,不由得打了个寒战。

啊,她心里说,我必须离开这儿。好端端的一天变得这样沉闷。她渴望从这沉闷中挣脱出来。可是动一动都很困难。

"你知道现在几点了吗,欧达乌德太太?"她问道。

"我已经许多年不跟钟表打交道了,"她这位油腔滑调的朋友说,这天下午,她下定决心要摧毁某个人,或者她自己,"不过你还不能走,帕克太太。天还早呢,如果你看见他神情沮丧,他会再振作起来。他要是心情好,有时候也能让人特别快活呢!"

于是,她又给他倒了一杯,好让他进入那种心境;给她自己倒了一杯,则是出于对他的同情。

"运气来了,"欧达乌德太太说,"我的丈夫要给我们讲一两个故事了。"

"我都忘记了。"欧达乌德说。

"啊,我听说,"他的妻子说,"邮政局长的男人上吊以前,一直画油画呢。而且人们从来没见过比那些画更稀奇的东西了。你也许听人说过这事吧。"欧达乌德太太问。

她屏住呼吸听着。

"我听人们说过。"艾米·帕克说。

"看在上帝的分上,是些什么样的画?"欧达乌德问。他使劲打着哈欠,直到嗓子眼里的小舌头都好像竖起来了。

"死树和耶稣基督,"他的妻子说,"还有光屁股女人。看起来都是些疯疯癫癫的东西。"

"住嘴!"她的丈夫说,"照你说,画个光屁股女人就是疯了?帕克太太,你怎么看呢?你看见的是什么样的疯疯癫癫的光屁股女人的画像?"

"我没说我看见过。"帕克太太说,脸不由得红了。

"喝多了,你。"欧达乌德太太对她的丈夫说,这当儿一直看着帕克太太。

"我也要画个光屁股女人。"他说,翻着发红的眼睛,几乎把眼球里头的种种幻想都翻出来。

"可你不会画,"他的妻子说,"而且你喝醉了。"

"我要是会画,就知道该画什么,"欧达乌德咆哮着,"我要画绵羊的下水。因为那是很漂亮的东西。我还要画个光屁股女人。"他说,同时眯起一双眼睛,盯着艾米·帕克。她害怕她已经陷入某种困境。可怕,但又存着一半希望。"一个光屁股女人坐在柳条编的椅子里,膝盖上放一束倒挂金钟。"

"天呀!听听!"他的妻子大笑着,神经质地拢起头发,"开头还正正经经地聊天。我知道,你醉了。你这个家伙,是喝多了!你是画家,那我呢?"

她又大笑起来,十分古怪地望着艾米·帕克。她已经站起来准备走了。

"等一等,亲爱的,"欧达乌德太太望着她说,"我一会儿就回来,还有点事要问你。啊,亲爱的,请原谅。"

她走出去,绕到房子后面,小心翼翼地看着走廊的台阶。台阶威胁着要把她掀翻,但终究还是没有成功。

就这样,艾米·帕克被扔在那儿,跟欧达乌德待在一起。她不看他,但等待着。这时,他们的身影在走廊里显得很大,而且种种迹象表明,会变得更大。

"她总是不让人说话,"欧达乌德说,他也站了起来,瞅着他的脚趾盖儿,让自己站稳了,非常仔细地看着那干燥的皮肤,"要是不把她先杀了,她就会先杀了你。可是,这种事我总干不成。她是个好女人,帕克太太。正是这一点,把事情弄得越发糟糕了。我到底有没有画画的本事不去管它。不过,这也许只是说话的一种方式,或者表达一种思想的方法。我的想法很值得研究研究呢,如果这些想法没有流产,没有被扼杀,或者没像那个拔鸡毛机的设想一样被人偷走。我是个被搞得一塌糊涂的人。"

"如果你坐下来,欧达乌德先生,也许会觉得好一点儿。"艾米·帕克说。

因为他这个异乎寻常的大块头已经让她觉得难以忍受了。她很想举起一只胳膊,挡住对她的进一步的、任何形式的侵犯。

"但是我想告诉你一些事情,"欧达乌德说,抓挠着瘦骨嶙峋的手指,找他那个"一些事情","而且我感觉挺好。"

"哦,天哪!"艾米·帕克叹了一口气,朝她的朋友离开的方向望去,她还没有回来。

那一簇倒挂金钟上面挂着的朵朵小花兴奋地颤动着,它们那鲜红的花瓣,色彩从来没有这样强烈。

"你看,"欧达乌德俯过身来说道,"我从来没有和任何人谈起过我自己。没谈过,跟谁也没有谈过。"

他这样弯腰曲背的时候,向帕克太太的罩衫里头瞅着。然后,走过来,直挺挺地站着。

于是,艾米·帕克明白,其实,她一生都在期待欧达乌德做出这种性质的事情,或者并不一定非是欧达乌德这个人。她并没有马上恢复常态。雨后,大朵大朵的、湿润润的百合花沉重得连头都抬不起来,或者甚至是几滴露水也会产生这样的效果。而实际上,它们那清新丰润的肌肤在自得其乐。

就这样,瞬息之间,她也变得湿润润的,恢复了她的丰饶和华丽。直到她感到讨厌,然后,那厌恶之声直冲她的喉咙。

"我们刚才是谈话来着。"欧达乌德说。他既然已经离了"谱",便有几分慌乱。

"有点儿事情,我想起来之后想问问你,帕克太太。"他的妻子说。她恰在这时回来了。

看起来,欧达乌德太太把脑袋扎到桶里浸了一下,头发湿淋淋地贴在头皮上,脸上淌着水珠,一副可怜相。

"刚才我有点激动,"她说,"可现在还是没想起那桩该死的事情!"

"你要是想不起来,"艾米·帕克最后说,"我就走了。"

"好吧,"她的朋友说,"你不会出去说我们的坏话吧。"

"我能说什么呢?"艾米·帕克问道。

"我怎么能知道呢?"欧达乌德太太说,她尽其所能,用探究的目光看着帕克太太,"你是个古怪的女孩儿,艾米,从来就是。"

帕克太太走下台阶。

"这事我可没办法。"这个重新恢复了活力的女人笑道。她的脸那样滑润,胳膊那样结实。

欧达乌德太太将信将疑,看着她的朋友,看见她又回过头瞥了她一眼。她满脸绯红,或者是被倒挂金钟映红的。艾米·帕克还是浑身热烘烘的,她身上似乎不时放出光来,在她那顶大帽子的帽檐下面闪耀着。

她赶着车走了,留下欧达乌德站在妻子身边。他因为失掉了机会和那个朦朦胧胧的愿望而变得萎靡不振。妻子也许想起了她一直搜寻着要和艾米·帕克诉说的苦闷。欧达乌德夫妇没有挥手告别,他们太心事重重了。

艾米·帕克赶着马车继续向前走。那匹油光水滑的马沿着小路跑得特别欢,因为这是回家的路。马车颠簸着,给赶马车的女人带来的是对事物无所谓的态度。她像一束光,像拂动着的树一样轻松自在地、平平稳稳地流动着。去欧达乌德家路上的那种焦躁不安现在烟消云散了。如果有一个难题摆在她的面前,出于本能,她也可以把握它、理解它。

不过,当然没有这样的难题摆在面前,也不会有。因此,她那双紧握缰绳的手中的力量最终还是使她感到烦恼。她从那一闪而过的光滑的树干中间漫不经心地望过去。她怀着一种厌恶,又想起欧达乌德那呆滞的、汗毛很重的躯体。最后,所有那些能引以为豪的行动自由,以及恢复了的青春,都被这种厌恶的感情淹没了,也变成一种恐惧。她从来没有从任何车辆里面颠出来过,但是她意识到,这种事情完全可能发生——只要车轴的轴头撞到一根门柱上面,或者一个轮子从甚至算不上粗的圆木上碾过去。

把车赶进后院的时候,艾米·帕克已经浑身冒汗,心怦怦怦地跳着。丈夫正把奶桶归拢到一起,从一个窗口望出去,皱着眉头。

"天晚了,"他说,"我要开始挤奶了。"

他提着闪闪发光的奶桶走了出来。

"不消一分钟,我就准备好了。"她说。她从马车上爬下来,对于她这个年纪的女人,动作已经够快的了。不过她那么莽撞,样子很难看。

她一定想到了这一点,因为她脸红了,而且垂下了眼睑。

"我到欧达乌德两口子那儿去了,"她说,"浪费了好多时间。他们都喝多了。那两个脏鬼,大白天里胡闹。"

她走进她的房子,穿过井然有序的厨房,走进卧室,脱掉她出门时穿的那套衣服,一边把刚才经历过的事情断断续续地讲给丈夫听。那些事情简直叫人无法相信。

可是她的丈夫却善意地笑着,心满意足地继续向牛栏走去。他有时候喜欢听人讲别人的罪孽,思索一番,笑一笑。因为他毫无邪恶之心,宽容也许反倒成了他的缺陷。

艾米·帕克脚丫扁平,又穿上她挤牛奶时穿的那件旧羊毛外套。她现在看到,她有时候是多么地没有身段。匆忙或者兴奋都使她显出几分污秽,显出她是一个粗俗的女人。她又想起欧达乌德夫妇,想起她用来描写他们的字眼。

胡闹,她又沮丧地对自己说。

这不是她的语言,但是她已经说过了,现在又被这话的声音迷住了。那是一种凶狠而又颇具感染力的丑陋。她在她那件旧衣服里舒展了一下身子,仍然穿着袜子站在地上。她很觉心烦意乱。

是挤奶的时候了,她在心里说,伸开手掌,贴在脸上。于是这张脸被她的手掌和镜子框住了。

然后,一种巨大的悲哀占领了这幢房子。也许只是她那两只扁平的脚从地毯上走过去穿鞋的时候,谛听着的寂静。如果发生什么事情——会是什么事情,她不敢去想——她会表现得很斯文,还是表现出那种不时威胁她的凶狠?她向屋子外面望去。也许会来封信——她的"审判"可以采取这种更为仁慈宽厚的形式——告诉她雷要回来。那时,她就会把一切都收拾得好好的,努力克制自己不让这兴奋从她的血管里迸发出来。她会跑出去,在他站在面前的时候,把他的头抱在怀里。那重新回到身边的儿子是属于她的。

然而,她正提着鞋后跟穿鞋。

斯坦在等我,这位显得很有点笨拙的女人心里说,他要不高兴了。

然后,她走出去,没有再想别的事情或者再做什么蠢事。尽管向四周张望着,生怕有人过来,向她问路,或者告诉她什么消息。

第十八章

斯坦·帕克到了这个岁数,有时候确实感到纳闷,自己还有什么所求呢?他受人尊敬,他和这个地区已经没法分开了。他的名字已经变成一个地方的名称。他的牛群不算大,但是对于一个小规模经营者来说,那群牛的质量蛮好。他算不上富裕,也没有什么野心,不过是个小康之家。他家的奶罐总是一分不差,准时送到奶油厂,从没有不送的时候。他也去教堂,唱曲调高亢的圣歌,也唱比较柔和的赞美诗,歌颂那显然是不存在的上帝。别人很久以前告诉过斯坦·帕克,说他是个信徒。他当然相信。他坚持唱那些赞美诗,用你可以想见的、他会有的那种声音——很忠实地跟着音乐的节拍,一点儿也不加修饰。他站在靠背长椅中间唱着,脖颈后面这时已经皱巴巴,筋肉在肌肤下很明显。但他还是个膀大腰圆,腰板挺直的男子汉。

那么,是什么出毛病了?当然没有什么你可用逻辑加以解释的。只有薄暮中的一片落叶,才会毫无道理地搅动那个理由。斯坦·帕克在他生活着的这块土地上四处走动着,这块土地真把他消耗尽了。这就是我的生活。如果他要表达自己的思想感情,除了用身体的各种动作之外,他光会这样说。但是,也有只剩下庄稼茬子和枯草的季节。那时候,他又变得疑虑重重。他不愿意到自己农场的某些角落去看看。就好像会在那儿发现他不希望看见的什么东西。那儿好好的,他在心里劝说自己,没有什么会改变心目中已经确立了的那些东西。

有一次,他一直看着一块长得非常好、几乎可以开始收割的玉米地,突然想起年轻时候清理出来的另一块同样大小的土地。他用斧子从树上劈砍下来的白色的木片还堆在那儿,有些树木和小树还伫立在那儿,熠熠闪光,等待斧子的劈砍。于是他忘记了眼前这片庄稼地,变得心烦意乱,思虑重重地走了。

有时候,他沉迷于繁重的体力劳动之中,事实上超过了他这样年纪的人所能承受的限度,也许是为了偿还正侵袭着他的衰弱。他也祈祷,说那些他已经学会了的祈祷词,竭力避免临时凑合成的祈祷词。因为他不再相信自己有这种本领了。他竭力将这些严肃的、相当死板的祈祷词适合于自己那不安的、难以捉摸的灵魂。他充满希望地祈祷着。有时候甚至是竭尽全力地祈祷,而且总是神情呆板,心里奇怪,妻子是否知道这一切。

他在心里说,我也许应该跟她讲讲这事。可是该怎样开口,该说些什么?因此,还是没能跟她说点什么。他意识到,他们已经好长时间没有倾心交谈了。除了问问日常的家务事,说说发生过的事情之外,他们一直没有真正进入对方的心灵。他看到,她的心向他关闭着。当她垂着眼睑,或走或站,宛若在梦中一样的时候,他便只能永远看着她的眼睑了。

如果他们的生活以及爱情不是这样牢固地植根于习惯之上,他也要被这情形搞得忧虑重重了。实际上他并没有什么不安。他把妻子那张脸当作他们终于到达的那个不宁静的梦境的一个证明而接受了。通过这个梦境,他们将充满焦虑地漂向必然到达的任何地方。

有一天晚上,因为要找什么,这位妇人翻出一柜子破烂——她先前扔进去的一些旧的装饰品，心里清楚，这些玩意儿大概永远不会再拼凑到一起了。一团正在变黄的绣饰，大百货店寄来的商品目录册，装在一个瓶子里面的孩子们掉的牙。许多不值钱的、没有保存价值的破烂被她的固执和贪婪无形之中抬举成永久的、有价值的东西。双膝跪在地上，怀着一种讥诮和无可奈何的心情，翻她的这笔"财产"时，她看见一个小笔记本。

在她一页一页地翻着、看着，或者只是翻着的时候，男人——她的丈夫一直瞧着她，等待她的某个行动、某种剖白或许可以说明眼前的以及许多别的情形。他坐在那儿，向前探着身子，充满了希望，问道："你拿的是什么，艾米？"

"哦，"她抽了抽鼻子，或者嘟哝了一声——这天晚上，她穿着拖鞋，头发松散着，"我记得是埃尔贝太太——尤罗加那位牧师的妻子给我的小笔记本。我想给雷，让他记日记。我觉得这挺好，可他不喜欢这个主意。"

然后，她又补充道："这也许是个愚蠢的主意。想让男孩子们记下他们都干了些什么。我想，男孩子们是不愿意回过头来看他们做过的事情的。他们只是一个劲地做事。"

"给我吧，"丈夫说着走了过来，"我倒可以用它记点事，或者画画表格。"

她倒挺高兴给他这个没用的本子，她把那个本子递到他的手里，仍旧专心干自己的事情，连头也没抬。

男人又坐回到放在屋子旁边的他那张椅子里，看着那个没有写过字的小本子，想着要在里面记些什么。那一页页白纸倒也素雅、完美。可是，必须有些他能掌握的简单的文字，才能使它"锦上添花"。他挺想在这个没写过字的本子里抄些诗或者祈祷词。想起小时候趴在床上读过的那些莎士比亚的剧本，有时候确也认真地考虑这个主意。但是脑子里冒出来的那些话，都是些和他没有关系的、忘得丢三落四的、死板的文学语言。

因此,那个本子还是空空如也。他四处忙碌着,耕地、劈木头、挤奶、收割、把桶倒空、再挤满。所有这些事情他都做得蛮好。但是,没有一件像某些言语、像闪电一样可以解释他脑海中幻梦般的生活。有时候,他被自己这种愚蠢吓了一跳,便抬起头瞥妻子一眼,看她是不是有所怀疑。

她没有怀疑。

"斯坦,"她说,"你说会下雨吗?南面有一小块云彩。"

她舔了舔嘴唇,怀着负疚,从沉思中漂浮起来。因为她意识到他正在看她。

这几年天旱,他们经常一边说这样的话,一边从屋顶下面的闷热走进天空下面那更为深邃和辽阔的炎热之中,张望着。他们总是用舌尖润一润唇上干裂的皮,说出种种预言。有时候那预言是充满希望的,他们以此相互鼓励。他们这样站着,那几头瘦弱的奶牛看着他们,希望从人们身上发现某种新的迹象,就好像人们希望从天空发现什么新迹象一样。

渐渐地,人们习惯了干旱那枯黄的颜色。他们眼巴巴地望着这干旱,相互间却不再那么频繁地顾盼了。他们甚至发现干旱也有一种超然的美。

斯坦抓到一只蜻蜓,有他手指那么长。他带回去给妻子看,蜻蜓在一片黄色的桑叶上颤动着。

"哦,真漂亮,斯坦!"她说。

她很快活,但又做出一副超然的样子,就像他是个小男孩似的顺着他说。那时,她正在揉面。

"把它放到窗台上,"她说,"也许它还会飞。"

把那只蜻蜓从手里放开之后,他便出去了。为了抓它,他还碰破了手,手上结了痂。后来,再想起这桩事情,他总觉得不够完美。

如果他们要依靠这双脆弱的翅膀一起飞起来,这位妇人眼下还不能给它们注入力量。她心里想,最后我一定要告诉他。就好像,她不能让自己做出爱与屈从的最后允诺一样。眼下不能,因为她还没有做好充分的准备。与此同时,她揉着那团面。她只能揉面,或者从月份牌上一张一张地撕日历,或者望着窗外挂在枯死的树枝上的黄叶。

这年秋天不比夏天更枯黄。夏天,她四处走动,用洗碗水池里贮存的一点水,救活一两个灌木丛。尘土伸出饥饿的舌头,或者卷起一个个旋涡,从杜瑞尔盖的大路上刮过来,嬉戏着,直到获得疯狂的力量。干旱发生的最初阶段,对于干旱的抵御与自尊联系在一起。那时,这幢房子的窗户一直紧闭着。可是随着时间的流逝,显然没有什么力量可以真正阻挡住正在发生的事情。尘土要刮进来,地毯上落了一层易碎的树叶和丝丝缕缕的枯草。于是,窗户干脆敞开了。有时候,窗帘在风的裹挟之下,毫无希望地飘动着。尘土落到抽屉里面,又开始落进一个小瓷花插。妇人把这个花插放在壁炉炉台上,用它插紫罗兰,或者经常变幻不定地插一束束小花。现在当然是空空如也。

这难道真是我的家吗?妇人心里想。她手里拿着一只空罐子,目光穿过落满灰尘的夹竹桃,落在从这所房屋的外壳向外飘动着的窗帘上。

有时候,她的丈夫——他也沉迷于自己的心事之中——下决心要对她说,对于这个家她太放任自流了,她应该清理一下。可他还是把这个打算的付诸实施推迟了。因为这是你确实要推迟的那种事情,出于一种微妙的感情,甚至是出于怜悯。

现在他外出了,去乌龙雅参加那儿举办的一个农业机械销售会。妇人还记着她站在干旱的花园里他给她的那个吻。他的这种钟爱之情——那是亲切而又习以为常的——她一想起来便烦躁不安。然后,她开始无声地啜泣起来,没有什么特别的理由。不过是因为触摸到她那干燥的、并且正在干燥下去的皮肤。这皮肤由于尘土飞扬的缘故,也变得像砂砾般粗糙。她抚摸着,而且继续抚摸着,摩挲着自己的两条胳膊。她碰翻的那个罐子,落在坚硬的地上,发出空洞的铿锵声。

最后,她冷冷地说,这太可笑了。

她渐渐打起精神,挺直腰板穿过花园里的灌木丛。谁也没看见她。

过了一会儿,喝了点茶,她觉得有力气了,便又走出去,坐在门廊下。这个下午正是秋高气爽,当然很干燥。小鸟清脆地、叽叽喳喳地叫着。风变得凉了,她不由得打了个寒战。这风是从杜瑞尔盖方向刮过来的,把树枝和屋顶松动了的铁皮吹得咯咯直响。

一辆汽车从杜瑞尔盖开了过来。她注意到是一辆蓝颜色的汽车,相当新。不过,她对它毫无兴趣。也许是从城里来的,汽车一路卷起漫漫黄尘。她坐在门廊下眺望,因为她只想这样看一看。如果还是年轻的时候——那时人们还都骑马——她总要跑到大门口,好奇地瞧一瞧。可是现在已经不是那年月了。

那辆汽车继续奔驰着,就在她这样眺望的当儿,渐渐驶近了。一个男人从车里跳出来,费了好大劲儿才弄开栅栏门的门扣,然后沿着那条小路走了过来。这当儿,她一直坐在那儿看着,带着一种冷漠或者讥诮。她本来可以而且应该向他解释一下那个门扣的奥妙。她还是怀着同样的讥诮,看他提着两个很重的箱子走过来。那箱子使他脸涨得通红,把衣领揪扯下来,露出脖颈下面没被风吹日晒的部分。

那人看起来是个流动推销员。他问她对他带的几样衣服料子感不感兴趣。他还有长筒袜、女内衣,以及很时新的扣子。

但是妇人淡淡地笑着,不无疑惑地摇了摇头。她不但少言寡语，就连面孔也是白白的。因为她在屋里待着的时候搽了点粉。那粉搽得漫不经心，也很不内行，使她脸上的表情平添了几分冷漠。事实上，给了她一种公共场所的雕像脸上的那种表情，几乎是一种孤傲的、不具人格的表情。她坐在路旁一张硬木椅子上，显得个头也挺大。

这个男人说了半句话，本想闭上他那张嘴巴。又单腿着地，半蹲下来。

"给一个机会，"他说，"你至少可以看一看嘛！这又不花钱。"

尽管很有点失望，他还是丢不掉他那副厚脸皮。

这个大块头的白脸女人朝这个厚颜无耻的家伙轻声笑着，坐在那儿俯身看箱子里的东西和他的那双手。他开始从一口箱子里往外抽一段段的衣料。

"只是让你看看，车上还多着呢！法国货。这料子多漂亮！"他说，"这是一种很素雅的衣料，适合那些趣味高雅的太太们穿。不过你要注意，这料子还很符合显贵的身份呢！确实是好货，能拿出手的东西。漂亮却不显得浮华。还有这种，能穿好多年呢！不过可不要因为你看不上眼，就把这也当作缺点说它不好。喜欢绿的吗？有的太太很迷信绿色。我可以给你看一条和这种料子很配的腰带。物美价廉，不同寻常。还有一套扣子。手工画的。或许你喜欢粉红色的？许多年轻姑娘都喜欢这种料子。当然，这并不是说这种颜色别人就不合用。如果你喜欢粉红色，那粉红色就好看嘛！不过，你慢慢挑，太太。瞧一瞧。我总爱说舒舒服服地瞧一瞧，时间有的是。"

他在脚边乱哄哄地堆了一堆衣料。那些料子就像软绵绵的蛇，在箱子上爬出爬进，在门廊里横躺竖卧。这时，他回转头，瞅着从房子那边转过来的三只母鸡。它们看也不看他，一路啄食走了过来，然后目不转睛昂首阔步，围着那株直挺挺的迷迭香转了起来。这个男人不得不点燃一支烟。那支烟是从一个锃亮的、刻字的盒子里面取出来的。这个盒子是几年前在某一个场合有一伙人给他的。男人看着一间小棚屋屋顶上放着的一溜南瓜。他使劲儿抽烟。在一片枯草的包围之下,花园里的这一切,以及周围那些牧场可以看得见东西,这时候对于他简直难以置信。因为不知道这些植物的名字,他甚至连把它们好好想一想的快乐也得不到。他只能抽他那支细细的、苦涩的香烟。

这位妇人一直被这些色彩斑斓的"贡品"包围着,而且一直用手指捻着衣料,似乎是在寻找某种灵感。最后说道:"对不起,我什么都有。我没什么想买的。"

"有些人是很走运。"男人说。他没发火,不过已经差不多要发火了。

他开始把那些衣料叠好、弄平,直到准备把箱子上面的锁环扣好。所有东西都放好了。这当儿,她一直看他那双手。那手上有几根手指污渍斑斑。他属于那种红颜色的人,皮肤和头发都呈红色。她想,他很让她反感。他已经向胖发展。要不是抹了润发油,他那短而硬的毛发一定会直立起来。但是,她还是继续看他做那一连串像变戏法似的动作。她被他那支冒着一缕青烟的光溜溜的香烟迷住了。

然后,那个男人把两只箱子往后一推,就好像很鄙视为了维持这种靠花言巧语过日子的生活而煞费苦心编出来的"老一套"。这倒有点儿出人意料。

"哎哟,"他说,"这儿很干旱。"

帽子推到脑后,看得出他已经开始秃顶,看起来可怜巴巴的。

"我们在这儿住的这些年,什么都经历过了,"她说,朝四周望了望,"洪水、大火、旱灾,但是我们从来没有挨饿。"

"你该怎样解释这一切呢?"他问道,并没有什么兴趣。

当他把手放在屁股上这样站着的时候，显得很结实，还相当胖。这副样子，大概不会赢得她的信任。想起她的丈夫——事实上，她从来不曾长时间摆脱对他的眷恋——她说："我的丈夫信仰上帝。至少我认为他信。我们从来没谈论过这事。"

"哦。"男人说。

妇人站在高出地面的门廊里，居高临下地望着他。她正一心一意想自己的心事，他却疑心她正窥视他的思想。他对这一点满不在乎，咬着牙帮骨，抽动着嘴角的肌肉。她已经徐娘半老，在这个岁数，也许思想比较复杂，但对别人并没有什么害处。

"你信教吗？"他问道。

"我不知道，"她说，"我不知道我信仰什么，还不知道呢！"

"我从来不怎么想这种事。"他说。

他朝旁边的灌木丛吐了一口唾沫。但是立刻想到是否应该这样做。尽管她没有让自己的感情有丝毫的流露。她是个很稳重的女人。没有任何非难的表示，只有几只昆虫聚集在屋檐下面那个黑魆魆的窝上，发出窸窸窣窣的声音。

女人也听到这声音了，那是一阵心的悸动。

"你总不能没有一杯水吧！"男人终于说，他的耳鼓像要炸裂了似的，"我渴得像条蛇。"

"有呀！"她说，从正在进行的、深思熟虑的重压之下抬起一双眼睛。端端正正的唇上露出一丝微笑。

她有点儿痴呆，他在心里说，不过是个挺好看的女人，或者说年轻时候挺好看。

他跟着她走进那幢房子。她正领着他走进那幢房子，走进滴答滴答的钟表声和更为幽深的寂静所组成的亲密之中。他那双亮闪闪的鞋重重地踩在地毯上。地毯上积聚着尘土。他那双穿着胶底皮鞋的脚下有一层细沙。这幢昏暗的、住着人的房子处处向他敞开着,一股淡淡的、生活和家具的气味扑面而来。他开始意识到,他还从来没有这样"深入"过任何一幢住房,更没有这么深入过他自己那间像木头盒子似的浅浅的小屋。就是那间屋子他也很少进去,而且一进去就打开收音机。

妇人在带他进屋的时候,能够感觉到这位陌生人穿着那套很讲究的衣服走在她后面的情形。在走廊的一片昏暗之中,他显得个头很大,胶皮鞋嘎嘎吱吱地响着,用一种沙哑的声音咳嗽着,言不由衷地喃喃着一些家常话。把她屋子里的这种亲密与和谐暴露给他,她既兴奋又不安。但是这当儿,她一直让自己记着,他那发红的皮肤和发红的头发很惹她讨厌。还有那令人厌恶的手指,上面有被香烟熏成棕黄色的污渍。

然后,他们走进厨房。这是一个相当大的老式厨房,里面应有尽有。那些普通的但又充满生气的家具,摸上去很舒服。于是,男人理所当然地把一双手放在那张挺大的、已经磨损了的桌子上面休息着,等待妇人给他端水。她很快就从一只粗帆布水袋里倒了一杯。

"啊,"男人说,他把脑袋猛地往后一仰,扭动着脖颈,因为他打算做出一副滑稽可笑的样子,"这可是能让海军也发抖的东西。"

这话掩盖了那杯水的抖动。

因为今天的事情很蹊跷,他心里明白,我们正向某一个方向发展。他看着妇人那双清澈的眼睛。她那光滑的肌肤颤抖着,像白色的水退远了。

他把杯子里剩下的水都喝了下去,很凉快。厨房里,东西摆得有条不紊,哪儿都是干干净净。

"我真希望能有个泉眼,就像路那边的人那样。"艾米·帕克说。她从似乎是被禁锢于其中许多年的恍惚与痴迷中走了出来。这番话就像泉水一样,闪着灿烂的光辉从她嘴里很快地流淌出来。"你可以看见它从土地里喷涌而出,你可以把它捧起来;非常清澈,没有杂草也没有别的东西。造房子以前,你一定要首先找一眼泉。贮水罐里贮藏的水就是两码事了。"

说完这番话,她上气不接下气地走过来拿那只杯子。这番话使她增加了勇气,克服了动作中的某种笨拙。

"是的,"那个男人结结巴巴地说,"没有比凉爽的泉水更好喝的水了。"

他看见她差不多有他那样高,但没有达到他的高度。

她注意到他那粉红色的皮肤上的毛孔。这毛孔还是让她感到厌烦。

然后,他们紧紧抓住对方,牙齿和牙齿撞击着,胳膊搂在了一起。

"啊——"当这位妇人艾米·帕克想起一个她无法与之分开的名字时,她在心底这样呼喊着。在她进一步卷入这种毁灭之前,也许还能够纠正自己的行为,但那只是暂时的。

"我们这是怎么了?"矮胖的男人喘着粗气说,但是并不希望得到回答。

埋在那女人的肌肤里,他又回到了童年时代。一种诗意从那里偷偷地流出,而且最终还要流淌。

艾米·帕克很快抓住男人的手,他们的手指很为对方的手指而惊讶。现在既然他们的意志力已经退却,他们便一起在这冷冰冰的屋子里颤抖。可是等他们脱光衣服之后,一股欲火又从他们身上冒了出来。在那火焰中,他们或许会被烧成灰烬。但是不管结局怎样,他们已经不在乎了。

他们爬上那张艾米·帕克在上面睡了大半辈子的硬床。她不时看见已经为这场燔祭而放弃了的那些东西。她闭上眼睛。那个男人从她那得到了满足和抚慰的缎带般可爱的肌肤的缠绕中抽出身来。可是当她捧起他的头颅,试图了解他头脑中的思想时却做不到了,只能用嘴唇使劲蹭着他的眼窝。那是她的丈夫的脑袋。然后,哭着,她把舌头伸进那张嘴里。这就像往丈夫脸上吐了一口唾沫。或者更进一步,向丈夫信仰的那个上帝的神秘吐了一口。这种神秘她只是浮光掠影地看过几眼,没能深入理解。因此,她和自己心底生出的厌恶搏斗着,在她被摧毁之前,为自己的毁灭而哭泣。因为她必须去毁灭。那长长的、异常快活的波浪把她有罪的身体载向这毁灭。

"镇定些。"男人对着她那发烧的耳朵热乎乎地喘息着。

丢开惊讶和恐惧之后,他很快就让自己上升到一个适中的、他可以胜任的高度。在这个高度,都是老一套,气喘吁吁地发泄情欲,呢喃着那些陈腐的情话,享受着肉体上的舒适。现在,他努力使这个女人平静下来。她的情欲越过了他所知晓的那个限度。

"控制住你自己,"他笑着说,用他那双笨重的、傲慢的手抚摸着她,"我不会跑掉把你一个人留下的。"

如果说他的激情在她之下,他在很快满足肉欲上却胜她一筹。因此,他能笑得出声来,还能点燃一支香烟,看灵魂在她的躯壳内神秘地扭动。

她终于一动不动了。在这种静止状态,她显得那样纯真。他抚摸着她那仿佛仍在梦中的大腿,想起小时候,站在一条很宽,但几乎干涸了的大河白色的河岸上抓鳗鲡。百叶窗下射进来的一缕烂漫无邪的光照亮了他那张肥胖的脸,和那些从泥水里捞出来的挣扎着的鳗鲡。他自己就是柔软的,并且呈现出金黄的颜色。那个早晨看起来是他生活中一个最为完整的早晨。河岸宛若雕塑一般。所有别的东西,所有的经验,都在一片混乱中从他的手里滑走了。

"怎么了?"妇人睁开眼睛问。

"没什么,"男人用沙哑的声音说,"我只是随便想想。"

他开始想他的妻子。她很瘦。她有个吸烟人干咳的毛病。她织套衫,织了一件又一件。跟她在一起,看着她这样没完没了地织毛线,实在是一种缺憾。特别当夜幕降落的时候。

但是想到这儿他便打住了。

他又想起了什么,俯下身,透过烟气,看着这女人的皮肤。

"人们都叫我利奥。"

"利奥。"她有点沉闷地说。

对于这个名字,她既不接纳,也不拒绝。她昏昏欲睡,甚至连自己的名字都不记得了。

她在被单上蹭了蹭面颊,被单散发出刚洗过的气味,还没有被烟味所侵蚀。情欲的满足没有立刻留下踪迹。只有许多表现满足和柔情的小小的画面在她的脑海里闪烁。有些画面无法言传,但她能心领神会。就像对于邮政局长丈夫脸上的表情,或者对于作为他一生的辩护词而留下的那些画。她也被赋予接近别的灵魂的方法,接近她的邻居欧达乌德的灵魂。她好像又跟他一起,坐在门廊下面,说些粗鲁的话,用猥亵和醉意在他们中间那条鸿沟上架起一座桥,直到她能拥抱着自己的罪过,也爱上那个灵魂。有时候,她的孩子们在这幢房子另外那两张床上做的梦——这梦从来没有真正驱散过——和她自己的梦幻融合在一起。她想,到时候她也许可以理解她自己的孩子。

她又睁开眼睛,看见这位正在十分熟练地穿衣服的名叫利奥的人似乎占据了整个屋子。她那双眯缝着的眼睛看见他裤子的背带是怎样垂下来的。

"打开窗户,利奥,"她说,"屋里太闷。"

他巴不得干这差事。于是,立刻满足了她的要求。他还要走很长的路呢!在走过刚才这一段"弯路"之后,大概还要走更长的路,才能恢复常态。

"你还不想起来吗?"他似乎是在命令,而不是请求。但是因为他的力气还没恢复过来,他把领带上面的结抽得很紧。她看见他的脸色变得那样红,就像充血了一样。眼球上的毛细血管也红红的。

"再躺一会儿。"她说。

"好吧,"他说,"我得上路了。"

这不是两个人那样亲密地相互凝视对方并且接吻的时候。因此,他们相互抚摸了一下也就罢了。她听见他很快走出这幢房子,暂且没怎么去想他。就好像对于她,他已经无足轻重了。她躺在那儿,微笑着想入非非。如果她被摧毁了,她还没有一丝一毫的觉醒。

过了一会儿,风把窗帘吹起来又落下去。那只猫钻了进来。这是只杂色的公猫。它还是一只小猫的时候,她就很喜欢它,养着它。可是等它的脸颊长得鼓出来之后,有时又有点后悔。现在这只猫从窗缝里钻了进来,伸开富有弹性的爪子跳下来,只想在她身上蹭一蹭。

"下去,汤姆。"她喃喃着,但并不动手去赶。

这只对她不咎罪过的猫蹭着她,抚爱着她。她摸着它的皮毛,浑身无力躺在那儿。大猫趴在她的身上,凉凉的皮毛紧贴着她那温热的肌肤。后来,她觉得猫的尾巴在她的两个乳房间滑动,一下子起了一身鸡皮疙瘩。她觉得非常厌恶。

"啊,"她叫道,"你这个畜生!"

她往后缩着身子,把那只猫扔出去,撞在梳妆台上。猫尖叫着,跑了。于是屋里又剩下她和寂静以及自己那张脸。

她那张脸看上去似乎比早晨更糟了。从镜子里看令人厌恶。她的头发失去控制,滑落下来,一片片、一缕缕地垂下来。还有灰色的辫子。她萎靡不振,现在真的开始颤抖起来。

"真冷。"她颤抖着,两条胳膊抱着肩膀,捂着双乳。就好像这样就可以不再颤抖。

她开始摸摸索索地穿衣服。

"太晚了,"她颤抖着,"是挤牛奶的时候了。今天就剩我一个人挤了。"

她一阵风似的从这幢房子走出去,把一扇扇门在身后甩上,收拾东西、奶桶和用来擦干母牛奶头的干净布子。这一系列简单的、固定不变的动作暂时占据了她的全部思想。因此,她不能审视她目前的处境,直到等她走近牛栏,看见它那方方正正的样子和风雨剥蚀的白色的木头,才觉得不太吉利。而这一点,她以前从来没有感觉到。那几头慢吞吞的母牛站在那儿望着她,然后一边翻动着青紫的舌头咀嚼着,一边从栅栏里转过头来。大概是因为她那双挤奶的手和平常有什么不同,或者是不太自如,或者是动作太快了点儿。

斯坦·帕克回家之后,发现妻子也许是头痛。她把头发很仔细地从中间分开,脸上各个部位的骨头很显眼。有时,头痛之后,或者悄悄地想过什么心事之后,她脸上的皮肉就现出一种灰白的颜色。现在就是这副样子。那张脸看起来显得扁平些。但他立刻就把目光从这一切之上移开,开始给她讲乌龙雅的展销会,讲他碰到的熟人,讲谁得病了、谁死了、谁结婚了。她低着头,怀着一种感激,甚至是卑微,接受他带来的所有这些信息。

她想替他做点儿什么。

"这块很好,斯坦,"她说,"是你爱吃的带肥肉的。"

她切那块很硬的烤牛肉,或者说是砍,因为她这人不会切熟肉。最后切下边上是一圈黄油的红润润的肉来。他尽管已经吃饱,要推开面前的盘子了,可还是硬着头皮把那片肉接了过来。因为他觉得这也许会给她一点快乐。

"你没吃东西。"他说。

"没有,"她朝下撇了撇嘴,就好像他提到什么让她恶心的东西一样,"整整刮了一天风,我没胃口。"

她开始走动起来。

"让它刮好了,"他说,"会把最后一滴水都刮干的。"

她看见在下午金黄色的阳光下枯黄的草倒伏在地上。远处,阳光下出现了几个走路的人。

"今天下午来了个人,"她用比她平常说话的声音更高的声音说,"是来卖东西的。"

"什么东西?"他问道。因为他们的生活就是由这样的一问一答组成的。

"衣料,哦,很时新的货呢!"

"你买啥了?"他问道。

"我应该买啥呢?"

"我可不知道,"他说,"怎么,可以买点花边嘛!"

他为到此刻为止一直没从自己嘴里吐出过的这个词大笑起来。

"在我这个岁数!"她笑道。

她扬起脖子,看起来像是为了让那笑声带着激情从嗓子眼里逃出来。

他很满意。他拿起昨天的报纸,不过是为了消磨时间,而不是要用新的目光浏览他已经知道的那点新闻。因为他已经不再期望学到更多的东西了。除了某些让人眼花缭乱的论述之外。于是他认认真真地读那些政治家、士兵、科学家们的传闻轶事,自己养精蓄锐,为将要发生的更加重要的事情做准备。他的妻子坐在那儿,缝着什么。

过了一会儿,他说:"在乌龙雅,我碰见一个叫奥根的人。他是发洪水时我们救出来的一个女人的侄儿。我还记得那个女人,是个个子很小的女人。她有台缝纫机没法儿带走,只好扔了。这小伙子的爷爷在洪水里淹死了。人们发现他卡在一棵树杈上。"

"哦,这有什么?"妻子很生气地说,"这个区的人谁都经历过那场洪水。淹死亲戚朋友的人有的是。也许这个人对你讲什么有趣的事了?"

"没有什么特别有趣的事。"斯坦·帕克说。

妻子正眯着眼,往一枚针上穿线。此刻,在充满了整个房间的灯光之下,她本来可以大发雷霆的。

"他怎么了?"她用沙哑的声音喃喃着。

"我看见过他的祖父,艾米。"斯坦·帕克说,"他是个留着胡子的老头,脸朝下卡在一个树杈上。我们的船就从他身边划过。除了我,别人谁也没看见。几乎可以肯定,他是死了。我很想把那想成是一头公羊。我劝自己,那也许是头公羊。而那时候,本来还来得及告诉大家。可是我们继续划着船。眨眼之间就来不及了。"

"可是如果那是一具尸体……"艾米·帕克说。

如果是……当年在那条船上不停划桨的年轻人也是这样想的。

"而且,也许别人也看见了,"妻子穷追不舍,话说得很巧妙——这时候她已经把线穿进针眼,"也假装没看见。因为把船停下来,装一个老头子的尸体,总不是一件叫人高兴的吉利事。"

但他仍然觉得十分内疚,而且因此显得谦卑。

"老想这些事太傻了。"妻子说。

她有她自己感到内疚的事,那无法分享的旧事。她孤零零地站在那条暴涨的大河的堤岸上。身强力壮的小伙子们在浑黄的、亮闪闪的洪水之上,极其漂亮地划着船。船向她划了过来。她终于认出丈夫就在那条船上。但是她还不能跟他说什么。

艾米·帕克放下手里的针线活,因为她的手在颤抖。现在,她觉得她对自己的行动从来就没有过什么明确的自制力。在她的生活之中,无论哪个关口,风都会以一种神奇的力量把她吹向立刻就让你觉得不会是不可能的任何一个方向。

恰在这时,风一阵阵地、凶猛地刮了起来,吹打着钉在木屋上的铁皮。枯死的灌木丛摇动树枝抓着墙壁。"要是把房顶刮下来就麻烦了。"她悄声说。

与此同时,她拢着头发上床睡觉了。她把发夹抽出来,让头发披散下来,从镜子里瞧着自己。这时,丈夫正脱靴子,说道:"来这儿卖东西的那个家伙是不是开了辆绿颜色的汽车?"

她正捏着一根发夹。

"我不记得了,"她说,"可能是绿的。不对,我想是蓝的。怎么?"

她望着镜子里面自己那张好像是陷入困境的脸。

斯坦·帕克正脱第二只靴子,结结巴巴地说:"到欧达乌德家之前,路上开来一辆绿颜色的汽车。那家伙好像正卖给一个女人什么炊具。"

"我跟你说过,"她生气地说,"这个人卖的不是炊具。"

从今天经历过的那些事情,她体会到一种由快乐生出的痛苦。她那灰白的皮肤又焕发出光亮了。她在这个被大风裹挟的木头盒子里,熠熠闪光,而又发着脾气。这里似乎有足够的空间同时容纳善与恶。在这样的心境之下,她把被单在下巴颏下面摆弄好了,不看丈夫那张脸,生怕让善占了优势,打破眼下这种令人满意的平衡。当然,她爱她的丈夫。她怀着这样一种自信睡下了。但是,另外一种无法估量的冲动,随着百叶窗的拍打而起伏,用被香烟熏黄的手指在她皮肤上的轻弹,算着她十年后的岁数。她算不出来,她说着笑了,这可不是算术,也不是猫的尾巴。

斯坦·帕克在一阵穿堂风中十分疲倦地睡着了。他梦见他没法打开那个盒子的盖子,让她看看他在那里面装了些什么。没关系,她说,在他们中间扯起一块洗碟布,藏着没关系。但他还是打不开。没关系,她说,斯坦,我不想看。我要让你看。他说,继续揭那盖子,直到汗流满面也还是打不开。不要揭了,她说。斯坦,那东西放在里面已经坏了。这些年一直放在那里面。他还是揭着。他不能解释,是他的行为已经死了,像一头公羊,长了羊毛,后来又活了。我要走了,她说。那块洗碟布从门口刮出去,又从厨房跑过。灰色的水在他们中间奔流着。

他醒了,在床上直挺挺地躺着,一双脚把被单蹬在床栏杆上,脖子露在外头,淌着冷汗。她还躺在那儿喘气,并没有走。他突然明白了。明白邮政局长的丈夫为什么要在院里那棵树上吊死。这种行为的原因过去在他看来一直模糊不清。我也能自杀,他翕动着僵硬的嘴唇说道。她没有走,还在那儿喘息着。他背朝她侧身躺着,为了舒服蜷起两条腿。她的温暖又在他的血管里流淌起来。渐渐地,他睡着了。他熟睡着,因为她就在这儿。

即使这样,他们醒来之后,身上还是有点儿发僵。而且就这样浑身僵硬地去干活,用一种细弱的、没精打采的声音谈话。

到了我们这样的年纪,必须对此有所准备了。他说,而且天气也开始变冷了。

可是当太阳终于升起,当它还是树木托起的一个单纯的、可以辨认的火球的时候,艾米·帕克看见的是一个壮丽的、晴朗的秋天。树叶还没有被风从树上揪扯下来。不过最终它总要都失掉它们的。树梢上还挂着金黄色的碎纸片似的秋叶,四季常青的灌木丛黑魆魆的,几乎都成了黑色。阳光洒在牧场上。牧场升起缕缕青烟,闪闪发光。

这天晚些时候,妇人取掉围巾,脱了羊毛衫,摘了帽子。这是早晨因为谨慎而穿戴的。那时,她神情阴郁,牢骚满腹,踟蹰不前。结果就打扮成这副用磨损了的羊毛、弄脏了的毛巾包裹而成的难看的模样。她不时把头发甩到脑后。有时候下午得空,她经常穿过丛林,沿着河床散步。在那儿能找到些不常见的玩意儿:小石子、蛇皮、花子荚、只剩下叶脉的树叶。她总是找东西玩,总爱收集点小树枝、小叶柄,好让自己手里头有个东西,有个待在这儿的理由。当更加强烈的阳光压迫得她垂下一双眼睛,她还会更勇敢地想起发生过的那些事情。是那黄铜色的阳光触动她的心扉。她会想起那个叫利奥的男人。想起他的时候,总是尽量避开他那让她反感的长相,适应她自己毁灭或者新生的需要。就这样,她满腹心事,沿着干涸的河床慢慢地走着,翻转一块石头,摘一片树叶,审视一株死树磨光了的枝干。寂静和种种鲁莽的想头,将她心灵深处的这种不协调、不一致上升为一种正确的东西。但是最后,在小河拐弯的地方,当她面临那个"弯儿",必须拖着自己的身子,再回到先前的生活中的时候,她惶惶然,大张着鼻翼,从青草和枯枝中走过去,不管是要从这里逃脱,还是要回家,她都走不快。一直没有迹象表明那个男人还会再来。走上那条路,她很高兴,她可以冷漠、超然地顺着这条路望过去,目光随着那条缎带般飘忽的路,从一小片一小片的树林旁边飘过,一直通向与天空相接的地方。

有一次,当她垂着眼睛——回来的时候走得太快,她一只手支着腰——回到聚集在那所房子周围的一座座棚屋时,丈夫正在那儿。他手里拿着用刚剪下来的一截铁丝弯成的铁圈,显然是要用它做个什么玩意儿。

"喂,艾米,"他说,若有所思地停下手里的活计,"你上哪儿去了?"

"哦,到牧场去了,"她说,"吸点儿新鲜空气,沿着大路走一会儿。在屋里待着都要发霉了。"

他停了一下,然后以明显的要对她友好的意图问道:"见到什么人了吗?"

"只碰见个老头。"她回答道。

她在瞬息之间产生的想法,使她的血都变冷了。但是一旦想过了,她便继续以足够的平静看事态的发展。

"他要去乌龙雅，"她说，"那儿有他一块地。他养了猪，有些鸡鸭，还有个柠檬园。可怜的老头，徒步走着，因为他的马在巴嘉瑞家附近蹄子出了毛病。他只好把它留在那儿。他是去班加雷看他的女儿，她的扁桃体化脓了。"

斯坦·帕克不相信地摇了摇头。

她转身走了，抑制住嗓子眼里的一阵冲动，和那突然侵袭了她的虚伪的浪潮所需要的冷静。

就在她这样走开的时候，他意识到，他总也看不见她那双眼睛，或者很少看见，就像刚才那样，眼神中显示出他们之间存在很大距离。于是他又回过头来，弯他剪下来的那段铁丝。原先的目的一时竟然忘记了。

现在他们发现自己陷入一个充满了陌生的真理的世界，相互之间开始变得和蔼可亲起来。就好像都意识到对方需要这种和善、友爱的保护一样。于是他们做出些想要取悦对方的简单的事情，而对于领受者，这只是一种悲哀。有一天晚上，她把为了准备过冬正织着的羊毛衫套在他的身上试大小。她围着他转，摸着他的身子，这儿拍拍，那儿抻抻。

"啊，太小了，"她倒退了几步，说道，"我没给已经鼓出来的大肚子估出尺寸。"

他们俩大笑起来，实际上是大是小确实没有什么关系。

"毛线会撑开的，"他说，嘴唇向下咧着。他站在那儿，全身的重量都落在一条腿上，两只手放在屁股上，等着她量完。

她若有所思地围着他转，抚摸着丈夫的身子。他的手腕现在已经疙疙瘩瘩的了。

他能感觉到她的头发在他的四周嬉戏般地飘拂。有时候，她那双粗糙的手会被软绵绵的毛线挂住。她这样弯着腰看羊毛衫的时候，他比她高出许多。他闭着一双眼睛，顺从她的摆布。现在，他被禁锢在暖烘烘的灰毛线所构成的某种不具个人色彩的状态之中。不好,不坏,不过还过得去。

然后,他睁开眼睛,他们相互凝视着。因为她已经直起了腰。

"等织完了,会挺好的,"她赶快负疚地说,似乎是偿还她对他那张正在睡梦中的脸的一瞥,"我想,我还是知道怎样才能把它织得更合适一些。"

他微微一笑,并没有讥诮的意思,这天晚上他累了。

她坐下来拆了一截,便很卖力气地织了起来。有点儿神经质地握着毛衣针,把毛线一点一点地织进去。

"我很为雷担心,斯坦。"她说。

这样坐在椅子边上的时候,她确实为他担心。

"你说他那些坏毛病是天生的,还是后来学会的?或者是从我们俩身上遗传来的?结合的结果?我是说,就像牲口一样,两个好的会生出一个坏的。我们大概没有结合好。"她说,等他的回答。

他坐在那儿,下巴抵着胸口,真想把她加在他身上的这种压力甩掉。

"我从来不知道该怎么办,"他说,神情有几分畏缩,"是我不好。我企图找到答案,可是还没有成功。我不理解自己,也不理解别人。就这么回事。"

他不知道说过这番话之后,她是不是可以不再打搅他了。这天晚上,他觉得身体虚弱,嘴里很苦。

她继续织着,得到了某种安慰。眼下,她能够感觉到因她这位丈夫的软弱而生出的悲哀和气馁。她自己潜在的所有邪恶都随着柔软的、难以捉摸的毛线,从她身上流走了。既然她已经相信自己的清白无辜,记忆便又悄悄地爬回到下午的倦怠与沉闷之中。她因自己的称心如意和青春活力而惊讶得发抖。

因此,有一天下午,当斯坦出去办事,她又看见那辆不慌不忙驶来的蓝汽车的时候，立刻从屋子里跑出去，把外面那扇铁纱门往身后一甩，撞在墙上，门震颤着。玫瑰花已经枯萎了的棕色花球挂在日久年深、活像一头成年雄畜的花丛上面。她走下台阶的时候，花球蹭着她，使她感觉到小腿肚子上的肌肉绷得很紧。那也许是因为充满信心，也许是因为心里着急。她很快便跑到大门口，比那辆徐徐驶来但又至关重要的汽车早到了一两分钟。她腰板挺直，态度专横地站在充满了期待的阳光下面。

"你好吗？"叫利奥的男人问。他漫不经心地开着车，帽子扣在脑后。因此，看得见脑袋上的头发。如果她能仔细想想，那头发仍然是让她反感的。

可是，她用一种平静的、没有什么感情色彩的声调回答道："谢谢，我很好。这些日子你上哪儿去了？"

于是，他不得不慢慢停下车，告诉她，他刚度过假期，到北海岸或者南海岸——她没有听清到底是哪儿——旅游去了。他们在那儿看望了几位亲戚，过得非常愉快。他说起话来比她记忆之中的那副腔调还要慢些。他告诉她，他们穿着晚上才穿的内衣，坐在太阳底下晒太阳，吃鲜鱼，懒洋洋地分享着完全是另外一个样子的种种生活。她意识到，不管他们在哪儿，他都不依赖她。

她垂下目光，甚至皱了皱眉头。你是条懒虫，她心里说，又懒又丑。

"你呢？"他问，"你都干些什么？"

"哦，我？"她笑着说，"照旧。"

她依旧垂着一双眼睛。

但是她非常缓慢地意识到他正在做什么——靠在车轮上，慢吞吞地吐着唾沫。

这么说，我不会再着火了？她口干舌燥地问自己。周围的一切，花园，或者说剩下来的花园，树枝，只要一根火柴就会燃烧起来。

"照旧,是吗?"他从牙缝里吐了一口唾沫。

事实上,由于他一直感到害怕的某些方面的原因,他正在记起已经忘掉了的这个"熟透了"的女人。他曾经故意想把她忘掉。现在她就在这儿,该用"邋里邋遢"来形容,现在还是这么个说法。对于一个瘦弱的男人来说,沉默甚至比情欲放纵的神秘更令人困惑不解。而这个男人皮囊之内的灵魂是瘦弱的。

"我想,对那些喜欢这种生活的人,才是一切都好。"男人说道。"所有这一切,"他边朝四周张望边说,"那儿还有奶牛。手冰冷就得起来挤奶。天哪!"

"这就是我的生活。"她说,还是那么平静,丝毫没有反映出她耳鼓咚咚咚的响声。

她的两只耳朵好像要胀破似的。

然后,她把头向后扬了扬。"你是华而不实那一类型的人,"她说,"我想这也不错,花言巧语把人哄得都听你的,拿出衣料给女人们看。"

"你不喜欢我。"他笑着说道。

他把车门砰的一声关上。不过,他先前就已经下车了。

"我可没这样说。"她说。

她又变得温柔起来。他喜欢这种微妙的变化。这种变化呼吁他表现出自己的男子气概。于是他走了过来,把那条在车里坐僵了的腿舒了舒。她还在那儿站着,仍旧温柔地琢磨着眼前的局面。这局面像空气一样难以捉摸。这局面因为首先是她自己的局面,所以必须充满柔情去把握它。正是这一点给了她正视他那双眼睛的勇气。这双眼睛眼球凸出,会教给她说出他所期望的话来。由于那是她的需要,她便可以领会这局势中最任性的、错综复杂的部分。

他们走进那所房子。

他把手放在她的后腰上,把她领进她自己的房子里。在那熟悉的昏暗之中,她闭上眼睛,完全处于被动的状态。否则她就没法儿忍受突然变陌生了的一切。

可是今天情形不同,就好像情欲的表露不会再来第二次似的。

这回,他们大笑起来。她看见他那枚金牙。他们的肉体就感官方面又融合在一起了。他看着她。

"你的妻子叫什么名字?"她问。

"迈拉。"他说。

然后,等她想够了这桩事,她把她的嘴伸到他的嘴里,就好像这样就能把那个字咬出来一样。他们抱在一起,没有什么了不得的地方,只是相互蹭着身体。她将嗓子眼里冒出来的影响她肉欲的、厌恶的感情都吞咽下去。

等他们把自己搞得精疲力竭之后,他问她:"你的老头上哪儿去了?"

她告诉他斯坦去他已经去的那个地方了。

她身边这个男人打着哈欠,发出一阵低沉的、缓慢的笑声,笑声里充满了一种心照不宣的意思。

她坐了起来。

"我爱我的丈夫。"她说。

她是爱她的丈夫。他们共同生活的那种好处和突然之间表现出的完美在她的面前颤抖。因在淫荡的面前,这一切美好的东西都要失去了。而这种淫欲蕴藏在她的身体之中,正以一种陌生的专横强加于她。

"我并没有说任何反对他的话,"那个男人说,"我没跟他见过面。而且大概以后也不会见的。"

现在,他嘟嘟哝哝地抱怨着什么。她迈着沉重的脚步在屋子里面走来走去,把长筒袜和别的东西收拾到一起。她身上的鸡皮疙瘩使得他对自己刚才的冲动充满了轻蔑。

他们起来,充满了诧异。

赶快离开这个乱糟糟的地方,她心里说,慌乱中连领扣也找不着了。

她的一双手正归拢头发。很快她便看到谁也不能责备她了。谁也看不出她的放荡了。除了她自己的欲望。而那欲望永远不会长时间消失。

"我想进城走走。"她说。

"是吗?去干啥?"他问道,并没有什么兴趣。

"在马路上溜达,看人。"她说。

他哼着鼻子笑出了声。"这种事我还没干过呢!"

"还要在海边坐着,"她说,"看海,听音乐。"

"我呢?"他说,"把我置于何地呢?"

现在他既然急着要走,而且已经完全把握住了自己,便把一双手搭在她的肩上。他戴的那个镶着一块极小的红宝石小星星的戒指似乎流露出难以抑制的愤怒和不满。在这种虚假的新的情况之下,她也立刻做出应该做的反应:倒是平平常常——把胸脯贴在他身上。

"你没有别的相好吗?"她笑着说,"我可不信。"

他们走了出去,怀着一种似乎是这当儿需要的浪劲儿,相互开着玩笑。

她很惊讶,她居然也会是一个这样轻浮的女人。

"再见,利奥!"她厚着脸皮说,看着他脖子上面的血管。衣领把脖子勒得太紧了。

他那辆亮闪闪的车已经发动好了。她望着他。他正准备赶快离开这儿。对于有些人来说,这事倒也容易。

"我要是有你的照片,"他说,"就把它压在褥子底下藏起来。"

"幸亏你没有。"她笑着说。

她手搭凉棚,遮挡着金属的亮光,望着那个男人沿着尘土飞扬的小路,轻松自如地驱车而去。她神情冷漠地眺望着,就好像他并没有闯入她的生活。只是这样眺望着,一双眼睛跟踪着一辆蓝颜色的汽车。汽车平稳地驶去,这景象和一个男人的目光短暂地融合在一起。透过团团烟尘,回想着他那双眼睛,似乎离得太近了,像患了肝病似的,布满了红丝。

就在她这样手搭凉棚站在那儿的时候,斯坦·帕克把车开上这条大路,看见了他的妻子。他仍然若有所思地开着车,这是他们一直拥有的那辆旧汽车。他看见艾米站在那儿。那团尘土还滚动着,它飘飘扬扬,正在消散,但是没有散尽。

斯坦从大门口把车开进来。门口钉着一只小煤油桶,那是为送面包的人准备的。他朝妻子招了招手。因为这是他的习惯。她还怔怔地站在那儿,并没有放下那只挡在额头上的手。他从车上下来,也开始移动着两条麻木了的腿走过来。

他清了清嗓子说:"我见过默莉了,她愿意星期四来帮你做些帘子。"

"啊,好的。"她说。

她已经把这件事忘了。

接下去他们该说什么呢?她惊恐地想。

可是,他们那架生活的机器很快便又把他们吸引进去了。

只不过他们用干巴巴的声音谈话,说出来的话也都像干柴棒子似的,稍微加点儿压力就会折断。除此而外并没有发生什么变化。他们即使相互不看一眼,单凭长期积累的经验,也知道能看到什么。但是斯坦·帕克倾听妻子发出的各种声音:她在屋子里来回走动的声音,叫母鸡的声音,和奶牛说话的声音,甚至她喘气的声音。而听到最多的则是她的沉默。这些声音对他来说是太熟悉了。这大半辈子,熟悉得就像他自己心跳的声音。现在这声音突然膨胀起来。

肋条下面,他自己的心已经无法忍受了。

"昨天夜里,"她畏畏缩缩地朝他走来,信口说道,"耗子又咬死一只母鸡。是那群好鸡里头的。"

她已经走过来了。所以,他也得说点儿什么。

"一定要把它埋了。"他边说边活动了一下僵硬的四肢。

"我们能想个什么办法呢?"她站在那儿说,"那些耗子把头给咬下来,还把内脏都扒了出来。这太可怕了,斯坦。既然开了头,如果它们把我们那些好母鸡一个一个地都撕成碎块……"她说不下去了,等着听他说话。

他不知道如何是好。

"我们可以在棚屋外头放点耗子药。"

"不能放耗子药,斯坦,"她说,"也许会把我们的狗或者猫给毒死。"

他们俩都不知道如何是好。

这件事情的重要性把艾米·帕克搞得心烦意乱。就在她这样困窘不堪的时候,又有三四只母鸡让耗子咬死吃了。

她断言:"它们既然已经尝到甜头,就不会善罢甘休。"

听见她说这番话时,他正用汤匙轻轻地敲一个鸡蛋——这个蛋是给他当早饭的,但是他首先必须非常仔细地检查一番这个问题。如果不能认识她这个问题的重要性,他也不能解决他自己的问题。所以,听见她的抱怨,他终于看她了。他看见她的头发很不整齐,心里明白,他爱她。

"也许我们应该试着用用耗子药。"她犹豫地说。

看见他瞧她——这是她所希望的——她的疑虑消除了。

但是他不像以前那样,对自己那么有把握了。他走出去,在口袋里摸索着找他的烟荷包。他突然愤怒地意识到荷包不在。他一遍又一遍地翻着口袋,找那个可能是随手放到什么地方,甚至已经丢到哪儿了的荷包。他那双瘦骨嶙峋的手浑身上下摸索着，眼角和腿窝都渗出了汗。因为多年养成的习惯就这样一下子丢掉，简直不可思议。他的荷包。他开始慢吞吞地，几乎是跟跟跄跄地在四周走了起来。像个瞎子，摸索着从这混乱的局面中走出去，从他的条条思路中走出去，企图到达他放荷包的那个地方。那是个橡皮小口袋，口能拧住。很旧，颜色都变黑了。

他在当"工作间"用的那个棚屋里找了起来。他已经绝望了，烟荷包看来是找不着了。他扔下一个修靴子用的铁楦头，棚屋里立刻响起一阵工具落下来的叮叮咣咣的声音，一片混乱。腾起一股刨花和锯末的好闻的气味。在这间窄小的棚屋里，失去的所有那些美好的东西都让人无法忍受。他站在那儿喘着粗气，冒着汗，想起妻子先前瘦小羞涩的样子。他还经常记起她在绳子上晾衣服时的情形，嘴里含着好几个衣服夹子。

在从云的缝隙中射下来的带着雨意的光线之下，淡蓝色的水雾里，映衬着被风吹动的被单，她看起来那么朴实、动人。那种事情是不会发生的。如果能从脑海里把这些事情驱除出去，他在心里说，它们就不会发生。但是驱除不掉。这件事在他脑海中一遍又一遍地重现。这件事总是和一团灰尘连在一起，往心里钻。他听见一辆汽车的车门砰然关上的声音。他想象着，或者试图去想象谈话的内容，但想不出来。别的人，甚至那些头脑简单的人，或者陌生人说出的奇妙的、也许带有解释意味的话，都在他听觉所及的范围内消失了。

因此，到头来他还是什么也没捞着。他站在那儿，手指摩挲着那条干活用的板凳上面仿佛是难解的符号似的坑坑洼洼。这些坑洼是工具在木头上面留下的印记。他这样站着，可怜巴巴地想他到底丢了什么。是什么呢？他的嘴最后告诉他，是一个旧橡皮烟荷包。这个荷包他是怎么也不愿意丢掉的，尽管破旧不堪。但他已经习惯它的形状了。

当他的脚趾踢到躺在地上的那个烟荷包,的确是找着了的时候,他立刻在掌心颤巍巍地揉起了烟叶,然后满满地装了一烟锅。他本来应当因此而感到欣慰,但是没有。

可是,另一方面,能使这个女人感到安慰的东西却很多。她依然能够从事物一成不变的形状之中看到点什么。不管是一团滚动的云,还是她俯身察看的杂草。这些东西在没有鲜花的情况下,本身就是鲜花。是普通的蓝颜色的东西,但叫人快活。有些事她允许自己记住,有些事则强迫自己忘掉。这种随心所欲的安排如果可能,自然是值得赞赏的。她还经常想着可以对丈夫表示钟爱之情的那许多办法。这时,一种由安全感与悔悟所形成的巨大的温暖包围了她。而这种悔悟看起来又确实增进了她的安全感。

妇人在她那个花园尚存的花草中散步。秋风中,她神情专注,一张脸显得生机勃勃。有时候会跑来一条狗。那是一条瘦长的大黄狗,总爱跟着人。大家都说,这是一条专追袋鼠的狗。她慢慢溜达的时候,狗就跟在后面,脚步很轻。她要是停下脚步,它就耷拉下脑袋。她不喜欢这条狗。它总是自己跑过来,站在那儿,摇着尾巴,瞧着她,尾巴上的关节看得清清楚楚。她对丈夫说,这条狗总给她一种毛骨悚然的感觉。不过,它很驯顺。它总是伸长脖颈,试探着表示对她的爱。她却不喜欢它那副样子,一个劲儿朝它皱眉头。那条狗便撅起唇,和解地微笑着,咬着满嘴黄牙表示它的赞同。它从它那个角度出发,通过一双充满爱的眼睛,把那些堕落了的、残忍的东西都加以转换,从而对自己可能见识的任何行为都表示赞许。如果她独自一人生活,她大概会对这条狗很残酷。在现在的情形下,她就只能快步走开,从这幢房子的墙角转过去。瘦长的黄狗跟在后头。不管她走到哪儿,一双柔和的眼睛都瞅着她。

他们那只猫至少不这样瞅着她。她却学着某种时髦,在故意做出来的恼怒的掩饰之下,对猫友好的表示给以回报。那只猫在她两条腿的周围,慢吞吞地弓着腰,毛茸茸的,献着媚,或者尾巴颤动着,贴在淡紫色的树丛上,直率地表现出它的友情。

"脏东西。"她笑着,接受它的献媚。

那只大猫抬起头,朝她嗥叫几声。

有一天傍晚,当地平线上只剩下一缕淡红色的、冷冷的霞光的时候,她抱起那只猫,把它激动不安的身体贴在胸口,亲吻着。于是她明白,她是完蛋了,或者只要再有一个完全毁灭的机会,她就会完蛋。可是这种事情会发生吗?她怀疑。猫开始挣扎着抗拒她臂弯里的那种绝望。它抓挠着,寻找一条逃路,然后攀缘而下,从她身边跑开。

那几天,这位妇人艾米·帕克开始翻箱倒柜。她把许多棕色的纸叠起来,把长绳子绕成一绞一绞。翻看着旧信,碰到几张发黄的照片。有一张照片上,她戴着一个花冠。那种羞答答的样子很富于表情。而这种富于表情的样子,她是很少能够用言语加以表示的。她把这张照片立在一个花瓶前头,放在一口箱子上面,在继续做家务以及摆弄、擦抹家具什物之前,不时怀着一种负疚走过去瞅上一眼。

"这是我放起来的几条手帕,斯坦,你还一直没有用过。"有一次她对丈夫说,声音里有一种清脆的泛音。这是那种隐秘的生活还不曾被揭露的人常有的声音。

她把那摞手帕拿出来,表明她说的是真话;表明在他们之间至少还有这样一些真实的东西。她是一个好妻子,在他出门旅行之前,把一条手帕装进他的口袋,又伸手从衣领上弄下一根掉下来的头发。他当然接受了这一切。今天,他已经同意去给一个年轻人——皮博迪家的一个小伙子当参谋,买亨根福德附近的一块地。这块地在班加雷那面。

尽完她的职责之后，她瞧着他出发。他抬起头看了看天空，就好像要领受它的什么旨意，然后十分仔细地看着仪表，发动汽车。他发动车总是很不利索。她望着这个腰板挺直的、可尊敬的男人，以一种令人炫目的清晰突然意识到她从来都配不上他。她灵魂深处的这种领悟，使得她生出几分消沉，但又变得满不在乎。她毕竟在许多方面尽到了实实在在的责任。比如在他上衣口袋里装了一条手帕。她站在那儿，就像许多次站在教堂里那样，周围是些显然感到精神上得到了满足的人。而她却不能站起来，也没法弄明白她自己应当渴求什么。渐渐地，她虽然知道某种奥秘她是无法弄明白的，但也不再为此生气了。她也不再为自己的空虚而悲哀。在圣赞歌的歌声中，从教堂里望出去，她冷冰冰地接受了孤独，也对自己矮胖的身材表示了认可。

现在，丈夫开始这次旅行的时候，她就这样看着他。

然后，她又回到那幢房子。干燥的风吹进来的尘土，大部分已经被她扫掉。这所房子现在很干净，但也很脆弱。这天早晨，她的血液循环不太好，骨头也觉得酥软。她在擦得锃亮的家具中间紧张地走着，盼望能有什么意义重大的事情发生，充塞这所房子的空虚。但是看起来，根本就没有这种可能。只有镜子里反射出来的似乎是笼罩了灰尘的光闪闪烁烁。如此而已。

她向四周看了看——这很傻，因为屋里只有她一个人——走到前面那间屋子里摆着的那面镜子跟前，在镜面上写了个"利奥"。这个名字是手指上的油污写出来的，她刚好看得见。她不想说出这个名字。因为在嘴里似乎能感觉到它的粗糙。她以前从来没有写过这个名字。甚至此刻，在这一片寂静之中，写下这个名字也还是可耻的。尽管她可能喜欢这样做。她就这样看着那个名字，在心里祈祷着。但是当呼吸在她的胸口变得那样急促时，她很粗鲁地擦掉了那个名字。

她提着一桶剩饭倒给那群鸡。这群无可指责的家禽绕着她乱窜,她从中得到宽慰。过了一会儿她走回来,发现他正坐在门廊下,吃一个小纸包里的东西。

"你怎么到这儿来了?"她嘴巴大张着问。

"跟先前一样。"他边说边往嘴里塞着什么——那显然是薄荷糖,因为离他很近,她已经闻出那股味道了。

"这可是欢迎人的绝妙的办法。"他说,一股薄荷味儿。

"我不是那个意思。"她说,放下手里的铁桶,低下头,面对可能发生的任何事情。她擦了擦手。他斜着眼睛瞅了一眼,看见那双手厚实,而且因为早晨天凉冻裂了口子。

"我连着两夜一直喝酒,"他说,向后缩了缩,"别问我因为什么。这种事就这么发生了。还抽烟。天哪,我把胃给搞坏了!我把纸烟都分给别人了。"

他把那个小纸袋揉成一个球扔了。纸袋落在坚硬的泥地上,躺在那儿。他打了个嗝,说:"原谅我。"

艾米·帕克看着那个小纸团,那似乎是一个白炽的燃点。这在眼下是非常需要的。

"我从来没有真正喝醉过。"她说。

但是,既然她已经到过深谷,就无须再探索浅沟了。

"人总得干点什么。"他说。

可是突然间,尽管是在后面的走廊,他似乎已经把她拉进那同一间宽阔而墙壁光溜溜的"等候室"。他们坐在那儿等待着。尽管没过多久,因为先前恶心,脸上又开始现出一副厌恶的表情。她是那样地安宁静谧,到这时简直感觉得到那些东西的形状。

他会告诉我什么呢?她心里纳闷。

期待之中,一种相当可观的柔软已经潜入那些木兰树。树的周围,鸡鸭用爪子刨土。一阵微风吹过,树叶轻轻摇曳。妇人想起自己还是个小姑娘的时候,是怎样气喘吁吁地,大笑着跑上一道山坡,在山顶躺下。她想起触摸木兰树枝叶时那种凉凉的感觉。现在,如果她能把这一切告诉他,那同样的光滑和柔软便又回到她的身上。

可是这个男人张望着,看见这个面色灰黄的女人坐在污水桶旁边。她的一双长袜——当然是旧袜子,是她在家里干活时穿的——皱巴巴、邋里邋遢套在腿上。

"哦,"他说,"我正好打这儿过,寻思应该进来看看,说上一句话。反正表示友谊又不用花钱,而且还挺好的。"

他坐在那儿,一双手放在肥胖的大腿上,显得不慌不忙。现在他不管说什么做什么都是不慌不忙。

上帝,非这样不可呀。

"这几个星期我们一直很忙,"她说,"我们又多了几只牛犊。有一只是半夜里下的,可怜的东西。斯坦不得不去请兽医。不过最后一切还都很顺利。一头小牛犊。"

她在她那张靠背笔直的椅子里动了动,椅子发出嘎嘎吱吱的响声。

啊,她本来可以对这个男人,或者不一定非是男人,对人就可以,表达她对于一种巨大的、永恒的美的幻梦。但是不停移动的阳光把他们正坐着的房子的这边破坏了,把他们的心留在一片阴影之中。

"我觉得不舒服,"这个叫利奥的男人说,他若有所思地捧着肚子,"总这样东游西逛不成。我得了胃溃疡,或者别的什么病。"

他站起身来。

他那件时髦的上衣因为在乡村小路奔波已经磨得发亮。衣服下面,脊背显得宽阔,而且仍然很年轻。艾米·帕克看着他的脊背,大声说:"你该找个医生瞧瞧,利奥。"

"他们会拿一瓶什么毒药来敲诈你,"他说,"那种白颜色的玩意儿,我知道。"

她从他的身边走过,离得那么近,手蹭着他的上衣,但他没有反应。

他开始对她讲,他父亲的一位堂兄得癌症死了。

她看出,她不会再跟这个男人接近了,或许也不会和任何别人接近了。每个人都被自身无法解决的奥秘包裹着。这个男人和这个女人已经是怀着惊讶,想起他们的肉体曾经那样没有节制,并且忘记了他们还想得到的那种乐趣。

"于是,他们埋了赫伯伯父,"利奥说,"他的葬礼还在《主张报》上登了消息。写了他干过些什么,尽管没全写上。他有点儿圆滑,不过人还不错。"

利奥的汗开始凉下来。他知道他们已经绕过危险进入一种平和的状态。在这种状态中,他可以假装没发生过什么事。他可能很快就会说个笑话——假如他能想起一个笑话的话。

"人们当然一直在发明治所有这些毛病的办法。"艾米·帕克说。

"嗯。"他说,"可不是嘛!"

回忆起了过去。

"读点科学方面的书可是好极了。"她说。

她喉咙上面灰色的肌肉似乎架着一把刀子。她还看见整个旱季人们来来往往践踏着的地板、土地,也都呈现出一片灰色。她把一缕头发拢到脑后。头发也是灰色的。她已经到了头发变灰白的年龄,当然这也是心平气静的年龄。

"得去发动那辆破'福特'了。"利奥说。

于是他们穿过一丛丛僵硬的、钩人衣服的迷迭香,走了出来。他钻进汽车,开车走了,再也不会来了。

这天下午,艾米·帕克开始把自己从所有那些未曾发生过的事情中解脱出来。现在既然比赛已经结束,她确实觉得自己年龄大了。不过这种心境也还自有一种优越感可以享受。这个人已经不再是她的欲望的影子了。于是她开始回想他身上那些不尽如人意的细节,比如脖颈上毛发生长的形状——红色的旋儿,好谈论他自己的习惯,还有那股薄荷味。慢慢地,她的皮肉不再激动不安了。她想,她会喜爱寂静的。

她原先熟知的东西又开始回来。那丛日久年深的玫瑰浑身是刺,牛角一样地坚硬。那是他们刚开始共同生活便种下的。一架踏板不易操作的缝纫机。一只有条棕色裂缝的白水壶。她满怀信心地看着这些东西。

但是还不到想她丈夫的时候。

下午,来了个年轻人,问道:"斯坦太太,斯坦上哪儿去了?"她听了抬起头,着实吃了一惊。

他就是那个小皮博迪,奥塞的侄儿。他穿着一身蓝哔叽,说好了和斯坦·帕克一起去看亨根福德的那块地。

"怎么,乔?斯坦找你去了。"艾米·帕克边说边抬起头看了看钟,"我说不准他是什么时候离家的,反正已经有一阵子了。"因为她一生中的好几个年头都在瞬息间成为过去,她便无法判断时间的长短了。

年轻人笑着,踟蹰不前,不知道该干什么才好。他在熟人的老婆面前总是很尴尬。

"我不知道该给你出什么主意。"艾米·帕克说。

年轻的人们在另外一个高度活动着,他们的眼睛里没有这种半老徐娘。当儿子的甚至可以对母亲视而不见。这个小伙子可以做她的儿子了。他站在门旁,这样便看不见她了。他那条亮光闪闪的蓝礼服缎领带为他自己,或者是为某个正式的场合,拱起在他的胸前。

他很快就游游荡荡地走了。她没有搞清楚他是要干啥,或者别的什么人要干啥。

这天下午晚些时候,特别是到了夜晚,当一天的工作做完,什么都洗干净,在橱柜里或者碗架子上摆好之后,似乎是出于一种责任感,艾米·帕克被迫想起她的丈夫。他在她的心里站得原本就不太靠后,现在走到了前面。她知道,这一阵子她一直在倾听他回来的声音。风和动物发出的微弱的声音在黑暗中流动。随着时间的流逝,夜色、星光和云彩都从她的身边流走了。屋子里那几把容易损坏的椅子显得那样冷漠。

她意识到,不管是什么事情,要发生也已经发生了,她已无能为力。她靠着一扇窗户站着,颤抖着,因为确实很冷。寂寞的星也在颤抖。然后,她把脑袋抵在窗框上,向自己的寂寥让步了。她怕这寂寥,尽管又确实期待这寂寥。

斯坦·帕克没走出多远,就返回去拿有一百英尺长的卷尺。他本来打算带上这个卷尺和小皮博迪一块儿去丈量那块土地,结果忘了。回家的路上,他看见那辆在车辙与尘土中颠簸、闪烁的蓝汽车。他心里明白,这是一样在他期待之中同时又叫他害怕的东西。他感到他双手抓着的那个小小的方向盘是多么脆弱。种种暴力行为的幻象宛若沸腾的热血从他心中升起。当他也提起也许是一把斧子,或者是一把榔头,或者用自己的拳头很快做出回答时,他的两片嘴唇突出,显得肥厚。

但是走到他那幢房子前面那块洼地的时候,他看见一株株柏树在飞扬的尘土之下,沉重地、窒息般地摇动,他自己的呼吸也在喉咙里卡住了。他掉转车头,那辆车像别的旧车一样,毫无把握地颠簸着,沿着原路返了回去。他静下心来,进入非常可能是一个永恒的未来之中。或者他要做出什么决定。

斯坦·帕克开着他那辆挺高的、样子有点儿滑稽的汽车在大路上奔驰。他脸上的肌肉似乎大部分都消失了。他驱车经过哈勒兰角,又绕到莫博雷的弯道。不知道发生了什么事情的人们继续过着他们的日子。有个老太太头戴一顶大帽子,正在剪大丽花。她确信,在这一瞬间,这是人类最重要的活动。她抬起头,手搭凉棚张望着。但是在她的眼睛里,太阳似乎生出黄色的花瓣。斯坦·帕克开着车继续奔驰。班加雷附近,有两个小孩正在瞧一个罐头盒里放着的什么。他们很快就会从那里面撕出几只翅膀。在他们冷峻的目光的注视之下,整个宇宙已经缩小到那只命里注定要完蛋的甲虫那样的大小,那样的形状。

男人驱车疾驰。他驶进又驶出显然是十分雷同的郊区。街上的行人猛地回过头来,瞧这辆难以说清是怎么回事的汽车。这辆车里也许有个什么玩意儿,什么可怕的、可恨的,或者仅只是可以好奇地凝视的东西,一个暴露了的灵魂?

这辆汽车风驰电掣般地穿过一个十字路口,又穿过几个。在一个街角,一位妇女翘起正推着的婴儿车,差点儿叫出声来。但是柏油路在炫目的阳光照射之下,却显得十分冷漠。这辆破旧但似乎是经过深思熟虑的汽车疾驰着。车里坐着一位中年男子,腰板挺直,穿着节日的礼服。没有迹象表明他是喝醉了,或者发疯了。看起来,是现实生活中的某种幻象迷住了他。他完全沉湎其中,显得僵硬刻板,而且大概一直会这样下去。

汽车就这样奔驰着,进了城。从上次为儿子的事情来过这儿,斯坦·帕克还一直没到这里造访。现在,城里曲折迂回的街道开始吞没这辆松松垮垮、盖满灰尘的车。时间使得这个男人汗流浃背,特别是膝关节后面。他觉得已经过去好长时间。用混凝土抹的灰颜色的墙壁有的似乎就有汗毛孔。那些砖墙的水泥勾缝,好多地方裂开掉了下来。而乱七八糟的铺面,在遮篷下面向后蜷缩着,太错综复杂,也太不结实了。他继续疾驰,浑身冒着几乎像是混凝土的渗出物一样的冷汗。他想起躺在床上的母亲——一个已经闭上双眼的老太太——那张灰白的脸。当他开着这辆哐啷哐啷直响的"破盒子"奔驰的时候,死神正润湿它的嘴唇,选择时机。

如果我这样开着,如果我这样开着,他说,突然掉转方向,冲上任何一堵墙……他继续疾驰。有一个车轮摇摇晃晃已经不太稳当了。他仍在疾驰。青草痛苦地拼命挣扎,草浪上伏着严霜,洒着阳光。树,或者只是那些死树,在风的吹动下,掀起一片银辉。当他在树木的寂静中行驶的时候,当他穿过青草的寂静的时候,他总是神秘莫测地被它们所吸引、所安慰,从生活中由玻璃和混凝土构成的这一边飘逸而出。于是,他的生活在继续。他的妻子在草地上散步。艾米走近那一片枯草,有着长叶子的繁茂的树枝从她的手里拖了下来。她跟他讲了眼下显然是需要讲的谎话之后,便将那柔软的枝条扔掉了。

什么都是需要的,尽管发现为什么需要也是至关重要的。

他停下车。在没有因为一时的冲动而酿出一场不幸之后,熟练地,也很清醒地把车停在了路旁。斯坦心里明白,我不会像盖奇那家伙那样去自杀,尽管不知道为什么,反正我不会。他的周围全是这座城市里的居民们一张张可怕的、深思熟虑的脸。他们都在为各自的生活奔忙着。车里的男人因为已经不再握方向盘,两手空空。也许,除了妻子的外形、他对她灵魂深处隐隐约约的感觉,以及他和她可以在其中进行交流的那些经验,他脑子里一片空白。有一会儿,他看见了艾米那张脸。这张脸已经在那场梦里死灭了。在睡乡的大街上,他喊着她。他的领带飘飘扬扬,大街上空无一人。

他急急忙忙从那辆旧汽车里钻出来,碰了一下脑袋。因为他个子很高,而且总是记不得慢点开车门。他从车里出来,走进拐角一家小酒店,要了一杯啤酒。啤酒上面漂着一层薄薄的沫子。他一饮而尽。啤酒有点儿酸。他又喝了几杯这种低劣的啤酒,还不时停下来回想自己的行为。他连续不断地喝了一阵子。

酒店里有几个人和他搭讪。为了叫人难以忘怀,酒店四周砌着白瓷砖。那几个男人把脸凑在他跟前。他们对自己刚才跌跌撞撞一阵痛饮充满了自信。这种自信在他们的脸上闪烁,有时候又通过眼泪抛洒出来。那眼泪是为直到现在才认识到,并且念叨出来的过去的动机与打算而流的。他们自命不凡,他们雄心勃勃。所有这些男人们都摇来晃去,或者神情严肃地俯身向前,急切地希望斯坦能像他们那样伟大,或者把他了不起的生活告诉他们一点儿。他们就这样俯身向前等待。有一桩事情似乎可以讲讲,但他不能。

"你们聊去吧,"他把他们的手从他的衣袖上扯下来,"别缠我。我没什么可讲的。"

几位先生感到诧异,翕动着令人尊敬的、紫葡萄似的嘴唇,喃喃着问:"你想什么呢,伙计?"

"说什么呢?"

"老实话是不会讲出来的,所以也就没有人问这个了。问了也是白搭,懂吗?"

斯坦向四周张望着,看见现在酒店里人已经很多了,挤得一塌糊涂。他抱着自己的思想独自待着。如果愿意,可以从这些"鳗鲡"的脑袋中间望过去,瞅一堵墙。洪水从先前长着青草的地方流过,他本来可以抓住那只老山羊的角,可是现在太晚了。对于我,这就是关键,艾米,他说,我不能及时看清事情。

啊,她在笑,咯咯地笑。那儿到处都是水。一双双裸露着血管、戴着戒指的奇怪的手在她身上做着淫秽的动作。他因为已经见过了极点的兽行,便不能再细看下去。这是最让他感到糟糕的事情。因为直到这时,他还没想得这么具体。

这之后,他开始往外走,许多上衣、薄薄的黄颜色的大衣很乐意地为他让路，让他过去，直到他出去，或者说他的两条腿把他带出去。他蹦蹦跳跳，心扉一会儿敞开，一会儿又关闭。他转过那个街角，拐进一条小巷，试着看了半响，也没认出巷子的名字。看起来确定一个堕落地点是很必要的。还有烂香蕉皮。天空像一张纸，单调苍白，没有什么神明。于是，他朝那不存在的上帝吐了一口唾沫。嘴里嘟哝着，直到唾沫流到下巴颏上。他又吐唾沫又放屁，因为肚子撑得像要爆炸。他在街上撒尿，直到撒空了肚子，空空如也。然后，他看见纸一样的天空撕碎了。在他跌倒在一堆空纸箱子上面之前，他将最后一点神圣的东西撕碎了。一时间，他幸好只剩下了躯壳。

等他醒过来之后，一个脸上生着疣的巡夜人正朝那堆箱子张望着，说："喂，伙计，你跌倒了！"

夜晚紫色的光在这条小巷流动。

"起来。"那人说。他的块头实际上可能很大，但是由于夜色的包裹看不清楚。

"你把你的好衣服弄脏了。"那男人说。

斯坦·帕克爬了起来。现在除了开步走，已经没有什么可干的了。他迈开两条变得僵硬的腿，从这位给他以安慰的"救星"身边走开。由于当时的情况，他永远也不会把这个人了解得更多一点。

这座城市和紫色的、红色的灯火一起漂流。他则和它们一起飘摇。他找到他那辆旧车。在它身上发生过的事情已经成为过去。它孤零零地停在那儿，直到他又让它在车水马龙中游动起来。紫色的、红色的灯光明明灭灭。白色的光从脑海中燃烧起来。电车"隧道"笨拙地伸进另外那些黑暗中的"隧道"，通到什么地方去了。

就这样，斯坦·帕克朝他选定的方向奔驰起来。看起来好像是绕着夜色，在一条曲线上飞驰。有时候，他沿着电车线路把车开进车轨的沟槽，让他的良心突然有所触动。可是大多数情况下，他只是开着车奔跑。现在他不怎么醉了,但更糊涂了。他虽然不快活,但很宽厚。海风开始吞噬周围的景物,就像吞噬金属一样。他摸了摸车身上湿乎乎的水汽和挡风玻璃上的雾气。海岸边有一层紫色的光,轻柔的海浪颇具美感地侵吞着这些紫色的光。他想起,这儿也是有些人自杀的场所,那些人把他们的生命和堆成小堆的衣服一起,放在沙滩上,游向大海,直到海水灌进他们的嘴里。

但是这个男人在这个夜晚变得太软弱了,忍受不了这样的紧张。而且要毁灭也不一定非去自杀。

他在海滩环行路那边的一片空地下了车。他似乎是在寻找什么。眼下两条腿在打弯儿。不过,在他这个年纪,他还是个身材挺好的男人。他头上没戴帽子,不知道丢到哪儿去了。他沿着混凝土铺成的路信步走着,向窗户里面张望着,有时候贴在窗玻璃上,好把那些"洞穴"里面模糊不清的一片像对焦距一样,对成某种清晰的、给人以安慰的东西。他喜欢看人们放下手里的活计,团聚在一起,坐在桌子旁边。那时,他就觉得自己跟他们那样熟悉,完全可以理所当然地参与他们的生活,而平时要这样做是不可能的。

他就这样朝窗户里面张望着。在一个窗口,一张脸似乎是从记忆中,而不是从眼前的事实中浮现出来,正翕动着厚厚的嘴唇跟他说话。那显然是个小杂货铺,一个敦实的男人正站在那儿给几个小孩往玻璃杯里倒绿色和粉红色的东西。孩子们光着屁股,吸着甜丝丝的饮料,打着嗝儿。因为他们已经学会怎样打嗝儿了。那男人倒饮料的时候,黑睫毛在银杯子上面出神入迷地闪动着。

哦!斯坦·帕克心里说,如果那不是希腊人柯,就算我见鬼了。

啊,在这一带海岸边上碰到这个希腊人可真让他高兴。当他快步走上前去,似乎要触摸他所熟知的什么时,夜色、海风跟这个陌生人一起,飘进那扇能把人吸进去的门。

"是帕克先生,"希腊人抬起一双眼睛,快活地喊道,"快来!你们知道吗?这是帕克先生。瑞尼、索素、高斯塔凯,就是我说过的那个老板,记得吗?我刚来这地方干活的时候。来呀,帕克先生,真是你来了。帕克太太怎么样?挺好吧?你喜欢这儿吗?这是我的铺子。是我妻子带过来的。这是我的妻子。"

别人都赶快跑出来看发生了什么事情。他们嗓门很高地议论着。已经长大了的、满头发卷的姑娘们和头发像波浪似披在肩上的小女孩,以及像患了肝病似的神情沮丧的男孩子。他们早早地生出唇髭,眼球乌黑。

"见到你很高兴,先生。"柯太太说。

她的两只乳房在围裙下面快活地颤动着,微笑时露出了金牙。

"你留下来,"希腊人柯说道,他把他的朋友一把搂到胸前,"我们一块儿吃点什么。"

"不,我待不住,"斯坦·帕克说,他还没有重新发现什么是可能的,"只能坐一小会儿,不能久留。"

他的骨头软弱无力,突然在一张铁椅子上坐了下来。

"是呀,待一会儿吧,待一会儿吧!"他们都叫喊着。

"我给你做点特别的饭菜。"柯太太微笑着说。

"Soodzookákia①。"一个瘦高的女孩喊道。

"Kephtérdes②。"另外一个比较丰满的孩子尖叫着。

然后,那群孩子们都叫喊起来,相互推搡着,决定到底吃啥。

"你等一等。"柯的妻子微笑着说。

她的屁股颇为自信地扭动着,穿过一道珠帘。很快就传来油锅咝咝作响的声音。

"这都是我老婆的孩子,"希腊人柯说,他觉得应该给他讲讲自己生活的大概情况,"都是现成的。跟这铺子一样,我是来这儿发财

---

① ② 希腊食物名,两种炸肉丸。

来了。我干得还不错。"

希腊人已经开始发福了。他的手在口袋里搅和着,那里面装满了钱和钥匙。他开始详细地讲他的生意,讲他赚了多少钱。那番话单调地讲出来,变得好像他先前唱的那些歌的歌词,神秘莫测。

斯坦·帕克似乎已经失去为人之本,把手指并拢在一起堵住他那张黑窟窿似的嘴,问道:"你还唱歌吗,柯?唱那些从海岛上学来的希腊歌?"

"唱歌?"希腊人笑着晃了晃他那个还不算太大的肚子,"不!我唱歌干啥?年轻人才唱呢。他们没事干到处溜达,或者在街道的拐角站着。我把唱歌的事留给孩子们去干了。他们总得把精力用掉嘛,他们太爱激动了。"

然后,希腊人用他现在已经胖乎乎的巴掌在朋友的肩膀上拍了拍,出去发号施令,或者是撒尿去了。他是这儿的主人,可以干让自己高兴的事儿。他结实,能顶得住任何事,虽然既稀松又肥胖。

斯坦·帕克对于他还拥有什么已经不再有把握了——如果确实拥有什么的话。他发觉这很有意思。

"那么,你一定喜欢音乐了?"一个小姑娘走到这个陌生人坐着的那张大理石桌子跟前问道。

"音乐?是呀,"他说,"我想是这样的。不过,我从来没怎么想过这事儿。"

他确实没有想过。他的两个眼皮又干又涩。许多事对于他都是第一次经历。

"我喜欢音乐。"女孩说。她到底是十三四岁还是十五岁很难说清楚,反正穿着一件旧蓝毛衣,显得十分丰满。这件毛衣是什么人给她织的,或者甚至是为别人织的。"我在学习音乐,"她说,"还学着写诗,学家政学。我的一篇关于土壤侵蚀的文章还得了州里的奖呢!"

"你什么都考虑到了,"这个冷冰冰的男人说,"人们管你叫啥?"

"帕姆。"她说。

"这不是她的名字。"两个瘦小的男孩正从他们跟前走过,这样嚷嚷着。

"帕姆!"他们龇牙咧嘴地嘲笑着。

弟弟们专爱揭姐姐的老底。

"就是,"她脸红脖子粗地反驳道,"我就是想叫帕姆!"

"她叫帕娜瑶塔。"男孩子们用手指着她大笑道。

于是那女孩不得不垂下眼睑恭顺地坐在那儿,手指尖并在一起放在桌边上。

"帕娜瑶塔?这也不错嘛!"等男孩子们走过去之后斯坦·帕克说。

"可我不愿意是帕娜瑶塔!"女孩子激动地说,"我想自己起名字,我不叫帕娜瑶塔。我不知道我该叫啥,反正不是帕娜瑶塔。我不知道自己会成为一个什么样的人。所以我什么都学,什么都想干。"

她显得很兴奋。

厨房里,油锅咝咝地响着。

"别听帕娜瑶塔的。"母亲撩起珠帘,把脑袋探过来笑着说,牙齿一闪一闪。"她尽瞎想。"她带着几分赞许说道。

那姑娘这天刚洗过头,头发鲜亮柔软。她从桌子旁边站起来,乌亮的头发扫了一下这个陌生人的脸。他此刻坐在那儿一动不动。

"我不想再说什么了,"她神情庄重地说,"我给你放点什么音乐吧。这会更好一些。"

男人闻到她头发的温馨,想起家里那些白玫瑰,如果捻碎了,就散发出烟草的气味,淡淡的,有一股玫瑰的清香。于是他从自己不幸的边缘退缩回来,清了清嗓子。那是一副上了岁数的人干巴巴的嗓子。

"这一张很动人。"姑娘说。她把手里拿着的唱片放到柜台上一架挺旧的留声机上。留声机紧挨一个放麦秆吸管的镀镍的家什。"会叫你感到悲伤,"她边说,边摇留声机上那个别扭的摇把,"不过很美。"

"听。"她说。

唱盘开始不很灵活地旋转。就在它好像要永远这样颠簸下去的时候,有声音出来了。那是个永恒的声音,唱着,没有歌词。海风和海浪淡淡的银辉流过柜台。所有的行为,过去的和现在的,都在这银辉之下凝滞不动了。

姑娘已经走过来,轻飘飘地从他面前经过,在她刚才的位子上坐下。她陪着他,亲密地对他说:"有一回我写了一首诗。"

"写得好吗?"他大声问。

"一开始还觉得不错,"她说,"可是后来再看简直糟透了。"

她在那永远也不会消逝的歌声之中大谈着。她本来喜欢听这首歌,可是现在听不进去。她自己的诗更暖人心扉,更实际,更吸引人。

"我想攒够钱去一趟雅典,"她说,"去看望几家亲戚,参观巴特农神殿①。"

"是吗?"斯坦·帕克问。

"你知道巴特农神殿?"

"不知道。"他说。

"是座庙,"她说,"都是大理石建成的。而且是,哦,我也不知道了。巴特农神殿啊!"她充满激情地喊了一声,张开双臂,像要拥抱一个太大了的东西。

---

① 希腊雅典女神之神殿,约在公元前 438 年筑成。

那首歌里清冷的月光从柜台上面的那个留声机的匣子里倾泻出来。

斯坦·帕克坐在那张冷冰冰的小桌旁边,这时候已经获得了一种那首歌无法使之解体的、永恒的感觉。这种感觉虽然像这张桌子的铁腿一样,植根于泥土之中,但也还如同潮水一样,有涨有落。但是他知道,这种永恒的感觉是不值得拥有的。所有至关重要的事情都在这首歌流动的银光之下被抑制了,或者过去了。他辨认出来的所有那些人都变成了大理石。他和他的妻子躺在那张铁床上。床仍然像是从那块落着玫瑰花的地毯上长出来的一样,可他们的四肢却成了大理石。他们相互凝视着,冻到了一起。他们的幻觉也历史性地在这一点上凝固了。

"你不怎么说话。"姑娘说,她已经不想听那首歌了。

她听过好多次了。她在自己的年龄所限定的范围之内,已经听了不少她能听的事情,并且做了大多数力所能及的事,所以她渴望知道别人生活中的各种各样的奥秘。

"我已经说得够多的了。"男人说。

他那张嘴变得怒冲冲的。他真想举起一把榔头,把这个大理石的世界砸得粉碎。还有这个姑娘。穿一件有弹性的毛衣,她到底有多大?起初,她看起来还挺招人喜欢。可是现在,因为他自己脑子里的种种想头,变得那么讨厌。

她把两只乳房靠在桌边上。那已经是妇人的乳房了。

"你刚才是不是喝多了?"她问道。

她一边的牙齿上有个豁口。

"管你自己的事吧,"他说,"你还是个孩子。"

于是她似乎马上又成了个小姑娘,一个人们指指点点的对象。

正在这时,那首歌唱完了。帕娜瑶塔不得不跳起来,从唱片最后一圈上拿起唱针。男人仍然坐在那儿。他们俩现在都置身于这间屋子突然降临的宁静之中。屋子的墙壁刷成粉红和黄色。那姑娘——不经意时还是个小姑娘,一边咬着指甲,一边挠着身上刺痒的地方——走到镜子跟前,要看看这个男人从她身上都看见了些什么。她已经开始恨这个老头子了。他正看着她。她在镜子里做出女人们的种种姿态,把胸脯在那件有点儿宽的毛衣下面挺起来,用舌头舔着嘴唇的曲线。

"你多大了?"男人隔着桌子俯过身来问道。

他的声音听起来不乏挑逗的意味,但他并不感到惊讶。他意识到自己还没滑到那么远。

"多大?"姑娘冷冰冰地问。

牙齿上的豁口又露了出来。

天花板上画着些圣徒,脸长长的,充满了痛苦,还画着一堆一堆的水果。

"就你爱提问题。"小姑娘笑着说。她把头发拢下来,又玩起什么新花样。还把两边脸往里面吸,直吸得看起来像空了似的。

"喂,帕姆!"几个小伙子走进来喊道。

他们在长条板凳上坐下,背心下面露出肩背上的筋肉,紫红色的短裤下面露出赤裸着的大腿。

"来点薄荷香蕉冰激凌。"小伙子们说。

"好的。"帕娜瑶塔回答道。

她颇有风度地去招待客人,手里拿着蛇一样的汤匙和盛冰激凌的小杯子。

女孩子们也来了,是姐妹俩,或者是一对朋友。她们脸红红的,为正说着的那些事咯咯地笑着。她们戴的帽子也一样,都垂着流苏。这两个姑娘要了一瓶紫颜色的果汁。果汁把嘴唇染成紫色。她们在长凳上蹭了蹭屁股,咯咯地笑着。现在,当姑娘们和小伙子们说着"黑话",或者比比画画打着手势的时候,屋子里充满了放荡的气氛。帕娜瑶塔在柜台后面来回走动着,颇有点超凡脱俗的架势。她那双眼睛,也许因为记起了那首月光溶溶的诗,掠过那个坐在孤岛一样的桌子旁边的男人,向远处望去。

斯坦·帕克被一片空白和放荡包围着,渐渐地有点不顾一切了。圣徒们棕黄色的手从树叶中间伸下来,要把那种让人引起联想的水果给他。姑娘和小伙子们唱起只有他们自己才明白的歌。他也许也能弄明白,但他更愿意顺着帕娜瑶塔的目光望过去。这天晚上,她已经讲过不少事了,现在不再讲了。就像所有那些重要的事情都要停止,或者成为过去。

于是,这个男人终于站起身来,两条腿因为这阵子一直贴着那张桌子的铁腿坐着,或者是因为他的骨头有什么毛病,麻木而僵直。

"我必须走了。"斯坦·帕克说。

大伙儿都抬起头望着他。

帕娜瑶塔不得不将自己从沉思中唤醒。

她尖叫着:"妈妈给你做的 Soodzookákia 怎么办呢?"

他看见一种惊恐的表情在她的眼睛里闪动。她呡着一块硬糖,嘴巴湿润润的。

"真对不起,"斯坦·帕克很有礼貌地说,"我现在必须走了。必须。"

"这可不好。"帕娜瑶塔说。

那两个头戴饰有流苏的帽子的女孩咪咪地笑,因为除此而外,她们再没有什么可做的了。但是对于那几个小伙子,所有这一切都无关紧要。

斯坦·帕克马上就离开了希腊人柯开的这家小铺子。他被自己脑子里的种种想头搞得无法再待下去了。但是在这个潮湿的夜晚,这些想头仍然缠绕着他,就好像非要把他还剩下的部分都毁灭了似的。这时,大海也来凑热闹了,层层波浪汹涌而来。那个姑娘在那架旧留声机上放出来的那首歌缠绵悱恻,缥缥缈缈,充满了悲剧色彩。他就怀着这样的心情,一直走到那条水泥铺成的马路与沙滩相交的地方,发现一个女人正在点一个烟蒂。

"天哪!"她说,"为了多抽一口,简直要把手指头烧掉了。"

她的嘴唇看起来确实贪婪,正从一点红火星上往里面吸。

"我一直在这儿坐着,"那个女人说,"因为有点儿恶心。我在一个朋友家跟他们喝酒。她的丈夫出门去了。我并不是总喜欢这样喝酒。当然我不是说连一两杯酒也不喝。也不是说冰箱里一瓶酒或者好啤酒也不存。你喜欢猫吗?"女人问道,"我养猫。我有六只,大概七只。不,是六只,小长毛死了。还有诺娜、菲力斯、小不点儿。不过,你不感兴趣。我不责怪你。我也烦猫。那些讨厌的家伙到处跑,浴室里也去。只有当你醒来之后,拉起百叶窗之前,屋子里一片棕黄色的光,还有鸽子在飞翔。于是你明白是早晨了。这时候,你有猫陪伴着。它们在你身边躺着,有的偎依在你的胳膊弯里,有的猫喜欢钻到床子下面。"

斯坦·帕克一直听这个女人说话,直到听烦了。他在温热的沙滩上挨着那个女人坐下。她那呼哧呼哧的喘气声直冲他过来,十分刺耳。不过女人身上那股味道还不像他自己那样难闻。厌恶的感情在他心里消失了。

他把头放在女人的膝盖上。

"你的感觉跟我一样。"她说,用手抚摸着他的脸。

"你饿了。"她说。

他开始抚摸女人乱蓬蓬的头发。

"你想干什么呢,亲爱的?"她问道,岁月已经把她变得皱巴巴。现在,那一片枯萎之中又升起了希望。

"住嘴!"他恶狠狠地说。

他真能把这个老妓女杀了,把自己眼下的需要——死亡,变成她的。而且真的用手掐住她的喉咙，还稍稍使力压了一下。女人脖子上挂着一串珠子，还有一枚纪念章，或者什么玩意儿。

"啊——"女人张大嘴叫喊。

"好了，"他对她那张脸说，"我刚才还在想能不能自杀。可是不能。就是现在也不能。"

女人还在大声尖叫。

他跳起来，沿着海滩跑了起来，跌跌撞撞，跨过许多偷偷寻欢作乐的男女、海水冲来的奇怪的木头和松软的泥沙。

等他跑出一截路，那个尖声喊叫的女人也跑下去了。一声警笛划破黑暗，灯光都聚集到他刚才离开的地方。他开始为那个喜欢猫的女人难过。她向他倾吐了心里话，喉咙也被他掐紫了。

他捧着脑袋，直到那头颅似乎不再是他的，而是捧在手里的一只西瓜。啊，他心里说，我完蛋了。我必须回家。

大海并没有表示反对。

斯坦·帕克一路颠簸，从杜瑞尔盖回到他的地方的时候，特别是经过篱笆上那几根因为自己心里的冷漠、耽搁着没有弄紧的板条时，到此刻为止一直在他眼前闪烁不定的电影镜头似的生活片段，已经变得非常不真实了。也仅仅因为有过这样的经历，才有这样的感觉——他曾经看过一次电影，准确地说是两次。直到电影放映完，他都热血沸腾。

现在，杂乱的青草和参差不齐的树木对往事横加指责。回到这个熟悉的环境，只有眼前的事情是真实的。斯坦·帕克开着这辆东倒西歪的车，又瞥了一眼他手上的皮肤。他一直开到那片洼地。一株株柏树在飞扬的尘土中屹立着。露水下的尘土飞扬起来十分呛人。

他又觉得一阵窒息，但是没等脑子里再闪过什么念头，便飞快地驱车向前了。汽车平稳地，甚至是优美地开进大门，最后停在后院。

那条大狗站起身走过来,耷拉着脑袋,因为充满了负疚的欢欣,龇开嘴露出满口黄牙。

他心里奇怪,这条狗为什么总是露出一副负疚的样子。

艾米·帕克朝窗户外面瞥了一眼,看见丈夫回来了,便拿出平锅。因为她对丈夫回家的反应,早就形成一套固定的程序。她往平锅里扔了一块猪油,打了三个鸡蛋。鸡蛋很快就在平锅上烙成饼。

"活儿都干完了吗?"他问,"挤奶的活儿。"

"完了,"她说,"我都做完了。"

她给他端来吃的和杯盘碗盏。

她还端来一杯奶茶,站在那儿边喝边嚼着一片干面包,样子挺难看。不过平常也是这副模样。这是她跟他说话时的习惯。

"昨天夜里,我差点儿忘了贝拉要下犊子的事,"艾米说,"贝拉简直要发疯了似的。它绕着院子边跑边叫。可怜的东西,我给它接下犊子的时候,它可太受罪了。真是一头可爱的小牛犊,斯坦。正越长越壮呢!会长成一头漂亮的犊子,而且是贝拉生的。"

她就这样跟他讲着。

当他看她的时候,或者并没有真的看她,他发现他们的生活已经进入一个新的阶段,有些东西已经消耗尽了。艾米在厨房里来回走动。她已经把头发捋平,显得素雅而没有神气。她往炉子里加了些木柴。有一阵子,火烧了出来,她没去管它,后来才赶紧把火往下压了压。

"劈柴快用完了,斯坦。"她说。

可不是,过些时他会再劈一些的。

那么,我们真的知道那件事确实发生过?他问自己。然而对于他的生活,他做不出些许的回答。至于别人的生活,特别是妻子的生活,更没法儿说清了。

艾米·帕克怀着同样的心情来回走动着,手里的东西拿起放下,放下拿起,等待得到启发、开导。事实上她所期望的,不过是从外部得到开导。然而她是无法得到的,她仍然觉得精疲力竭,并且怀着羞愧和惊奇想起她脱掉长袜时那副样子。袜子像灰颜色的袋子,躺在地板上。

如果摸一摸,她会发现自己那张脸有多么瘦。但她连瞅都没瞅一眼。

渐渐地,这个男人和这个女人默认了他们相互间的奥秘。而这种奥秘是这块屋顶所无法包容的。有时候,他们半夜里分别地醒来,听着对方的呼吸声,心里充满了惊叹和疑虑。可是因为疲倦,很快又睡熟了,而且不再做梦了。习惯给他们以安慰,就像温热的饮料和拖鞋一样。这种习惯甚至会装扮成爱情,让人们接受下来。

第十九章

婚礼举行以后又过了些天,不是马上,而是等他们搬进新居之后,福斯迪克夫妇回乡下去看她的父母。

"你当然一定会感到厌烦,但是是你勇敢面对现实的时候了。"塞尔玛说,她要让丈夫感到他们几次推迟回家的时间,他是负有责任的。

丈夫清了清嗓子,并没有反驳。他驾驶着汽车。他选择两辆汽车中间的一个空隙,猛地冲了过去。尽管平常他并不冒这种险。他是个谨慎的人。他这辆车是英国造的,半新不旧,不很长,也不低,颜色不错但并不耀眼。总之,从这辆车看不出他的经济状况。他也仅仅是为了这个原因,才选了这辆车。

"你那儿风大。"福斯迪克先生终于说,因为作为一位最近才得到认可的丈夫,他该想到做一些能表示自己的柔情而又实际的事了。

"没什么。"他的妻子说。这几个星期以来,由于健康的原因她一直在休息。

但他还是心不在焉地,或者是带着一种"比她懂"的神气,探过身去,把她那边的车窗玻璃摇了起来。

她微笑着,懒洋洋地喘着气,用手套拂了拂车窗。她本来或许会说,对于自己的爱情生活她非常满意,但是觉得这样一承认就跟她开始在学习的那种高雅情趣背道而驰了。但她确实沉浸在爱之中。她惊奇地想着她那所房子。下午,经过粉刷的墙壁在月桂树的掩映下闪闪烁烁。或者站在暮色之中,悄悄地望过去,那幢房子似乎是一个由灯光组成的固定的框架。房屋四周,别人栽种的树木参差不齐的、难以驾驭的树影摇晃着。

他们结婚以后,父母亲曾经来过一次。如果他们在举行婚礼时没有露面,显然是因为怕陷入窘境。但是在一个下午,他们单独来访时,他们就轻手轻脚表现得很有礼貌。他们带来些鸡蛋和个头特别大的橘子。看到父母亲举止如此谨慎,女儿片刻间感到难过,她知道她为什么必须丢弃他们。可是很快,当她把一双手插进羊毛衫的口袋里时,摸着毛衣,又恢复了现实中的感觉。

"当然,他们是好人。"现在,她把脑袋缩在皮领子里说。

"什么?"福斯迪克先生问。他的教名是达德利。

开车的时候,他不喜欢分散注意力。他是个很认真的人。他的认真,实际上是他最大的虚荣。这自然并无坏处,但有时也会变得叫人无法忍受。

"我妈和我爸。"塞尔玛·福斯迪克说。

就好像他的注意力对于她正在陈述的这些想法是很必要的。

她被母亲来他们家作客时带着的那块烟水晶迷住了。那块水晶周围镶着小圆石头。小时候她曾经见过,后来忘了。

"我承认,我妈太好冲动。这就是问题的所在。可我的父亲,你不能不承认,他的人品是相当难得的。"

福斯迪克先生开着车,向公路皱着眉头。平常情况下望着公路是应该眉头舒展的。

"能有什么问题?"他问道。

"很难肯定说是什么问题,"妻子说,她细看着她那副手套,又把它往手上更紧、更严实地套了套,"无非是两个人在一起生活的过程中,一步一步地了解对方,而又总是了解得不够。"

在他们结婚很短的这一段时间内,福斯迪克先生就已经很为妻子而感到惊讶了,而且常为她所表现出来的聪明才智而骄傲——如果他还没有发现人性中圆滑的成分的话。

塞尔玛·福斯迪克叹了一口气。她单身的时候,读了许多书。有时候她看那些非得看完的书,看得连鼻孔都发痛了。不过她确实有许多个无事可干的下午。

"在我看来,他们是挺实在的人。"律师说。对于他,纯朴是个一俊遮百丑的东西。

"你并不喜欢他们。"妻子说。不过她说得轻松自在,这便免除了丈夫的罪责。丈夫是她自己选择的。跟他在一起,她仍然感到快活。

"纯粹胡扯,"丈夫笑着说——他的性情显然很和善,"不过,我又不是跟他们结婚。"

他们爽朗的笑声十分和谐地融合在一起。他们的脑袋在直挺挺的脖颈上面转过来,望着对方的脸。在这样的时候,对父母亲什么样不忠的事情,塞尔玛·福斯迪克都能做出来。

我为什么要和塞尔玛结婚呢?达德利·福斯迪克心里想。

一开始,谁都奇怪,达德利·福斯迪克怎么能被事务所里这个姑娘迷住呢?她有能力,这当然是事实。可她是个面色苍白的姑娘,甚至有点瘦骨伶仃,胳膊肘尖尖的,脊椎骨的上半部分在冷漠的皮肤下面看得清清楚楚。她对梳理那头亮闪闪的头发始终怀着极大的热情。她那浅浅的、金光闪闪的头发总是梳洗得很漂亮。如果有点儿乱,刚好显得自然,绝无披头散发之感。她那张嘴也只是用手指轻轻抹上一点点口红。人们惊讶,在这个着重表现的艺术时代,她居然喜欢细心雕琢。因为她的着意打扮人们是难以察觉的。

但她最终总能像空气一样,巧妙地潜入人心。她具有一种浮动的本能。比如她说话的声音,她就曾经下功夫训练过一番。有一阵子,还花了相当一部分薪水。以后人们就总能记着她的声音了。如果仔细想想,确实觉得她的声音特别悦耳,有教养、不紧张、声调控制得体,但又不模棱两可。人们在电话里听声音就猜得出她的性格。或者傍晚,她从办公楼的电梯走出来的时候,一看见她,就能猜出她过的是什么样的生活。

塞尔玛·帕克经过不断改善的声音在达德利·福斯迪克和那些没完没了的、让人恼火的事情或者不快之间飘荡。她的声音在对那种小小的精神不安或某些无关紧要的年长的亲戚逝世表示同情,以及对天气表示自己的看法时,都是那样恰如其分。她的声音对那些慷慨激昂的、怒气冲冲的人一概无动于衷。因为激昂也好,愤怒也罢,经常令人遗憾地发生。她能令人难以置信地使那些比法律本身懂得更多的委托人服服帖帖。因此,当这位帕克小姐那双冷冰冰的手里拿着某件令人敬畏的契约或者合同,态度超脱而又实实在在,从那间屋子再走过去的时候,或者把一封她肯定他会签字的信放在她雇主的办公桌上的时候,并不是谁都高兴。

有的人为福斯迪克遗憾,认为他对她的信任是太冒险了。但是他自己开始喜欢这一点。有时候,她俯身在他的写字台上——距离恰到好处,尚有一臂之遥——拿着一支铅笔,解释某项条款。他闻得见她头发的气味。他被她手腕上的表迷住了。等她脚步非常轻盈地走出去,那扇裱了一层台面的门一开一关只不过像是喘了一口气,这位律师便解开背心上的一个纽扣,像塞尔玛·帕克先前描述过的那样,挺了挺肚子,翻了一页纸,又翻了一页。

"帕克小姐上哪儿去了?"他问道。

人们说,帕克小姐患流行性感冒了。

于是他体会到了拿不定主意时的那种焦灼不安了。他的办公桌上堆满了乱七八糟的东西。那些穿着裘皮外套、戴着珍珠项链的漂亮女人们对于条款、措辞乱提建议。他由此明白,塞尔玛·帕克对于他是必不可少的了。就这样,他跟她结了婚。

如果他做这件事的动机是出于一种直觉,而不是经过一番思考——对于一个如此有理性的人来说,这自然是十分少见的——那么很自然有时候他会忘记或者感到奇怪,自己为什么会采取这样一个举动。比如现在,在这辆小汽车所造成的这个与外界隔绝的世界,在这条离城郊越来越远的大路上,在初春湿漉漉的景色之中,他正在试图记起是什么使他微微感到有些不满意。但是想不起来。他只感觉到沿着他正行驶的公路拉起的这道铁丝网做成的篱笆和妻子身上那件很贵重的黑色裘皮外套。那是什么皮子来着?反正他是给她穿在身上了。雨水打在车窗玻璃上,宛若条条流动的小溪。尽管他不时摇起车窗,雨水还是射进来,溅在他的脸上。他身上还干着的地方因为与一片片雨水淋湿的地方相连,早已失去了意义。那种湿乎乎的感觉使人想起未经探测的更为冰冷的深潭,以及无法预言的种种事件。他驱车行驶的时候,不时做出一副苦相。尽管他在心里说,这场雨对土地还是很有好处的。

这两个人就这样开车行驶着。从汽车外面看,他们显得小巧玲珑,还颇有点傻乎乎的。毫无疑问,他们来这儿是有目的的。但是因为没把别的力量、别的因素考虑进去,这个目的便不明确。就像一块表里面那些小小的、精巧的、颤动着的发条,人在这辆镶着玻璃的汽车里颤动着,运行着,有时候简直濒临混乱的边缘,可是由于看不见摸不着的技术上的原因又恢复正常了。

过了一会儿,塞尔玛·福斯迪克打开她的鳄鱼皮手提包。这是她在悄悄留意到那些让她看了害怕的女人拎这种包之后才买的。她打开包,说:"你吃糖吗,达德利?"

"不，谢谢。"他皱着眉头回答。

他的态度很明确，不想吃。

可她还是掏出一个小纸包要吮一块糖。这是她的习惯，为了得到某种安慰。她依旧保持着这种习惯。

她吃的大概是块麦芽糖。可是她的丈夫皱着眉头想起那些小糖块或者口香糖散发出一股类似紫罗兰的味道——一种合成剂的气味，在让人烦躁的下午，在火漆和油墨的气味之上飘荡。

塞尔玛自己却好像听到打完一行字之后打字机响起的铃声。尽管麦芽糖淡淡的气味在某种程度上解除了过去的负疚。她想起那些紫颜色的口香糖和有时候下午他转过脑袋时的那副样子。那时候，许多规矩的要点她还没有掌握，但是她正抓住很昂贵的东西在这条道路上摸索前进，这些事情在她心里令人气恼地翻腾着。有些女人的眼睛不只是看她的衣服。她脸红了。

"为什么有的人嘴里总得吮点儿什么呢?"她的丈夫问道。

塞尔玛·福斯迪克耸了耸肩，眼睛朝旁边瞅着，显然不打算回答这个问题。

雨水从灰蒙蒙的苍穹落下来，敲打着车窗玻璃。

她把窗玻璃摇下来，把那个可怜巴巴的、热烘烘的小白纸袋扔了出去。纸袋傻乎乎地落在地上。

"你不该那样吃糖。"她的宽宏大量的丈夫笑着说。他看着她，很为自己在她身上表现出的力量而高兴。

如果他那双干瘦的手没有握方向盘的话，他准会在她瘦骨嶙峋的脊背上拍打两下。

"我没有什么特别的吃法，"塞尔玛说，她能很快接受教训，"麦芽糖在我的手提包里变黏了。"

她继续朝四周的乡野东张西望。自从有了地位，这种地方对于她已经变得索然无味、无足轻重了。她看到，尽管自己不在这里，这些乡村也还是模模糊糊继续存在着。但是究竟出于什么目的而存在就不明确了。目的在树叶与树叶紧紧相连的树海上飘动。一片片牧场又显得那么富饶了。可是屹立在牧场之上的还是显示着贫穷的房屋。这些房屋要么摇摇欲坠,要么用铁皮、铁丝支撑着。一股潮湿的鸡粪味不时钻到小心翼翼开着的汽车中来,在各种设备间缭绕。

现在,塞尔玛·福斯迪克真希望他们没来这儿。她看了看她那只镶钻石的小表。与其说是为了看时间,不如说是希望通过手表意味深长的走动使自己进一步确信,事情都是按顺序发生的。出于同一个原因,她已经开始听法语课,而且成了几个慈善机构委员会的委员,尽管她很谨慎,总是在听,在看。

"这已经是到他们那儿的路了。"她说,故意显得自己和周围的地理环境并无关系。

丈夫那张脸由于集中精神准备应付必须面临的种种情况而显得瘦削。

"这一定是他们的车了,斯坦。"母亲说。她从星期一才洗过的窗帘后面张望着。

她在脸上搽了点粉,看起来像是落了一层霜。因为她那张脸由于年纪大了,也由于某种悔悟,本来就已经很白了。因此,粉抹在脸上并不和皮肉"合作"。身上的衣裳也一样地"不合作"。那当然是她最好的衣服,深蓝色,料子粗糙,但质量相当好。衣服四周皱巴巴。要么,默莉·芬莱森裁衣服就是这个裁法。胳肢窝不合适,有一个地方还有条缝。当然,只有别人才看得见。不过,这位母亲还是挺体面的。她还在那件厚厚的衣服上面缝了个白衬领。她总是很仔细、很漂亮地洗烫这种白颜色的东西,稍稍浆一下,使得它们看起来不失其洁白的本色。

父亲下定决心,要让别人觉得他很快活,值得信赖。他预料到,他跟他的女婿——这位律师,在某些不常谈及的问题上一定会陷入沉默。不过,他并不因此而沮丧。他们在他们那幢房子的一个房间里等待着。这个房间由于陌生人的到来越发显得普通而又普通,看起来好像不再是他们的房子了。他在那里面来回踱步,听着脚下的靴子吱吱嘎嘎地响。

"你擦过靴子了吗?"艾米·帕克问。

"擦过了。"他说,伸出脚让她看。

现在已经没有什么事情重要到不让她过问的地步了。

"斯坦,"她说边用手拍打着他身上的尘土,"你喜欢这个人,这位律师吗?"

"对于他,我没有什么可反对的。"岳父说。

她笑了起来,就像个小姑娘,摇动着她那妇人的躯体。那副样子让人厌恶。不过丈夫已经习惯这副让人厌恶的样子了。

"永远不会有人去告发你。"她笑着说。

但她的丈夫继续一本正经地说:"他看起来是个好人。"

"话是这么说,"她说,不再笑了,而且好像刚才也没有笑过,"光是一个好人还不够。"

她停下话头。他的眼窝比平常更深了,一双眼睛并不觉得刺痛。她不止一次地试图搜寻出女婿的优点。已经失败了,但还要再试试。就好像她不相信她所无法触及到的那些东西就不存在。

"不管怎么说,他的车挺不错。"斯坦·帕克说。他下决心要让妻子高兴。

他的所有动作都让人感到愉快。大多数时候,他那双眼睛里有一种淡淡的自信。他发现,不抱什么希望更易于忍受。他还发现对妻子的一种钟爱之情。这种感情不像爱情那样可怕。

艾米·帕克听见泥浆飞溅的声音之后,又向外看了看。车已经来了。

"哦,斯坦,"她说,"我想,我们最好还是出去接接他们吧,你说呢?"

天气这么阴冷。她因为正在颤抖,紧挨着他,恢复一点儿热力,还因这触碰而顺便重温了那熟悉的感觉。于是他们一起走了出去,因为非发生不可的事情总还是要发生的。四个人在那丛日久年深的玫瑰花旁相遇了。花丛弹出小水珠,落在脸上,穿透他们的肌肤,花枝揪扯着他们皱巴巴的衣裳。一阵亲吻和握手。四个人面面相觑,都希望能认出一点他们熟悉的东西。

"啊,亲爱的,路上一定很不好走吧。"艾米·帕克对女儿说,"达德利,在这样的天气,当然,没有一样东西能让你看到它们最佳的状态。"

话虽这样说,艾米·帕克还是雄心勃勃,要在今天扮演一个从未扮演过的、了不起的角色。

"我对他说过了,不要抱太大的希望。"塞尔玛说。她已经意识到,尽管她办事果断,但忍耐力还是不大。

她整理了一下她那身质地挺好,但在这样的天气也显不出什么好的衣服,接受了父亲的亲吻。这一吻比她记忆之中的父亲的吻似乎更漫不经心。她瞅他那双靴子。她开始对自己看到的所有那些东西好奇地微笑。就好像这样或许就能证明,这都是她新获得的、既可笑又让人感动的经验。她特别愿意瞅着父亲。他是个可爱的人。他使她生出这样的希望。男人们对于大多数女人都较少自信,因此也就更容易接受。

"达德利对乡村生活一无所知,不过他愿意学学。"塞尔玛说。在眼下这种情况,她在自然而然会产生的冷嘲热讽和因父亲而唤起的善心之间犹豫不决。

"塞尔玛有个弱点,总爱把别人心里的想法说出来。"律师笑着说。

他正把背心下面的肚子高高地挺起来,然后又收回去。一只生着斑点的干巴巴的手摸着秃头上的皱纹。

"有什么好看的,他都可以看看嘛。不过,我们这儿也没多少可看的东西。"斯坦·帕克很轻松地说。

母亲和女儿都很惊讶,甚至有点气恼,他居然可以跟他的女婿——一个不带感情色彩的男人毫不拘束地谈话。她们心里很疑惑。当他挪动脚步,要领这位律师从水淋淋的树木中间走开的时候,便越发满腹狐疑了。

"可还在下雨呢,斯坦。"艾米·帕克说,她又恢复了她的控制能力,"我想,我们还是该先喝杯茶。"

塞尔玛又想起那些厚厚的、似乎是深不可测的白杯子。

"天一会儿就晴了。"母亲说道,尽管她对晴不晴并不怎么在乎。她或多或少是按照自己定下的框框去想象天气的。

"已经晴了。瞧!"斯坦微笑着说,把手举起来作成个圆圈儿。

只有极少的雨滴在飘洒。清冷、宽厚的蓝天占了上风。他因自己的力量而发笑。当初这一切会显得至关重要,可是现在已经没有什么关系了。因此在自己家门口他是那样惬意、轻松自如。年轻时那种不善谈吐的弱点都抛在了身后,尽管对于比较清楚的未来,他也还是看不清一条出路。

"这个布局没法更好了。"他边说边领亲戚们四处走走。

"真是不可思议。"律师笑着,向天空和小路张望。还在矮树丛中这儿瞅瞅那儿瞧瞧。

斯坦·帕克为这个茫然不知所措的男人而遗憾。他心想,要是有相处的机会,他或许会喜欢他。当然,这种机会不大会有。

"可是太泥泞了。"母亲嘟哝着说。她低下头,朝那些早已熟知的树枝皱着眉。

他们绕来绕去绕到母牛圈栏。路上堆着一堆堆圆形的粪肥。

他们从空牛栏的砖地上走过去,又沿着雨水积成的水湾走过去。树枝在他们脚下吱吱嘎嘎地响着,母牛用青紫的舌头舔着鼻子,抬起头望着他们。他们沿着已经耕过的土地走着,玉米将从那里破土而出。母亲和女儿正谈一块台布的事儿。那是一件结婚礼物,在洗衣店被一个铁模子弄脏了。母亲知道怎样去掉那块污渍。

"这一切都非常有趣,"律师说,他用脚尖踢了踢一条垄沟,"这土多肥。这里的生活真了不起,富有成果。"

因为这是他自己的生活,斯坦·帕克便从来不把这生活想象得这样了不起。这生活占有他,可是还从来没有什么东西将达德利·福斯迪克占有。也许除了他的妻子。突然,他觉得自己也希望能被别的什么东西所占有。被某种激情,甚至是某种邪恶的感情。风从南边某个角落吹来,吹皱了他身上的雨衣。

"我们为什么不能把什么都丢开,来乡村生活呢,亲爱的?"他回过头对妻子大声说。

"为什么?"她想了想,慢慢地拉了拉皮领子,蹭着面颊,"因为到头来你会讨厌的。"

在风的吹拂下,他的两条腿显得古怪、可笑。

达德利·福斯迪克看关于人们如何生活的种种报告、材料看得太多了,现在突然间被真正的生活气息灌醉了。这气息从耕耘过的土地和湿漉漉的山丘向他扑面飞来。天空布满了滚动着的云。风吹打着他的胸口。然后,妻子的话又使一个可笑男人的幻觉回归于他。他不因那些话而生气,那些话的本意也许就是要伤害他。因为他应该为自己瞬息间的轻率而受到指责。于是他喉咙里发出一阵响声,是表示同意,也可能是表示自己以受妻子的指责为快。他继续在这村野风光中漫游,在他尚未生活于其间的风光中漫游。直到最终葬身于那风光之中,他是不可能完全领略其中的奥妙的。

可怜的家伙,斯坦·帕克心里说,可是这有什么要紧吗?没什么要紧的。已经不再有什么关系了。这样脚步轻轻地从风中走过更容易些。这风儿不再与他作对。没有任何形式的对立。上帝的反对也已从他心中隐退,使他轻松愉快、无忧无虑。他曾经为信仰而折腰。每一片树叶或者每一卷卷起来的树皮,都因其内含而显得沉重。在林中空地中间迎风走着的这个男人已经被掂量过了。他那双坦率的眼睛由于风的刺激,有点泪水汪汪。他的下眼皮因为年岁大了,稍微下垂,给人一种裸露着的伤口的印象。妻子不喜欢他这个样子,可又不知道该怎样启齿。

"他知道,他跟我一样,不喜欢把手弄脏。"塞尔玛说,目光追随着丈夫达德利·福斯迪克的脊背,"不过,我还喜欢读点关于农村的书。"

"你读很多书吗,亲爱的?"母亲语气含糊地问。因为她不大相信这会是一种消遣。

"我永远也赶不上别人,"塞尔玛老老实实地承认,"现在我已经开始读了。"

"我想,那只不过是消磨时间吧,"艾米·帕克说,"尽管你能读的那些东西我连一半也不明白。书上说的和生活中的事情不一样。"

"用不着一样。"塞尔玛叹了一口气,这纯粹是浪费时间。

"哦,是的,一定是那样,"艾米·帕克说,"全都不一样。书里头的人跟真人是不一样。他们非得那样不可,要不然可叫人受不了。"

要不然她情愿对着镜子,用自己的头发把自己勒死。

"这是关鸡鸭的地方,福斯迪克先生……达德利。"她觉得有必要说几句,"我们不是正经养鸡。只有几只下蛋鸡。这是些小母鸡。"

她并没有打算领他们到这儿来,可是他们已经从这条路上走了过来。

律师朝铁丝网那面凝视着,或许因为那几只鸡微笑着。

"看样子,你对家禽很感兴趣?"艾米·帕克问。

"不,"他说,"说不上。以前我没想过鸡鸭。"

烂泥中升起一股潮湿的鸡粪味。

"哦,这些玩意儿真气味。"岳母说。

我简直要大声叫了。塞尔玛·福斯迪克心里想。她穿着那件贵得让人难以置信的外套。要是从前,这外套是不会属于她的。

"去喝你那杯茶怎么样啊,老伴?"斯坦·帕克说。

这是件很明智的事,于是他们都回屋了。

前面这间房子已经准备好用茶点了。屋里还插着几束早开的玫瑰。这些玫瑰有的已经开成娇嫩的花朵,可是另外一些因为采的时候花苞太小,永远不会开放了,看起来就像生了病似的。屋子里一股长时间没有住人的那种霉味。所有家具在塞尔玛·福斯迪克看来都是黑魆魆的,而且那么不顺眼。她在那些家具之间若有所思地踱步。她很惊讶,自己居然能从这样一些实实在在的事物间逃脱。或者从她先前那个自我中逃脱。她怀疑她的旧我是否隐藏在这些红木家具中间。于是她迫使自己赶快回到眼前的事情上来。似乎是为了完全彻底地从那遐思中解脱,她把手套从那双修长的手上脱下,手上的戒指毫无愧色地闪烁着。

艾米·帕克人还未到,喘气声就先传过来了。她提来一把上了釉的大茶壶,一块黄色的糕饼,一个玻璃托盘上还放着些大块烤饼。

她说:"你见过鲍凯老两口了吗,塞尔?"

有时候,她就爱这么不管三七二十一地瞎问,问着谁算谁。逢着这样的时候,她可能会说,我没有什么特别的意思,只不过为说而说。

"没有,"塞尔玛·福斯迪克答道,她阴沉着脸看着她的杯子,

"我没见过他们。"

"鲍凯老两口?"她的丈夫问道。他对于自己不认识或者不理解的东西一概报以微笑,不管是鲍凯老两口还是那个盛烤饼用的直立着的多节的玻璃托盘。

"是几位亲戚,"塞尔玛边说边咬下一小块烤饼,"有一阵子,我跟他们住在一起。"

她的脸上一副和颜悦色的表情。她也许能够承认鲍凯夫妇这门亲戚,却不会认身穿染了色的兔皮半大衣的过去的那个自己。那是在她吃花生糖、看杂志的年纪。那时候,她曾经因为肺部的阴影难受了好几个月,可也只能通过通信的办法治疗。

"他们很善良。"她说,扔掉一块面包皮。

现在,在她自己那间雅致的屋子里——不管怎么说,鲍凯老两口是不会找到那儿的,即使他们在某张报纸上看到了他们的地址——她可以做到仁慈、宽厚。她已经到了这样的地位,使得乐善好施成为可能。即使她没能签一张实实在在的支票——人们认为她慷慨大方,许多人都这么说——她仍然可以既不表示喜欢,也不表示不喜欢。她极少动感情,因为动感情对她的身体没有好处。她也很少发表什么意见,因为发表意见就意味着她有某种见解。甚至她那间宁静的屋子也朦朦胧胧,没有个明确的是非标准。她摆着大盆大盆的花,经常花费整个早晨的时间去控制一根花枝的生长,并且为总的效果而焦急。

塞尔玛学了多少东西呀!艾米·帕克边喝茶边想。她戴手套,看书。

"可怜的老霍瑞·鲍凯正生着病。"斯坦·帕克说。

"他会死的。"他的妻子说。茶太浓了,把她搞得充满了伤感。

要那样,我们可就没法摆脱鲍凯夫妇这个话题了,塞尔玛·福斯迪克心里想。她脸上现出与周围的气氛相宜的悲哀的神色。

在这黑魆魆的屋子里,她为自己正在埋葬过去而真诚地悲伤。小姑娘们在麻雀的坟墓上献上的花的气味,使她眼泪汪汪。还有夜间长明的小灯。灯光之下,她感到一阵阵窒息。是脸上挂着单纯、甚至有点儿原始的表情的母亲又使她喘过气来。塞尔玛·福斯迪克坐在那儿弄碎那块糕饼——那块黄颜色的大饼。这块饼因为做得太匆忙了,上面尽是窟窿。如果她自身的许多东西不再能自圆其说,她倒情愿把它们剥下来,抛弃掉。

"你玩牌吗,达德利?"艾米·帕克问道。

"不玩。"他微笑着说。

这种勉强的微笑不合时宜地在他的脸上浮现出来。实际上,他很吃惊人家怎么会疑心他能有这种跟他的身份大相径庭的嗜好。对于他,这个女人——他的岳母,能了解些什么呢?还有他的妻子。甚至他自己,在这间陌生的屋子里,从哪个角落都会突然出现某种意料之外的习惯。那个玻璃托盘在云朵似的烤饼下面眨着眼睛。

"不,"他嘴里塞得满满的,声音含混不清,"我从来不玩牌。"

"我们家里也不玩牌,"艾米·帕克说,"不过,有的人也喜欢晚上玩一会儿。"

走以前,我必须记着问问她关于她自己的事,塞尔玛心里说。不过要记着,问一问也就够了。人们不愿意或者没办法把心里忽隐忽现的那些想法都讲出来。不过询问也表示一种好心。

然后,律师穿着他那套质地很好的英国料子做的衣服,挺直身子。那是一种带点子的花呢,摸上去很挺括。这倒不是因为他有男子气概,而是因为料子的质地。他说道:"那一位怎么样?帕克太太。你的男孩,我还从来没见过的那位。"

塞尔玛·福斯迪克心里明白,这是我们一直等着要回答的问题了。

因为他已经有点使自己陷入困境——律师不敢肯定,但他疑心——便像那些小心谨慎的人们一样,摸摸索索,投石问路了。

父亲已经坐了下来,身子前倾,手里揉着烟叶,直到烟草的气味充溢了整个屋子。满把的烟草要从他的手里漏出来了。

"噢,你是说雷吧。"母亲说。

她又切开几块糕饼,尽管已经没人再吃了。她就让它们扔在那儿。

"雷挺好,"她小心翼翼地说,"他最近就要回来。"

然后,她向窗外望去。天终于晴了。他们都向外头张望,目光掠过花枝和树叶,射向幽绿的光和寂静。

"雷是个可爱的小伙子。"她说。"你会看到的。棕色的皮肤,红红的嘴唇,身体很棒。不过,看起来他总认为我们不理解他。小时候,他总爱躲进那条溪谷。我追都追不上他。有一回,飞来一群海鸟,他打死一只,埋了。他一点儿也不声张,以为我不知道。其实我从他手上就闻得出那股味儿。还有一次,他还很小的时候,我们有几只刚下的小狗,被他拿出去扔进房后面的一个坑里。到了夜晚,他那个哭呀!我怎么哄也哄不住。他干这些事儿是身不由己。还有个希腊人,我记得,他好多年以前在我们这儿干活。雷跟这个希腊人成了好朋友。因为他爱他,雷对他非常凶。不,"她说,"我理解不了,但我知道。"

塞尔玛·福斯迪克觉得一种要呕吐的感觉使得她胸口发紧。她开始咳嗽,而且怎么也止不住。

律师看见他的帽子放在一张椅子上,那是他进屋时放在那儿的。倘能回到那个摆设着他的所有财富的所在,他会很高兴的。他在一个橱柜里放着雪茄烟,和一堆蜂鸟标本。

"你不该提这些旧事,孩子他妈。"斯坦·帕克说。他已经卷好一支烟,那烟的形状显得局促不安。

"为什么?"她说,"这些事儿还不算旧呢!"

确实不旧。

她瞅着他。恍惚间,他觉得海滩上那个被他掐住脖子的女人,紧紧地掐住了他的喉咙,穿着绸罩衫的姑娘们唱着大海的歌。还有那男人,那个流动推销员。他块头很大,也许还生着雀斑。他走进来,两腿分开坐下,讲些乡村小镇的轶事。他这种人总是喜欢讲这些。翕动着厚嘴唇,咬文嚼字,眼睛里的毛细血管看得清清楚楚。

大家都相互张望着,彼此心照不宣。在这所房子里,当着别人的面,母亲和父亲终于达成某种默契。只有他们自己的时候,可从来不敢这样。

"你要喝杯水吗,亲爱的?"艾米·帕克问塞尔玛。她正在咳嗽,她没法给她止住。

"不,不。"她连连摇头,戴上她那副质地很好的黑羊皮手套。

"不是又犯病了吧?"母亲充满希望地问。

"不是,"塞尔玛咳嗽着说,"没有犯病。"

"会过去的。"达德利·福斯迪克很沉着地说。

就好像塞尔玛的咳嗽真的会在他伸手拿起帽子之前就止住。倘若那样,马上离开这儿的借口就没有了。

母亲嘴里发出啧啧声。

斯坦·帕克在将上帝从他自身中排除掉,并且抑制了任何形式的请求宽恕的渴望之后,便多多少少顺从了他所选择的这种不信神的境况。此刻,他确实体会到了一种自由的感觉。他看了看表,很快就到挤奶的时间了。这天晚上,如果能把她劝得留在家,干那些洗洗涮涮的事情,他自个儿待在那间挺大、挺凉快的牲口棚里,便是相当自由了。只有奶牛待在牛栏里,他的下巴颏抵着膝盖挤奶。那巨大的、赤裸着的苍穹空阔而自由。他知道这一切,在他那件不习惯的西服背心下面,肌肉因渴望而颤抖。

这当儿,塞尔或者说福斯迪克太太要跟她的丈夫走了。

又开始了相互间的亲吻。一种懊恼在空中飘荡,玫瑰花丛上滚动着不情愿的水珠。

"把领子扣好,亲爱的。"母亲说。

"领子上没扣子。"塞尔玛笑着说,"要是有扣子可难看死了。"

她已经止住了咳嗽,那是外面清冽的空气帮助的结果,或者是看见她自己那辆小汽车的缘故。

她要走了。这时回过头才想起忘了让妈妈讲讲关于她自己的事情。她是个什么样的人,她正经历什么事,等等。啊,实在是没有办法。

他们安顿好便开车走了。她忘了吻父亲,因为在爸爸面前总觉得干什么都是理所当然的。他依然站在那儿,他那结实得令人吃惊的身躯,就像生了根似的立在那儿。

福斯迪克先生舒了一口气,开着车。

"我还从来没听你提起过鲍凯夫妇。"他说。

"老婆是个华而不实的女人,"塞尔玛笑道,"几乎总是穿蓝颜色的衣服。除了蓝衣服什么都不穿。"

就好像这样形容还不够狠毒,又补充道:"男人是个驯马的。"

他们驱车向前。

达德利·福斯迪克说:"你没有理由不对他们好一点。"

那种应该由别人去完成的善举使他产生了一种高尚的感情。

"还有你的哥哥,"他说,"雷。我还一直没见过。我怎么一直没能跟雷见上一面?"

"没有什么原因,"现在轮到塞尔玛·福斯迪克说话了,"他一直在外头,就这么回事。我想,他会回来的。"

他会回来吗? 达德利·福斯迪克心里抽动了一下。心里思忖他这位内兄到底是个什么样的人。

福斯迪克夫妇继续驱车疾驰,心里却在想,他俩到底是谁在控制眼下的局面。

等到那辆汽车没了踪影,被扔在家里的父母亲站在大门口,梳理着他们的希望与失望,相互转过身来。艾米·帕克说:"你看他们高兴吗,斯坦?"

"他们连一点儿东西也没吃。不过在这种情况下,人们是不怎么吃东西的。"

"可是他们对我们满意吗?"

"我们只跟他们待了一个下午。"

"他们相互之间倒是很满意的。"

"他有点婆婆妈妈。"

"哦,塞尔玛总是喜欢漂亮东西。"

"那辆车亮闪闪的倒是很漂亮。"

"可她真的得到他了吗,斯坦?"

她急切地望着丈夫的脸。

"她得到他了吗?"

他把脸转过去,毛发因为什么而直立起来。有时候,他脖颈后面的头发确实会直立起来。

"谁得到了什么?"他问。

他想走开,拿上铁桶,沿着一条条小路走来走去,走进牛棚。习惯已经使得这些行为成了一种几何图形。

艾米·帕克也匆匆走开,把她烤的那只鸡拿出来。烤鸡的香味还在屋子里飘荡。她又拿出那块粘了点面粉的长面包,把篮子装好。她的动作十分敏捷,而且稳稳当当——她干秘密事情时总是这样。她又想起还藏在抽屉里面的那封信。

艾米·帕克在暮色朦胧中走了出去。从茂密的青草中升起浓浓的、傍晚特有的气息。尖声鸣叫的鸟儿正在归巢。栖息在黑色树枝上的小鸟叽叽喳喳地叫着。长在大树下面的下层林丛在摇动。丝丝缕缕的暮霭在河湾飘荡，渐渐飘散开来。有的人用湿树叶点火，但是冒出来的只是烟。在这个时辰，星星出来之前，一切都在盘桓，缠绕，分解，融化。

可是走在路上的这个穿黑衣裳的女人却结实而固执。她那挺大的脚步声盖过了寂静。她继续向前走着，很高兴在这薄暮时分心里埋藏着秘密，特别是和儿子共享的秘密。"不要告诉爸爸，"雷这样写道，"他会责备我的。"当然不告诉他，她心里说，好像她就是靠这些秘密活着。她把那封让人心里震颤的信藏在手帕做的香袋里。"如果你能给我们二十五镑——是向你借的，妈妈，"雷写道，"就送到格兰斯顿伯里。要五镑一张的。这样好带。傍晚时分，那儿很安静，我在厨房等你。我不会在那儿多待。我要出门旅行，可是想见见你。永远爱你的儿子。"

她就这样继续走着。为了照亮，提了一盏灯，那盏灯叮叮哐哐地响着。

"啊，艾米，"多尔·奎克莱依说，她正待在洼地那一片柏树林里，看不见人，只听得见声音，"是你，不是吗？你了解什么？"

"不大清楚，多尔。"艾米·帕克说。她一点儿也不高兴。

"我陪你走一会儿吧。"多尔说，她的身体慢慢地能看清楚了。她那瘦长的身上穿着一条长长的连衫裙。

啊，事情会这么凑巧，艾米·帕克心里想。

"我这样散步是为了让思想变得有条理，"奎克莱依小姐说，"是因为我兄弟。"

"噢？巴布怎么了？"她的朋友问。

"他一直犯抽风病，"多尔说，"哦，已经好多年了。可是现在越来越厉害了。"

"那你怎么办,多尔?"

"我给他嘴里塞块软木。要是咬碎了就塞第二块。只能这么办。我守着他。一定不能让他撞到炉子上。不过巴布犯病的时候非常有劲儿。可怜的孩子。"

"你要是能把他打发到什么地方,也许会好一点。"艾米·帕克无可奈何地说。

多尔·奎克莱依说:"我就剩下这么一个亲人了。"

而我还有这么个多尔,艾米·帕克心里说。我不应该讨厌她,可实际上挺讨厌人家。

然后,多尔·奎克莱依就给她讲她和巴布过的日子。讲他们怎样坐在一盏灯下,瞧那些古怪的石头子儿和树叶的"残骸"。

这种生活有时候会成为过去,可是那枯黄的灯光似乎总在眼前。

"所以,你瞧,"她说,"我不能把巴布扔下不管。在精神上,他还太小了。"

艾米·帕克知道,巴布在肉体上是一个衰老的、嘴角流着口水的人。现在,她有点儿恼怒了。

"啊,亲爱的,"她说,裙子抽打着黑暗,"我该坐马车来,我要迟到了。"

"你有约会。"文静的多尔说。

"我送几样东西……"艾米·帕克支支吾吾地说。

她差点儿在这句话后头再加上"给盖奇太太"这样几个字。盖奇太太在丈夫在那棵树上上吊自杀后不久,就离开这个地区了。

"我是带几样东西,"艾米·帕克刚好没露马脚,"送给一位生活困难的朋友。"

"可怜的人们!"多尔·奎克莱依为整个人类而叹息。

她现在踟蹰不前了。艾米·帕克抚摸着她,爱怜着她,说道:

"我们必须替巴布想个最好的、最仁慈的法子，多尔。"

多尔·奎克莱依则充满了疑虑。她心里明白，不管什么样的解决办法，最终都得靠她自己去想。可是怎样想，她就说不清楚了。

很快，艾米·帕克就看不见多尔·奎克莱依那消失在暮色中的身影了。她急匆匆向格兰斯顿伯里那几扇大门走去。这几个大门还屹立在那儿，只是生了锈，几乎推不开。要打开这几扇大门简直是和堆积起来的时间作斗争。可是如果你像艾米·帕克一样，战胜了它——她还是个很强壮的女人——走进这个陌生的地方，你的心就会激烈地跳动起来。这里面，什么东西都可能找到，被土埋了一半的漂亮玩意儿，或者只是一只生了锈的、擦洗干净还能用的小铁壶。树底下有时候会出现什么人，正在吃东西，或者正在谈情说爱，或者只是在那儿驱除他们自己某种不受欢迎的情绪。所以，这里的气氛如果说有点神秘的话，也还有点公共场所的味道。那些被人遗忘了的灌木黑魆魆的、粗糙的树枝，繁茂的、葡萄藤的卷须，已经屈从于手的"光顾"而变得愈发参差不齐了。树枝树叶被揪扯下来，或者被折断扔掉。有一两次山羊进来，干脆一扫而光。但是一个季节过去，这一片荒野照样草木丛生，而且和那些探头探脑窥视的小动物们结成同盟。树叶和空气一起摇动。特别在傍晚，紫罗兰的气味和枯枝败叶散发出来的臭气融合在一起。

艾米·帕克继续向山坡上爬去，衣服不时被更为刚劲的东西挂住，有一个地方还挂了个口子。但是她那坚硬的脚后跟也践踏了许多爬在地上的、肥嫩的野草。暮色愈浓，她也变得更充满希望。他现在变成什么样子了？在好像陌生人似的儿子面前，她会手足无措吗？她是不是已经有点儿聋了，会听错儿子的话，或者像聋子那样，在不该笑的地方微笑，表示他们已经听懂了人家的意思。她当然没有聋。她没有聋。

树叶在寂静中发出喇叭似的呜咽。奎克莱依姐弟俩不时出现在她的脑海里,与她形影相随。多尔那张脸因其完美而让人恼怒。谢天谢地,我不具备那种完美,艾米·帕克心里说,她真是个丑货,脖颈上的皮肤就像一个袋子似的垂下来。还有他,巴布,呸!这地方的树叶正在腐烂,那是一股让人觉得沉闷的气味。她赶快从那儿逃开。可是却无法甩掉奎克莱依姐弟俩。他是我唯一的亲人,多尔说。她那副坚持这样认为的样子历历在目。那么,他就是我唯一的亲人了,艾米·帕克说。塞尔玛不是,别人也不是,只有他——雷。

于是,她充满希望地向先前是汽车道的地方急匆匆跑去,把蒲公英和沙砾踩得嘎吱嘎吱直响,寻觅儿子的踪迹。不时出现在脑海里的奎克莱依姐弟俩,如果还存在的话,已经被她的意志力或者被黑暗淹没了。只有那所房子屹立在那儿,或者说,是阿姆斯特朗先生已经开始建造,可是看起来除了是为死者建立一座"纪念碑"之外再无任何意义时扔下来的半拉子工程屹立在那儿。艾米·帕克开始害怕起来。她想起她认识的那些已经死去的人们,还想起那些已经搬走的人。那时,他们还活着,可是现在也许已成故人。

鸟儿从夜色中飞过,只是用柔软的羽毛擦着夜幕。一座雕像的手断了。

当这位有血有肉的妇人绕到那幢房子后头,向厨房部分走去的时候,看见一定是第二间厨房的门。她想起年轻时候曾经送到这儿一篮子很嫩的鸭子,不由得一阵欣慰。她已经点着她那盏灯走了进去。那间房子很大,很暗,空空荡荡。只有树叶在拂动,或者是一只老鼠。

不一会儿雷就来了。

"是你吗,亲爱的?"她说。

她举起灯,心里的柔情以及用来表达这种柔情的不熟悉的话语使她浑身颤抖。她可曾对某位陌生人用过这种柔情？或者对于她的儿子，这也许更好一些？反正她颤抖了。

直直地望着那盏灯——因为那灯光是他唯一可以看见的——男人皱着眉头，向后缩了缩。灯光，或者别的什么，搞得他绕着屋子慢慢地移动。他块头挺大，尽管不像他的身影那么大。

"把灯拿走，"他说，"你快要把人晃瞎了。"

"好的，"她边说边把那盏灯放到窗台上，"我不能不带个亮来呀！如果我们非得在这儿见面。你怎么选了这样一个地方？一片荒野，一所没主的破房子。"

"啊，"他说，"我一直没忘记这个地方。"

"你莫非只记得这个地方吗？"她问。

现在他们既然又处于正常状态——脚踏实地，"返璞归真"——她便凑过去看他。

"怎么，"他笑着说，"你要认一认是不是我吗？"

"你变了。"她说。

"你以为我会是个什么样子呢？"

她自己也不知道。也许是她从镜子里辨认出来的自己的映像，或者是她能够亲吻，并且告诉他衬衣衬裤穿对了没有的小男孩。现在她却被一个男人的神秘莫测惊呆了。所以说，有些人总在点燃希望之火，可是一旦这火燃烧起来，又束手无策了。不过他看上去蛮不错。

"你长大了。"她边说边有点羞怯地望着他。

她真希望能在白天看看他。

他走过去碰了碰她的胳膊肘说："我要的东西你带来了吗，妈妈？"

"带来了，"她说，"你连脸也没刮，雷。"

"我是半路上搭了一辆货车回来的，"他说，"从墨尔本。我是在一条货船上干活,是从西部到墨尔本的。"

"从奥尔班尼?"

"是的。是奥尔班尼。还有布鲁姆,有一阵子我还在库尔嘉迪待过。"

"你一直到处跑吗?"

"总是有地方可以去的。"

"可我们一直以为你就在奥尔班尼。你说过,在那儿做生意。"

"这是什么?"他瞅着篮子问道。这篮子是这间屋子里唯一一件一眼看不透的东西。

"是一点儿吃的,亲爱的。"母亲说。她忘记瞧着他吃东西该是多么快乐。

他马上动手,撕下鸡腿,掰开面包。面包屑落下来,或者挂在他的嘴角。他那副吃相越发难看了。那张脸也越发显得肉乎乎的,被嘴角溢出的黄油涂抹得光闪闪的,心里还想着骨头上那块酥脆的鸡皮。对于这种脆皮他特别贪馋。

"你饿成这样了?"妇人问。她瞧着的似乎是一个正在吃她的东西的过路人。可这是她的儿子。

"我从昨天起一直就在赶路。"

他把一块骨头扔到墙角,还有带着一个小小的皱巴巴的鸡心的骨架。

然后,他舒了一口气,身上觉得舒服多了。

"我给你带些苹果来就好了。"她说,好像看见他的牙齿正咬下一块苹果。

他是一个相当壮实的汉子,但是还没有定型。他在屋子里来回走动着。有时候灯光射到身上,金灿灿的。

"我干得挺好。"他说,一边眨着眼睛,擦着嘴。

她喜欢这么瞅着他。

"现在你可以给我讲讲你自己的事了,可以吗?"她问道,"你都干了些什么,看见些什么?"

她站在那儿,两手下垂,交叉着放在颜色挺深的裙子上。她的种种想头使她陷入一种极大的尴尬之中。

"你还没丢掉这个老习惯,妈妈,"他说,他的脸抽搐了一下,这种表情显然是他处于防御地位时才做出来的,"这种刨根问底的习惯。你恨不得把人杀了,看看肚子里头装的是什么。"

"你走了这么长时间,"她说,开始激动起来,"我完全有权利叫你做出某种解释。"

"哦,是的。"他说,瞅着脚趾头,"可是,这事解释不清楚。"

"那么,我们能指望你什么呢?"她说,态度比先前严厉了一点,"你难道什么事也没做成吗?"

"没有。"

等她弄得他防不胜防时,她开始为他哭泣。为了这场哭泣,她已经等了好长时间。

"啊,雷。"她哭着,把一双手搭在他的肩膀上,似乎这样就可以得到一种慰藉。

这两个人待在这间空荡荡的屋子里,充满一种无法忍受的气氛。他们无法像在摆着家具的屋子里面那样,相互从对方身边逃开。在这儿,他们不得不"逆来顺受"。此外,年轻人还没拿到钱,而且她是他的母亲,她还没有把心中的悲哀宣泄够。

他觉得她靠在他身上哭了一会儿。这当儿他几乎处于一种催眠状态。

"是我不好。"他说。

"不,"她回答道,"我们大家都有责任。"

她把一块涕泪浸湿的手帕捂在鼻子上,鼻子已经有点红肿。她说:"至少我希望你要诚实,雷。"

"什么叫诚实?"他问道。

"哦,"她说,"你没犯过什么罪吗?"

"什么?"他问道,"你呢?你犯过什么罪吗?"

夜色和树木从四面八方压迫着这座被遗弃的房子。这周围长着松树。是被那天夜里一场大火烧掉的大树又长出来的小树。树枝刺着房屋的墙壁,抓挠着窗户,笼罩着一种巨大的不安。

流逝的时光开始强迫这位妇人相信,她是清白无辜的。不可能不是这样。她没杀过人,也没偷过人家的东西。

等到年轻人看见他已经居于有利的地位,便赶快利用眼前的机会。

"听我说,妈妈,我还有很长的路要走呢!快给我钱吧。我得到坎恩斯见一个人。他在那儿有个买卖。如果我不及时赶到,就没法入股了。"

"真的吗?"她问,从口袋里掏出钱。

他笑着,看着那叠钱。

"你不相信我,也许有什么原因吧。"他笑着接过钱。

"我相信你,"她叹了一口气,"我太老了,没心思跟你争辩了。"

他数起钱来挺利索。

"你待两天吧,雷,"她说,"待两天好好跟我们说说话。你还能帮你爸爸照顾奶牛。我要给你做苹果馅饼吃。你还记得你过去最爱吃的那种羊腰子布丁吗?"

可是雷·帕克已经心不在焉。他坐在火车里,常把一双脚放在对面的座位上,感觉到电线杆像闪电一样向身后掠去。他吹着口哨,和火车里那些买卖人——那些穿着灰色风衣的买卖人一块儿玩牌。他把自己照顾得蛮好。有时候他徒步越过田野,如果方便就离开大路。别人的庄园挡不住他。他掰下人家的玉米棒子大嚼大咬。他扯下李子树的树枝,吐出发酸的核。夜晚就睡在他搭乘的卡车上,躺在一堆麻袋上面。那麻袋散发着麻袋和麻袋里面装过的东西的气味。尽管一路颠簸,而且毛茸茸的袋子十分粗糙,他睡得却蛮好。下车撒尿之后,在星光之下和人们讲些离奇的故事。在小集镇里,姑娘们从窗口望着他。他最喜欢那种乳房高高隆起的姑娘。铁床在姑娘们的重压之下吱吱嘎嘎地响着。她们当中有的滑腻腻的,有的涂着脂粉。他受用够了,拔腿就走。

"你应当安下心来,雷,"母亲在那间空荡荡的屋子里说,"找一位可靠的好姑娘。"

"不,"他笑着说,扣好装钱的口袋,"我在奥尔班尼的时候和一个婊子混了一阵子。"

"那姑娘怎么了?"

"我后来走了。"

"我想,你最清楚应该怎么办。"母亲带着几分满意的神情说,尽管时间正在从她自己的掌握之下溜掉。

他被灯光映得金灿灿的,而且像一个小男孩似的,一直瞧着那个大理石座钟。

我是不是正在变成她想象中的那种流氓阿飞?年轻人问自己。

"现在我必须走了,妈妈。"他说。

"让我好好看看你。"

他们在那间巨大的屋子里转过身来。这间屋子矗立在黑暗中已经再没有别的目的了。她吻着他。爸爸现在在哪儿呢?他心里想。她有没有注意到,我还一直没有问起过他。老头子大概正在什么地方看报纸,趴在上面,就像那是块木板。年轻人把目光移开,但还是屈从于妈妈的意志了,就像平常接吻时那副样子。他闭上眼睛。因为童年的回忆对他的震动太大了。那空空的深底平锅和亲吻带着夏天的温暖从他心头掠过。似乎她刚刚拿走他的玩具逗他玩。

"雷,"她说,直盯着他那张脸,"我不能相信你要走。"

她望着他的眼睛。

"你不走了吧。"

她望着他的瞳仁,尽管在这昏暗的灯光下她无法看清自己在那瞳仁里面的映像。

"我真不知道你在追求什么。"她说。

夏天里有些日子她自己确实相信,万籁俱寂之中,永恒确实已经到来。

她又吻了他一次,就好像不曾吻过似的。她颤抖着,等待这个年轻人就在嘴边的回答。他似乎只在偶然之间才是她的儿子。

"听我说,"他笑着说,觉得妈妈简直是在开玩笑,"我不是说了嘛,我是非走不可。"

他开始晃动着双肩要甩开她了。就好像他是个笨拙的男孩,或者是一条狗。狗在人爱抚地拍打它的时候,就会在快活的困窘之中弓起腰,还会把东西碰翻。

"走吧。"她用阴郁的声音说。

她把帽子戴正。刹那间她似乎老多了,大概是那顶帽子的缘故。这是那种妇人们坐公共汽车时戴的帽子。她们排成一长溜坐在长条椅子上。帽子上面缀着些装饰品。不过如果不留神谁也注意不到。话说回来,谁又总去留神那些呢!

"好了,再见吧,妈妈。"他说。

雷·帕克在道别时总是在人家的胳膊肘上用力拍一下。

"再见,雷。"她说。

她的声音听起来越发无精打采,似乎需要一块润喉糖帮助它克服某种障碍。

"我会让你知道我的情况的。"他笑着说,夜风从门口吹了进来。

现在,这间屋子待在这儿的目的已经很清楚地表现出来,树叶正窸窸窣窣地跑进来。

"对于你的消息,我永远都感兴趣。"她说,"哪怕只是一张明信片。"

他往外走的时候,因为说了句什么笑话而放声大笑,还回过头看了一次。

天哪!他心里说。因为他的脖子热烘烘、湿乎乎。

有一次,他曾经打破一扇窗户,跳进一幢和这所房子大小差不多的房子。他在那所暂时为他所有的房子里,朝墙上挂着的画像怪叫一番,冰冻的水果塞满了嘴。直到那么多乱七八糟而又清白无辜的东西使他对这幢房子的主人肃然起敬,甚至是产生了一种钟爱之情。因此,走时,他只拿了人家一个镇纸和一个用金丝装饰的小盒子。

雷·帕克回过头看了看母亲。她还待在那个屋子里,周围是洒在地上的面包屑,头戴那顶已经属于过去的帽子。他开始拖着腿,静悄悄地从黑暗中走过,为永远不会得到的那些东西而充满了悲哀。他身体很好,可是无精打采,显得笨拙了一些,也老了一些。他是年纪大了一点,但还不算太老。

艾米·帕克一直把她那块手帕卷成一个球,现在才意识到那不是一件需要扔掉的东西。她提起那个篮子。篮子里还有一块布。那是她怕别人看见,用来藏那只鸡的。这块布她要在星期一洗一下。她看着地板上的面包屑,不知道是否应该把自己的生活恢复到愿意将面包渣扫到一块儿去的地步。一只老鼠跑了过来,或者是被风从哗啦啦打旋着的树叶中间吹来的。它立刻把这地方变成自己的领地。在这幢房子的寂静之中,她似乎是从一个极高的地方,观望着这个细致入微的动作。潮气以真菌缓慢生长的速度渗透进这所房子。那是从墙上的缝隙,从上面一块块冰冷的砖头,从外面的门、楼梯挤压进来的。

这时,她的儿子当然已经走得挺远了,于是艾米·帕克匆匆忙忙走了出来。我究竟得到点什么呢?她问自己。一阵空虚袭上心头。她手里提着那盏灯,摇摇晃晃地向山下走去。她喉咙发干。黑暗中到处是充满活力的、湿乎乎的树叶,她开始觉得害怕。夜在摇动,云彩堆积在一起,几颗小小的星刻毒地闪烁着。人们曾经看见巴布·奎克莱依夜里在格兰斯顿伯里的一片废墟上游逛。不过那还是在他年轻一点、抽风病不太厉害的时候。现在逢着身上不舒服的时候,他就只能在宁静的早晨,在明媚的阳光下,稍微走出去散散步,一只瘦长的手握着姐姐的手,看起来就像一对恋人。不管怎么说,他们是相依为命的。

艾米·帕克既然被慌慌张张的夜色所吞没,便渴望获得一些显然是属于别人的知识。她心想:我什么也没有,什么也不懂。她气喘吁吁地想学点儿什么,可是看不出从何开始,怎样开始,倒是踩在石头上,把脚脖子崴了一下。要是能问问别人就好了,她心里说。可是人们如果被什么特殊的要求难住的话,脸上总是现出惊讶和厌恶。这一点她知道。因为她自己就采取这种态度。

她在外面又转悠了一会儿,才回到自己那间灯光明亮的厨房。丈夫正坐在那儿。

"我把茶壶放到炉子上,"她说,"弄杯茶喝吧,斯坦。"

他从正读着的那张报上抬起头。因为她浑身散发着一股夜晚的寒气,双颊红扑扑的。他本该问个究竟,可最后还是决定算了。

他说:"谢谢,艾米。我不想喝茶了。不过,还是谢谢你。"

"喝杯茶会让你暖和一些。"

他笑了,心里啥都明白。

"我够暖和的了。"他说。

她意识到,斯坦也许知道许多东西,可是他永远不会讲出来。

"那我喝一杯,"她说,"光我自己喝。"

她把黑色的壶放上去。

　　斯坦又回头读那张报纸。报上写的所有的事情都被电灯光照得通亮。此刻他还没有受命于天,去走那些完全陌生的道路。两个人不会在一个完全相同的时刻都迷了路,要不然他们就会相互找见,并且得救。事情没有那么简单。

第四部

第二十章

　　帕克家的花园几乎已经"全面占领"了那幢房子。那花园杂乱无章,帕克太太常常兴之所至,栽上一株她在哪儿看见又急切地想得到的灌木,种上却又往往把它忘了。然后说不定哪天那玩意儿突然长出来,不断排挤着它的"左邻右舍"。这花园里所有的花儿、所有的叶都纠缠在一起。灌木丛似乎都是在对方的枝头开花。有时候,帕克太太从屋里出来,不耐烦地拨开花枝向外面眺望。因为长年在太阳底下干活,她皮肤黝黑,眼睛周围早已布满了皱纹。她皮肤粗糙,树枝、灌木的细枝经常挂住她的头发,甚至揪扯下来。有时候弄得一团糟。可是你能怎么样呢?她用戴着一只黯然无光的戒指的黝黑的手忙不迭地从树枝上撕扯着头发,拢到脑后。她的手相当硬实,但挺好看。人们都愿意多看一眼。

　　也愿意多看她一眼——当她从每个夏天总是落着一层尘土的夹竹桃的枝叶中望过去,或者当她分开一丛丛茶树,寻找把叶子粘连在一起的幼虫的时候。有时,帕克太太望着路上走过的人们。不过现在她不跟他们搭话了。她不那么爱说了。她总是小心翼翼地沿着那几个台阶,走回到她那幢房子里,旧羊毛衫好像是箍在她那宽厚的身板上。她当然是腰粗了,屁股也大了。她一直走回到她那幢房子里,俨然是一位幽居独处的妇人。她回到这座光线幽暗的房子里,它跟这座花园、跟它置身于其中的景物融为一体,无法分开。

这所房子从来没有名字。起初是不需要,人们都管这儿叫"帕克家",后来就一直延续下来。杜瑞尔盖以至这周围的几个区没有一个人能想象出这儿不是"帕克家"。对于它的存在,谁都认为是理所当然,因此也就不再多看它一眼。许多人都认为它丑陋。不管怎么说,这是幢黑魆魆的老房子,盖的时候没有什么计划,不过是随意而行。

不过帕克先生把这儿收拾得有条不紊。他把排水沟清理得干干净净,把木制的门廊、墙壁刷得漂漂亮亮,被白蚁蛀坏的木板都及时更换。他是那种兢兢业业的人,慢慢吞吞,块头挺大。他总是从那群奶牛中走出,沿着山坡上来,或者犁开一条条垄沟种玉米。要是想起来,他就戴上眼镜,是那种金属架的小眼镜。这是为了治一直折磨他的头痛病而配的。眼镜真是个讨厌的东西,还打碎过,有一个地方他用蜡线修了修。可是渐渐地,它开始适合他那张脸了。他手里提着奶桶走上山坡,朝人们,甚至过路的陌生人点头致意。这样也就消磨了一天的时间。大伙儿都喜欢他,一望而知,他是个老实人。

有一年冬天,家里没多少活儿可干了,斯坦·帕克就去帮乔·皮博迪修篱笆。小皮博迪早就买上亨根福德这块地了,只是一直没能把它整理好。他总是出事:有一年跌断了腿;又有一年被一头公牛撞伤了。后来又是他的岳母生病。她心脏不好,他们不得不把钱花在专家身上。乔·皮博迪是跟他的一位表妹结婚的。因为那时候,这周围再没有别的可以嫁给他的姑娘。不过,她是个好姑娘,很健壮。他们在和岳母隔开的、用麻袋布做的帘子另一边生儿育女。她们也很拖累乔·皮博迪,尽管这是暂时的。他是个"乐天派",总是那么快活。事实上从来都没人想到过要可怜他。

不过,斯坦·帕克有时候过去看看他。因为小皮博迪总爱找他帮忙,向他请教。因此,老头儿很喜欢这个小伙子。这种忘年之交使他沾沾自喜,也使他觉得自己还很年轻。

就在斯坦·帕克按照约定,拿出自己的撬棍擦着——因为他不喜欢用别人的工具——准备去帮助修理篱笆的时候,妻子走过来,说道:"你打算去乔·皮博迪那儿吗?"

她两手插在羊毛衫的口袋里,站在那儿看着丈夫擦工具的时候,这话与其说是提问,还不如说是陈述。斯坦·帕克没有答话,只是嗯了一声表示认可——时至今日,她已经学会这样理解斯坦了。

一年或者两年以前,艾米·帕克很为这种关系气恼。她抱怨那年轻人不会大大方方地跟人说话,只会侧着身子在旁边站着。这是实话。小皮博迪在他朋友的妻子面前总是羞羞答答。于是艾米·帕克开始讨厌他鼻子的形状,也开始对他年轻的妻子说三道四。哼,她呀,不就会生个孩子嘛!她说。

"你不喜欢他,这为什么?"斯坦·帕克问,"他又没碍着你。"

"我不是不喜欢他,"他的妻子惊讶地说,"而是没法跟这种人接近——要是你知道我的意思的话。"

丈夫全然不知。

于是艾米·帕克想起那天乔·皮博迪系的那条蓝领带。她一直不能原谅他戴了那么一条领带。那是一种男人们不该佩戴的、过分明快、让人指责的蓝色。要么就是在那时候她不习惯那种蓝色。是她的不是。

"我没有什么要责怪他的。"她直截了当地说。

不管怎么说,她的丈夫仍然常到皮博迪家去。就像大多数情形最终总得接受一样,艾米·帕克过了一段时间也就对这种局面认可了。

"我不给你带午饭了。"她边看丈夫准备工具边说。

"好吧,"他回答道,"我要是带饭,他们会不高兴的。"

她望着他的脑袋。啊,她在心里说,我喜欢他。这比爱更让人愉快。

等他直起腰显然要走的时候,一股因他的一举一动而产生的巨大的柔情充溢了她的心。她用袖子拂着他,说:"你就不吻吻我了?"

他笑了,用干巴巴的嘴唇吻了吻她,动作很有点笨拙。

因为她的嘴唇比较湿润,她就认为她更多情。她甚至爱他。她当然爱他。爱他扛着沉重的工具从院子里走出去的那副样子。

然后艾米·帕克就看着丈夫发动那辆不知是换了第几辆的旧车,看着他挺直腰板,驱车而去。尽管她激情满怀,或者正因为她激情满怀,安谧与宁静确实降临到这幢房子。她很高兴这房子里只剩下她自己。她有条不紊地、很卖力气地擦着那些木器家具,直到这些已经陈旧的红木家具在冬日里熠熠闪光。她向窗外眺望,看见阳光下闪耀着的草和山腰里刚抽出枝条的金合欢树。至少眼下除了已知的东西,她别无他求。

在这个安静的早晨,大伙儿都坐在家里自在逍遥——在平静的冬天,有时候这也是可能的。斯坦·帕克在通往皮博迪家的那条石子路上颠簸着,也因这安静的早晨而高兴。他经过许多熟悉的地方。孩子们没有认出他,母牛直勾勾地望着他,一只光彩夺目的公鸡飞上屋顶,站在那儿显示着它的壮美。

汽车终于到了皮博迪那儿,这位青年农民钻出一家人住着的那间棚屋,从小孩儿、狗,以及一片哭闹和吠叫声中径直跑过来。这两个男人没怎么浪费时间,就踩着草地上的露水,腿脚麻利地向一部分篱笆已经竖了起来的那块土地走去。

他们很快就开始工作了。两个男人翻起红色的土壤挖坑,栽杆子。狗伸长鼻子在草丛中嗅着找兔子。小皮博迪因为邻居不要工钱来帮他的忙,觉得自己应当加倍努力地干活。他真想什么活儿都自己干。

"给我那把铁锹,斯坦。"他扔下撬棍说。

可是斯坦·帕克不喜欢这样。他操起铁锹,扔起土来。

他们就这样你争我夺地干着。

天开始变热了,他们也干得气喘吁吁。一只老鹰黑色的身影慢慢地滑过辽阔的天空。小皮博迪脱了衬衫,往手心吐了口唾沫,越发起劲地干起来。

斯坦·帕克仍然穿着衬衣。他看着年轻人的身体。年轻的裸体所具有的自信与忘我它都具备。于是斯坦·帕克好像又回到梦中,搬动着树木和巨石。他这样凝视着的时候,嘴角露出了讥讽。他还记得那个年代,只要围起来,那地便是他的了。这样的信念在这位肌肉发达的年轻人那双清澈明亮的眼睛里也是十分明显的。他因自信而盛怒,像一把打开合拢、合拢又打开的刀子。

他们终于碰上使乔·皮博迪的肋骨为之颤动的东西了。他站在那儿,心突突地跳着。他身上好像涂满了油。

"这玩意儿把我们难住了,"他说,一下子有点犹豫不决,"我想,或许可以把它炸掉。"

那显然是一块没边没沿的大石头,两个男人一直在它的周围挖着。

"就这块石头?"斯坦·帕克说,他很不自然地朝那个坑微笑着,"比这糟糕的事多着呢!我不会让它把我们打垮。一块小石头!"

他拿起撬棍。

乔·皮博迪站在那儿,一双手放在上下起伏的屁股上,暗暗希望这位长者能把这块石头弄起来。

斯坦·帕克干着。不管是由于轻蔑还是由于希望,反正撬棍撞击着,大地颤抖着。这个男人干着。从他的肩膀里面涌流而出的可是仇恨?但他笑了一两次。有几次石头上溅起火花,留下灰色的伤痕。男人干巴、脆弱的躯体和这块沉闷的石头抗争着。在这条溪谷的谷底,他记得有一条河水棕色的小溪,冬天溪水冰冷,夏天则十分灼热。还有缠绕在灰刺中间的小莜荬紫色的藤蔓。他突然俯身在撬棍上面,肚子贴着撬棍,用尽平生力气压了上去。

坑里的石头动了动。

他已经看出可以攻击的弱点了,便抽出撬棍,一次又一次地插进石头旁边的泥土之中。石头动摇了,它的形状已经看得很清楚了。

"哦,真棒!"小皮博迪叫喊着,他喜欢赞美他的朋友,"你怎么知道要这么干?"

斯坦·帕克微笑着。

他面色苍白,扔下那根铁撬棍。撬棍当啷一声落在地上。这个男人尽管还直挺挺地站在那儿,但让人疑心,他也同样被撂倒了。一股灰蒙蒙的雾在这个晴朗的早晨飘荡着,他觉得一阵恶心。他呼吸急促,腰或者别的什么地方很难受。

"怎么了,斯坦?"年轻人问,他走过来摸了摸这位长者,"不要紧张。你觉得不好受吗?"

他一副关切的样子。

斯坦·帕克擦了擦眼睛,把他那张神情慌乱的脸藏在手后面。他全身都在颤动。可是等他从手后面再露出脸的时候——他总得露脸——他又微笑着说:"我没事,乔。不比当年了,就这么回事。"

年轻人望着老头。"你干活别太猛了。"他说。

他很高兴现在由他来控制局面了。等那块大石头从坑里撬上来之后,就让斯坦·帕克坐上去。他倒也乐于听命。

在这个美妙的早晨,斯坦·帕克坐在那儿,摸着脖颈和两胁。脖颈似乎尽是软骨,胸腔两边的肋骨也十分虚弱。如果他能用手去触摸自己的灵魂,判断它的形状、年龄、结实程度、是否耐久,他一定会这样做的。因为不能,他内心深处大受震动,觉得自己似乎已经不再存在。尽管透过因精疲力竭而生出的一片朦胧,他仍在微笑。他看着这年轻人干活。现在既然没有"竞争对象"了,他就像平常那样干活了。他边干边听斯坦教他怎样打篱笆。这种忠告因为乔愿意领受,便成了必不可少的指导,而不是自以为是的说教。

不一会儿,一个小男孩踩着已经开垦出来的土地跑了过来。他显然跑得太快了。不过他是被这个晴朗的早晨推动着的。他的一双光脚板啪哒啪哒地响着,结了痂的腿飞快地闪动着,眨眼间便跑来了。他手里拿着一块咬剩的面包皮,湿乎乎的面包渣粘在红红的脸颊上。

他跑过来,上气不接下气地说了几句什么。

"他说啥呢?"斯坦·帕克问。他是个老头了,离这么远已经听不大清楚了。

"他说,我的太太已经做好饭了。"这位父亲说。似乎是按照一种原则,又扔出几锨土。

孩子站在那儿看着斯坦·帕克,若有所思地拿着那块面包皮。

"爸爸,帕克先生怎么了?"男孩问,"他怎么不干活?"

"不关你的事,"乔·皮博迪说,"帕克先生休息一会儿。"

年轻的父亲穿上衣裳。他从胸口到肚脐长着一溜好看的黑毛,把上身分成两半。他对这个从那间黑魆魆的棚屋跑到这儿来的孩子没怎么留意。他认为这是理所当然的事情,便把手搭在朋友的背上,说:"走吧,斯坦。我们得往肚子里填点儿东西了。"

于是他们领斯坦·帕克回家。他也很高兴被他们这样领着。那个小男孩手里拿着那块吃剩了的面包皮在前面蹦蹦跳跳地走着,不时回转身跳过来,好把斯坦看得更清楚一点。他喊道:"那么,帕克先生病了吗?"

父亲拍了他一巴掌,男孩尖叫一声,假装哭了起来。这纯粹是闹着玩儿,父亲也很喜欢这样。

他们在那间挤得满满的棚屋里坐了下来。面前是一盆漂着几块胡萝卜的汤菜。那位年轻的妻子刚喂过她那个最小的孩子。男人们的盘子里堆着一大堆灰不溜秋的土豆。

"你们男人肯定饿了，"年轻的小皮博迪太太说——她皮肤黝黑，是个什么事都能惹得她乐乐呵呵、高高兴兴的女人，"你快吃吧，帕克先生。我妈跟我已经吃过了。"

"我没胃口，今天没胃口，"老妈妈说——她也是一位"皮博迪太太"，"我想，帕克先生也不会有胃口。只有年轻人才总能大吃大喝。好在有这些土豆。"

"我可是从来不减饭量。"斯坦·帕克说。尽管眼下他连面前的饭看也不想看。

"有你吃不下去的日子呢！"老皮博迪太太厌烦地说，"要我说，怎么计算你也不是个年轻小伙子了。"

客人无言以对，有几个孩子已经不再尊重他了。

"哦，别啰唆了，妈妈，"男人说，嘴里塞得满满的，"你让人安静一会儿吧。"

"你又不会有糖吃。"她的女儿边说边朝客人挤了挤眼睛。

"你们都欺侮我！"老太太抱怨道，一团团灰白的头发像鹦鹉身上的毛一样倒竖起来。"我拉扯大七个女儿，帕克先生，"她说，"结果像皮球似的由她们踢来踢去。"

"你还挺走运呢！"小皮博迪太太说，"养了这么多女儿。要不然，你也不会被人踢来踢去这么长时间。现在这'皮球'当然是踢到这儿再也不动了。"

她怀着那么多的善意和温情朝妈妈背上拍了一巴掌。老太太为她得到的这种恩惠与怜悯而感动得哭了起来，撩起麻袋做的门帘到她住的屋子另一边去了。

斯坦·帕克只吃了一点点便推开面前的盘子。

小皮博迪太太看着汤菜里泡着的那些土豆。

"哦——"她没再说下去。

她感觉到丈夫的朋友应该是她的保护对象。因此,她弯着胳膊,几乎是搂着他去够那个盘子。当她的胳膊这样掠过的时候,他感觉到了她这种保护的温暖。

"我给你弄杯茶去,"她说,"你想喝,是吧?"她转过脸对老头说。

斯坦·帕克心里充满了谦卑。这倒并不是因为他以往是个骄傲的人。他很谦卑地望着自己那条裤子的膝头,望着皮博迪家的泥地。一个小孩站在地上凝视着他。他仿佛正从生命的尽头走向那个天真无邪的孩子。他真想跟他说点什么,可是那张脸离他太远了。

"喝吧,"那位母亲说,把一杯晃荡着的茶放到他面前,"这是糖。你自己加吧。你别催他,乔。让人家好好喝上一杯茶。"

斯坦·帕克不再着急了。他慢慢地啜着茶水,坐在那儿闲聊了一会儿,便又跟乔·皮博迪一起围篱笆去了。不过他没再动手干活。下午,斯坦溜达回去了。乔·皮博迪暗自欢喜,心想,这老家伙干了这么点儿活,可欠下人情账了,他确实是个好老头。

斯坦·帕克回家之后,妻子头也没抬,说:"我没想到你这么早就回来了。"

"是呀,"他说,"我垮了。"

"什么?"她问,"垮了?"

她惊讶地倒退几步,尽管他连碰都没碰她。

"我们从一个坑里往外弄石头,把我累得浑身一点力气也没有了。虽说只是一阵头晕,可是那股晕劲儿一直不消失。我今天不舒服,艾米。"

可是到晚上他便又浑身是劲,雄心勃勃了。在明亮的电灯光下,这个房间一览无余。他们开着关于年纪的玩笑。见他的精神恢复得那么好,她便又当头给了他一棒。

"我们最好把那些该死的奶牛都卖了吧,"她说,"我们过的是什么日子呀!一天到晚只是沿着那条小路走来走去,从那群该死的母牛身上挤奶。"

她静静地观察着,看是否伤害了他。但他没有退缩。

她把那块擦茶杯用的湿乎乎的毛巾挂起来晾干的时候,向他这边走来。那座冷清的花园散发出来的气味从窗口飘入。那是金银花和早开的紫罗兰的气味。这天她让头发披散下来,这使他又看见或者记起她的美丽。他们亲吻着,相当热烈,因他们青春肉体回归的幻觉而感到慰藉。男人很幸运,在这种幻觉中进入了梦乡。女人躺在那张度过他们睡眠生活的床上,没能马上入睡。她抚摸着他的头,被一种感激或者好奇深深地打动了。她抚摸着他的头盖骨,因为在睡梦之中,那上面的血肉似乎都消失了。他并没有做出任何反应,只是躺在那儿,像是从很远的地方喘息着。不一会儿,她也在这所房子不大稳定的框架之下进入了梦乡。这回是她用尽力气搬那块石头。这块石头十分沉重地躺在她身边,躺在那张床上。

等到天光大亮,肌肤当然已经很容易就恢复了自信。在冬天天气晴朗的日子,下午闲下来的时候,艾米·帕克常常坐在前面的门廊下,从葡萄树和一株老玫瑰的枝叶后头向外眺望。这株玫瑰真该挖掉了,它占的地方太多,也太老了。她坐在那儿,向外面张望着,希望能发生点什么事情。不过,大多数时候什么也不会发生。

六月的一天,一股凉风吹得青草弯下了腰。太阳淡淡的光辉还没有照到它要照射的目标之上便被驱散了。这天,开来一辆汽车,一辆很漂亮的小汽车。这辆车一定被它的主人怀着自豪仔仔细细地擦洗过。帕克太太压弯了一根花枝张望着,但是离得太远,她看不大清楚。这可真让人气恼。她看不清,只见一个女人眯着一双眼睛向外头瞅着,四处张望,好像是想认出什么似的。她穿着黑色裘皮外套。

"这是……你能告诉我吗?"那女人喊道,已经停住那辆小汽车,"帕克太太在这儿住吗?"

"你是哪一位?"帕克太太很谨慎地回答道。

她没有通报自己的姓名,走出来先看个究竟。

"从前这儿住过一位帕克太太。"这位坐在车里一动不动的女人说。在这个她停下车来的冷僻的乡村,她的声音显得又大又孤单。

艾米·帕克心里想,这是个自己开着车到处转悠的老妇人。

"啊,是呀,住过。"她边说边在心里琢磨,清了清嗓子。

那位妇人脸色焦黄,像肥皂一样。她的声音送进艾米·帕克的耳朵里,似乎在搜寻什么。

"可是,你难道不是……"妇人说,"你不就是帕克太太吗?"

帕克太太脸红了。

"是呀,"她说,"盖奇太太,是你呀!"

"我简直认不出你了,"盖奇太太说,"你胖多了。"

"你也发福了。"帕克太太望着田野的风光说道。

她似乎很为自己看见的什么东西而高兴。

然后,两个女人都笑了起来。笑声很大,就像薄木板在半空中噼里啪啦地相互敲打一样。

"啊,真想不到。"等她们笑累之后,这位前任邮政局长说。

帕克太太望着她那张脸。这张脸颜色枯黄,表情丰富得有点不可思议,看起来就像灌了液体肥皂。她看出盖奇太太现在处境很不错,希望这位邮政局长讲讲她的故事。她很快就讲了起来,边讲边用手指抚弄着她那辆小汽车镀镍的球形捏手,目光迷离,追寻着往事。

"你该记得,盖奇先生自杀之后,"她说,"我申请调离杜瑞尔盖,后来就被派到了汶滨。"

在南方那个寒冷的小镇里，水坑里冰冻得咯咯作响。你能听见那响声。你能看见浑黄的、长长的雨丝雨线从山谷里落下，敲打着枯黄的草。镇子里有一条街，街上有个铁匠铺，还有一家小酒店。那儿出过一起凶杀案，不过是好多年以前的事了，后来再没发生。办公室刷成棕色，里面堆放着许多空的煤油桶和破椅子，风把木制的门窗吹得松动了。盖奇太太站在那间棕黄色的办公室里，屋子里面一股炉灰和干墨水的气味。那墨水，除渣子以外，经常冻成冰，所以你也就不愿意往里面装墨水了。那冻了冰的墨水，你看了就觉得难受。因此，盖奇太太——她一边搓着手上的冻疮，一边听她那棕色套袖窸窸窣窣的响声——总是塞给顾客一支铅笔写字。

"我在汶滨的时候变瘦了，"女邮政局长说，"全是因为可怜的盖奇先生，他就那么死了。我神经出了问题，甚至填写那些表格也很困难。你能相信吗？有几大张邮票到哪儿去了我也说不清。最让人苦恼的是，有时候我正核对电报，就昏倒了。不过，你该知道，我心里可是一清二楚。而这就越发糟糕。我听得见我的铅笔在板子上跳动的声音，看得见天花板，不过觉得它老高老高。唉，许多人都不喜欢我这个毛病。因为他们不知道一个人昏过去以后该怎么办。所以我就辞职了。"

盖奇太太用手帕擦了擦嘴唇。她的生活经她一讲总是活灵活现。

"到时候了，戈尔波格先生说，"她说，"要不然，许多有价值的消息就永远听不到了。"

"戈尔波格先生？"艾米·帕克问。她两条胳膊交叉着放在胸前，就像一尊大理石塑像。

"到时候我会告诉你的，"邮政局长说，"我辞职离开汶滨之后，就到斯摩尔太太那儿去了。她是我的一位远房表姐，住在巴兰古拉。她亲热得简直要把我吃了。冬天烧汤喝，夏天吃冻鱼。她结巴,那可怜的人,是小时候烫伤引起的。你知道,巴兰古拉是个避暑胜地,到游客太多的季节,斯摩尔太太就留一两位房客。我们就这样认识了戈尔波格先生。他是一位很有学问的先生,他读书,还写过些诗。至少他让我看过一些,写得蛮不错。"

夏天的傍晚,防波堤上——那是一道岩石筑成的堤坝,十分陡峭,走上去需要小心翼翼——戈尔波格先生对于盖奇太太不幸的故事给予关注和同情。他听着海莴苣拍岸发出的飒飒声,看着海葵大张着的嘴巴,有时便扔给它们一只螃蟹。有时候,戈尔波格先生听到盖奇太太的丈夫的疯癫之处,便像一匹马似的扬起头,那样子好像要嘶叫似的。

"因为,当然,"她说,"我不能不告诉他所有这些事情。但是起初我没让他看那些画。那些画我用一根绳子捆着,从杜瑞尔盖带到汶滨,又从汶滨带到巴兰古拉,因为我简直不知道该拿它们怎么办。"

"哦,"她说,吐了一点儿唾沫,"这些画终于能公之于世,是这么回事儿。有一天早晨,我们在去戈尔波格先生经常光顾的那家图书馆的路上,碰见一个人。看起来,戈尔波格先生跟这人很熟。他们有许多共同的熟人,名字千奇百怪、五花八门。这人站在那儿跟戈尔波格先生聊了好大一会儿,眼睛却总瞅着我。微笑着,瞅着,不过是以一种贵妇人的派头。我呢,当然只能看着一家铺子。我知道这种情况下我该怎么办。后来,这位太太向我走过来。她穿得很高雅,抓住我的一双手,那股高兴劲儿就甭提了!'盖奇太太!'她说,'真是你呀!'她说:'这阵子我心里一直纳闷呢!还有你丈夫画的那些画。这些年我一直没法忘记。'你永远也不会想到,她不是别人,正是那位斯瑞伯太太。盖奇先生去世那天,她正在我那儿,和你,还有另外那几个太太一起看过那些画。你肯定还记得,她那张脸有点与众不同。但你不能不承认,她很文雅。这么一来,画的事就出来了。也只能拿出来给戈尔波格先生看了。是他硬逼我拿出来的。起初,我拒绝了。最后还是同意了。"

"啊,"这位寡妇说,现在她变得容光焕发了,"你能相信吗?盖奇先生看来是位天才。尽管所有认识我丈夫这个可怜人的人都认为他很怪。唉,你是不了解我的丈夫的。"

"是不了解。"艾米·帕克说,尽管她了解。

"我很快就成了别人感兴趣的对象,"邮政局长继续说,从她的裘皮外套上拿开一样多余的什么东西,"这是由于戈尔波格先生和另外几位先生对我丈夫的油画所表现出来的热情引起的。可怜的盖奇先生如果还活着,他也会大吃一惊。我最遗憾的就是他已经过世了。因为我看得出来,我们本来完全可以做一点生意的。长话短说,总而言之,我把那些画卖了。应该说我卖了个好价钱。都卖了,就剩下一张。因为感情的原因使我不忍心把它卖掉。因为正如戈尔波格先生说的,那是一件无与伦比的艺术品。我把这张画放在起居室的壁炉炉台上,光是装那张画的框子就值十五镑。就是画了一个女人的那张。不过,你不会记得的。她站在那儿……哦,坦白地说,她光着屁股。可是,为什么不能呢?自从知道它的价值,我对这种问题的看法就开明了。"

"我还记得那张画。"艾米·帕克说。

"你还记得?"盖奇太太说,一下子引起她的兴趣,"你喜欢它吗?"

"不知道,"这位胖乎乎的妇人说,"我理解不了那张画。"

此刻,或者任何其他时候,动作迟钝地站在大路上,她连自己也不理解了。她不理解人们一双双眼睛,还有那个死去的男人。他看见过她吗?她简直想象不出来。那么,当时她应该爱他吗?夜晚在树木间漫步,他的双臂不再瘦得皮包骨。她觉得她不曾爱过什么人。她焦灼不安,有点害怕。

"不管怎么说,"前任邮政局长说,"我很快就有了自己的家。全套现代化的设备。我刚把买电冰箱的钱付完。你怎么样,亲爱的?"她边问边惊讶地向四周张望。"跟过去一样。欧达乌德太太怎么样?"

"我说不清欧达乌德太太的情形是好是坏。"帕克太太很拘谨地说。

"噢……"盖奇太太说。

"哦,我们从来没有真的吵过架,"帕克太太连忙说,"不过,朋友们也有疏远的时候。"

然后,该邮政局长问孩子们的情形了。她换上一种对孩子们颇为关心的腔调。

"塞尔玛挺好,"帕克太太用很清晰的声音说,"她跟一位律师结了婚。她干得很不错。"

"还有雷。是叫雷吧?"盖奇太太问。

因为你总得问问。

"雷,"帕克太太叹了一口气,从上到下很平滑地拂了几下身上的罩衫,"雷也长了。我想,他在做卖汽车的生意。他很快就要结婚了,跟一个挺不错的姑娘。"

"跟谁?"

"跟埃尔西·塔巴特,"帕克太太说,"她是从悉尼来的。"

"真想不到呀!"盖奇太太说。

别人过的日子听起来真是无比陌生。盖奇太太脑子里满是自己的生活。别的她已经不大相信了。现在她开始又是按又是拉小汽车门上那银光闪闪的捏手。

她说:"如果你什么时候路过德鲁戈伊,一定去我那儿看看。为了过去的友情,我见到哪个老朋友都很高兴。"

她相当有把握,帕克太太不会去她那儿,这便使这位前任邮政局长的心里平添了几分慷慨之情。帕克太太不会去看她,肯定不会。但是说来好笑,盖奇太太的邀请很让她高兴。她站在一堆石头中间,很满意地喃喃着。

恰在此时,一道傍晚清冷的光照亮了天空和盖奇太太的脸。这张脸因此,同时也因为这一阵子的夸夸其谈,而更显得恬静。

"聊聊天对人总有好处。"她说。然后又大胆地补充道:"我总算快活了。"

她在一个什么玩意儿上按了一下,便坐着那辆神奇的小汽车,慢慢地从这个地方开走了。

艾米·帕克迈着沉重的步子走回到门廊下面。她整个下午都在等待,希望看到过去生活的见证。可是看到的只是尚未开始生活的年轻人,以及没有表情或者表情和蔼的陌生人。因为她比这些人经历长年纪大,她的气管常出问题,用鼻子呼吸很不畅通,她总是把腰板挺得很直,不听别人说话,那副样子让人看起来觉得她很凶。有人说,那位帕克太太是个脾气很坏的老家伙。

也许是,也许不是。她一直期待着发生什么事情,出现什么奇迹。因为没有发生,或者是发生了没有察觉,她变得特别爱发火。她常常非常生气地搔着腿,或者把脖子伸得老长,向远处悦目的景色张望着,可是因为跟神不济,当然难以看清。所以,有时候她很急躁,样子很难看。或者用往昔的回忆使自己得到一点安慰。这些她随心所欲摄取来的镜头,使她变得平心静气,甚至更加聪明。往事真是小圣人们创造的奇迹。

当塞尔玛·福斯迪克回来——她回来的次数要比人们想象的多——发现母亲坐在那儿(她还是一位挺能活动的妇人呢!),觉得很惊讶。

"你好吗,妈妈?"她问。

因为她自己处于一种消极被动的状态,她便为别人的消极而气恼。自从发现文学的魅力,她便常常手里拿本书,掩饰自己的懒惰。尽管她也读,还读了不少。她被伦理学迷住了。她还研究人类学。所以,她认为泰然自若地坐在那儿,很有点可疑,或者是一种得了病的征兆。她怕母亲会在进入老年之后得癌症,需要细心照顾。如果真的患了癌症,做女儿的当然得替她付钱就医,她有钱嘛。但是来这间寒碜的小屋嗅一嗅有没有偷偷潜入的疾病的气味,可就不同了。因此,塞尔玛·福斯迪克在母亲的脸上搜寻这种衰弱的症候。

"我没病,"艾米·帕克说,"我是因为喜欢,才在这儿坐一会儿的。"

她朝女儿、朝她那件外套的料子和一串珍珠微笑着,觉得简直令人难以置信。她们碰了碰面颊。对于母亲,这是一种淡淡的快乐。她不再有那种把女儿据为己有的想头,因为已经失败了。但她确实参与了塞尔玛·福斯迪克生活的故事了。她间接地创造了这种故事,有时候便要求维护她对一些纯属自然的东西指责与忠告的权利。

"你该有个孩子了,塞尔。"有一次她说。

这位妇人——她的女儿把脑袋转到一边,说:"我现在还不想要。这不单单是生个孩子的问题。"她耸了耸肩,生气了。

"我不懂得你说的那些事。"母亲朝上噘着嘴唇说。

她瞧着女儿那双手。母亲的手当然比她那双手强。她对那双像纸扇子一样合在一起搁在膝盖上面的手觉得难以置信。但是她不再谈论这个话题了。

有时候她问问女婿的情形。

"福斯迪克先生怎么样?"她问。

福斯迪克先生总是正准备和几个商人一起去钓鱼度假,要么就是瘘管出了毛病,有一次还得了十二指肠溃疡。他几乎总是给岳母捎话问安,因为他生性是个讲礼貌的人。对妻子的恋情并没有使他变得粗鲁。

"我对达德利真是感激不尽。"塞尔玛·福斯迪克常说。她的眼睛甚至泪水盈盈。

如此的谦卑令人吃惊,但是她却在这种谦卑之中使自己不断地更新。她在物质方面得到的东西太多了,那些得到更多财富的途径已经没有必要,因此便把注意力转向精神方面的提高与完善。她真希望能成为某个人的牺牲品,特别是成为丈夫的牺牲品,可是他一直没能给她这样的机会,除了他清嗓子时那副样子,以及他对西洋跳棋的入迷使她有点不堪忍受之外。因为某些微妙的、她也说不清的原因,她不大可能有孩子。有时候——下午或者傍晚,她两手空空、孤零零一个人待在家里的时候,对于她这真是一种悲哀,直到她意识到她根本就不知道该拿小孩怎么办。他们会把屋子弄得一塌糊涂;那些长大了的孩子则逐渐发现性的奥秘。她的身体当然还算可以,也可以说不太好。她有哮喘病,这毛病人们经常记得向她问候,特别是那些对她有感激之情的人。

有时候教区长来看望他们。塞尔玛·福斯迪克给教堂捐款,但不过分鼓励牧师。因为在她那个社交活动的圈子,他并不相宜。她变得为人慷慨,而且是有意这么做的。她送的稀罕东西或者捐的钱都远远超过场面的需要,她的眼睛常为自己的行为而激动得发红。或是因为害怕,或是因为无法放纵自己,这种挥霍对于她只是成为一种必须。那是一种不为人们察觉的罪恶,就如同衣橱里藏着的杜松子酒,或者皮下注射器。到目前为止,没有谁发现这种心灵深处的隐秘,除了她的母亲。

她最喜欢给父母亲送礼,故意送那些价格昂贵的礼物。可是买了之后,心里又微微有些懊恼。她坐在自己的汽车里——现在她已经学会开车了——皱着眉头,驶过那些城郊的小屋和屠宰场,进入让人惊奇的乡村。在这样的地方,她可没有用武之地了。她沿着已经松了的铁丝网和落着尘土的树木,在这条路上焦急地行驶着。这地方只是因为有她的父母生活着,才显得"与众不同"。她想起有个老头曾经暴尸于这一带的丛林之中。她寻思,即使生活在一间密封的房子里,恐怕也无法排除所有那些必须排除的事故。

然后便到了。在掸去外套上的尘土的时候,她不无苦涩地意识到,这种看望即使还算动人,也很有点可笑。天空中充满了喜鹊喳喳的叫声。

有一次,她给母亲带回一只菠萝、一条鲜鱼,以及一套桌子上用的小垫子,上面画着狩猎的风景画。那是她从一个义卖市场买的。她把这包东西替母亲打开,又一件一件地摆开。因为这是这场"游戏"的一个部分,可以使自己沉湎于乐善好施的冲动之中——觉得自己是如此之完美。

"瞧,"她说,一双光溜溜的手端着那条银光闪闪的鱼,"这鱼多漂亮!"

那条鱼是挺漂亮。它闪闪发光,生命的光彩没有因死亡而消失。

母亲的目光在这一大堆礼物间游弋。"哦,塞尔,我该拿这些东西怎么办?"

"这些小垫子?很漂亮,不是吗?也许会有机会用的。把它们放起来,慢慢再说。"

"你对我太好了,塞尔。"母亲说,她看着女儿,似乎一直看到她的思想深处。

女儿已经长成一位消瘦而风度翩翩的妇人。她把那条鱼拿走放到一个凉一点的地方。她熟知这幢房子,只是不再属于它了。她认定,母亲当然是倾向于自私的,也喜欢把一切视为当然。不管是否是这种情况,反正老太太继续讥诮地观望着,不是看那些小垫子,而是看她的女儿。尽管她已经进里面去了。她继续在幻梦之中看着那个把嘴巴贴在镜子上直到吻到自己的嘴巴为止的小姑娘。

可是等福斯迪克太太再回来,把她那双刚洗干净的手在一块半透明的手绢上擦了擦,老太太心里又充满了感激和慈爱。

她说:"是条好鱼,塞尔莉①。我把它在炉灶上烤吧,你爸爸最喜欢这样烤着吃。"

这是母亲和女儿玩弄的亲切友好的把戏。福斯迪克太太很欣赏这场游戏的过程,但忽略了她被唤作"塞尔莉"这个事实。这个称呼使她想起放学之后,装在书包里面,紧贴腰背的各种小石头。

有时候,塞尔玛·福斯迪克在她家的客厅里来回踱步,想起她卑微的出身,便紧紧地关上窗户。这是人们无法逃避的,它将陪伴你终生。于是,她那张脸即使在最好的时候也不再那么自信了。她谈论音乐时声音微微颤抖。在那个人工合成的灵魂的进化过程中,有那么多令人难受的东西。她想起了鲍凯一家,想起了热那亚天鹅绒的那种感觉,想起她坐在那儿修指甲时,嘴里含着的那块杏仁糖的味道。

有一次,女仆走了进来。她是一个经过别人训练的、举止温柔、上了岁数的女人。

"有位先生要见您,太太。他说他有紧急的私事找您。他不肯说出他的姓名。"年老的仆人谨慎而恭敬地说。

甚至年长的女仆也是那么安定,地位确立无疑。

这位先生是雷·帕克,福斯迪克太太的哥哥。

"我敢打赌,你肯定吃了一惊,塞尔。"雷笑着走进客厅,把他

---

① "塞尔莉"是比"塞尔"更亲昵的称呼。

手里拿着的一顶棕色的、样子奇特的新帽子随手扔开。"我就喜欢叫人大吃一惊,"他笑道,"这种突然袭击能把他们从平常的生活轨道上拉下来。不过你的生活轨道确实不赖。"他边说边向四周张望着。

"我们选择这幢房子是因为它的景色好。"她边说边走过来迎接客人,"三面环水。你可以一眼望到海港。从这儿还可以看到海峡西面的风光。"

然后她看了一眼哥哥,希望发现他此行的目的。她那张脸已经瘦骨嶙峋,以后会变成一个干巴巴的女人。她尽管看起来弱不禁风,不停的干咳声颇为吓人,实际上身体挺结实。她几乎必须结实才能得到她所追求的一切。究竟她想得到什么,也就是说她的最终目的是什么,她并不清楚。因此她就只能是揣测而已。就是向哥哥发问的时候,也只是表面上显得不太愉快。"你找我有什么事,雷?"

男人已经在她那个没有什么色彩的锦缎沙发上吃力地坐下。他已经开始发福。他想逗逗她。他皮肤是城市人的那种黝黑,面颊显得很平静,上面现出两个酒窝,让人觉得那酒窝很有意思。

他说:"我来看看你,塞尔。你瞧,我们是亲戚嘛。可是那些不认识你,或者不认识我的人都以为我们之间并不存在这样的关系。"

她笑了起来。

"你想象的那些人知道我们这种关系又有什么好处?"

"如果说到好处嘛……"他说,耸了耸肩。他穿着一套很引人注目的衣服。他希望她给他喝点什么。

她看出他是个耽于声色口腹之乐的人。而这种品行使她神情紧张。不过他不会注意到这一点。他即使不是在所有方面,至少在许多方面可能都是愚蠢的。她最害怕的是,就像她所感觉到的那样,他或许是个诚实的哥哥,但同时她又深知,他是个不诚实的男人。

"不管怎么说,"她微微一笑,坐了下来,"你已经来了。"

"就算这么回事吧,"他用沙哑的声音大大咧咧地说,"那位我还从来没见过面的当律师的家伙什么时候回来?"

"那得看情况了,"她说,"干这个行当的人可没有钟点。"

"我可以等他。"雷·帕克说。

要是这间灰白的屋子不把他毁了……在缺少苍蝇嗡嗡营营的安静的屋子里,人们都干些什么呢?

"因为我一直想见见他。"

"我想不出你们俩有什么共同点。"塞尔玛·福斯迪克笑着说,并没有掂量掂量说这话会有什么结果。

"你永远也猜不透,"雷·帕克说,"到了夜晚,我有时得和货车车厢和卡车后面的伙计们打交道。你一定会大吃一惊。"

"达德利,"塞尔玛说,"可不会喜欢这种危险的旅行。"

"他一碰就碎吗?"

她没有答话。

"坐在这个屋子里,我开始慢慢了解你了,塞尔。"

她还是没有答话。

"你瘦了。太瘦了。"

当汗水从她前天才做成波浪形的头发下面那似乎是碰不得的太阳穴渗出来时,他继续说:"我受不了瘦骨嶙峋的样子。我本来可以干一番大事业,可是因为永远不知道该怎样去干,便只好去给赛马吃点什么药,撬撬保险柜。哦,你用不着担心,塞尔。现在我很本分了。我在做买卖——卖汽车。我请一些很有权势的人喝酒。不过这都得花钱。而我又没钱。实话说,我来这儿的目的就是跟你商借——你会赞赏这个字眼的——二十镑。星期二我要和一位叫埃尔西·塔巴特的姑娘结婚。"

"她对自己所做的事是否很清楚?"福斯迪克太太边说边走到一张小写字桌跟前。她为这张桌子花了许多钱。因为她认为这件极其可爱的家具是真正的古董。

"知道,"雷·帕克说,"她打算改造我呢。她是个卫理公会教徒。"

"哦……"妹妹说。

她开了一张支票,签上写得很漂亮的名字。这个签名她已经不需要再练习了。

"我在想,我会不会有兴趣见见她。"她把那张支票给哥哥时微笑着说。

她又想,雷没能学会做什么大事。那是一笔少得可怜的款子。

"见埃尔西?"他说,瞥了一眼她写下的钱数,"不,这不合适。这个家里有一个无赖就够了。"

他们站在那儿,心里充满了仇恨,又都说不出原因何在。

然后,在那间静悄悄的屋子里——在这里他们交换了心灵——他们又开始被对方所感动。妇人注意到,有一阵子这个粗壮的、让人讨厌的男人颤抖起来。如果我吻他,他会镇静下来吗?尽管他牙齿焦黄,身上一股烟味、酒味,但是深深地吻他,就像我一直害怕吻什么人那样地吻他……或者,他会不会把这个秘密再加之于他一直埋藏在心底的别的隐秘之上呢?于是,妇人继续转动着手上的戒指。男人觉得她挺可怜。他想起有一天夜里他坐在一列轰隆隆向北驶去的货车上,是怎样浑身打抖啊!因为他心里明白,到那儿也是一无所获。

"我该走了,"雷·帕克说,拿起他那顶时髦的帽子,"这样,会使这儿的气氛轻松一些。"

"再见,雷。"她说。

她让他自己找出去的路。再一想,觉得这倒也省事,反正这儿没有什么他可以顺手牵羊的东西。

他走了之后,她在一张椅子里面坐了下来。

她的身子一动不动,但是内心深处却心潮奔涌。就好像她是一个五斗橱,把她的德行、善举都翻腾出来,找几样好东西。许多对她感恩戴德的、虔诚善良、谦恭卑微的人都说她好。那么,她一定不错了。这些人的眼睛,一定比自己的眼睛或者哥哥的眼睛看得更清。一定是他脑子里突然生出个什么念头,她心里想,便说了出来,而且听起来很聪明。她觉得嘴里一股金属味。她简直能把舌头吐出来,那似乎是一片薄薄的苦涩的金属。她头痛,觉得身上发烧,便吃了一片阿司匹林,又拿出一两本书。

"我把茶送来了,太太。"那位老女仆说。她把茶盘放在一张小几上。

塞尔玛·福斯迪克精心选择的这些习惯也没帮上什么大忙。她一边在字里行间寻觅,一边感觉到有些罪恶自己已经忘记了。她经常边喝茶边拿本书看,不时从书页上掸掉切得很在行的、薄薄的面包片和奶油掉下来的渣子。她在心里说,被无知与鄙俗搅得心神不安实在太可笑了。她只言片语、心不在焉地读着,一颗心似乎被炸裂开了。这内心深处究竟蕴藏着什么呢?她问自己。她那修长的手指颤抖着。她在读几行诗句的时候,一股疑惑的浪潮把她撼动了。这本诗集是她在一家书店里挑选的。她很为自己的鉴赏能力而自豪。

　　就像风儿喧闹着从林中吹过,
　　生活的狂风在他心中引吭高歌……

那是一首使人战栗的诗,一行行诗句开始吹透她柔软的衣裙,掠过她的心头,留下一种麻木的感觉,或者说一种奇怪的、清晰的感

觉。她被一种阴郁的魅力吸引着,继续读下去:

> 人树永远不会安静,
> 那时是罗马人,现在轮到了我。

她觉得,也许是知识,而不是阿司匹林或者麻黄素,给人以慰藉。她从牙缝里一字一句地读下去:

> 狂风啊,把小树加倍地折磨,
> 它吹得如此猛烈,很快便会收敛,
> 今天,罗马人和他的苦难,
> 早已在苍茫大地下变成灰烬。

读完之后,她仍然坐在那儿,没有什么需要按铃让女仆来办的事情。她朦朦胧胧地理解了这首诗的意思,便怀着一种苦涩,责备父母亲将她置于这样的境地。她也责备上帝欺骗了她。

后来,她的丈夫拿着一张晚报走了进来,说道:"你今天晚上脸色很不好看,塞尔玛。"

把墙上挂着的一幅蚀刻画正了正。

"你不舒服吗?"他问道。

又正了正他那幅蚀刻画。福斯迪克夫妇挂蚀刻画,是因为他们不敢去选一幅油画。

"是东北风刮的。"塞尔玛说。

确实,正在刮讨厌的风。铅灰色的浪花装饰着海湾里的海水。砂粒把窗玻璃打得沙沙地响。

"雷来过这儿,"她说,"雷,我的哥哥。"

"他来干什么?"律师问,肚子紧张地挺了起来。

"不干什么。"她说。

她觉得做一个诚实的人现在已经为时太晚。简直不知道怎么去做。

"我们只是谈了谈,"她说,"他要结婚了。"

"你们都谈了些什么?"达德利·福斯迪克问。他把手里那张晚报全然忘到了脑后。

"哦,不过是些家里的事。"她说。

"那你为什么显得心神不定,亲爱的?"

"雷总是让人心神不定。他有那么一种作用。对于我来说,就像一种配错了的颜色。就是这么回事。"塞尔玛·福斯迪克说。

律师放下晚报。那张报纸因为在手里拿了半天,还热乎乎的。他搓着一双手慢慢地踱步。心里生出一种想见见他这位内兄的过分迫切的愿望。不管是谁,不管他是否使别人困扰,或者被人所困扰——这大抵是一回事儿——有时候确实具有一种奇特的禀性。达德利·福斯迪克是个冷冰冰的人,但又是个真正的人。因此,他急切地想了解点点滴滴的事实真相,他为此激动得发抖。他想去撕碎别人,哪怕只一次,或者被人撕碎。

"真遗憾,我跟他错过了。"他说。

雷·帕克额头上总该有根血管吧。

"他真是个畜生。"塞尔玛说。

"尽管这样,我们还是内兄和妹夫的关系。"

在向下去的一截石头台阶上,这一对内兄和妹夫能交流什么个人的经验呢?律师从妻子只言片语的叙述中,认定雷是个胖子。他觉得有只手在抚摸他的腰背。

"不管怎么说,你没见着他,我很高兴。"妻子说。

她觉得太虚弱了。

"我现在想上床休息了,"她说,"我不吃晚饭了。"

他吻了吻她——他们隔一段几乎是商定了的时间就这样接吻——然后就吃鱼去了。在那位名叫多萝西的老女仆的沉默之中，他渐渐从自我毁灭的缠绕中解脱出来。谨慎又回归到他的心头，而且向这位古板的妇人的谨慎涌去——她躬身侍奉，在他的头顶呼吸——直到他们这一对孪生的谨慎相遇，并且在相互赞赏之中，交融在一起。就这样，律师又从情感的涡流回到表面。在那上面浮游已经成了他的习惯。

这件事情过去之后不久，福斯迪克太太觉得有必要再去看望母亲。尽管有时候为了出身，她责怪妈妈，可她还是常常渴望回到那温暖的怀抱。于是她驱车回家，很快就站在门廊下面和妈妈说起话来。这儿成了她们惯常会面的地方。

"你没参加婚礼，我太遗憾了。"母亲说。她开始欣赏这种有教养的聊天，其中交织着各种关系。在这种谈话中，甚至缺点毛病也都是有趣的。

"我没受邀请呀。"女儿说，心里琢磨自己的自尊心是否多少受到了一些伤害。

"我总以为，为了这场喜事，有什么矛盾都可以和解了，"老妇人说，"不过，各有各的看法。雷已经重新做人了。"

母亲已经这样认定了。她对自己还没有了解到可以去怀疑的程度。或者她对自己生活中的种种怀疑视而不见。脸上是一副木然的表情。当她向远方凝视的时候，她下定决心只看那些充满希望的东西。

"婚礼很热闹，"她说，"塔巴特先生是个杂货商，住在莱克哈区。有好多漂亮的礼物。有人还送了满满一箱银餐具。雷那天真是如鱼得水。人们都喜欢他。他还唱歌呢。你知道雷能唱歌吗？看起来，他现在干得很顺利。"

塞尔玛·福斯迪克已经在门廊边上坐下，脸上充满冬日下午温暖的阳光所带来的疑惑。她十分相信自己会做出些有伤大雅的事来。她怀着一种感激的心情意识到,阳光是一种不因时间流逝而贬值的财富。

"有整整一大条火腿,"母亲说,"切成薄片摆在那儿,让人们自己动手吃。"

"埃尔西怎么样?"塞尔玛问。

"埃尔西不漂亮,"帕克太太说,"但她正是雷所需要的那种人。她会成为一个相当出色的妻子。"

"她是个卫理公会教徒。"

"这么说,你知道了?"

"你不喜欢她。"

"这你就错了,因为那不是真的。"艾米·帕克说,在她那张椅子里动了动。椅子吱吱嘎嘎地响着。她察看椅子上的藤条,寻找自己的思路。"或者,即使是真的,我也很快就能证实那是假的。埃尔西是个极好的姑娘。"

最后,是别人占了上风。艾米·帕克参加过不少婚礼,她儿子的,还有别的年轻人的。她看人们跳舞。她一边吃粉红色的糕饼,一边听那咔嚓咔嚓的声音。这种糕饼有的里面有沙子。她去参加婚礼,但不怎么喜欢这种场合,尽管那里不乏可爱的东西。在这样的场合,舞蹈者复杂的动作,以及人们海阔天空的谈话,与她目前安排好的平静的生活相去甚远。对于那些她自己不曾参与的事情,她从不相信,不管是糕饼,还是什么习惯。

她看着埃尔西。在那朵香橙花下,太阳穴上,她那肥厚的、乳白色的皮肤上毛孔相当大。埃尔西面庞扁平,不过很和善。她想说话的时候,总是期待着什么。她听了笑话就笑,因为这是该笑的东西。然后就闭上嘴巴,因为那笑话已经讲完了。她长着一张"封闭型"的面孔,等待着被人"开启"。这会儿,她那乳白色的、多毛孔的皮肤渴望得到钟爱。

于是,艾米·帕克意识到,埃尔西是个没有防卫能力的人。她向埃尔西那副眼镜直勾勾地望去,透过她那没法儿不戴的厚厚的镜片,看见这姑娘没有任何可隐藏的东西。这使得这位已经年长的妇人感到不安。她无法相信这一点。

塞尔玛·福斯迪克在门廊边上坐着。她穿着一双修长的鳄鱼皮皮鞋。那是坦尼森皮鞋店特意给她定做的。因为太阳的缘故,她遮挡着一张脸。她也一直想着埃尔西的事,还有普通人的全套礼仪。为了保护自己不被新郎染指,她自己会以冷冰冰的姿势,怎样头晕目眩地旋转。她想,那银子可能是镀上去的,柄上是浮雕图案,很快就会失去光泽。

但是,他为什么要跟埃尔西结婚呢?塞尔玛心里琢磨着。

雷·帕克是这样跟埃尔西结婚的。有一天晚上,他从埃尔西住的城郊的一个公园走过。那是一个如同白昼的夜晚。只有黑魆魆的树木和这树木投在地上的同样黑魆魆的、胶粘的树影。有一匹老马在椭圆形的草地上吃草,以一种沉重的、疲倦了的天真和无知咬啮着寂静。这种天真无邪的声音追逐着、烦扰着这位行路人。他看见树杈下面悬垂着细嫩的枝条,恰似长长的、一动不动的圈套。这简直叫人无法忍受了。他翻弄着口袋里的钱。明天的现在我就自由了,他傻乎乎地想。他沿着柏油马路,从空旷的公园走过。缓慢、单调的脚步声在他的耳边回响。

这时,还有人在走。他听得出,他的脚步声和另外一个人的脚步声混杂在一起。在这座空荡荡的、如同白昼的公园,那声音变成一种要寻找什么或者失掉什么的、拼命的挣扎。

他试探着走了过去。那个女人,或者姑娘正把头从让她害怕的什么东西上转过去。她戴一顶挺大的黑帽子,尽管没风,还是把它拉得很低。她那笨重地向前行走的身影显得粗壮、黝黑,虽然她穿的也许并不是黑色。是那纯洁宁静的月光的力量,将所有其他色彩都淹没了。

"我想跟你走走。"雷·帕克说,在姑娘身边走着。

她屏住呼吸,吓得发抖。

"跟你谈谈。"

为什么啥时候都不兴说这种话呢?

"走开,"姑娘说,"别缠着我。"

她急匆匆向前走着。

如果他落在后边,就会看见她那两条穿着被月光映成黑色的长筒袜的小腿很结实。在模模糊糊、影影绰绰的月光下,他瞥了一眼她那张脸。

因为这位姑娘急匆匆地走着,他们已经到公园边上了。他觉得他永远也不可能将自己的罪恶让任何人知道了。而此刻让这个姑娘听听他想说的话简直是绝对必要的。

这时,她溜进公园边上几株法国梧桐后面一座四四方方的房子里面。这所房子旁边还有个小铺。她打算回头看看,她确也回头看了一眼。她那张扁平的、苍白的脸本来是要听的。可是那扇门把那张脸吞没了。

后来,雷·帕克又到这个地方,在那幢房子和那家铺子——那是一家杂货铺——周围转悠。有一次,从那幢房子后头的一条小巷,他看见那个姑娘正在洗碟子。她是个普普通通的姑娘,但是对于他,已经变得不可或缺了。她擦手的时候,他觉得她已经没有继续待在这个窗口的理由了。但他不知道下一步该怎么办。

渐渐地,因为熟了,也因为这家人对于人性之恶还没有足够的了解,所以无法把这个男人拒之门外。于是,他被允许走进这幢房子,并且经常整晚整晚地待在那儿,听那位杂货商父亲聊天——他很爱说话。当他对这家的女儿求婚,甚至向她坦白了一些无伤大雅的罪行之后,她极其慎重地考虑这桩事情,乃至在她自己的小屋里,在那些充满宗教色彩的文学书籍和中学时代种种纪念品的包围中,为这件事祈祷。这个问题的分量压迫着她那张诚挚的脸。但她最后还是决定接受他的求婚,哪怕最终因此被压得粉碎。埃尔西·塔巴特就是这种类型的姑娘。她喜欢干一些自己承担不了的事。而眼下这件事可能就是这种性质的事。尽管成为一个传教士也许更体面一些,但是她还是选择了雷·帕克。

"我跟你结婚,雷。"她说,扬起那张奶油色的脸,像在梦中。

他没料到事情会是这样,几乎倒退了几步,但是最后还是吻了她。

他们住在杂货商的房子里,或者"府邸"里。许多人这样叫那幢房子。因为杂货商是个有财产的人,尽管他不讲排场。这一对年轻夫妇——人们出于无知常常这样说起他们——有自己的几个房间。丈夫试图学会在那里面生活。晚上,妻子缝缝衣服或者读书。她给他念《圣经·新约》的四部福音。我很快就要把自己的事都告诉她,他心里想,而且请求她的谅解,事实上她已经谅解了。他不时在一片宁静之中,吃力地从深棕色的地毯上面走过,或者坐在椅子里俯身向前,两手握在一起,放在双膝中间,额头的血管看得清清楚楚。听着妻子的朗读,他觉得教义中那些简单的条条同时又是永远也解不开的结扣。他自己就被捆扎在那结扣之中了。

可是埃尔西·帕克认为她很幸福。即便在这样的年纪,她依然确信,痛苦之中孕育着幸福。因此她那壮实的身体十分柔顺,但并不迁就。因为她的天性就不是那样。她当然很快就怀孕了,生下一个娇嫩的男孩,他的名字是按父亲的名字起的。

这样一来,这对夫妇住的那几间屋子又散发出新的、天真无邪的味道,这个男人越发无法忍受了。对于这个孩子,他除了是他的生身父亲之外,还能意味着什么呢?责任,这个可怕的玩笑已经落到他的肩上。夏天的傍晚,在斑斑驳驳的树影下面,人们沿着大街走过去。他们大张着一张张在他看来寂然无声的嘴大笑着,或者抬起头张望着,目光向远方射去。对他视而不见,就好像他压根儿就不存在似的。有一次,他从楼上跑下去,急匆匆穿过几条大街,去看望一个叫肯尼迪的人。他曾经跟此人做过一次买卖,他坐着这位肯尼迪的汽车跑了好长的路,到一幢挺远的房子,去处理也是这个肯尼迪的几件事情。与肯尼迪拉上关系的雷·帕克在灼热的、油毛毡的气味中,浑身无力地坐在汽车里,等待他回来。这不是他的天地,可他又无法从自己的生活中逃脱。谁也不会把他收容到他们的生活圈子中去。

尤其是埃尔西,更不可能做到这一点。不过,梳过头之后,她就替他做祈祷。

"我真希望我们一块儿做祈祷,雷。"有一次她穿着她那件长长的绳绒线晨衣站在那儿说。

"不。"他说。

他,一个并非软弱的人,居然变得这样软弱了。

"你不愿意让我帮助你。"她说,挽起他的一双手。

他擤了擤鼻子,很生气居然连自己也无法帮助自己了。

"你们这些人总是把别人都想成是陷在罪恶的深渊里,为的是你们好来救人。"他说。

但她不愿意她的信仰受到损害。她转身走了。

生完孩子,她又开始四处走动。有一次,她劝他跟她一块儿去参加一次聚会。聚会在一个大厅里举行。大厅是近期一幢丑陋的建筑。木头门窗上的油漆都起了泡,砖缝里面的水泥也都松动了。进去之后,年轻的帕克夫妇在棕色的长椅上坐下。或者更确切地说是雷坐了下来。因为埃尔西很快就又站起来,和学生们、年轻姑娘们,以及年长的妇人们——他们是作为一种见证来这儿的——一样变得容光焕发。丈夫心想,他看出她因为跟人们说卫理公会教徒的"行话"而得到了宽慰。这种"行话"是他们后来学会的,但更像是与生俱来的。丈夫变得闷闷不乐。他一边瞅着脚趾,一边在有沙的地板上交替地搓着一双脚,发出吱吱嘎嘎的响声,就好像要踩灭一个怎么也弄不灭的烟蒂似的。这些还没有开始生活的人,懂得什么呀!他坐在长椅上,愤怒地问自己。他们能有什么信仰!还有那些老太太。他的目光似乎穿透了她们身上的衬衫,一直看到她们那似乎从未有过吸引力的乳房。他又擤了擤鼻子,吮了吮一只牙齿。这只牙应该镶齐,但他一推再推。

在这段时间里,聚集在那儿的人们一直说呀,笑呀,直到那几位布道的人在那个小小的讲台上集中起来。埃尔西是他们中的一位。她朝丈夫微笑着,态度有点冷淡,就好像在这种事情上,必须表现出一种超然。他们唱到罪恶和圣水。也有些人在祈祷。不过在这样的地方显得尴尬。这时,雷·帕克开始变得粗野起来。他心中的欲念在升腾,又翻腾出过去干过、现在已经忘了的各种各样的坏事。改恶从善的全部观念曾经是那样合乎人意,现在,当它作为一条拯救灵魂的道路摆在眼前时,又变得那样令人厌恶。

也许埃尔西在轮到她站起来唱歌之前,就已经意识到了这一点。她的嗓子即使不是出类拔萃的女低音,也还纯净、悦耳,很能感动一些人。她的丈夫站在那儿,用鞋尖又打了一次节拍,裤腿也随之抖动了一下。他被自己这种超然搞得精疲力竭,怀着一种厌恶注意到她在重要场合才穿的那件绿色羊毛连衫裙和从她的祖母——一位英国妇人那儿继承来的沉甸甸的、样子平常的金手镯。她唱歌的时候,手腕显得很紧张。他在心里暗暗自问:他们心目中这个耶路撒冷到底是个什么玩意儿呢?居然那么实实在在,这简直不可能!但是这里的每个人都相信它的存在。每个人,除了雷·帕克。现在或许还有埃尔西。她心中那个金色的顶峰已经开始倾斜了。

他不能不惊讶地看着她——他的妻子。

牧师在一张小桌旁边站着,小桌上摆着一瓶盛开的玫瑰花。他做了一番讲演之后,聚会按时结束。

雷走出去,一边抽烟,一边活动胯部,放松着两条腿。他对着星星喷吐着烟圈。他抽了好几支烟,直到能闻得着手指上尼古丁的味道。他的食指上还有一块老茧,他用牙齿咬着,吐出那块硬而苦涩的皮。他连自己也不明白,这到底是待在什么地方。只记得是在一个类似后院的地方。在他的对面,一间小屋的窗口,有个老头正小心翼翼地包好一卷钞票,藏到一个盛烟草的罐子底下。这个窥视者一边"吞云吐雾",一边心里想:这老家伙的脑袋,会像个玉米棒子似的叫人一劈两半。由于灵魂深处的某种不安,也由于对他自己也可能成为牺牲品的疑虑,他打了个寒战。

他走进去找到了妻子。她已经在那条绿连衫裙外面又套了件外套,正在那座几乎已经空荡荡的大厅里等他。他们步行回家,岳母正打瞌睡,孩子哇哇地哭。

埃尔西·帕克给孩子换尿布,她走过来走过去,为他们的孩子干那些必不可少的事情。她平常不怎么向丈夫问这问那。可是这时,她怯生生地问他——他正直勾勾地看着她,把她看得胆怯起来:"这么说,你不喜欢这种聚会?"

他坐在床沿上,抽着剩下的最后一支香烟。

"这不是那种你喜欢还是不喜欢的事情,"他说,来回挪动着一双光溜溜的脚,"不过,我可是受够了。"

他的睡衣敞着胸口,到他这个年纪,那儿已经长满了汗毛。

我不理他,她心里说。还有好几桩事情要做呢。她坐下来给孩子喂奶。

她愿意高高兴兴,乐乐呵呵。可是我没有得到足够的恩爱,她想,看样子,我会早早地在这个男人手里吃亏。她给孩子喂完奶,又开始把东西一样一样地叠好放起来。灯光下,她的皮肤现出奶油般的颜色。可是以后人们会说,她的脸色苍白,很不健康。

埃尔西·帕克经常带着孩子去杜瑞尔盖他爷爷奶奶那儿,而且尽量让自己喜欢这份责任。她下了公共汽车以后,得不慌不忙地走完那段路。因为公共汽车不跑那条线路。她用一块扇形的披肩包着孩子,披肩总是洗得干干净净。等孩子长到开始蹒跚学步的时候,她就把那个懒洋洋倚靠着她的孩子背在背上,自己也变得脚步踉跄起来。她不时把头发从他那双清亮的眼睛上甩开,一边看着他,一边吸口气。再晚些时候,她就可以自由自在地走了,而且漫不经心地看着牧场。那时,婴儿已经长成个小男孩,跟在她旁边跑着,或者悠然自得地走着,不时停下脚步,叽叽呱呱地跑回到她跟前,问昆虫和小草的名字。

"我可说不上来,也许爷爷知道。"她总是这样,好像是对他说,又好像不是对他说。与此同时心里纳闷,自己到底懂些什么。

但是,她的无知骗不过小男孩。他对那些问题的答案并不十分感兴趣。那些东西本身就足够了。因此他继续跑着,捏住叶柄举着一片树叶,或者捏住羽毛管拿着一根羽毛。对周围这个世界的发现使他处于一种永远昂奋的状态。而他的母亲想的多半是到了婆婆家以后的情形。

到那儿之后,奶奶几乎总是刚从炉灶里拿出一炉无核小葡萄干烤饼,而且总是浑身散发着糕饼味,说道:"你们来了。"

母亲就开始详细讲他们一路上的情形,讲得十分准确,但毫无色彩。这些细节谁也不听,但她还是径自讲下去,因为她觉得人家总希望她说点儿什么。奶奶微笑着,向外面的牧场张望着。小男孩微笑着,上气不接下气地往上揪扯他的短袜。奶奶决不在他们一到就对小男孩说话,也不正眼看他,当然也不吻他。因为他俩都是在关系更亲近的情况下,才会那样做。

艾米·帕克并没有试图占有这个隔辈的孩子,但结果却是,他对她比她自己的儿子还亲。她跟他总是心平气和。当然,她已经是个老太太了,更容易做到这一点。甚至在她心里充满嘲弄的时候,或者预料到这个小男孩迟早会做出些残忍的事,说出些残忍的话,或者给他自己披上一层她永远也解答不了的神秘色彩的时候,她那良好的心境都没有被破坏。她在花园里散步,手摩挲着毛线衫的袖子。

有时候,她把男孩领进屋,给他看这看那。在这里,那些东西本身就包含着一种神秘。有些人,比如这个老太太和这个小男孩,对这种神秘初次感受。

"过来,"她说,"我让你看点儿东西。"

她不叫他的名字,因为他和父亲同名,只有陌生人才那样叫他。

"什么东西?"他问道。

她气喘吁吁地打开一个盒子。

"是什么东西?"他问,手指摸着那个盒子,长长的睫毛在面颊上投下阴影。

她看到他是个面色苍白的孩子。

盒子里有些放了多年、一碰就碎的花。确切地说,是一些甘菊,是有一次她采来泡茶喝治胃痛的。还有几个玻璃片,红颜色的碎玻璃。

"这是什么玻璃?"他问道。

"是发洪水时我们捡的一个孩子的。"她说,"有一天夜里,在乌龙雅。我们都去那儿看洪水,你爷爷在那儿救人。我想,我们也许能留下这个男孩。你知道,是收养。可是爷爷不同意。不管怎么说,那孩子跑了,是清早跑的。他不愿意在这儿待。他丢下了这块玻璃。"

"他拿这块玻璃干什么?"孙子问。他已经拿起那块玻璃,正放在眼前照着玩,一片绯红在他脸上流动,只有面孔的轮廓现出绿色。那是因为那块红玻璃不能将那苍白的脸色全部盖住的缘故。

"他照着玩,就像你现在这样。"祖母说。

"你脸色很白。"她说,摸着他脑门上的头发根,头发汗津津的。

"才不白呢!"他喊道,把那块玻璃猛地一扔,"要是我白,那是因为有的人生下来皮肤就是白的。"

"当然啰。"她说,语气里包含着一种嘲讽,那是专门冲这孩子来的,并没有伤害他的意思。

"我能要这块玻璃吗?"他眼瞅着那块玻璃问。

"你要它干啥?"她问。

"我保存它,"他说,笨拙地来回挪动着两条腿,"作为一个秘密。"

"可是我知道这个秘密呀!"她说。

"这不太要紧。不管怎么说,你老了。"

"我们俩一块儿保守这个秘密。"她说,带着一种无需掩饰的快活,因为这儿再没有别的什么人。

回首往事,她想不起曾经和什么人分享过秘密。她自己的秘密在内心深处被一块块"铅板"筑成的高墙封锁着。

她把他领进餐具室。这间小屋与厨房相通,和另外几个房间一样,是后加的。其实不过是一个摆橱柜的过道。那里面摆满了架子、搁板。一头开着一扇窗户,让夏天的阳光经过百叶窗的板条过滤之后懒洋洋地照射进来。倘若冬天,则是一缕小心翼翼地挤进来的淡淡的光。

祖母指给她的儿子——他确确实实是她的儿子——看那些罐子、腌肉的桶,还有一个用来捉苍蝇的、很奇妙的玻璃装置。这里面有许多罐子。金橘或者宝石一样的东西闪闪发光。他把那片红玻璃举到眼前,直勾勾地看那些金橘,直看得头晕目眩。

"金橘是整个儿的。"他自言自语地说。

"是的。"老太太叹了一口气。她已经不想再领着他看这看那了。她想走开,到别处坐坐。"你可以用一根针扎个口,让糖味进去。要不然是苦的,能把你的嘴唇弄得皱起来。你尝一个吗?"

"不,"他说,"谢谢。"

他眼瞅着别的那些东西。

他是不是有点与众不同呢?她问自己。男孩都爱吃金橘,让果汁顺着嘴角流下来。他父亲雷的嘴巴总是红红的,因吃糖或者油腻的东西而闪闪发光。他爱吃火腿肉上那点肥肉。可他这个男孩是个瘦弱苍白的男孩。

"我能看看上面那个铁盒子里装的东西吗?"他问。

那是一个上面画着小花的铁盒子。是一位杂货商送的礼物,也许是圣诞节送的,她已经忘了。她把它拿了下来,里面放的是一些花籽。可能是罂粟。她用牙齿嘎吱嘎吱地嚼了几颗,尝了尝,吐了出来。

"是些搁了好多年的破玩意儿,"她说,"我忘得连影儿也没了。"

还有些东西她也已经全然忘记。比如一罐罐早已腐烂变臭的东西。小男孩有时候一个人在那些坛坛罐罐中间东翻西找,看见了也不说什么。毫无疑问,他是爱他的祖母的,尽管有时并不表现出来。因此,有一天下午,当他听见她打嗝儿的时候,甚至假装没有听见。

"能给我这个盒子吗?"他问道。

"你要是喜欢就拿去吧。"她说,或者是打着哈欠说,因为她困了。每天这个时候,她总要打一会儿盹。倒不一定真睡,她还没有真到老的时候呢!只是坐在一张椅子上闭目养神,休息一会儿。"你要它干啥呢?"她问。

"放我的铅笔。我已经有十五支铅笔了,不算那些彩色的。"

"你要那么多铅笔干什么?"她问。她抽屉里有一个铅笔头,需要时就用它。

"写东西。"他说。

"什么样的东西?"她问。

他没说话,用手指尖抠着那扇木头门。

"我给你一个本子写东西,"她说,"那是我给你父亲的,他没用。后来,斯坦拿走了。他要它干啥,我一直也没有搞清楚。噢,他说,要开些单子。后来,我又在一个抽屉里看见了它,还是什么也没写。"

他谢了她。但他不想再说话了。

她也累了。于是他们从那个贮藏室走了出来,罐子里的水果静悄悄地待在那里头。她心里说,他是个乖孩子,就是脸色苍白。他要是死了可怎么办。要是和欧达乌德太太谈论这件事,这位女邻居恐怕总要说出那番话来。不过,塞尔玛一直是好好的。

祖母和小男孩从这幢房子走过去。在这个年纪的小男孩的眼睛里,这还是一幢很大的房子。祖母躺在一张跟她的身体正合适的椅子里,很快就要睡着了。他呢,要从灌木丛下面爬过去,到那具有更大意义的空间去。在那颤动着树液、喷吐着泡沫、流动着绿色的屋顶和橡檩之上是那广袤的苍穹。他只消注目而视,就可以将它劈斩成湛蓝的、颤动着的图案。

就这样,艾米·帕克坐在那张藤条编成的椅子里,脑子里想着什么,或者打着瞌睡。她正和她的小男孩说话。真有趣,我们能在一起聊聊天,她说,通常这往往是不可能的。在那株木兰树下,这些珠子是子弹,他说。别打我,雷。我不是雷,他大笑着说。你是雷。这不是子弹,是话。话就是子弹,她说,如果你想让它们成为子弹的话。我向他射击,一次又一次地射击,他站起来迎接更多的子弹。我在向你扫射,他咧嘴笑着说。可怕的话语开始向她迎面袭来,像连珠炮似的。哒哒哒哒哒——一枪对一枪。男孩笑着喊,不管是谁,你打呀!那不是斯坦,她浑身冒汗,雷,亲爱的,不是。你的爷爷对于你不过是个宁愿在工棚里继续钉东西也不回来喝茶的老头。过来,做个乖孩子。她的两片嘴唇向下弯曲着,显得很蠢。

艾米·帕克抚摸着她那张藤椅。她可怜巴巴地打了个盹已经醒来。只睡着一两分钟,可是湿乎乎地出了一身冷汗。她真想见见她钟爱着的某个人。

然而这是一个空空荡荡的下午。

小男孩已经溜走了。她想,到时候,我总会不理解他的。会有某个身材高大的男人沿着这条小路走过来,简直就拿她当笑话一样地看待。受过教育的人们把话里头的意思都给"漂白"光了,连什么色彩也没留下来。

她嘟哝了几句什么,用舌头润湿嘴唇。

"你说什么,妈妈?"儿媳妇问道。她一直在擦几个玻璃杯,擦干之后把它们放到一边,又给一个碗架子换了一张纸,先前那张已经脏了。还干了几件无关紧要的事情。

"孩子不知道到什么地方去了,"艾米·帕克说,"他不会出什么事吧。"

那意思是:我不会出什么事吧?下午做梦要比夜间的噩梦还折磨人。那梦境因周围正在进行着的生活的陪衬和渲染而越发野蛮地迫害睡觉的人。因为他已经被迫放弃了那正在进行着的生活。

"我想,他不会出什么事,"埃尔西说——她的信仰不允许她去预料什么打击,尽管她已经遭受了一次命运的打击,"他确实是个懂事的孩子。"

这位少妇本来想让婆婆再舒服一点,以为这样便可以找到一些共同点。她看着这位老太太,看能不能帮她换个姿势坐,但同时意识到这是不可能的。

因为艾米·帕克不喜欢埃尔西。

她坐在那儿看埃尔西用钩针编织东西。她凝视着她那粗糙的、奶油色的皮肤。埃尔西头也不抬,就像平常那样专心一意地干手里的活儿,也因为没有什么可防备的。她那两条光滑的眉毛从不抬起来表示某种疑问,总是表现出一种无邪和恬静。

有一次,她变得容光焕发,满脸通红地笑着。她善于发表声明似的讲什么,而不善于娓娓动听地叙述,不过这次她似乎有什么事非讲一讲不可。

"我过去认识一个姑娘,一天到晚用钩针编织东西。她经常停下手里正钩着的活儿,计算针数,可是又经常忘记到底数了多少。因此,她总是织不成一个什么玩意儿,老是停在开头阶段。她钩各式各样的东西,有一次还要钩一床被子,还钩小孩戴的帽子。她给她的外甥们钩东西。哦,有一次,我想她确实完成了一样东西,那是一块小垫布,还是她母亲帮她钩完的。她叫埃塞尔·邦宁顿。"

真让人厌烦。

啊,天哪!艾米·帕克心里想,我可听不清楚你说些什么!

每年这个时候,枯黄的草在牧场上矗立着,或者已经倒伏。大多数日子都在刮风。鸟儿在气流中浮动,发出悠长而缓慢的鸣叫,似乎完全被滞留在空中。两位妇人坐在一起,犹如陷入因为相互陪伴而造成的牢狱之中。

啊,天哪!艾米·帕克想,迟早要把我憋死的!

可是埃尔西还是一如既往,一来看望就住好几天,或者在这儿过周末,要么干脆待好几个星期。当然是带孩子来。她也帮着干点活儿,常给洗洗被单。有一次,她整理一块木棉褥垫。她知道怎样把它搞得蓬松。她爱她的婆婆。她已经开了这个头,便不会有完结的时候。

艾米·帕克站了起来。她是不得已而为之。她要看看自己能不能在埃尔西心目中留下什么印象。

就像以前许多次那样,她们在门廊下待着,埃尔西用钩针编织着什么。

"你跟我讲过的那个埃塞尔姑娘,"艾米·帕克说,"是你的一位亲戚吗?"

"哦,埃塞尔,"埃尔西红着脸笑道,"不是。"

"她看起来是那种傻姑娘。"

"可怜的埃塞尔,"埃尔西说,她跟她没有什么过不去的地方,"她念书可是蛮聪明的。考试她都能通过。她的脑瓜记条条可以。可是生活并不就是条条。所以埃塞尔总是搞得一塌糊涂。她喜欢用钩针编织东西。不过,她对她母亲很好。"

"真怪,用钩针来织。用毛衣针织就好了。"

"我喜欢用钩针。这样织让你心里觉得安宁。"埃尔西脸儿通红。

"这是那种织些小玩意儿的手工活。"艾米·帕克说。

埃尔西没吱声。

"我就不知道我是不是特别需要心里安宁。"艾米·帕克说,"雷现在在哪儿,埃尔西?"

"他在干他的活儿。"埃尔西说。

"他是不是离开你了?"艾米·帕克问。

"我也不知道。"埃尔西说。她正钩着的花样在她眼里变得复杂起来。这图案是她选择的,是用亮光闪闪的米色丝线钩的一对一对的小玫瑰花。"他回来过。"

艾米·帕克开始可怜起埃尔西。她的皮肤似乎特别让人遗憾,粗糙,也很健康,从脖子以上总是红红的。怀着这样一种可怜对方的心情,老太太自己的失败看起来算不了什么失败了,几乎是一种成功。她开始喜欢埃尔西了。

"你别紧抓着雷不放了。"艾米·帕克说。

在同样漆黑的夜晚,她曾经到格兰斯顿伯里,企图把他关进这同一个盒子里面。为了安全,她愿意将一切人类之爱都装到这个盒子里面保存起来。

"可我并不想紧紧抓住雷不放,"埃尔西说,"也不想抓住任何别人不放。"

别的她可能都不懂,但这一点她懂。

老太太望着她。

一团团的乌云和丝丝缕缕黄铜色的云霭所构成的天空,在这两个女人的头顶越垂越低,就好像压在她们头顶上一样。对于这位老太太来说,这种变化是很不愉快的,充满了对她个人的威胁。但是少妇对此却无动于衷,或者是因为它太不具个人色彩了,所以不觉得害怕。在她这样无动于衷的时候,她完全可能被劈斩开来。风吹着她的头发,将她太阳穴上那些隐秘的地方暴露无遗。有一阵子,她的脸似乎不那么死板了。

只要有闪电照亮的瞬间,看埃尔西,或者窥探到她的内心深处,艾米·帕克便会明白,她已经开始爱她了。上帝会救我们,她心里说,埃尔西也许是强壮的。

暴风雨向这两个女人袭来了。她们的椅子吱吱嘎嘎地响着。她们笑着,又恢复了自己的本来面目,连忙捡起那团威胁着要从她们那儿逃走的丝线。风把她们刮得弯下腰,那样子软绵绵的并不常见。暴风雨的湿气和绿色的闪电把她们的眼睛映照得闪闪发光。

直到祖母突然想起什么,喊道:"孩子呢?这天气他可不能在外头待着!"

母亲依旧沉湎于她的思绪之中。

"他可能已经回来了,可不知道又钻到哪儿去了。"她说,抚摸着、归拢着头发。

"还有斯坦。"

老太太想起她的丈夫。这阵子她把他忘了。现在她经常一整天一整天地把他忘在脑后。

两个妇人机械地迈着步子,走过那幢摇摇晃晃的屋子,希望找到她们想要寻找的东西。

"我们刚好赶了回来。"斯坦·帕克说。他正站在房子后面那扇纱门跟前,他从粗糙的脸颊上擦雨水的时候,那层纱还在抖动。

小男孩把脸贴到窗玻璃上,直到鼻子都压白了。透过雨水,他向外面张望着。

"瞧!"他兴奋地大声喊,回转头望着屋里的人们,"水底下的生活看起来一定是这个样子。对鱼来说就是这样。过来瞧呀!你们会明白的。"

可是谁也不去听信他瞬息间生出的奇想,也许压根儿就没听见他的话。人们的新发现从来都是说出来不如看见的那么光彩夺目。但是小男孩明白其中的底里。

"我没淋湿。"他大声嚷嚷着,甩开奶奶。她开始摸丈夫身上的雨水,现在已经不大为他着急了,但是摆出一副权威的架势。

"你们俩都湿透了,"她说,"不管怎么说,我的手摸上去是这样。"

她生气了。这是她的权利。

"不过是场小阵雨,"斯坦·帕克说,"稍微淋湿点儿,不碍事。"

他揉搓出一撮烟草,卷一支烟。

"要是生病了,谁负责呢?"怒气冲冲的妇人问道。

她的话一点儿作用都不起。可是最让她生气的是他那副坚忍不拔的样子。

"你负责嘛!"斯坦·帕克笑着说,舔了舔那张薄薄的卷烟纸。

男孩在这间干燥的、充满烟草气味的屋子里,现在已经心满意足了。他走过去站在爷爷跟前。他爱看人家怎样干这种琐碎的事情,也爱闻那个小胶皮口袋散发出来的气味——老头在那里面装烟草。

"让我来点好吗?"等那个细长的、窸窸窣窣直响的玩意儿卷好后他问。

"话是好说呀。"艾米·帕克说。她的一双眼睛因为已经为斯坦受过的磨难和还将为他而受的痛苦,迸射着热烈的光。

有一次,她想拿起一把刀——不是冲她的丈夫,那对于他不会太痛,而是冲她自己——在两个乳房分开的地方捅进去。在那慵懒而让人眩晕的闲暇的时候,她心里奇怪,刀子扎进去之后,会碰到什么呢?当他们看到血——大滴大滴充满了悔恨的血滴到地板上的时候,他又会说些什么呢?

"快点儿,爸爸,"埃尔西说——对于她,这一切都无关紧要,"快去把你的衣服脱了。"

男孩眼巴巴地瞅着那点着了的纸开始闪烁了几下,然后便熄灭了。

老头很快就换衣服去了。

斯坦·帕克不像大多数人那样,一换衣服就变样。不同的衣服穿在他的妻子艾米身上,就能迸射出各不相同的神秘的光彩。可是丈夫要更纯正些,这也使得他让人生气。不过,到了这个年龄,不管怎么说,他已经看清楚事物的本来面目了,也能解释清楚人们一招一式所包含的意思。他的生活的魅力并没有因为这样地不加虚饰而有稍许的减弱。他在心里说,要是妻子死了,他就在一间只有一张床、一把椅子的小屋里生活。他可以把他所有的家当都捆进两个箱子里,挂到墙上钉着的挂钩上。不过,妻子还没死,而且他高兴地承认,她看起来还不像要死的样子。他确实爱他的妻子,尽管她常常令他简直要咬碎他的下巴骨。

他们一辈子生活在一起,养成了一些简单的习惯。比方他们都爱煮肉吃,因为容易消化。她已经习惯于半夜醒来,听他在黑暗中摸摸索索。他总是在大约半夜一点钟起来撒尿。然后,他们就在梦境中漂流。天亮前最后一觉睡得更香。

斯坦·帕克从来都没有像下雷暴雨或者说是小阵雨把他淋湿的那个夜晚把事情看得那样清楚。切开牛肉之后,他看了看妻子,她头顶的头发已经变稀了。生气之后,现在还不到她抬起头或者说什么话的时候呢。他又看了看孙子。他正用湿润润的手指尖归拢面包渣儿,然后用猪一样的舌头舔着吃。母亲待在那儿像是随时准备保护谁似的。

老头扔下那把切肉的刀子,发出震耳的响声。

"哎哟!"妻子抱怨着,抓住心口窝。

电灯光下,一切都看得清清楚楚。

埃尔西又开始讲她认识的某个人的故事了。

可是这老头焕发出的光彩把所有别的东西都淹没了。在他那个光华四射的世界里,很快,一切都开始浮动起来。他把正做着的书架的隔板又归拢到一块儿。最近几年,他又染上了做木匠活的癖好。他能以一种特殊的敏感看出正在加工的那块木头的纹理,也能看出靠近楔形榫的那个小缺口。这个缺口因为会在家具上留下瑕疵而一直让他不安。要不然,他干出的活计那种简单朴素和用料合理会使他十分满意。

他眼瞅着这堆活计坐了一会儿之后,那相当粗糙的、富于同情的面颊上露出了微笑。他猛然说:"我想,我该上床睡觉了。今天早点儿休息。"

"他呀,"等他走了以后,艾米·帕克说,"他是感冒了。"

因为自己一直有点发烧,她早就感觉到这一点了。接下去,倘有什么不幸,她肯定是那悲剧的中心。

夜里,她听丈夫睡觉,还抚摸了他一两次。他是睡着了还是故意不理她,她就说不清楚了。

于是她睡了。在她熟睡的时候丈夫醒了,直挺挺地躺在床上,望着沉沉的夜色。他发烧的时候也不会那么头晕目眩。他经历过、看到过的所有那些事情都充溢着一种简洁与完美,浮现在眼前。在小屋浓重的夜色之中,他回忆起来的任何行为都像刚刚刨过的木板一样栩栩如生、实实在在。可是他那张刻板的脸却并不是充满自信。那张脸在枕头上翻过来掉过去,发出窸窸窣窣的声音。他口干舌燥,很想问些问题。当然不是问他的妻子,因为她是不会知道的,而是问他还未曾发现的某个秘密的智慧之源。于是,他躺在那里,思索着,看着各种东西。他周围明亮而灼热的光开始变得模糊起来。他很想读点用大写字母印刷的什么东西。但是由于没有这种可能性,便只好一边在枕头上蹭着面颊,一边抚摸着身上的关节。现在他总觉得很累,有时候甚至痛苦。那是一种短暂的痛苦。有时,他嘟哝几句什么,表达出自己的痛苦与失望。啊,上帝!啊,上帝!他不时叨叨着,不过声音很轻,很轻,就像飘落下来的锯末。

有一次,老头垂着眼睑,看见他们又站在那间工棚里面,脚下全是刨花,缠绕着他们的脚脖子。跟他一块儿的当然是那个小男孩。因为在他一生中的这个时候,他脑子里尽想他的孙子,虽然他大概永远也不会承认这一点。他们之间的关系也很奇妙,几乎只限于这个工棚之内。一出工棚就如同路人。至少很少讲话。而在工棚里面的时候,他们每一次的谈话都是那样坦率、真诚。

"瞧,"老头用他锋利的推刨只一下便推出那块木头的一个面,"就像一张地图,这是山,这是山顶。这个圆的是最高峰。"

"是呀,"男孩说,"还有大河,这是海湾。"

"我小时候,"祖父说,"有时候用蓝铅笔画地图和海湾的阴影部分。墨西哥湾,那可真是个很大的海湾呀!"

"我不怎么会画。"男孩说。

"你将来想干什么呢?"

"我想写一首诗。"男孩说。

"关于诗歌你都知道些什么?你读过吗?"

"没有,"男孩边说边咬着腮帮子里面的肉,"不过我知道点儿。"

在这个让人昏昏欲睡的下午,男孩舒展双臂,直到拥抱了整个世界。他大睁着一双眼睛。

"爷爷,有些事你是不是天生就懂?"

现在,老人家被囚禁在这张床的樊笼之内,便无法作答。他的喉咙干得厉害。当这种狂热与幼稚占据了他整个身心的时候,他明白他还有些事情要做。于是他怀着坦露胸襟便能得到恢复自信的希望,使劲儿在枕头上朝后仰了仰脑袋,搅动了黑暗。

然而,却是早晨照进来的光线。

该起床了,斯坦。似乎是妻子沉重的眼皮在这样说。

"我觉得特别不舒服,艾米,"老头说,"看来你非得去找杰克·芬莱森帮忙侍弄奶牛了。"

这以后,斯坦·帕克病了一阵子。他得了胸膜炎。不过大家照料他,一直到他病好。杰克·芬莱森来了。他很愿意帮忙。他人还不错,可是自己家的事总是搞得一塌糊涂。他的妻子默莉也来做些零碎的事情。她总是坐在门口一边喝奶茶,一边讲些奇闻轶事。人们干着的这些事情斯坦·帕克都看在眼里,但也只能听之任之。他也不着急了,只是在人们叫他起来的时候,他才爬起来,还依靠人家支撑着他胳肢窝帮一把。没多久,他就又能穿着肥大的衣衫慢慢走动了。

然而,他似乎对自己又有了更进一步的认识。恢复期间,他经常向外面张望,冷眼瞅着别人。他们大都情愿掉转头跟他的妻子说话。当然,他没有完全好。他看人时有个习惯,似乎他们背后还隐藏着什么东西。被看的人当然不喜欢,因为他们不能回转身,弄确实到底有没有什么东西。

而斯坦却为他看到的那些全新的东西大吃一惊。

第二十一章

最近几年之内,沿着帕克夫妇一直居住的杜瑞尔盖的那条大路,另外一些人家又盖起了房子。原先那几栋薄木板房早已成了这一带风景的一部分,现在却好像都被这些新房子挤到大路后边去了。那些木头房子立在那儿,每一幢房子都被树木包围着,就像荒漠蚕食中留下的绿洲。这些房子正处于被遗忘乃至坍塌的过程中,最终将和曾经在里面逗留的那些人的白骨一起,被一扫而光。不管怎么说,他们已经无足轻重了,不是一事无成的人,就是些年事已高的老人。如果这旧村落的魂灵相互打扰的话,只要关上门窗,打开收音机,就可以从那砖砌的房屋中驱除掉不安的情绪。这些砖瓦结构的房屋显然占据了优势。有深紫色的、缸砖般的蓝颜色的、牛血红的,还有公共厕所。在这里,家庭生活形成了一套做法。已经忘记为什么是这样,但总是严格按照正统去做的。有一次,献上了牺牲品。那是使用吸尘器时把一只猫给电死了。是在一个闷热的早晨,马缨丹的篱笆里散发出一股死猫的气味。

这里有些无足轻重的破旧的木头房子,有不透风雨的砖瓦房。还有另外一种房子,这房子让人看了就生气。为了反对盖这种房子,人们简直希望镇议会能够修改它的政策。这是用纤维板和水泥搭成的房子。这种房子像是露在地面的岩层,只不过是在不同矿层而已。这种房子支撑不了多久,这对它们当然有利。可是到底能支撑多久呢?与此同时,人们在这儿装模作样地过日子。年轻夫妇离家的时候,把门锁上,就好像它们是不住人的。有个孩子闹着玩,在一个屋子上踢了个窟窿。到了夜晚,这种纤维板搭的房子回荡着各种各样的响声,在爱恋或者争斗的重压之下,改变了它们的形状。然后又恢复了原来的样子,在月光下伫立着,显得那样脆弱,渐渐地溶于梦乡之中。

他们周围发生着的所有这些事情并没有影响帕克夫妇的生活。之所以不能影响他们,是因为他们已经到了这样的年纪——正发生着的这些看得见、摸得着的事情对于他们几乎都不可信。记忆中的那些往事能把砖头劈成碎片、研成粉末。那些仍将发生的事情,必须和生活的溪水平行地流淌,而不是在同一条小溪里荡漾。切切实实影响了这两位老人的事情是,他们的财产已经分成几份,而且大部分都卖了。

这是从帕克先生生病之后不久开始的。在光线柔和的傍晚或者早晨,躁动的奶牛站在那儿,在灰颜色的木桩上蹭着脖颈。老头还像以往一样,向牛栅走去,不过比以前更加神情冷峻。有时候,皮肤突然一阵刺痛,搞得他脸上露出一个意想不到的微笑。他的妻子经常腿痛,而且屁股老大,日见衰老,牢骚满腹,总是依恋着那几头奶牛,似乎那就是她生存的目的,不敢拿别的任何事物代替。就像许多心理上很紧张的老年人一样,他们不能很有条理地控制自己,总怕一下子垮了下来。所以他们继续沉重、缓慢地干活。他们还是手工挤奶。帕克先生不用机器挤奶。他说,挤奶器对奶头没好处。年轻人望着老帕克掩口窃笑。不过,好歹他只剩下那么三五头奶牛了,而他那个地方实际上已经变成郊区了。他们的存在对于大部分人来说是那样微不足道,所以也没人费心劳神去想这些事情。不过,既然活着,就得干点儿事情,这倒是显而易见的。

女儿福斯迪克太太开着她自己那辆车来看他们——他们现在有两辆车了。大部分人都不认识福斯迪克太太,或者过去认识,但早就忘了这就是塞尔玛·帕克。对于那些可能认出她的人,她并不加以鼓励,总是眯细一双眼睛,直到皮肤完全遮蔽了她的道德之心。对于那些根本就不认识她的人们,她更是不屑一顾,坐着那辆锃亮的黑色小轿车,一闪而过,把那些平庸的或者趣味低下的东西很快甩到身后。

父亲等待着女儿回来。他的眼皮和手腕都已经像生了鳞屑似的粗糙,但他的牙齿还很好。他对女儿微笑着。

"你到底是怎么回事呀,塞尔?"

因为福斯迪克太太曾经寄来一封便笺,说有些事情,她希望跟父母谈谈。她喜欢"希望"这个动词,它听起来谨慎,而且语气坚定。

"哦,"她边笑边看着他,为自己和这个地位卑微的老人——同时也是她不为人知的父亲——保持这样一种疏远的关系而高兴,"是一个小小的计划。我希望你们会喜欢这个计划。倒不是因为这是我的计划,或者我想强迫你们办什么事情,而是这样做合乎情理。达德利同意。"

福斯迪克太太是这样一种女人,估计会遇到什么阻力时,就要搬出她的丈夫。

"你看起来有点累了,亲爱的。"她说,从汽车里下来,向父亲走过去。

她吻了吻他。她自己常生出些疲累之感,便希望别人也精疲力竭。但是她注意到,父亲的皮肤还颇有点活力,她不由得脸红了,不过也只是红到一定程度。她是个弱不禁风的女人,但是很有劲地提着一只鳄鱼皮手提包。

"我不比先前更累。"老头说。

"不,爸爸,"女儿边说边从一个矮树丛上捉下几只蜗牛,用脚踩死,"你要是不觉得累,那就是不累。"

踩死的蜗牛使她退缩了几步,不过出于好奇,她还是回过头瞥了一眼。

"你太爱那几头奶牛了,所以连累都不觉得了。"福斯迪克太太说。

"爱那几头奶牛那是肯定的,"老头说,"奶牛是不错,可正如人们说的那样,我又没跟它们结婚。"

"我一直在想,"女儿说,"有人跟他的牛还真的结下了不解之缘呢!"

老头鼻子里哼了一声。

"要是没有结下这种不解之缘,"塞尔玛·福斯迪克说,"那就好办了。"

"怎么,好办?"

"把它们装上一个那样的东西送走。那叫什么东西来着?木头筏子。第二天早晨在床上多躺一会儿,看看你喜欢不喜欢。要是喜欢的话,第三天早晨就再多躺一会儿。直到你习惯了什么事也不干。哦,我说什么也不干,意思是,你还可以有某种癖好。你不是干木匠活的吗?那一定十分有趣。刚砍伐下来的木头那气味实在好闻。再说,你还哪儿也没去过呢!嗯,你可以出去走走嘛。和可怜的妈妈一起。有时候,你们可以在星期天去我们那儿。平常,星期天我们家很清静。因为大家都在家里待着,跟他们自己的家人在一起。你不喜欢这样吗?"

斯坦·帕克没有说他是否喜欢这种生活。他当然喜欢长时间地坐在那儿,看一只幸免于脚的践踏的蜗牛爬行。他愿意坐在那儿,在他有生之年,穿过层层雾霭,寻觅他走过的那条银光闪闪的、细长的小路。但是他没有说出来。

塞尔玛·福斯迪克不耐烦地想,老年人总是很容易受刺激。如果是个小孩儿——她自然还没孩子——她就可以把她自己的思想植根于他的心中,而且眼看着它成长,就像沙土地里长出的杧果树。自从她脱离真正的生活,便忘记了自己的童年。但她并没有因此而不发表自己的宏论,尽管要说服这个老小孩也许会很困难的。

事实上,他并不像女儿想的那样。他会考虑,或者说已经在想女儿说的那些事情了。即使不是为了这些理由,他也完全能够放弃。塞尔玛真蠢,他心里说,我不是那种笨蛋。当然,她的话也不无道理。他可以按照她的建议处理掉奶牛,甚至放弃更多的东西,土地,以至于他的全部生活。仅仅因为那不是他所应该死抱住不放的东西。这道理显而易见,简直耀人眼目。

他看起来脸色不好,对他来说那就是苍白了。

"你会体验到,休息下来可好多了。"塞尔玛拍着他的手掌说。

因为他当时和以后都没有拒绝,所以在那个懒洋洋的早晨她离开那儿的时候,心里充满了怜悯和得意。怜悯的是,她看到这个可怜的老头已经日渐衰老;得意的是,她是作为指导这些愚昧的人生活的良师出现在这里的。她喜气洋洋,驱车而去,错把有助于人当作自己的力量。

她走了以后,斯坦·帕克在他的牧场慢吞吞地溜达着,脸上是一副茫无目的的表情。这是脑子里的思维活动经常表现出来的一种表情。这当儿,心灵深处的波澜和周围的景色交融在一起,那田野的风光带着愈加浓烈的感情向他奔涌而来。树木包围着他,云彩怀着他从未体验过的柔情,在他的头顶聚集着。他简直能摸得着那团团云朵。现在,在他本来应当表现超然的时候,他却有点紧张,用一根小树枝不停地抽着裤腿。因为这属于他又不属于他的景色实在是太强烈、太生动了。于是他弯下腰,看几只蚂蚁拖着一个蝴蝶翅膀从一堆碎石上爬过。那是一群激动得发抖的蚂蚁专心致志的劳动。他突然把那个蝴蝶翅膀抢过来,向阳光明媚的空中扔去。翅膀上下翻飞,闪着微光,又回归于自然。但是就在它仍然飘动着落下来的时候,他转身走了。心被上帝的逻辑所包含的冷酷撼动了。

这以后不久,他们就开始分批变卖帕克家的财产。这桩买卖很好成交。因为地是好地,而且这地方是一个正在开发的区域。老头不用亲自插手这件事情,因为有他女婿,他的女儿更积极。在那些必要但又没什么意义的事情上,他放手让别人去干,使得那些有关人士很高兴。因为他的驯良和对他们的尊重越发显示出他们略胜一筹的天才。很快,他们就对他这种要不然也许会被人看作平庸的表现,采取了一种颇为伤感的态度。这个可怜的老头,他们微笑着想,没有做生意的头脑。于是他们就特别注意他不让什么人,甚至被他们自己欺骗了。

帕克夫妇把大片的土地都卖了,只给自己留下三四英亩。他们那幢房子后面是那条溪谷,旁边是一块围起来的牧场。他们还留了一头长了两只不对称的角的奶牛。冬天,帕克先生种了一片白菜。碰到天气暖和,他的妻子穿着一件旧毛线衫,在一行行白菜中间蹒跚着,不时弯下腰,拔起一株长得不是地方的小草。

有一天,艾米·帕克在白菜地里溜达的时候——这已经成了她的习惯,极力想回忆起一点什么。一种联想造成的焦灼不安袭上她的心头。在这个圆白菜组成的世界里,年轻时的情景又回到她的眼前。她仿佛又听到装满了青绿色白菜的大车赶了过来,听到晨雾中大车套绳的噼啪声。她从窗口探出半个身子,跟丈夫说话。她想起了所有那些早晨。他把只有几片嫩叶的菜秧栽到事先已经用锹柄捅好的窟窿里。她想起他们在阳光下干活时丈夫那一双胳膊。想起他手臂上的汗毛、手腕上的血管。突然,她觉得好像再也见不着他了。

于是她急匆匆地从那一行行圆白菜中间走过。那是大而绿的结实饱满的大白菜,不像记忆中那块菜地里闪着微光的纤弱的菜秧。她急于和丈夫在一起。他从不远离她。即使愿意,他们也已经无法从对方身边逃开了。

"我们为什么不把白菜卖掉一些呢?"她气冲冲地问。他正在挖几个土豆,准备晚饭时吃。"我们根本吃不了。那些该死的大白菜,我们会吃厌的。"

"为了几块钱,不值得费那么大的劲儿,"斯坦·帕克说,"还得装在大车上拉到市场。"

"那我们拿它们怎么办呢?"她问道,踢了踢一棵鲜亮的、富有弹性的白菜。

她站在白菜地里,有点不知所措。而且也许希望他也变得不知所措。

"我们吃一部分,"他说,垂着眼睛,因为她至少使他停下了手里的活儿,"再送给别人一些。那头奶牛也得吃不少。而且我们还能想出些别的法子。"

他们站在那儿,过去和现在地里的"明珠"成了些可笑的、充满嘲讽意味的"胶皮蛋儿"。

"你就爱没事生闲气。"他小心翼翼地说。

只能这样解释。

"我想弄清楚个所以然。"她一边看,一边揪着身上穿的那件旧毛衣磨损了的边。

但是他没法儿解释,他们为什么还要继续在这同一块白菜地上生存。喜鹊飞来了,还有叽叽喳喳的红嘴鸥,和一些不知道名字的小鸟,落下来,在潮湿的泥土中啄食,就好像这个男人和这个女人不在那儿站着。

别人——比如塞尔玛——说:"如果你不知道该做什么,可以干干木匠活,织一件罩衫,或者到哪儿去旅游。"艾米·帕克没有知识,不相信还有什么可以从这一片混乱中逃脱的办法,除非死了。不过有一次,她也确实想试试那另外一条路子——是开玩笑,嘲笑他们自己,但也还怀抱着希望。她说:"我们为什么不到什么地方走一趟呢?至少到城里逛逛。我的意思是,死以前正儿八经地游览游览,干点儿什么。我是说,即使失望,也能知道那是怎么回事。"

她的丈夫在心里琢磨,那得花多少钱,也许要花许多钱。当然,他不是个吝啬的人。他只是谨慎。妻子笑了起来,很为自己出的这个馊主意而羞愧;也很高兴,他们没有付诸行动。她想象过许多可能出现的可怕情况。甚至一天的旅行都让她便秘。他们担心吃不上煮得很烂的肉。他们只吃用自己的牛挤的奶做的炼乳甜食。所以,他们哪儿也没去。

可是后来,他们突然要进城。那是一天傍晚决定的。他们打算在城里待一个星期,住一家价钱公道的旅馆。出门期间,请杰克·芬莱森来帮着挤挤奶,撒把细糠喂喂鸡。这个决定把斯坦·帕克激动得两手发抖,妻子则满脸通红。她兴高采烈,太阳穴和鼻翼间布满了细密的汗珠。

"我要去海边,"她贪婪地笑着说,"坐在松树下面,看潮水涌过来。"

"那能给你带来什么好处呢?"丈夫问。手上正揉着的烟草撒了一点儿。

"你不懂。"她说,就好像她懂似的。

因为她从来没有成功地、完全彻底地爱过他。有时候就必须刺一刺他。只是他已经不再为她的这种刺激而痛苦了。

不管怎么说,这两个老人真的出发了。他们在一个朴素无华的旅馆住了一个星期。本来,他们可以在更好一点的旅馆下榻。可是怕人们以衣帽取人,便选择了一个里面铺的漆布旧了一点的旅馆。他们总是向那位拿房间钥匙的小姐道歉,并不是完全用言语,而是以他们那种谦恭的态度。

但他们很高兴。

他们高兴能活到今天,还活在世上。这一对体面的老夫妇在大街上逛,没有去看那没有个性特征的海浪。他们发现自己还很健壮,而那种远离尘世的生活也许为他们提供了这种健壮的支柱。

有一天夜里,夫妇俩在大街上走着,听见收音机里一个圆润的嗓音在歌唱落日的余晖和对尘世的厌倦。

"她在唱什么呢,斯坦?"艾米·帕克问。

"不知道,"他说,"我一句也听不明白。"

他们都笑了起来,还颇有点不屑一顾的优越感。一种奥秘,如果你拒之于思想的大门之外,也就无所谓奥秘了。不去理会它要比弄清楚它还好。于是他们继续走自己的路。

城市永远不会长时间地静止不动。他们也不会。一切都如一场梦,只是少了几分个人色彩。两个老人朝一座玻璃镶成的大厦里面窥视着。这大厦似乎只是为别人开放的。特别在紫色灯光闪烁的夜晚。他们做着别人的梦。我们什么时候从梦中解脱出来呢?他们的面孔现出疑问的神色。他们自己那些没有色彩的梦要平淡得多。尽管有时候因仇恨而感到窒息,有时候又被爱恋折磨得死去活来。

有天晚上,斯坦说他们该去看场戏。

"是《哈姆雷特》,"他说,"莎士比亚写的。"

"哦。"妻子说,对于她来说,这样大胆的举动简直有点令人难以置信了。

这个建议似乎把丈夫身上隐藏着的某种东西揭示出来了。她心里说,我不喜欢的正是斯坦身上的这种东西,我不喜欢他有什么秘密。因为尽管他要带她去看他说的这出戏,她还是觉得不能和他分享其中的快乐。

不管怎么样,他们去看戏了。他们不时停下来喘着气爬上高处的看台,尽量找不起眼的地方坐下。他们从那儿向下望去,目光掠过门把手和墙上雕刻的小天使,一直射向这个形似碗钵的金色剧场。那里已经熙熙攘攘,坐满了正等着看戏的观众。各种气味和灰尘,各式各样的笑声和热烘烘的气流,都从这只"大碗"的底部升起,使这位坐在"碗边"上的老妇人一阵阵地发呆。她看得不大清楚,这就越发让人恼火,也更少一些神秘的色彩。她看见一个女人好像没穿衣服,是真的没穿吗?只见她胸前捧着一束紫罗兰。灰色的雾气从她的肌肤缓缓升起,后来在她身上凝固不动了,显露出是她身上穿着的衣服。然后,随着时间的流逝,随着音乐从乐师们坐的那个小而窄的乐池里汩汩流出,许多东西因为变得太牢固而无法再飞腾起来,连座位也太结实了。剧场里一股热烘烘的糖果和消毒药水的气味。

"这些女人们这副打扮还能觉得出她们穿着衣服吗?"艾米·帕克问。

"她们如果觉得没穿衣服,那大概就是她们的本意,"丈夫说,"戏要开始了。"

大幕好像着了火一样。火焰熄灭之后,眼前现出他的童年。只是那些书中的字都幻化成一种形体,穿着长筒丝袜走啊,跑啊。母亲也在那儿,患关节炎的手指上戴着一枚戒指,正指点着,向他解释。但是不管现在还是那时,这出戏都无法解释,沿着自己的思路发展下去,像生活,也像梦。他能闻见那本印着一片片棕黄色水迹的旧书散发出来的潮气。妈妈告诉过他,这是有一次发洪水弄脏的,但他忘了。他想起了霍雷肖。他是他的一位朋友,一位对生活和他有相近的理解和相似的男子气概的朋友,年龄比他大一点。他的友谊曾经是他所向往的。可他几乎是在没有半点儿友谊的情况下度过童年的。他在高高的草丛中闲逛,在树枝堆里躺着,等待慢慢长大。

他确实长大了,也曾经与幽灵、鬼魂打过照面,尽管谁也没有发觉。比如说,他跟那绿色的灵光说话时,他们大概连他嘴唇的翕动都不曾看见。这灵光像霍雷肖以及他的其他朋友那有血有肉的幽灵一样,带着某种预言,从天空中慢慢地、静悄悄地划过。这便是使得人们叫喊起来的原因,如果他们是那种爱叫喊的人的话。那些"霍雷肖"们——他后来认识的、在战争中被杀死的好人们因他们自己黏糊糊、冷冰冰的肉体而大声呼喊。

"亏他们想得出,鬼魂。这可是胡说八道了。"艾米·帕克说。

她笑了起来,但很喜欢这出戏。

她唯一看见过的"鬼魂"是从镜子里瞧见的自己的良心。它生着一张灰白的脸,而且只要不去瞧它,刹那间就消失了。可是这个绿色的幽灵头上还戴着一顶王冠。她想象着演员们的苦衷。这可不是男人们干的活,只是站在那儿说呀,说呀。可是生活不是聊天,生活是脚踏实地地过日子。于是,老太太抓着她正靠着的那根铜栏杆,心里想,她经历过的到底是什么样的生活。她坐在门廊下放着的椅子里,听着倒挂金钟窸窸窣窣的响声。彼时彼地,她愿意看、愿意想生活中那些活生生的例证。利奥,那个男人。可是那一切都隐没了。只有这个剧场包围了她,对于那其中的一切她很不习惯。舞台上说的话在她听来没有什么实在的意思。

"我从来没听人说过这么多的话。"她生气地说,那样子简直要骂街了。

他不让她说话,她把脑袋扭了过去。

他问自己,这个身穿黑衣、白皙瘦弱、在全剧出出进进的男人,难道就是我们一直在心底描摹的哈姆雷特?这是我们的哈姆雷特吗?两个膝盖瘦得可怜。记忆中那些从剧本里读到的文字努力让老头相信,这就是那个哈姆雷特。他有一次见过一匹名叫哈姆雷特的老马。是匹栗色马,不,是匹棕黄色的、阉过的老马,一匹拉车的马。它的主人是个名叫弗尼瓦尔的老家伙。是叫弗尼斯吧？他经常赶着马车到村子里买杂货，不时挥动着鞭子，撵"哈姆雷特"身上的苍蝇。那也算是个"哈姆雷特"。有时候，他穿着一件军用胶布夹雨衣，站在牲口棚里。这件雨衣战后好多年他一直穿着不脱，直到变成绿色，纽扣也掉了，和原来面目全非。那天早晨，或者说事实上许多个早晨，当他搅拌着很好的细糠时，那位真哈姆雷特浮游而来，似乎可以得到某种解释了。然而，那或许又是一种新的困惑？那些灰蒙蒙的早晨，空气里好像布满了一张张蜘蛛网，太阳从云彩织成的更为庞大的网络中升起，野草白色的草籽落下来，附着在大地之上。草籽"轰击"过后，哈姆雷特眼见着蓟花冠毛轻盈地飘动，糊涂了。

老头在顶层楼座上，继续被剧中的台词"轰炸"着，几乎失掉了知觉。不过这也让人耳目一新。他心里说，毕竟再没有别的什么东西像这个剧这样内容丰富。他从倚靠着的铜栏杆上抬起头。他愿意紧紧地握着这个朴素的法宝。不过，我们也是头脑简单的人，他害怕地想，艾米头脑简单，我也头脑简单，连自己也不了解。于是，他又被那些台词表面的浮华吞没了。他在舞台上四处游荡，用探究的目光望着演员们一双双眼睛。

因为，这才是他们的本来面目，哈姆雷特是演员扮演的。女人们从书本里读到他，躺在床上想着他。当那音乐的声浪从大幕下面旋卷出来，滞留于她们那裸露着的肩头时，她们战栗了。有的在胸脯V字形的领口插着鲜花。然而，是斯坦·帕克跟那位温柔的姑娘，说着那些莫名其妙的话。这些话跟现在舞台上说着的那些话没有什么区别。如果他还能记得他们站在楼梯口时他说的那些话该有多好，可惜他现在一个字也记不起来了。从那所燃烧着的房子里面升起的诗不是用语言写成的。他还记得，她那红色的头发是怎样燃烧，记得他们烧焦了的头发是怎样纠缠在一起，记得两个人的脑袋怎样紧紧地贴在一起。但是他们一直没有说话,灵魂的交流是不需要说话的。

"是谁疯了?"艾米·帕克问。

他打手势不让她说话。

反正不是我!她心里说。嗡嗡嗡,嗡嗡嗡,尽说废话。尽管有时候听起来还有点儿意思。

啊,天哪!她想。她开始沿着那条路望过去。这条路她眺望了一生。远处一位妇人骑着马,胸前插着一朵紫罗兰。诗歌不是文字写成的,而是她靴子上的马刺,或者缰绳——也许是勒马的链条发出的丁零声。有的人说这声音是残酷的。这位妇人并不颔首凝眸,她已经发现她和别人之间的距离。于是,那残酷的"诗篇"伴着蹄声,从往昔的回忆飘逸而来,一直融进紫色的天空。她心里说,啊,我啥都不懂,实在是太差劲了。我要会乔装打扮,本来也可以为人所爱。

艾米·帕克握着记忆的栏杆,从楼厅向下望去,开始认定那是马德琳。那束紫罗兰马德琳从来没有戴过,但是在那绿叶掩映的安逸的所在,她是应当戴的。于是老太太在黑暗中眯起一双眼睛,望着她那闪闪发光的、柔润的双肩。她看见马德琳抬起一只手,拢着满头秀发,或者是抹掉心中一缕厌烦。

等到幕间休息,华灯齐放,那位妇人像肥皂泡一样消失了。

"我发誓,那个戴紫罗兰的女人是马德琳。"艾米·帕克弯下腰说。

"什么马德琳?"丈夫问。

"就是准备跟汤姆·阿姆斯特朗结婚的那位小姐。她还是你从那幢着了火的房子里面救出来的。"

老太太简直可以弯下腰去采集那些紫罗兰。她记忆那么清新,似乎紫罗兰上的露珠都能看清。

她的丈夫慢慢抬起头,带着做丈夫的蛮横,说:"马德琳现在早已经是个老太太了。她年纪比你还大,艾米。而你就已经很老了。"

而且很蠢,他看得出。他可以不带偏见地看到这一点。但是爱那些愚蠢的、甚至让人讨厌的老妇人还是可能的。

"也许是这样吧,"她说,"可不是,我刚才没想到这一点。"

那些生性敏感的老太太,有时候敏感得可怕,而当她们处于这种状态时就越发愚蠢。就好像那种敏锐把她们完全搞垮了。

事实上,艾米·帕克是累了。她慢慢地吃着一块巧克力,让甜丝丝的慰藉在没有别人分享的情况下流过心头。马德琳也许死了。不管怎么说,这无关紧要。

但是她开始觉得悲伤,或者感觉到一股巧克力味。黑暗中,巧克力也有它自己浓重的忧郁。而现在,又是一片漆黑。老太太已经被推进记忆之中那条邪恶的长廊,并且自得其乐。那里面,喘息声和纸翻动的声音窸窸窣窣地响着,就像别人让他们自己的木偶跳舞一样。那些在舞台金色的框架内演戏的人缺乏真实感,因为他们在重复书里的话,而书是不可宽恕的。你不能按照书上写的那些话行事。

于是,艾米·帕克——在一团漆黑的笼罩之下,看着舞台的时候,她已经开始微微点头——从这些话语或者格言之中飘逸而出,就像从她的心胸之中涌流而出似的。她裹着绫罗绸缎漫步。跟哈姆雷特说话的时候,几乎被迷迭香或者花园里别的带刺的植物钩住衣服。尽管她的衣服是红颜色的。身上的缎子传出这样的信息,很难把这位面孔白皙的哈姆雷特看作是王后——一位个头挺大、甚至颇有点五大三粗的女人的儿子。就连王后们也都承受着负担,也都困惑不解。哈姆雷特恨他的母亲吗?啊,雷,雷呀!她说,把你的嘴努过来,哪怕一次,我便可以用亲吻告诉你这一切。可是那间房子,那个破旧的厨房,在她的记忆之中,像舞台一样空空荡荡,像哈姆雷特一样没有给予真实的答案。他已经走向漫漫长夜,夜空中布满了雷电和树叶。

"嚯,"她说,牙缝里塞了一样硬硬的东西,是焦糖,或者别的什么东西,"这些人看起来真古怪。他们为什么要打扮成这副模样呢?"

"他们是演员嘛!"斯坦·帕克说,他又在"读"那个剧本,而且对于这场戏他总是莫名其妙,"他们准备演一场王后对哈姆雷特的父亲如何不忠诚的戏。就是跟现在这位国王结婚的王后,在那儿。"

"啧啧。"艾米·帕克咂着嘴。

演员们很快就以死板而精确的动作表演起来。

斯坦·帕克想起这场戏曾经怎样刺伤过他的心,就好像他自己被下了毒一样。可是现在,他并不觉得刺痛了。他仿佛看见那个角色偷偷摸摸地钻出来,坐着那辆蓝颜色的汽车扬长而去。看见那个流动推销员的大块头挤进车门。什么样的痛苦都会慢慢消失。老头开始在黑暗中搓他那双手上的老皮。他的空虚令他自己吃惊。他在什么地方曾经读过"一只空桶"这样的字眼。那天晚上,当他躺在街上呕吐,站在马路上朝上帝吐唾沫的时候,他已经把什么都倒空了。许多年以来,如果不是那些记忆的"豆粒"在脑子里滚来滚去、哗哗作响的话,他那轻松、和谐但也空虚的生活本来会很快乐的。现在,他生气了。这场戏是朝哪儿发展呢?他搓着一双手问自己。他虽然已经不再干活,可这双手依然像蟹壳一样粗糙。

"这个做法可真是太怪了。"艾米·帕克说。

"什么做法?通奸?"

"不是,"她喃喃着,过了一会儿又补充道,"往那个男人耳朵里灌毒药。"

她受不了人们治耳朵痛时,拿一只咝咝响的小勺往里灌甘油或者热油。她打了个寒战。这些想头从她头脑的每一个通道流过。

是那些慵懒而漫长的下午毒害了她。她等呀等,简直能在墙上撞开自己的脑壳。那个男人,那个没用的家伙。装模作样,好像不想做那些事情,而事实上又确确实实在做着。

黑暗中,她动了动,朝丈夫靠得更紧些。

哦,你已经挨过了那个年代,你已经不需要这一切了。你现在到了什么都不需要的时候。她想。或者,惊慌之中,那个时刻像一缕光、一股声浪从灯光明亮的舞台照射过来,笼罩了她。你什么都需要,可又不知道到底需要什么。我要斯坦,我要雷,王后说。我说不准我有些什么,也说不准我是否知道我有些什么。

当王后和那几个影子似的跟随着她的人看不下去那个表演死板的小片段,逃进黑暗之中,舞台上一片喧哗。看起来她是吓跑的。

老太太坐在顶层楼座上闷闷不乐。她想重新得到她的小男孩。她正坐在那张大铁床上,在跟年轻的丈夫摩肩比膝。

戏——《哈姆雷特》这出戏还在继续演下去,包括其中的疯狂以及所有别的内容。

菲利娅①不那么动人,她缺少个性。不像巴布有一次那样让我害怕。因为现在我已经习惯于这些事情了。当然,仍在学习。到时候,也许我也会琢磨透斯坦的。可是这股疯狂劲让人受不了。这出戏尽是些乱七八糟的东西。疯子们就像受过教育的人一样,说着他们自己的语言。

然而,你还是不得不面对一切——死亡和葬礼②,倒是普普通通,合情合理。他们在埋葬她,泥土纷纷落下。

末日即将来临的沉重的声音在整个剧场回荡,人们都忘记肌肉的痉挛、衣服上的皱褶,以及行行诗句所无法忍受的压力。已经接

---

① 应为《哈姆雷特》中的人物奥菲利娅,艾米·帕克误认为是"菲利娅"。
② 此处指奥菲利娅的葬礼。

近全剧的尾声了。所有的人都手执匕首,对准他们的心脏,或者他们胸口的紫罗兰。不管是哪一种情况,反正都是这副模样。

那些动作敏捷自如的男演员们很快便用真刀真剑,或者唇枪舌剑互相劈砍起来。哈姆雷特本人——到目前为止,他扮演第二个鬼魂,即记忆的那个鬼魂——欣然赴死。这也是一种实实在在的现实。其他东西与之相比,都是过去,或者未来,是故事,或者展望。有一阵子,演员们都陷入沉默,难于启齿,说出尊重别人的话来。只是气喘吁吁,或者刀剑相击叮当作响。哈姆雷特出现在人们眼前,一盏灯闪闪发光,照耀着他那湿乎乎的衬衫。

许多在黑暗中观看的人们也都在冒汗。因为《哈姆雷特》的结尾太复杂了,很难理解,除非自己经历过。当被杀死的人堆积在一起,斯坦·帕克——坐在楼上的这位老人相当冷漠,没有表情。整整一晚上,他在满舞台洒下的连珠妙语之上游逛,与演员们息息相通,并且经历了相似的梦幻。现在,在这出戏结尾的时候,他却退避三舍了。他在那儿坐着,一缕灰色的光——和早晨卧室里看到的光十分相似——不知是出于偶然还是有意,照耀着舞台。这是那种让人们感觉到自己要死的光。

这么说,我要死了,他想。但是看起来还不大可能。

"死尸"们从地上爬起来,鞠着躬,好像他们自己应该对这种变化负责。红色大幕徐徐落下,斯坦·帕克还在那儿坐着,想自己的心事。

"你的外套在哪儿,亲爱的?没丢吧?"妻子问。她觉得应该强迫自己为现实生活做点事。

"我想,在座位下面。我把它放那儿了。"老头说。

"啊!"她说,"全是尘土。瞧,还弄得这么皱。这是你的好外套!"

这么说,我是要死了,他想。可是因为这个主题太大了,难以把握,他便像个下了台的演员站起身来,问道:"你喜欢这出戏吗?"

"我想好好喝杯茶,可是我们别指望能喝上,"艾米·帕克说,"你的外套全弄脏了!"

她总是刷呀,拍呀,好像要恢复什么似的。不过他也总是由着她。

他们沿着那道楼梯下来。她很高兴他没再向她提问题。因为她看到、听到的有些东西让她心神不安。关于那位王后,他们都说了些什么呀!哦,就好像她自己暴露无遗。还有些东西她也不明白,而只是通过回忆起来的一大堆话,模模糊糊地意识到是什么意思。

就这样,这场戏看完了。这以后不久,他们就回家了。

他们的回归是一种对习惯的回归,以至于斯坦·帕克很快便能抛开对死亡的预感。他并不是故意要这样做,而是这桩事情自然而然就从他心里消失了。习惯代替了思想,或者从中抽走了它的刺人之处。他脸上挂着微笑,四处走动,腿更勤了,去干那些似乎是必须去干的事情,或者是为了去干,而使得这些事情非干不可。他脸上的微笑尽管是一种不经意的微笑,可是谁看了都觉得那是一种心满意足、和颜悦色的标志。他得了个"是位好脾气的老头"的好名声。可不是,哪里会有这样的邻居,竟然可以透过表面现象去探究到灵魂深处的情况呢?

老头心里显然非常宁静。他干起了织网的活计,为了帮助他买的那对雪貂"狩猎"还专门织了几张网。很快,他就在这周围走动起来,到房后那条溪谷,也到还没有盖上房子的乡野。把雪貂装在一个小盒子里,背在背上,还挎着一支非常重的老式猎枪,身后跟着一条落满尘土的黑狗,狗耳朵上有一片疮。

有天傍晚,因为发生了一桩事情,而使斯坦·帕克一直难以忘怀。那是一个静静的、冬天的傍晚。风停了,但还有丝丝缕缕的冷空气沿着小溪干涸了的河道流动,几乎像水一样能摸得着。老头和他那条老狗在似乎是由铅和铜两种金属构成的天空下面走着,听得见小树枝在脚下断裂的声音,连一声咳嗽都那么刺耳。这情景很容易让人相信,世界上只剩下了你自己。矮树丛僵硬的、针一样的叶子渗不出善良的树液。不过此刻谁也不企求善良。岩石和寂静,光它们自己就足够了。

老头固执地走着,脚步不稳,突然滑了一下。他像一个破旧的稻草人,伸着两只木头做的胳膊,一支枪挂在一条胳膊上来回晃动。那个装雪貂的、上面钻了透气孔的古怪盒子在他的背上碰撞着,弹跳着。就在天空仿佛倾斜了的一瞬间,他扣动了枪上的扳机。这一切发生得非常快,但是在他心里却慢得让人难受。那颗"彗星"还在慢慢地从他身边滑过,灼热而又冰冷,实实在在而又令人恐惧。倒在地上之后,他才意识到差点儿把自己打死。那条黑狗绕着他嗅来嗅去,发出打喷嚏的声音。

然后,老头爬起来继续向前走着,把枪机上面的保险关死了。他当然很壮,而且一直干重活,摔一跤是经得住的。可是现在再走起路来,他有点战战兢兢了,虽然腰板还直。他的一双眼睛发痛,眼眶红红的,就像人们常见到的一些老狗的眼睛的样子。

那条在主人前头一瘸一拐地跑着的老黑狗开始对着一个洞穴吠叫起来。

"好呀,咱们来瞧瞧!"老头叹了一口气,表示赞同。

他绕着那个洞转了起来,朝地上瞅着,显然是找这个洞穴别的出口,如果找着了,就可以在那儿下网。可是他太没有目标了。过了一会儿,老头在一丘蚁冢上坐了下来。他只是坐着,黑狗摇着尾巴吠叫,两只悬在空中的雪貂在它们已经习惯了的那个盒子的黑暗中转来转去,发出嘎拉嘎拉的响声。

我马上就起来,老头想。

可是他仍然坐在那里。蚂蚁钻出来,在地上爬着。

"啊,上帝!啊,上帝!"斯坦·帕克说。

他好像悬在半空中。

然后,好多年来一直空空洞洞的、惬意的生活,又开始变得充实起来。让空虚占上风,显然不合情理。这种空虚迟早要塞满的。不管是用水,还是用孩子,用尘土,还是用某种精神。因此,老头坐在那儿大口大口地吞咽着。他口干舌燥,而那天夜里,他记得在那条大街上,这张嘴吐掉了他的生命。想起这些,他便觉得不堪回首。

他搞不清楚,这个世界对他有何打算,又替他做了怎样的安排。对此,他一无所知。

当然,没有人回答他的这个疑问。

过了一会儿,老头唤那条狗。它还卧在洞穴前面,灰鼻子嗅来嗅去,摇晃着生疮的耳朵。然后,他俩一起走了。老头小心翼翼地走着,因为自己还继续存在于傍晚的天空下面而感到一种安慰。

这天傍晚,他回家之后,看见女儿已经来了。她正站在厨房里,好奇地看妈妈从一个热汤滚滚的深底平锅里戳一块牛肉,就好像从来没见过这样奇妙的事情。塞尔玛·福斯迪克每次来看望父母都会被一种富于幽默感的让人惊讶的事情所触动。这种感觉是伴随她自己的飞黄腾达而产生的,代替了先前她因父母而生的羞愧。她经常回来,尽管几乎总是下午早早地就来了。这样,她可以在梳洗打扮、吃晚饭之前,赶回家休息休息。她爱洗澡,洗澡之后几乎什么都能忍受。戴上戒指就越发显得完美无缺了。不过,这一回,福斯迪克太太却要赏光跟父母度个周末,这可是异乎寻常的事情。是出于对父母的感激,还是另有所求,尚不清楚。反正她随身带来了防止可能出现的任何不舒服的东西:一条火腿、一瓶浴盐、一只装在粉红色枕套里的精致的羽绒小枕头。这只枕头是用来对付她的失眠症的,可以放在家里那种质地粗糙的枕头上面。

同时,她对这两位滑稽可笑的老人比平常更大惊小怪,情绪也更好。他们确实相当可爱,也相当古怪。

父亲走进厨房,她向他迎过去,把脸伸到他面前,等他吻过之后,说道:"哦,爸爸,你的皮肤凉得太妙了。你上哪儿去了?"

"到溪谷里瞎转了一会儿。"斯坦·帕克说。

女儿却不听他的回答,她知道不会有太大的意思。她只是想,她多么愿意,甚至喜欢和父亲接吻——既然他是一位浑身冰凉的老人。

"他有两只该死的雪貂。"母亲说。

她一提起这两只雪貂就生气。

我不跟她们说我刚才差点儿走火打死自己,斯坦·帕克心里想。

这件事情的个人色彩太浓了,无法做出令人信服的解释。这事已经成为他的不为人知的生活的一部分了。于是,他坐得远远的,径自切肉去了,心不在焉地听他的妻子给他们的女儿讲别人生活中的故事。

"我还一直没跟你讲,塞尔玛,"艾米·帕克说,"雷离开埃尔西了。是前些时候的事。或者你已经知道了?"

"我怎么能知道?"塞尔玛说,垂下眼睛。

这块牛肉真让人讨厌。

"唉,不管怎么说,他离开她了。"母亲说,"他似乎是和别的什么女人在达林霍士特同居了一段时间,也根本不是什么正经的女人。"

"这不正经的女人最后总得倒霉。"

她怀着一种好奇心看那块肉的纹理和一条灰色的软骨。

"话是这么说,"母亲说,"只是可怜了埃尔西。"

"噢,可不是。可怜的埃尔西,"福斯迪克太太叹了一口气说,"不过,应该说,可怜的埃尔西是得救了。"

"塞尔玛,你对人也太不宽容了。"艾米·帕克说。

她有点忘乎所以了。

"我是不宽容,"塞尔玛说,"这是我的大罪。我一直祈祷,从这罪恶中逃脱。可是总也没有成功。"

她确实祈祷过,而且还能像现在这样,眼睛湿润润的。能够洞悉自己是最令人悲哀,也最难达到的境界。她是通过亲身经历和认真学习才达到这一点的,与此同时,她学会了一口流利的法语,穿上了裘皮大衣。

"可是,不能全怪雷。"母亲说。

"也不能全怪任何人。要是能这样,事情就简单了。把他们除掉就算了。"

"这我不懂,"艾米·帕克说,"该怪我。"

"哦,妈妈。"塞尔玛说。

她真希望自己没回来。

"可是我爱他。"母亲说。

塞尔玛·福斯迪克退缩了。从爱的要求退缩回去。她常把"肉欲"当作"爱情",因此出于习惯,她情愿只在"爱慕"的温水里趟一趟。那些面庞红润、性格暴躁、肥肥胖胖的男人——她的哥哥雷是其中之一,从各个角落窥视着她。

"真遗憾,"她说,"杜瑞尔盖再没有第二个卖肉的。竞争会改变一切。"

"这块肉也还可以嘛。"父亲说。

因为是他该说话的时候了。

他一直在想他的孙子,并且因此而得到一点慰藉,同时生出一种负疚之感。

"这是你能找到的差不多最好的肉了。"他一边敲着那块肉,一边怀着一种敌意说。

"对待肉和对待别的东西一样,在于你取什么样的标准。按照标准决定取舍。"塞尔玛快活地说。

"他连工作也扔了,"老太太说,"天晓得在干啥呢!他现在听那个婆娘指挥。年轻时,她似乎一直跟男人们厮混。她年纪也不轻了,还不干好事。"

"妈!我真不想听了!"福斯迪克太太说,捂住了两只耳朵。

可是她捂不住一双眼睛。

"不给我们上点儿布丁吗,孩子他妈?"斯坦·帕克问。

艾米·帕克拿来一块葡萄干布丁。她自己喜欢这玩意儿。塞尔玛默默地吃着。

傍晚,当亲切的气氛又重新笼罩这间小屋,肚子已经咕咕作响,一股烟草的气味四处飘荡,斯坦·帕克说:"我想明天早晨去做礼拜。"

"好嘛!"妻子回答道,"塞尔玛也去。我在家给你们做饭,等你们回来时,吃着可口、热乎。"

"我想去做的是早礼拜,是圣餐礼。"老头说。

"哦,是这样,"艾米·帕克说,"你已经好久没去了。我不知道你是这个意思。我从来不喜欢圣餐礼,又没有唱圣歌的。"

"不爱去就用不着去嘛,"老头说,"愿意去也只是为了求得良心的安宁。"

"我跟你一起去,亲爱的爸爸。"塞尔玛说。她低下头,脸上露出一丝庄重的、甜甜的微笑。

他更希望她别去。

"我开车送你去。"

"用不着。"老头说。

他不想坐她那辆车去。

"我那辆旧车也没毛病,"他说,"蛮好的。"

他们会挺直腰板坐上那辆车去的。

艾米·帕克没有吱声。

这一点,我也弄不明白,她心里说。有时候,对跟上帝保持某种关系的人的怀疑会袭上她的心头。当然,她自己做祈祷,而且要继续做下去。可是她对于那些祈祷的话并不像对于她那双手——她正躲在手的后面呼吸——以及她在黑暗中看见的许多熟悉的东西认识得更清楚。只有当她怀疑甚至像丈夫这样一个头脑简单的人,因得到上帝的恩典也会裹上一层神秘的色彩时,她才开始变得烦躁不安。

"这种早礼拜太冷了,"她叹了一口气说,"干巴巴地坐在那儿,就好像脚都冻掉了。我奇怪他们怎么不等天气暖和了再举行这种仪式。我敢肯定,谁也不会因此而遭到更大的不幸。罪过和大多数东西一样,也能保存得住的。"

不过第二天早晨,等斯坦去给那头长了一双挺丑的角的母牛挤奶时,她去洗脸了。她在屋子里颤抖着。除了躺在床上翻来覆去,还能干什么呢?她只得哆哆嗦嗦地爬起来,扣上衣服上的纽扣,然后准备出发。塞尔玛戴着手套,衣着华贵,态度谦卑。斯坦从鼻子到嘴巴线条显得十分柔和。在这个寒冷的、静悄悄的礼拜天,大家都比平常更安静。尽管艾米·帕克好像听得见自己颤抖的声音。我能修炼得更好一点吗?她经常站在教堂前面充满期望地问自己,而且不无羞惭地承认,自己居然像年轻姑娘一样,盼望出现奇迹。

"你也去吗,艾米?"斯坦问道。

"是呀!"她说,因为丈夫明知故问很不高兴。她已经戴上帽子了。"你们都去了,我待在家干什么?你从没听见汽车从院子里开出去过,你总在汽车里面待着嘛!"

她被斯坦的蠢笨气得满脸通红,不过谁也没有注意到。他们一边往外走,一边计算着身上带的钱。

这天早晨,黑黝黝的泥土上覆盖着一层寒霜。

人们会把我捧到天上呢,还是会把我踩到脚底?福斯迪克太太坐进父亲那辆旧车时问自己。她的一双眼睛泪汪汪的。

老头很严肃地开着汽车,带着她们在银白色的树木间穿行,驶向教堂尖塔上那口敲响了的钟。杜瑞尔盖的教堂正是先前那座整齐端正的教堂。在这座教堂里,人的灵魂已经睡了,鸟已经死了。罪恶也已经在圣水洒在孩子们的身上他们大声哭叫的时候,逃遁而去了——总是这样。教堂在酸模草和蓟草中屹立着。有的墓碑已经碎裂了。可是那些结实的新墓碑——那是用黑色的花岗岩或者做盥洗盆用的大理石做成的——更衬托出它们那种可怕的无用。当帕克先生的汽车到来的时候,别人正往教堂里走。老太太和浑身冻得冰冷的姑娘们,穿着黑色或灰色的衣服。比较体面的男人们,衬着硬领,领边靠近脖子的地方微微泛黄。还有一条黄狗,眼下不知道谁是它的主人。它站在那儿,肋骨看得清清楚楚,湿乎乎的鼻子伸向周围一片阴冷之中。

塞尔玛·福斯迪克除了理论上还算帕克家的一名成员之外,已经不再是帕克家的人了。此刻,她咬紧牙关,准备忍受痛苦。她欣赏宗教活动中富丽堂皇的紫色。然后,她的灵魂也像紫色一样,做出某种回答,或者和那些可尊敬的牧师们探讨个人的信仰。有时候,她似乎升得很高,可又无法在那高处停留。因为除了上帝,谁也不能给她以支持。而她,在与上帝建立起这样一种亲密关系之前,就畏缩不前了。

"那是韦斯特莱克太太,"艾米·帕克说,"她刚取出个瘤子。"

人们都瞧着帕克老两口的女儿,瞧着她身上的衣裳。老年人想起她拖鼻涕时那副模样。不过他们都装着并不记得这些。年轻姑娘们因为难以置信而圆睁双眼。

他们就这样心神恍惚地走进教堂。这个盒子似的厅堂里还没有坐满人。洪亮的钟声仍然回荡着。没有几个人勇敢到带头开始这场仪式的地步。那几位勇敢分子也还没能唤起心头的英武之气。他们打开祈祷书,读那些和这个场合全无关系的话语,似乎这样做就可以找到与眼下相通的条条线索。看起来在这座散发着冷木头气味的小教堂里,谁都呆头呆脑。一张张踌躇的脸都渴望上帝降福。与此同时,手脚的冻疮却在嘤嘤啜泣。

教区牧师走进来,砰的一声关上祈祷室的门。大家都极其笨拙地站起来,几乎忘了他们来这儿的目的。因为他是个自信心十足的人,穿着结实的靴子,福斯迪克太太便怀疑,他也许不会对她的富有表示足够的尊重,心里不禁生出几分懊悔。牧师也帮不了什么大忙。他已经把那张笃信神明的脸擦洗得一干二净,直到任何可以使某位个人得到安慰的怀旧之情都消失殆尽。看起来他相当壮实。不管怎么说,几年之内,他与自己已经无关紧要的迹象搏斗时,那身肌肉还不至于让他生出疑虑。这位拉奥孔身上的毛孔总在出汗。有时候亮晶晶的,有时候只是流汗罢了。

福斯迪克太太不由得打了个寒战。

信仰的苍白与萧瑟又笼罩了她。这么说,我并不相信这一切,她心里想。她真想以一种令人羞愧的速度,抛弃贵重的裘皮大衣,逃遁而去。母亲没有意识到她这种情感的变化。她正极不自然地捧着一本祈祷书,用老年人的动作翻着书页。谁也没有留意这位福斯迪克太太。这是这场仪式中奇怪、可怕、甚至带有悲剧色彩的一部分。因为,在缺乏做祈祷的心情的时候——这种情况的确时有发生——她就怀着对上帝的冲动,紧紧抓住自己的企望,就好像它们会打碎似的,强迫自己在那些为纪念死人而镌刻的墓碑和匾额中漫游,除了想到自己不生育之外,还由于看到周围这些丑陋的东西而使自己也变得悲悲戚戚。

仪式在一片清冷中开始,渐渐变得热乎起来。调子越来越高昂的大理石般的词句与教徒们的热情以及呼吸撞击着——他们跪在那儿,或者把屁股靠在长椅上,做出跪的样子。人们身上的血液开始流动,那些大理石般的词句开始变得有血有肉。于是艾米·帕克受到感染,似乎虔诚了一些。她似乎感觉到了那些话语的存在。听见它们在怎样喳喳作响。她边打瞌睡边听那些话。那喳喳声是在亲吻吧。话确实是可以亲吻的。恰在此时,几个哈欠和一种亵渎神明的想头使她慌乱起来。她张望着,想弄清楚是不是有人从他们认识的这位老太太身上看出些什么问题。其实他们没有。

每个人都沉湎于自己的奥秘之中。他们低着头都做着祈祷的样子暂时压制了他们的个性。甚至当孩子们跪在那儿,在自己身上东搔搔西掐掐的时候,他们也都面无血色,脖子细长,简直认不出来了。

艾米·帕克,这位身穿黑衣的老太太,或者实在说,还算不上多么老,她的皮肤有时候还显得活力尚存。她听着这位壮实的牧师怀着那样一种力量讲出来的话。这些话自然是针对别人而言的。因为,就是最糟糕的部分,她也还是可以忍受着听下去。它们落在她低垂着的头上,并没有穿透她那顶帽子黑色的"屏障",因此,她终究还能从这笨拙的姿势中站起来——她的腿让她阵阵发痛——而且满怀挚爱和热情宣布她的信仰。这种信仰以一种记熟了的话语的形式,通过她那湿润润的唇涌流而出。她在身前搓着一双手,还有两只手腕。透过上衣,还搓着她那两条颇能领会周围一切的胳膊,使它们再"活"过来。

艾米·帕克心里说,我看我永远不会喜欢这种仪式。可是仪式就在她眼前曲曲折折地进行,甚至在更为幽暗的神秘之中依然闪闪发光。那个男人的声音回荡着,她倾听着,本来可以将她那双温暖的手放在腿上,止住她的疼痛。

难道我错了吗?她问自己。她斜睨了丈夫一眼。眼下他已经把她忘到了脑后。他垂着细长的脖颈,看起来相当瘦弱、可怜巴巴。

老太太很想欣赏欣赏从耶稣圣像玻璃边射到地板上的殷红的光。那细碎的光洒在地板上、尘土里,深红深红。当她轻轻摇晃着脑袋——这已经成了习惯——倾听这场仪式雄浑有力的布道声时,颗颗宝石在她的眼里闪闪发光。她完全可能笃信某个适合自己需要的宗教,并且达到很高的水准,可是丈夫不允许。此刻,与他比肩而立,她心里纳闷,对于斯坦,到底什么是上帝呢?我自己也不知道何为上帝,斯坦不让我知道。她喜欢责怪别人,替自己开脱,而且几乎总能奏效。现在她嘟嘟囔囔、含糊不清地说着一些话。是他把我弄成这副样子的,她说,然后就想一些生活琐事,让自己轻松一下。她想起今天要用瓶装的榅桲和板油做布丁。这还是今年头一回做呢!

不过,这天早晨,斯坦·帕克从钻进汽车就没有想起过老伴。站在教堂里,他脑子里越发空空荡荡。这可能是失败之后的心理状态,要么就是虔诚所致。我不能祈祷,他心里说,也不去试试。因为他知道,这是毫无用处的。因此,就那样站着,或者跪着,做了自己躯体的囚徒。

教区牧师已经开始强行把信仰灌输进他的教徒们的灵魂。如果需要,他简直可以用一柄榔头给你钉进去。"聆听给你以慰藉的训示……"他那谦卑而又刺耳的年轻人的声音在回荡,"聆听圣保罗的教诲……还要聆听圣约翰的教诲……如果有谁犯罪……"

啊,倘若果真如此就好了,塞尔玛·福斯迪克心里想,这倒不是故意亵渎神明,可是我不相信这是真的。她边想边颤抖着往裘皮大衣里缩了缩。一股穿堂风在吹,因为他们没有关门。只有她会感冒。她一边打战一边试图相信这没什么关系。哦,"信仰",真是一个让人羡慕的字眼。这倒并不是因为她没有信仰,而是信仰也有神灵启示的不同深度。这样想着,她便向四周张望,看哪张脸会被内在的信仰所拯救。那位曾经长过瘤子的老太太,那个头发一绺绺地粘在脑门上的男人——他曾经学过宗教仪式的训练课程。还有几个长得很丑的人。他们由于一阵冲动刚从床上爬起来,或者是让一个弹簧弹起来的。你也必须安一套为宗教献身的必要的机械装置,才能把你弹射到天堂里去。

可是我确实相信,我相信,我相信,塞尔玛·福斯迪克祈求着。

那位上帝派来的牧师用手指尖捏起一块面包,一张嘴似乎是摸摸索索地尝着酒,而且他在面包与酒的面前,也竭力显示出自己的超脱。可是要把这个动作做得庄严、崇高就太困难了。他那让人讨厌的腮帮子继续大声嚼着。一块面粘在了牙龈上面。

人们开始走过去,在圣餐的栏杆旁边跪下。他们的躯体令人敬畏,一双双鞋底暴露在教堂的中殿,加倍显示出他们的苦修。

这是这场仪式最糟糕的部分,塞尔玛·福斯迪克心里想,我真有点儿害怕。

她收起她那条价钱很贵的手帕。这条手帕香味扑鼻,被她团成了软绵绵、潮乎乎的一个球。她也走了过去,很为她的父母亲担心。此刻,在她的眼里,他们都成了病人。

人们都走过去,跪了下来。不知是谁,骨头吱吱嘎嘎地响着。

期待确实是可怕的。有的人一般来说也就算是上了些年纪,而如今却已经跨越老年而接近死亡。他们那副死板的面孔全无喜怒哀乐。在他们惴惴不安地等待的时候,显得相当完美。其他人却是饥饿的样子,肚子咕咕叫着,不只是因为这天早晨没有吃东西,而且因为他们一生都处于饥饿状态。因此,轮到他们吃圣餐的时候,那么贪婪,那么鬼鬼祟祟,即使旁边没人也是那副模样。然后,从掌心舔掉面包渣。他们的生活似乎就从这掌心上展开。这一双双手的胆大妄为,确实让人不寒而栗。

尽管那双结实的靴子十分沉重,而且竭力把他固定在地毯上,年轻牧师还是终于在台阶上向上挪动了脚步。在艰难的行进过程中,他变得更加高大。他的身高增加着,又被及时遏止了。当他沿着那条绳子走的时候,一缕从极其漂亮的玻璃上射下来的紫色的光,穿透了他那似乎是大理石做成的袍子。耸立在身体之首的头颅,充满了他那洪亮的声音。这头颅终于因其取得成就而显得楚楚动人。相当大的面包块由于它们的体积而愈显真实。

就这样,人们挨个儿吃了圣餐。有的人觉得蒙上帝的恩泽,罪恶已经从他们身上洗净。另外一些人则因为那罪过根深蒂固,只是更看清了自己这些罪恶。

要想得到宽恕,就得像我的父母一样非常单纯、非常善良,吃圣餐的时候塞尔玛·福斯迪克这样想。她接受圣餐的动作极轻。别人看起来,就好像她这个动作并没有发生。当然,她早就学会了干什么事情都要十分谨慎。不过我的父亲和母亲……她心里想。他们正跪在她的身边。他们的存在比那圣餐给她的安慰更大。在这早晨阳光的映照下,他们的生命明晰而美丽。塞尔玛·福斯迪克跪在那儿,她崇尚清白无辜,这便是对罪恶唯一的偿还。因为就好像再也不能恢复塞尔莉·帕克那女儿身一样,她也不能恢复这一切。罪恶便不得不留在她的身上。

想到这儿,她准备用手帕擦擦嘴角。可是因为她吃不准这样做是否得体,便咳嗽起来。再说,她的手帕还扔在长椅上。那是一种声音很响的干咳,或许她的老毛病又要发作了。

斯坦·帕克眼下像他的女儿所希望的那样单纯、素朴。他拿着面包吃着,一双手很结实。如果知道怎样祈祷,他会祈祷的。可是他的喉咙发干。他的一切举止都准确无误,只是嗓子干。

我干吗要来这儿……主? 他问自己。

他最后说出来的那个字眼,没能自然而然地涌上心头。尽管他能够感觉到它,也知道它。他闭上眼睛,也许是为了掩饰心头的空虚，也许是为了避开一缕太强的阳光。但是无论哪种情形，眼皮都不会给他以保护。跪在那儿，他似乎一切都披露在外。

那缕阳光在地毯的尘土上面闪耀，地毯的图案已经磨得看不清楚了。疲倦几乎也是一种幸福。花瓶里的花插得那样密实，正是因为它们静止不动，自然法则使它们不会四散而开。

当牧师把酒杯端到每个人面前时，祝福的话像珍贵的鲜血汩汩流出。现在，他们之间除了他那双关节粗大的手腕，什么都不存在了。那杯酒和祝福的话十分仁慈地融为一体。因此，那些特别爱感恩戴德，也特别自惭形秽的人们，让酒从他们的嗓子眼里热乎乎地灌了下去。

轮到艾米·帕克接受主的宽恕了。她接过酒杯，高高举起，倾斜到刚刚好使她能感觉到嘴唇上那无限小的酒的微粒。她不敢再多沾酒，事实上，主的血与毒药一般的对往事的回忆已经开始像电流一样，从她的脖颈流了下去。那位王后①跌在舞台上死掉以前，也是这样举起一个杯子——那是个木头杯，或者听声音像是木头的。他们毒死了那位王后。她也曾有自己的良心，并且在一段时间内起过作用。酒起作用了。我已经恨过了，老太太说。现在我是爱还是恨？在那顶最好的丝绒帽子下面，她脑子里糊里糊涂。我恨的是酒。她心里想，哦，是斯坦怀着爱或者恨看我，斯坦。不过，现在他当然不能。然后，她意识到，最终问题出在她与上帝之间，她很可能永远也不能打开丈夫的心灵，向里面瞥上一眼——他是为了别的什么目的，关闭着自己的心灵。

然后，牧师从老太太手里拿过酒杯。看起来她好像为了什么原因正紧紧地握着那个杯子。

艾米·帕克心里想——还打了个寒战——如果我像那个喝了

---

① 指《哈姆雷特》中的王后。

毒酒的王后一样,把杯子掉在地上,人们听起来一定如雷贯耳。

殷红的酒从她全身流过,似乎潺潺作响,看起来让人无法忍受。

牧师径自拿过杯子,递给她那位腰板挺直的丈夫,就好像她压根儿不存在似的。

老头接过杯子,试探性地撅着嘴唇喝酒,下巴向前努着。在这个下巴上面,曾经淌过呕吐出来的东西,似乎现在还有,胆汁在嘴里和热酒混在一起。不过,他还是把它咽了下去,然后便求助于上帝。

跪在地毯上面,心里充满安谧。一旦倚着上了清漆的栏杆跪下,这种感觉就油然而生。虽然那栏杆在炎热的季节让酷热晒得爆起了漆花。安谧就其自身而言,是一样值得向往的东西,他心里想。因此,在不能肯定会得到更多的静谧的情况下,他怀着谦卑和感激,接受了眼前的一切。

那么,在牧师已经掉转身,在这场仪式已经结束之后,他为什么还像另外那几个人一样,在那儿等待?一只在栏杆上爬行的苍蝇又从老头手上爬过。但是那只手没有感觉到它的爬行。他全神贯注地等待着,倾听着,瞅着某个固定的点。他心里思忖,我不可能连被人再瞥上一眼的回报都得不到。这想头使他现出一个明朗的微笑。或者是因为在这个寒冷的早晨,温暖开始流遍他的全身。要么就是有些老人在走向生命终点前为他们的伙伴所完成的善行使然。

这已经够啰唆的了,他的女儿想。她办事总是喜欢干脆利索。

她把一只手伸到父亲的胳膊肘下面,引导他进入一种逐渐恢复健康的状态。或者又回归到孩提时代——将她的双亲赶回教堂中殿,就好像他们的两条胳膊下面一直套着缰绳,而她正驾驭着他们。

然而,这毕竟是令人伤感的,塞尔玛·福斯迪克走在他们身后的时候这样想,这些老人们竟然信服这一切;他们丝毫也不想怀疑,这一点令人嫉妒。有一会儿,在爱与仁慈的冲动之下,她自己的灵魂企图飞腾而起。可是那力量太微弱了,很快又跌落下来。这之后,跪在长椅上,她不停地擤鼻子,几乎没怎么听最后那些祈祷的话。这些话跟她无关。因为她已经尽了责任。她确信自己是患了预料之中的、叫她害怕的感冒。无论母亲还是父亲,都不会充分理解她付出了这样的代价——母亲戴了一顶除了她谁也不会买的黑帽子,父亲的身上散发着一股老年人特有的气味。

他们走出去的时候,斯坦·帕克在前头带路。在某种程度上,他已经恢复了他的权威,尽管在安排某些事情时,依然与人们保持一定的距离。

在台阶上,他走在熟人中间,跟他们谈论牲畜和蔬菜的时候,脸上现出一丝高深莫测的微笑。有人注意到了他的声音缺乏底气,但并未深究。因为在这个喜鹊喳喳、青草湿润、无与匹敌的早晨,由于他们腹中空空,一切似乎都浮动起来。

他们都悄没声地走了,那似乎是正在苏醒的脸上现出一副出于善意的、犹豫的表情。帕克一家也走了。两个女人正在告诉斯坦干这干那,因为他看起来相当痴呆。他正在思考、摸索。他正在琢磨自己的缺陷。缺陷在某种意义上说,也是一种奖赏。

第二十二章

鉴于过去有时在她种得不成功的、杂乱无章的花草中甚至会迷路,艾米·帕克再栽花种草时便格外当心——不再种已经长得遮挡了这所房子的那些过分茂盛的灌木丛。这些灌木丛本身就是一片"林莽"。它们散发着让人窒息的、枯枝败叶的气味和寂寞冷清的花儿的香气,引人钻进某种隐秘的、柠檬色的光和肥硕的树叶中去。她不再种这些了;而是在这所房子门廊周围种植一些花草。这是一些种在花盆里面的、更为娇贵纤弱的花草。她经常一边给它们松土,一边唉声叹气,并且仔细察看,直到看见趴在花上的昆虫和那黑魆魆的叶子上面的气孔和圆形的疙瘩。她用表皮板和纤维板给她喜爱的这些花草做了一些潮乎乎的凉棚。她的花草几乎都是枝叶肥硕、颜色暗绿。当然是些"无名氏",她向来叫不出这些花草的名字。

大部分日子,她都在自己种植的这些花草间绕来绕去,摩挲着它们,希望看到安谧生活的种种迹象。或者眺望着远方,看外面那个世界的生活,看那些手挽手的年轻人,看陌生人一张张没有表情的脸。那些脸上,什么东西都消失了,只剩下空洞的思想和牙齿。她还看着她那位四处走动着的丈夫,试图把他从那种完全合乎自然的形态中,拉回到自己身边。她喊道:"你该回来一会儿,歇一歇,斯坦。待在这些花草中间晒晒太阳很不错呢!"

然后,这位皮肤黝黑的妇人就坐在那儿,在好像要爆炸似的寂静中倾听着。

"在这儿待着也不错,"丈夫说,"我坐不住。我得趁有亮的时候再四处走动走动,到处刨刨挖挖。"

他就那样眯细一双眼睛,微笑着,四处溜达。

这位胖老太太知道怎么过活,她坐在那儿,在花草间喘息着。她坐在一张破旧的藤椅里,椅子在她身下吱吱嘎嘎地响着。这把椅子已经散架许多年了,可是坐着舒服。那轮红日似乎是斜倚在她的膝上。有时候,她和自己周围那些她最喜爱的花草融为一体,感到心满意足。

大约这个时候,帕克太太接受了两次来访。一次让她心烦意乱,另一次则让她精神振奋。但是她将在若干年内认真地审视这两桩事情,因为有些方面她已经全然忘记。经过这样的审视,她便会在一片光辉中看清它们。事物的本来面目被照得通亮,清晰可见。那些尖刻的或者滑稽的话就像印在灰颜色的硬纸片上,一清二楚。当她坐在那些静静的花草中的时候,她确确实实看见了它们。

第一个来访者是个男人。他沿着那条小路走过来,头上戴着一顶还挺新的棕色帽子。他低着头,因此她没看清是谁。可是她听见一个男人的声音,听见钱、皮靴和一个嘹亮的嗓音。她还听见那个男人说的话。因为他边走边和一个小男孩说话。那是一个喜气洋洋、脸色红润、胖乎乎的小男孩。他蹦蹦跳跳,不时跑回来,揪掉身旁含苞欲放的花。小男孩不像这个男人这样是专程来访。他像平常孩子们那样,是碰巧来这儿逛逛,而且要见识见识、尝试尝试属于他自己的生活。可是这个男人却心事重重。他对自己在这里的出现过分敏感,尽管他有意识地跟那个小男孩嘟嘟哝哝地说着什么,一双手似乎很随便地拨开叶片尖尖的夹竹桃。

妇人一动不动,继续坐在她的花木中间,等着瞧发生什么事情,瞧她是否知道该做些什么。她的心已经因这个男人而激荡起来了,不管他到底是谁。陌生人靠得近了就会显得大得吓人。因此,她不无恐惧地等待他抬起头来。

他的头抬起来了,碰得倒挂金钟直晃荡。这个男人原来是雷。

在他看见她之前,她打量着这个她曾经爱过的服饰浮华的男人。她的两片嘴唇张开着。就像某些买卖人一样,他确实衣着华贵。

"哦,哈啰,妈妈!"雷说,"没看见你在这儿坐着。"

他的声音像是突然爆发出来似的,一只脚吱吱嘎嘎地向后蹭着,就像踩上了什么东西——一只鸟或者一只猫。

艾米·帕克在她的花草间张望着。

"有时候我下午在这儿坐坐,"她说,"晒晒太阳。"

小男孩已经跑到前面,找人去了。他并不指望跟这人谈话,就像他不和草或者石头谈话一样。

"这是个好主意,"雷说,他为了讨好老太太,也许情愿变成个温柔的大孩子,"冬天晒晒太阳,是吧?"

"我没想到会见着你,"母亲似乎是从衣服的包裹之中说,"你又要啥东西来了?"

"哦,别胡扯了,妈妈。"雷说。他还试图摆出那种华而不实的大人物表示友好的架势,打着哈哈,充满自信。然后,他想起该说什么了:"我干吗就该老是跟你们要东西呢?我就不能来这儿闲住几天?我想再来看看这地方。我一直想这件事呢!就这么回事。"

但是她的脸还是阴沉沉的,目光顺着花草黑魆魆的叶子望过去。

不过,他还要继续说下去。

"我简直认不出这地方了。"他说,讲话时还意识到自己的衣着。

"你们让花草长得太茂盛了,都快把你们给挤走了,妈妈。那你们该怎么办呢?你记得那个燕子窝吗?有一年我掏了窝里的蛋,用一根玻璃管吹着玩,垫着棉花放到一个硬纸盒子里,直到打破了。打破了,"他说,"你还记得吗?"

"不记得了。"她说。

不管是记得还是不记得,她微微抬起了头。

男人朝那一丛丛倒挂金钟吐了口唾沫。

他看起来很暴躁,精神处于一种崩溃的状态。在某种情况下,记忆也是罪恶。

就像个买卖人,她心里想,很为此愤愤不平。她不让自己想这桩事情,也许过些时候,私下里可以想想。我不想雷,也不想别的任何人,她对自己说。于是她就这样坐在那儿干坐着。

"我还以为能跟你谈谈,"他说,就好像那个男孩不在跟前,"可是现在不能了。"

"哦,我们已经谈过了,"她说,"经常谈。"

实际上并不经常。她擦了擦嘴唇。

"我没给你带回什么东西。"他说。

尽管他几乎带了礼物:一大盒巧克力,上面用粉红色的缎带扎着一个蝴蝶结。送上东西的时候,你总可以为自己找到更好的借口。

现在,他两手空空站在那儿,手足无措。

真该死,他心里想,我从来没杀过人,可我们落了个什么下场?落了个什么下场呢?这周围的一切都在冬天稀薄的阳光下打瞌睡。野鸽子,那些好像泥捏的鸟,都站在那儿,晃晃荡荡。一切似乎都在逃避他。这里的阳光太纤弱了。

老太太的目光一直追寻着那个小男孩,他正趴在窗玻璃上瞅里面有什么东西。

"这就是那个男孩。"雷说。

"哪个男孩?"母亲问。

"罗拉的孩子。"

"谁是罗拉?"她明知故问。

雷讲给她听。

祖母看着这个小男孩,或者看着他那热烘烘的后脑勺。

"过来,小家伙,"雷说,"过来让奶奶看看你。"

男孩走了过来,抬起头看着这个老太太。他现在长得非常漂亮了。但是正看着的则是让他感到害怕的什么东西。

"这孩子不是我的孙子,"老太太说,"另外那个男孩才是我的真孙子。"

"这是个健康漂亮的小男孩。"男人说。

"健康不健康跟我都没关系。"老太太边说边站了起来。

她向屋里走去。

"你最好走吧,雷,"她说,"我不想看见你,也不想看见这男孩。我得去给你父亲准备晚饭了。"

她关上那扇棕色的门。

"这是我的儿子,"雷·帕克大声叫道,"他跟我长得一模一样!"

为了这个原因,她本来应该吻吻他,可是她已经跑开了,正在房门那边颤抖着。她一定要爱另外那个孩子,而且确实爱他。尽管他很瘦弱。她曾经把那块传家宝似的保存着的红玻璃给他。因此,她颤抖着。

他听了一会儿母亲喘粗气的声音,骂了她一句就从门口走了。

"那么,过来吧。"他对男孩说。

穿着最漂亮的衣服,他们慢慢地向那个水坑走去。这个水坑在尚属帕克家地产的边缘地带。那些已经来这儿的人们看起来傻乎乎的;在这个男人想自己心事的时候,他们在这里踯躅徘徊。小男孩听了不少大人们说的话,这天下午也变得若有所思。

"另外那个男孩是谁?"他问道。

"瞧,"父亲说,"咱们看看你打水漂能不能赢了我。"

男人拣起一块扁平的石头。

"怎么扔?"男孩问。

"往水上扔。"雷·帕克说。

他扔出去的石头在水坑的水面上溅起棕色的水花,然后擦过水面,又激起一朵水花。他玩得颇内行,但是累得气喘吁吁。他的呼吸也显得疲惫不堪。

男孩一直对着坑里的水皱眉头,现在变得兴高采烈。他捡来大把大把的石头,样子十分贪婪。等捡来一大堆之后,就开始学着父亲的样子扔了起来。只是他的石子都扑通扑通地沉到水底。他继续扔着,甚至把失败看成了成功。石头沉底的时候,他大笑着说:"差不多比你都强了,爸爸。"

"你接着扔吧,"父亲说,"要是一直练下去,一定能扔好!"

可怜的家伙,他心里想。

然后,这个衣着时髦的、肥胖的男人——他还是气喘吁吁,若有所思——坐下来歇了一会儿。罗拉的孩子继续扔他的石头子儿。

这里,树木和篱笆的轮廓是那样明晰,在雷·帕克看来,反而模糊不清了。他已经到了意识到自己原来一无所有的年纪了。这位置身于陌生景物之中的男人被它的寂寥吓住了。那淡蓝色的、可爱的天空从他身边逃遁而去。一丛丛古铜色的冬天的衰草静静地挺立着。小时候,他曾在这草丛中闲逛。这儿什么都没有,他说,龇开满嘴黄牙,扯下一片草叶。

然后,他的思想又开始超越这个清冷的所在,回到他凑合度日的那个世界里,那个还有些意义,也还有些物质的世界。这时候,罗拉闹完头痛病,正在起床。他们要吃一块牛排,或者两块羊排。他喜欢吃上面的肥肉,爱闻飘荡在蒸汽之上的肉香。这股香味飘得很远,甚至一直飘到楼顶。他喜欢晚报那股油墨味,喜欢晚上所有的气味。当华灯齐放的时候,沿着海湾和有轨电车线路,所有夜晚的气味都和紫色的火星一起飞溅。像热橡皮条一样,长长地、无止境地伸展开来。只是有时候,深夜时分,当她那张丰腴的脸又变得瘦骨嶙峋,当她的意识又处于混沌之中,她身上散发出一股小屋与热烘烘的床单那种让人绝望的气息。于是,夜晚灰蒙蒙的面孔隐隐呈现出来。灰末纷扬而下。她说,是该死的头痛病又犯了,不过吃两片阿司匹林就好了。床在灰白色的大腿之下呻吟。牡蛎受着长时间的煎熬。

"爸爸,"小男孩开始抱怨起来,过来拉他爸爸,"我们干吗不回家呢?我饿了,爸爸。"

"说得对,"父亲说,"你想美美地吃一条鱼吗?"

他开始竭力使自己从一种不自然的状态中自拔出来。在这种状态下,他已经变得僵硬了。他吐了一口唾沫,手指在帽子上捏出一个凹痕,为进入一种新的状态做着准备,或者让那先前的状态变得热烈起来。

"鱼?"男孩说,"哪儿有鱼?这儿又没鱼。"

"哦,我们会在路上找到的,"雷·帕克说,"路上某个地方。"

他们已经开始沿着那条通往杜瑞尔盖的大路走了。脚上穿着擦得锃亮的黄颜色的鞋子。

"我累了。"小男孩在后面磨蹭着。

"你最好还是快走吧,要不然吃不着鱼了。"父亲瞅着自己那双鞋说。

"鱼?我不想吃鱼!我累了。"罗拉的孩子哼哼说。

艾米·帕克从那个金色的窗口望着外面发生的这一切。屋子里一片昏暗,只有滴答的钟声回响。我该出去吗?她想。他们走得很慢。飞扬的尘土也很慢。那舒缓的、滴答滴答的钟声像是在她的血液里跳动。那个男人和小男孩在她的喉咙里越爬越高,她却仍然一动不动地站在那儿。男孩的嘴巴和爸爸的嘴巴一样,他吻着大理石座钟的钟面,或者正在睡觉。她依旧站着。然后,雷真的走了。或者是暮色降临了。炉膛里什么东西在燃烧。

在寂静的冬天的下午,当她坐在她侍弄的那些花草中间想这桩事情的时候,总是纳闷自己做的到底对不对。在不同的下午,她总是得出不同的结论。

这年冬天,艾米·帕克接受的第二次访问和雷的造访性质完全不同。这次访问虽然没有伤害谁的感情,但也让人心神不安。这是件意料之外的事情——艾米·帕克不再喜欢这种意料之外的事情了,除非她自己扮演出人意料的角色。甚至出乎意料地被镜子里面自己的映像看着,她也不愿意。我难道就是这个样子?她问自己,然后就试图回想起自己从前那副模样。但总是模模糊糊。

不管怎么说,塞尔玛来了。她是在某天下午开着汽车来的。平常她就是这个时候来。

塞尔玛进来,问道:"你好吗,亲爱的妈妈?"

就好像她以为妈妈正在生病。

"我很好,谢谢。"老太太说,开始变得尖刻起来。

塞尔玛穿得很漂亮。她的衣着从来不怎么引人注目,虽然她衣服的质量很讲究,但并不扎眼。现在,在她的母亲看来塞尔玛打扮得特别漂亮。

"我带来一位朋友,"塞尔玛·福斯迪克说,"她非常想见见你。"

老太太觉得,这一定是个最不诚实的朋友。

"什么朋友?"她不无疑虑地问。

"是一位太太,"福斯迪克太太说,"是我的朋友菲希尔太太。"

一位不诚实的太太,这就更糟了。老太太一直很不明智地坐在那张很深的椅子里,现在站了起来。如果不是迫不得已,她是不会这样做的。因为就连这样站起来,她都累得气喘吁吁,觉得十分困难。

"哦,你不用着急。"女儿说。她很想给母亲套上枷锁,喜欢把别人置于她的控制之下,然后,恩威并施。

"我带来一盒小糕饼,用不着这么忙乎了。"她说。

艾米·帕克说:"到了我的家,我就该烤一炉嘛。你看她是喜欢吃南瓜饼,还是喜欢吃一般的烤饼?"

"我可说不上,"塞尔玛·福斯迪克说,"其实根本就用不着烤嘛!"

"可她是你的朋友。"

"友谊不是建筑在烤饼之上,妈妈。我们有共同的兴趣爱好。"

这可叫人大惑不解。而且这位菲希尔太太显然正走过来。从容不迫,充满自信。

"我可以进来吗?"她问道。

她走了进来。

菲希尔太太已经很老了,或者也许并不怎么老。很难说清她到底有多大年纪。反正她不年轻了。

"帕克太太,我们打搅你了。"她说,脸上现出一丝似乎是经过深思熟虑的微笑,"我看得出,你不喜欢出乎意料的事。我也不喜欢。至少在小事上是这样。不过,如果是一场名副其实的喷发,浓烟滚滚,火焰熊熊,那就让它出乎意料地喷发吧。这是令人振奋的。"

她的嘴唇很红。

这情景让塞尔玛·福斯迪克不快。她先前的疑虑又袭上心头。她知道她原先的疑虑被证实,很不高兴。她情愿牺牲她的母亲,而不愿牺牲她的朋友。

"那么,你请坐,"艾米·帕克说,"我去弄点茶。"

"谢谢,"菲希尔太太说,"要多喝好茶。这一点我敢于承认。我自己待着的时候——在我这样的年纪,有时候会发生这种事情的——我总能把那一壶茶都喝光。"

一副不大的裘皮手套掉在她椅子旁边的地板上。实际上这副手套是紫貂皮的,可是菲希尔太太故意做出一副忘记了的样子。

塞尔玛却不能视而不见。她跑过去捡起来,用刷子刷了几下。她为朋友的大胆和她自己的缺乏勇气而激动得发抖。当然了,对于菲希尔太太,这种把戏早已是轻车熟路。而且,她的派头比富有者还要富有,她是可以担得起这种"忘记"的。

"我去弄些烤饼来。"艾米·帕克说,她不再瞅自己的房间了,而是望着某一个舞台。舞台上令人销魂的女演员们一边说着一出戏里的外文台词,一边各就各位。

菲希尔太太熠熠闪光。

"烤饼?我们还敢吃吗?"她问福斯迪克太太。

可是塞尔玛已经忘了该怎样回答。在这间屋子里,她似乎扮演了两个角色,在掷骰子玩。她手足无措了。

"怎么?"帕克太太问,"莫非不允许你们吃烤饼吗?"

"哦,"菲希尔太太说,"这是身材问题,人总是要考虑身材的。"

她的皮肤干巴巴的,有半边脸不时抽搐几下,上面有一片显得很粗糙。不是粘了锯末,这是不可能的;更像是脂粉和汗毛在某个痒痒的地方粘在一起。不过菲希尔太太没有什么侥幸心理,她甚至在福斯迪克太太的母亲面前也总是把没毛病的那半边脸冲着人家,而将这个"瑕疵"隐蔽起来。这样一来,她看起来就宛若一尊易碎的侧面像,活像她胸口别的那只鹦鹉——那是一枚非常精巧的旧式金胸针。鹦鹉的尾巴镶着闪闪发光的珐琅,眼睛则是红宝石。一条拴在小腿上面的金链子连着一根黄金做成的"栖木"。

帕克太太看见这枚胸针,就像许多孩子那样,走上前,说道:

"啊,天哪!这真是枚漂亮的胸针。太可爱了!"

菲希尔太太抬起眼睛。那眼睛依旧清澈明亮。在这种赞美的影响之下,她的皮肤又充满了活力,嘴唇也变得湿润润的。那种魅力又开始起作用了。她对帕克太太微微一笑。

"胸针?是呀,"她说,"不过说起烤饼,我还真喜欢吃呢!哦,吃许多许多你做的烤饼。"

因为她早就懂得调情卖俏,对方的性别并不很重要。

艾米·帕克想,这样的热情可能会传染给别人。

"你知道只是一般的烤饼。"她说,转动着她那只很不秀气的戒指。

福斯迪克太太颇为尖刻地笑道:"你会成为我妈妈的终生朋友了。"

这位皮肤像白垩一样的妇人对自己的优雅不满起来。她变得肩头瘦削,两手修长,一双脚则无懈可击。任何人对于她的赞美,在她看来都是当头一棒。因此,她坐在那儿,用舌头舔着嘴唇。她的头发在帽子下面露出一个个发卷。由于年纪大了,这些发卷好像洒了一层粉末,而那顶帽子又使她显得很不入时。她的皮肤变成乳白色,不是不健康,而是有点神经质。而所有这一切并没有惹得她不快。

"去吧,"她急匆匆地说,"烤饼去吧,我来找几只杯子。"

"我用不着别人帮忙,"艾米·帕克说,"什么忙也不用帮。"

她突然生起气来,尽管连她自己也说不上为了什么。

"古怪的老东西。"母亲走后,福斯迪克太太说。

"相当可爱。"菲希尔太太叹了一口气说。她已经松弛下来。

她正在这所属于别人的房子里四处张望着。

"还有这所房子。这才是真正的房子。看到人们实实在在地生活,是件很有意思的事情。亲爱的,你带我来这儿,我太感谢你了。"

塞尔玛·福斯迪克不禁纳罕。她可一点儿也不高兴。

"这是间极其简陋的小屋。"她说。

"没有简陋这回事。"菲希尔太太说。

"可是我曾一度憎恶这种房子。"

"当然啰,人们对自己熟悉的东西总是横加指责。"菲希尔太太说。

她歪着脑袋。她对她的朋友几乎是正中要害。

"丑陋的家具也可能最为有趣,"她微笑着继续说,"因为有一种真实感。"

"你莫非对什么都感兴趣?"塞尔玛生气地问。

"哦,可不是嘛,"菲希尔太太说,"人必须对周围的事物感兴趣,否则就要生出厌烦。"

福斯迪克太太被这位令人赞美的朋友的喋喋不休搞得连气也喘不过来。她说,尽管母亲发布过不用人帮忙的"命令",她还是要到厨房去看看饼烤得怎么样。她被那个并不存在的自我驱赶到走廊里。她非常不快活,因为她出卖了自己的母亲。

母亲就站在一张桌子旁边,桌子上面放着一只带条纹的和面粉用的盆。她身上沾满了面粉。

艾米·帕克没有说话。

她和着做烤饼的面粉。

喘息着。

她独自待在自家厨房的这一小段时间里,一直拼凑着这位来访者留给她的那些闪闪发光的零碎印象。这些由她的言谈以及珐琅胸针造成的印象如同细雨飘洒下来。可是她正揉面团,没法对此做出反应,只能把那块揉面用的木板弄得很响。这块木板的最引人注目之处显示出岁月慢慢磨光的痕迹。有一次,她打翻了家里用的筛子。那筛子发出哐啷声。她把它捡了起来,结果裙边不知怎么和里面套的衣服钩在了一起。可是有时候,她更愿意是某个傍晚,在伫立着一簇簇已经日久年深的山茶花的房子那边,她的思想相当巧妙地前后流动着:重访幽暗的洞穴,或者眼下,替丈夫解决些问题——如果他提出来的话。她常常站在那儿,咬着山茶花嫩嫩的花瓣。如果听见诗的话,她会辨认出来。

"我不明白她干吗来这儿。"她对女儿说。她已经看见她走进厨房。

"我对你说过,我们不希望给你带来任何麻烦。"塞尔玛闷闷不乐地说。

"话虽如此,"母亲说,"有什么目的,也是合乎人情事理的。你认识这位太太时间长吗?"

"不短了。就是说,已经认识好几个月了。这已经相当长了。人们都是来去匆匆。"

"在这儿,我们对人们都认识一辈子。"艾米·帕克说。

塞尔玛说:"我的生活跟这儿的生活可不一样。"

艾米·帕克在心里琢磨着她这位客人。这当儿,她会在那间屋子里看什么呢?只是那么干坐着。百叶窗放下一半,屋子里现出一片幽幽的绿色。有的人只剩下自己待在什么地方的时候,总是那么静悄悄的。他们闭上眼睛。可是这一位却会呈现出一种全新的状态。如果她不是一束耀眼的亮光,不是一声悦耳的叮当声,她还会是什么呢?

老太太把手放在炉灶上摩挲着,忘了女儿还在那儿站着。她现在经常把人忘记,除非是正想着的人或是正看着的图片里的人。

"我不明白,"她说,"人们干吗要戴那么多的珠宝。自己又看不见。我喜欢放在盒子里瞧,瞧完了再放起来。那是属于我自己的珠宝,豪华贵重。可是这么漂亮的一枚胸针别在胸前……"

"你会因此而被人赞美。菲希尔太太不就因为她的珠光宝气而被人赞美吗?"塞尔玛无可奈何地说。她自己不敢戴首饰,生怕丢了,或者被人偷了。

艾米·帕克生气了。

"呸!"她说。

她为她的羡慕和渴望而生气。她没见过什么世面,不认识枝形吊灯,见了醉鬼就逃开。

可是,另一方面,菲希尔太太却见过大世面。她坐在那儿,但并不是在等待什么。在这间屋子里坐着就足够了。这屋子就好像为她创造了一条口袋,她早就巴不得钻进去。她见世面是从对男人的了解开始的。她喜欢过那些像马一样健壮的男人,那些散发着烟草和润发油气味的长得很结实的男人,直到她开始怀疑那躯体实际上是虚弱的。经过一番深思熟虑和挑挑拣拣,她嫁了一位有钱的布商。他还收藏家具、稀奇的小古董,以及画着蔬菜的画。他总是充满了渴望。她虽然后悔,可是已经毫无办法了,那是他的生活方式。菲希尔太太继续去了解男人。她曾经和一两个科学家睡过觉,并且爱听他们讲的那套理论。她还认识一位音乐家,经常仔细地跟他谈论巴赫。如果与什么人之间有鸿沟要填平,谈话是绝对必要的。而年纪的老迈,那不过是倒数第二条沟壑。菲希尔太太学会了这个道理。现在,她可以站在她那幢房子的阳台上,妙语连珠,跟人们做相当出色的谈话。到了夜晚,可以用三寸不烂之舌把她的客人们留在自己的身边。她双眉微蹙,用手赶走那些误入歧途、飞到她那张精心修饰过的脸上的飞蛾,或者拂掉茉莉柔嫩的卷须。有的男人——外国人——仍然吻她的手。而她常常报之以甜言蜜语。或者去和那些有着拜伦式头发的年轻小伙子待在一起。她最善于处理自己和那些爱好艺术的年轻男子们的极有意思的关系。人们请他们来是为了装装门面。当他们在她周围形成一个小圈子时,她把他们的俏皮话再拿来讲给他们听,那些年轻人笑得几乎瘫倒。这老东西。

他们简直对她崇拜得五体投地。

不过,这门对她大加赞美的学问和技巧也有让菲希尔太太受不了的时候。有一次,他们到一家与那种有拱顶的走廊相连的店铺里买些小糕饼——那儿有一种别人还没有发现的糕点。她趁她的朋友福斯迪克太太转身称赞那糕点的时候,逃离了那个地方。菲希尔太太两条细弱的腿跑得挺快,在淡黄色的光线照射下,一直跑进那条仿佛是玻璃毛毛虫似的长廊里。那样子就好像有什么东西要她保护似的。有好一阵子,这两位朋友一直拿这桩事情开玩笑——菲希尔太太买东西的时候,东游西逛,居然迷了路。

现在独自待在这间只剩下一些家具的屋子里,她又想起这个插曲,以及她的两条腿曾经为之奔忙的一幕幕的往事。我希望我能清清楚楚地回忆起过去的事情,她心里想,可是我够诚实吗?她坐在那儿,闭着一双眼睛,皱着眉头,这使她鼻子以上的部分显得十分阴郁。她试图记起自己少女时代的样子,可是能够想起来的只是一条镶了圆珠的缎子长裙。是镶了珠子吗?是的,她总是打扮得很漂亮。她还试图记起向生活投去的第一瞥。因为总是有最初的一瞥。对于这一瞥,日后的经验是无法代替的,除了张皇失措。现在就是这种张皇失措模糊了她的视觉。她也听不见自己的声音。尽管在某一个时期,她曾经说出过些天真无邪、漏洞百出的话。这些话甚至已经对此做出了解释。

烤饼端了进来,还有上面画着三色紫罗兰的杯子和一把一边有个凹痕的电镀茶壶。菲希尔太太连忙睁开眼睛,目光向屋里扫视,而且身子也开始转动起来,活像一盏颇为专横的探照灯,向四周照射着。

"帕克太太,"她目光一闪一闪地说,"我坐在你的屋子里⋯⋯顺便说一句,这屋子可是极好的,我把你仔仔细细地琢磨过了。我已经非常了解你了。"

"要那样,你了解的可就比我多了。"帕克太太说。她很高兴手里有这些杯盘碗盏摆弄,于是就摆弄起来。

"告诉你的母亲,克里斯廷,我天生是个性情直率的人。"这位浑身闪耀着光彩的菲希尔太太命令道。

"克里斯廷?"

艾米·帕克猛地抬起头。这是什么意思?她心里想。

塞尔玛脸红了。这自然是她的母亲不曾知道的一个秘密。就像小姑娘们隐藏的秘密一样,这是她们的一种消遣。信呀,夹在书里的花呀,还有自己起的名字。这个名字其实没有什么可羞愧的,只是当它赤裸裸地暴露在那些一直不知内情的人们的面前时,有点不好意思罢了。这个名字她是为那些朋友,或者不过是熟人取的。这些人突然间继承了某个地位较高的封号,使她对他们觉得害怕。生怕人家会因为这样那样的理由跟她断绝来往。因此,作为一种更为亲密的保证,她让她们称呼自己为"克里斯廷"。此外,在加诸她身上的所有东西里,她最讨厌的就是"塞尔玛"这个名字。这种赤裸裸的自我,是最让人讨厌的。

"是个名字,"瘦削的福斯迪克太太边咳嗽边说,"有些朋友这样称呼我。"

"哦?"母亲疑惑地问,降低了说话的声音。

可是,塞尔玛就是塞尔玛。

可怜的塞尔莉。老太太坐在那儿,自己都觉得脸红。这些奇怪的事惹她发笑。奶油从做得很好的烤饼里流出来,一直顺着手指缝流下来。傻姑娘,她心里想,然后她舔了舔手指,而且很欣赏自己这一做法。

吃烤饼的时候,两位来访的客人牙齿露得十分艺术。这当儿,她们开始议论梅珀尔。她嫁了一位什么勋爵。老太太从她们讲的只言片语中听出,这位梅珀尔尽管有好几辆汽车,实际上挺穷。

"因为他对她简直太坏了。"菲希尔太太说。

"不过,那地方蛮漂亮。"福斯迪克太太小心翼翼地说。

因为不认识梅珀尔,她对她进攻的"炮弹"便射得很胆怯,甚至包含着冒险。可是她就爱玩这种觉得担心的游戏。

"哦,她那个地方呀!"菲希尔太太说,"上次我们聚会之后,开车去看过他们。可怜的梅珀尔的自尊心一定受到了伤害。她那个地方,嘿!你能想象出是个什么样子吗?尽是些橡木家具和楼梯。或许你喜欢橡木。"

福斯迪克太太本来并不讨厌橡木,此时却只能随声附和,冷冷地用鼻子哼了一声。

"不过现在他们在安泰伯斯。"她说。

实际上,她是从报上看到这个消息的。

"在安泰伯斯——"菲希尔太太拖长声音说道,"在蓝鸽区。哦,是在那儿。可怜的梅珀尔。那些有名的书信中有一封写到过这地方。那些信读起来就像一张公共汽车时刻表。很美妙。不管怎么说,那些可怜的人在那儿。在蓝鸽区!"她尖叫着:"这简直是发疯了。冬天蓝鸽区简直是天堂。纯朴、自然。可是夏天,我们都知道,那儿可是臭气冲天!"

福斯迪克太太已经缩回来了,明白她永远不会超过她的朋友,永远不会知道内情。

在这种可怜巴巴的时候,她开始想她的丈夫。福斯迪克夫妇为什么一直没去欧洲旅游是一个无法得到令人满意的回答的问题。反正他们就是没去。因此,谈起这种事情,塞尔玛·福斯迪克经常陷入窘境,或者落进圈套。她简直是摇摇晃晃地从那困境中走过来的。

"当然啰,"她说,"夏天法国南部的气味确实不好。不过,给我一片凉爽的、干净的海滩就够了。我想,这大概是我的英国血统所致。"

但是,菲希尔太太关上了她的话匣子。她太生气了,不想再说什么了。此外,她那张嘴也暂时变得虚弱无力了。等再有了说话的力气,她拢着头发——这头发开始生出来的时候是红颜色的,现在因衰老而要掉光的时候更红了——很小心、很和善地说:"对于可怜的帕克太太,这些话题没有一点是很有趣的。"

老太太拿不出像样的理由说明不是这么回事,最后变得坐立不安,面对跟她坐在一起的这两个乏味的女人,一会儿看看这个,一会儿看看那个。这两个人,一个是她的女儿,按照常理可以说是了解的——即使事实上并非如此。这第二个女人却很使帕克太太恼火,就像使人恼火的梦一样,第二天早晨总不能清清楚楚地浮现在眼前。现在就是这样一场五光十色的梦,带着微笑、故事和突然生出的和善逗弄着你,可是你要察看那其中包含的秘密时,它就不会老老实实在那儿待着了。

帕克太太在她那张热烘烘的椅子里挪动了一下身子,说:"我很高兴你和塞尔玛有那么多共同的东西可以在一起谈论——共同的朋友和别的话题。"

"不过,你也很可能认识我们一直谈论着的这个人,"菲希尔太太很周到地说,"我们说的是梅珀尔·阿姆斯特朗。他们从前就住在这个区。他们的府邸叫格兰斯顿伯里。"

菲希尔太太似乎因为讲出这件事情的原委而疲乏。她找她的手套,而且现在很高兴能有这块裘皮供自己摩挲。这间丑陋的屋子不过是她短暂停留的地方。

"我当然认识阿姆斯特朗一家了,"帕克太太怀着一种优越感说,因为她说的这个区和那些往事她最有发言权,"阿姆斯特朗先生是我最了解的一个人了。而那几个姑娘我常见,还跟她们聊天。"

"那真是一所漂亮的房子。"菲希尔太太说,她的声音突然变得沙哑了。

她打量着自己那两条瘦骨嶙峋的腿,腿上套着的那双长筒袜完全是虚伪的装饰。

"现在可是一片废墟了。"艾米·帕克有点蛮横地说。

她觉得出自己绯红的嘴唇在丰满、仍然富于性感的脸上向后撇着。

"早就没人管了。你该去看看那地方,"她说,这位妇人现在谈及的话题对于她可算是"得心应手"了,"到处是一把一把的葡萄藤,树根把地板都顶破了。"

她好像正从废墟里走过,使房子震颤了一下。

"太惨了,"塞尔玛说着站起来,又一次意识到自己对自己并不欣赏——除了对能够限制自己的期望这一点尚且满意外,她从不自我欣赏,"那么富丽堂皇的一所房子。菲希尔太太做姑娘的时候常在那儿住。是吧,马德琳?"

马德琳从一堆死灰中升起来。

艾米·帕克从牙缝里急促地吸了一口气。

"啊——"她说,"这么说是你,马德琳!"

菲希尔太太没有人帮助,就已经站起来了,做了一个她因之而闻名的姿势,说道:"怎么?我们以前见过面?"

"没有,"艾米·帕克说,"确切地说没有。你骑着一匹马沿着大路走。一匹黑马。你穿着一套女式骑装。我想是墨绿色的,反正是深色的。"

"我确实有套深绿色的骑装,"菲希尔太太兴致勃勃地说,"穿上它显得非常潇洒。我骑着马到处游逛,也经常应邀到乡下别墅里住些日子。可我对你提到的这条路没有特别的印象。一个人不能把一辈子发生过的每一件事情都记住,帕克太太。"

"我就能,"艾米·帕克说,她的眼睛亮晶晶的,"我想,我能。"

"这该是一桩多么可怕的事。"菲希尔太太反驳道。

艾米·帕克站起来的时候,往事的回忆使她的动作变得迟缓起来,也显示出她的一种思想风貌和高度。

"你还记得那场大火吗?"她得意扬扬地问道,"那场丛林大火?那幢烧着了的房子?"

这两个女人似乎被用符咒召唤而来的火的音乐激动起来。

"记得。"菲希尔太太说。

艾米·帕克的情绪本来还会更加炽热。从青年时代以来,她就不曾这么激动过了。可是那另外一个女人却情愿事情赶快过去,生怕她被烧成灰烬。

"那大火燃烧的样子也有让人振奋的一面。"她说,竭力摆脱往事的回忆,"你知道,我差点儿烧死在那场大火里。幸亏有人把我救了出来。"

"我想,我刚能记住格兰斯顿伯里那场大火。那时候,我还很小。"塞尔玛·福斯迪克说。

"你应该慈悲一点儿,别把这个事实说出来。"她们被迫走出来的时候,菲希尔太太笑着说。

艾米·帕克没来得及换鞋,穿着拖鞋跟在她们后面。她想起那个头发被火烧焦的丑姑娘。

总之,她怎么也不能把马德琳一直留在她脑子里的那个可爱的形象完全排除掉。可见,已经消耗殆尽的诗意,必须从体内排除出去。如果需要,一定把那形象作为苦涩的东西除掉。

"格兰斯顿伯里在那边的什么地方?"菲希尔太太站在台阶上说,在这个清冷萧索的花园旁边,她踟蹰不前了,"我们能从这儿看见它吗?"

从后面看她要更老些。

"现在看不见了,"塞尔玛说,"树都长得很高了。"

菲希尔太太似乎要踮脚尖,就好像她的肌肉还像先前那样结实。福斯迪克太太连忙伸出一只手,扶住她的胳膊肘,她觉得还是不这样看为好。

塞尔玛·福斯迪克已经变得相当温和了。她可以爱那些依赖于她的人,她可以从弱者身上承袭一种力量。

天空下面——那天空是淡紫色的,云霭还未退尽——女人们沿着那条破砖头铺成的小路慢慢地走着,小路上生出一块块黑天鹅绒小垫子似的苔藓。除了几只叫声清脆的小鸟,花园像这三个女人一样寂然无声。一方面是这两个要离去的女人,她们似乎还没有充分意识到这一点,不过,如果时间允许,或许会意识到的;另一方面是一个还要留在这儿的人。与别人相伴,她虽然很不自在,可是此刻,甚至连这种不自在也不能放弃了——她就在这样短的时间里,养成了这个习惯。

不一会儿,一个老头从花园那边走了过来。他在树枝下面弯着腰,还不时分开灌木丛的枝叶。他穿一条蓝颜色的裤子,裤脚皱巴巴的,身上的衣服宽松而舒适。他满脸皱纹,在阳光下现出橘黄色。这位皮肤粗糙的老人跨过潮湿的土地走过来。从他踩过的泥土中,升起一股潮湿的气味,但并不难闻。

艾米·帕克伸长脖子。她的眉毛闪闪发光。奇怪的是,这眉毛仍然密而黑。

"这是我的丈夫。"她说。

老头走过来的时候,塞尔玛吻了吻他。因为她总是尽最大的努力使自己做得像个女儿。菲希尔太太将那只戴手套的手向他伸了过去。他们都站在已经变得微弱的金色的阳光下面。斯坦·帕克似乎并不想看这个陌生的妇人,却把这一点归罪于那落日的余晖。

"你上哪儿去了?"妻子生气地问,脸上却挂着一丝微笑。

"在那儿。"他说,朝太阳眨了眨眼睛。

显然,他的意图是不想多做解释。

"我在烧一堆垃圾。"

确实有一缕青烟正冉冉升起,还飘来一股烟味儿,几条淡淡的火舌在树枝背后摇曳。

"我的丈夫点火是一把好手,"艾米·帕克说,"我想大多数男人都有这种嗜好。一旦点起来,就站在火堆跟前,瞪着眼瞅那燃烧的火。"

她本来想从中挑点儿毛病,可是想起丈夫的优点,便作罢了。于是他们一起站在这位陌生人面前。他们在一起。她心里想,这人还像先前一样,让我捉摸不透。

"这味道可真好闻,"菲希尔太太真诚地说,"这是冬天的气味。这儿的一切都是可爱的,简直没有穷尽。"

"你养蜂吗?"她突然向老头转过脸来问道。

那一轮火球似的落日和那小小的跳跃着的火舌在他们身上抹上一层柔和的金色。

"不养,"斯坦·帕克说,"说实话,我甚至从来没想过这事。"

他看了这个女人一眼,因为觉得很奇怪她居然会向他提问。他打量着她那张皱巴巴的脸。那脸上,一双眼睛仍然很灵活。

"我真希望能养蜂,"菲希尔太太说,"我知道这事不大合乎道理,可是我喜欢走出去,打开蜂箱,瞧里面那些熙熙攘攘的蜜蜂。我知道它们不会加害于我,哪怕它们都飞到我的手腕上。我不怕它们,那简直是可爱的、黑色的活的金子。可是现在太迟了。"

这说的是些什么话呀!艾米·帕克问自己。金色的火焰所表现的力量太强烈了,她感到一种折磨。不过没有理由设想斯坦把这个女人误认为火光,或者把她的说话声误听成是蜜蜂的嗡嗡声。

可他站在那儿微笑。

"蜜蜂养起来费事,"他说,"会得病,还会死呢!"

"这么说,你是那些人中的一位了。"菲希尔太太说。

尽管她到底怎样看他还很难说。

塞尔玛·福斯迪克把衣领竖了起来。她说："要是总这么站在潮湿的空气里,我们也都会得病死掉的。"

那是对离她而去的人们说话时的声音,有一种甜甜的娇嗔。

说完,她便领着她的朋友走了,生怕她们此次来访最终是一次成功,而没有她的份。菲希尔太太坐在汽车里,朝窗外微笑着。她本来想说点什么,说点分手时让人难以忘怀的话,因为这是她的习惯,可又说不出口来。她那张干瘪的脸在帽子下面一动不动。真奇怪,这些蜜蜂居然带着如此的激情钻进她的脑袋。它们肯定是钻进去了,它们本来也应该做作一番,可惜不会。现在当她惊讶地望着朋友的双亲居住的这座四四方方的木头房子时,那种对于错过了的某种可能性的可怕的留恋之情咬着她的心。所有解决办法都从她心底逃遁而去了。有一次,在她解雇了的那个女仆那间空荡荡的屋子里,她在一张松木梳妆台上看见一本关于做梦的书。她如饥似渴地、很快地翻了一遍,身上戴的那些珠宝在发黄的纸张上晃荡。她想从中找出一种含义。后来却大笑一场,把那本名不副实的小册子撕了,暗自庆幸没有让那些憎恨她或者尊敬她的人看见。

现在,为了找到精确的含义,她望着老两口的脸,特别注意看老头那张脸。既因为他是个男人,又因为他那橘黄色的皮肤有一种静静的火的光辉。但是他没有看我,她心里想。她变换了一下坐的姿势,把那只戴手套的手搁在汽车的车窗上,就好像再向前挪动一下,她就会俯过身去,翻开他的眼皮。那样,他们就可以面对面地看着对方了。

可是,她被那辆汽车拉走了,穿过那堆正在熄灭的火冒出的缕缕青烟。那火是他烧垃圾点起来的。她意识到,生命只能触摸,不能融合。即使在那燃烧着的楼梯之上,他们虽然不时紧紧偎依在一起,目光所能触及的也只限于眼球细微的血管。

艾米·帕克碰了碰她的丈夫。

"天很冷,"她说,"我们回去吧,斯坦。待在这儿对你的腰没好处。还有我的腿。"

她甚至喜欢把他的疼痛和自己联系起来。

"我很高兴,她们总算走了。"她说,打了个哈欠,活动了一下牙床,"你不高兴吗?不过,你那阵子还没来。她是个让人快活的女人,还说了些可笑的事情。"

客人走了之后,她沿着那条小路慢慢走着,身上穿着一件旧羊毛外套,十分舒适,还不时摩挲着她早已熟知的什么树的树皮,直到恼怒地想到她的丈夫还一直没有说话。

"她做姑娘时来过这儿,"她小心翼翼地说,"她是这么说的。住在我们这个地方什么人的家里,斯坦。"

可是丈夫又犯了他那个老毛病,不答话,也不露声色。艾米·帕克"血气"尚存,立刻爆发出来。

"不过她现在老成什么样子了,"她笑了起来,"吃烤饼时,奶油抹了一嘴。当然,她很快就擦干净了,可是已经有人看见了。"

"如果在这个地区,她就只能是住在阿姆斯特朗的家里了,"斯坦·帕克说,"你注意她的头发了吗?是红色的。"

"那是自己染红的,"艾米·帕克因为知道底里而冷冷地说,"有的女人就这么干。"

你的头脑这样简单,或者你真是这样简单吗?她问自己。因为得不到回答,便走进那幢房子。

他跟在她身后。这是他们休养生息的地方。薄暮时分,他对一切都怀着感激,对于那些不可能发生的事情也并不询问。夕阳火一样的余晖只剩下一线绯红。他无论如何不能相信,在那幢燃烧着的房子里,会有震颤着的竖琴和姑娘的头发。

第二十三章

那些不愿意和死神发生任何瓜葛的人,很快便对帕克老两口实行了"回避政策"。他俩四处走动,就好像什么事情也不曾发生。这很可笑,他俩也许连一点儿风声也没有听到。于是那些回避死亡的人开始躲避与失去亲人的人目光交接。他们甚至对这两位使他们免于尴尬地表示一番同情的老人行些善举,给他们送点小礼,给他们跑跑腿。尽管这使他们感到有点怪。

后来,帕克老先生从报上读到案子的调查工作开始进行,读到他儿子死了的消息。

老头光着脑袋,站在一片寒霜之中。他是出去取早晨的报纸的。刚瞥了一眼,就看见关于这个名叫雷·帕克的男人在某家夜总会被人开枪打伤肚子的报道。他已经死了。

是雷。雷死了,在这白花花的寒霜里,在这同一条细长的小路上。雷,他心里念叨着,手里拎着那张报纸,就像生出一只翅膀,扇动着。他向那条路眺望,路空空荡荡。他又读那张报纸,读关于已经发生的这件事情的报道。或者向四周张望,浑身颤抖,想叫什么人过来问一问他们读没读到这个消息。

当然,除了帕克夫妇老两口,别人早就知道这个案子了。只是一有泄露秘密的迹象,便都溜之大吉。

那天晚上,雷·帕克到比马路路面还低的住宅区。他的裤子紧紧地绷在屁股上。临死时,他块头很大,不过肌肉松弛。嘴巴肥厚,嘴角下垂着。他漫不经心地走着,在软乎乎的、灰颜色的台阶上走着。这一带他熟得就像自己的家。那下面的屋子里,有的女人在涂脂抹粉,有的在梳头,把一团团梳下来的头发扔到灰蒙蒙的桌子下面。这已经是灯火阑珊的时分,大张着嘴巴打哈欠的人不会把嘴闭上,只能张得更大,直到你看得见他嗓子眼里闪闪发光的小舌头。谁能想到,就在这儿,在这样的时刻,发生了这桩事情。音乐在高低不平的槽沟颠簸盘旋,更明晰,也更富于个人色彩,一如锐利的手钻。

雷径直去找罗拉。这期间她跟他同居。她穿着那天刚从洗衣店取回来的罩衫。罩衫还散发着洗衣剂的味道。不过那上面的酱油点子可是刷洗不掉了。杰克·卡赛迪在那儿。他捧着一本书,还有别的什么。他还带来一个谁也不曾认识、谁也不会认识的家伙。还有几位姑娘或是妇人。她们都拎着小手提包,都只有教名①。他们已经在满满一碟子烟灰和一杯杯啤酒前坐了好一阵子了。罗拉显得神情紧张。

大伙儿又说又笑,问杰克·卡赛迪关于某人因一位朋友的出卖而必然发生的那件事情。雷·帕克倚在一张桌子上,俯身向前,和罗拉说话。他心里纳闷,要是走进这个屋子,第一次看见她,他会怎样看待这个女人。也许觉得她非常讨厌。可是现在,她对于他已经是不可缺少的了。罗拉和雷说话的时候,把头扭向另外一个方向。因为她不愿意当着别人的面跟他说话。后来,她连他们说了点什么都忘记了。

---

① 妓女为了不暴露自己的真姓,往往只用一个名字,即教名。而她们的教名也往往是化名。

阿尔费就是这个当口进来的。他径直向雷走过去,雷刚转过身,他便令人难以置信地掏出一支手枪,向他开了一枪。死亡从来都是一点儿也不真实的。雷先是腹股沟挨了一枪。他块头很大,那样子也很可笑。接着,等雷不再感到恐惧时,雷后来说,阿尔费又朝他开了一枪,打在肚子上。他躺在地板上,望着阿尔费。阿尔费脸色煞白,就好像连他自己也无法相信,他怎么会干出这种事情。他也许是因为雷向警察告密才这样干的,或者是为了他正在寻找着的别的什么理由。

不管怎么说,雷·帕克遭了枪击。他向罗拉那件罩衫里面望着。那件罩衫是用白色或者月白色缎子做的。她的肌肤就是这种颜色。特别是早晨,她就是这种颜色。她是个肌肉松软的妇人。没多久,雷·帕克就死了。在场的有这个女人,一位警察,还有一个修女。他们喂水给他喝时只湿了湿他的嘴唇。他再也不能低下脑袋,啜水坑里面浑黄的水了。他再也不能扔石头溅水花玩了,甚至再也不能用那种他一直习惯使用的简洁的语言讲述事情了。他死了。

帕克老头站在路旁萋萋白草之中,从那张报上读这个故事的某些部分。他弄清楚了那些人物的名字和年纪。这位名叫雷·帕克的男人是个出名的窝赃者。他在别的几个州曾经因侵入他人住宅行窃而蹲了几次监狱,不过时间都不长。他在黑势力的地盘上很有点名气。这就是帕克家的儿子。死者事实上的妻子玛丽·布莱尔——人们也叫她罗拉·布朗恩或者乔安妮·瓦里拉——提供了证词。报上说,这个女人是个女艺人。

"你在那儿干啥呢,斯坦?"艾米·帕克问道。

他没戴帽子,惹她生气。

"那么大岁数了。"她说。

"是呀。"他微笑着说。

"好了,进来吧,"她说,"鸡蛋煎好了。"

他进屋把那张报纸塞到一个很重的杉木橱柜后头。这个柜除了春天,她让他帮着挪动挪动之外,从来不动地方。于是,这张报纸就跟尘土一起待在那儿了。

然后,斯坦·帕克对妻子说:"我要去悉尼一趟,艾米,去办点事情。"

"哦。"她说。

她很高兴,也没再问什么。他一走,艾米·帕克便可以整天整天地待在自己这所房子里,翻翻抽屉,瞧那些早已忘了的玩意儿,或者瞅着那些脑袋向太阳探过去的花草。她把它们转过来,让它们再开始向着太阳旋转。这些独自一人悄悄干的事情使她得到一种慰藉。

因此,当剃刀在丈夫面颊上沙沙作响时,她只是听着没有抱怨。而吻过他那刚刮过的皮肤,用一条小链子拴好前门之后,她又回到自己的思路上来,并且很快就沉湎其中了。

斯坦·帕克被这个噩耗震动得还来不及感到悲伤,只是想和什么人谈谈。他想和儿媳妇谈谈,可是埃尔西和她的男孩正在另外一个州旅行。她跟她的父亲——一位已经退休的杂货商一起去的。那老头身体很结实。塞尔玛和她的丈夫到新西兰去了,是做一次所谓半业务性质的旅行。雷死了,斯坦·帕克在心里说。他开始想另外那个小男孩。这孩子的情形他虽然不甚了解,但知道他是雷的儿子。某种秘密遮住了那孩子的脸。终于,老头在火车上哭了一会儿。他把头转过去,对着车窗玻璃哭,对着车窗外面不长眼睛的幢幢房屋哭。他的嘴里满是涕泪和口水。

火车进城之后,他在中央车站被人们挤来挤去,推搡了好一阵子,才意识到,对下一步该怎么办自己竟连一点儿主意也没有。也许他啥也干不成。可不是,他能干啥呢?他正置身于各奔东西的、熙熙攘攘的人流之中。每个人都有自己的去处。老头的帽子——

是顶新帽子,上面的凹痕正在消失——可是他并没有想到把它往脑后推一推。

这当儿,尽管他在人群中随意漂流,踟蹰不前,问问这个,问问那个,他还是找到了自己要走的那条路,并且一直找到死鬼先前住的那条街。一个干瘪、矮小、围着帆布围裙的家伙认识雷·帕克。他好奇地打量着这个老头。

于是,在这样一个天空湛蓝的早晨——寒意都被壮丽的大海吸吮而去,一条条土黄色的小巷仍然睡意蒙眬,甚至连甲虫都一动也不动——斯坦·帕克来到这条巷子,很快就被一群小孩带到他要找的那幢房子。对于这件凶杀案的每一个细节,他们都了如指掌。这是第一件和他们密切相关的凶杀案。

他们把他领上楼,在楼梯平台上便扬长而去。这些孩子们一阵风似的跑下楼梯井,扶手在他们手下燃烧。

不一会儿,一个女人走到楼梯平台的一扇门前。她站在那儿,似乎等待被人责难。老头心里想,除了雷的死讯,还有什么能把我带到这个女人这儿呢?

"这就是雷·帕克生前住的地方吗?"他问道。

"是的。"她赶快说,或者是打了个嗝儿,因为她已经流过那么多泪水。

"我是他的父亲。"老头说。

她并不高兴,反应迟钝。

"我真不知道还有什么能拿出来招待你的。"她不无狡黠地说。

这天早晨,她的头发乱成一团,没一点生气,也没有一点光泽。她领着他,从一个周围镶着饰边的箱子旁边走过去,而且出于习惯,开始摆弄头发,拢成一束一束,或者拧成一缕一缕,头发盖住了头皮,她的指甲从头发中露了出来。

"我不想听你谈死人的事,"她说,他们在一张桌子旁边坐了下来,手放在脸前,"我真是听够了。要是有可喝的东西,我会给你倒一点儿,可惜没有。直到家里死了人你才知道原来有那么多的朋友,他们来把你家里喝得精光。雷被打死之后,我们家里的东西都卖光了。"

老头希望能跟这个女人说点儿什么,可是又觉得这个想法太蠢,因为实际上他什么话也说不出来。

"我希望能帮帮你。"他说,心里却想,自己真是在做疯狂的许诺。

"你谁也帮不了,"她说,赦免了他因这个诺言而生的责任,"人必须靠自己。这样,你至少是独立自主的。"

"这是什么花?"老头问。一只花盆里,胡乱地长着一株不知名的花草。

"这个?"她说,"我要知道,就算我倒霉!我弄了这么一株花,后来就喜欢上它了。"

她攥了攥鼻子。

"你还要继续待在这儿吗?"他问。

那个木头柜子上爬着一些苍蝇,散发着一股令人作呕的腐烂的味道。可是柜子上面还摆着一台锃亮的收音机。

"我半点儿打算也没有。"死者的妻子说。她掏出一包香烟,往嘴里塞了一支,就好像那是什么食物,然后,从鼻孔里喷出长长的两股烟。

"难道你就知道你下一步要干什么吗?"她问。

"知道。"他以一种主观臆想的、肯定的口吻说。

事实上,他觉得自己的意图总像一缕青烟,被别人的力量主宰着飘荡。

"我对发生过的事情永远都不承担什么责任。"妇人说。她吞下一大口烟,又带着一种审慎和费解喷吐出来。"在老家的时候,"——她说她的老家在西北地区的一个小火车站——"我总说要做这做那。我说,我要当个歌唱家,因为我的声音很美。后来,我就能唱《美好的一天》和别的那些歌,而且调子拿得很准。我很爱艺术。我有条纯粹粉红色的连衫裙,我的姑妈沿着裙边缝了一圈玫瑰花。还有双缎子鞋。不过,当然啰,那儿没有丰富多彩的生活。只有些胖娃娃在风里玩耍。夏天,你可以听见贮水罐因为天热发出的响声。还有黑夜来的火车。我常到车厢里帮着提茶倒水,把那种表面粗糙的糕点卖给旅客们。那种糕点很出名。到了夜晚,华灯齐放,一张张陌生的面孔出现在眼前,倒也很美。我看着那些旅客,谁也不知道我心里隐藏着什么。这可真妙。碰巧我自己也不知道。不过,年轻时候,灯光之下和陌生人待在一起,那感觉确实和平常不同。白天,当然啰,就只有运羊的火车,开过来开过去。那些该死的羊紧紧地挤在一起。爸爸是站长,他经常大热天跑出去,为什么事骂骂咧咧。夏天,你脸上总是溅着泥巴。但是夜晚星光满天。在这样的时候,什么事都会发生。也确实发生了。我跟着一位列车员上了一列夜间的火车。没有什么特别的理由。反正我的脚踏上了车厢门口的小梯,就这么简单。眼前晃动着他那张脸。整整一夜我都想,一列火车就是一个永恒的所在。唉,我还干过不少更蠢的事,可是第一个错误总是最糟的。这个男人——他的名字我忘了,我想是叫罗恩,他有一条表链,上面镶着一块绿颜色的玉石。到早晨,想起老婆他就害怕了。这就是男人。他们刚让你喜欢上,就又变得令人作呕。除非你是他头一个情人,可是谁能永远是头一个呢?这下子,我回不去了,也不想回去了。对过去的事情我从来不抱奢望。于是我就到处逛荡。我在几家戏班子干过,可是并没有像我打算的那样,成为一名歌唱家,尽管我本来相信自己是可以成为歌唱家的。当然,不是我改变了主意,而是因为我好像已经被装在火车车厢里拉跑了。我经常半夜里醒来,听着电车开过去,明白我的心还系在那儿呢！我有时候也哭,不过并不真的当回事。不管怎么说,我是自由了。我可以坐电车到华森湾,从高处跳下去自杀,也可以给自己买块烧得通红的极好的牛排,也可以和哪个男人相好。当时我还很不清楚这就是一切。因为我那时很年轻。我能一整天一整天地睡觉,我的肌肉还那么鲜嫩。"

老头一直在这个故事的迷宫里漫游,这时才意识到,他的悲哀又变成自己所独有。他想起谷糠淡黄色的碎屑从雷的两条腿上落下。他意识到,如此说来,自己来这儿不是为了帮助别人,而是为了被人帮助。他带着一种恐惧,望着这位邋遢的妇人。

"实在说,我是个奴隶,"妇人沉重地喘息着说,"尽管好长时间我没有认识到这一点。等我觉醒了,我就开始找一位能解救我的人。我找啊,找啊。"

老头又急着想谈谈儿子的事情,或者至少说说他所理解的那个儿子,想听几句关于他的好话,在某种意义上说,是关于他自己的好话,便问道:"那么,你认识雷有多久了?"

这个叫罗拉的女人看人时眼睛发直。

"整整一辈子了,"她很肯定地说,"我从这个人的身上,或者另外一个人的身上,都看到了雷的影子。有时候,望着他那双眼睛,我真想看到那目光中还包含着的别的什么东西。可是总也没能成功。他死了以后,我抱着他的尸体,抱在我的脸前。他跟活着的时候没有多大的区别,只是比已经满足了所有要求的人更重一些。那些男人那时总是已经睡着了。"

"你向上帝祈祷吗?"

"我永远不会做任何别的形式的奴隶了!"罗拉尖叫着,"不管怎么说,关于上帝,你又知道些什么呢?"

"知道得不多,"老头说,"可是我希望最终能知道点什么。还有什么值得知道的东西呢?"

"啊,天哪,我可没这个耐心。"罗拉说。她那毫无生气的头发弄得更加乱了。"有时候我想,我终究要回家的。我愿意就那么坐着。我想,我以前在那儿要更自由些。或者我把往事都忘了吗?或者从那以后,我就在做这样的梦吗?在那一片旷野,有几株死树。我想坐在那儿,坐在鸡场的铁丝网旁边。那里除了广阔的空间什么也没有,"她说,"这要比祈祷更好。"

"自由。可是祈祷也是一种自由,或者说,应该是一种自由——如果一个人有信仰的话。"

"不!"她叫喊着,"不,不,不!"

她一下子变得面红耳赤。

"你想让我落入圈套,"她说,"可我不会被你抓住的。"

"在我自己已经被抓住的时候,怎么能去抓你呢?"他问道,"我已经被捆住了手脚。"

"老年人总是最坏的,"她嘟哝着说,"他们认为,只要一谈起话来就要对你表现出他们是强者。这我可不需要。不需要强者、老者,或者任何别的什么者。"

她的一双眼睛由于心目中制造的无限空间的情景而闪闪发光。她像一个婴儿似的喘息着。

"妈!"那个小男孩儿边喊边走了进来,"妈——"

"怎么了?"她问,屏住她那已经变得舒畅的呼吸。

"我想吃块奶酪。"

"没有奶酪。"她说。

"就要一点点。"

"小男孩不能一边吃奶酪一边到处乱跑。"

"我就能。"他说。

"哦,这可太糟糕了。"

沉默了一会儿,她便走进小厨房,取下一个上面画着几朵花的铁皮茶叶罐,切下一小片肥皂似的奶酪。

"给你,"她说,"再没有了。"

他没有向她道谢。因为这是他的应得之物。他总得吃东西嘛。

老头坐在那儿瞧着。恍惚中,那孩子似乎就是他的儿子。他想和这位母亲说,我要把为你准备的满腹的话告诉你。可是,她当然不会相信。因此,他转而问小男孩:"你知道我是谁吗?"

这话问得真蠢。他立刻意识到,他一定要因此而吃苦了。因为那男孩望着他,说:"不知道。"

他满嘴奶酪,显然不想知道他到底是谁。

"雷从来没有提起过你。"妇人说,像是梦中的呓语,却又并非麻木不仁。

她摩挲着男孩充满活力的头发,闻得见淡淡的发香。她微笑着。

"这是你爷爷,"她说,"来看我们的。"

老头真希望她没有说出这番话来。

"为啥?"男孩问。

谁也回答不了这个问题。

小男孩晃着脑袋,要从妈妈手下挣开。

"我不想要什么爷爷。"他说,对不是食物或者不是享乐的任何东西,特别是不曾相识的东西,他都抱怀疑的态度。因为这些东西打扰了他的自信心。

"真没有礼貌。"母亲说,话音里却没有责备的意思。

老头接受了他应该得到的这一切。

"过来,让我给你梳梳头。"母亲对男孩说,她很喜欢儿子的头发。

"不,"他说,"现在不。"

"稍微梳梳,"她请求着,拿起一个带柄的小发刷,"哦,听话,过来,雷。"

这么说,这孩子也叫雷。

"不,"小男孩说,"这是女孩用的刷子。"

"我真拿他没办法。"母亲带着一种掩饰不住的快乐说。

过了一会儿,老头看出他必须离她而去,任她留在这里服奴隶般的苦役。因为她已经被爱以及孩子头发的气味灌醉了。于是他准备走了。

当他沿着那条因为铺了深棕色的旧漆布而愈显昏暗的走廊往外走的时候,这位叫罗拉的妇人跑着追上来,说:"我真不知道该怎样谢你。"

"为什么?"

"你让我看透了世事。"

他手足无措,一双眼睛望着她,却视而不见。

"这逃不脱的奴隶般的苦役,"她说,"如果你想告诉我什么,便一定是这句话了。"

离开这里的时候,他很惊讶,居然可以用自己的黑暗照亮别人。

这可真是一件异乎寻常的事情。

斯坦·帕克摘开那条钉在门上的小铁链子——这是为了防止从下面牧场跑来的牲口闯进院里而设置的——回家之后,看见艾米像平常一样,正坐在门廊下面。可是今天她完全垮了下来。他一双脚向前挪动着,心里吃不准自己是否能够面对眼前的现实。

"你怎么了?"他问道。

尽管他心里已经明白发生了什么事情。

当他这样向前挪动的时候,仿佛看见附着在这个舒舒服服坐在那儿的老太太身上的仍然是一位瘦小的姑娘,而他自己也被这种强烈的对比震动得心肝欲裂了。

"我想过些时候再告诉你,"他说,"就这么回事。"

他边向前走,边伸出一双手,就好像永远不会走到她的身边。

"没有什么,"她说,谅他也不会去碰她。她已经哭过一阵了,"这种痛苦我以前就都经历过了,而且许多次了。每一次也只有些微的区别。可是一旦大祸临头,你却觉得那么出乎意料。"

这个消息传来的时候,天气晴朗,艾米·帕克正坐在门廊下面。她眼巴巴看了好几年的一株花第一次开花了。那真是妙不可言的一株花。

她听见门上的铁链子在响。那是一个不熟悉这个"机关"的陌生人摸摸索索的声音。那人终于走了进来,匆匆忙忙穿过一丛丛夹竹桃和枝叶繁茂、老是要钩衣裳的白玫瑰。那玫瑰甚至会钩破陌生人的皮肉,惹得他们又气又恼。

陌生人走了进来。原来是欧达乌德太太,哪里是什么陌生人!她是帕克太太多年的朋友。

"啊,"欧达乌德太太说,"你是个蛮好的朋友——如果我能这样称呼你的话。不过,我一点儿把握也没有。"

"哦,"帕克太太说,"咱们还有那么多事情没干,时光却流逝了。"

她不知道自己是不是因为朋友的到来而高兴。

"你好吗?"欧达乌德太太问。

"我挺好。"帕克太太说。也许因为腿不好使,她没有站起身,也没有端茶倒水。

现在看来,欧达乌德太太的目光很柔和,她那一身肥肉在某种程度上也已经削减,只剩下一副松松垮垮的皮囊。她虽然身材难看,皮肤黄瘦,可仍然活泼好动。她永远是位有活力的女人。生活杂乱无章地支配了她。对于欧达乌德太太这很幸运,因为生活本身就是一片混乱,而且倏忽即逝。它碎裂成许多小片,而她的一双眼睛无时不在观察那每一个片段,只是永远也看不够。很可能是因为它们动荡不安,暗淡无光。

"欧达乌德先生怎么样?"艾米·帕克问,因为她总得问问这种话,"这几年一直没听到他的消息。"

"他可很糟。"欧达乌德太太说。因为这个事实无法改变,也就不觉得忧伤了。"他就像那条狗。"她说。

她说的是斯坦那条老黑狗,一只耳朵坏了,两只眼睛都生了白内障。

"可怜的家伙,"欧达乌德太太说,"他的两只眼睛都得了白内障,像条狗似的到处乱转,伸着鼻子东嗅嗅西嗅嗅。你真该去瞧瞧他,简直能把你看哭了。"

尽管她自己并不哭。她已经习惯了。

艾米·帕克不愿意在这冬日晴朗的天空下面目睹那种痛苦。她在她那张椅子里挪动了一下。

"我认识一个人,"她说,"一只眼得了白内障,后来做手术除掉了。"

"他可不去受这个苦,"欧达乌德太太说,"这么大的年纪了。他说他什么东西都能摸着。而且,在进棺材以前,就是有眼也再看不到什么新鲜玩意儿了。他就是这么说的。"

她自己当然更明白事理,这儿瞅瞅,那儿瞧瞧。

"那是新的小走廊吧,帕克太太。"欧达乌德太太说。

"是的,"帕克太太说,"是新的。对于你,我们这儿还有不少没见过的新玩意儿呢!"

她朝欧达乌德太太扬了扬下巴,并不想让她看更多的东西。可是她这位好像刚认识的老朋友站在那儿左顾右盼。她穿着一件黑外套,头发滑落在衣领上面,头上戴着的那顶棕色小帽似乎不是她从哪儿找来的,而是从她脑袋上长出来的。她看起来很愿意表现自己的坦率,至少表面上是这样。

她很爽朗地笑着,牙床露了出来。因为几年前她就把假牙放到一个盒子里收起来了。她说:"瞧呀!这就是相互疏远的好处,我的亲爱的。离开一位朋友一两年,你就会好好看看那些新添的东西。你也还会看那些旧玩意儿。啊,亲爱的。"她笑着。

擦掉下巴上的一滴唾沫。

"你还能看到我们那儿那条路上发生的变化。你会看到,倒挂金钟都给砍倒了,一眼就看得见我们那所房子。说实话,我一向讨厌倒挂金钟,那些蠢东西,总也不能把脑袋抬起来。因此,有个下雨天,我就拿了一把斧头把它们都砍倒了。'哦,'我说,'我可以感觉到阳光照进来了。你看我们还能经受得住这阳光的照耀吗?帕克太太会说什么呢?'他说:'她一直喜欢倒挂金钟。'"

艾米·帕克说:"我不记得对倒挂金钟有什么特别的爱好。不过,这花当然很漂亮。"

鸟儿伸出长长的、黑色的嘴啄着花枝。花儿颤动着。

"他现在面色苍白,"欧达乌德太太说,"有时候摇摇晃晃的。他快瘦成个骷髅了。不过还能做点零活儿。摸摸索索,劈那么一小堆引火柴。"

她扬起脸,舔了舔嘴唇。

于是,艾米·帕克又看见他们坐在盛夏的暑气中,倒挂金钟的荫凉下。他是个黑不溜秋的汉子,鼻孔里的毛很密。她一直不想跟他单独在一起,事实上也没有。只有一次,但也很快就从他那儿走开了。走得匆忙,裙子在倒挂金钟的花丛中揪扯着。除了这个场合,他没碰过她一下,而这次也只是目光的触及。所以,她有什么可怕的呢?她害怕的只是后来披上的某种伪装。他沿着那条小路走了过来,穿着红颜色的衣服。她正在那儿等他,而且心里明白自己早有此意。他仿佛是一团燃烧的火,说他的名字叫利奥。而他其实也是个黑不溜秋的男人。她已经离开了他,但是心里仍然有害怕的感觉。她只有在另外一种颜色的笼罩之下,才能面对自己的罪过。

所以,欧达乌德太太是对的。现在她说:"帕克先生上哪儿去了?"

在这儿问候一位老朋友总不会出什么事吧。

"他进城去了,有点事要办。"帕克太太说。

"哦——"欧达乌德太太叹了一口气,"男人们可以这样消磨时间。可是,我能想象到,他心里一定很痛苦。只不过跟别的男人一样,不表现出来罢了。"

她气喘吁吁,已经说到最关键的地方了。她的话像轻柔的羽毛,在微风中飘动,连她自己也吓住了。

"我一直很可怜他,"欧达乌德太太说,"对你自然也一样,我亲爱的。我这么说,听起来一定挺蠢。可我们是朋友呀!"

她慢慢地摩挲着出于尊敬也为了体面而穿的那件黑外套上的线缝。那里面装的卫生球像一股可怕的冷风向艾米·帕克袭来。那卫生球确实在她的朋友的衣袋里晃动着,并且生出一股冷风。

"你这是什么意思,欧达乌德太太?"艾米·帕克问。

有一会儿,她的朋友确实后悔自己太冒失了。

"我不明白。"艾米·帕克说。

"啊——"欧达乌德太太有点喘不过气来。

我这是把那张牙舞爪的怪刺激人的秘密放出来了,她心里想,那就让它出来吧。不过,我自己够坚强吗?

"要不然,我也不对你说这些了。可是我以为你肯定已经听到了。"

"我没听到。"艾米·帕克倾听着她自己响亮而冰冷的声音。

"那么,亲爱的——"欧达乌德太太说,看了看那个拉不上的手提包。这个包她遇有重要场合才拿,比如交费、参加葬礼,或者干别的这一类事情的时候。她从包里找出一张她保存下来的报纸。这张报她看了,把上面的话都背下来了,因此没有理由非要保存它。不过她没有足够的勇气把这件事说出来。现在就可以用这张报做她的代言人了。

"给你。"她说。

艾米·帕克立刻明白,晴天炸响了霹雳。就这样,她也读到了儿子的死讯。

她坐着,好像只有她一个人待在那儿。

雷呀,她说,我对你说过,我对你说过!尽管到底说过些什么,她自己也不大清楚。

于是,她的爱奔涌而出。她吻着他,哭泣着。

直到这位女邻居也开始觉得悲伤。而她的这种生活中的悲哀,似乎就体现在那顶棕色的小帽上。这阵子,她一直观察她带来的这个消息收到了什么效果。倒不是她个人有什么恶意,只是有点儿嫉妒。

她皱着眉头,在潮气真的到来之前,开始冒汗。她的汗毛孔亮晶晶的。"付出代价的总是我们女人。记住,帕克太太。当你承受痛苦的时候,我们大家都是同样的情况。啊,天哪!这太可怕了。"她说。

而且哭着。一旦开了头,她便可以涕泪滂沱,陪任何一个人哭一场。

而艾米·帕克依旧好像是孤零零一个人待在那儿。

她周围是一个巨大的、冰冷的洞穴。一个漆黑的花园,散发着清冷的香气。在一年的这个季节,这该是露水莹莹的紫罗兰的香气。周围全是模糊不清的紫罗兰。她有时候就采些花来,用一根线扎好,插到一个小瓷花瓶里。这个花瓶一空,他就拿走了。他喜欢把它放在他的床头,跟它一起睡觉。进入睡乡本来应当得到补偿,可是实际上并不能够。她注意看过的所有那些睡着了的人,一醒来便失去了梦中的憨态。

淡蓝色的天空伸向远方。

我应当做点什么,艾米·帕克想。可是做什么呢？当然没有什么可做的事情。

"你们家也许有酒,或者别的什么可以喝的东西?"欧达乌德太太问。

帕克太太没有。

"啊,天哪,可怜的人哪!"欧达乌德太太哭叫着。

当她们因死者而哀痛的时候,感情在某种程度上融合在一起了。两个姑娘又变得热情而亲切。她们口袋里的东西——手绢和好心可以相互交换。她们的思想和头发也飘到一起。只有当她们精疲力竭的时候,这两个健壮的姑娘才又缩回到苍老的、好像涂了面粉似的老太太的躯壳里,并且想起自己身处何地。

她们擤了擤鼻子。女邻居的动作更大。因为她一直为她的朋友哭泣。而艾米·帕克反倒安静,因为这是她自己的痛苦。

"现在有什么事,你就交给我吧,帕克太太,"欧达乌德太太说,"我干什么都行。如果你愿意,我去给母鸡撒一把谷子。"

"母鸡没什么要紧的,"艾米·帕克说,"你家里还有欧达乌德先生靠你照顾。再说,你总不回去,他会着急的。"

"哦,他呀!"欧达乌德太太说,"他已经懂得了着急也于事无补的道理。他现在变得通情达理了。可怜的家伙。过去他可不是这副样子。"

然后,等她振作起精神要走的时候,在这让人伤感的友谊的光芒与花草的朦胧之中,她的这个行动看起来确实是善举。她碰了碰她的朋友,说道:"你觉得好一点的时候,一定要来看我,帕克太太。我们在一块儿聊聊过去的事情。我敢说,一定会痛痛快快地笑一场。我还养了几只小鸭子,你看了准喜欢。"

她本来又要为自己的善良,也为朋友那双眼睛哭上几声,可是竟匆匆忙忙、心怀敬意地走了。

艾米·帕克说:"好的,我哪天会去的。去喝杯茶。"

她脑海里经历着事情的全部,似乎这一切并未结束。但是,这只是一个时间的问题。

因此,她——一个衰老而笨重的妇人,仍然两腿分开,坐在那里。这时,斯坦走了进来,她老远就看出他受折磨了,而她又不能给他以帮助。

"如果我们在这个问题上都失败了,别的还能干什么呢?"老头说。这趟旅行把他折腾得满脸皱纹。

他的脑壳看起来似乎空洞无物。

"这么晚了。"他说。

她挪动了一下,打了个寒战,故意做出傻乎乎的样子。

"要下霜了,"她小心翼翼地说,"我还没去看炉子里的火呢。"

"在我们这样的年纪,"他继续说,"居然一事无成。"

"我不明白,"他的妻子说,放下好像是用绳子编织而成的、十分粗糙的袖子,"这都超出了我的理解能力,我什么都不明白。"

"可是我们必须努力去理解,艾米。"

"那又有什么用处呢?反正我们就是过自己的日子。"

"可这并不是一件轻而易举的事。甚至现在也很艰难。"

"我不理解你,斯坦。"她说,又赶快把一双手捂在嘴上。

"我这么点事你还理解不了。"老头说。

"如果我们自己有什么难以理解的东西,"妻子说,努力把她的不幸咽回到肚里去,"那奥妙也不是为我们而存在的,斯坦。斯坦?斯坦?"

她不能忍受他在一片阴郁与痛苦的思索中从她身边这样逃开。于是,她开始用自己的温暖把他吸引到她的身边,就好像她还是一个较年轻的女人。当他们开始相互寻觅对方的时候,他们从眼睛的深处看到,甚至他们的失败也是必需的。

就这样,两个老人渐渐恢复了原先的样子。只是他们的骨头越发僵硬了,从受到这次打击以来,一直没有恢复。他们那块菜地还是乱糟糟的。斯坦·帕克种的冬白菜都长到了一块儿,连成模模糊糊的一片紫色,一直蔓延到他的脚边。然后,它们以一种真正的壮美绽开——那金箔般的菜叶舒腰展背,在蓝色的浅盘上托出晶莹的、珍珠般的水珠。她经常到白菜地里找他。那时,他们便十分快活。他们用些平淡无奇的话和相互间的亲密来温暖自己。

在这种宁静、恬淡的心境中,艾米·帕克确实想如先前约定的那样去看看她的朋友和邻居。但是她没去。她好好的,她心里想,现出满脸的皱纹。总之,她想去,却没去。她的女儿塞尔玛给她买来一辆挺小的双轮轻便马车和一匹矮种小马。她很想坐着这辆车在田野里逛逛。这也是一种变化。她可以在膝盖上搭一条绿颜色的旧毯子。那匹小马啪嗒啦嗒地跑着——那是它的蹄子叩击大地和粪便落下来的声音。因此,去看欧达乌德夫妇,实在是一件太容易的事情。可是她没去。尽管想起他们心里就暖烘烘的。她没法把他们置于脑后。他们似乎是她生活的一部分,经常浮现在她眼前。

然而,后来竟是欧达乌德太太本人出现在她的眼前。一定是在某一年的后半年,霜花已经覆盖了大地,欧达乌德太太又来了。她沿篱笆走着,就好像一直在找树枝,手里晃荡着一个线绳编织的网袋。

"帕克太太,"女邻居轻声说,然后又立刻努力提高了嗓门,"看起来,我们相互之间都把对方给忘了。这可真是件让人遗憾的事情。不能善始善终。"

"这事怪我。"艾米·帕克低声下气地说。

在这个万籁俱寂的日子,什么样的责怪她都可以忍受。她手搭凉棚向四周张望,所有东西的轮廓都那样和善。

"真是这样,"她说,"你知道我这个人,我一直想来的,以后也还会来的。"

"是呀。"欧达乌德太太清了清嗓子说。

她晃动着手里那个网袋,那里面装着她从铺子里买的一包什么东西。

看起来她们好像再没有什么好谈的了。两个人都看着地上枯草的草茎。

欧达乌德太太自己就是衰草的颜色。她舔了舔嘴唇,说:"你知道,我一直生病。"

艾米·帕克很同情。太阳太温暖了,不可能不在形式上表示一下怜悯。

"在床上躺着?"她问。

"啊,"欧达乌德太太一边晃着网袋一边说,"我躺在床上干吗?除了黑夜,我从来不上床躺着。当然,有时候,如果他提出要求,下午也躺躺。不过,现在这种时候总算过去了。我的两只脚要带我出去走走。如果脚不愿意,上帝也愿意。"

"这么说,你病得不轻?"帕克太太问。

站在灰色的篱笆前面,她们的心又贴近了。

"是不轻。"欧达乌德太太说。

那个小包从晃来晃去的网袋里甩出来,落在地上。她们眼巴巴地望着。

"是癌。"欧达乌德太太说。

她们望着落在枯草上面的小包。

"不会是癌。"帕克太太说。

她觉得嗓子眼里堵得慌,那是一股生命的力量在抗争。

"不可能,"她说,"欧达乌德太太。"

"是癌,"欧达乌德太太说,"看起来是。"

她自己满腹狐疑地张望着,看着那个小包。包躺在那儿,现在必须捡起来了。

"会有什么药的,"帕克太太一边弯下腰,一边说,"人们或许已经发现了治癌的什么药。"

她俩都弯下了腰,手碰到一起,上面戴着金黄色的结婚戒指。她们甚至傻呵呵地碰了脑袋。

等她们直起腰,欧达乌德太太弄好帽子,装好小包,说道:"他们不会为我找到什么药的。得了这病我就完蛋了。现在我知道,它就是打算这样折磨我呢!"

可是艾米·帕克还是竭力反对。"不是的,"她说,"不可能是。"

她握住自己那双已经开始发抖的手,因为不管她对自己的朋友寄予多大的爱和同情,她自己也在经历着痛苦。她被自己那种与生命并不牢靠的关系惊呆了。

"即使这样,我也不会安安稳稳地死去,"欧达乌德太太说,"我要跟它搏斗一番,就像先前那样。"

就像她曾经拧断鸭的脖子,撂倒一个牛犊,有一次还在一口猪的脖子上捅了一刀,紧要关头又骑到猪背上,直到最后一点生命的力量从猪身上喷吐出来。她曾经释放了这生命之力,现在轮到她被宰割了。

两位妇人站在那儿,大口大口地吸着冷漠无情的空气,都有几分尴尬。她们不愿意分开,但又不能永远待在一起。

"我把那匹小马套到马车上送你回家。"艾米·帕克说。

人们常常拿微不足道的行为和十分重大的事实相抗衡。此外,看别人死比自己死还难。

"我可不想给你添麻烦,"欧达乌德太太说,"我步行来这儿也是为了溜达溜达,消遣消遣。我还这么回去。这一路上,有不少太太会趴在她们的篱笆上跟我聊天呢!现在,这段路走起来容易多了。还记得从前我们要想跟人说说心里话,或者听到别人的回答有多么困难吗?"

就这样,两个黑不溜秋的老女人,踩着松软的泥土,在清冷的阳光下一起走了一小段路,最后分手了。她们的脸色像枯黄的树叶一样。

艾米·帕克进屋后,说:"我心里很不自在,斯坦。欧达乌德太太得癌症了。"

老头回答:"胡说。"

他的脑袋埋在报纸里,只有两个耳朵露在外面。他开始想自己青年时代的事情。一日之计在于晨,事实上,早晨几乎就是一整天。该发生的事情,早上便都发生了。

"她什么时候跟你说的?"在默认了生命令人吃惊的短促这个事实之后,他这样问道。

"刚才,"妻子说,"她看起来病得挺重。"

她自己的皮肤有时候仍然显得容光焕发。为了看看这个奇迹还会不会发生,她从镜子旁边慢慢走过去,以便延长映像在镜子里出现的时间。可是只看到一张脸,因为她那双昏花的老眼正向内心深处张望。

这天晚上,他们在里面坐着的那间屋子对他们来说真是个谜。两人都希望对方能明白他们的处境。

后半夜,天下起雨来,而且一下就是好几天,将这幢小屋包裹在灰色的雨雾里。然后,当雨停了,浑黄的水不再在大路两旁流淌,周围的田野开始试探性地、毫无色彩地浮现出来的时候,老太太打起了喷嚏。显然她感冒了。显然在这种情况之下,她不能去看望她的邻居,而且必须保养她自己了。她围了条厚厚的黑羊毛围巾。这条围巾是她先前织的,后来竟然忘了。她喝加了洋葱的稀粥,心里总觉得自己那么可怜。

这样,她便多多少少有理由不去履行看望欧达乌德太太的诺言。尽管过些日子她当然要去,还要带点儿好吃的,带些汤,或者一盆小牛肘子。与此同时,她为人类而慨叹,特别是为女人而叹息。当黑色的、几乎是深黑色的阴影布满在水源周围,当负鼠漂亮的爪子在烟囱里发出阵阵响声的时候,夜晚是那样地悲怆。那时,对于自己无能的认识变成一种活跃的、反叛的力量,使艾米·帕克在她这幢房子里坐立不安。她变得神经紧张,受着消化不良的折磨,有时候大声打嗝儿。不过因为经常是一个人待在那儿,倒也无伤大雅。有一次,她甚至想到她的朋友死了以后的情形。她想象着某些细节,心里想,她要是死了,我们也用不着去谈论那些因为太糟糕或者太美好而难于启齿的事情,我们不会涉及过去的生活,也决不谈受苦的事。她总要死的,活着的人却不会平静。

在这个季节交替的时候,有一天,她刚感到一阵宽慰,就被门口站着的一个小姑娘叫了过去。这孩子说,欧达乌德家要她去一趟。帕克太太认出,她是小马蕾·肯尼迪。她的母亲珀尔丽叶·布莱特曾经因为别的事情叫她去欧达乌德家。

"她不行了吗?"帕克太太抓着那扇来回晃荡的门问。

可是小女孩听了她的话吓得要命,拔腿就跑。她跑着,人们看得见她那两只光脚板和裙摆下的内裤边;她的头发被风吹到了脑后。

帕克太太没多耽搁,很快就把那匹小马套到了轻便马车上。

她赶着马车迎风而去。风是从西面刮来的,直往她颈子里灌。一股一股的大风把她吹得在那辆轻便小马车里直晃荡。她的面颊很快便显得丰满起来。风从她喉咙里直灌进去,直到她觉得自己因为这次使命而变得举足轻重。她还是一位充满活力的妇人。在车子平稳地奔跑,或者车身突然倾斜碾过一块石头的时候,她提高了勇气。看起来,她所有的错误——这种错误多的是——都可以被忽略不计了。她赶着马车奔跑着。显然,她从来没有把朋友忘到脑后,只是在等待一个以这样的机会表现她们情谊的时刻罢了。就这样,她向欧达乌德家驱车而去。一路上,那充满英雄气概的风折弯了粗壮的树。马车上的老太太真正被期望、焦急和爱感动了。

她到那儿的时候,欧达乌德家刚刚进入一个坍塌破败的"新阶段"。风摧残着房顶,刮起一块铁皮。这块锈迹斑斑的铁皮哐啷哐啷地响着从院子里飞过,重重地打在一头猪的屁股上,然后掉进一个水洼里——或者是从哪儿溢出来的一摊黑乎乎的脏水,像溅起一片白色的水花一样,惊起一群鸭子。院子里顿时响起一片家禽家畜呱呱呱、吱吱吱的叫声,就好像出了人命案。可是谁也没有注意这些。屋子周围停着几辆装配得松松垮垮的汽车和几辆很结实的单座两轮马车。小孩在玩耍,几条青灰色的狗抬起腿。房子里面则进行着另外一些活动。

帕克太太拴好马之后,进了屋。那里面已经散发出死亡和许多还活着的人体的气味。为了减轻这种气味,人们已经洒了一瓶从班加雷买的科隆香水,还烧了点什么东西,结果冒出一团烟,把这群人也给笼罩了。帕克太太费了好大的劲才挤进去,满腹疑虑地站在屋里,终于看见她的朋友,或者说她的躯壳,倚着高高的一摞枕头躺在床上。

欧达乌德太太瘦成一条儿,陷在床里,正在等死。这天她可受苦了。是最受折磨的一天吗?她还不清楚。她尽管身体虚弱,但疼痛还是逼得她咬紧牙关,直到咬出血来。她的两颊已经塌陷下去,眼睛倒还挺大,精神全都集中到眼睛上来,像是罩了一层阴云。那已经不是她自己的眼睛了,或者说,那已经是人们生活中认不出来的那部分东西了。

在场的人有的拿她当陌生人对待,或者当已经去世的人对待。不管怎么说,灵魂已经离躯体而去。这一点,大家都承认。

"来,我们把她扶高点儿,她又滑下去了。"有位妇人说,"扶住她,肯尼迪太太。这儿,托住她的胳肢窝。可怜的人,啧啧。病成这样了还挺重。"

"啊,"欧达乌德太太说,"他什么时候能来?"

"这又是问谁呢?"大家问,把一块钩针编织的被子放在她的下巴下面,以便托住她。

"他说过,需要的时候他就来。现在是最需要他的时候了,"她说,"如果我不能割断那条绳子,不到星期二我是不能回来的。不过,那个年轻人会轻而易举地办到的。只要稍稍碰一下就成,而且那样子很可爱。我从来不步行。我总是飞快地跑。"

"是说医生呢!"大伙儿说,已经领会了她的意思。

"史密斯医生。"欧达乌德太太说。

"是布朗医生。"人们说,若是换个场合就会笑起来了。

"史密斯医生是过去那位老大夫,"一个长着黑痣的小个子女人说——她俯身向前,紧挨病人站着,因此她看见了她的痣,觉得那好像是一个醋栗,"这位新来的年轻大夫是布朗医生。"

"叫什么名字有什么关系?"欧达乌德太太说,"那些小鬃毛从猪背上一烫就掉。"

"接下去她还不知道要说什么胡话呢!"那个小个子女人一边悄悄地笑着轻声说,一边带着她那毫无顾忌的黑痣从人群中挤出来。

"已经派人叫布朗医生去了,欧达乌德太太。道盖特先生去了。医生到芬格兰顿给一位年轻夫人接生去了。"一个女人,也可以说是一位夫人说——既然她都这样使用这个称谓了。

"我不信你的话,"欧达乌德太太说,"夫人们不生孩子。她们还是懂点儿事理的。"

真让人失笑,人们心里想,唉,可怜的人。

"我就没孩子。"欧达乌德太太说。她挤了挤眼睛,以便再次睁开。"我也不是什么夫人。差远了去了。可我对这一点知道得太少了。我总是傻呵呵的。"她叹了一口气,"就这方面说,我对生、对死都一无所知。直到死到跟前才相信了。你怎么能相信呢?盆里泡着要洗的东西,洋铁罐里发着面,那些小猪崽吮着妈妈的奶头。"

"我父亲死的时候也是这样。他是个最不相信别人的人。"一位客人说。他坐在那儿,黄色的衣领很大,是那种硬领。

这家伙名叫库沙克,据说是从丹尼里昆来的一位什么亲戚。他还是许多年以前,从海边码头到内地经过这儿时,见过欧达乌德先生一面。最近正巧又到了这一带,而且闻到了死亡的气味,于是就来了。这似乎再自然不过了。大家都已经认识这位从丹尼里昆来的男人了,而且给了他一瓶啤酒,想堵住他的嘴巴别让他讲话。可是不起作用。他最喜欢谈论动物和金钱,对这两样东西既好奇又尊敬。对动物,无论是家养的还是野生的都一样。特别是鳄鱼,他曾经仔细研究过它的眼睛。至于钱,倒是躲得他挺远。可是他以毫不吝啬的崇拜和神秘主义抬高了它的身价,甚至美化了它的颜色。

"还是回到关于我父亲的话题上吧,"从丹尼里昆来的这个人说,"或者从他开始谈吧。因为我深信,这是我第一次提到这位老先生。他是在对病因还没有确定的情况下,死于心绞痛的。各位注意,其实人家事先警告过他。可他就是不信,就像不信灌木丛里会长出先令一样。他还喜欢花,爱在玫瑰花丛中散步,摸摸花瓣——用他的话说,那是抚摸它们的肌肤。那是最妙的。有些讨厌鬼甚至对他说他疯了。可是他并不相信,而是从熙熙攘攘的生活中走过,朝那些他并不认识的人微笑。这一点就被人当成一个标志,说他肯定是个疯子。倒是我的母亲因为这些事差点儿发疯。她无法理解他对人们表现出的这种爱,特别是对那些上嘴唇汗毛很重的、黑不溜秋的姑娘。她呀,你知道,老是在缝补东西。她总是坐在那儿,瞧着围裙上放着的那只袜子皱眉头。因为我母亲缝出来的活儿总是那么漂亮,既没有缝到一块儿的针脚,也没有剪断过的痕迹,她简直成了个织补家。我的父亲却喜欢让别人快活,用抚爱,或者别的不具形态的方式,或者向人们阐明他们以前不曾注意过的某个道理。由于他具备这样一种在生活中表现出来的天分——这种天分就连母亲也不得不承认——也因为妈妈那种因爱而生发出的恨,他无法相信死神就在科莱根大街那幢房子的二楼上悄悄地等他。我那时候还是个小孩,作为最近的亲属,他们派人来找我。这事自然不能告诉我母亲,而且她正患头痛病。他们说,我的父亲死了,那些夫人们像魔鬼似的大惊小怪,乱作一团,特别是拉·陶克夫人。'什么夫人?'我问。我还是个怯生的小男孩。'啊,'他们都笑了起来,有好心肠的人还为我涨红了脸,'是那些妓女,'他们说,'你父亲已经蹬腿归西了,现在请你去跟我们把他弄回来,要不然那些夫人可要歇斯底里大发作了。'我当然得去,因为有些场合你是无法逃脱的。在那种情况之下,我简直是被他们抓着裤裆推出去的。总之,我去了那儿,有的人正在大哭,因为她们吓了一大跳,有的人却在大笑,因为从妓院里硬邦邦地抬出个男人也还是件稀罕事。只有这座妓院的老板拉·陶克夫人为她这幢房子的好名声受到玷污大声骂了起来。关于这件事,人们议论纷纷。有的人捏我一把,有的人亲我一口。因为我是个挺漂亮的男孩。是的,"他说,"顺着楼梯转了老半天,我们把可怜的父亲抬到这幢房子的顶楼上,谁也没想到是应该把他搬到楼下去。就连那位很喜欢跟人聊天的拉·陶克夫人也吃了一惊。于是我们只得又行动起来,抬着我可怜的父亲的尸体,又推又拉,而且大家都在冒汗。你们必须记住,那正是夏天。有个姑娘说起桶里的鲜牛奶来,她总是忘不了母牛的气味。她是个块头很大、好打哈欠的乡村姑娘,浑身是肉。就这样,我们总算把我可怜的父亲抬了下去。天正破晓,他的两只脚从大门口经过。'哦,'我说,'我该怎么办呢?''那就是你自己的事了,蒂姆,'她们笑着说,'这就像我们不能给孩子喂奶似的,不是我们能管的事情了。或许你该叫一辆出租马车。'她们说,然后便关上了那扇锃亮的大门。我的可怜的父亲跟我待在一起,甚至死了以后还是那样和蔼可亲,似乎对这最糟糕的事情还不相信。他把一切都看作是理所当然的。天总要亮的,这时天正在亮,解决问题的办法一定会出现在眼前,就如总是'车到山前必有路'一样。后来,终于来了一辆洒水车,在晨光中给大街洒水。我身上的汗水这时已经变得冰凉。我一定是沉着脸站在那儿发愣。'孩子,你这是捡了个什么玩意儿?'洒水的男人问道。'是我父亲,'我说,'他死了。'洒水人又说:'嗯,他要是能跳上车来,下面这段路我可以拉上他。'于是,我们就帮父亲好歹往车上'跳'。虽然差点儿把我们累死,但勉勉强强总算把他弄上去了。洒水人赶着马车走过大街,洒下一片水花。那情景可真美,我永远不会忘记。那细碎的水滴落在灰色的大街上,发出悦耳的声音。'这个职业不错,'洒水人说,'最后审判日过后,大街就是这个样子。''也许我们也已经受过审判了?'我问道,就像一个趾高气扬的男孩。可是洒水人没有听见。我没有介意,许多事情经不住第二次盘问。我们继续向前走着,水珠闪着微光,我们愉快地聊着。直到许多铜号突然出现在眼前。我伸出两个胳膊肘,躲避着那些老大的铜喇叭,我们差点儿从车上摔下去。而且欢呼声四起,叫喊的人大部分是妓女。她们倚在街道两旁大多数的窗口,屋子里摆开长长的桌子。这时,一位年轻的小姐嘴巴张得老大,我明白,在她眼里,我大概是个不可救药的人。我双腿岔开站在大车上,躲闪着,同时紧紧抓着我那已故的父亲。这时,他坐了起来,说道:'儿子,往下掉的时候,你就伸开胳膊伸开腿,像锯末一样,这样就摔不断骨头了。'父亲就这副样子从大车上倒栽下来,我也紧跟着他滚落下来,脑袋撞在地上。我是在离我们家两条街远的地方发现他的'尸体'的。'你搞到一具可怕的尸体,'洒水人一边说,一边低头瞅着。这时,太阳已经升起,人们都出来看热闹,男人们穿着背心,太太们头上有许多发卷。还有些人是我们的熟人。'怎么了?'他们问,'这不是库沙克和他爸爸吗?他又醉得死过去了,这个老家伙。'这就是我们得到的评价。因为我心里还比较清楚,在可能的情况下,也并不想把真情泄露出去。"

"啧啧,"那个黑痣上长毛的女人说,"这故事讲得多神呀!"

"消磨时间嘛!"从丹尼里昆来的这个男人说。他能感觉到有一股气正从内心最深处很悲凉地升起。

欧达乌德太太一直在睡觉,或者是被一把仁慈的钳子夹着拉跑了。现在她又痛苦地睁大眼睛,说:"因为夫人们太多,桑葚酱不够了。"

"是这样的,帕克太太,"她对她的朋友说——艾米坐在床跟前放着的一张椅子里,头上戴着一顶帽子,"你一直爱吃桑葚酱,还有腌野猪肉。我还清清楚楚地记得那些野猪肉,就像记得我自己的脸一样。从来就看不见那些细小的鬃毛混进猪肉里头。你还记得吗?"

"记得。"帕克太太说,点了点她那顶整洁的黑帽子。

她们相互间又认出了对方。尽管一个被流逝的时光装扮成一个胖老太太,另一个则差不多要被死神吞噬光了。

"我已经好多年没腌野猪肉了,"艾米·帕克说,就好像由那些她已经不再做的事情引出的推论把她吓了一跳,"你要是不再干,也就失去了那个习惯。"

她说出来的话都很奇怪,因为越来越近的死亡使她进入一种催眠状态。她向镜子里面张望着。

"我还记得有个男人养成一个每天早晨吃一品脱糖浆拌一磅麸子的习惯。"库沙克先生说。

但是大伙儿都没让他继续说下去。

艾米·帕克看着朋友那张脸,那脸又毫无表情了。她要死了,她心里想,我没法理解这一切,确实不能。我什么也不明白,她想。她开始点头,而且怎么也不能停下来。

"这样还好些,"年轻的肯尼迪太太说,"到吃茶点时就该完了。"

"生活中,我在什么事情上都不搞投机。"欧达乌德太太说。"啊——"她尖叫着,仰面倒下,"他们会收留我的,可是他们得先准备好呀!"

艾米·帕克既然到场就强迫自己鼓足勇气,承担一点抚慰朋友的责任,而且她也确实愿意这样做。她俯身向前,握住朋友的手。生命的力量还在那手上慢慢流淌。她们俩生命的小溪在刹那间汇合到了一起。

女邻居躺在那儿面色灰白,汗流不止。她的气色完全是自己的头发的那种颜色——头发早已松开,分成两股披散下来。这样躺了一会儿之后,她开始喃喃着说她看到的或者曾经看到的什么东西。但是很难听清她说的究竟是什么。因为这两者似乎都涂了一层同样灰蒙蒙的釉料。因为枕头越摞越高,鸭绒垫越堆越高,钩针编织的被子锁链似的花边愈加沉重,这间屋子显得更小了。屋子里,每一个人都开始感觉到欧达乌德太太的声音倾泻到这屋里所形成的那股灰色的水流的涌动。那水上下翻滚着,流淌着,有时漫过他们自己悲伤的梦的涌流,有时在欧达乌德太太指出的那些物体周围旋转。只有艾米·帕克紧握着那只被水淹没的手,被这股生命的惊涛骇浪席卷着,两个人的灵魂在嬉戏与危难中航行。

"因为我们一共是七个人,"欧达乌德太太说,"如果我没有忘记还有第八个的话。那个脸朝下跌进泥塘的小姑娘被淹死了,或者闷死了。哦,我应当说,是在烂泥塘底下被吸吮着。她叫玛利亚。不过,我们都是玛利亚,这是因为圣母玛利亚的缘故。我们那些孩子们,或者所有能合得来的孩子们,有时候划着一条小船去玩。那是一条很漂亮的河,不少地方生着水草。这些水草仿佛把小河染成了棕色。我们就这样顺流而下,摸着乌龙雅的座座石桥。那些桥都是大理石砌成的,摸上去冰凉,而且好像在移动。那是流动着的河水造成的假象,让你总觉得是大理石的缘故。那位要去市场的老太太赶着一辆很灵巧的轻便双轮马车,从这座桥上走过。她给了我这株花。你能看得见,帕克太太。别对我说你看不见。"

"哪株花,亲爱的欧达乌德太太?"艾米·帕克问。

让自己的神思又回到这间狭窄的小屋,她觉得一阵慌乱。

"那株开红花的,"欧达乌德太太说,"到了晚上可真漂亮呀!就在窗台上。"

"哦,"帕克太太说,"你是说那株天竺葵。"

"是的,"欧达乌德太太说,"是天竺葵。这是凯拉尼一位太太送的。现在我已经认不出她了。因为我想,她也死了。可是就在我们一块儿站过的那座桥上,我见过她。帕克太太,你该记得的。我们站在那儿看羊群从身边走过去。它们是一些懒懒散散的牲畜,却把我们挤得连纽扣都掉了。你还记得我们手上沾满了梦幻般的羊毛和羊毛的气味吗?那时,你说:'我们可不是出来玩的,我们是有事来的'。我说:'如果没有目的,我们也就不会出来了。难道还有什么比发洪水更好看的吗?'哦,亲爱的,你伸长脖子在人群中找你的丈夫。我却只喜欢熙熙攘攘的人群。我喜欢直勾勾地看陌生人的鼻窟窿。我看不够。我还能用双手抚摸陌生人的皮肤。你知道吗?"

屋子里有些人刚才还因为发现自己的生命多么脆弱而备受折磨,现在又都从他们忍受着的痛苦的痉挛中挣扎出来,大笑起来。

下面还会说啥呢?几个女人哼着鼻子说,不过声音很小,只从她们的鼻子下面传到下巴颏也就算了。

但是艾米·帕克知道。有的时候,你什么也不知道,可有的时候,又什么都知道。她的眼睛闪烁着光芒。

于是,她从桥上俯下身来,捧起漂浮在河水里的一张张面孔。有的嘴唇张开等待亲吻,有的则闭得很紧,但都在浑黄的洪水中上下翻腾,还有那些旧信和发黄的照片。

"你最好能安安静静地躺一会儿,"她对欧达乌德太太说,"这样可以保存一点力气。"

因为动来动去,把她自己也累得精疲力竭。

"这屋里真闷!"痣上长毛的女人说,她打开窗户,"真让人发困。"

那位从丹尼里昆来的男人库沙克先生一双眼睛因为屋里的烟而发痛,还因为喝了相当苦的啤酒,不住地打嗝儿。他本来想再讲个故事,讲点儿耸人听闻又极其真实的奇闻轶事,好把人们的注意力再吸引到他的身上,以便日后还能记住他。可是仔细思索的时候,这种故事又不翼而飞,他只得在后面坐着,眼窝深陷,下巴发青。除了替这个世界接收一具死尸之外,他不明白自己到底是来这儿干什么的。不过,此刻,几乎每一个人都想错了,只有那株天竺葵在窗台上发着光——现在已经是傍晚了。

这时,丈夫回来了。他是被人们支出去换换空气,去转移一下注意力的。在床旁边,他是个让人讨厌的人。有时候他对妻子的爱变得令人作呕。他像一条瞎狗,舔她的手,呜哇乱叫,露出仍然很白很尖的牙齿。

对于欧达乌德,谁也不介意。他已经只是一个躯壳了。以后他会变成什么样子呢?还会有人给他吃东西、给他缝补衣服吗?同情和怜悯会渐渐变少。最好像一条狗,躺在一丛黑莓下面死去。他会这样的,只是还没到时候。

这位丈夫摸索着从屋里走过,不时撞到那些已经变了位置的东西上,或者撞到他并没想到会来的人们的身上。他块头很大,蹒蹒跚跚,身上那套衣服就像是摸黑穿上去似的。欧达乌德衣服穿得很别扭。他的一双眼睛流着眼泪或者别的什么东西。如果他已经失去了对他那张脸的控制,那还只是一种他自己的痛苦,至少对他是这样。因为绝大多数东西已经被黑暗隐蔽起来了。

他走过这间屋子。有的人带着明显的害怕的感情把脸转过去,以免被他那双多节的手碰到。另外一些人则更谨慎地溜到旁边,带着装出来的无忧无虑,隐没在一片朦胧之中。

"欧达乌德太太在哪儿?"他毫无办法地询问着,似乎消失在人群之中,"她好一些了吗?你们能告诉我吗?"

"欧达乌德太太还像我们希望的那样好。"肯尼迪太太回答道。她的外甥女是个见习护士,这使她自己也感到抬高了身份。"在这儿坐下,但是要安静,你不要胡来。"

她领着这个男人穿过他自己的房间,走到那张许多年来他一直拥有至高无上的权利的床前。在这张床上,他曾经在稍纵即逝的瞬息之间,捕捉到许多难以理解的诗意。

"你又要干什么呢?"欧达乌德太太闭着眼睛嘟哝着。

她已经不能再为她的丈夫做什么了。她的毛发已经长得很重了。

"我在这儿坐一会儿。"他说。

他摸着被子,那上面的图案是凸出来的蜂窝状的花纹。

为了某种原因,她不想让他摸她的手,也许是因为她已经走在了他的前头,对于他,现在已经什么都不是了。但是她紧紧握着艾米·帕克的手。有的人希望自己有位新朋友,诉说诉说自己最为隐蔽的秘密。而艾米·帕克虽然是老相识,但因为长时间没有见面,便成了新朋友。因此,这两个女人紧握着手。她们之间还有许多话要说。

"我从来没跟你说过,帕克太太。"欧达乌德太太嘴唇轻轻翕动着说。

还微笑着。

"什么呀,亲爱的?"帕克太太问。

她弯下腰细瞅着,因为不一定能听见她说啥。

"那些倒挂金钟,"欧达乌德太太说,"都砍倒了。"

于是,艾米·帕克听见了那些红色小喇叭簌簌抖动的声音,觉得有一股早晨的热风吹过。她向欧达乌德太太那双眼睛的深处望去。这双眼睛变成浓浓的金色,被一些无关紧要的事情淹没了。

"刚才,"她说,"我看见你的脸了,艾米,这还是头一次。"

因为一辈子也没人对她说过这样体己的话,艾米·帕克不由得脸红了。

这时,欧达乌德因为不能理解在他自己的床铺周围说的这好几种语言,开始在空中挥动两条胳膊,而且又变得令人讨厌,大声叫喊着:"你们为什么不都滚出去,让我们悄悄地死在这儿?"

可是人们还是把他按在原来的地方坐下。这些组织者们认为,谁家死了人都应当是一件大家必须参加的社会活动。

那个黑痣上长毛的女人走过来,俯身在欧达乌德太太的脸前,说:"你确实不要请神父来吗,亲爱的?"

"我要神父来干啥?"欧达乌德太太问道。

"不管怎么说,你可以试一试嘛。"这位来帮忙的邻居说。

这时,欧达乌德感觉到一阵可怕的冷风。他抓起被子,从肺部深处,从这个黑魆魆的屋子中间哭喊起来,震动了每一样东西:"啊!凯茜,凯茜,你就这样离开我吗?你留下我一个人可怎么办呀?"

欧达乌德太太很平静。

"我不要请神父。我不害怕。我自己就可以说我想说的话。谢谢上帝。"

屋子里吵成一团,有的人表示赞美,有的人却并不赞成。牙齿发出吮吸东西的声音,那个可怜的男人放声大哭。有些人却只顾听这撕心裂肺的号啕。因为人们并不是常有机会听一个男人哭叫的,尤其像他这样一个大块头的男人。因此,谁也没注意到医生进来了。他刚在芬格兰顿接完生就来了。

这位医生是个受了惊而又缺乏自信心的年轻人。他很少说医生的行话,因此谁都不相信他。尽管他们也照样请他,甚至还付他钱。有时候,手头拮据,他真希望自己是个魔术师。

"大家好!"他问道,既像是问某个人,又像是问大伙儿。

或许他已经变成了一个魔术师,用一串五颜六色的球吸引观众的注意力。

肯尼迪太太很郑重地说,她受了很大的折磨,尽管相当乐观。肯尼迪太太还说,刚才她还一直要打针来着。只要打一点儿。

这位年轻医生十分高兴能有机会从他的出诊包里往外掏点什么。这个包已经有两个小孩正趴在那儿往里瞧。

可是艾米·帕克因为一直坐在那儿握着朋友的手,心里明白,她已经死了。现在必须把这一点告诉大家了,她想。可是这难于出口的话,憋得她喉咙发胀。

"欧达乌德太太,"她终于说,"已经死了。"

她用一块手帕捂着嘴抽身走开,免得哭出声来。

她在别人面前从来没怎么哭过,现在也不。

结果是,那些冲过去要看个究竟、要做一番比较,并且以那种承袭来的技巧将尸首抬出来放好,然后喝着茶表示大家共有的同情的人们,都说帕克太太一直是个冷酷的女人,说她毫无道理地骄傲,在这一带没人缘,仔细想想,确实如此。

老太太从屋里出来的时候,从那株仍然在窗台上光彩夺目的天竺葵和那个号啕大哭的人的躯壳旁边走过。她不知道该怎样表示她的同情。她走过那个院子，走到她那匹小马跟前，怕它着凉，在它的背上搭了一条口袋。在这春天的傍晚，天气还很冷。老太太赶着马车向家里驶去，树在就要停息的风中摇动着。车轮碾过枯枝败叶，她在那辆脆弱的轻便马车里端坐着。

她回家的时候，老头——她的丈夫，正跪在地上用耙子把一堆火的余烬耙在一起。

"欧达乌德太太怎么样了？"他抬起头问道。

"她已经过世了。"她说，让门在身后砰的一声关上。

两个老人没有再谈这件丧事，而是很快就坐下吃晚饭，吃排骨和油煎土豆片。当他们擦掉嘴唇上的油，喝着一杯杯甜茶，谈论一些让人心里发热但又没有什么实际意义的事情时，他们其实并没有想到对方的存在。

直到后来，他们才开始觉得心里平静了一些。那也许是某种天命使然。当他们在鸭绒被子下面躺下来的时候，才敢想想那位死去的女人在墓地下面与沙土杂混的时候该是怎样的情形。那真是难以想象。欧达乌德太太会躺在一个窄窄的墓穴里——如果他们敢这样设想的话。她说过的话曾在耳边回响，而且还将继续回响，至少会在记忆里萦回。而这件事本身，也在走向死亡。

最后，老两口终于睡熟了。

第二十四章

奎克莱依一家还在这儿，住在他们那幢靠近大路的房子里。他们像是跟树木一起，从这周围的景物之中生长出来，而且是那种瘦弱的、落满尘土、不引人注意的本地树。周围有些人住在砖房子里，房顶铺了防水的瓦片，四周是水蜡树树篱。他们是因为遭了天灾才搬到这儿的，因此很爱宣扬他们的道德观。他们说，在现在已经成为住宅区的地方，一到潮湿的傍晚，就从奎克莱依家那所摇摇欲坠的破院子里散发出家禽粪便的臭气，这实在是一种耻辱，一定要报告给镇管理委员会。可是一直也没谁去报告。他们之所以最终没有去告奎克莱依小姐，是因为她望着他们时脸上显得相当坦然。于是，那些人又钻回到他们那砖砌的"陵墓"里——这似乎是专门建来包容他们死气沉沉的生活的——去听早晨收音机里的广播节目。他们站在带花的地毯上，在墙壁饰面进射出来的光彩中，纳闷为什么这么简单的和谐他们竟也无法做到。于是，他们变得像他们的蜀黍扫帚似的既恼怒而又绝望。

多尔·奎克莱依没有多大的变化，只是皮肤变得更粗糙了，还生出些老年斑。她的关节也更大了，还有一直就生着的甲状腺瘤。她的动作也迟缓了，那是因为这些年一直照管她养的火鸡而形成的习惯。那些火鸡神情阴郁，吹毛求疵般地绕着夏至草丛大踏步地转着,或者到山坡下面长着草丛的地方,总是神情阴郁地走着。多尔系着一条旧围裙,这是她用一条干净的口袋改的。她几乎总是把它系在身上,好引起火鸡对她的注意。其实这并不十分需要。可是她愿意。她愿意自己显得棕色与灰色相间,跟在这火鸡群后面大步走着。

火鸡灰色的翅膀总有什么地方受过伤正在恢复。它们啾啾啾的叫声有生病的迹象,至少有点不舒服。这样便可以解释多尔·奎克莱依为什么这样喜欢这些家禽。这些火鸡是不懂什么同情的。她难道不能冒雨出去,从自己的头上取下防雨的麻袋,披在别人的肩上吗?不过对于多尔来说可以表示自己心中怜悯的机会总不够多。人们可以漫不经心地接受别人的同情,就好像那是抽象的善举的一个组成部分。他们并不想接受下来,把它作为别人感情的依托展示出来。倘若那样,就让人尴尬了。可不是,就连巴布·奎克莱依也经常因为姐姐的抚摸而生气。

不管怎么说,大伙儿都尊敬多尔,都从她那儿得到许多物质的东西,并且经常占她便宜。就拿她家里的亲戚们说吧,经常在星期天坐着轿车来。就是她那几个肌肉发达个子老高的哥哥们。现在他们已经变得精瘦、干巴巴的。还有他们那几个长得跟他们一样细高、健壮的儿子。他们要么在她家横躺竖卧,要么搜寻他们喜欢的东西,工具呀,一块铁皮呀,或者养得很肥的小公鸡。多尔都不介意。还有哥哥们爱浮夸的妻子,以及她的侄儿们的老婆。她们喜欢往那儿一坐,把湿乎乎的尿布递给她,然后就大谈她们的工作和家务事情。有时候,她们停下话头,瞧瞧多尔,又赶快回转头去看她们自己的生活。那生活当然应该更有吸引力。她的侄媳妇们的肚子里似乎永远怀着孩子。而那些已经生下来的孩子们,在多尔的院子里四处乱跑,吵吵嚷嚷地找厕所,打碎东西。到了晚上,他们都钻进汽车,连头也不回一下,因为他们还要再来。倒是孩子们生活中那些总也不会改变的东西最值得赞美,也最为残酷。如果多尔并没有因此而受到伤害,那是因为她奉献的太多了,留给自己的又太少了。这当然也合乎逻辑。上天赋予你美德,就是让你给予。

到这个时候,她已经只剩下那美德最为核心的东西了。在她的面前,人们感到羞愧,或者害怕。因为这实在是太罕见了。有时候,她的弟弟巴布因为头脑简单,竟比别人更能分辨出这种尴尬或者赞扬的实质。他经常沿着走廊跑过去,直勾勾地望着她,就像一只什么动物,像一只被允许住在一幢房子里而不被加害的老鼠。当它在动物的智力所限定的范围之内,把这一切看作理所当然的时候,就会突然越过那个界限向外张望,在接近各种神秘的理解的边缘时,却又由于人的意识而重新闭合起来。于是,巴布——现在也已经是个老年人了——有时候就龇开淌着口水的鼠牙般的牙齿,露出一张发青的、有几分虚幻的脸,站在贮藏室的砖地上,站在姐姐身旁稍后一点。贮藏室一年四季都凉飕飕的。在蜡烛的光亮之下,他的一双眼睛瞅着牛奶或者面包。这些东西自身的形状从头到尾完好、动人。事实上,简直臻于完美。然后,巴布·奎克莱依像动物似的舒了一口气,越发细细地端详起他的姐姐,以求相互间的承认得到某种交流。

而她,挪一挪那个牛奶直晃的碗,或者摸一摸新烤的松软的面包。在这种相互交流的过程中,当然比她那个动物似的弟弟向前多迈出几步。无限的爱和静谧借着烛光泼洒开来,将肌肤也溶于寂静。要能这样,我就是死也放心了。多尔·奎克莱依心里想。

当然,她想错了。

巴布就在她的旁边。

于是她赶快后退几步,吸了一口凉气,说:"怎么了,巴布?这么小的一间屋子,你也要紧跟在我身后。这地方只能站下一个人。你要对着牛奶哈气吗?你该去擤擤鼻子。你是会自个儿擤鼻子的。"

对于多尔·奎克莱依,这就算是生气了。她总是转身走开,两只肩膀窄窄的,心里明白自己发火了。我应当更爱巴布,她想。可是怎样才算更爱他呢?巴布正在那儿抽抽搭搭地哭。他的手帕都揉成一团一团的了。不过,要是告诉他怎么做,他自己也能弄得很好。

有时候,她出去坐在屋子前面的台阶上,这边的栏杆还没有倒。她两只胳膊抱着膝盖,又做出姑娘时候就选定的那个姿势。她极力想接近那个尽善尽美的境界,而这种境界有时竟会像一条十分粗陋的口袋,自己套在她的头上。可惜不能永远这样。她被宇宙之浩瀚无垠、纷繁复杂吓住了。她自己有限的力量越发相形见绌。她的弟弟坐在她身后,脑袋搁在尖尖的膝盖上打瞌睡。这时,脖子上那个甲状腺肿块就让她觉得一阵窒息。她刚才还觉得自己过着幸福的生活,可是突然间又变得那样沉重而悲苦。

"你干吗不回去呢,巴布?"她侧着身子对周围的黑暗说,"你在打瞌睡呢!现在到睡觉的时候了。快去吧。"

他几乎总是按别人的吩咐行事。可是,即使他走了,身影也还在窗帘上晃动。然后,黑暗笼罩了一切。但多尔·奎克莱依自己并没有从天上那注定人们命运的星座所布下的迷宫中解脱,那是无法解答的难题。她握着一双手,一直坐到很晚。

当然,人们一点儿也没有意识到多尔·奎克莱依这种对命运的思索。因为有些事情太崇高而无法言传。直到那天,她去帕克家……

艾米·帕克记得,那是一个夏日,青草肥美,空气凝重,多尔穿得很体面,两条细长的腿裹在一件上面有小紫点的小方格棉布裙子里。帕克太太渐渐注意到,这是她最好的衣服。顺着多尔那张嘴巴,还涂抹着显然是很笨拙地搽上去的香粉。她平常从不搽粉,可是今天却搽了。她还别了一枚有个侧面浮雕像的胸针。这枚胸针很不错,只是已经忘了奎克莱依家是怎样把它弄到手的。它太好了,可是竟然没有引起人们多少注意。尽管有一次有位太太停下来买鸡蛋时,曾经想买它。可是多尔永远不会把它卖掉。

"哦,艾米。"关上纱门,坐下之后,她用那种拉得很长、不紧不慢的"奎克莱依式"的声音说。

"我能替你做些什么呢,多尔?"帕克太太问。她正把一堆衣服喷湿了,准备熨,看见多尔来了,心里还真有点儿烦。

"我是来跟你说一件事情的,"奎克莱依小姐一边看着她那细长、柔软的手,一边说,"我不知道除了你该跟谁说。"

"嗯,什么事?"帕克太太问,在这样一个闷热的日子,她对奎克莱依要讲的事情并无兴趣。

"我弟弟死了。"奎克莱依小姐说。

"你弟弟,你弟弟巴布?你说的是真话?"

"是真话,"多尔·奎克莱依说,"我结果了他。我不想说我杀了他。因为我爱巴布。现在,当我死的时候,我不会感到太难过了,艾米,如果你理解的话。我虽然有时候糊涂,可有时候看得还确实很清楚。我知道,这是最好的结局。他那张脸告诉了我这一点。"

说到这里,两个女人相互凝视着。多尔·奎克莱依那张脸那样坦然,艾米·帕克觉得自己一眼就看到了她的灵魂。她抓起朋友的一双手,一会儿放到这儿,一会儿放到那儿,不停地摩挲着。因为她自己永远没有希望做出如此崇高而又如此简单的牺牲。她还摸着自己的面颊,觉得厨房里那样闷热。似乎一切都乱套了,或者失去了分辨是非的能力。因为对于多尔这个行为那种让人糊涂的逻辑的恐惧和厌恶已经爬上她的心头。

"哦,亲爱的,那么,我们必须做点什么。斯坦又正好不在。"艾米·帕克说,她是那种蚂蚁型的神志混乱的女人。她甚至散发着蚂蚁的气味。

"你最好给警察打个电话,艾米,告诉他发生了什么事情。"多尔·奎克莱依说。

"噢,好的。"帕克太太说。

她打了电话。

这个消息震动了警察塔克维尔脖子上那枚缀得松松的领扣。

"我们最好回我家等着吧。"奎克莱依小姐说。

"如果你愿意这样,那么好吧,多尔。"帕克太太说。

"哦,他不会吓人的。已经拿一块被单把他盖上了。他死得很安静,可怜的巴布。"

于是,两个老太太向奎克莱依家走去,一路上碰见许多人,这些人坐在锃亮的汽车里,压根儿没注意到她们俩。她们是两个年纪很大、相当简朴甚至很穷的女人。于是,两个老太太从她们生命的起点向前走去,她们的皮肉仍然渴望着的安慰把她们连在一起。她们周围那些早就司空见惯的东西现在看起来那样陌生,而且须臾不可或缺。艾米·帕克边走边向她看见的东西微笑着,一棵树、一个罐头盒、一片灌木丛……尽管,当然啰,她没怎么被纠缠进去。

还有一只山羊,一只名字叫"南"的母山羊,是这位已故男人的财产。这只羊跟着他的姐姐到了帕克家,现在跟在两个女人身后,嘚嘚地跑着,还不时摇晃着脑袋,咩咩咩地叫着,因为它的乳房胀得慌。要不然,它肯定会忘记自己尴尬的处境,伸长脖子去吃嫩树叶,还要把树叶从树枝上贪婪地揪扯下来。但是它还记着,便只好咩咩地叫着,嘚嘚地跑着,拉下黑色的羊粪蛋,怀着希望跟在这两个女人身后。

不一会儿她们就到了奎克莱依家。艾米·帕克是个软弱的女人,她一辈子干什么都不成功。此刻,她祈祷着,希望上帝给她力量。而多尔·奎克莱依更有信心。

他们带走多尔,把她关进班加雷一座疯人监狱,那倒是个可爱的地方。她的朋友帕克太太从这次打击之下恢复过来之后,那年冬天去看了她一次,还带去一些精心挑选的橘子和一些枣子。多尔和先前不一样了。在一间明亮的屋子里,她坐在一张靠背很直的椅子上,和来访问她的人谈话。看见这个人她显然很高兴。

"你身体好吗,多尔?"艾米·帕克舔了舔嘴唇问道。

"是的,我很好。"多尔没精打采地说。

她的脸蛋胀鼓鼓的,和先前留给人们的印象不一样。

"不管怎么说,你的体重是增加了。"艾米·帕克说。

"这是吃板油布丁的缘故。"多尔·奎克莱依脸上闪现出一丝阴郁的光。

"你有什么事情要告诉大伙儿吗?"艾米·帕克问,"或者有没有捎给周围邻居们的口信?"

"我的哥哥也经常不断地这样问我。"多尔说。她坐在那儿,身体向前稍倾,就像一个坦诚的男人。"我不记得要对人们说什么了,艾米。以前倒是总记着,而且非得对大伙儿说说不可。现在,我已经迷路了,"她边说边向四周张望着,就好像她简直不能泄露这个充满了疯狂色彩的秘密,"我的姐姐不让我说呢!"

"可是,多尔,你们家不都是男孩子吗?"艾米·帕克说。她本来可以挨个儿数出他们的名字,因为在这种情况之下,很难谈什么有实际意义的话。

"我姐姐就是个姑娘嘛!"多尔说,"她知道那些东西叫什么名字。她知道圣人都是谁。有时候到了夜晚,我们点着灯,她就给我们讲上帝的恩惠。只有我们俩,那时候可真美。因为我自己一直不懂得多少事情。我知道动物的习性,它们的足迹和巢穴。我有一盒子彩石和四片只有叶脉的树叶。所以,你看,姐姐就不得不告诉我许多事情。她总是非常和蔼。直到那天她拿刀把自己砍了。她将那把星期四敲打了一整天的很大的切肉刀搁在脖子上,说:'巴布,上帝要收你来了。'可是我还没有被收走,艾米。你说,这也算善良吗?"

她俯身向前,似乎要怀着这种心境钻进朋友那双眼睛里。艾米·帕克看到,多尔·奎克莱依非常痛苦。

"我们总是为了一个目的而受苦,"艾米·帕克说着挽起朋友的手,"可我是个愚蠢的人。欧达乌德太太临死时,我也回答不了她的问题。"

"欧达乌德太太?她在哪儿?"多尔·奎克莱依问,拢着她的头发。

"你知道的,她已经死了。"艾米·帕克说。

多尔开始翻艾米·帕克带来的那个纸袋,嚼着一颗可爱的、橘黄色的枣子。

"这枣子挺好吃,"她说,"我一直爱吃甜食。我还是个小姑娘的时候,那些修女们经常说,这将是我的大罪。"

她微笑着。

那么,就算是罪过吧,多尔。艾米·帕克本来想这样说,可是没有。而是离开她的朋友,由着她这样升入天堂。

艾米·帕克坐着一辆开得很平稳的公共汽车回家。大家坐在一辆车上喘息、冒汗、开玩笑、脑袋痛。她没等售票员过来,就把攥在手里的钱掉了。不过,这没有什么关系。她默默地坐在那儿,一直想着在多尔·奎克莱依和欧达乌德太太心里搅动着的那两把"孪生"的刀子。那么,除此而外,还会有什么样的磨难呢?她问自己,心中不由得升起一种恐惧,虽然她正在回家,回到丈夫的身边。他是一个那样沉静的人,他也许在最后一刻才站起来,对她说些什么。斯坦会知道的,她心里想。

于是,她得到了安慰。于是,冬天苍白的天空一闪而过,公共汽车里所有人的身体都撞在了一起。因为她是个肤浅的、耽于声色口腹之乐的女人,做过最后的坦白与忏悔之后,艾米·帕克甚至很快就又想起曾经是她的情人的那个男人,想起他那生着斑点的小腿,想起吊袜带怎样勒着他的肌肤。她曾经多么厌恶他,她又多么希望能和别的男人做爱,跟他们一起漂荡在深深的、爱的大海。忘掉他们的名字,却记着他们的面容。到垂暮之年,在某一个冬天,当那面孔已经沉沦黄泉的时候,他们的眼睛却依然熠熠闪光。

苍白的天空从这辆向家乡驶去的公共汽车上掠过。

"哦,"老太太怯生生地说——大伙儿都瞧着她,"我把一先令掉在地上了,刚才公共汽车太挤,没法弯腰去找,也许在谁的脚底下。"

大伙儿都挪来挪去,四处搜寻,跟这个丢了钱的老太太开着玩笑。

终于找着了。

"在这儿,太太,"一个很热心的男人说,"它免了你步行回家。"

大伙儿都笑起来。

老太太也微笑着,但是垂下了眼睛。跟他们待在一起,她很有点自惭形秽的感觉。有时候,她的那种素朴会像电火一样闪光。天空最后一抹苍白从头顶掠过。天已经晚了。她的外套领子上装饰着一块兔皮。此刻,她把它拉过来,捂到喉咙上,似乎是在防备会有刀子刺进来。这样,她觉得得到了一点保护。后来,他们就到了。

第二十五章

塞尔玛·福斯迪克从服装店给丈夫打了个电话。她在那儿很可笑地生气,为一件在她看来很要紧的衣服上一个不值得一提的小毛病。电话间四壁贴着厚厚的、烟灰色的绒布,散发着淡淡的烟草味和别的女人留下的香水的气味。塞尔玛不用香水,因为她洒了香水总觉得鼻窦不适。此刻,她皱着眉头,敲打着电话机上那块丁字形的电木片。那玩意儿似乎正和谁合谋跟她作对。

"哦,达德利,"——经过一番"周折"之后,终于接通了电话——"这一下午,我在理发师那儿可折腾得够受。为了那件衣服还在'格梅因'费了一番口舌。你是知道的,这件衣服早该做好了,可他们还没做完。"

"是的,是的,是的。"达德利·福斯迪克说,或者是她正朝里面说话的那个"机器"发出阵阵回响。

"所以,我打算,"她说,"到俱乐部随便吃一点儿东西,然后去听我在广告上看见的一个音乐会。"

她的声音十分清晰,而且充满了长期训练而获得的信心。你在没有忘记自己的某一个本领是怎样学来的之前,运用起来总难得心应手。而塞尔玛·福斯迪克终于忘记了。

"很好,亲爱的!"达德利·福斯迪克说,"如果你愿意,就去吧。"

他会跟她在家时一样,漫不经心地吃自己的晚饭。为了躲开那位年老的女仆拘谨的呼吸声,也许会吃得更快一点。

"我觉得这样对我好一些,"塞尔玛说,同时因为自己的艺术感受力而对着话筒微笑,"这是一个挺好的音乐会。"

我还不能回家呢,她轻轻地拍着电木话筒,心里想。我还不能,或者还不想。就好像她被生活可能突然强加于她身上的责任吓倒了。

"那么好吧,再见。"她的丈夫——那位律师说。他在那个瞬间,或者别的什么时候,都没有什么奢望。"希望你玩得快活。"他说,完全出于对礼仪的尊重。

塞尔玛·福斯迪克没再说什么就挂了电话。让丈夫扮演父亲的角色玩,似乎总是一种耻辱。于是,她拿起她那双好像受了屈辱的手套,离开那个漂亮的服装店。她直勾勾地向前望着。烦恼使她把高雅也错当成趣味低下了。她当然还要为她的衣服付钱。不过,穿的时候看上去总是不那么舒坦。

她是个有一定年纪的、瘦削的妇人,穿一身黑。她的长袜很高雅,价格也昂贵,可是这并不能给她增加多少色彩。她走路的时候,特别是下台阶的时候,颇有特色地伸开腿,站稳脚,就好像她以为稍不小心就会摔倒似的。

自从她的朋友马德琳·菲希尔死了之后,塞尔玛越发懂得了寂寞的滋味,而且发现自己的血液循环很不好。倒不是友谊使她血液流动。相反,因为友谊使她逐步认识到自己对于那些被认为是必需的行为的技巧一无所知,而使得血液经常在血管里停止流动。尽管到这个时候,谁也不会注意到这一点。就连她的朋友菲希尔也不会。到后来,她的目光总是瞥向自己的内心深处。

后来,菲希尔太太死了。到底是怎么死的,福斯迪克太太一直没能弄清楚,没能使她自己满意。因为,事实上,菲希尔先生,或者菲希尔家里的任何随从都没有给她以体贴的接待。实际上,有时候她不得不在那儿看家具。因此,她永远也不能确定她的朋友是不是只是由于年老而自然地死亡。

福斯迪克太太拎着她那只鳄鱼皮小包,沿着暮色笼罩的大街走着。

在俱乐部,她跟几位女士同桌,慢慢地吃裹有面包屑的煎鱼。

"明天晚上见。"欧文思-约翰森太太说。

"好的,明天晚上见。"福斯迪克太太微笑着说,颇有点心照不宣的意思。

她心里想,如果马德琳·菲希尔还活着,会不会说些讥诮的话,损害她的荣誉。因为,福斯迪克夫妇刚刚得到去政府大厦参加宴会的机会,跟与他们地位相同的绅士们一起吃饭。大家同样地富足,或者同样地贫穷。因此,他们一天到晚想着穿什么样的衣服才能更适合这个场面。

与此同时,福斯迪克太太孤零零地坐在那儿听音乐会。当弦乐器奏响,金色的雨水从她的肩头流下。直到现在为止,她还从来没有觉得自己是完美无缺的,她的两只脚踝交叉着,白皙的皮肤上淡蓝色的血管很清楚地显现出来。这皮肤似乎好多年没有用处了。她怀着一种谨慎的、颇为优雅的满足等待着。她的胃里没装多少食物,她的神经也很平静。

我觉得自己的心情从来没有这样好,她心里想,除了那件衣服惹人恼火之外。她皱了皱眉头。这件衣服早该做好了,这家叫"格梅因"的服装店实在太讨厌了。

有几支乐曲福斯迪克太太早就知道永远不听才好,她甚至会以憎恶之心对待它们。这时,一个神情严肃、眼睑发黑、手拿提琴的犹太人被欢迎出来演奏一首协奏曲。福斯迪克太太把手里的节目单卷成一个很细很细的圆筒。如果可能的话,她真想让自己也变得更细小一些。她把两个胳膊肘抱得更紧,两条聚精会神的大腿间的距离也缩小了。这样压缩着,她或许会得到赦免,腾空而起。但是对于自己的灵魂,她却束手无策。这个灵魂仍然被拴在那里,宛若拴在一根骨头上的气球,仍要做高尚的挣扎。

那犹太人开始演奏,起初温柔地抚摸着音乐的肌肤。此时,他对它尚且把握得住,别人也都把握得住。塞尔玛·福斯迪克低下头——现在她已是满头华发——屈从于这种逢迎了。她心里纳闷,如果有那种机会,她会表现出怎样的柔情啊!并非什么肉欲,而是一种虚无缥缈的东西,在天赐的音乐之风中摇动。音乐当然是她的爱。即使把她所有的虚假部分减掉——这个部分很多——仍然有些节奏简单、感情强烈的短句可以使她与之交融,并且在余韵中理解它质朴的精髓。如果张开嘴,音乐就会从嘴巴进去,并且一直顺着喉咙钻到肚子里,该有多妙。她坐在那张合乎规格的椅子里打起瞌睡来,姿势十分别扭。她听着音乐。当音乐的卷须依照固定的图案爬到乳房周围的时候,音乐进入做爱的部分。

犹太人演奏着。更大的困难在等待着他。尽管他曾经以娴熟的技巧,甚至带着几分天才,演奏过上百次,但是有那么几段总让他望而生畏。就在他明白已经渡过难关的一刹那,汗水从他的肩胛骨和腿窝流了下来。期待之中,他的身体开始和着音乐扭动,尽管血还没有从他的一双黄眼睛里喷射出来。

这支乐曲确实征服了那些敢于演奏它的人,在某种意义上也征服了那些听曲子的人。塞尔玛·福斯迪克在这场攻击面前垂下了眼睑。由于自己逼近了崇高而感到震动,并且因之而惊恐。几乎任何一个人在他的一生的某个时候,都可能被抬高到连他自己都不敢想象的高度。因此,这个妇人看了看便退却了。她对眼前的局面了解得那样清楚,感受那样强烈,禁不住热泪盈眶。当然,她也可以几乎马上就把这种局面忘到脑后。她的一双手被割得生疼,不是被她自己的指甲,而是被那令人生畏的山峰。

就在这时,音乐把这个犹太人带到——几乎是扔到——乐队指挥的脚下。有的人被这个夸张的动作逗得咻咻地笑了起来。可是塞尔玛·福斯迪克这时简直被这首乐曲摧垮了,或者吓坏了,手里那张卷成小筒的节目单掉到了地上。她的邻座看了都朝她皱眉头。她是个穿着质地考究的黑衣服的可怜巴巴的女人,发青的耳垂上镶嵌着很小的钻石。

这之后,她悲伤地倾听着,或者被那音乐拨弄着。乐曲伸出来的枝杈在她身上横扫而过,悲凉之情迸涌而出。所有那些已经成熟的面孔都准备从这些枝杈上跳下来。她从牧场上走过,腰肢纤细而略略倾斜。那是一种属于她个人的悲哀或者病态,注入这音乐之中使她无法忍受。她平日里的种种毛病都翻腾起来,显露出真实的面目。

她在那张很不舒服的椅子上侧身而坐,希望设法溜出去,可是这显然是不可能的事情。

还有紫罗兰。她正站在房子那边那条坑坑洼洼的混凝土铺成的小路上。盘根错节的忍冬灌木丛长得太繁茂了,延伸过来,一直爬上房子这边的砖墙。而这堵墙被紫罗兰映成一片蓝色。她看见父亲正站在那儿,这天早晨他没有刮脸。然而,那是父亲吗?是他吗?哦,爸爸!一阵恐惧涌上心头。因为她还从来没有这样呼唤过父亲,没有。

谁也没有注意到她的这种极度的痛苦。因为对于像她这种小心谨慎的人来说,即使把所有的神经节都切断,也不会将这种痛苦表露出来。

我必须出去,塞尔玛·福斯迪克心里说。

她终于这么做了。当那才华横溢的演奏结束时,她擦着人们的膝头挤出去,嘴里吮着一块手提包里装的口香糖。

福斯迪克太太渐渐走回到她那幢似乎是变得陌生了的房子。这幢房子白色的木头门窗和巨大的轮廓闪闪烁烁,就像一条船,在树叶和月光组成的深蓝色的大海里颠簸。因为在这个清冷的夜晚,风正徐徐地吹。她在踏上那条与坚硬的土地相连接的不长的跳板之前,长久地凝望着。她的两只脚在干燥的木头地板上留下白色的音符,几乎是立刻,一个身影推开一扇玻璃门,沿着走廊向她走了过来。红色的烟头照亮了那张脸。

"是你吗,达德利?"她问。

"是我。"他说。

他们都有点尴尬。当然,在这样的情况下,他们这种关系是完全可能产生这种困窘的。

"我试着给俱乐部打电话找你,"他说,"可是你已经走了。"

"我不是对你说过要去听音乐会吗?"妇人提高嗓门说。

所有这一切都发生在月光之下。那如水的月色沐浴着他们上了年纪的面孔和被这个环境包围着的躯体。

"他们从家里打来个电话。"达德科·福斯迪克说。他态度十分和蔼,那是从别的体面的男人那儿学来的。

"嗯,"她那张小小的嘴巴赶快说,"一定是父亲……"她没有再细问。

"恐怕是这样,"达德利·福斯迪克说,"老头今天下午死了。"

现在我该怎么办呢?塞尔玛心里想。刚才被音乐激起的崇高的感情一辈子也不会再回到心头了。

"啊,天哪!啊,天哪!啊,天哪!"她似乎只会这样说,两条瘦长的腿从地板这头走到那头,留下苍白无力的脚步声。

"葬礼什么时候举行?"她问。

"我想,可能是明天下午。"达德利·福斯迪克说。

"我得回去,"她说,"明天。一早就走。我自己开车去。我宁愿自己一个人去,达德利。你会理解的。花在路上买。"

安排得圆满而且很有情趣。

"可是,还有那个宴会!"她好像突然之间冻住了,"政府大厦的宴会!"

"是呀。"达德利·福斯迪克说。

因为老于世故,或者是由于残酷,他不想给她什么帮助。

也许,乡村的葬礼,那种无足轻重的普通老百姓的小型葬礼——送葬的人穿着各式各样糟透了的衣服,坐在雇来的汽车里头,从枯黄的牧草间走过——很快就会完事,已经浑身无力的塞尔玛想。

这一天发生的事情对于她实在是太多了。她走进餐厅,喝了一杯苏打水。

到了早晨,她的精力已经得到恢复,足以独自一人为父亲的去世而哀伤了。可怜的爸爸。她怀着一种迷恋想起他那双手,那是一双干体力劳动的人的手。她也想起他的沉默。她一直没能穿透这种沉默。并不是真的做过什么尝试,而是有时候她总怀疑那沉默之中包含着某种有价值的东西。当她开着汽车从郊外的景物中驶过,一种恐惧袭来,妨碍了她进一步思索。不管怎么说,对于她不会有任何大彻大悟的机会。

当她向那幢被死神统治了的房子走过去的时候,恐惧攫住了她的心。玫瑰光溜溜的枝干颤动着,上面栖息着几只小鸟,潮湿的泥土下过霜以后又蒸腾着水汽。她沿着那条小路走着,并没有将自己和她出生的这幢房子联系起来。

一位腰里系着围裙的女人走到门口。她是雷的遗孀,塞尔玛几乎不认识。她想她的名字是埃尔西。她那张奶油色的脸扁平肥大,头发按照自己那个永远不变的发型束在脑后。她是一个长得不好看的女人。不过她的额头挺高,恬静而宽阔,使她显得有点儿与众不同。

"母亲怎么样?"塞尔玛问道。

如今她已经飞黄腾达,便害怕地意识到,在这幢房子里没有任何东西仍然属于她。

"她在厨房里烤饼呢。"埃尔西说。

雷的妻子好像对什么事情都不感到惊讶。

"你进屋去看看她吗?"她问。

"是的,"塞尔玛说,"哦,我还买来一些花。"

埃尔西立刻从车上取下花,捧在她那双结实的大手里,给这个瘦弱的女人带来一种举足轻重的感觉。她们站在台阶上,嗅着被压坏了的菊花难闻的气味。不过花开得很大,是很名贵的品种。

"这花多可爱呀!"埃尔西对塞尔玛说。

她确实爱花。因为,说来奇怪,爱是她的天职。

而塞尔玛·福斯迪克对生活应该持有怎样的态度仍然把握不住,最多允许自己被不近人情地领来领去。她跟着埃尔西走进这幢房子,这房子里尽管发生了这样一桩大事,但四面八方仍然向小鸟和树叶大开"方便之门",还让人们可以在这里寻觅阳光,塞尔玛的无足轻重完全彻底地显露出来了。

斯坦·帕克去世那天,一直在后花园摸摸索索地干点杂活,或者坐下来休息,大多数时候是坐着。他穿着一件她让他穿的褪了色的旧粗花呢外套。因为明朗、坦荡、变幻莫测的阳光很快就要从这附近消失,而将那无底的冰冷的水池和蓝色的夜的湖泊裸露在大地之上,老头便穿着外套、戴上帽子坐在那儿。他有一根黑色的拐杖,是别人扔了不用给他的。自从几个月以前中风之后,他就挂着它走路,或者把它靠在他那把椅子上竖着。

艾米·帕克不说这件事。人们是不愿意谈论中风这种事情的,特别当倒在地上的是自己家里人的时候。她只是在他的手够不着这根黑拐杖的时候,把它递给他,而且做得自然,就好像谁也不曾看见似的。斯坦这样一个大块头的男人在得到上帝的默许倒下来的时候,竟是那样简单。他躺在那儿,被完全摧毁了。那天,芬莱森家的人正来他们这儿。杰克和默莉过来办点事儿,讲点奇闻轶事。时间大约是十一点,她已经把茶倒了出来。他们都回转头,长时间地望着斯坦,问着应该怎样行事。不是指眼下,眼下把一个人从地上扶起来,那是很容易的。而是指长远。看起来他们需要对将来怎么办得到一些指点。可惜现实不会等待,它自身就是潜在的未来。没有听到什么人的回答。于是,杰克·芬莱森走上前,抱起了斯坦。事情就这么简单。老太太没哭也没叫,她只是眼巴巴地看着眼前发生的事情。

可是从后来的情形看,她显然是受了惊。她不愿见人,生怕不得不对人们解释那些连她自己也说不清楚的事情。

发生在帕克先生身上的事当然很快就传开了,因为芬莱森夫妇在场。他们总想把自己的亲眼所见告诉别人,因为长这么大,他们还从来没见过这种异乎寻常的事情。这周围有些人听了这事却开始躲避帕克家。大多数人都不愿意旁观死亡,特别是旁观某位老人活生生地死去。这跟你在旷野里或大路上碰到一个陌生人倒毙并不一样。那种事可能是很刺激人的。

老太太很高兴没人来打扰他们,高兴大家的关心仅限于礼貌的范围。这样,她便可以安安静静地看着他,在还剩下的这点时间里,全身心地去揭示他是否真的爱过自己,他是否明白她曾经给他造成巨大的创伤而使他蒙受痛苦。她还想知道,在这最后的时刻,还能不能在一个人应该得到的爱的范围之内去爱他。

至于老头,他很高兴能坐在相当清冷的阳光下,当然,得严严实实地裹起来。很快,他就能挂着拐杖蹒跚地走动了。他有时候甚至到工具棚里,把那些工具移来移去,身后总是跟着那条黑狗。

这将是斯坦·帕克养的最后一条狗了。它的年纪也很大了,受着口疮和疥癣的折磨。

"所有的狗都喜欢斯坦,"他的妻子说,很悲伤地抬起眉毛,"它们总是跟在他的屁股后头转。我们刚来这儿的时候,养着一条红毛狗。那个懒东西,真叫我受不了。它连碰都不让我碰一下。他小时候捡回来的一条小狗。看看现在这条,牙都掉光了,或者只剩下牙根了。还是黄色的。我跟你说,它喘起气来越发惹人讨厌。可是斯坦就是不把它扔了。我想,那是因为它理解他——如果有什么可理解的东西的话。"

也许这条狗确实理解斯坦?它经常抬起那双浑浊不清的、温顺的眼睛,龇开紫红色的嘴——那上面的皱纹都已经消失了。如果它不那么肮脏的话,她有时候还会推搡它几下。但更多的时候,却是把牛奶盆往草地上一放,还没来得及看清楚它那副可怜相,便拔腿离去。

这条狗总是卧在斯坦·帕克跟前,啃着一只爪子上一块红肿发炎的地方。它是一条安静的狗,脖颈光溜溜的,没有什么可以用来保护自己的东西。一棒子就能把它打得趴下。

这天下午,老头的椅子搬到了后花园的草地上。这里被冬天的大手抚摸之后,显得一片萧瑟。这后花园的草地很难说是一块草坪,而是围绕着灌木丛和树木形成的一个圆。这些树木花草都是老太太在她一生中信手栽下的,而不是按计划种植的。这花园很少能看到原先经过什么设计,但是在一片荒凉中,也自然形成了一种格局。很明显,老头坐在花园正中。树木以生命的庄严运动,从这个中心放射开来。树木那边是一个菜园。因为老头生了几个月的病,那里已是杂草丛生,只留下圆白菜干巴巴的筋脉和洋葱籽又抽出的嫩芽。所有的景物都像一个圆,环绕着这个中心。而这个圆之外,又是无数个圆。不管是月牙形的乡村别墅,还是一座未兴土木的牧场上一片赤裸裸的土地。在那土地之上,蹲着几只野兔,久久地观察着这高深莫测的景象。倒数最后一个圆则是冬天清冷的、金色的苍穹,它包容了所有这些目光所及、有影有形的景物。老人向这苍穹眨着一双水汪汪的眼睛,他没有能力认识到自己是这个苍穹的中心。

他在一片神秘的色彩之中认识到的这个宏大的、成功的"天象图",使得他在椅子里挪动了一下。这时有个年轻人翻过篱笆径直向他走来。他不从路上走,而是践踏着苗床、花圃。他那么自信,认为采取这种直截了当、"单刀直入"的方式就可以完成他的使命。老头看了很是气恼。

一个星期以来,斯坦·帕克一直在萎缩。现在他懒得和人说话。他的皮肤像纸,在某种光线之下简直可以透明。一双老眼也已经不成形状,好像退化了似的。透过这双眼睛,你可以感觉到他对于客观世界有一种观察方法。而这种方法有可能是真实的。

年轻人走到老人跟前时,老人故意不抬起头来,而是瞧着走过来的那双脚。这双脚正践踏着苜蓿草布下的棕黄色的"网络"。他立刻对着老人帽子上那枚圆形小徽章滔滔不绝地说起话来。

他说:"我只是想和您谈一会儿,先生。我从这儿路过,看见您在这样美妙的天气里坐在这儿。"

他称他为先生,非常有礼貌,也许是位大学生。可是老头还是往回缩了缩像乌龟的颈子一样皱巴巴的脖子。

"我一看见您,先生,就想给您讲讲福音里的故事,"年轻人说,"还有我们的上帝的故事。我想告诉你我自己的经验,告诉你,那些看起来最不可能得救的人也还是可以得到主的拯救的。"

老头非常生气。

"我过去是个养路工。我不了解您知不知道养路工帐篷里的条件。"年轻人说,眼睛里似乎充满了他的那些经验。而他眼下布道的对象——这个老头,却完全不在他的眼里。

年轻的福音传教士开始非常彻底地揭露他自己。

"一到周末就喝酒,嫖女人,"他说,"我们经常到最近的村落弄酒喝。大多数时候是葡萄酒。我们想酒想得要命,常常敲碎瓶口就喝。女人们经常顺着铁路线找上门来。她们知道我们的帐篷搭在哪儿。还有一些黑种女人。"

老头很不快活。

年轻人结束了他这种极度兴奋的状态之后,手心朝上伸出一双手,告诉老人他是怎样双膝跪在地上,上帝的恩赐怎样降临到他的头上。

"这样的事情也会发生在你的身上。"他单腿跪在地上,每一个毛孔都在冒汗。

老头清了清喉咙。"我还说不上我是不是属于得救的那一类呢!"他说。

那位福音传教士怀着年轻人所特有的疑惑微笑着。没有什么狡猾的手段能逃脱像蒸汽压路机那么强大的信仰。"你不明白。"他微笑着说。

老头心里想,在你这样的年纪,如果能明白我这一辈子做过些什么样的拼搏,那就是奇迹了。

他朝眼前那块地上吐了一口唾沫。他已经一动不动坐了好一阵子,觉得胸口有痰堵得慌。

"我已经太老了。"他淡淡地说。

他确实累了,想自己待着。

"但是这种灵魂得到拯救的荣耀,"福音传教士坚持着,头发像平稳的波浪,"这种巨大的荣耀是任何人都可以得到的,只要你有这个要求,只要你伸出一只手。"

老头烦躁已极,坐在那儿一言不发。那种所谓的巨大荣耀在下午的阳光下闪闪发光。他已经感到一阵眩晕。

"您不会太固执吧,朋友?"

"如果不固执,我就不会在这儿待着了。"老头说。

"那么,您也许不相信上帝?"这位福音传教士问道。他已经开始左顾右盼,而且感觉到有必要再坦白一点自己过去的劣迹,给老头增加点"催化剂"。"我还可以给您看些书。"他打着哈欠说。

老头被纠缠的时间够长的了。随后,他看清了这个世界,也许是由于任性,不管怎么说,是用他自己的一双眼睛。他大彻大悟了。

他用手里的拐杖指着地上的那口唾沫。

"这就是上帝。"他说。

那口唾沫带着一种个人的色彩,在大地上发着很强的光。

年轻人紧紧地皱着眉头。什么样的人都会遇着。

"您瞧,"他说,"这儿有些书我可以留给您。您可以从从容容地看看。有一些读起来还蛮轻松的。"

他的人性之恶又在咬他了。他还得上路,一直走到它的尽头呢!

他走了之后,他留下的那些宣传小册子在灌木丛中被风哗啦啦地吹着。那条黑狗伸出干巴巴的鼻尖嗅着一本。老头还在凝视着那一口珍珠般闪烁的唾沫。一股巨大的、理解了万物的柔情,从他的胸中升起。在这种光照之下,生活中那些最模糊不清、最让人厌恶的东西,霎时间都变得那样清晰。他心里想,他们还能让我在这安谧与理解中一个人待多久呢?

不一会儿,他的妻子果不其然就来了。

"斯坦。"她走过来说。他知道是她,拖着那条不怎么好使的腿,踩得青草簌簌地响。"你听了一定不会相信,"她说,"刚才我在咱们那间棚屋周围的乱草丛里随便挖了挖,就在那丛老白玫瑰先前长着的地方——现在我们不是把它移到这幢房子前面了嘛!你猜我找着了什么？找着了埃尔贝太太在我们结婚那天送的那个银擦子。你瞧！"

"啊——"他说。

这是个什么不相干的玩意儿？他已经把这个银擦子忘了。

一片片树影从他脸上闪过，妨碍了他的视线。周围是一片清冷的紫罗兰的香气。

"我们还一直说是让卖药水的那个家伙偷走了呢！"艾米·帕克说。

她那张脸显得很高兴。她总爱把人往坏里想，这就够糟糕的了。不过有时候，即使这种时候很少，人也是可以被解除这种怀疑的。

"当然了，"她说，"已经锈得变色了，而且也没有什么用处。尽管我们从来也没用过它。"

她走了几步，又返回来，挽起他的一双手，就好像那是一样没有生命的物件。她望着他那张脸，说："你有什么需要的东西吗，斯坦？"

"没有。"他说。

她还能给予他什么呢？

连她自己也怀疑这一点。她走了，到花园里闲逛，希望找到一些可以消遣的事情做做。

清冷的、蓝色的树影开始透过亮闪闪的树叶，十分精巧地洒落下来。那几块卧牛石这许多年来一直躺在花园里，一方面因为太重了，无法挪动，但更主要的则是因为谁也不曾想起过它们。在这浓浓的、青铜色的夕照之下，它们在花园里显得十分巨大。一方面是松散的、正在溶化的巨石的阴影，另一方面是赫然耸立的矿物质的奇观。

斯坦·帕克开始向家里走去，尽管他的臀部觉得很僵硬。

"我信仰这片树叶,他笑着,用手里的拐杖戳了一下那片叶子。

那条狗拖着因为冬天而多毛的、满是尘土的尾巴,跟在老头身后。他慢慢地走着,看着大地那令人难以置信的景物,看着太阳那触摸不到的光辉。现在,他已经把这一切尽收眼底。

他走到他们那幢房子的侧面——那里灌木丛生,多节的金银花已经长得很高,延伸过来,爬到了墙上。他的妻子正站在台阶上。

"怎么了,斯坦?"她问道。

她那张脸现出惊慌的神色。

我相信小路上的裂缝,他想。蚂蚁在这条路上聚集着,挣扎着爬上一道"悬崖"。挣扎着,就像清冷的天空中痛苦的太阳。旋转着,旋转着,但一直在挣扎,也一直充满欢乐,以致他颤抖起来。现在,天空变得模糊起来。当他站在那儿等待身上的肌肉松弛下来的时候,他祈祷能把这个世界看得更清楚一些。于是它变得像一只手一样地清晰可见。显然,"一"是对所有数目的答案。任何别的数字都无法替代。

"斯坦!"他的妻子叫喊着跑了过来。因为她真的害怕自己已经被扔下没人管了。

在那条坑坑洼洼的混凝土小路上,他们拥抱了一会儿,两个人的灵魂缠绕在一起。如果可能,她真想把他拉回来,分担日后对她的判决。这种判决除了用"单独监禁"这样的字眼之外,眼下她还想不出一个更为合适的表达方法。因此,她用她的身体和意志所蕴藏的全部力量,紧紧地抱着他。可是他已经从她的怀抱中逃走了。

"啊——"她哭喊着。他已经躺在了小路上。

她看着他。

他没法告诉她,她是不可能从他的脸上找到他对于这个世界的认识的。她已经离得太远了。

"好了。"他说。

她抱着他的脑袋,虽然已经没有什么可看的了,还是又瞧了一会儿。

艾米·帕克没怎么哭,因为她经常想象这个场面。她摇摇晃晃地站了起来——她已经是个很笨重的老太太了——穿着一只钩破了的长袜,怀着一种柔情从花园里走过,去叫那几个可以给她一点实际帮助的人。她希望能从中得到极大的安慰,从她的孙子——埃尔西的小男孩身上得到慰藉。她自己那朦朦胧胧的、难以理解的生活在他那双眼睛里最终会变得清晰可见。

于是,她在这所空荡荡的房子的墙角拐了个弯,为那紧紧抓住不放的残存的爱情和习惯,啜泣了一会儿。斯坦死了。我的丈夫。在那座没边没沿的花园里。

第二十六章

归根结底,这里还是一片树木,仍然屹立在这幢房子后面的溪谷里,屹立在谁也不想耕种的那块贫瘠的土地上。还有那个丑陋的灌木丛,里面尽是鞭杆似的枝条和公开的秘密。但是这里也还有些参天大树。这些树木中,相当一部分幸免于斧头的劈斩。树干光滑,像是雕刻出来的树。在那安谧的早晨,下过霜雪之后,这些大树挺立着,与阳光、水汽一起晃动。有的是白色,有的是灰色,有的则是肌肤般的颜色。

这一片丛林中除了菝葜细弱的藤蔓之外,再没有别的东西了。从昏暗的底色中浮现出来的是藤蔓占主导地位的紫色。这里只有寂静,还有一只僵硬的蜥蜴。一条狗最近才死,蛆虫还没来得及光顾。这条浑身是土的狗躺在那儿,嘴巴朝一边歪斜着,搁在爪子上,全然是一种简单的死灭。

不一会儿,那个两腿细长、面色苍白的男孩走进这片丛林。他在这儿闲逛,在树皮上蹭着脑门,将细嫩的树枝折断,还把枯枝按照不同的图案堆成小堆。他在沙地上写字,希望在岩石的表面找到宝石。

这个精瘦的男孩个子长得太快,裤子和衣袖都短了。他是因为再也受不住那幢死了人的房子里的气氛才跑到这儿的。哦,他的祖父死了。一个老头,他很爱这个老头,不过总还是有个距离,好比站在一堆刨花里面。爷爷的死把男孩吓了一跳。可是他很快就不再害怕了,而是注意起这场变故中所有那些陌生而又有趣的细节。后来他就觉得闷得难受。我能干什么呢?他想。

于是,他跑到丛林里。他口袋里装着奶奶什么时候给他的一块玻璃片。他仰面躺在沙地上,躺在树木的根须和腐败的树叶上,透过那块玻璃片,眺望着这个世界猩红的奥秘。

他要干什么呢?

他要写一首诗,他说,在沙地上来回摇晃着脑袋,但是还不到时候,而且究竟写什么呢?他被自己的软弱无能,同时被这首尚未诞生的诗的可能性折磨着。深紫色的天空在他的脸上流动,还有紫红色的、蛇一样的树干。他要写一首关于死亡的诗。那些在这种场合使用的一大串一大串的词汇,那些字典里面的连珠妙语,以及捕鼠机纸面上的字眼,都会装饰他的诗。他有点害怕了。不过,当然,他并不真的相信这一套。他还不能相信死亡。或者只是在从一个黑暗的大厅里面走过,觉得有一件旧外套用空荡荡的袖子搂住他的脖子的时候,才觉得遇到了死神。于是,死亡有一些可信的成分了,因为它仍然散发着生的气息。

那么,他将写一首生命的诗。一首包含了所有的生命,包含了那些他不曾相识、又曾相识的生命的诗。写所有的人,甚至那些不与人交往的人。他们在柏油马路上,在火车里才真的说出心里的话。在他的诗里,他将让火车在银色的铁轨上奔驰。人们还在自己的铺位上做梦。但是他们很快就会醒来,摸索着寻找自己的钱包和假牙。这些突然迸发出来的支离破碎、色彩丰富的思想,经过长时间的审视,将写进他的诗里。还有加急电报以及从金属网篮里洒落下来的一片片撕碎的信。他将关好他曾经向里面窥视的窗户。人们当然是在睡觉,蓝色的鸭绒被将生命一个个地分开。他的诗在延伸、扩展。它将散发着面包的香味,闪烁着年轻人相当成熟的智慧的光彩,飘荡着祖母那株金橘的芬芳。还有梳着黄颜色的辫子的姑娘捂着嘴巴交换的绵绵情话,而奔流的血,像一面鼓发出震撼人心的响声。红红的苹果。一朵洁白的云将变幻成一匹骏马,一旦鼓满强劲的风,便将跑遍整个天空。

当他的诗在心中这样涌动的时候,他简直无法再承受那股力量,或者因为他毕竟太纤弱了。过了一会儿,因为除了在那些已经被乱刻乱画过的树干上再乱刻乱画之外,不知道还该再做些什么,他便又回到祖父在里面死去的那幢房子,怀着他的博大与崇高——这还是一个秘密。

因此,归根结底,这里只是树木。男孩垂着头,从这树木中间走过,瘦小的身躯正在变得苗壮,绿色的、思想的嫩枝在舒展。因此,归根结底,没有一个完结的时候。

1973年诺贝尔文学奖授奖辞

瑞典学院 阿图·伦德维斯特

国王陛下,诸位亲王,女士们,先生们:

瑞典学院将今年的诺贝尔文学奖授予澳大利亚作家帕特里克·怀特。在像历次一样简短的授奖理由上,提到"他以史诗般的和擅长于刻画人物心理的叙事艺术,把一个新的大陆介绍进文学领域"。在有些地区,这句话多少有点被误解了。其实,这句话的意图,只在于强调帕特里克·怀特在其祖国文学中的突出地位;因此,不应该被理解为除了他的创作以外,澳大利亚文坛上就不存在一大批重要作品了。

事实上,澳大利亚文学界已经拥有前后相继的一长串作家,使澳大利亚文学明显地具有澳大利亚自己独有的特色。因此,在世人眼里,澳大利亚文学早就不应当被看作仅仅是英国传统文学的一种延伸。在这里,只要举出亨利·劳森和亨利·汉德尔·理查森的名字就足以说明问题了。劳森是移居澳大利亚的挪威水手劳森的儿子,他在自己的短篇小说中,真实地描写了形形色色的澳大利亚的现实生活;而女作家亨利·汉德尔·理查森,则在一系列重要的长篇小说中,翔实可信、规模宏大地追忆了自己的父亲,通过以其父亲作为代表,再现了残留在澳大利亚的英国生活方式。人们同样不能忽视许多志向远大而有点晦涩深奥的诗人,他们提高了澳大利亚人民对于本国的认识,增强了他们语言的表现力。

帕特里克·怀特的作品,尽管有其独特的一面,但是,不容否认,它们同时体现了澳大利亚文学的某些典型特征,这主要表现在采用了澳大利亚的社会背景、自然历史和生活方式。众所周知,怀特与西德尼·诺兰、阿瑟·博伊德、拉塞尔·德赖斯代尔等杰出的绘画艺术家有着密切的关系。这些艺术家以自己的画笔等创作工具,努力要达到怀特在作品中力求达到的那种表现力。同时,怀特的影响日趋明显,好几个最有才华的年轻作家,从不同的方面师法他的艺术,成为后起之秀,也是令人鼓舞的现象。

然而,同时必须强调指出的是,怀特并不像他的某些具有代表性的同行那样,只把目光盯在澳大利亚特有的事物上。虽然他的小说大多以澳大利亚为背景,但他主要关心的是写人,写那些超越地区和民族界线、其面临的问题和生活环境都极不相同的人。即使在他最有澳大利亚特色的史诗《人树》中,尽管自然和社会扮演了重要的角色,但他的主要目的仍然是刻画人物的内心世界。小说中的人物,与其说是以其典型或不典型的移民生涯,不如说是以其独特的个性而跃然纸上。当怀特陪同他的探险家福斯进入澳洲大陆的荒野以后,那荒野就首先成了演出沉迷于尼采式意志力并为之自我献身的戏剧的一个舞台。

人们会觉得特别的,是帕特里克·怀特笔下的主要人物往往或多或少地置身于社会之外:往往是些侨民、行动乖张或智力不全的人,更多的则是神秘主义者和狂人。看来,怀特似乎发现自己最易于在这些穷困潦倒、无依无靠的人身上发掘出他所神往的人性。《乘战车的人》中的人物就是这样一类人。由于侨民的行为与社会习俗相悖,他们备受迫害和折磨,但从精神上说,他们又是上帝的选民,是不幸中的胜利者。《坚固的曼陀罗》中的两兄弟亦是如此,他们具有矛盾的特性：很能应付自如而又精神空虚；举止笨拙却资质颖悟。从某种意义上说，怀特的最新也是最长的两部小说中，两个贯穿始终的主要人物——《活体解剖者》中的艺术家和《风暴眼》中的老太太——也非例外。在怀特笔下，艺术家的创作冲动被描绘成一种诅咒；这种创作激情使艺术家的艺术产生了毁灭一切的后果，使创作者和接近创作者的人都沦为它的牺牲品。至于《风暴眼》中的老太太，作者则以她在一场飓风中的经历为神秘的中心，从这个中心得出人生的深刻见解，从而揭示出她充满不幸的一生，直到她死。

帕特里克·怀特的作品相当难懂，究其原因，则不但因为他有其特殊的认识和特殊的题材，而且同样因为他别具一格地把史诗的真实和诗歌的感情熔于一炉。在画面宽广的叙述中，怀特采用了高度浓缩的语言，锻词炼句，哪怕是细枝末节也不例外，同时，以极度的艺术夸张和微妙的心理描写，始终如一地追求最强烈的艺术表现力，使真和美紧密相连，融为一体：美，是放射光华和生命、激发天地万物和各种现象的诗意的美；真，纵然一瞥之下可能令人厌恶和惊恐，却是它自身的揭示和解放。

帕特里克·怀特是一位社会批评家，正如一切名副其实的真正作家一样，他主要通过写人来批评社会。他首先是大胆的心理探索者，同时又随时准备提出人生的观念，或者说提出一种神秘的信念，从中获得教益和启迪。他与自身的关系，犹如他与别人的关系一样，是错综复杂、充满矛盾的：崇高的企求和刻意的否定，激情热望和清教徒主义互相抗衡，形成了鲜明的对照；与他自己的高傲气质截然相反，他赞颂谦恭和自卑——一种持续不断的、要求赎罪和做出牺牲的负疚心理。他在高尚地、孜孜不倦地追求理想和艺术的同时，又疑惑两者的前途，因而不断地受到困扰。

由于他的文学创作，帕特里克·怀特已经名扬四海，并在这一领域内,成了澳大利亚首屈一指的代表。他在孤独中,在种种逆境中,无疑也是在迎击强大的反对势力中创作的作品,已经逐渐地赢得了越来越广泛的承认,取得了永垂文学史的地位,尽管他自己或许还不太相信自己的成就。对于帕特里克·怀特性格上极其顽强地表现自我、勇敢地攻击最棘手的问题的一面,人们有所争议;然而,正是因为这种性格,才造就了他无可争议的伟大。不然的话,他就不可能在忧郁中向人们提供这样的慰藉和信念:人生的价值,必然超过当前迅速发展的文明所能提供的一切。

瑞典学院对帕特里克·怀特今天的缺席深感遗憾,但是,我们竭诚欢迎他的代表和挚友,杰出的澳大利亚艺术家西德尼·诺兰。现在,让我敦请您,诺兰先生,从国王陛下手中接受授予帕特里克·怀特的诺贝尔文学奖。

朱炯强 译

THE TREE OF MAN By PATRICK WHITE
Copyright：ⓒ 1955 BY PATRICK WHITE
This edition arranged with Jane Novak Literary Agent
Through BIG APPLE AGENCY，INC.，LABUAN，MALAYSIA.
Simplified Chinese edition copyright：
2020 ZHEJIANG LITERATURE AND ART PUBLISHING HOUSE
All rights reserved.
本书中文简体字版版权，浙江文艺出版社独家所有。
版权合同登记号：图字：11-2017-297号

图书在版编目(CIP)数据

人树/(澳)帕特里克·怀特著;胡文仲,李尧译.—杭州：浙江文艺出版社,2020.1(2025.3重印)
ISBN 978-7-5339-5923-4

Ⅰ.①人… Ⅱ.①帕…②胡…③李… Ⅲ.①长篇小说—澳大利亚—现代 Ⅳ.①I611.45

中国版本图书馆CIP数据核字(2019)第264609号

策划统筹：曹元勇
责任编辑：李　灿
特约编辑：石幼佳
封面设计：周伟伟
责任印制：吴春娟

人树

[澳]帕特里克·怀特　著
胡文仲　李　尧　译

出版：浙江文艺出版社
地址：杭州市环城北路177号　邮编：310003
网址：www.zjwycbs.cn
经销：浙江省新华书店集团有限公司
印刷：浙江新华数码印务有限公司
开本：880毫米×1230毫米　1/32
字数：500千字
印张：20.625
插页：6
版次：2020年1月第1版
印次：2025年3月第3次印刷
书号：ISBN 978-7-5339-5923-4
定价：88.00元(精装)

版权所有　侵权必究
(如有印、装质量问题，请寄承印单位调换)